Roland Weis · Das Erwachen der Gletscherleiche

Dr. Roland Weis, Jahrgang 1958, lebt und arbeitet in Südbaden. Der gelernte Zeitungsredakteur hat mehr als zwanzig Jahre bei Tageszeitungen, Radiostationen und Wochenzeitungen gearbeitet, ehe er 2002 in die Unternehmenskommunikation eines Energieversorgers wechselte, die er heute leitet. 1992 erschien sein erstes historisches Sachbuch „Würden und Bürden", in dem er die Rolle der katholischen Priester im Dritten Reich untersuchte. 1998 veröffentlichte er seinen ersten Krimi „Der Güllelochmord", dem bis heute sieben weitere folgten. Der promovierte Historiker hat neben zahlreichen Beiträgen in Fachzeitschriften und Nachschlagewerken inzwischen rund 20 Bücher veröffentlicht, darunter regionalgeschichtliche Untersuchungen, populärwissenschaftliche Sachbücher, Wander- und Urlaubsführer aus dem Schwarzwald sowie einen historischen Roman, der in der kanadischen Wildnis des 18. Jahrhunderts spielt.

Zum Titelbild: Nino Malfatti wurde 1940 in Innsbruck geboren. Er studierte an der Akademie der bildenden Künste in Wien Malerei, Grafik und Restaurierung. An der Staatlichen Akademie der Bildenden Künste Karlsruhe wurde er Meisterschüler von Horst Antes. Seit 1974 lebt er in Berlin, wo er als Gastprofessor an der Universität der Künste Berlin Maltechnik lehrte. Das Gebirge ist Gegenstand seiner Malerei seit den 80er-Jahren. Als Hochgebirgsbergsteiger ist Malfatti viel in seiner Tiroler Heimat unterwegs und fotografiert dort die Bergmassive der Alpen. Nach diesen Aufnahmen entstehen im Atelier seine Landschaftsmalereien.

Roland Weis

Das Erwachen
der Gletscherleiche

*Ein Krimi, der vor 5000 Jahren beginnt
und in Freiburg seinen Lauf nimmt*

Lindemanns Bibliothek

für Zurbo

1

Die steifgefrorene Hand ragte zu zwei Dritteln aus dem trop-
fenden Gletschereis. Bleich und haarig. Der Daumen war nach
oben abgespreizt. Es sah aus, als wollte ein Tramper mitgenommen werden. Fast hätte Mona im starken Regen die Hand übersehen. Wer rechnet auch mit einem eingefrorenen Tramper
mitten im Hochgebirge? Der Wind trieb milchige Wasserschlie-
ren auf die kleine Wandergruppe, die sich im Schutze einer
Gletscherspalte ihren Weg bahnte. Armin, der Idiot! Er war
schuld an allem. Nein, er hatte nicht warten können. Am Morgen im Berghaus, da hätten sie noch alle Optionen gehabt:
Ausschlafen, das Unwetter abwarten, ins Tal nach St. Moritz
zurückkehren. Stattdessen stolperten sie jetzt bei kaum drei
Metern Sicht durch kalten Regen über den Gletscher und drohten bei jedem Schritt ins Tal hinunter nach Morteratsch ge-
spült zu werden. Das grandiose Bergpanorama des Engadin blieb
den ganzen Tag hinter einer grauen Regenwand verhüllt. Und
das im frühen Herbst. Das war doch angeblich die sonnige
Wanderzeit.

Ihre Gruppe bestand aus sieben Personen. Mona mit ihrem
Freund Armin, davor die vier Amis, zwei Paare aus Iowa. Vorneweg stapfte Bernie, ihr verdrossener Führer. Ein Kerl wie ein
Schrank, mit Oberarmen wie Ofenrohre. Er schleppte einen
mit Steigeisen, Karabinerhaken und Seilen vollbeladenen Berg-
rucksack mit sich, mit dem er es bis zum Himalaya schaffen
würde. Bernie hatte sie gewarnt, er hatte am Morgen auf der

Diavolezza vom Weitermarsch abgeraten. „Herrschafte, mr bliiebe do. Des wird nünt meh hit!". Und damit es auch die Amerikaner verstanden: „Dätts än räiny morning. Wiee schuddent wook ower the glassijeh!" Da war das Sauwetter bereits über den Piz Bernina gekrochen und hatte erwartungsfroh die Zähne gefletscht. Doch die beiden Paare hatten die Dollarbündel gezückt, sie wollten unbedingt die Gletschertour zu Ende bringen. Bernie hatte kurz seinen gelben Schnauzbart gezwirbelt, dann war er weich geworden: „Zwi Persone brüüchte mr no. Dennoh däte mrs probiere!"

Die zwei waren schnell gefunden. Armin der Blödmann. Was immer ihr sportiver Freund unternahm, Mona besaß kein Mitspracherecht. Armin plante Kajakfahrten, Drachenfliegen, Go-Kart-Rennen, Mountainbike-Touren und Tauchkurse. Mona wurde nie gefragt. Sie musste mitmachen. So war sie auch in diese idiotische Gletschertour geraten. Jetzt blieb sie stehen und betrachtete diese seltsam weiße Hand. Irre! Über die bläuliche Eiswand des Gletschers, aus der die Pranke herausragte, floss das Regenwasser in Strömen. Deshalb bemerkte Mona den dunklen Schatten nicht gleich, der sich in Fortsetzung der Hand im ewigen Eis verbarg. Zaghaft: „Hey, Armin, warte mal!" Aber der war schon etliche Meter weiter getrottet, den Blick immer auf die Bergstiefel seines Vordermannes gerichtet, die Ohren hinter der Goretex-Kapuze seines Anoraks hermetisch abgeriegelt. Armin hörte sie nicht. Er vernahm höchstens das Prasseln des Regens und das Gurgeln des Wassers, das in der Gletscherspalte abfloss.

Bernie hatte den Weg durch diese begehbare Spalte gewählt, weil es oben auf dem glattgespülten Gletscher viel zu gefährlich gewesen wäre. Nach dem Zusammenfluss von Pers- und Morteratsch bahnte sich die gemeinsame Gletscherzunge ihren Weg in steilem Gelände talwärts. Große Klüfte durchzogen hier das Eis. Normalerweise machten die Bergführer einen großen Bogen um diese Spalten. Aber angesichts des sintflutartigen Regens, „mit däm het mr nit rächne chönne", wählte Bernie einen „Geheimwäg, odder?" Angeblich nur ihm bekannt. Mona hegte Zweifel, ob Bernie wirklich ein Bergprofi war. Sie erinnerte sich an einen Fernsehbeitrag, in dem es geheißen hatte, die wirklich professionellen Bergführer gingen niemals bei sich abzeichnendem Unwetter auf Tour. So wie am Morgen die Dollarnoten funktioniert hatten, musste es sich bei Bernie um eine Touristenhure handeln, die bereit war, für Geld auch die blödsinnigsten Touren mitzumachen.

Inzwischen war es früher Nachmittag und sie würden den vermaledeiten Gletscher hoffentlich bald hinter sich lassen und ins Dörfchen Morteratsch absteigen, in den Zug und zurück nach St. Moritz ins Hotel. Warme Dusche, trockene Klamotten, feines Käsefondue mit Rotwein und ab ins Bett. Mona hatte sich den Rest des Tages zurechtgeträumt.

Und nun tauchte diese Hand auf, wie ein Stoppschild mitten auf der Autobahn. Mona schob sich die klatschnassen Haare aus der Stirn und wischte die Augen frei. Es war tatsächlich eine Hand. Und sie gehörte zu einem dunklen Etwas, das im Eis steckte. Der Gletscher spuckte eine Leiche aus.

Sportsmann Armin kehrte mit Bernie zu Mona zurück. „Wo steckst du bloß, du blöde Kuh", schimpfte er. „Sollen wir ewig im Regen auf dich warten?"

Mona verstand nicht, was er sagte. Sie sah nur, dass er brüllte, mit ausladenden Schritten zu ihr aufstieg und dabei wütend seinen Stock ins Eis hieb. Seine grellgrüne Trekking-Jacke leuchtete durch den Regen wie ein Papagei im Amazonasnebel.

„Hey du Arsch, hast du endlich was gemerkt?", brüllte Mona durch den Regen zurück. Aber Armin konnte sie ebenso wenig verstehen.

Bernie entdeckte die Hand sofort: „Was isch dös für än Cheib? Iigfrore, odder?" Zu Dritt standen sie um die Fundstelle herum und glotzten. Wasser tropfte von ihren Kapuzen, lief über Nasen und Kinn. Keiner wagte es, das seltsam bleiche Etwas zu berühren.

„S'isch än Maa!", erkannte Bernie. Er zwirbelte sich den feuchten Bart. Ein Zeichen, dass er nachdachte. „Lecksch mi doch am Füdli!"

Armin zückte sein Handy, um Fotos zu machen. Ganz der Beamte. Erst einmal alles protokollieren. Wenn er gerade nicht auf Abenteuertouren ging oder sportliche Höchstleistungen vollbrachte, saß er als stellvertretender Dezernatsleiter im Landratsamt in Freiburg, wo er Probleme löste, wie er es sah, Probleme auslöste, wie mancher Antragsteller es betrachtete. Jedenfalls brauchte man immer Bilder für die Akten. Also fotografierte Armin die Hand. Mona folgte seinem Beispiel und knipste ebenfalls drauf los. Sie sah es mehr als Fotosouvenir. Schließlich fand man nicht alle Tage so etwas Skurriles im Eis.

Bernie nestelte am Hochsicherheitsreißverschluss seiner wetterfesten Bergführer-Jacke herum und angelte schließlich ein Funkgerät hervor. Er machte Meldung an eine irgendwo im Nebel befindliche, verrauschte Bergwacht-Einheit. Mona lauschte dem knarrenden Wechsel von Fragen und Antworten, die Bernie im Knattern und Knistern vielfältiger Störgeräusche mit seiner Bodenstation austauschte. Sie verstand nur so viel: Leiche im Eis gefunden, untere Morteratsch-Gletscherzunge, schwer zugänglich, Bergung erst nach Regen möglich. Alle drei ermittelten mit Hilfe ihrer Handys die exakten GPS-Daten der Fundstelle. Bernie zückte sein Bärentöter-Überlebensmesser, um an der Stelle im Eis zu kratzen, wo die Hand herausragte. Er gab den Versuch jedoch gleich wieder auf. „Mr mache en nu abenand!", klagte er, um gleich zu entscheiden: „Dös lömmer d'Spezialischte mache!"

Fast bedauerte es Mona, als sie die Fundstelle verließen. Ihr war, als winkte ihr die Hand aus ihrem frostigen Käfig nach. Aber Bernie drängte mit Blick zum Himmel auf den schnellen

Abstieg. Sie mussten auch die Amis wieder einholen, die ohne Erlaubnis des Führers alleine weitergegangen waren. Und Armin war inzwischen auch ganz in seinem Element: „Das müssen wir umgehend den Behörden melden." Das hätte sie sich denken können.

Sie erreichten das Ende der Gletscherzunge, an einer Stelle, wo der Gletscher eine Art Tor bildete, aus dem gurgelnde Sturzbäche strömten. Hier warteten die vier Amerikaner. Gemeinsam stiegen sie über einen bequemen Wanderpfad zum Tal ab. Bernie erstattete Meldung beim örtlichen Gendarmerie-Posten, während der Rest der Gruppe sich kurz im Hotel-Restaurant Morteratsch aufwärmte. Die Amerikaner quartierten sich hier ein. Mona und Armin fuhren alleine mit dem Zug zurück nach St. Moritz.

Armin war nicht sehr gesprächig. Er spielte mit seinem Smartphone und zappte sich mit eingestöpselten Kopfhörern durch verschiedene Apps. Mona hingegen hatte das dringende Bedürfnis, über den grausigen Fund zu sprechen. Nicht dass der Fund sie geschockt hätte. Sie fand das Ganze einfach nur aufregend. Tote machten ihr gar nichts aus. Wie oft bekam sie es in ihrem Job mit Leichen oder Teilen davon zu tun? Das war Alltag am Freiburger Forschungsinstitut BioGen, wo Mona als wissenschaftliche Assistentin arbeitete. Schließlich galt ihr Chef, Professor Dr. Johannes Emanuel Aschendorffer, als Koryphäe auf dem Gebiet der Gen- und Stammzellenforschung, und der schnitt schon gerne einmal an Leichenteilen herum. Schon während der Zugfahrt, erst recht aber später im Hotelzimmer, geisterte deshalb die Gletscherleiche auch als Objekt wissenschaftlicher Neugierde durch Monas Gedanken. Wie lange mochte sie wohl schon im Eis tiefgefroren sein? War es ein Bergsteiger? Ein Bauer? Ein Soldat? Welches Schicksal stand hinter dem Fund?

Für Armin, obergescheit wie er war, stand längst fest: „Das war jemand, der unvorsichtig in schlechtes Wetter geraten ist.

11

Zack, da fiel er in die Gletscherspalte, wurde eingeschneit und tiefgefroren!"

„Ja, ja, wie unprofessionell, bei schlechtem Wetter auf dem Gletscher herumzuturnen", spottete Mona.

Armin bemerkte die Ironie nicht, wie er überhaupt selten etwas bemerkte. Subtile Zwischentöne waren ihm so fremd wie thailändische Gewürze. Im Hinblick auf Monas zwischenmenschliche Signale besaß er die dicke Haut eines Elefanten. Wichtiger war ihm, dass die Frisur saß, die Sonnenbrille cool wirkte und man seinen geölten Bizeps bemerkte. Der gleiche Pedant, der er in seinem Behördenjob war, war er auch im Hinblick auf seine äußere Erscheinung. Er ging nur zum angesagtesten Friseur, kaufte keine Schuhe, die unter zweihundert Euro kosteten, ließ sich alle zwei Monate die Zähne polieren, war Mitglied einer ambitionierten Mountain-Bike-Clique, die regelmäßig den Freiburger Windmühlen-Berg Roßkopf unsicher machte, trimmte sich darüber hinaus im Abo im Freiburger Fitness-Gym-Zentrum, und ließ es niemals zu, dass Smartphone, Sonnenbrille, Kugelschreiber oder IPhone älter als ein Jahr wurden. Ja, es stimmte, er sah bei alldem blendend aus. Ein großer, sonnengebräunter Typ Anfang Dreißig, mit welligem hellbraunem Haar, breiten Schultern und schmalen Hüften. Ein Hingucker. Das war der Grund, warum Mona mit ihm zusammen war. Man konnte sich so schön mit Armin schmücken. Ihre Freundinnen beneideten sie. Leider war er als Gesprächspartner ein Totalausfall. Und vor lauter Selbstgefälligkeit entging es ihm meistens, dass andere Menschen auch Wünsche und Emotionen hatten. Speziell bei Mona berührte ihn das nicht. Empathie war ein Fremdwort für ihn. Mona war für Armin keine wirklich gleichberechtigte Partnerin, sondern lediglich ein weiteres schmückendes Accessoire, mit ihrem zarten Mädchengesicht ein ganz besonders hübsches. Sie passte so gut auf den Beifahrersitz in Armins BMW Z4 Roadster. So lange

12

sie schlank blieb und bei seinen sportlichen Aktivitäten halbwegs mithalten konnte, hielt er sie für die geeignete Lebensgefährtin.

Die Zugfahrt verlief also ohne ernstzunehmendes Gespräch. Mona grübelte darüber, ob die Gletscherleiche vielleicht ein Ötzi war. Wenn es nun ein Ötzi war? Eine Leiche aus der Steinzeit? Was würde ihr Professor Aschendorffer dazu sagen? Der Gedanke machte sie ganz zappelig.

Nach der Ankunft in St. Moritz duschten sie, genossen im Hotel-Restaurant ein feines Mahl zu Schweizer Monsterpreisen und drehten vor dem Einschlafen noch eine ziemlich eingeübte Sexrunde. Bei Armin ging das in Richtung asiatischer Kampfsportart. Mona kam dabei eher die Rolle des passiven Sparringspartners zu. Sie ließ die Dinge geschehen. Als Armin sich grunzend auf seine Seite wälzte und zufrieden mit seiner Leistung unverzüglich zu Schnarchen begann, blieb Mona mit geöffneten Augen liegen. Sie konnte nicht einschlafen.

Die Gletscherleiche beschäftigte sie. Im Halbschlaf mischten sich Traum, Fantasie und Erinnerung. Ein großer, haariger Yeti brach aus dem Eis und brüllte sie durch das Prasseln des Regens hindurch an. Seine Schnauze mit Raubtiergebiss verwandelte sich in das kantige Kinn von Armin, der unverwandt weiterbrüllte. Es hörte sich an, als ob jemand eine Schallplatte in der falschen Geschwindigkeit abspielte. Das Gebrüll zog sich zäh in die Länge. Mona wollte davonlaufen. Da packte sie eine Hand, die aus dem Eis herausragte und hielt sie fest. „Was hämmer do für en Cheib?", echote es mit der Stimme des Bergführers Bernie aus dem Regen.

Schweißgebadet wachte Mona aus ihrem Dämmerschlaf auf. Sie setzte sich im Bett auf. Armin schnarchte selbstzufrieden neben ihr. Der Radiowecker zeigte 0.47 Uhr an. Hatte sie so lange geschlafen? Sie dachte an ihren Chef, Professor Aschendorffer. Wenn der das wüsste! Sie kannte Aschendorffers Interesse an Leichen. Ganz besonders an mumifizierten und ein-

13

gefrorenen. Die waren sein Steckenpferd. Sie musste ihren Chef anrufen.

*

Bei Professor Dr. Johannes Emanuel Aschendorffer klingelte das Handy um 0.50 Uhr. Er war noch wach. Aschendorffer war fast immer wach. Er schlief drei oder vier Stunden. Höchstens. Ansonsten las er. Jede Nacht las er ein Buch, manchmal auch zwei. Es gehörte zu den vielen phänomenalen Fähigkeiten des Professors, dass er Bücher im Schnelldurchlauf lesen konnte. Er schlug eine Seite auf, ließ den Blick einmal von links oben nach rechts unten wandern und blätterte um. In maximal drei Stunden war er durch. Was er einmal gelesen hatte, das blieb in seinem Gedächtnis gespeichert wie in einem Computer. Er vergaß nichts. Bei der Lektüre war er nicht wählerisch. Bevorzugt nahm er sich große Schinken der Weltliteratur vor. Zwischendurch verspeiste er politische Biografien, Sachbücher zur Weltgeschichte, Ratgeber, Kochbücher, Reiseführer, theologische Schriften, naturkundliche Werke, ganze Lexika, naturwissenschaftliche Lehrbücher, indizierten Schweinekram, kurzum, alles, was ihm in die Finger kam. Nach „Feynmans Vorlesungen über Physik, Band 1, Mechanik, Strahlung und Wärme", das er gestern mit Begeisterung beendet hatte, steckte er heute mitten in Tolstois „Krieg und Frieden". Soeben erschoss Pierre den Draufgänger Dolochow, da klingelte das Telefon. Der Professor strich sich genervt durch sein farbloses, struppiges Haar. Sein Blick, trübe wie eine undurchsichtige Regenpfütze, wanderte verwirrt durch das unordentliche Wohnzimmer, das er behauste. Das Telefon klingelte aufdringlich unter einem Stapel von großformatigen Computerausdrucken, die mit endlosen Zahlenkolonnen übersät waren. Aschendorffer wühlte mit seinen dünnen Stubenhockerärmchen darin herum, wie eine andalusische Bäuerin im Brotteig. Er schichtete den Papierstapel um, vergrößerte damit das Chaos, das ohnehin schon auf dem Wohnzimmerboden herrschte. Wie Inseln im Meer, so lagerten auf dem ausgetretenen Teppich verschiedene Stapel von Akten, Büchern, Folien, Zeitschriften und Computerfahnen. Letztere rollten sich zu abenteuerlichen Achterbahnen, die sich Girlanden gleich um die verschiedenen Papierberge wanden. Jede dieser gestapelten Inseln verkörperte ein Forschungsthema. Der Professor pflegte sich mit jeweils einem halben Dutzend und mehr Forschungsthemen gleichzeitig zu umgeben. Ansonsten bestand das Wohnzimmer aus heillos überladenen Bücherregalen an jeder Wandseite, einem großen Arbeitssessel und einem ringsum von Büchern und Folianten zugebauten Schreibtisch, auf dessen im Papier ertrinkender Arbeitsfläche ein Notebook aufgeregt blinkte.

Besucher hätten diesen Raum zweifellos beim ersten Anblick als die Behausung eines Messies identifiziert. Die Wohnung verfügte noch über ein mit Büchern vollgestelltes Schlafzimmer, eine spartanisch eingerichtete Küche von der Größe eines Campingwagens und eine Toilette, die der Hauseigentümer einst mitsamt einer Duschkabine in einen ehemaligen Putzschrank hineingebaut hatte.

Der Professor verdiente – ohne Vortrags- und Autorenhonorare – ungefähr eine Viertel-Million Euro im Jahr. Die hochdotierten Preise, die es so regelmäßig hagelte, dass man darauf beruhigt eine Hypothek hätte aufnehmen können, nicht mitgerechnet. Locker hätte Aschendorffer sich eine Villa in der Wiehre oder in Herdern leisten können, dort, wo traditionell die Freiburger Professoren wohnten oder deren arbeitsscheue Kinder und Kindeskinder. Aber Aschendorffer dachte gar nicht daran, sein Geld in einer Immobilie anzulegen. Es strömte unablässig auf sein Konto bei der Sparkasse Freiburg-Nördlicher Breisgau und brachte höchstens die dortigen Vermögensberater zur Verzweiflung, weil sie nicht damit spielen durften. Johannes Aschendorffer war weltlichen Verlockungen gegenüber in einem Maße gefeit wie die Menschheit es seit Diogenes nicht mehr erlebt hatte. Er besaß kein eigenes Auto, nicht einmal einen Führerschein, trug Kleidung aus dem Hause C&A, ernährte sich aus der Dose und mithilfe diverser Pizza- und Döner-Bringdienste, besaß weder Schmuck noch technisches Spielzeug – nicht einmal einen Fernsehapparat –, und er leistete sich nie einen Urlaub. Dafür war ihm die Zeit zu schade.

Und so wohnte er eben in dieser viel zu engen, unkomfortablen Etagenwohnung unter dem Dach eines Acht-Familien-Hauses in Freiburgs fadestem Wohnbezirk, im Stadtteil Brühl-Beurbarung. Für diese Standortwahl gab es nur einen Grund: die Wohnung lag ziemlich nahe am Forschungsinstitut BioGen im Industriegebiet Nord, so dass der Professor jeden Morgen zu Fuß zur Arbeit gehen konnte. Jetzt kraxelte Aschendorffer auf allen Vieren über einen seiner Papierhaufen und versuchte, das Telefon hervorzuziehen, ohne das labile Papierkonstrukt aus dem Gleichgewicht zu bringen. Die Architektur des Stapels besaß nämlich eine chronologisch-inhaltliche Logik, und die wäre zunichte, würde Aschendorffer einfach alles umwerfen, um an sein Telefon zu kommen.

Er schaffte es schließlich ohne Kollateralschäden. Die Stimme seiner Assistentin meldete sich: „Professor, endlich gehen Sie dran! Hier ist Mona! Ich rufe aus dem Urlaub an. Es ist wichtig. Wir haben eine gefrorene Leiche gefunden."

Die Stimme seiner hübschen Assistentin weckte in Aschendorffer unverzüglich unsittliche Gedanken. Niemals hätte er es gewagt, das „Fräulein Mona", wie er sie nannte, im Institut auch nur andeutungsweise anzubaggern. In den dortigen Laboren stierte er ihr lediglich nach, wenn er sich unbeobachtet glaubte. Aber zu Hause in seinen vier Wänden, insbesondere vor dem Einschlafen im Bett, da brachen alle in seinen 35 Lebensjahren angestauten sexuellen Fantasien über ihn herein, und in ihrem Mittelpunkt stand Mona, insbesondere ihre primären und sekundären Geschlechtsmerkmale. Das war sein ganzes Sexualleben. Eigentlich war der Professor noch Jungfrau. Weder hätte er es gewagt, aktiv nach einem weiblichen Wesen Ausschau zu halten, noch es anzusprechen. Seine Verklemmtheit reichte so weit, dass er den Blick bereits verschämt niederschlug, wenn eine Frau auch nur den gleichen Raum betrat.

Dienstlich konnte Professor Aschendorffer allerdings Frauen gegenüber herrisch und kühl auftreten, selbstbewusst bis zur Arroganz, weil er ein künftiger Nobelpreisträger war.

Und dieser Anruf mitten in der Nacht erwies sich als ein dienstlicher. „Erzählen Sie!", forderte Aschendorffer seine Assistentin auf. Sie erzählte die Geschichte von der Tour über den Morteratsch-Gletscher. Einzelheiten über die Route und über das Verhalten des Bergführers interessierten den Professor nicht. Hingegen zog er Mona jedes Detail über die Beschaffenheit des Eises, das Aussehen der Hand und über die noch im Eis steckenden Hauptbestandteile der Leiche aus der Nase. Und ganz spezifisch interessierte er sich für die Wetterverhältnisse und die Pläne der schweizerischen Bergwacht, die Leiche aus dem Gletscher zu bergen. „Wir müssen ihnen zuvorkommen!", flüsterte er einmal ergriffen. Professor Dr. Dr. Johannes Emanuel Aschendorffer war ein eingefleischter Fan tiefgefrorener Leichen. Gelegentlich besorgte er sich welche über die Gerichtsmedizin. Unter dem Vorwand, Auftragsobduktionen durchzuführen, eine Kunst, in welcher der Professor es zu unerreichter Meisterschaft brachte, schwätzte er den Amtsbehörden hin und wieder einen vermeintlichen Selbstmörder, eine Baggerseeleiche oder einen Verkehrstoten ab. Meistens aber musste er sich mit Tierkadavern begnügen. Im privaten Forschungsinstitut BioGen, dessen wissenschaftlicher Leiter Aschendorffer war, wusste niemand so genau, an was der Professor nun eigentlich forschte, wenn er Organe sezierte, Stammzellen züchtete, an Genen herummanipulierte und wässrige Kulturen durch Zentrifugen jagte. Zwischendurch schnippte er mit den Fingern – und schwupps, hatte er ein neues, wirkungsvolles Arzneimittel gegen Kopfschmerzen aus dem Reagenzglas gezaubert. Das reichte, um ein Jahresbudget des Instituts locker zu finanzieren. Das reichte auch seinem aufgeblasenen Chef, dem kaufmännischen Geschäftsführer und Institutsleiter Jens-Merten Föllstiegel, einer ahnungslosen, selbstgefälligen Niete, um den Professor machen zu lassen. Hauptsache Geld kam herein.

Seine Mitarbeiter und Mitarbeiterinnen im Labor verehrten und bewunderten den Professor wie die Jünger ihren Messias. Aber ganz sicher verstanden sie nicht die Hälfte von dem, was er tat. Dabei war Aschendorffer durchaus von einer Riege hochkarätiger Wissenschaftler umgeben, die alle selbst denken konnten. Da waren seine Stellvertreterin, Dr. Frederike Biesthal, Biochemikerin, eine kalte Schönheit, emanzipiert wie ein Haifisch, Dr. Murji Amresh, der Molekularbiologe aus Indien, die Doktoren Schröder (Onkologie und funktionelle Genetik) und Westphal (vaskuläre Biologie und Entwicklungsbiologie), und selbst Assistentin Fräulein Mona blickte auf ein – wenn auch abgebrochenes – Studium der Humanbiologie zurück.

Nun schickte sie per Mail einige der Handyaufnahmen, die sie im Gletscher von der Hand im Eis gemacht hatte. Aschendorffer beugte sich über den Bildschirm seines Laptops und studierte jede Einzelheit, zoomte die Härchen und die Poren heran, als wollte er Fingerabdrücke nehmen.

Als Nächstes mailte Mona auf Geheiß des Professors die GPS-Daten von der Fundstelle.

„Bleiben sie dran!", kommandierte Aschendorffer, ehe er an seinem Bildschirm Landkarten aufrief, Google-Earth bemühte, alles über den Gletscher und seine Geschichte las und nebenbei eifrig Notizen machte.

„Professor, was ist los? Was sagen Sie?", fragte Mona nach längerer Wartezeit. Das Telefon lag auf dem Fußboden. Der Professor hatte Mona vor lauter Begeisterung glatt vergessen. Irgendwann, nach einer oder zwei Stunden, wäre sie ihm wieder eingefallen. Dann hätte er wieder in den Telefonhörer gesprochen und sich gewundert, wenn sie bereits aufgelegt hätte. Das hätte er für völlig unangemessen gehalten und bei nächster Gelegenheit gebührend gerügt. So aber machte sie sich selbst laut bemerkbar: „Professor! Was ist los?"

Aschendorffer wollte antworten, da vernahm er durch den Hörer die verschlafene Stimme von Monas Freund Armin: „Hey, was brüllst du denn so herum? Du weckst ja das ganze Hotel auf."

„Pschcht, nicht so laut", besänftigte Mona.

„Wer ist hier laut? Mit wem telefonierst du eigentlich?"

Aschendorffer hörte alles mit. Er griff ein: „Fräulein Mona? Ja? Ist das Ihr Freund, der da redet? Was weiß er?"

„Keine Sorge Herr Professor, er schläft gleich wieder ein."

„Mit wem telefonierst du da. Dein Chef? Ist das etwa der verrückte Professor?", dröhnte Armins wütende Stimme aus dem Hörer.

„Sei doch still!"

„Wieso soll ich still sein? Du telefonierst doch in einer Lautstärke herum ..."

„Hören Sie, Fräulein Mona", flüsterte Aschendorffer. „Gehen Sie auf die Toilette. Nehmen Sie das Telefon mit. Ich möchte nicht, dass Ihr Freund alles mithört, was ich Ihnen sage."

Bettzeug raschelte.

„Wo willst du hin?"

„Aufs Klo! Siehst du doch!"

Eine Tür klapperte. Ein Schlüssel wurde umgedreht.

„So, ich habe mich eingeschlossen. Er kann uns nicht mehr hören."

„Gut so!", lobte der Professor. „Jetzt passen Sie gut auf, was ich Ihnen sage. Und zu keinem Menschen ein Wort darüber. Zu niemandem! Haben Sie verstanden?"

„Ja, ja! Aber ...?"

Aschendorffer setzte ihr seinen Plan auseinander. Der wichtigste Satz lautete: „Ich schicke Herrn Kaymal. Er soll die Leiche bergen."

*

Meslut Kaymal war der Chef einer türkischen Putz- und Hausmeisterfamilie, die im Institut die Büros und Labors reinigte und den Schlüsseldienst versah. Ganz genau wusste man das nicht, aber die Familie bestand aus mindestens drei Ehefrauen und sieben Töchtern. Söhne gab es keine, dafür aber ein schier unüberschaubares Heer von Brüdern, Cousins, Onkeln und weiteren ferneren Verwandten. Je nach Bedarf wurden sie in den Betrieb mit eingespannt. Aschendorffer und die anderen Institutsmitglieder hatten es aufgegeben, Verwandtschaftsbeziehungen zu ergründen. Da hätte man gleich ein anatolisches Sippenverzeichnis in Auftrag geben können.

Meslut Kaymal saß am Steuer, neben ihm ein dunkler, schnauzbärtiger Typ mit grimmigem Blick und furchterregenden Augenbrauen, und rechts außen im Führerhaus des Lieferwagens saß der Professor. Gegen fünf Uhr am Morgen hatte Kaymal ihn vor dessen Wohnung abgeholt. Ungeduldig hatte Aschendorffer dort schon gewartet: „Herr Kaymal, Sie haben über vier Stunden gebraucht, einen Lieferwagen zu organisieren. Das kenne ich nicht von Ihnen." Meslut Kaymal blickte den Professor mit seinen schwarzen Dackelaugen unterwürfig an: „Isse abber nicht normale Lieferwage! Isse Eiswage!"

„Ein Eiswagen?", der Professor runzelte die Stirn.

„Gefrierewage", verbesserte Kaymal. „Kannsch du mache Kühlschrank hinte drinne." Er klopfte stolz auf die seitliche Schiebetür. Dort prangte ein großer rotblau auflackierter Schriftzug „bofrost". Darunter war das Foto eines in viele leckere Scheiben zerschnittenen Rollschinkens abgebildet, ungefähr so groß wie ein komplettes Mastschwein. Über allem stand der Slogan: „Frische und Genuss – tief gekühlt direkt ins

Haus." Der Professor nickte anerkennend: „Ein Kühlfahrzeug! Hervorragend. Wo hast du den Wagen so schnell mitten in der Nacht herbekommen?"

Kaymal lächelte bescheiden, wie stets, wenn ihm großartige logistische Leistungen gelungen waren: „Habe ich Bruder, der wo isse Fahrer von kalte Wage."

„Aha, ausgeliehen!", kombinierte der Professor. Er wollte es nicht genauer wissen, weil er ahnte, dass jedes Hinterfragen eine Reihe zweifelhafter, höchstwahrscheinlich gesetzeswidriger Handlungen ans Licht brächte.

„Und wer ist das da?", fragte Aschendorffer, als er einsteigen wollte und auf dem Mittelplatz im Führerhaus bereits der Schnauzbart saß.

„Isse andere Bruder."

Die Antwort reichte dem Professor nicht. Er ließ seinen fragenden Blick auf „andere Bruder" ruhen und schnarrte: „Und? Wozu brauchen wir ihn?" Es gefiel ihm nicht, dass noch weitere Personen in sein Vorhaben eingeweiht wurden.

Kaymal grinste und entblößte dabei unter der von einem fadendünnen Schnäuzer gesäumten Oberlippe eine Reihe unglaublich gelber großer Zähne. Ein Eckzahn trug eine protzige Goldkrone. Sie funkelte im Morgenlicht. Kaymal erklärte: „Bruder isse Cheffe von Bergewachtposte auf die Feldberg obe." Als sei dort der Gipfel, zeigte er zur Bekräftigung mit seinem dicken Zeigefinger himmelwärts.

„Bergwacht Feldberg?" Der Professor blickte skeptisch drein. Kaymals „anderer Bruder" saß unschuldig wie ein kurdischer Flüchtling auf seinem Platz und machte den Eindruck, als verstünde er kein Wort von dem, was gesprochen wurde.

Kaymal schob eine Erklärung nach: „Kann er fahre Ski-Doo-Schlitte!"

„Ski-Doo was?"

Mit dem Daumen deutete Kaymal hinter sich Richtung Lieferwagen: „Ski-Doo! Isse so kleine Schlitte zum Fahre über

Schnee und Eiseberg!" Zur Bekräftigung schürzte er die Lippen und machte ein Gesicht, das Aschendorffer an dem Türken schon kannte. Es drückte in etwa aus: Mach dir keine Sorgen, alles wird gut.

Der Professor wanderte um den bofrost-Lieferwagen herum und zerrte hinten an der Luke. Kaymal kam ihm zu Hilfe und stemmte die Tür auf. Arktische Kälte schlug ihnen entgegen. Der Laderaum des Lieferwagens war fast leer. Keine tiefgefrorenen Leckerbissen. Stattdessen stand im hinteren Teil des Transporters eine große, verschlossene Blechkiste und davor ein gelber Motorschlitten, der mit einer Pritsche zum Transport von havarierten Wintersportlern ausgestattet war. Der Schlitten trug vorne auf der Nase die Aufschrift „Bergwacht".

Johannes Aschendorffer schüttelte ungläubig den Kopf, nicht ohne innerlich seinem Helfer zu gratulieren. Blendende Idee. Natürlich würden sie ein Transportfahrzeug brauchen, um die gefrorene Leiche vom Gletscher zu holen. Kaymal hatte an alles gedacht.

Sie schlugen die Luke des Lieferwagens zu.

„Und dein Bruder ist bei der Bergwacht Feldberg?", fragte Aschendorffer skeptisch.

Kaymal nickte: „Cheffe dort!", bekräftigte er.

Also zwängte der Professor sich auf den Beifahrersitz neben Kaymals Bergwacht-Bruder, der aber keinesfalls wie ein Bergwacht-Chef aussah. Hätte er sonst Sandalen und kurze Hosen getragen? Die Fettspritzer auf dem kurzärmeligen Hemd des Bruders sprachen auch eine andere Sprache. Überhaupt roch es streng nach Dönerbude. Kaymal startete den Wagen. Aschendorffer seufzte. Er hatte einen Kühlwagen, einen Motorschlitten, zwei zu allem bereite türkische Helfer, er kannte die exakten Koordinaten vom Fundplatz der Gletscherleiche. Was wollte er mehr?

Die Fahrt ging durch Nieselregen auf der A5 Richtung Basel und Schweizer Grenze. Der Professor vertiefte sich in einen

Wälzer mit dem Titel „Zur Flora der Sedimentgebiete im Umkreis der Südrätischen Alpen". Er sprintete in gewohnter Manier durch die Seiten. Die beiden Türken qualmten stinkende Balkanzigaretten. Die Lüftung des Lieferwagens surrte auf Hochtouren, um den Qualm ins Freie zu befördern. Aschendorffer fühlte sich nicht belästigt. Der Professor war zwar hundertprozentiger Nichtraucher und Antialkoholiker, aber keineswegs ein Gesundheitsfanatiker. Es machte ihm nichts aus, wenn er von Zigarettenqualm eingenebelt wurde. Im Autoradio lief SWR3: Das Wetter würde nicht besser werden, regnerisch und kalt, so, wie es Ende September in der Schweiz zu erwarten war.

Ohne Schwierigkeiten kamen sie über die Grenze in Basel. Kaymal hatte kurz zuvor eine bereits mehrfach gebrauchte, geschickt präparierte Schweizer Autobahnvignette aus seiner Brieftasche gezaubert und auf eine Art und Weise auf der Windschutzscheibe befestigt, dass er sie jederzeit wieder abnehmen konnte. Die Schweizer Grenzposten belästigten sie nicht. So fuhr das Trio ohne Pause in gesetzeskonformem Tempo auf der Autobahn über Zürich nach Chur, von dort in immer heftiger niederprasselndem Regen auf der Schnellstraße nach Lenzerheide, Silvaplana, St. Moritz, wo der Regen in leichten Schneefall überging. Dann bogen sie auf die Via da Bernina Richtung Pontresina und Morteratsch ab.

Alles ging gut. Ihnen begegneten kaum andere Autos. In Morteratsch lag die Hauptstraße verlassen im Schneeregen. Das Dorf befand sich im Postkartenmodus. Still und leer. Einheimische und Touristen saßen noch beim Frühstück. Die Tachouhr im Lieferwagen zeigte kurz nach neun Uhr. Kaymal fand sofort die Stelle, wo der Gletscherlehrpfad zum Gletscher ins Gelände führte. Ein großes Verbotsschild zeigte an, dass dieser Wanderweg für Fahrzeuge gesperrt war. Kaymal wendete und steuerte den Lieferwagen im Rückwärtsgang in den schmalen Schotterweg hinein. „Fahre so weit wie komme." Aschendorffer kontrollierte die GPS-Koordinaten. Der „andere Bruder" schwieg und qualmte.

*

Eine knappe Stunde später standen sie in der Gletscherspalte, die den Leichnam barg. Inzwischen segelten kirschgroße, fette, weiße Schneeflocken vom Himmel. Die Sicht betrug null Meter. Dennoch fand Kaymal mithilfe von Kompass und GPS die Stelle, wo die Leiche im Eis steckte. Kaymals Begleiter steuerte den Motorschlitten, der auf Raupen fuhr, so dass er nicht nur auf Schnee und Eis vom Fleck kam, sondern auch auf Bergwiesen, Schotterhängen und Trampelpfaden, die sie bis zum Erreichen der Gletscherzunge hatten queren müssen. Das war ein abenteuerlicher Ritt gewesen. Die beiden Türken hatten den Schlitten kurzgeschlossen, um ihn zu starten. Professor Aschendorffer wusste, dass dies nichts Gutes bedeutete, sowohl im Hinblick auf die Eigentumsverhältnisse, als auch hinsichtlich der Fahrerqualitäten. Mehr als einmal drohte das Gefährt umzukippen oder steckenzubleiben. Irgendwie schaffte es „anderer Bruder" aber immer wieder, den Kurs zu halten. Kaymal, der mit Aschendorffer hinten auf der Blechkiste saß, die die beiden Türken auf die Schlittenpritsche geladen hatten, dirigierte seinen Bruder auf Türkisch. Kein Problem für Aschendorffer. Selbstverständlich verstand er Türkisch. Er hatte die Sprache zwar nie gezielt erlernt, aber er kannte sie, wie so viele andere Sprachen auch. Er experimentierte nämlich seit geraumer Zeit mit dem Broca-Areal und dem Wernicke-Zentrum, den beiden Sprachzentren im menschlichen Gehirn. Aschendorffers neurolinguistische Experimente zählten zu seinen vielen Nebenbeschäftigungen. Bei den Kollegen im BioGen lösten sie bisweilen Kopfschütteln aus. Nur wenn der Professor aus heiterem Himmel plötzlich eine kleine Ansprache auf Indisch hielt, schauten alle verblüfft aus der Wäsche und Dr. Murji Amresh lief rot an, weil Aschendorffer ihn als blöden Wichser bezeichnet hatte, der gefälligst Frau Dr. Bliesthal nicht ständig in den Ausschnitt schielen solle. Volltreffer! Was sein Trick dabei war, das verriet Aschendorffer nicht. Aber es sah so aus, als könne er binnen weniger Tage eine völlig neue Sprache in sein Gehirn hämmern und dann auch anwenden. Aschendorffer sprach und verstand auf diese Weise leidlich unter anderem auch Russisch, Chinesisch, Portugiesisch, Finnisch und so etwas Exotisches wie Rätoromanisch. Letzteres könnte ihm vielleicht in dieser Region eine Hilfe sein, sollten sie je auf einen Ureinwohner treffen.

Der Professor inspizierte die Stelle, wo die Leiche im Eis steckte. Die Hand drohte einzuschneien. Aschendorffer blies sorgfältig die dicken Schneeflocken beiseite. Er nahm eine Lupe zu Hilfe, um die Hand Millimeter für Millimeter abzusuchen. Dabei kniete er im Schnee und wackelte mit dem Kopf. Ungerührt von Schneefall und Kälte und als hätte er alle Zeit der Welt, kramte Aschendorffer ein kleines Etui hervor, in dem er medizinisches Besteck verwahrte. Die beiden Türken schlotterten wie frisch geschorene Hunde. Meslut Kaymal schlug sich die Arme um den Oberkörper, um sich warm zu halten. Trotzdem klapperte er mit seinen gelben Riesenzähnen wie ein aus dem Eismeer geborgener Schiffbrüchiger. Sein schweigsamer „Bruder" hüpfte von einem Bein auf das andere. Seine pelzig behaarten Füße steckten in speckigen Sandalen. Die türkischen Krummsäbelbeine zitterten in den kurzen Hosen und die üppige Behaarung stand in der Kälte ab wie kleine, spitze Stacheln.

Seltsamerweise schien der Professor überhaupt nicht zu frieren. Er widmete sich in aller Seelenruhe seinen Untersuchungen. Jetzt setzte er eine feine Kanüle an und nahm eine Biopsie vor. „Kleine Gewebeprobe", erläuterte er, mehr zu sich selbst als zu den Türken. Dann trat er einen Schritt zurück und nahm die gesamte Situation in Augenschein. Bis auf die Hand steckte die komplette Leiche im Gletschereis. „Wie kriegen wir den

Kerl da nur heraus?" Der Professor kratzte sich am Kopf. Das Schneekäppchen rutschte ihm in den Kragen. Er reagierte nicht darauf.

„Habbe schon überlegt", meldete sich Kaymal. Er wies seinen Landsmann an, die mitgeführte Blechkiste zu öffnen. Dort kamen zwei Kettensägen zum Vorschein. Aschendorffer begriff. Die beiden Türken wollten einen kompletten Eisklotz heraussägen. Sie wollten den Leichnam als mobile Tiefkühltruhe bergen. Hervorragend!

Der Professor nickte anerkennend. „Wo hast du die Sägen her?"

„Hab ich Onkel. Isse Holzefaller! In St. Märge!"

Aschendorffer markierte die Umrisse des Leichnams, so wie er ihn hinter der Eiswand vermutete. „Wir müssen sicher gehen, dass wir die Leiche nicht beschädigen. Also machen wir den Eisklotz lieber großzügig. Hier, und hier, und hier!", eifrig zeigte er die Stellen, wo die Türken sägen sollten.

Nach mehreren Fehlversuchen warfen Kaymal und sein Gehilfe mit vor Kälte klammen Fingern die mächtigen Motorsägen an. Sie knatterten gierig und stießen gewaltige Abgaswolken aus.

Die beiden Türken frästen sich von zwei Seiten ins Eis. Es ließ sich schneiden wie Butter, dennoch war es Schwerstarbeit. Kaymal schwitzte trotz der Kälte nach wenigen Minuten. Zwischendurch hielten die beiden inne, damit Aschendorffer den Fortschritt der Arbeiten überprüfen konnte. Aschendorffers Helfer ackerten wie echte Holzfäller. Beide Männer waren, anders als Aschendorffer, keine halben Portionen. Kaymal besaß den Brustkasten eines olympischen Ringers. Sein angeblicher Bruder sah aus wie Ben Hur mit dem Gesicht von Omar Sharif. Beide schufteten schweigend. Nur gelegentlich stießen sie pfeifend den Atem aus. Sie mussten den Eisklotz von allen Seiten in mehreren Etappen schräg ansägen, so lösten sie das

Eismaterial rund um den frostigen Sarg. Schließlich mussten sie auf dessen Rückseite gelangen, um den Fund gänzlich frei zu sägen. Sie bohrten ihn mehr oder weniger aus dem Gletscher heraus.

Aschendorffer erkundete unterdessen das Gelände. Wegen des Schneefalls sah er keine zwei Meter weit. Über dem Morteratsch-Gletscher hing milchiger Bühnennebel. Fette Schneeflocken verdeckten alle Spuren.

Die Blechkiste musste runter von der Pritsche des Motorschlittens. Meslut und sein Partner bohrten zwei Kletereisen in ihren herausgesägten Eisklotz, und zerrten ihn an mächtigen Abschleppseilen aus dem Gletscher heraus. Er glitt fließend in die bereitgestellte Schlittenpritsche, als hätte ein Dutzend Hochleistungsingenieure diesen Vorgang berechnet. Der Schlitten ging in die Knie.

Kaymal grinste: „Steckt drinne wie Schneefittschel!", kommentierte er.

Der Professor zog tadelnd eine Augenbraue nach oben: „Schneewittchen", korrigierte er.

Kaymal grinste weiter: „Sagge ich doch: Schneefittschel."

Die Türken nestelten mit ihren blaugefrorenen Fingern durchnässte Zigaretten aus den Brusttaschen ihrer Hemden und beratschlagten beim Qualmen ihr weiteres Vorgehen. Dies hier war ihr Projekt. Sie zurrten den Eisklotz auf dem Schlitten fest. Der Professor stand zwar daneben, hatte aber nichts zu sagen. Er erfuhr das Ergebnis der Beratungen: „Zwei Mann musse laufe nebbe die Schlitte un abstütze! Ein Mann isse Fahrer! Geht Berge abwärts, isse einfach!"

Das war ein großes Wort. Es war klar, dass Aschendorffer nicht der Fahrer sein konnte. „Ich tue mein Bestes", versprach er. „Wenn nur der Schlitten nicht umkippt."

Bevor sie den Platz ihres Grabraubes verließen, deponierten die beiden Türken noch die Blechkiste mit den beiden Motorsägen in dem großen Eisloch, das sie ins Gletschereis gesägt hatten. „Schneit zu und isse weg!", behauptete Kaymal.

*

Wie sie es schafften, Schlitten, Eis, Leichnam und Professor unversehrt bis zum Lieferwagen zu bringen, bleibt das Geheimnis der beiden anatolischen Hochgebirgsjäger. Es dämmerte bereits, als der Eisklotz mit der Gletscherleiche wohl verwahrt im Kühlregal des Lieferwagens lag. Während Aschendorffer noch immer behaglich warm und entspannt wirkte, zitterten die erschöpften Schwerarbeiter. Kaymal rotzte geräuschvoll in den Schnee, warf die Heckklappe des Lieferwagens zu und verriegelte sie. „Schnell abfahre!", kommandierte er und kletterte selbst auf den Fahrersitz. Die Klimaanlage lief auf Hochtouren. Der Scheibenwischer schob emsig Neuschnee von der Frontscheibe. „Und dein Bruder? Wieso steigt er nicht ein?", fragte Aschendorffer.

Kaymal, wieder eine Kippe im Mundwinkel, nickte zum Heck des Lieferwagens und erklärte trocken: „Musse Schlitte versorge."

Aschendorffer stierte skeptisch in den Seitenspiegel. Wie sollte das gehen? Wohin konnte der Mann an diesem Ort und um diese Uhrzeit mit dem Schlitten wollen? Über die Berge kroch die kalte Nacht herunter. Dicke Schneeflocken fielen vom Himmel wie sie nicht schöner an Weihnachten fallen können. Morteratsch lag vor ihnen im Schneegestöber, durfte von ihrer Anwesenheit aber möglichst nichts mitbekommen. Der arme Mann stand durchgefroren in Sandalen und kurzen Hosen im Neuschnee. Türken sind normalerweise nicht für Schweizer Gletscher gebaut. Es könnte sein Tod sein.

„Wo will er hin?"

Kaymal blies eine Qualmwolke aus und knurrte: „Musse zuruck auf die Feldberg!" Dann legte er den ersten Gang ein und steuerte den Bofrost-Eiswagen vorsichtig den zugeschneiten Wanderweg hinunter. Aschendorffer fragte nicht weiter. Sein Vertrauen in Kaymal war grenzenlos. Und um das Wohlergehen des Bruders in Sandalen und kurzen Hosen machte der Professor sich auch keine Gedanken. Fremdes Schicksal. Aschendorffer völlig egal. Hier ging es um Größeres. Um Wissenschaft!

Er nestelte sein Handy hervor und rief Mona an, die in ihrem Hotel in St. Moritz schon voller Ungeduld darauf gewartet hatte. Aschendorffer erklärte nicht viel. Sie solle ihnen auf ihren Namen ein Zimmer in St. Moritz reservieren. Am besten nicht im gleichen Hotel, in dem sie selbst wohnte. Es sprach einiges dafür, ihren Aufenthalt in St. Moritz zu verheimlichen. Hausmeister Kaymal wehrte sich nicht gegen die Übernachtung. Wenn Aschendorffer es verlangt hätte, wäre er auch noch in der gleichen Nacht nach Freiburg zurückgefahren. Aber die Nacht in einem warmen Hotelbett konnte auch der unzerstörbare Meslut Kaymal dringend gebrauchen. Wieso fror Aschendorffer nicht? Das war Kaymal ein Rätsel. Normalerweise war er es gewohnt, körperlich mehr auszuhalten als jeder andere. Aber dieser komische mickrige Professor, an dem nicht viel mehr dran war als an einem verhungerten Radrennfahrer, der zeigte keinerlei Schwäche, keine Anzeichen von Erschöpfung, er fror nicht, er kannte keine Schmerzen, er litt nicht. Nicht einmal unter dem Qualm von Kaymals türkischen Zigaretten. Der Professor war ein körperliches Phänomen. Das war einer der Gründe, warum Kaymal ihm bedingungslos ergeben war. Obendrein war der Professor ein Genie. Der andere Grund.

Wenig später erreichten sie das Carlton in St. Moritz. Aschendorffer hatte während der kurzen Fahrt im Telefonat mit seiner Assistentin darauf bestanden, dass sie „den größten Klotz" aussucht. „Wir sollten ein bisschen anonym bleiben", erklärte er schnoddrig, ganz wie es seine Art war. Überhaupt sprach der Professor immer sehr lässig, auf schnippische Art emotionslos.

Im gleichen Tonfall, in dem er den kürzesten Fußweg vom Bio-Gen-Institut zum Freiburger Hauptbahnhof erklärte, berichtete er auch von der erstmaligen Verpflanzung eines Hühnerhirns in den Schädel einer Taube. Das war ihm vor einem halben Jahr gelungen. Die Taube konnte danach zwar nicht mehr fliegen, lebte aber noch vier Wochen lang. Auf jeden Fall hätte man an seinem Tonfall niemals erkennen können, ob es sich nun gerade um etwas Wichtiges oder eher etwas Belangloses handelte. Gefühle drückte Aschendorffer nicht durch Sprache aus, sondern durch Aktivitäten. Je hektischer er wurde, je aufgeregter und ungeduldiger, desto größer war seine emotionale Erregung. Jetzt zum Beispiel.

Während der Fahrt ließ der Professor sich von Kaymal die Funktion des Kühlwagens erläutern. Permafrost war garantiert, auch wenn sie den Wagen über Nacht in der Hoteltiefgarage abstellten. Das stellte den Professor zufrieden.

Das Carlton saß als monströses Schloss in prominenter Hanglage mitten in Sankt Moritz und blickte aus einer zwölfstöckigen Suiten-Front gelassen auf den Ort und den dazugehörigen See hinunter. Der Professor stolzierte ein, zückte seine Kreditkarten und wurde auf der Stelle kniefälligst umsorgt. Er gehörte zu jener Sorte von Menschen, denen Dienstpersonal sofort die Bedeutung ansah. Dazu brauchte er keine Worte, schon gar nicht prunkvolle Kleidung und auch keinen Porsche draußen vor der Hotelzufahrt. Es genügte ein messerscharfer Blick, damit ihm das Personal an der Rezeption alle Wünsche erfüllte. Währenddessen brachte Kaymal den Lieferwagen in die Tiefgarage. Aschendorffer versicherte sich, dass Mona alle seine Anweisungen umgesetzt, ihnen getrennte Zimmer reserviert, frische Kleidung besorgt und schon den Tisch zum Abendessen reserviert hatte. Sie telefonierten kurz miteinander. Aschendorffer legte Wert darauf, dass Monas Freund Armin weiterhin nichts von seiner Anwesenheit wusste. Er erfuhr, dass sich die Bergwacht und ein Beamter der Schweizer Gendarmerie bei Mona angemeldet hatten, um deren Aussagen zu protokollieren. Die Schweizer Obrigkeit beabsichtigte, angemessenes Wetter vorausgesetzt, den Gletscherleichnam am nächstfolgenden Werktag zu bergen.

Aschendorffer und Kaymal nahmen im Hotelrestaurant ein mehrgängiges Abendessen unter Kronleuchtern ein, bei dem Kaymal vor Erschöpfung mehrfach einzuschlafen drohte. Der Professor klopfte ihm dann mit dem schweren Silberlöffel auf den Handrücken. Ein Schwarm pinguinähnlicher Kellner umsorgte die beiden späten Gäste. Dass man gemeinhin in diesem Ballsaal in festlicherer Garderobe zu speisen pflegte, war dem Erscheinungsbild der übrigen Gäste zu entnehmen. In dieser Hotelkategorie waren die Bediensteten schrullige Typen aller Art gewohnt.

Später führte Aschendorffer sich das kostenpflichtige Porno-Video-Angebot des Hotels zu Gemüte – stets die Stimme Fräulein Monas im Ohr und ihr Bild im Kopf. Er lag noch lange wach und schmiedete Pläne hinsichtlich der gekaperten Gletscherleiche. Er wusste genau, wie er vorgehen wollte: Zuerst würde er die Gewebeproben analysieren, das genaue Alter, Herkunft und spezifische Eigenheiten des Leichnams ermitteln. Vom Zustand insgesamt wollte er dann das weitere Vorgehen abhängig machen. Vielleicht war es ja möglich ...? Nein, er wollte nicht zuviel träumen. Noch nicht.

Hatte er am Abend noch wie der vernichtend geschlagene Hauptmann des osmanischen Sultans gewirkt, so sah man Meslut davon am nächsten Morgen nichts mehr an. Frisch wie ein Animateur stand er dienstbereit auf der Matte und klopfte den Professor aus dem Zimmer. Ohne Frühstück checkten sie aus und verließen das Hotel durch die Tiefgarage. Der Eisblock im Lieferwagen, so versicherte Kaymal, befand sich noch unversehrt im Kühlraum, solide tiefgefroren. Aschendorffer konnte es nicht mehr erwarten, möglichst bald mit dem Leichnam ins Institut zu kommen. Kaymal fuhr trotzdem nicht schneller als erlaubt. In Basel bog er in den innerörtlichen Verkehr Richtung Riehen ab. Aschendorffers fragenden Blick beantwortete er mit der verschwörerischen Auskunft, einen „Schleichewege" über die Grenze zu kennen. An dem kleinen Grenzübergang zwischen Riehen und Lörrach werde nicht kontrolliert. „Nixe Risiko!"

Kaymal konnte nicht alles wissen, und er hatte nicht immer Recht. Am Grenzübergang trat ihnen ein bundesdeutscher Zollbeamter in den Weg und zwang sie mit einer Kelle zum Anhalten. Sein Kollege saß ein paar Meter weiter im zivil getarnten Einsatzfahrzeug. So ein Pech. Sie waren zufällig in eine Stichprobenkontrolle geraten.

Kaymal bleckte die Zähne und kurbelte die Seitenscheibe herunter. Ganz höflich: „Nixe zu verzolle! Bringe tiefekühle Gemuse!"

„Ihre Papiere bitte!"

Sie streckten ihre Ausweise aus dem Fenster. Kaymal zeigte die meterbreite Front seiner gelben Zähne und hatte erstaunlicherweise auch die Fahrzeugpapiere des Lieferwagens parat. Darunter auch einen zerknitterten, mehrfach gefalteten Frachtgutlieferschein.

Der Zollbeamte nahm alles gründlich unter die Lupe und reichte eines nach dem anderen wieder ins Führerhaus zurück. Beim Frachtgutlieferschein stutzte er. „Das ist auf Türkisch ausgefüllt!"

„Isse korrekt!", bestätigte Kaymal strahlend.

Unwillig schüttelte der Beamte den Kopf. „Das kann ich leider nicht lesen. Was haben Sie geladen?"

Aschendorffer, der sich vorgebeugt hatte, um besser zu verstehen, geriet ins Schwitzen. War jetzt alles verloren? Wie kam Kaymal dazu, Papiere auf Türkisch auszufüllen? So ein Vollidiot. Das musste ja schief gehen.

Kaymal zog dem Zollbeamten sanft den Lieferschein aus den Händen und übersetzte, was dort stand: „Isse tiefekühle Lebensmittel. 17 Kilogramme von Pizza, 31 Kilogramme von Fische, 24 Kilogramme von Gemuse, 20 Kilogramme süsse Eise, 40 Kilogramme ...“

War der Kerl wahnsinnig? Aschendorffer kniff Kaymal unauffällig in den Oberschenkel. Aber der fuhr ungerührt fort: „... 55 Kilogramme halbe Pilic ...“

„Pilic?“, fragte der Zollbeamte.

„Isse Bratehähne“, korrigierte Kaymal.

„Brathähnchen, ah so!“ Der Zollbeamte hatte verstanden. Er hörte sich noch einige weitere Sekunden lang Kaymals Aufzählung an, dann bat er: „Öffnen Sie doch mal den Laderaum!“

Aschendorffer wog seine Flucht- gegen seine Ausredenalternativen ab. Beide waren wenig ermutigend. Kleinlaut stieg er aus. Kaymal und der Grenzwächter standen bereits hinter dem Lieferwagen. Kaymal löste den Sicherungshebel und klappte die Ladetür auf. Das Innere des Kühlwagens war bis unter das Dach mit Bofrost-Waren gefüllt: Fertigpizzen, gestapelte Gemüseportionen, Fleischmenüs, Speiseeis, hartgefrorene Brathähnchen, handlich wie Rugbybälle, alles von einem feinen Frostreif überzogen. Der Grenzbeamte lies kurz den Blick darüber streifen, tippte mit einem Finger eine Fischstäbchenpackung an, zog sie heraus, prüfte sie kurz und legte sie wieder an ihren Platz.

„Alles in Ordnung. Sie können weiterfahren!“

Kaymal grinste und machte einen devoten Bückling. Aschendorffer stand daneben und glotzte ungläubig. Wo war ihr Eisblock? Hatte Kaymal etwa den Lieferwagen verwechselt?

„Nixe vowechsle“, beschwichtigte der seelenruhig, als sie endlich auf deutsches Hoheitsgebiet rollten. „Habbe nur bissele versteckt!“ Er grinste sein Zampanogrinsen und erklärte, dass er am Morgen vor der Abfahrt den Tiefkühllagerraum eines

Lebensmittelmarktes in St. Moritz ausgeräumt und den Lieferwagen mit den Waren zugepackt habe.

Aschendorffer klopfte ihm begeistert auf die Schulter. Er
wollte nicht genauer nachfragen, was „Ausräumen" zu bedeuten hatte.

2

Gendarmerie-Feldweibel Urs Rüthli vom Dezernat Kriminal-polizei bei der Graubündener Kantonspolizei in Chur wippte auf seinem ausgesessenen Schreibtischstuhl, während er den ersten Bürokaffee des Morgens trank und dabei die Protokolle aus den einzelnen Polizeiposten las. Da war übers Wochenende wieder einiges los gewesen: Ein amoklaufender Ehemann in Arosa, Fahrerflucht in Chur, randalierende holländische Ho-telgäste in Flims, ein Fall von illegaler Prostitution in Lenzer-heide, die Kollegen in Silvaplana hatten einen völlig unter-kühlten türkischen Obdachlosen in einer Garage aufgegriffen und vor dem Erfrieren gerettet, der Polizeiposten Samedan mel-dete den Fund eines herrenlosen deutschen Bergwacht-Ski-Doos in der Flaz. Sachen gibt's! Rüthli griff sich an die Stirn und fuhr mit der flachen Hand durch das bereits leicht angegraute Bürstenhaar. Kollege Korporal Hürzeler vom Schreibtisch ge-genüber registrierte die Bewegung aus den Augenwinkeln und kommentierte sie seinerseits mit einem leichten Anheben der Augenbrauen. Der Rüthli wieder, er regte sich immer auf, wenn irgendwo etwas nicht nach Recht und Ordnung lief. Wie un-cool. Hürzeler grinste in sich hinein und widmete sich Wich-tigerem.

In Splügen stand ein Hotel in Flammen, in St. Moritz ha-ben Unbekannte im Coop-Markt eingebrochen und die Kühl-regale leergeräumt ... Rüthli seufzte. Der Posten Pontresina be-richtete von einem Leichenfund im Morteratsch-Gletscher.

Rüthli las das Protokoll aufmerksam durch. Die Leiche war noch nicht geborgen. Wegen des schlechten Wetters. Die Unterstützung der Kriminalpolizei wurde angefordert. Seitlich auf den Protokollausdruck hatte der Oberleutnant, Rüthlis Vorgesetzer, ein rotes Ausrufezeichen markiert und „Rüthli" daneben geschrieben. Das bedeutete, dass er sich noch heute Morgen auf den Weg nach Pontresina machen sollte. Immer noch besser, als der Papierkram auf dem Schreibtisch. Er warf einen Blick zur trüben Fensterscheibe hinaus. Leichter Nieselregen ging über Chur nieder.

Feldweibel Rüthli spähte zum Nachbarschreibtisch hinüber, wo Korporal Pirmin Hürzeler soeben zur dienstlichen Lektüre die „Blick" aufblätterte. Hürzeler war ein junger Kerl, ein frischer Kollege, der für Rüthlis Geschmack den Beruf nicht ernst genug nahm. Aber er war willig, und Rüthli hatte sich seiner angenommen. „Wir fahren nach Pontresina!", rief er über die Schreibtische hinweg. „Leichenfund!".

Widerwillig legte Hürzeler die Zeitung zur Seite und griff nach seiner Uniformjacke. Hürzeler war ein langer Lulatsch, dem die Gendarmerieuniform an den Ärmeln zu kurz, am Kragen zu weit und im Kreuz zu breit geraten war, so dass er darin wirkte wie die Parodie eines Zirkusdompteurs. Aber er stellte keine langen Fragen. Er verließ sich ganz auf Rüthli. Der würde schon wissen, was zu tun war. Er wusste immer Bescheid – ein Vorbild an Diensteifer, Pflichtbewusstsein, Genauigkeit und polizeilicher Aufopferung. In mehr als zwanzig Dienstjahren hatte Rüthli sich vom kleinen Verkehrspolizisten mit mangelhafter Schulbildung langsam und beharrlich nach oben gearbeitet. Dass er es einmal zum Feldweibel mit besonderen Aufgaben bei der kantonalen Kriminalpolizei bringen würde, hätte er sich nicht träumen lassen. Er war kein Überflieger, kein grandioser Ermittler, keine geniale Spürnase. Jeden Schritt, den er tat, überlegte er dreimal und sicherte ihn nach allen Seiten ab.

Lieber bewegte er sich gar nicht als falsch. Seine Devise lautete: „Eins nach dem Anderen". Er verfolgte einen harmlosen Autodiebstahl mit der gleichen Akribie wie einen bewaffneten Banküberfall. Er gehörte zu jener seltenen Sorte von Menschen, die beim kleinsten Online- Kauf die allgemeinen Geschäftsbedingungen ausdruckten und komplett durchlasen. So hielt er es mit jedem Schriftstück, das ihm dienstlich auf den Schreibtisch kam. Er las es zwei- oder dreimal genauestens durch, markierte wichtige Stellen mit gelbem oder grünem Stift, unterstrich einzelne Wörter, bis er sicher war, dass er alles verstanden hatte.

Rüthli war Junggeselle. Frauen hatten es nie lange mit ihm ausgehalten. Oder er nicht mit ihnen. Seine Ansprüche an die äußere Erscheinung einer Frau waren nicht sehr hoch, sie wären an sich kein Hindernis gewesen. Doch seine Erwartungen hinsichtlich der Haushaltsführung und der Rollenverteilung zwischen Mann und Frau hatten bisher noch jede sich anbahnende Zweisamkeit schnell wieder im Keim erstickt. Rüthli erwartete, dass die Frau seiner Wahl mehr oder weniger das eigene Leben aufzugeben und sich ganz in den Dienst ihres Mannes zu stellen hätte. Eine solche Frau hatte er bislang noch nicht gefunden. Das bereitete ihm aber kein Kopfzerbrechen. Er war sich selbst genug, kochte gerne, bügelte akkurat, besorgte seinen Haushalt mit der gleichen Perfektion, mit der er seine Polizeiaufgaben anging und wusste jedes Mal, wenn er auf eine Kontaktanzeige im Bündner Tagblatt reagierte, wie es enden würde. Nämlich mit einem Reinfall. Dass er sich dennoch mit schöner Regelmäßigkeit darauf einließ, hatte etwas mit seinem Pflichtbewusstsein zu tun. Ein Mann hatte die Pflicht, nach einer Frau Ausschau zu halten, nach einer Lebensgefährtin. Das war eine noch unerledigte Aufgabe in Rüthlis Leben.

Aber für den Moment stand eine ganz andere Aufgabe auf dem Dienstplan: die Leichenbergung im Morteratsch-Gletscher. Das konnte ein Fall für die Kriminalpolizei werden, musste aber nicht. Vielleicht war es ein verschollener Bergwanderer. Ein Verunglückter. Höchstwahrscheinlich war es das, die meisten Gletscherleichen waren von dieser Sorte. Aber ein Toter ist ein Toter. Also fuhr Gendarmeriefeldweibel Urs Rüthli zusammen mit seinem Kollegen Korporal Pirmin Hürzeler unverzüglich hinaus nach Pontresina.

Wie er erwartet hatte, trafen sie die ARS-Bergungsmannschaft der Alpine Rettung Schweiz, Rettungsstation 3.01 Pontresina, nicht mehr an. Der aus fünf Bergrettern bestehende Trupp war bereits zusammen mit einem Polizisten der Polizeistation Pontresina aufgestiegen zum Morteratsch-Gletscher, um dort unter Mithilfe des Bergführers Bernie den Leichnam aus dem Eis zu bergen.

„Wann sind sie losgegangen?"

Der Diensthabende in der Polizeistation von Pontresina warf einen Blick auf die Wanduhr und antwortete: „Z' Nüni!" Jetzt war es bereits nach 13 Uhr.

Rüthli kommentierte: „Vor vier Stunden. Dann müssten sie doch schon oben sein, oder?"

Der Kollege schüttelte den Kopf.

Korporal Hürzeler studierte unterdessen die Aushänge am Schwarzen Brett in der Polizeistube, was Rüthli missbilligend aus den Augenwinkeln zur Kenntnis nahm. Der Kollege interessierte sich wohl nicht besonders für den heutigen Auftrag.

„Schon Funk gehabt?"

Der Diensthabende verneinte. Rüthli hielt den Blick dackeltreu auf ihn gerichtet, sagte aber nichts, als wartete er auf weitere Auskünfte. Schließlich verstand der Andere. „Sölled mr äss emol ufä probiere?"

„Ja bitte, funken Sie die ARS mal an."

Sie begaben sich an die Sendestation in der Einsatzzentrale. Rüthli achtete darauf, dass er dem Kollegen aus Pontresina auf dem Fuß folgte. Der sollte bloß nicht das Gefühl haben, die Angelegenheit wäre nicht dringend.

Nach wenigen Versuchen bekamen sie Funkkontakt. Es knarzte und rauschte zwar, als befänden sich die Gesprächspartner auf einer Mondlandemission, doch es funktionierte leidlich.

„Wa isch? No nüünt gfunde? So öbis abber au!" Ein paar Gesprächsfetzen flogen hin und her. Im Wesentlichen transportierten sie folgende Informationen: Der Suchtrupp irrte in den Gletscherspalten umher und der Bergführer wurde gerade irre, weil er die Stelle nicht mehr wiederfinden konnte, wo die Leiche sein sollte. Es regnete. Die Sicht war schlecht. Nein, die Kriminalpolizei werde nicht gebraucht. Auf keinen Fall sollten sie nachkommen. Das bringe gar nichts. Man würde den vermeintlichen Leichnam schon alleine nicht finden, falls es ihn nicht gebe, da brauche man keine Kripo dazu. Ja, klar, wenn es ihn aber doch gebe, dann werde man ihn selbstverständlich finden. Da sei noch weniger Hilfe der Kriminalpolizei vonnöten. Ja, bitte, die Selbige solle doch einfach unten in Pontresina warten und im Puntschella einen Kaffee trinken. Man melde sich wieder.

*

Der ARS-Rettungstrupp irrte tatsächlich im Nebel umher wie Robert Falcon Scotts letztes Aufgebot auf der Suche nach dem Nordpol. Vorneweg ein zunehmend ratloser Bergführer Bernie, dann fünf mit Rucksäcken, Funkgeräten, Tragegestellen, Schlitten, Akia und Eispickeln ausgerüstete Mitglieder der Alpinen Rettung Schweiz sowie, ganz am Ende der Schlange und nass wie ein Putzlappen, der Polizist aus Pontresina, Wachtmeister Luchsinger. Bergführer Bernie schaute betröpfelt aus der Wäsche. Mutlos hing ihm der Bart unter der Nase. Beide tropften. Jetzt wusste er bald nicht mehr weiter. Sie waren die Gletscherspalte erst aufwärts, dann abwärts abgegangen. Es gab keinen anderen Weg. Nur diese eine Spalte war begehbar. Und Bernie wusste genau, dass er hier mit den Amerikanern und dem Paar aus Deutschland durchgekommen war. Aber wo war die Gletscherleiche geblieben?

Thommy, der ARS-Truppführer in seinem schwarzgelben Antarktis-Overall, trat zu Bernie und legte ihm die behandschuhte Hand auf die Schulter. „Lömmers si, Bernie. Was meinsch? Bi dem Pflotsch finde mr nüüt meh, odder?"

Bernie schüttelte den Kopf.

„Nai! I hannen doch sälber gsähne. Un i han kein Aff cha!"

Es nützte Bernie nichts, zu beteuern, er sei nicht betrunken gewesen. Die Blicke der anderen Bergretter, die ihn umstanden wie das Ärztekollegium in der Psychiatrie den Patienten, sprachen Bände. Denn genau das dachten sie, dass er besoffen gewesen sei. Bernie holte noch einmal sein Handy mit den Aufnahmen heraus, die er von der Gletscherhand gemacht hatte. Der Regen lies die Bedienoberfläche sofort schmierig werden, doch es gelang ihm, nachdem er den Handschuh ausgezogen hatte, das Foto aufzurufen. Er zeigte es herum. Zum wiederholten Male. Leider hatte er versäumt, die GPS-Daten mit abzuspeichern. Er schalt sich einen Trottel dafür. Aber jetzt war es zu spät. Nach seinem Empfinden standen sie genau an der Stelle, wo die Hand hätte sein müssen. Doch nichts als tropfendes Eis und Schnee umgab sie. Aber Moment mal? Schnee? Wieso Schnee? Es hatte doch nicht wirklich geschneit. Und hier unten in der zwanzig Meter tiefen Gletscherspalte bestand doch keine Wand aus Schnee? Er boxte gegen die eisige Schneewand, die sogleich in Abertausende von Eisraspeln zersplitterte, in sich zusammenfiel und zu ihren Füßen in das gluckernde Schmelzwasser hineinkalbte. Der Blick war frei auf eine künstliche Höhlung in der Eiswand. Bernie sprang erschrocken zurück, die ARS-Bergretter ebenso. Die Höhlung maß etwa drei auf zwei Meter und ging fast zwei Meter tief ins Eis hinein. Gegenstände lagen darin: zwei Kettensägen, bereits festgefroren. Zwei Benzinkanister. Ein Fülltrichter. Eine große Blechkiste. Verblüffte Kommentare gingen hin und her. Bernie kniete sich auf die Kante und griff in die Höhle hinein, um einen der Kanister herauszuziehen, als ihn der scharfe Ruf von Wachtmeister Luchsinger stoppte: „Nüünt alängä!"

Bernie lies vor Schreck den leeren Kanister fallen, dieser rutschte auf der abschüssigen Eisfläche aus der Höhle heraus, überschlug sich zweimal, schusselte zwischen den Stiefeln der Suchmannschaft hindurch und wurde vom abfließenden Gletscherwasser holpernd davongetragen. Einer der ARS-Männer schnappte den Flüchtling und hielt ihn triumphierend hoch. Dann stellte er ihn wieder zurück in die Eishöhle.

„De Maa isch gmuggät worre", stellte Thommy nüchtern fest. Bernie nickte. Fast wirkte er erleichtert. Immerhin war jetzt klar, dass er keinen Blödsinn erzählt hatte. Wachtmeister Luchsinger stellte sich so vor die Höhle, dass niemand mehr hineinfassen konnte. Er drückte höchste polizeiliche Entschlossenheit aus. War das hier tatsächlich ein Leichendiebstahl? Die Männer sahen sich ratlos an. Dann besann sich Thommy der beiden Kriminalpolizisten aus Chur, die vor einer halben Stunde über Funk so genervt hatten. „Hol de Funk ussi, mr sotte jetzt doch ämol aariefe", kommandierte der Truppführer.

*

Im Café Puntschella in Pontresina war es gemütlich warm gewesen und der Blick durch die große Fensterscheibe hinaus aufs Dorfzentrum bot kurzweilige Unterhaltung. Hier hätten es Urs Rüthli und sein Kollege Pirmin Hürzeler auch den ganzen Nachmittag aushalten können. Aber Rüthli zögerte keine Sekunde, als er von der Entdeckung oben im Gletscher erfuhr: „Wir gehen sofort hin!" Zwanzig Minuten später saßen sie dick vermummt in Dienstanoraks im geländegängigen Spezialfahrzeug des Polizeipostens Pontresina und ließen sich erst die drei Kilometer bis nach Morteratsch und dann von dort auf dem Gletscherpfad auf den nebelumhangenen Berg hinauf chauffieren.

41

Hürzeler, der vollkommen in seinem Anorak verschwand, plädierte unter Berufung auf die fortgeschrittene Uhrzeit und den schwarzen Himmel unablässig für die sofortige Umkehr. „Wir kommen in die Nacht", jammerte er. Der Geländewagen machte einen Satz. Rüthli hielt sich am Überrollbügel fest. Hürzeler, der Lulatsch, stieß sich den Kopf an und jammerte weiter.

Unterwegs trafen sie Bergführer Bernie mit vier Mann vom ARS-Rettungsteam. Sie hatten sich bereits auf den Rückweg gemacht. Rüthli ermahnte sie, sich anderntags zur Aufnahme eines Protokolls zur Verfügung zu halten und sammelte alle Adressen ein.

Nach zuletzt noch einem 40-minütigen strammen Fußmarsch erreichten sie endlich die Gletscherspalte und die Stelle, an der Anführer Thommy mitsamt einem inzwischen festgefrorenen Wachtmeister Luchsinger wartete. Urs Rüthli lobte den Tapferen als vorbildlichen Beamten, was in diesem die Bereitschaft weckte, noch die ganze Nacht in der Gletscherspalte Wache zu stehen. Rüthli ließ die Stelle zuerst auf sich wirken, während Bergretter Thommy ihm von der Seite die ganze Fundgeschichte noch einmal haarklein erzählte. Nicht ohne mehrfach zu betonen, dass ihm so etwas noch nie vorgekommen sei. Hürzeler fotografierte aus allen Lagen. Rüthli dirigierte ihn: „Klettern Sie mal hier herauf! Jetzt von oben! Jetzt von unten! Sie müssen den Blitz einschalten, odder! So wird das nichts."

Inzwischen brach die Dämmerung über sie herein. Es wurde Zeit, die Beweissicherung abzubrechen. Rüthli wäre bereit gewesen, Scheinwerfer anzufordern und auch noch während der Nacht in der stark nässenden Gletscherspalte herumzukriechen. Alles Wichtige hatte er gesehen. Glaubte er.

Fachmännisch bargen sie die Beweisstücke, packten sie einzeln in Plastikmüllsäcke, verstauten alles in der großen Blechkiste und verluden diese auf den Rettungsakia von Thommy. Die beiden Kettensägen waren monströse Maschinen, mit Schwertern, so groß wie ein Bügelbrett, geeignet, den halben

Amazonas-Regenwald abzuholzen. Rüthli wog eine in den Armen: „Mordsgerät, odder!"

Als Thommy die Blechwanne ein Stück in der Regenrinne weiter schob, die sich unter ihr gebildet hatte, schwemmte das Wasser auch einen kleinen weißen Papierfetzen weg. Rüthli wäre er fast entgangen. Er zog einen Handschuh aus und klaubte das winzige Papierchen aus dem kalten Eiswasser. Hürzeler, der seinen Kollegen kannte, zauberte aus den Tiefen seines Anoraks eine kleine Plastiktüte und hielt sie Rüthli hin. Der streifte das Papierchen in die Öffnung der Plastiktüte hinein und knotete sie dann sorgfältig zu. „S' könnt öbbis si", so verfiel er vor Begeisterung in den heimischen Dialekt. Normalerweise achtete er auf seine kerzengerade, hochdeutsche Aussprache.

Dann schritt Rüthli abermals die Fundstelle ab, inzwischen wegen der Dunkelheit hinter dem buttergelben Strahl einer dicken Polizeitaschenlampe. Es trieb ihn die Sorge um, etwas übersehen zu haben. Am nächsten Tag konnten alle Spuren verweht, verwässert oder verschneit sein. Selbst Wachtmeister Luchsinger, der immer noch in Hab-Acht-Stellung ausharrte, könnte über Nacht verschwinden, wenn sie ihn nicht mitnähmen. Ein Gletscher verschluckte gerne mal auch größere Gegenstände und ohne Probleme auch einen Polizeiwachtmeister. „Bewegen Sie sich!", befahl Rüthli. „Sie frieren uns sonst hier noch fest."

Der Grund der Gletscherspalte war glatt wie eine eingeseifte Rutschbahn. Als sie sich auf den Rückweg machten, schlug es erst Korporal Hürzeler auf den Hintern, dann Wachtmeister Luchsinger. Rüthli und Thommy steuerten hinten und vorne an den Haltegriffen den Akia. So schlitterten sie talwärts. Rüthli sah schon die Schlagzeile vor sich: „Kettensäge aus Morteratsch-Gletscher geborgen!" Zu peinlich! Noch konnte er sich keinen Reim auf den Fund machen. Aber er würde schon herausfinden, was hier geschehen war. Es gab zwar keine Leiche, aber es gab Beweisstücke, es gab Zeugen, es gab Fotos. Er drehte sich zu Hürzeler und raunte ihm zu: „Morgen früh müssen wir Vernehmungen machen und alle Beteiligten befragen, odder! Wenn wir im Polizeiposten sind, machen Sie eine To-Do-Liste!"

Hürzeler stöhnte. Rüthlis Lieblingsbegriff war gefallen: To-Do-Liste! Das bedeutete nichts Gutes. Diese Listen genossen einen legendären Ruf bei der Kriminalpolizei. Und Rüthli wollte sie gleich machen, nicht erst am nächsten Morgen. Nach Hürzelers Zeitempfinden war es bereits Mitternacht. Er war todmüde, nass wie eine Bisamratte und hungrig wie ein Wolf. Wie konnte der Chef jetzt noch eine To-Do-Liste verlangen?

*

Rüthli suchte das deutsche Urlauberpaar Mona Hohner und Armin Röller in ihrem Hotel in St. Moritz auf. Er hatte sie noch am Vorabend zu später Stunde angerufen und sich vergewissert, dass ihr Urlaub noch andauerte und sie für ein Gespräch zur Verfügung standen. Das genervte Mosern von Armin Röller, der etwas von einer geplanten Mountainbike-Tour ins Telefon nuschelte, hatte der Feldweibel ignoriert. Die Frau wirkte am Telefon freundlich.

Rüthli wartete in der kalten Hotelhalle, über deren Steinfliesen frühe Mountainbiker mit klackernden Spezialschuhen stürmten, bereit, die Berge zu erobern, obwohl es draußen fertige Pfützen regnete. Rüthli sah sich um. Ein typisches Sporthotel. Funktional, nüchtern, wenig Romantik. An den langweiligen weißen Wänden hingen übergroße Panoramafotos der Engadiner Bergwelt. Wie originell. Die Rezeption bestand aus einem integrierten, geschwungenen Furniermöbel, welches eine komplette Längsseite der Hotelhalle abschirmte wie eine Staumauer, sowie aus drei lieblosen Sitzgruppen aus schwarzen Lackledersesseln, garniert mit exotischen immergrünen Ziergewächsen. Rüthli war damit befasst, herauszufinden, ob es sich um echte oder um Plastikpflanzen handelte, als er das junge Paar dem Aufzug entsteigen sah. Der Mann war schlank, ein fein getrimmter Freizeitsportler mit auffallender Sonnenbräune. Die Frau war mittelgroß, ebenfalls schlank, mit weiblichen Formen an den richtigen Stellen, und ausnehmend hübsch. Ihr hellblondes Haar hatte sie unkompliziert am Hinterkopf zusammengeknotet. Sie lächelte und strahlte den Typ „Kumpel" aus. Rüthli fand sie schon sympathisch, als sie mit beschwingtem Gang auf ihn zukam. Armin Röller fand er in gleichem Maße unsympathisch. Der Kerl stolzierte wie ein Gockel daher. Er trug einen Trainingsanzug, aus einem Material, das wahrscheinlich im Weltraum erfunden worden war. Das nach hinten gegelte Haar glänzte wie der Schopf eines Tangotänzers.

Rüthli unterdrückte seine erwachende Abneigung. Stattdessen grinste er gutmütig wie ein Berner Sennerhund und lud die beiden zu sich in die Ledersesselecke ein. Er klappte seinen Laptop auf. „Ich schreibe mir immer die wichtigsten Aussagen auf, wenn ich mit Zeugen rede", erklärte er ungefragt.

„Zeugen von was ...?" unterbrach ihn Armin Röller barsch. Im Gegensatz zu Mona Hohner war er stehen geblieben. Herausfordernd hielt er die Arme vor der Brust verschränkt. Rüthli schenkte ihm keinen Blick. Stattdessen wandte er sich an Mona: „Sie haben also diese Hand im Gletscher zuerst entdeckt?"

Mona nickte. Wieso sollte sie patzig sein wie ihr Freund? Sie hatte schließlich nichts zu verbergen. Und dieser knuffige Polizist mit der Kurzhaarfrisur sah doch ganz friedlich aus. Er schaute sie mit treuherzigem Blick an und blinzelte vertrauenerweckend mit den farblosen Wimpern. „Ja", sagte sie. „Die Hand schaute heraus aus dem Eis. Und sie war haarig."

„Und sonst?"

Sie sah ihn fragend an. „Wie, sonst?"

„Ist Ihnen sonst noch etwas an der Hand aufgefallen, außer dass sie haarig war?"

Sie zögerte und schob die Unterlippe vor, um zu überlegen. Dann schüttelte sie den Kopf: „Eigentlich nicht."

„Eigentlich?"

„Was soll denn das?", mischte Armin sich ein. Er fuchtelte mit den Armen. „Sie fragen ja gerade so, als würden wir etwas verbergen."

Rüthli griff das Stichwort ungerührt auf; er lächelte immer noch wie eine Kinderschwester: „Und? Haben Sie ...?"

„Jetzt hört's aber auf!"

„Es ist Ihnen also beiden nichts aufgefallen?"

„Ich wüsste wirklich nicht, was einem da auffallen soll. Eine Hand ist eine Hand. Und das war's!"

Nachsichtig nickte Rüthli. „War es eine Frauenhand?"

„Nein. Das haben wir doch schon den Polizisten von Pontresina gesagt", übernahm Mona jetzt wieder das Antworten.

„Woraus schließen Sie, dass es keine Frauenhand war?" Rüthli hackte mit zwei Fingern auf die Tastatur seines Laptops ein.

„Hab' ich doch schon gesagt: Die Hand war ganz haarig. Und groß. Mit starken Fingern."

„Aha, dann ist Ihnen ja doch etwas aufgefallen. Nämlich dass die Hand starke Finger hatte."

„Ja, schon. Aber ist das etwas Besonderes?"

„Sie, Herr Röller, – setzen Sie sich doch! Haben Sie die Hand auch gesehen?"

„Natürlich! Das habe ich schon bei Ihren Kollegen zu Protokoll gegeben. Das war glasklar eine Männerhand. Ich habe sie genau angeschaut. Und fotografiert."

„War es eine linke oder eine rechte Hand?"

„Äh ...?"

Rüthli wartete ein paar Sekunden. „Eine linke oder eine rechte Hand?"

Mona und Armin sahen sich gegenseitig an. Ratlos.

„Ich glaube, links", sagte Mona schließlich zögernd.

46

„Rechts", widersprach Armin. Sie warf ihm einen kurzen Giftblick zu. Urs Rüthli registrierte es aus seinem Polizeiaugenwinkel, obwohl es aussah, als sei er ganz und gar in den Laptopbildschirm versunken.

„Ich habe hier Ihr Bild hochgeladen", erklärte er jetzt und drehte den Laptop auf den Knien um, so dass die beiden einen Blick darauf werfen konnten.

„Na also, links", triumphierte Mona.

„Hat irgend jemand von Ihrer Gruppe die Hand angefasst, irgendwie berührt?"

Mona schüttelte sich. „Was denken Sie. Das ist doch gruslig. Nie und nimmer!"

„Der Bergführer hat mit seinem Messer daran herumgekratzt", erinnerte sich jetzt Armin, deutlich konstruktiver als zuvor. Inzwischen hatte er sich auch in einen der schwarzen Ledersessel bequemt. Er hatte kapiert, dass dieser schweizerische Polizeibeamte nicht mit ein paar schnellen, mürrischen Antworten abzufertigen war. Der machte den Eindruck, als würde er stoisch sein Programm durchziehen.

In der Tat war Rüthli keiner von der schnellen Sorte. Schon gar nicht bei einer Befragung. Wer wusste denn, wann und ob überhaupt jemals wieder er diese beiden Deutschen zu diesem Fall befragen konnte. Noch hatte er ihnen nicht eröffnet, dass die Leiche verschwunden war. Da würde er sich schon noch hinarbeiten. Zunächst einmal wollte er alles über die Bergtour und die Teilnehmergruppe wissen, über Bernie und die Amerikaner. Was haben sie gesprochen? Was haben sie an Kleidung und Ausrüstung getragen? Wann und wie haben sie sich kennengelernt? Wer ging vorne, wer in der Mitte, wer hinten in der Gruppe? Was genau hatte Bergführer Bernie nach dem Leichenfund getan? Mit wem hatte er telefoniert oder gefunkt? Wer hatte alles die Hand fotografiert? Wem hatten sie von dem Fund erzählt oder die Fotos gemailt?

Mona zögerte kurz bei dieser Frage, und selbstverständlich fiel dem unbestechlichen Rüthli dieses kurze Zögern auf.

„Na?"

„Ich überlege gerade", redete Mona sich heraus, um Zeit zu gewinnen. Sollte sie wirklich verraten, dass sie die Fotos ans Institut geschickt hatte? An Professor Aschendorffer? Was, wenn ihr Handy beschlagnahmt wurde und die Kriminalpolizei all ihre Adressen und Mailkontakte rekonstruierte? Sie biss sich auf die Lippen. „Ich habe, ich glaube…, ich denke, das ist, … das war …, ich habe das schon herumgeschickt", stammelte sie schließlich.

Rüthli wartete unerbittlich: „An wen alles?"

„Meine Mama", gestand sie schließlich. „Vielleicht", setzte sie dann sogleich einschränkend hinzu. „Ich glaube es." Sie setzte ein Gesicht auf, das hoffentlich als nachdenklich durchging. „Eine Kollegin, eine Freundin im Institut …", bot sie an.

„Name bitte!", forderte Rüthli.

„Ach nein, doch nicht. Vielleicht war es auch ein Kollege. Einer von den Professoren." Sie warf einen hilfesuchenden Blick zu Armin.

„Hast du nicht noch in der Nacht mit deinem spinnigen Professor telefoniert?", fragte er.

Ausgerechnet die Frage, die er auf keinen Fall hätte stellen dürfen.

Sie nickte zähneknirschend. „Der Professor, ah ja, … äh, ja, das könnte sein. Dem habe ich das Bild geschickt."

Rüthli ließ von seiner Tastatur ab und lehnte sich zurück. Er richtete einen prüfenden Blick auf Mona, der ihr Gewissen versengte. Wenn sie schon bei der kleinsten Notlüge zur Tomate mutierte, wie mochte man ihr dann ihre Mitwisserschaft an einem Leichendiebstahl ansehen? Verlegen richtete sie den Blick auf ihre Schuhspitzen.

„Wie heißt er doch gleich, dieser Professor?" Rüthli fragte so freundlich wie ein Pfarrseelsorger.

Mona gab ihm die Personalien ihres Chefs. Rüthli lächelte aufmunternd. Gleich würde er aufstehen, Mona die Hand reichen, und alles wäre gut.

„Und dieser Professor, odder, der hat nicht zufällig eine Verwendung für tiefgefrorene Leichen?" Rüthli fragte, als mache er einen Scherz. Aber er lauerte. Mona schlug die Hand vor den Mund. Sie schüttelte den Kopf. Eine Spur zu hektisch. „Nein! Nein!"

„Also nicht?", versicherte sich Rüthli.

Jetzt brachte Mona immerhin ein säuerliches Lächeln zustande. „Nein, wirklich nicht."

Rüthli tippte etwas in sein Laptop. Was schrieb er sich jetzt auf? Hatte sie sich etwa verraten?

Rüthli ließ eine kunstvolle Pause verstreichen. Er setzte sich auf der Sesselkante zurecht, strich sich mit den Händen über die Oberschenkel. Er lächelte. Er zupfte an seiner Uniformjacke und rückte sie am Kragen in Form. Er wandte seinen ganzen Oberkörper jetzt Mona zu und machte dabei ein Gesicht wie ein zufriedener Möbelverkäufer. Immer noch lächelte er. „Das interessiert Sie gar nicht, warum ich gefragt habe, ob der Professor sich für Leichen interessiert?" Er legte nochmals eine quälende Pause ein. „Es ist nämlich so, dass jemand unsere Leiche gestohlen hat! Sie ist verschwunden!"

*

Die beiden Kettensägen stammten vom Hersteller Stihl und waren fast neuwertig. Es waren die größten im Handel erhältlichen Modelle, jeweils etwa 2000 Euro teuer. Beim Benzinkanister aus milchweißem Plastik handelte es sich um einen Allerweltsartikel, wie ihn jeder Baumarkt und jede Tankstelle feilbot. Der Trichter, der zum Umschütten des Benzins verwendet worden war, hatte eine Küchen- oder Gastronomievergangenheit, denn die Spurensicherung hatte neben den Benzin-

auch deutliche Frittierölspuren daran festgestellt. Die große Blechkiste wimmelte wie alle anderen Beweisstücke ebenfalls von Fingerabdrücken, von denen aber kein einziger gerichtsbekannt war. Es handelte sich bei der Blechkiste um eine Alu-Transportkiste von beachtlichen Ausmaßen, 1,40 Meter lang, 80 Zentimeter breit und ebenso hoch. Urs Rüthli wuchs eine Grübelfalte auf der Stirnmitte, während er den Bericht der Spurensicherung über das Behältnis las. Inzwischen saß er wieder auf seinem baufälligen Drehstuhl am Schreibtisch in Chur und erledigte die Papierarbeit zu seinem Fall. Wie zu erwarten, fanden sich Kettensägenöl, Benzinspuren, Wasser und profaner Dreck an und in der Kiste. Auf ihrer Unterseite sammelten die Spürnasen noch einige Fasern einer groben Wolldecke ein. Es gab laut Untersuchungsbericht an und in dieser Kiste zusätzlich noch den Nachweis von Hammel-, Lamm-, und Kalbfleisch sowie von Mayonnaise und Joghurt. Feldweibel Rüthli hatte keine Fantasie, was das bedeuten konnte. Vielleicht ein Metzger? Aber was wollte der mit einer Leiche?

Hürzeler kam hereingestürmt. Die neueste Ausgabe der „Blick" vor sich her wedelnd, als wolle er Fliegen vertreiben. „Tolle Story", kündigte er an. „Hier schau!" Er hatte die Seite schon aufgeschlagen und deutete auf den Aufmacher. Buchstaben so groß wie im Zentralorgan des Blindenvereins verkündeten: „Rätsel für Bergretter: Deutscher Ski-Doo schwimmt in der Flaz." Der Untertitel lautete: „Wollte die Deutsche Bergwacht etwas vertuschen? Fahrzeug stammt aus dem Schwarzwald. Behörden schweigen."

Der Ski-Doo. Rüthli hatte ihn ganz vergessen. War das nicht ganz in der Nähe von ihrem Morteratsch-Fall gewesen? Hinter Samedan? Das war nicht mal zehn Kilometer von Pontresina entfernt. Der Polizeiposten Samedan bearbeitete den Fall, nicht die Kollegen von Pontresina. Das erklärte, warum Rüthli ihn aus den Augen verloren hatte. Und warum er nicht gleich auf die Idee gekommen war, das eine könnte mit dem anderen vielleicht etwas zu tun haben.

„Hürzeler", bat er seinen Adjudanten laut um Aufmerksamkeit. Der kannte diesen Ton schon an Rüthli. Jetzt kam eine Prüffrage. Der Korporal stand unmerklich stramm. „Hürzeler, sag mir mal, wie du einen Leichnam vom Gletscher herab ins Tal transportieren würdest?"

„Mit dem Heli, odder?"

„Du hast aber gerade keinen Heli. Hubschrauber ist anderweitig im Einsatz. Was dann?"

Der Korporal grübelte. Die Schlagzeile „Rätsel für Bergretter: Deutscher Ski-Doo schwimmt in der Flaz" lag vor ihm und heischte nach Aufmerksamkeit. Höchstwahrscheinlich hätte man einen kleinen, ferngesteuerten Modell-Ski-Doo vor seiner Nase herumfahren lassen müssen, um ihn auf die richtige Spur zu bringen. Jetzt war er noch nicht so weit. „Bin ich alleine?", wollte er wissen.

„Nein!" Du bist wahrscheinlich zu zweit, denn du hast zwei Kettensägen dabei", half ihm Rüthli auf die Sprünge.

„Mit dem Akia könnt's klappen, odder?"

Rüthli stöhnte entnervt. „Ja, könnte es. Gibt's noch eine Möglichkeit?" Er deutete mit dem Zeigefinger von seinem Schreibtischstuhl aus auf Hürzelers Zeitung, erhob sich, ging mit ausgestrecktem Finger die drei Schritte zu Hürzeler hinüber, und tippte mit Wucht den Finger auf die Blick-Schlagzeile. Hürzeler glotzte drauf.

„Du ..., du meinst ...?"

„Ja!"

„Mit dem Ski-Doo also. Das ist ja ein Ding." Jetzt war bei Hürzeler der Groschen gefallen. Er ließ sich auf seinen Stuhl fallen und studierte aufs Neue den Zeitungsartikel. Diesmal gründlich wie einen Gehaltsbescheid. Nicht dass ihm noch etwas entgangen war, was ihn der Vorgesetzte Feldweibel vielleicht fragen könnte.

Rüthli wollte zum Telefon stürmen, um sich mit dem Posten Samedan in Verbindung zu setzen. Da fiel sein Blick auf den Laborbericht, der immer noch aufgeblättert auf seinem Schreibtisch lag. Er hatte ihn noch gar nicht ganz zu Ende gelesen. Wo war er stehengeblieben? Beim Hammelfleisch in der Blechkiste.

Was gab es noch? Ah, ja, da war noch der Hinweis auf ein Papierfetzelchen. Was hatten die Laborratten herausgefunden? Rüthli las: „Es handelt sich um ein Stück Zigarettenpapier, 3,7 Zentimeter lang, 1,4 Zentimeter breit, das zur türkischen Zigarettenmarke Anadolu gehört. Minimale, nur mikroskopisch nachweisbare Tabakreste. Glimmspuren am linken äußeren Rand lassen darauf schließen, dass die Zigarette angeraucht, dann aber verloren oder weggeworfen wurde."

Türkisches Zigarettenpapier am Tatort. Zufall? Oder ein Hinweis? Irgendwo in Rüthlis Hinterstübchen zuckte ein ferner Blitz. Da war doch was? Irgendein Gedanke, der mit einem türkischen Zigarettenpapierchen zu tun haben könnte. Das sollte ihn an irgendetwas erinnern, er ahnte, er spürte es. Doch es wollte ihm nicht einfallen. Unwillig schüttelte er den Kopf. Er griff zum Telefonhörer.

3

Aschendorffer schlug die Schwingtür zum Labor auf und marschierte mit vor Aufregung roten Flecken im Gesicht schnurstracks zum Platz von Dr. Frederike Biesthal. Das Laborröhrchen trug er mit ausgestreckter Hand wie eine brennende Kerze vor sich her. Sein offener weißer Kittel wehte ihm um die Kniekehlen. Die zwei Laboranten, die der Professor auf dem Weg zum Arbeitsplatz von Dr. Biesthal passierte, hoben erschrocken die Köpfe. Irgendwo huschte eine von Kaymals Töchtern durch die schmale Reihe zwischen den Labortischen und leerte Papierkörbe. Es war Aygül, die mit dem Leberfleck auf der linken Wange. Aschendorffer registrierte sie nicht. Unterhalb der Ebene seiner Laborleiter kannte er kein Personal. Laboranten waren austauschbare Nichtse. Sonstige Angestellte sowieso. Da gab es nur zwei Ausnahmen: Mona Hohner, von der seine gesamte Arbeits- und Büroorganisation abhängig war, und Hausmeister Meslut Kaymal. Letzterer war Aschendorffers Verbindung zur Realwelt, speziell zur Welt der Baumärkte und Schnellimbisse.

Dr. Frederike Biesthal hingegen gehörte zur ersten Welt, zur Welt der Wissenschaft und der Biogenetik. Das war die Welt, die Aschendorffer akzeptierte und mit der er kommunizierte. Wenn auch von oben herab. Biesthal war in dieser Welt die Stellvertreterin Aschendorffers am Instituts BioGen. In wissenschaftlichen Fragen war sie so ziemlich der einzige Mensch, den Aschendorffer überhaupt halbwegs akzeptierte, eine kühle Analytikerin, hochbegabt und hochsensibel. Seine übrigen Laborleiter, sowohl den Molekularbiologen Dr. Murji Amresh, als auch Dr. Harald Schröder (Onkologie und funktionelle Genetik) sowie Christopher Westphal (vaskuläre Biologie und Entwicklungsbiologie), hielt Aschendorffer für überbezahlte Amateure. Wenn sie mal wieder nach mehrmonatigen Versuchs- und Forschungsreihen über ihren Ergebnissen brüteten, ohne sie zu verstehen, griff er sich die Versuchsprotokolle, las binnen eines Nachmittags alles durch und verkündete dann in lässigem Triumph, welche Arzneimittel, Kosmetika oder Fleckenreiniger sie nunmehr mit den gefundenen Substanzen und Wirkungen marktreif machen konnten, oder wie man aus den herausgefilterten Genen glänzendere Tomaten, knackigere Gurken oder lausfreie Brokkoli züchten könne.

Nur Dr. Frederike Biesthal konnte mithalten. Manchmal jedenfalls. Als Wissenschaftlerin akzeptierte Aschendorffer die kühle und distanzierte Kollegin, als Frau vergötterte er sie geradezu. Allerdings wäre er niemals in der Lage gewesen, dies zu zeigen. Zu sehr fürchtete er sich vor ihrem schneidenden, schwertscharfen Frauenwesen. Wenn sie ihr klar konturiertes Kinn anhob, die Mundwinkel spöttisch herabzog und mit den Nasenflügeln zitterte, dann schlugen die Seismographen in der Erdbebenwarte von München aus. Wehe wenn sie lächelte. Ihre Opfer sahen sich einem scharfen Sägeblatt gegenüber. Und erst ihre kobaltblauen Augen. Ihre Blicke obduzierten ihre Gegenüber. Sie war äußerlich kalt wie Permafrost, unnahbar bis zur Arroganz und allergisch gegen auch nur die leiseste Anmache. Selbst der Inder Dr. Amresh, ein manchmal bis zur Naivität liebenswerter Frauenversteher, von Aschendorffer aufs Verächtlichste geringgeschätzt, durfte nicht einmal ungefragt einen Tee auftragen, wollte er nicht angiezscht werden: „Was soll das Eingeschleime?" Biesthals äußeren Attribute gaben keinerlei Hinweis darauf, wie sie so geworden sein könnte. Sie sah perfekt aus, wenn auch mit androgynem Einschlag, und sie besaß einen Hintern nach dem Geschmack von Meslut Kaymal. „Isse Bombe!", pflegte er zu sagen. „Sexebombe!" Aber auch Kaymal senkte den Blick, wenn Dr. Biesthal vorüberschritt, und ihren Planetenabwehrschutzschild um sich herum aufgebaut hatte.

Aschendorffer war platonisch in diese Frau verliebt, so wie man einst in Sophia Loren verliebt war. Bei Aschendorffer war diese Verliebtheit obendrein hoffnungslos, verklärt und feige. Feige, weil er es niemals gewagt hätte, seine Verehrung zu zeigen. Verklärt, weil alles heilig war, was außerhalb der Wissenschaft zwischen ihm und ihr geschah. Zum Beispiel, wenn sie ihn einmal am Arm berührte. Oder wenn er wegen eines nur schlampig geknöpften Laborkittels einen kurzen Blick auf Streifen ihres Oberschenkels erhaschte. Oder wenn sie die Arme hob, um ihr Haar zu knoten, und dabei ihre sauber rasierten Achselhöhlen präsentierte. Das waren heilige Momente, von denen Aschendorffer in all seinen Träumen zehrte. Was er hingegen niemals gewagt hätte, das war, sich Sex mit ihr vorzustellen. Insofern war seine Liebe platonisch. Für Sexfantasien hatte er Fräulein Mona; die war handfest, weltlich, real. Frederike Biesthal war überirdisch.

Wenn Aschendorffer ein privates Wort mit Frederike Biesthal wechseln sollte, was sich manchmal nicht verhindern ließ, so geriet er ins Stottern und schwitzte Bäche aus. Dann verknotete er die Hände unterhalb der Gürtelschnalle und fühlte sich bloßgelegt wie unter einem Kernspintomografen. Wenn das Gespräch hingegen dienstliche, wissenschaftliche Inhalte hatte, dann war er, wie bei ausnahmslos allen Gesprächspartnern, auch gegenüber Dr. Biesthal überheblich, schnoddrig, ungeduldig und um Längen überlegen.

Das Gespräch, das nun anstand, als er mit wehenden Kittelschößen und vorgestrecktem Laborröhrchen auf seine Stellvertreterin zustürmte, die hinter einem Specularmikroskop saß und sich Notizen über ihre Beobachtungen machte, war ein rein wissenschaftliches. Deshalb stotterte Aschendorffer auch kein bisschen.

„Frau Kollegin, Sie werden es nicht glauben ...“

Biesthal sah auf. Sie zog eine ihrer akkurat gezupften hellen Augenbrauen leicht nach oben. Die einzige sichtbare Gefühlsregung.

„Ich habe die Untersuchungsergebnisse für den Corpus aus dem Eis.“

„Den Sie gestohlen haben“, ergänzte Biesthal nüchtern.

„Den ich geborgen habe,“ korrigierte Aschendorffer. Er hielt Biesthal das Röhrchen unter die Nase. Sie ließ sich zu einer Regung auch der anderen Augenbraue herab: „Soll ich davon kosten?“

„Entschuldigen Sie.“ Er zog das Röhrchen wieder zurück. „Es war diese Gewebeprobe, die ich an der Hand des Leichnams genommen habe. Wollen Sie wissen, wie alt der Leichnam ist?“

„Sie werden es mir gleich sagen!“

„Erst habe ich vermutet, es handelt sich vielleicht um einen vermissten Bergsteiger, maximal um einen Soldaten aus dem letzten Weltkrieg. Aber es ist viel fantastischer.“

Aschendorffer sah sich verschwörerisch um. Als er sicher war, dass niemand mithören konnte, flüsterte er: „Fünfeinhalbtausend Jahre!“

Biesthal sah ihn verdutzt an. Jetzt zeigte ihr Gesicht doch ein gewisses Staunen. Ihr ungläubiger Blick richtete sich auf das Röhrchen, das der Professor immer noch umklammert hielt wie der Exorzist sein Kruzifix.

„Fünfeinhalb ...?“

Aschendorffer nickte eifrig. „Mehrfach überprüft! Ich habe Zellen und Knochengewebe.“

„Das ist unmöglich!“

„Wieso soll das unmöglich sein. Ötzi war genauso alt.“

„Mit dieser Probe haben Sie das herausgefunden?“ Sie deutete zweifelnd mit ihrem schlanken, feingliedrigen Zeigefinger auf das Röhrchen. Aschendorffer war wie immer fasziniert. Der Finger einer Göttin. Sie zog ihn, als sie den besoffenen Blick des Professors bemerkte, wieder zurück und verbarg die ganze Hand in der Seitentasche ihres Laborkittels. Sie besaß sehr wohl eine Ahnung davon, dass Aschendorffer sie vergötterte. Es war ihr lästig. Der Professor war schließlich kein richtiger Mann. Jedenfalls rein äußerlich nicht. Da gefiel ihr Dr. Amresh schon besser. Aber das hätte sie nie zugegeben.

„So ist es!", bestätigte Aschendorffer.

Frederike Biesthal zweifelte keine Sekunde daran. Sie war es gewohnt, dass Professor Aschendorffer Recht hatte. Seine wissenschaftlichen Fähigkeiten waren atemberaubend, seine Methoden verblüffend, seine Ergebnisse revolutionär. Bei jedem anderen hätte sie Zweifel formuliert und darauf bestanden, dass er seine Untersuchungsmethode transparent machte. Bei Aschendorffer war das nicht nötig. Er war ein Genie und der Schulbuchwissenschaft um Lichtjahre voraus. Wenn er ansonsten auch ein vollkommener Idiot war, als Wissenschaftler musste man ihn bewundern.

„Ein zweiter Ötzi also?"

Aschendorffer nickte eifrig.

„Das macht den Fall nicht einfacher?"

„Wie? Wie meinen Sie?"

War er wirklich so weltfremd, sah er die Schwierigkeiten nicht voraus? „Sie haben diesen Leichnam gestohlen und illegal über die Grenze transportiert. Sie haben ihn heimlich in unser Institut gebracht und unten im Keller in die Tiefkühlkammer gelegt! Es ist Ihnen doch hoffentlich bewusst, dass man Sie dafür vor Gericht bringen kann. Wie wollen Sie auf dieser Basis wissenschaftliche Ergebnisse veröffentlichen?

„Wer sagt denn, dass ich irgendwelche Ergebnisse veröffentlichen will? Außerdem: Wem gehört eine Leiche, die 5500 Jahre im Eis gelegen hat? Die gehört niemandem. Höchstens dem, der sie findet."

„Sie haben sie ja nicht einmal selbst gefunden."

„Mona hat sie gefunden. Damit habe ich einen Anspruch!"

„Oh, je!" Frederike Biesthal seufzte. Mit solch weltlichen Fragen durfte man Aschendorffer nicht kommen. Das ließ ihn unberührt. Sie sah es seinem entzückten Gesicht an. Es war das eines begeisterten Jungen, dem man endlich sein Wunschspielzeug geschenkt hatte.

„Was haben Sie nun vor?"

Aschendorffer lächelte selig. Biesthal wartete auf eine Antwort.

„Was wollen Sie nun tun?", wiederholte sie. „Diesen Leichnam wieder zurückgeben?"

„Wo denken sie hin!" Empört plusterte Aschendorffer seine Hühnerbrust auf. „Dieser Leichnam ist ein Geschenk an die Wissenschaft. Ich werde das einzig Wahre tun, was man mit solch einem Zeugen der Vergangenheit tun kann."

Frederike Biesthal erwartete, dass Aschendorffer nun aufzählen würde, wie er Haut, Knochen, Mageninhalt, Haare, Kleidung und sonstiges Zubehör des Gletschermannes nach und nach aus dem Eis lösen und Stück für Stück untersuchen würde. „Sie tauen ihn auf", schlug sie deshalb vor.

„Viel besser, viel besser!", triumphierte Aschendorffer. Er hob das Laborröhrchen empor wie die olympische Fackel: „Auftauen? Das kann jeder." Er grinste diabolisch: „Ich werde ihn wieder zum Leben erwecken!"

*

Sie fuhren mit dem Aufzug nach unten ins zweite Kellergeschoss. Das geheime Herz von BioGen befand sich dort, eine dreifach gesicherte unterirdische Zone, zu der nur ausgesuchte Personen Zugang hatten. Neben Aschendorffer und Biesthal waren dies lediglich Amresh, Schröder und Westphal, Institutsleiter Föllstiegel, der aber ohne Not niemals diese Katakomben

betreten würde, sowie Meslut Kaymal, der Generalschlüssel-
verwahrer, und seine sieben Töchter, die BioGen-Putzkolonne.
Im Aufzug sprachen sie nicht miteinander. Frederike Biesthal schaute streng, fast tadelnd. Sie verdaute noch Aschendorffers Ankündigung. Für ihn war die körperliche Nähe im
Aufzug eine köstliche Qual, weshalb er weder denken, noch
Biesthals Gesichtsausdruck interpretieren konnte. Er drückte
sich in die hinterste Ecke. Biesthal kannte Aschendorffers Nöte.
Sie hatte ihn durchschaut. Wieso sollte er anders sein, als andere Männer? Alle wollten sie den Frauen an den Rock. Nur
in den Methoden unterschieden sie sich. Murji Amresh hielt
sich für besonders schlau, weil er sich benahm, als sei er überhaupt kein Mann. Ihm immerhin erlaubte Frederike Biesthal
eine gewisse Nähe, weil sie sich in seiner Gegenwart nie ernsthaft belästigt fühlte. Der steife Dr. Schröder spielte den Über-
korrekten. Der selbstverliebte Dr. Westphal stolzierte wie ein
Gockel und lebte in dem Irrglauben, wenn sich nur seine Hose
beulte, würden die Frauen schon von alleine in Ohnmacht fallen. Und Aschendorffer gab den Trottel. Diese Masche war bei
vielen Frauen zwar erfolgversprechend, bei Frederike Biesthal
aber zog sie nicht. Sie wusste genau, was in seinem erigierten
Männerhirn vor sich ging. Widerlich! Sie lächelte kalt, während der Aufzug sie nach unten trug. Der richtige Mann für sie
war noch nicht geboren.

Es war nicht so, dass Frederike Biesthal keine Affären hatte.
Durchaus gehörten Männerbekanntschaften zu ihren Freizeit-
beschäftigungen. Mit Wissenschaftlern ließ sie sich allerdings
aus Prinzip nicht ein. Dagegen liebte sie es, verheiratete Indus-
triebosse, Manager, Banker oder Politiker anzukirren und ge-
raume Zeit in ihr Bett zu lassen. Diese Kerle wurde man danach am schnellsten wieder los. Außerdem genoss sie es,
vermeintlich starke und unbesiegbare Reiche und Mächtige zu
besitzen und so lange mit emotionaler Kälte und körperlicher

Raffinesse zu quälen, bis sie wahlweise in die Raserei oder Verzweiflung stürzten. In Wahrheit war sie eine verletztliche, empfindsame, von vielen Zweifeln und Ängsten verfolgte Frau, die gelernt hatte, ihre Empfindsamkeit hinter einer metallischen Schale aus Arroganz, Härte und Abweisung zu verbergen. Der perfekte Mann für sie musste sanft, verständnisvoll, schöngeistig und klug wie Dr. Murji Amresh sein, aber idealerweise auch männlich, stark und selbstbewusst, ohne sich aufzuspielen wie ein Pavian. Dieser Kombination war sie bisher noch nicht begegnet.

Aschendorffer war außerhalb jeglicher Erwägungen. Ein Hanswurst von Mann, völlig indiskutabel. Das erleichterte es gleichzeitig, ihn als Wissenschaftler hoch zu schätzen, um nicht zu sagen, zu verehren. Frederike Biesthal gestand es sich nicht gerne ein, aber mit seinem genialischen Wissen und Können stand Aschendorffer weltweit über allen Fachkollegen. Sie schenkte ihm einen sezierenden Blick. Wie er es wohl anstellen mochte, einer über fünftausend Jahre tiefgefrorenen Leiche wieder Leben einzuhauchen? „Haben Sie schon eine Idee, wie Sie das bewerkstelligen wollen?", fragte sie, als der Aufzug mit sanftem Wippen den Kellergrund erreichte. Aschendorffer schrak zusammen. „Haben Sie schon eine Idee, wie Sie Ihre gestohlene Leiche wieder zum Leben erwecken wollen?"

„Sie ist gerettet, nicht gestohlen", tadelte er. „Das ist ein Kinderspiel. Ich erkläre es Ihnen, wenn wir im Kühlraum sind."

Hinter der Aufzugstür erwartete sie eine doppelwandige Stahltür. Ein Licht in der Mitte über der Tür leuchtete grün. Das verriet, dass sich Menschen im Inneren des Schutzbereichs aufhielten. Vermutlich eine oder mehrere der Kaymal-Töchter. Sie putzten regelmäßig die Räume und waren auch für die Fütterung der Labortiere zuständig. Aschendorffer schloss auf, Biesthal trat hinter ihm ein. Nun querten sie einen kleinen Vorraum, von dem eine Sicherheitsschleuse in die eigentlichen Forschungsräume führte. Aschendorffer presste seinen Zeigefinger auf eine fluoreszierende Leuchtfläche und bot gleichzeitig sein Auge einer kleinen Kamera dar, die geschäftig zu surren begann. Aus den Innereien der High-Tec-Tür erklang mit höflicher Computerstimme die Aufforderung: „Geben Sie eine Tonprobe."

Aschendorffer sagte ungeduldig: „Aschendorffer".

Die Schiebetüren der Schleuse glitten zur Seite und versanken links und rechts in den dicken Schallschutzwänden. Aschendorffer hatte das Sicherheitssystem selbst konstruiert. Eine kleine Bastelarbeit nebenbei. Nur bei der korrekten Kombination von Fingerabdruck, Auge und Stimme gewährte die Schleuse Einlass.

Die Lichter gingen an. Sie befanden sich nun in einer Art Wasch- und Umkleideraum. Beide Wissenschaftler schlüpften in Sicherheitsanzüge, die sie sich über ihre Arbeitsgarderobe streiften. Kameras an der Decke zeichneten jede ihrer Bewegungen auf. Zur Pflichtausrüstung gehörten Gesichtsmasken, Sauerstoffmasken, die seitlich an den Gürteln baumelten, Handschuhe und für jeden der beiden Biogenetiker eine Art Fernbedienung, ein Gerät, mit dem sie sämtliche technischen Apparaturen in der Forschungszentrale in Gang setzen, steuern und auch wieder abschalten konnten. Ebenfalls ein kleines Ingenieurspielzeug, das Aschendorffer konstruiert hatte.

Aschendorffer sortierte mit fiebrig glänzenden Augen auf einem kleinen Edelstahlwägelchen, das er vor sich herschob, eine Reihe von Instrumenten und chromglänzendes Operationsbesteck. Frederike Biesthal folgte ihm durch einen langen Gang, der nach einer Seite hin offen war und den Blick in verschiedene Zellen freigab. Alles stand unter grellem, künstlichem Licht. Zwei der Kaymal-Töchter eilten mit ihren Putzutensilien vorbei.

In jeder der Laborzellen, keine größer als eine Doppelgarage, befanden sich verschiedene Versuchsanordnungen, köchelnde Glaskolben, rauchende Phiolen, vor sich hin gärende Säuren,

Laugen und Lösungen, stinkende Sude, wohlriechende Essenzen, unter ultraviolettem Licht wuchernde Kletterpflanzen, rätselhafte Keimlinge, Pilzkulturen in den schillerndsten Farben, Moose, Algenkolonien, Kakteenlandschaften und die Vereinten Nationen aller Bakterienvölker. Sie erreichten eine Abteilung mit verkabelten, operierten, in Foltermaschinen eingespannten, missgebildeten, fehlgezüchteten und exotisch mutierten Kleinsäugetieren, Mäuse, Ratten, Hamster, Katzen, Zwergaffen und solche Vierbeiner, bei denen es schwer war, zu bestimmen, was sie einst einmal gewesen sein mochten. Aschendorffers Reich.

Der Professor deutete auf einen Käfig, in dem ein mit Elektroden gespicktes Kätzchen an einem Gestell fixiert war, auf dem unablässig Leuchtdioden oszillierten. Nebenan spuckte ein Drucker Endlosschleifen von Papier aus. „Da sehen Sie, ich weiß jetzt, wie ich es anstellen muss, damit die Katze und die Ratte miteinander kommunizieren können." Er deutete auf einen Kabelstrang, der aus dem Katzenkäfig hinaus in einen Computer führte, und von dort wieder austrat und jenseits im Rattenkäfig an eine ähnlich fixierte Ratte angeschlossen war. Auf dem Computerbildschirm sprangen Binärzahlen aus dem Off und bildeten lange, stetig wachsende Zahlenreihen, die solide blinkten. „Der Computer ist der Simultanübersetzer für beide Arten!"

Frederike Biesthal blieb stehen und betrachtete die Versuchsanordnung. Sie wusste von Aschendorffers skurrilen Experimenten. Es gab nichts, wofür er sich nicht interessierte. Aber ganz besonders hatten es ihm Lebewesen angetan. Zellmanipulationen, Genveränderungen, Bewusstseinssteuerung, Hirnforschung, neurologische Manipulationen, Aschendorffer probierte alles aus und verblüffte immer wieder mit bahnbrechenden Ergebnissen. Leider musste aufgrund der „kurzsichtigen, restriktiven Gesetzeslage", wie er sich depektierlich auszudrücken pflegte, vieles in den Tresoren bleiben, weil sonst

BioGen binnen kürzester Zeit von der Kriminalpolizei auf den Kopf gestellt und dicht gemacht werden würde.

„Wollen Sie etwa sagen, sie haben Katze und Ratte beigebracht, miteinander zu sprechen?", fragte Biesthal, und ihre Stimme klang unter dem Mundschutz noch rauchiger als sonst.

„Miteinander zu denken, das würde es besser treffen", präzisierte Aschendorffer. Er sprach, als ginge es um das Selbstverständlichste der Welt.

„Aber woher wissen Sie ...?"

„Was sie denken?"

„Ja, und dass sie sich überhaupt verstehen?"

Jetzt war Aschendorffer in seinem Element. „Ich beteilige mich selbstverständlich am Gespräch. Sehen Sie dort." Er zeigte auf eine gläserne Kabine, offenbar eine ehemalige Telefonzelle, umgebaut für Aschendorffers zweifelhafte Zwecke, in der ein Schalensitz montiert war, zu dem zahlreiche Drähte, Elektroden, Klemmen, Kopfhörer und sonstige Installationen führten. „Ich setze mich dort hinein, schließe mich an und höre mit. Besser gesagt, ich denke mit. Sie verstehen mich und ich verstehe sie. Ich nenne das Verfahren interspeziale bilinguale Transmission."

Biesthal verzog ungläubig den Mund zu einem säuerlichen Lächeln. „Ist nicht Ihr Ernst?" Aber sie wusste schon, als sie die Frage stellte, dass es selbstverständlich Ernst war. Aschendorffer machte niemals Scherze.

„Was reden ... äh, denken die ... die beiden Tiere so?", fragte sie gezwungen.

„Sie denken Angst. Für mich finden sie keine Erklärung, ich mache ihnen Angst, wenn ich mit ihnen denke. Für sich selbst denken sie ans Fressen. Vorzugsweise. Die Katze denkt an ihre Mutter. Seltsam, nicht? Das hätte man nicht vermutet."

Biesthal schüttelte sich. Sie war hart gesotten. In der Umgebung Aschendorffers sowieso. Aber hier wollte sie fürs Erste nicht mehr erfahren.

„Und wo ist denn nun Ihr Ötzi?", lenkte sie ab.

Aschendorffer zog sie zur streng verriegelten Tür, die in die Kühlkammer führte. Während der Professor mit verschlüsselten Geheimcodes die Verriegelung löste, erklärte er: „Ich habe ihn noch nicht angerührt, er ist noch den vollkommen identischen Verhältnissen ausgesetzt, wie in den letzten 5500 Jahren im Eis."

„Ah, verstehe!"

Sie betraten den Kühlraum. Der Gletschermann lag aufgebahrt auf einem in die Wand eingelassenen Podest, eingebacken in seinen kantigen Eiskäfig. Das war es aber nicht, was Aschendorffer und Biesthal nahezu synchron erschrocken zurückweichen ließ. Es war vielmehr der bis unter die Decke reichende Stapel gefrorener Brathähnchen, der eine ganze Seitenfront des Kühlraumes einnahm. Ein Brathähnchenklotz kullerte mit vernehmlichem Poltern vor ihre Füße.

„Was ist das?" Frederike Biesthal konnte sich einen spöttischen Unterton nicht verkneifen. „Gehören die auch zum Fund?"

Aschendorffer stürzte zum Haustelefon, das draußen im Gang in die Wand eingelassen war.

„Kaymal, Sie Hornochse! Kommen Sie sofort runter in den Kühlraum", hörte Biesthal ihren Chef brüllen. Wenig später stürmte Meslut Kaymal herein. Er hatte keine Minute gebraucht, wo auch immer im Gebäude er zuvor gewesen war. Als er die geöffnete Tür des Kühlraumes sah und die beiden Wissenschaftler zwischen den gefrorenen Hähnchen, legte sich sofort eine Maske der Zerknirschung auf sein Gesicht. „Oh jeh, oh jeh", jammerte er.

„Was ist das?", fragte Aschendorffer streng.

Kaymal schob die Unterlippe vor: „Isse Bratenhähnche."

„Das sehe ich selber. Wo kommen sie her? Wem gehören sie? Wer hat sie hierher gebracht?"

Kaymal murmelte undeutlich ein Geständnis: „Habe ich gemacht. Wo solle hin die viele Bratehähnche aus Lieferwage? Müsse kalt bleibe." Er hob schuldbewusst die Schultern: „Isse Vorratslager. Kann jeden Tag eine Bratehähnche auftauen und Futter machen für die Ratten."

Biesthal schaute irritiert, weil sie die Zusammenhänge nicht kannte.

„Und das übrige Zeugs? Die Gemüseschachteln? Die Fischstäbchen?", fragte Aschendorffer.

„Musse nix Sorge mache", beschwichtigte Kaymal. „Habe ich Bruder wo mache Kauflade in Stühlinger. Echt türkisch Spezialitäte."

„Ich kenne einen türkischen Lebensmittelladen im Stadtteil Stühlinger", entfuhr es Frederike Biesthal. „Ist das nicht an der Ecke zur Eschholzstraße?"

Kaymal grinste: „Isse meine Bruder."

Aschendorffer schenkte ihm einen zweifelnden Blick. Das mit Kaymals Brüdern war so eine Sache. Er hatte für jeden Bedarf einen Bruder, man musste aufpassen.

„Was ist an Fischstäbchen eine türkische Spezialität?", fragte Aschendorffer spitz.

„Musse du auftaue Fischestabe un ganz kleine Stücke mache. Isse dann Spezialitäte aus dem Mittelmeer. Verstehsch du?"

„Das Zeug muss trotzdem hier raus. Haben Sie keinen Bruder, der einen Brathähnchengrill betreibt?"

Kaymal überlegte kurz, dann wanderte ein Strahlen über sein Gesicht. „Doch! Da fallt mir einer ein. Morge vielleicht. Oder nächste Woche."

„Hauptsache Sie schaffen das Zeug weg. Ich brauche den Platz. Und jetzt verschwinden Sie! Gehen Sie die Katzen füttern!"

Aschendorffer kickte einen Brathähncheneisklotz zur Seite und näherte sich auf Armlänge dem Gletschermann. Er schaute auffordernd zu Frederike Biesthal, die immer noch nicht ver-

daut hatte, dass ihr türkisches Spezialitätengeschäft im Stühlinger umdeklarierte Tiefkühlkost als anatolische Spezialität
verkaufte. „Schauen Sie ihn sich an: ein Prachtexemplar, vollkommen erhalten."

„Ich kann nicht viel erkennen", mäkelte Biesthal, die jetzt
ganz nahe an den Eisklotz herangetreten war. „Ja, die Hand
kann man sehen, und dahinter einen Schatten im Eis. Ist das
ein Fell? Vielleicht ist es ein Tier?"

„Unsinn!", berichtigte Aschendorffer. „Das ist ein Mann in
einem Fellumhang. Sehen sie hier, die Schultern. Hier, diese
Form, das ist der Kopf. Ebenfalls mit einem Fellüberhang."
Aschendorffer deutete mit einem Metallstab auf die Stelle im
Eis, wo er den Kopf vermutete. „Und hier", er ließ den Zeige-
stab bis ans andere Ende des Eisklotzes wandern, „das sind die
Füße. Sie stecken in Fellschuhen."

Frederike Biesthal bestaunte stumm das Exponat. Aschendorffers Kühlkammer barg eine wissenschaftliche Sensation.
Daran bestand kein Zweifel.

„Und wie wollen Sie ihn ... äh ... zum Leben erwecken?"

Aschendorffer hob eine geöffnete Hand vor sich hoch wie
ein Wanderprediger, der zum Segen ausholt: „Was glauben Sie,
Frau Kollegin?"

Frau Kollegin! Das sagte er nur in Ausnahmefällen. Eigentlich immer nur dann, wenn er sich sicher war, dass er gleich
einen unglaublichen wissenschaftlichen Triumph kundtun
würde. Frederike Biesthal kannte diese Momente. Sie waren
beängstigend. Und gleichzeitig magisch.

„Ich nehme an, Sie wollen ihn klonen? Oder rechnen Sie
damit, dass sie zeugungsfähiges Sperma finden, wenn Sie ihn
auftauen?"

Er ruckte überrascht mit dem Kopf: „Oh, an diese Möglichkeit habe ich gar nicht gedacht." Er zögerte kurz, als überlegte
er. „Aber nein, das würde dauern bis wir einen Fötus hätten
und dann einen Menschen, der erst noch erwachsen werden

müsste." Er rieb sich über die Nase, als dächte er weiter darüber nach: „Und die Leihmutter?" Sein Blick wanderte abschätzend an Frederike Biesthal hinunter bis zu ihren Zehenspitzen und wieder hinauf bis ans Kinn. Zog er sie etwa in Erwägung? Er streichelte zärtlich über den Eisblock: „Wäre nur eine halbe Sache. Wir hätten dann nicht diesen Steinzeitmenschen zum Leben erweckt, sondern lediglich eine genetische Kopie oder einen Nachfahren von ihm geschaffen. Völlig unbefriedigend. Das kann jeder."

Frederike Biesthal, die sehr wohl den taxierenden Blick Aschendorffers bemerkt hatte und sich überlegte, ob sie dafür die Ohrfeige noch nachreichen sollte, sagte spitz: „Eine Leihmutter würden Sie ja wohl auch schwerlich finden, so wie Sie mit Frauen umspringen."

Aschendorffer überhörte es. Später, wenn er alleine war, in seinen Träumen, würde er sich schmerzlich an diese spitze Bemerkung erinnern. Er verkündete in beiläufigem Ton: „Ich werde ihn auftauen und reanimieren." Zur Bekräftigung klopfte er mit der flachen Hand auf den Eisklotz.

Frederike Biesthal räusperte sich vorsichtig: „Wie?"

„Ich habe eine Nährlösung vorbereitet. Der Eisklotz kommt in eine Wanne und wird langsam aufgetaut, indem wir die Temperatur in der Wanne um etwa ein Grad pro Tag steigen lassen. In dem Maße, in dem das Eis zu Wasser wird, wird diesem Wasser die genau vorberechnete Dosis dieser Nährlösung zugeführt. Ich erläutere ihnen gleich, aus was sie besteht. Es ist bestechend einfach. Am Ende wird nach einigen Tagen der Leichnam komplett in seinem eigenen Schmelzwasser liegen. Das ist wichtig, weil wir wegen der möglichen Krankheitskeime und sonstigen Unwägbarkeiten kein Wasser aus der Gegenwart für die Herstellung der Nährlösung verwenden dürfen. Diese Nährlösung wird unseren Eismann nach spätestens 72 Stunden reanimieren. In der letzten Phase brauchen wir Elektroschocks. Zuerst werden die Organe wieder arbeiten, das Blut wird wieder zirkulieren, das Gehirn schaltet sich ein. Sobald die Lunge 20 Prozent ihrer früheren Funktionsfähigkeit erreicht, müssen wir zunächst künstliche Beatmung einsetzen. Das wird nur vorübergehend sein, denn das weitere Setup geschieht ziemlich schnell und der Mensch wird bald in der Lage sein, selbstständig zu atmen."

Aschendorffer erzählte in fiebrigen, hastigen Sätzen. Der Professor erläuterte die chemische Zusammensetzung seiner Nährlösung. „Unlängst habe ich Labormäuse lebendig in eiskaltes Wasser getaucht und binnen weniger Minuten tiefgefroren. Sie hatten keinerlei Körperfunktionen mehr. Am nächsten Tag habe ich sie aus dem gefrorenen Eis wieder ins Leben zurück geholt. Mit meiner Nährlösung."

Biesthal kniff skeptisch die Augen zusammen. Sie hatte dem wunderlichen Experiment beigewohnt und konnte sich bis heute nicht erklären, wie Aschendorffer es angestellt hatte. „Aber das waren Mäuse. Und es handelte sich nur um einen Tag, an dem sie ... nicht ... geläh... also irgendwie scheintot waren."

„Sie waren tot!", behauptete Aschendorffer spitz. Und das wissen Sie genau." Seine Stimme bekam einen herrischen, harschen Tonfall: „Sie haben das intellektuell nur noch nicht verarbeitet."

„Ihre Arroganz ist unerträglich! Sie setzen die Gesetze der Natur nicht außer Kraft."

Aschendorffer lachte theatralisch. „Die Gesetze der Natur sind dazu da, dass man sie nutzt. Es tut mir leid, wenn Sie bisweilen nicht folgen können."

„Halten Sie sich zurück", zischte Biesthal. Ihr Gesicht war rot geworden, eine Mischung aus Wut und Demütigung. Sie wusste, dass Aschendorffer Recht hatte. Das war das Hauptproblem, nicht Aschendorffers überheblicher Ton. Dieser Wahnsinnige hatte einfach mehr von den Zusammenhängen von Physik, Chemie, Biologie und Neurologie verinnerlicht, als jeder andere Mensch dieser Welt. Und er besaß keinerlei Skrupel, all sein Wissen und all seine Erkenntnis anzuwenden. Frederike Biesthal fand das ebenso abstoßend wie anziehend. Als Wissenschaftlerin faszinierten sie Aschendorffers Experimente. Als Mensch verabscheute sie sie.

„Sie wollen ein Mäuseexperiment an einem Menschen wiederholen", versuchte sie eine zaghafte Intervention.

„Nur, dass dieser Mensch bereits tot ist. Wenn ich nichts unternehme, dann bleibt er tot. Er kann also nur gewinnen!" Aschendorffers Logik war bestechend.

Er überlegte kurz und wälzte dabei die Zunge, so dass sich seine Lippen mahlend bewegten. Er musste abwägen, ob er Frederike Biesthal in sein Geheimnis einweihen sollte. Jetzt war er ohnehin schon so weit gegangen, da konnte er auch diesen letzten Schritt noch tun. Schließlich würde er Biesthals Hilfe brauchen, wenn er den Gletschermann in die Gegenwart holte. Biesthal würde still halten. Und mitmachen. Dazu reizte sie das ungeheuerliche wissenschaftliche Neuland viel zu sehr, welches sie mit seiner Hilfe betreten würde.

„Es gibt nicht nur das Mäuseexperiment!", sagte Aschendorffer leise.

Frederikes Gesichtsfarbe wechselte von rot zu bleich.

„Ich habe es schon mit einem Menschen ausprobiert!"

„Das glaube ich nicht!"

„Fragen Sie Kaymal."

Biesthal zuckte zusammen.

„Kaymal? ... Sie wollen doch nicht etwa behaupten...? Sie haben Kaymal ...?"

„Nein, nein!", wehrte Aschendorffer ab. „Nicht Kaymal. Einen seiner Brüder."

Aschendorffer hatte schon vor einigen Monaten einen Freiwilligen gesucht, um ihn unter Versuchsbedingungen tiefzufrieren und nach 48 Stunden wieder ins Leben zurückzuholen.

Bei einem Angebot von 10.000 Euro hatte sich dieser Freiwillige schließlich unter Kaymals nie versiegender Auswahl von Brüdern gefunden.

Aschendorffer führte Biesthal in einen kleinen Technikraum, den er vollgestopft hatte mit Rechnern, Monitoren, Apparaturen aller Art, und führte ihr dort den Film vor, der das Experiment dokumentierte. Frederike Biesthal sah am Ende des Filmes einen nackten Türken dem leicht anrüchig aussehenden Sud entsteigen, der sich in der verkabelten und mit Drainageschläuchen aller Art verbundenen Edelstahlwanne angesammelt und als Nährlösung für die Versuchsperson gedient hatte. Der frisch Wiederauferstandene wurde im Video von einem strahlenden Aschendorffer gewogen, vermessen, abgehört und mit dem institutseigenen Computertomografen durchleuchtet. Er war quicklebendig und bester Dinge. Aschendorffer und das menschliche Versuchskaninchen gaben sich am Ende des Filmes die Hand und grinsten beide in die Kamera, die Kaymal geführt hatte.

„Was sagen sie jetzt?"

„Ich bin sprachlos."

4

Bowolf wachte vom schrillen Gekreische der Weiber auf. In der gleichen Sekunde war er auch schon hellwach, warf das Fell von sich und sprang von seinem Lager auf. Binnen eines Lidschlags fand er die Orientierung. Das Dorf war in heller Aufregung. Die Hunde kläfften. „Rätiser, Rätiser!", schrieen die Frauen, und ihre Stimmen waren voller Angst. Die Rätiser also, die Feinde. Ein Überfall. Bowolfs Bewegungen waren sicher und gingen fließend ineinander über. Er griff Bogen und Köcher, die am Mittelpfahl seiner Hütte hingen, schnappte sich die Steinaxt, warf sich den Fellmantel über und stürmte dann mit großen Sätzen wie eine Raubkatze aus der Hütte hinaus in den bitterkalten Winter.

Eine Hütte brannte bereits. Krieger liefen kopflos hin und her. Zwei Männer lagen mit eingeschlagenem Schädel auf dem Dorfplatz. Ihr Blut glänzte rot im frisch gefallenen Schnee. Überall weinende Kinder, heulende Frauen, jemand brüllte Befehle. Die Rätiser verschleppten Frauen aus Bowolfs Dorf. Bowolf überlegte nicht lange. Er war der Häuptling. Er jagte mit gezückter Streitaxt über den Dorfplatz und den leicht abschüssigen Pfad zum Seeufer hinunter. Dort wurde gekämpft. Dort waren die Feinde. Andere Männer liefen neben ihm. Wütend schrieen sie ihre Kampfrufe in die Nacht. Die Feinde antworteten mit Spott und Beschimpfungen.

Bowolf kam zu spät. Er sah es schon von Weitem. Die Feinde saßen bereits auf ihren Pferden, auf die sie ihre weiblichen Gefangenen gezerrt hatten, und galoppierten auf den zugefrorenen See hinaus.

„Hirjeka, hirjeka", brüllte Bowolf den Kampfruf seines Stammes. Feine Atemwölkchen stiegen auf. Die Luft klirrte vor Kälte. Auf dem Weg zum See lag ein sterbendes Mädchen. Fialla, Stirnmanns zehnjährige Tochter. Die Rätiser hatten ihr die Kehle durchgeschnitten. Fialla gurgelte und spuckte Blut. Ihre Augäpfel quollen hervor, die Pupillen waren vollkommen verschwunden. Mit einem Arm schlug sie zweimal in den Schnee, dann war sie tot.

Panisch blickte Bowolf sich um. Wenn Fialla tot war, wo war dann Seta, Bowolfs jüngste Frau, die in der Hütte von Fialla übernachtet hatte?

Vom Ufer her klang das wütende Gebrüll der Krieger, die hinter den flüchtenden Feinden herliefen. Ein hoffnungsloses Unterfangen. Zwischen den Kriegsrufen wehten die Klagelaute der Frauen durch die Nacht. Manche hatten sich befreit. Manche hatten ihren Widerstand mit dem Leben gebüßt, so wie Fialla. Das rasende Kläffen von Hunden mischte sich unter die Stimmen. Bowolf hastete zurück zum Dorf, hinüber zu den Pferchen, wo die wenigen Pferde des Stammes zusammengetrieben waren. Dem großen Ahnherrn sei Dank, die Tiere standen noch da und schnaubten kalte Nebel in den Nachthimmel.

Bowolf führte Mor, sein treues Pony, aus dem Gatter und schwang sich auf seinen Rücken. „Hirjeka", rief er dem Mond zu, dann trieb er sein zähes Reittier zum See hinunter. Dem Feind hinterher. Am Ufer riefen ihm die Zurückgebliebenen zu: „Bowolf reite! Es sind zweimal zwei Hände. Stinkende Rätiser. Feige Rätiser."

„Wieviel Gefangene?", schrie Bowolf im Vorbeiritt und nahm die Antwort mit: „Eine Hand und zwei. Seta ist auch dabei!"

Der zugefrorene See trug Menschen und Tiere. Bowolf galoppierte. Bald überholte er die kleine Gruppe seiner Stammesgenossen, die zu Fuß hinter dem flüchtenden Feind her waren. Einer rief ihm zu: „Gangam ist ihr Anführer!"

Gangam also. Sein alter Feind. Er trieb das Pferd. Das Eis knirschte unter den Hufen. Immer wieder Gangam. Wie oft schon hatten sich ihrer beider Wege gekreuzt. Der Häuptling der Rätiser, die auf der anderen Seite des gelben Berges lebten, und er, Bowolf, der Häuptling der Mooka, die auf dieser Seite des Berges ihr Dorf und Jagdrevier hatten, sie waren Feinde auf Lebenszeit. Einmal überfielen die Mooka die Rätiser, dann wieder die Rätiser die Mooka. Sie stahlen sich wechselweise Vieh und Frauen und zündeten sich gegenseitig die Hütten an. Diese uralte Feindschaft hatte längst vergessene Ursachen und längst vergessene Täter und Opfer. Das alles lag in ferner Vergangenheit. Aber Krieg herrschte immer. Bis heute.

Normalerweise fanden die Überfälle nur im Sommer und frühen Herbst statt, wenn die Pässe schnee- und eisfrei und die schnelle Rückkehr ins eigene Jagdgebiet gewährleistet war. Waren die Rätiser im Herbst gar nicht auf ihre Seite des Berges zurückgekehrt? Hatten sie die ganze Zeit am See gelauert? Der See war groß. Er bot entlang seiner Ufer viele Verstecke. Es lebten nicht viele Menschen hier. Bowolfs Dorf war die größte Ansiedlung. Daneben gab es noch ein paar Familiensippen, die alleine lebten und zu keinem Stamm gehörten. Sie wohnten alle weit verstreut. Man brauchte mehr als einen Tag, um im Sommer zu Pferde den See einmal zu umrunden. Er war länglich wie ein Schlauch, oft versumpft und verlandet, als handele es sich um drei oder vier verschiedene, hintereinander liegende Seen, die nur durch den Fluss verbunden sind. In dem engen Tal, eingeklemmt zwischen der imposanten Gipfelkette des gelben Berges auf der südlichen und dem spitzen Massiv des Nairgadin auf der nördlichen Seite, füllte der See die größten Teile des Talgrundes aus.

Während Bowolf den treuen Mor weiter zum Galopp zwang, sah er vor sich im Sternenlicht die hüpfenden Konturen der Rätiser. Ihre Pferde waren schnell. Sie hatten den Raubzug gut geplant. Sie wussten, dass die Mooka ihr Dorf nicht ernsthaft bewachten, und dass die Pferde der Mooka auf der dem See abgewandten Seite des Dorfes standen. Sie hatten die Hütten der Weiber ausspioniert und dann schnell und geräuschlos getötet.

„Gangam, Gangam!" Bowolf schnaubte in ohnmächtiger Wut immer wieder diesen Namen in die Nacht.

Töten, töten, töten. Unbedingte Mordlust kochte in Bowolf. Er wollte Gangams Blut trinken, sein Herz herausreißen, seine Eingeweide über einem Misthaufen ausstreuen, sein Gehirn ausschlürfen. Er wollte das Messer in Gangams Brust stoßen und dort herumdrehen und herumdrehen. Er wollte ihm mit bloßen Händen die Augen aus den Höhlen und die Zunge aus dem Schlund reißen. Er wollte ihm das Gemächt mit der Steinaxt vom Unterleib schlagen, ihn lebendig über glühenden Holzscheiten rösten. Er wollte ihn ertränken, erwürgen, erdolchen, zerquetschen, in viele Einzelteile zerhacken. Er wollte ihm Seta wieder entreißen. Niemand durfte es wagen, die Häuptlingsfrau zu rauben. Kein anderer Krieger durfte sie besitzen. Da wurde Bowolf zum Raubtier. Das endete mit dem Tod.

Er erreichte das andere Seeufer. Im klaren Licht der Sterne erkannte Bowolf die Spuren der Flüchtigen. Die Rätiser ritten in einer Reihe hintereinander. So konnte Bowolf ihre Zahl nur schwer schätzen. Zwei mal zwei Hände, so hatten ihm die eigenen Leute zugerufen. So viel? Und sie hatten die Frauen als Beute, eine Hand und zwei. Die Frauen der Mooka wüssten sich zu wehren. Sie würden jede Gelegenheit nutzen, die Flucht ihrer Entführer zu behindern. Sie würden versuchen, Zeit zu gewinnen. Wenn es möglich war, so würden sie vom Pferd fallen. Die Rätiser mussten also aufpassen und antreiben.

Keine Frage, Bowolf würde nachziehen und bald würde er die Flüchtigen einholen; vielleicht sogar noch in dieser Nacht, spätestens morgen. Wie sollte er dann vorgehen? Bisher hatten ihn seine Raserei und der mächtige Wunsch nach Rache angetrieben. Nun, da er am jenseitigen Seeufer stand und die Fährten im Schnee betrachtete, besann er sich. Dem Pferd schäumte das Maul. Bowolf war zu schnell galoppiert.

Er war kopflos losgeritten. Nun erst besah er sich seine Ausrüstung. Den Bogen trug er bei sich. Im Köcher besaß er einen Satz Pfeile, zwei Hände und zwei. Dann trug er sein Steinmesser im Ledergürtel, die steinerne Streitaxt baumelte an seiner Seite. Am Gürtel hing der Beutel mit den Feuersachen, sein persönlicher Talismann, ein paar Tauschmuscheln. Er trug die Fellschuhe und die ledernen Beinkleider, in denen er sich am Abend zum Schlafen hingelegt hatte, das Oberhemd aus Kaninchenfell und den groben Fellumhang. Zwar schwitzte er vom schnellen Ritt, aber die eisige Kälte dieser Winternacht in den hohen Bergen zupfte bereits an ihm. Das erinnerte ihn unerbittlich daran, dass der Winter im Bunde mit dem Tod stand. Bowolf hatte keine Vorräte bei sich. Auch nichts für Mor. Mit dieser Ausstattung musste er nach spätestens zwei Tagen die Verfolgung abbrechen und zum Dorf zurückkehren.

Bowolf besah sich seine Hände, bewegte die Finger gegen die Kälte. Gangams Leute: Zweimal zwei Hände! Eine solche Verfolgung war hoffnungslos. Was konnte er ausrichten?

Er blickte zu den Sternen hinauf. Großer Ahnherr, was soll ich tun? In seiner Hilflosigkeit schrie Bowolf in die Nacht hinaus. Das half, die Ohnmacht einzudämmen. Schließlich nahm er Mor am Zügel und stapfte mit ausgreifenden Schritten in der Spur der Rätiser weiter durch den Schnee. Auch sie waren abgestiegen. Ihre Fußspuren führten neben den Hufspuren der Pferde her. Tief waren sie in den Schnee eingesunken. Es war nicht die Jahreszeit zum Reiten. Auch nicht die Jahreszeit, um zu kämpfen. Es war die Jahreszeit, in der man bei den Mooka in den Hütten ums Feuer sitzt.

In der frühen Morgendämmerung erreichte Bowolf eine Stelle, wo die Rätiser sich vom Seeufer weg bewegt hatten. Ihre Spuren führten nun stetig bergwärts. Der Schnee lag weich und tief. Über den Kämmen des Nairgadin blinzelten die ersten Sonnenstrahlen. Der Tag würde klar und kalt werden wie seine Vorgänger. Bowolf schlug sich die Arme um die Schultern. Der stramme Marsch hatte seinen Körper auf Temperatur gehalten, dennoch kroch die Eiseskälte durch alle Fellschichten. Bowolf sog die Luft durch die schmal geöffneten Lippen ein. Kleine Eiszapfen hingen an seiner Nase, Bart und Haare bildeten eisige Klumpen. Auch der Winterpelz von Mor war über und über mit eisigen Klümpchen behangen.

Bowolf verfolgte die Spur im Schnee. Sie zog sich die Bergflanke entlang und verschwand hinter einer gewölbten Kuppe. Jetzt, da das Tageslicht die Szenerie beleuchtete, sah er auch die vereinzelten roten Flecken daneben.

Er erklomm die Kuppe. Mor keuchte hinter ihm und arbeitete schwer. Das Pferd war hinderlich. Es hielt ihn nur auf. Der ganze Gewaltmarsch war eine einzige Dummheit. Wie wollte er zweimal zwei Hände Rätiser überlisten? Wie die gefangenen Frauen befreien? Dennoch konnte Bowolf sich nicht zur Umkehr entschließen. Irgendetwas am Vorgehen und der raschen Flucht der Rätiser ließ ihn zögern. Ein solcher Überfall mitten im Winter war einfach zu ungewöhnlich. Da stimmte etwas nicht.

Jetzt hatte Bowolf die Spitze der Kuppe erklommen. Er kauerte im Tiefschnee nieder und spähte vorsichtig darüber hinweg. Auf der anderen Seite breitete sich eine kleine Senke aus, durch welche die Spur der Rätiser kerzengerade hindurchführte. Dahinter wuchs als unwirtliche Felswand der erste Ausläufer des gelben Berges in die Höhe. Bowolf stach eine dünne, fast unsichtbare Rauchfahne ins Auge, die sich aus einer dunklen Öffnung im unteren Teil der steilen Wand an den vereisten Felsen emporfädelte. Eine Höhle im Berg. Dort glimmte ein

Feuer, sonst gäbe es die Rauchfetzen nicht. Wer immer es angeschürt hatte, er verstand die Kunst, es so zu tun, dass nur dünner, weißer Rauch daraus aufstieg, den man auf größere Entfernungen kaum mehr vom Schnee und vom weißen Himmel unterscheiden konnte.

Aber Bowolf konnten sie nicht täuschen. Er spähte angestrengt hinüber zu dieser schwarzen Öffnung in der Felswand. Wo waren die Pferde der Rätiser? Sie konnten ihre Tiere unmöglich dort hinauf gebracht haben. Mit den Augen verfolgte er die Spuren, die sich wie eine zackige Naht im Schnee durch die Senke zogen. Sie führten zu einem großen Fels- und Geröllblock, der vorgelagert vor der steilen Wand lag.

Bowolf grübelte und beobachtete und fror. Immer wieder musste er sich aus der Kuhle, die er sich im Schnee gegraben hatte, erheben und mit Mor ein Stück weit die Kuppe hinab und wieder hinaufsteigen. Ohne diese regelmäßige Bewegung wären Mann und Pferd binnen weniger Stunden festgefroren. Nur schemenhaft nahm er in größeren Abständen Bewegungen im Höhleneingang wahr. Wenn die Rätiser sich tatsächlich mit ihren Gefangenen dort oben eingenistet hatten, dann waren sie äußerst vorsichtig.

Bowolf brauchte ein Feuer. Er entschied sich, den Beobachtungsposten aufzugeben. Er würde in der Nacht oder am frühen Morgen dorthin zurückkehren. Stattdessen suchte er sich in sicherer Entfernung ein kleines Gehölz mit schützenden Felsen, wo er gefahrlos ein Feuer entfachen konnte.

Er befand sich weit unterhalb der Baumgrenze. Die krüppeligen Zirbel- und Latschenkiefern, Strauchbuchen , Lärchen und Krummholzgewächse, die hier noch gediehen, boten gut entflammbares Holz. Mit steifen Fingern nestelte er den Zunderschwamm aus seiner Gürteltasche und verteilte kleine Späne, die er davon abschabte, auf einem Stein, den er vom Schnee befreit hatte. Er häufte die Zunderflocken zu einem kleinen, nestartigen Aufbau an. Darüber legte er kleinere Holzsplitter

und Fetzen von trockenem Moos. Kleine Äste und Rinden-
stücke bildeten eine Schutzhülle um den Aufbau. Er nahm
den Pyrit, der zu seiner Ausrüstung gehörte, und einen Feuer-
stein, den er stets bei sich trug, und schlug die beiden Brocken
gegeneinander. Sofort schlugen Funken daraus hervor und ent-
zündeten die Zunderflöckchen. Es glimmte, knisterte und
qualmte, dann fraß sich ein erstes Flämmchen durch Späne
und Moosfetzen. Im ersten Versuch fanden die Flammen Nahrung. Bowolf schob kleinere Ästchen nach. Schon züngelte das
Feuer weiter. Jetzt konnte er große Aststücke dazuschieben. Sobald ein rechtes Lagerfeuer prasselte, schob sich auch Mor ganz
dicht an die Wärmequelle heran. Bowolfs Lagerplatz war gut
gewählt. Das Gehölz bedeckte eine kleine Erhebung, von der
herab Bowolf sowohl die Spur beobachten konnte, auf der er
den Berg heraufgekommen war, als auch deren Fortsetzung hinauf auf jene Kuppe, von der aus er die Rätiser beobachtet hatte.

Während langsam die Hitze des Feuers bis auf seine Knochen wirkte, kreisten Bowolfs Überlegungen um den seltsamen
Überfall. Was hatte die Rätiser getrieben? Sie hatten zwei oder
drei Hütten niedergebrannt. Bowolf rief sich das Bild in Erinnerung. Welche Hütten waren es gewesen? Das Vorratslager.
Die Rätiser hatten es auf das Vorratslager abgesehen. Sie hatten die Wintervorräte der Mooka geplündert. Und weil neben
dem Lager auch die Hütten der Weiber standen, waren ihnen
die Weiber der Mooka ebenfalls in die Hände gefallen. Eine
Hand und zwei. So muss es gewesen sein? Ein schneller und ge-
zielter Überfall.

Dafür gab es nur eine Erklärung. Die Rätiser litten Hunger.
Sie brauchten die Vorräte, sonst würden sie den Winter nicht
überstehen. Und jetzt dämmerte Bowolf auch, was der Grund
war. Die Rätiser mussten im Herbst den richtigen Zeitpunkt
versäumt haben, über den Pass beim Glatschjer auf die andere
Seite des gelben Berges zurückzukehren. Auf ihre Seite. Sie

wurden vom Wintereinbruch überrascht, und saßen nun auf dieser Seite des Berges fest.

Ein grimmiges, triumphierendes Lächeln legte sich auf Bowolfs aufgesprungene Lippen. Das ließ die ganze Jagd in einem völlig neuen Licht erscheinen. Die Rätiser hatten keinen Fluchtweg. Sie besaßen kein sicheres Versteck. Sie hatten sich jetzt zwar mit Lebensmitteln und mit Frauen versorgt, aber sie waren ungeschützt und verwundbar. Bowolfs Hunger verschwand zwar nicht, aber diese neue Ausgangssituation ließ ihn das Knurren seines Magens leichter ignorieren. Er schmolz sich Schneewasser über dem Feuer, tränkte damit Mor und stillte den eigenen Durst, und wartete mit der unerschöpflichen Geduld des Naturgeschöpfs die Nacht ab.

In der Dunkelheit machte Bowolf sich wieder durch den Schnee auf den Weg zu seinem Beobachtungsposten oben in der Schneekuhle. Mor ließ er im schützenden Gehölz beim verglimmenden Feuer zurück. Er nahm beim Aufsteigen einen Stecken zu Hilfe, den er sich aus einem Strauch herausgeschnitten hatte. Diese Nacht war so kalt und so sternenklar wie die vorige. Irgendwo dort oben im Himmel herrschten die großen Mächte, dort lebten die Ahnen. Die andere Welt. Bowolf blickte hinauf, mit einem Blick, der Kraft und Zuversicht aus dem Bild der Sterne sog. Ihr Mächtigen, Hirjeka! Bowolf wird seine Feinde zerschmettern. Er wird sie zu euch hinauf schicken in die Anderswelt. Nicht mehr lange, dann ist es soweit. Freut euch auf sie.

Von der Kuppe herab stierte er lange in die Senke und auf die Felsformation, hinter der er die Pferde der Rätiser vermutete. Einmal vermeinte er, ein leichtes Schnauben zu hören. Die Felswand dahinter lag dunkel wie ein gefrorener Schatten. Die Rätiser würden sich hüten, in ihrer Höhle in der Nacht ein weithin sichtbares Feuer zu entfachen.

Der Mond stand nicht besonders günstig. Er warf modriges Licht auf die Senke. Wenn Bowolf in der Spur der Rätiser dort hinunterstieg, würde man ihn in seinem dunklen Fellmantel als schwarzen Punkt sofort erkennen. Knurrend schaufelte er sich Schnee über Haupt und Rücken, bis er eine weiße Haube trug. In gebückter Haltung stieg er ab. Der Schnee knirschte unbehaglich und zäh. Entschlossen bewegte Bowolf seinen Stecken vor sich her. Immer wieder hielt er an, kauerte, erneuerte seine weiße Haube und schielte zur Felshöhle hinauf, wo er seine Feinde vermutete. Gesehen hatte er noch keinen einzigen.

Endlich erreichte er die mehrere Mann hohe Felsformation am Fuße der Senke. Jetzt hörte er ganz deutlich die Pferde, wie sie schnaubten und sich schüttelten. Der Dampf der Tiere stieg hinter dem Felsen auf. Ihr Geruch hing in der Luft. Bowolf schlich um eine Felskante herum. Auf seiner Rückseite bildete der große Fels einen Überhang, der genug Schutz vor den Naturgewalten bot, so dass dort nur wenig Schnee lag. Hier hatten die Rätiser ihre Pferde untergestellt. Mit ein paar grob behauenen Stämmen und Ästen hatten sie ein loses Gatter errichtet und damit die Tiere eingepfercht. Es roch nach frisch geschältem Holz und nach Fichtennadeln. Das Gatter wäre kaum nötig gewesen, den ringsum türmten sich die Schneemassen. Kein Pferd wäre freiwillig aus dem schützenden Unterstand entlaufen, zumal dort auch ein großer Haufen Stroh und trockenes Laub aufgeschichtet lagen, das Fressen für die Tiere. Gab es eine Wache?

Fast hätte Bowolf den Mann übersehen. Er stand an den Fels gelehnt, zur Hälfte hinter einem Gestell aus aufgerichteten und gegeneinander gestellten kleinen Stämmen versteckt, die dazu dienten, eine weitere Ladung Stroh und Heu hoch und für die Pferde unerreichbar zu lagern. Der Rätiser machte seine Sache gut. Er stand regungslos, als sei er selbst einer der Stämme. Er hatte Bowolf den Rücken zugekehrt und spähte in die andere Richtung zum weit entfernten See hinunter, den er in der Nacht aber bestenfalls ahnen konnte.

Bowolf wog seine Streitaxt in der Hand. Er löste die Schlaufe vom Gürtel. Diese Waffe machte ihn sicher. Die Axt eines Häuptlings. Der lange hölzerne Griff war glatt und lag geschmeidig in seiner Hand. Die kupferne Klinge blitzte nur kurz im Mondschein. Ein Pferd wich aus und trippelte unwillig einige Schritte seitwärts, als Bowolf sich unter seinem Bauch hindurch in den Rücken des Wachtpostens brachte. Dann holte er aus, sprang den Gegner an und spaltete ihm den Kopf mit einem einzigen knirschenden Hieb. Der Wachtposten sank lautlos in die Knie, die Axt blieb im gespaltenen Schädel stecken und verursachte ein schmatzendes Geräusch, als Bowolf nicht gleich losließ. Er wartete, bis der Getötete im Schnee lag, dann riss Bowolf seine Waffe mit einem energischen Ruck wieder aus dem zerschmetterten Hinterkopf. Blut spritze und Hirn quoll hervor. Die Pferde protestierten mit leichtem Schnauben und drängten ihre frierenden Leiber aneinander. Bowolf verharrte in konzentrierter Anspannung. Er schnupperte und lauschte in die Nacht. Niemand rührte sich. Oben bei der Höhle blieb alles ruhig. Er versuchte abzuschätzen, wie weit der Eingang über ihm lag. In der Dunkelheit mochte er sich täuschen, aber er schätzte, dass man fünf oder sechs ausgewachsene Männer übereinander türmen müsste, um dort hinauf zu kommen. Vermutlich hatten die Rätiser Baumstämme zu Hilfe genommen, die sie dann hinaufgezogen hatten.

Gut! Das bedeutete, dass es auch eine Weile dauern würde, bis die Feinde wieder unten waren.

Bowolf verfolgte einen Plan, den er sich während des vergangenen Tages zurechtgelegt hatte. Er prüfte die Pferde. Manche trugen Zügel, einigen hatten die Rätiser Felldecken über den Rücken geschnallt. Es waren kleine, knochige Ponys, wie auch die Mooka sie züchteten, mit Schweifen bis auf den Boden und Mähnen so struppig wie Stroh. Diese Tiere waren zäh und winterfest. Allerdings würden sie nicht beliebig viele solcher Eisnächte in diesem luftigen Felsunterstand überstehen.

81

Bowolf kam immer mehr zu der Überzeugung, dass diese Höhle nur ein vorübergehender Unterschlupf für die Rätiser war. Das konnte nicht ihr Winterquartier sein. Dagegen sprach auch die geringe Menge an Futter. Also planten sie, weiterzuziehen. Bowolf fletschte die Zähne wie ein Raubtier. Das würde er diesen unwürdigen, stinkenden Ziegenfressern gründlich verderben. Wieder stand das Bild von Gangam vor seinem inneren Auge. Dieser feige Dieb. Ein Mann mit gelben Haaren und ebensolchen Augen. Ein Krieger, den man fürchten musste. Bowolf hatte schon einmal mit Gangam gekämpft. Und mehrfach hatten sie sich gegenseitig die Pferde gestohlen und die Hütten angezündet. Aber diesmal gab es keinen Fluchtweg über den gelben Berg. Diesmal war Gangam gefangen auf Bowolfs Seite. Diesmal musste es zur Entscheidung kommen. Einer von ihnen beiden würde sterben. Bowolf würde Gangams Herz roh verspeisen. Und Seta befreien.

Die Pferde der Rätiser zeigten keine Scheu vor Bowolf. Wahrscheinlich verbreitete er den gleichen Gestank wie seine Feinde, so dass die Tiere Vertrauen fassten. Ein besonders auffälliger Hengst, offensichtlich das Leittier der kleinen Herde, ließ sich bereitwillig von Bowolf aus dem provisorischen Gatter hinausführen. Die anderen Pferde folgten nach kurzem Zögern. Die Schneezotteln in ihren vereisten Mähnen glitzerten wie kleine Edelsteine im Sternenlicht. Eines hinter dem anderen, die Ohren gespitzt und aufgereiht wie an einer Perlenschnur, stocherten die Tiere durch den Schnee. Drei mal zwei Hände. Kein einziges blieb zurück.

Wenn nur jetzt nicht einer der Männer oben in der Höhle wach wurde und herunterschaute. Die Pferde, obwohl sie ihren scheinbar farblosen Winterpelz trugen, hoben sich scharf gegen den hellen Schnee ab. Und sie machten Lärm, sie schnaubten, schlugen mit den Schweifen und rempelten einander an. Ihre kantigen Brustkörbe schoben durch den Tiefschnee. Brav folgten sie dem Leithengst, den Bowolf mit energischer Kraft hinter sich her zog. Er kehrte auf der Spur zurück an den Rand der Senke. Anstatt die Tiere hinauf auf die Kuppe zu zwingen, wo er seinen Beobachtungsposten im Schnee gehabt hatte, spurte er mit Hilfe des Leithengstes einen neuen Pfad Richtung Tal. Vorher suchte er sich eines der Tiere aus und schnitt ihm dann mit einem einzigen geübten Streich seiner Steinmesserklinge den Hals auf. Das Tier röchelte, knickte mit den Vorderläufen ein und verendete binnen weniger Augenblicke. Blut schoss in schwappenden Wellen aus der Wunde. Bowolf ließ den zuckenden Kadaver im Schnee zurück. Er trieb die übrigen Pferde jenseits der Senke und außer Sichtweite der Höhle bis zu einem leichten Abhang. Mit gekonntem Griff an dessen empfindlichste Stelle versetzte er den Leithengst in höchste Panik und prügelte dann mit seinem Stecken auf seine Hinterbacken. Der Hengst schoss mit wieherndem Gebrüll davon. Die übrige Herde ließ sich anstecken und bahnte sich durch den Tiefschnee einen Weg ins Tal hinunter.

Bowolf blickte zufrieden dem glitzernden Wirbel hinterher. Sicher würden die Rätiser mit einigem Glück ihre Pferde wieder einfangen können. Aber es würde sie Tage kosten. Und in dieser Zeit waren sie angreifbar. Und sie konnten ihre Gefangenen nicht ständig im Auge behalten.

Nun kehrte Bowolf mit weit ausladenden Schritten zu dem Pferdekadaver zurück, den er im Schnee zurückgelassen hatte. Der aufgeschlitzte Leib blutete nicht mehr, aber er war noch warm. Das Blut hatte tiefe Kanäle in den Schnee gebahnt und war zu bizarren Formen erstarrt. Bowolf zückte sein scharfes Steinmesser, trennte mit geübten Schnitten das von Schnee- und Eisbrocken verklebte Fell auf, zog es an den Hinterbacken und an den Seiten vom Fleisch, trennte die Sehnen und schnitt sich große Fleischstücke aus dem Kadaver heraus. Einige Streifen stopfte er sich an Ort und Stelle gierig in den Mund. Ausgehungert wie ein Raubtier schlang er das Fleisch hinunter. Er umwickelte die Fleischpakete mit den Felllappen, die er dem toten Pferd abgezogen hatte, um zu vermeiden, dass verräterische Blutspuren in den Schnee tropften. Das Übrige packte er sich auf die Schulter und machte sich dann mit dieser Last auf den Rückweg zu seinem Lager. Die Rätiser würden einige Zeit brauchen, bis sie alle Spuren gelesen und richtig gedeutet hatten. Bowolf wischte sich über die blutigen Bartstoppeln. Ha, ihr Ahnen, ihr Mächtigen! Habt ihr gesehen? Bowolf, euer stärkster Krieger, er fürchtet keinen Feind. Hirjeka!

5

Vier Mountainbiker huschten auf ihren superleichten Carbon-
faserrädern hintereinander die steile Wintererstraße entlang.
Sie führte aus Freiburgs Innenstadt direkt durch die sonnige
und maßlos überteuerte Berglage des Stadtteils Herdern hinauf Richtung Roßkopf, zum Ziel der Tour. Die vier Radfahrer
knechteten die Pedale mit beachtlichem Elan, obwohl dem einen am Bäuchlein, dem anderen am gelichteten Haarschopf
und dem nächsten am ausladenden Hintern durchaus das fortgeschrittene Alter anzusehen war. Sie fuhren alle das Teuerste,
was der Mountainbike-Fachhandel zu bieten hatte: Sram-X0-
Antrieb, Shimano-XT-Schaltung, Carbonrahmen, Spezial-
dämpfer, Intense-Hinterbau. Der jüngste und fitteste der ebenso
verbissenen wie sich selbst maßlos überschätzenden Feierabend-
amateure war Armin Röller. Im papageienfarbenen, eng anlie-
genden Trikot, mit verspiegelter Rennbrille, einem Schweiß-
tuch um die Stirn und die Finger in schwarz-weiß geriffelte
Rennhandschuhe von Castell gepresst, das Paar zu 120 Euro,
ging er die ersten hundert Meter des steilen Anstiegs im lockeren Sprint an. Mal sehen, was die Kumpels so drauf hatten.
Direkt im Nacken spürte er den ersten Verfolger, Franz, den
Ingenieur, die unzerstörbare Kampfsau, ein Kerl, der sich nie
abhängen und nie unterkriegen ließ. Dann folgte Charly,
der Journalist, zwar ein Leichtgewicht, aber mit bald 50 Jahren
der Älteste der Truppe. Den Schluss bildete wie immer Egon,

der zwar das teuerste Fahrrad fuhr, aber auch den größten Ranzen mit sich schleppte.

Die vier Freunde trafen sich mindestens einmal die Woche, um im Sommer mit dem Mountainbike oder auf dem Tennisplatz, im Winter beim Skifahren, ihre Kräfte zu messen. Sie gingen es stets als Ausgleichssport nach einem anstrengenden Bürotag an, aber es endete meist in einem verbissenen Wettkampf um den Tagessieg. So stand auch jetzt schon fest, dass sie nicht gemütlich hinauf auf den Roßkopfgipfel kurbeln würden, sondern dass es ein echtes Ausscheidungsrennen geben musste. Armin konnte nicht anders. Bei ihm musste es immer ein Wettbewerb sein. Und selbstverständlich musste er als Sieger vom Platz gehen. Er hatte den Vorteil der Jugend. Er war Mitte dreißig, Franz der Ingenieur und Egon der Werbegrafiker standen schon reif in den Vierzigern. Alle saßen sie in gutbezahlten Führungspositionen, wie Armin beim Landratsamt, Franz beim Energieversorger, oder sie waren erfolgreiche Selbstständige – Egon, der Werbegrafiker, Charly, der Journalist. Jedenfalls waren sie alle gut saturierte, anspruchsvolle, kultivierte und wählerische Kenner von Küche und Weinen. Und sie strotzten vor Fitness und Körperbräune. So eine abendliche Tour hinauf auf den Roßkopf war ganz nach ihrem Geschmack. Hernach ging es dann auf der Gundelfinger Seite wieder den Berg hinunter und am Ende irgendwo in Waltershofen, Merdingen oder Opfingen zur Einkehr in die Strauße. Jetzt ging Armin Röller aus dem Sattel, nahm die letzten Meter bis zur Eichhaldenstraße im lockeren Sprint. Franz blieb an seinem Hinterrad. Die Eichhalde zählte zu den besten Wohngegenden in Freiburg. Hier wohnte unter anderem Jens-Merten Föllstiegel, der Geschäftsführer von BioGen. Hier konnte man Edelstahldachrinnen zu 500 Euro den laufenden Meter besichtigen, Balkone, so groß wie andernorts ganze Einfamilienhäuser, die abenteuerlichsten Dachkonstruktionen, entworfen von inspirierten Luxusarchitekten, akkurat gezogene Serpentinen, mit roséfarbenen Kieseln bedeckt, tief in den Berg versenkte Doppel- und Dreifachgaragen, in denen mindestens Porsche, Audi und BMW auf ihren Einsatz warteten, parkähnliche Gartenanlagen, Schmiedeeisernes und Handgemauertes, Skulpturen, Windspiele, Türmchen und Erker, Swimmingpools, Tennisplätze und spiegelverglaste Wintergärten. Manchmal sah man auch einen Menschen. Das war aber die Ausnahme.

Armin fegte durch die Eichhalde, ohne jeden Blick für die romantische Schönheit der mit handbehauenen italienischen Pflastersteinen ausgelegten Garagenzufahrten. Er erreichte den bis an die Wohnbebauung herabreichenden Waldrand, an dem ein Wanderweg stetig bergan führte, hinüber zum Nachbarweiler Wildtal, von dem aus es dann ambitioniert hinauf auf den Roßkopf ging. Vierhundert Höhenmeter auf vier Kilometern Strecke.

Der Roßkopf ist rund 750 Meter hoch. Weder ist er Freiburgs höchster Berg, diese Ehre gebührt dem über 1200 Meter hohen Schauinsland, noch Freiburgs prominentester, das ist der Schlossberg, und auch nicht Freiburgs vielbesuchtester, das ist nämlich der von Schorletrinkern überlaufene Schönberg. Aber der Roßkopf ist der unverwechselbarste, denn auf seinem Rücken drehen sich vier mächtige Windräder, die man schon auf viele Kilometer Entfernung sieht, etwa wenn man auf der A5 von Karlsruhe oben herunter kommt, wenn man vom Hochschwarzwald ins Rheintal hinunter fährt, vom Elztal aus, vom Glottertal, vom Dreisamtal und von jedem anderen Tal im Umkreis von 30 Kilometern. Kein Wunder also, dass diese Windräder auch Ziel vieler Mountainbike-Touren sind, die Stelle, an der sich die Bergwertung entscheidet.

Als dieses Ziel nun nach knapp eineinhalbstündigem Aufstieg auch der von Armin Röller angeführten Radlergruppe vor Augen stand, kam es zu dem gefürchteten Schlussspurt. Armin warf sich in den Lenker, keuchte wie ein pneumatisches Pferd und trat in die Pedale, dass die Steine unter den groben Reifenstollen davon spritzten. Franz hielt mit, belegte aber oben am Windrad nur Platz zwei. Mit etwas Abstand folgte Charly, mit einem Kopf, so rot wie ein Truthahn in der Balz, nassgeschwitzt bis in die letzte Ritze, aber nicht wirklich abgehängt.

So war er, dieser „Charly" Katz. Man wähnte ihn schon hinter sich, schon längst aus dem Rennen, abgeschlagen und ausgeschieden, da tauchte er wieder auf. Im Feierabendsport wie im Beruf. Er verdiente sein Brot als freier Journalist, wozu ihm das grüne Universitätsstädtchen Freiburg auskömmliche Schlagzeilen lieferte. Charly verkaufte seine Geschichten an Radiostationen, Fernsehsender, Illustrierten und Tageszeitungen in der ganzen Republik, er verschmähte aber auch die örtliche Badische Zeitung nicht als Abnehmer, ebenso wenig wie die vielen kleinen Lokal- und Anzeigenblättchen. Fürs Zeilenhonorar schnüffelte er ohne Ansehen der Person hinter jedem her. Er trieb sich beim Kleingartenfest des Hasenzüchtervereins ebenso herum wie im Separée des Stadttheaters. Er interviewte den Erzbischof und den SC-Trainer, den Unirektor und den Chef des Energieversorgers Badenova. Er war per Du mit fast allen Gemeinderäten und mit jedem Amtsleiter im Rathaus. Er kannte alle Wirte der Stadt und alle Kaufleute, alle Bankdirektoren – von denen es eine ganze Reihe gab – und jeden Geschäftsführer, jeden Künstler und jeden namhaften Sportler. Ein besonderes Netzwerk pflegte er bei Polizei, Feuerwehr, THW und allen verwandten Einrichtungen. Arglos vertrauten ihm Hochschulprofessoren, Brauereichefs und die Funktionäre des Landwirtschafts- und Weinbauverbandes ihre Geheimnisse an. Karlheinz Katz hatte die Ohren überall und er roch die guten Geschichten meilenweit gegen den Wind.

Charly war ein Schnüffeljournalist, wie er im Buche steht, gefürchtet für seine Frechheit, bewundert wegen seiner Unerschrockenheit, respektiert wegen seiner Hartnäckigkeit. Und immer unterschätzt. Man sah einen unscheinbaren, dünnen Kerl, mit federdünnen Blondhaarsträhnchen, die wie junger

Hühnerflaum bis in seinen Kragen wucherten, meist in schäbiger Windjacke und Jeans, mit unschuldigen Augen von reinstem Himmelblau. Die Leute, die zum ersten Mal mit ihm zu tun bekamen, nahmen ihn selten richtig ernst. Das war sträflicher Leichtsinn. Charly Katz war ein Raubtier. Aber wenn man es merkte, war es meistens zu spät.

Nun fiel dieses Raubtier vom Sattel und kippte neben Armin Röller ausgepumpt ins Gras, das spärlich rund um die Fundamente des Windrades spross. Sie schnauften erschöpft in den blassblauen Himmel. Nachdem Armin wieder zu Atem gekommen war, stopfte er sich Cerealienriegel in den Mund und spülte mit einem ISO-Drink nach. Charly war völlig erledigt. Das gefiel Armin. Nicht nur, dass er der Schnellste war, Erster am Berg, sondern auch, dass er sofort wieder regenerierte, während die anderen noch japsend auf dem Boden lagen. Er zückte sein Handy und knipste frech Beweisaufnahmen vom röchelnden Charly und vom ausgepumpten Franz und zuletzt auch vom abgehängten Egon, der erst jetzt die letzten Meter den Berg heraufgewankt kam. Bei Egon dem Grafiker war es immer dasselbe: Er kam als Letzter an und brachte immer auch gleich die Ausreden dafür mit. „Die Schaltung hat geklemmt! Ich konnte nicht mehr in die niedrigen Gänge."

Jeder wusste, dass das eine Vertuschungslüge war, aber man verzieh es ihm. Dafür war Egon ein hochveranlagter, wenngleich sich selbst leicht überschätzender Hobbykoch, der die anderen gerne zu ambitionierten Vier-Gänge Menüs einlud. In den Küchendisziplinen war nun wieder Armin ein vollkommener Versager, so dass sich die Talente ausglichen.

Armin setzte seine Fotodokumentation fort. Egon flehte „Lass das!", ehe er alle Viere von sich streckte.

„Löschen!", knurrte Charly. Armin bleckte das polierte Gebiss und scrollte durch die Bilddateien. Plötzlich stockte er, hielt ein Bild an und vergrößerte es. Er hob sein Handy Charly vor die Nase: „Schau mal, was tippst du, was das ist?"

Charly setzte sich auf und blinzelte gegen die Sonne: „Kann nichts erkennen, es blendet. Gib mal her!" Er zog Armin das Handy aus der Hand und studierte die Aufnahme. „Ziemlich verschwommen. Es regnet, würde ich sagen. Und was ist das da? Ein Ast ...?"

Armin schüttelte den Kopf: „Eine Leiche!"

Franz kam dazu, um auch einen Blick auf die Aufnahme zu werfen. Armin musste jetzt die ganze Geschichte erzählen. Er tat es mit Vergnügen. Und mit einigen Ausschmückungen. Er prahlte mit der Tour auf den Morteratsch-Gletscher: „Bei einem Sturm, wie ihn der Bergführer noch nie erlebt hatte." Und sprach die Finderrolle sich selbst zu, als er von der Entdeckung der gefrorenen Hand im Gletschereis berichtete.

Charly griff sich nochmals das Handy und studierte die Aufnahme. Die Geschichte war ganz nach seinem Geschmack, vor allem das Finale, als Armin aufdrehte: „Und dann erfahren wir von diesem Tölpel von Polizeigendarm, dass man ihm die Leiche bei Nacht und Nebel gestohlen hat. Einfach herausgesägt aus dem Eis. Von Unbekannten!"

Charly war gefesselt: „Das ist ja ein Hammer. Und es hat noch nichts davon in den Zeitungen gestanden? Das ist eine Riesenstory. Ich könnte dich doch als Zeugen ..."

Armin wehrte ab: „Nein, bitte nicht. Wenn das die Landrätin liest, das kommt nicht gut. Frag lieber Mona. Die war ja auch dabei und hat alles miterlebt. Und die erzählt es ja auch jedem. Ihren dämlichen Chef hat sie noch in der gleichen Nacht angerufen ..." Jetzt erzählte er auch noch die Einzelheiten vom nächtlichen Telefonat aus dem Hotelzimmer, sowie weitere Details aus dem Verhör durch die Polizei. Für Charly war es unerklärlich, dass noch nichts in den Zeitungen gestanden hatte. Er nahm sich vor, zu Hause sofort alle einschlägigen Schweizer Medien zu durchforsten. So ein Leichendiebstahl konnte doch nicht unter der Decke gehalten werden. Vorsichtshalber ließ er sich die Telefonnummer von Mona im Institut geben, falls weitere Recherchen erforderlich sein sollten. Dann überredete er Armin, ihm das Handybild per Mail zu schicken. Die Story nahm in seinem Kopf Gestalt an. Erst einmal exklusiv der BILD anbieten? Die zahlten gute Honorare, wenn sie eine Geschichte alleine hatten. Plötzlich hatte Charly es sehr eilig, die Rückfahrt anzutreten. Aus der geplanten Einkehr im „Bahnhöfle" in Gundelfingen würde nichts werden.

*

Bei Kriminalfeldweibel Urs Rüthli läutete der Fernsprecher. Korporal Hürzeler am Nachbartisch hob den Kopf. Rüthli war nicht da. Er geisterte noch immer in Pontresina und St. Moritz herum und vergeudete seine Zeit mit Zeugenbefragungen und unnützen Gletscherexkursionen. Hürzeler ließ es zweimal läuten. Eigentlich war er nicht verpflichtet, Rüthlis Telefon abzunehmen. Er kannte jedenfalls keine entsprechende Vorschrift. Und Rüthli hatte es ihm ja auch nie ausdrücklich aufgetragen. Es klingelte weiter, ein drittes und ein viertes Mal. Hürzeler legte die Akte mit dem langweiligen Vorgang zur Seite, den er gerade in Bearbeitung hatte. Das Telefon läutete unverdrossen weiter. Hürzeler sah sich um. Er könnte es ungestraft läuten lassen. Er könnte auch kurz abnehmen und wieder auflegen. Immerhin war es kurz vor 18 Uhr und damit kurz vor Feierabend.

Das Diensttelefon gab keine Ruhe. „Hörsch emol uff mit schällä!", fauchte Hürzeler. Fluchend bequemte er sich aus seinem Stuhl, umrundete den Schreibtisch und trat auf Rüthlis Seite. Er griff nach dem Hörer, verharrte aber mit ausgestreckter Hand in der Luft. Dass es jemand so hartnäckig klingeln ließ?

„Ich rufe wegen der Gletscherleiche an", erklärte Charly Katz, „die über Nacht verschwunden ist."

Hürzeler war nicht wirklich ein Dummkopf. Er war nur kein guter Polizist. Er dachte nicht wie ein Polizist und er handelte nicht wie ein Polizist. Und so versäumte er es, den Anrufer an den Presseoffizier zu verweisen, was seine Pflicht gewesen wäre. Erst Recht versäumte er es, den Ahnungslosen zu spielen, was im Falle laufender Ermittlungen immer die oberste Devise war. Er versäumte es auch, dem anrufenden Charly Katz erst einmal auf den Zahn zu fühlen, wer er denn überhaupt sei und was er bereits wisse, was er nur vermute, was er beabsichtige. Statt-dessen fühlte Hürzeler sich geschmeichelt, dass ihn ein Jour-nalist befragte, und er wuchs zu bisher nicht gekannter Bedeu-tung. Und so kam es, dass Korporal Pirmin Hürzeler viel zu viel erzählte. Die ganze Geschichte, von Anfang an.

„Und wie war das noch mal mit dem Bergwachtschlitten?", hakte Charly Katz nach. „Wissen Sie genau, dass der aus dem Schwarzwald stammte?"

Hürzeler wusste es ganz genau. Er konnte sogar detailliert die Ortsgruppe nennen: „Gschtüüber choo bi derre Bergwacht Feldberg. Un zwar in de Nacht vum ..." Er musste im Protokoll nachschlagen. „... vum sechsäzwanzigscht uf de sibbenezwan-zigscht. September!"

„Tschuldigung, gschtüüber cho ...? Ich verstehe nicht?", setzte Katz nach.

„Gschtohle!", präzisierte Hürzeler.

„Und die Kiste mit den Motorsägen? Auch gestohlen?"

Hürzeler zögerte mit der Antwort. Das war eine der Fragen, die sein Vorgesetzter noch nicht befriedigend hatte klären kön-nen. Das Problem war in diesem Falle der grenzüberschreitende Informationsaustausch. Die von Rüthli und der Kripo Grau-bünden beim Landeskriminalamt Baden-Württemberg bean-tragte Amtshilfe musste auf deutscher Seite erst durch verschie-dene Instanzen bis zur Kripo in Freiburg hinabgereicht werden, ehe von dort Antworten zu erwarten waren. Aber das sagte

Hürzeler dem neugierigen Journalisten nicht. Er verlegte sich stattdessen aufs Spekulieren und bemühte sich um astreines Hochdeutsch: „Vermutlich gestohlen. Ja, das ist anzunehmen. Wir ermitteln noch."

Hürzeler gab auch noch preis, dass in der Blechkiste Spuren von Hammel- und Lammfleisch festgestellt wurden und dass dies eine heiße Spur sei. Wohin sie führte, vermochte er nicht zu sagen.

Charly hatte genug erfahren, um seine Geschichte noch am gleichen Abend der BILD in Stuttgart und dem BLICK in Zürich anzubieten, die beide mit Handkuss zugriffen. So eine Schlagzeile hat der Boulevard schließlich nicht alle Tage: „Entführte Deutsche Bergwacht Schweizer Gletscherleiche?"

*

Am nächsten Tag versuchte Charly Katz in aller Frühe mit Mona Hohner zu telefonieren. Er kannte die Freundin von Armin nur vage. Es kam nicht allzu häufig vor, dass der bei reinen Männerveranstaltungen wie Tennis, Skifahren und Mountainbiken seine Freundin mitbrachte. Und bei den wenigen geselligen Anlässen, etwa einem gemeinsamen Grillen in Egons Garten, saß Mona meist stumm etwas abseits. Charly hatte nicht mehr als drei oder vier Sätze mit ihr gewechselt. Aber immerhin wusste er, dass sie in einem Forschungsinstitut namens BioGen im Freiburger Industriegebiet Nord arbeitete. Dort rief er an.

„MonaHohnerInstitutBioGendasBürovonProfessorAschendorfferWaskannichfürSietun?", meldete sie sich. Das Ganze war ein Wort.

Charly nannte seinen Namen und wartete, ob bei Mona der Groschen fiel. „Ah, Charly! Der Charly von Armin. Ich habe die Stimme gar nicht gleich erkannt. Aber Armin ist, ... der

93

arbeitet nicht bei uns. Der ist im Landratsamt. Wollen Sie ..., äh ..., willst du seine Nummer dort?"

„Nein! Ich rufe nicht wegen Armin an. Ich wollte mit dir reden." Charly hatte entschieden, mit der Tür ins Haus zu fallen. Manchmal erzielte man damit die besten Ergebnisse. Überraschungsmoment!

„Ich recherchiere gerade so einen komischen Fall. Armin hat mir diese Geschichte mit der Gletscherleiche bei Sankt Moritz erzählt. Und dass die Polizei jetzt eine Leiche sucht ..." Charly ließ diese Sätze wirken. Er hoffte, dass Mona so früh am Morgen die BILD noch nicht gelesen hatte. „Ich dachte, du könntest mir ein bisschen mehr davon erzählen."

„Ich ...", Mona stockte.

„Ja?", Charly wartete, ein leichtes Drängeln im Tonfall.

„Ich weiß nichts", piepste Mona zaghaft.

Der Tonfall freute Charly Katz, versprach er doch genau das Gegenteil: „Nur ein paar Minuten, ein paar Fragen. Es geht nicht lange."

„Ich weiß wirklich nichts." Jetzt klang Mona wieder entschlossener. Sie hatte sich gefasst.

„Wer außer dir, Armin und dem Bergführer hat denn überhaupt noch von dem Leichenfund gewusst?", fragte Charly, Monas Widerstand ignorierend.

„Ich weiß nicht?", wehrte sie sich.

„Hast du es denn noch jemandem erzählt?"

Kurzes Stocken. Dann schnell die Antwort: „Nein, sagte ich doch."

„Das hast du nicht gesagt. Armin meinte, du hättest es deinem Chef erzählt, Professor ... wie heißt er doch gleich wieder?"

Wieder eine kurze Pause auf Monas Seite der Leitung.

Charly wartete. Er machte sich Notizen. „Bist du noch dran?"

„Ja, ja! Aber ich weiß wirklich nichts. Und ich möchte auch nicht darüber reden. Ich ..., bitte! Und außerdem muss ich jetzt Schluss machen!"

Sie legte ohne weitere Höflichkeitsfloskeln den Hörer auf. Er wählte die Nummer unverzüglich noch einmal.

„Ich bin's noch mal, Charly. Ich wollte nur ..." Mona Hohner hatte wieder sofort aufgelegt. Nachdenklich blickte Katz auf den Hörer in seiner Hand.

*

Gegen Mittag hatte Mona dann doch die aktuelle Ausgabe der BILD-Zeitung gelesen. Sie kam gar nicht daran vorbei, denn Meslut Kaymal brachte einen ganzen Stapel mit ins Institut. Er trug die Zeitungen auf dem Arm wie ein Oberkellner die Servietten, marschierte nacheinander in die Büros von Dr. Biesthal, Dr. Amresh, Dr. Schröder, Dr. Westphal und schließlich zu Mona ins Vorzimmer von Professor Aschendorffer und legte das Blatt jedem der Genannten auf den Schreibtisch, und zwar aufgeschlagen auf der Seite mit der Schlagzeile: „Entführte die Deutsche Bergwacht eine Schweizer Gletscherleiche?"

Mona sah auf.

Kaymal rollte die Augen, grinste wie ein erfolgreicher Pferdehändler, deutete mit seinen dicken Fingern auf die Schlagzeile: „Da, lese du! Isse alles falsch!"

Institutsleiter Jens-Merten Föllstiegel war noch nicht eingeweiht, alle übrigen Angestellten des Instituts wussten selbstverständlich ebenfalls nichts davon, dass Professor Aschendorffer eine 5500 Jahre alte gestohlene Leiche unten in seinem Kühlraum aufbewahrte.

Mona zwang sich, nach der Schlagzeile weiterzulesen. Im Untertitel, die Buchstaben immer noch groß genug für eine Suppenreklame, hieß es: „Touristen finden Toten im Eis bei St. Moritz. Über Nacht gestohlen. Deutsche Bergwacht lässt Schlitten am Tatort."

Ein unbehagliches Gefühl beschlich Mona, dass hier etwas Dimensionen annahm, die so nicht vorhersehbar waren. Sie las mit zitternden Händen weiter: „Bergführer Bernie Hägl-mooser (34) zu BILD: ,Ich wusste gleich, dass das eine besondere Gletscherleiche ist. Sie hatte etwas Dämonisches.' Und Kripo-Ermittler Hürzeler von der Kantonspolizei in Chur verriet: ,Die Ermittlungen gehen nach Deutschland.' Von dort stammte der Bergwachtschlitten, der in der Nähe des Tatorts gefunden wurde. – Hat die Deutsche Bergwacht heimlich einen verunglückten Kameraden geborgen?" Mona las die Autorenzeile: „Von unserem Korrespondenten Charly Katz , Freiburg." Aha, daher wehte der Wind.

„Was du sage?", wollte Kaymal wissen. „Zeitung spinnt echt, ey! Da stimmt nixe. Gar nixe!"

„Ich zeig's dem Professor", versprach Mona, obwohl ihr davor graute. Aschendorffer würde mit ihr schimpfen, obwohl sie doch gar nichts für diesen Artikel konnte. Da war Armin schuld. Der hatte diesem Charly Katz alles erzählt. Wie gut, dass sie selbst den Mund gehalten hatte.

Da täuschte sie sich. Sie hätte besser irgendeine lauwarme Halbwahrheit erzählt, dann hätte sie Charly Katz vielleicht getäuscht und abgewimmelt, jedenfalls fürs Erste von ihrer Spur abgebracht. Ihr beredtes Schweigen am Morgen aber hatte den alten Journalistenfuchs erst neugierig gemacht. Charly saß in diesem Moment auf einer Böschung hinter einer Hagebuttenhecke auf dem zum BioGen-Institut benachbarten brachliegenden Grundstück und richtete seinen Feldstecher auf das Bio-Gen-Gebäude. Er saß da schon seit einer halben Stunde und sah aus wie ein harmloser Ornithologe, für den Fall, dass die Spaziergänger oder Radfahrer, die unten an der Böschung auf dem kleinen Weg verkehrten, zufällig zu ihm heraufsahen. Er wollte unentdeckt bleiben, aber dennoch sofort mitbekommen, wenn Mona das Gebäude verließ. Wenn sie nicht per Telefon mit ihm reden wollte, dann würde er sie eben auf dem Nachhauseweg abfangen.

Das Institut kannte nur wenig Publikumsverkehr. Charly zählte binnen einer Stunde lediglich vier Besucher. Zwischendurch wurde ihm so langweilig vom Betrachten der öden Fassade, dass er mit seinem Fernglas die Umgebung absuchte. Der graue Schleier eines diesigen Oktobernachmittags lag in der Luft. Jenseits der Böschung öffnete sich der Blick auf den monströsen Komplex der ehemaligen Rhombia-Fabrik, im Rücken konnte er mit dem Feldstecher bis auf das Gelände des Freiburger Kleinflughafens blicken, und Richtung Westen tauchten die Konturen des Solaren InfoCenters und der Freiburger Messe auf. Er saß mitten im Industriegebiet Nord, umzingelt von Büro- und Zweckbauten, und das Institut gehörte hier zu dem ehrgeizigen Projekt eines Freiburger „BioValley", das einst vom Freiburger Wirtschaftsförderer ausgerufen worden war. Charly kehrte mit dem Feldstecher wieder zum Eingang des Gebäudes zurück. Gegen 15.30 Uhr verließen die ersten Mitarbeiter das fünfstöckige Gebäude.

Zuvor hatte Charly von BioGen lediglich den Namen gekannt. Was dieses Institut forschte oder entwickelte, wusste er noch nicht. Das hatte er am Abend zuvor im Internet recherchiert. Das Gebäude war von einem drei Meter hohen, massiven Eisengitterzaun umgeben, der sich oben nach außen wölbte und in gezackten Spitzen endete. Charly hielt Ausschau nach einer integrierten Starkstromleitung, konnte aber nichts entdecken. Über dem Eingangstor, das sich kameragesteuert öffnete und schloss, hielten zwei Videoaugen Wache. Das ganze Gelände schien gut gesichert zu sein, aber die Sicherheitsvorkehrungen waren für einen professionellen Eindringling sicher nicht unüberwindlich. Katz schoss aus seinem sicheren Versteck heraus mit dem Teleobjektiv ein paar Aufnahmen.

Plötzlich stutzte er. Es gab seitlich am Gebäude einen Nebenausgang, eine Stahltür, wie man sie von Trafohäuschen kennt, und die öffnete sich jetzt von innen. Katz nahm die Tür mit seinem Feldstecher ins Visier. Ein südländisch aussehender

Mann schob einen Schubkarren aus der Tür ins Freie. Der Mann trug einen Arbeiterschurz, Bauarbeiterhandschuhe und eine Schildmütze. Ein borstiges Bärtchen zierte die Oberlippen, schwarze Krauthaare bildeten einen topfartigen Helm, im Mund des Mannes wippte eine Zigarette. Charly ließ den Blick durch das Fernglas an der Gestalt hinunter wandern. Es war ein kräftiger Mann, mit breiten Schultern und einem mächtigen Oberkörper. Die starken Arme hielten den Schubkarren gepackt wie einen mittelalterlichen Pflug, mit dem es einen Steinacker zu durchwühlen galt. Der Schubkarren war gefüllt mit großen, runden Steinen, nein keine Steine, das waren ... Charly Katz stutzte und setzte das Fernglas ab. Aber ohne Fernglas erkannte er gar nichts. Er hob es wieder vor die Augen, stellte schärfer. Der Schubkarren war bis an den Rand gefüllt mit tiefgefrorenen Brathähnchen. Wo gab es denn so etwas?

Wurde bei BioGen mit Geflügel experimentiert? Der Mann schob seinen Schubkarren an der Gebäudefront entlang zu einem auf der Gebäuderückseite befindlichen Parkplatz. Dort stand ein blauer Renault Kangoo mit geöffneter Schiebetür. Der Mann schaufelte die Brathähnchen mit seinen großen Arbeiterpranken achtlos vom Schubkarren ins Innere des Wagens. Dann kehrte er mit dem Schubkarren wieder ins Gebäude zurück. Nach einigen Minuten erschien er erneut. Wieder war der Schubkarren voll beladen mit tiefgefrorenen Brathähnchen, die der emsige Südländer ebenfalls in den kleinen Lieferwagen lud. Insgesamt brachte er vier Fuhren aus dem Gebäude heraus. Dann setzte er sich ans Steuer des Kangoo und fuhr davon. Charly verfolgte den Wagen von seinem erhöhten Aussichtsplatz aus, so weit es möglich war. Das Fahrzeug verschwand Richtung Innenstadt. Katz konnte sich keinen Reim darauf machen.

Ehe er lange nachgrübeln konnte, wurde seine Aufmerksamkeit von Mona Hohner in Anspruch genommen. Sie trat gerade aus dem Haupteingang, warf sich eine Handtasche von den Ausmaßen eines Autoreifens über die Schulter, und spazierte strammen Schrittes zur nicht weit entfernten Bushaltestelle. Charly Katz sprang auf, hüpfte mit großen Sprüngen die Böschung hinunter, überwand den breiten Graben, der Böschung und Straße trennte, und hastete zur Bushaltestelle.

Mona stand unter dem tauben Plexiglasdach des Wartehäuschens, überprüfte in einem kleinen Handspiegel den Sitz ihrer Frisur und trug Lippenstift auf. Der mächtige Linienbus fuhr ein und öffnete mit pneumatischem Zischen seine Türen.

Charly hielt sich hinter Mona und stieg in den hinteren Teil des gut gefüllten Busses. Mona fand einen freien Doppelsitz, und noch ehe sie sich richtig dort eingerichtet hatte, ließ sich Katz neben sie aufs Polster fallen. Der Journalist wurde nach vorne geworfen, als der Bus ruckelnd anfuhr. „Hallo Mona! Feierabend?"

Mona rückte von Katz ab und drückte sich gegen das Busfenster.

„Was willst du denn noch?"

„Warum bist du so biestig?", fragte Katz zurück. „Habe ich dir etwas getan?"

„Ich bin nicht biestig. Ich habe nur die Zeitung gelesen."

„Ach das! Glaub bloß nicht alles, was in der BILD steht. Die haben alles verdreht. Ich habe meinen eigenen Text nicht wiedererkannt."

Mona glaubte ihm nicht. Misstrauisch verfolgte sie aus den Augenwinkeln, wie er einen knittrigen Notizblock aus seiner Jackentasche zog.

„Ich habe nichts zu erzählen", versuchte sie abzublocken.

„Nun komm schon. Die Geschichte ist sowieso in der Welt. Du und Armin, ihr habt die Leiche gefunden. Das könnt ihr ja wohl nicht mehr abstreiten."

„Das streite ich ja auch gar nicht ab. Das war's dann auch schon. Mehr kann ich nicht beitragen."

Im entspannten Plauderton setzte Charly nach: „Wieso hast du noch in der gleichen Nacht deinen Chef angerufen und ihm von dem Fund erzählt?" Das war die infame Fragetechnik von Charly Katz. Er fragte, indem er Behauptungen aufstellte und sein Gegenüber zwang, diese Behauptungen entweder zu dementieren oder zu akzeptieren. Dabei kam er im Tonfall niemals tückisch daher.

Mona ging in die Falle: „Ich habe ihn nicht angerufen!"

„Aber doch! Armin hat mitgehört. Er ist davon aufgewacht. Er hat es mir erzählt."

Mona geriet nur kurz ins Schleudern. Ihre Ausrede hielt sie für unwiderlegbar: „Es war andersrum. Der Professor hat angerufen. Er wollte wissen, wann mein Urlaub endet. Er hätte mich gebraucht, irgendwas Dringendes."

„Nachts um eins?"

„Du kennst Professor Aschendorffer nicht. Der ruft an, wann es ihm passt. Der schläft nie!"

Katz machte sich eine Notiz.

Mona ärgerte sich unterdessen, dass sie überhaupt Antworten gab.

„Und da er nun schon mal am Telefon war, hast du ihm auch von der Gletscherleiche erzählt?"

„Ja. ... Äh, nein!"

„Was nun?"

„Nein! Ich habe ihm nichts erzählt."

„Komisch!" Charly Katz schüttelte mit ratloser Miene den Kopf. Seine gelben Schmuddelsträhnen wehten wie Staubfähnchen. „Der Schweizer Kantonspolizei hast du aber etwas anderes erzählt. Nach deren Protokoll hast du deinem Chef sogar noch in der Nacht ein Bild von der Gletscherleiche geschickt." Er tippte auf eine Stelle in seinem Notizblock, als sei dort die Wahrheit imprägniert. Mona fühlte sich unter Katz' Fragen noch unwohler als im Gynäkologenstuhl.

„Was ist für deinen Professor so interessant an einer Gletscherleiche, dass er mitten in der Nacht dafür aus dem Bett geklingelt werden musste?"

„Nichts, nichts!", wehrte Mona eine Spur zu scharf ab. „Ich sagte doch, er schläft nie." „Also hast doch du ihn angerufen und nicht umgekehrt?"

„Ja! Nein! Vielleicht! Ich weiß es nicht mehr. Es ist doch auch nicht wichtig. Mit Professor Aschendorffer hat das doch gar nichts zu tun."

„Ich sollte ihn vielleicht selber fragen?", schlug Katz vor.

„Nein, nein, nein!", wehrte Mona ab, diesmal entschieden zu scharf. „Das wäre ..., das ist ..., das ist völlig überflüssig, äh unnötig, ... äh, das geht nicht."

Wenn Charly jetzt aussah, als schliefe er bald gelangweilt in seinem Sitz ein, so widersprach dieses Bild vollkommen seiner inneren Höchstanspannung. Er lauerte. Gelassen warf er diesen Satz hin: „Du meinst also, es lohnt sich nicht, wenn ich mal um einen Termin bei dem Professor anfrage?"

„Nein, nein! Das lohnt sich überhaupt nicht. Reine Zeitverschwendung, das kannst du vergessen."

„Na dann. Wenn du meinst!", sagte Charly beiläufig.

Mona atmete erleichtert auf. Als Charly Katz sich an der nächsten Haltestelle leutselig von Mona verabschiedete und aus dem Bus ausstieg, tat er dies in der Gewissheit, auf der richtigen Spur zu sein. Er lächelte zufrieden.

Später fiel ihm ein, dass er vor lauter Professor vergessen hatte, Mona nach dem Typ mit den Brathähnchen zu fragen.

*

Sein Besuch bei der Bergwacht Schwarzwald, die eine Station auf dem Feldberg unterhielt, brachte Charly Katz keine neuen Erkenntnisse. Man zeigte ihm Fotos von dem gestohlenen Ski-Doo.

„Da gibt es irgend so einen starrsinnigen Kriminalpolizisten in der Schweiz, der will den Schlitten nicht herausrücken", erklärte Oswald der Bergretter, mit dem Charly sprach. „Angeblich ein wichtiges Beweismittel", klagte Oswald. „Und wir sitzen hier oben am Feldbergpass ohne Schlitten da. Und das direkt vor dem Winter. Nächste Woche schneit's!" Katz schaute zum Fenster der Bergwachtstation hinaus auf die nebligen Hänge Richtung Fahler Loch und zuckte mit den Schultern. Für ihn sah es noch nicht nach Winter aus. Er ließ sich den Schuppen zeigen, aus dem der Schlitten verschwunden war. Die Diebe hatten das einfache Schloss mit einem Bolzenschneider geknackt und den Schlitten dann wohl auf ein größeres Fahrzeug verladen.

„So ein Schlitten wiegt bald 200 Kilogramm", klärte Oswald auf. „Ein Mann alleine schiebt den nicht auf einen Anhänger oder eine Ladepritsche. Die Diebe müssen eine Rampe gebaut haben und den Schlitten dann zu zweit oder zu dritt fortgebracht haben."

Die Bergwacht-Station lag unmittelbar beim Feldbergpass direkt an einem Parkplatz bei der B317. Über Nacht war sie nicht besetzt. Die Diebe hatten also leichtes Spiel gehabt. Das nächste bewohnte Gebäude war das Berggasthaus Wassmer, wo Charly Katz einen Apfelkuchen aß und aus der Wirtin weiter nichts herausbekam, als dass es höchste Zeit für den ersten Schnee wäre. Von dem Diebstahl bei der Bergwacht hatte sie nichts mitbekommen.

Etwas ergiebiger waren Katz' Recherchen bei der Kriminalpolizei in Freiburg. Bei der Polizeidirektion und den beiden Polizeirevieren „Nord" und „Süd" unterhielt er beste Beziehungen. Nach dem Protokoll der Nacht vom 26. auf den 27. September gehörte auch der Diebstahl zweier Motorsägen aus einem Depot des staatlichen Forstamtes Kirchzarten zu den Vorkommnissen jener Nacht. Das lag, wenn man es in Verbindung mit dem Verschwinden des Bergwachtschlittens bringen wollte, sozusagen am Weg zwischen Freiburg und Feldberg. Fabrikat und Aussehen dieser gestohlenen Motorsägen stimmten mit jenen aus Morteratsch überein. Vorsichtshalber gab Charly dem Presseoffizier, der ihm Akteneinsicht gewährte, den Tipp, in dieser Sache Kontakt mit einem gewissen Gendarmeriekorporal Pirmin Hürzeler von der Kantonspolizei Graubünden in Chur aufzunehmen. Man werde dort etwas über den Verbleib der Kirchzartener Motorsägen erfahren.

In jener Nacht – das war die noch wertvollere Neuigkeit für Charly – hatte außerdem der selbstständige Franchisenehmer Jürgen P. aus Freiburg-Littenweiler den Diebstahl seines vor dem Haus geparkten Bofrost-Lieferwagens gemeldet. Er hatte die entsprechende Anzeige aber später wieder zurückgezogen, weil der Wagen drei Tage später wieder aufgetaucht war, abgestellt in einer Nebenstraße, so dass Jürgen P. ein bisschen über sein Gedächtnis fluchte und von der Annahme ausging, er selbst habe den Wagen dort geparkt und sich lediglich nicht mehr daran erinnert. Das reichte aus, um die Fortsetzung der Sensationsstory zu formulieren: „Mit dem Eiswagen zum Leichenraub". BILD und BLICK druckten sie mit Begeisterung ab.

6

Mürrischen Gesichts trottete Urs Rüthli durch die Via Serlas und bestaunte, was Andere sich alles leisten konnten. Sankt Moritz' Einkaufsstraße Nummer eins leuchtete bereits wie in der Hauptsaison, obwohl noch immer kein Schnee lag. Rüthli konnte sich bei seinem missmutigen Spaziergang ein Bild davon machen, wie viele Gucci-Handtaschen er sich von seinem Monatssalär leisten konnte. Zwei und eine Halbe, falls es die Schultertasche „Soho" aus Lackleder sein sollte. Den schwarzen Ledergürtel mit Bambus-Schnalle gab es bereits für 300 Franken, da hätte er sich also einen etwas größeren Vorrat anlegen können. Neben den hell erleuchteten Fenstern der Gucci-Filiale lockten die von Bottega Veneta. Das Portemonnaie mit Reißverschluss aus bronzefarbenem Krokodilleder für 2000 Schweizer Franken, war aus Nappaleder bereits für 650 Franken zu haben. Rüthli blieb stehen und vergrub die Hände in seiner Jackentasche. Hier kosteten die Portemonnaies mehr, als er selbst je an Bargeld mit sich trug.

Das war nicht richtig, dass Dinge soviel kosteten.

Er blickte die menschenleere Via Serlas hinauf, dann in die andere Richtung hinab. Kein Wunder, dass die Einheimischen fernblieben. Und Gäste waren um diese Jahreszeit kaum welche im Ort. Deshalb hatten fast alle teuren Boutiquen im Oktober Betriebsferien, obwohl sie um die Wette leuchteten. Die Saison begann erst im November.

Rüthli schlenderte unter den Arkaden am Badrutts Palace Hotel vorbei, querte den großen Platz und bog in die Via dal Bagn ein. Sein Ziel war der Coop-Lebensmittelmarkt, wo er sich mit der Geschäftsführerin verabredet hatte. Er sah auf seine Armbanduhr. 30 Franken bei Manor in Chur. Und die hatten ihn damals noch gereut. Er sah, dass er pünktlich war. Korrekt. So wie Urs Rüthli es von Urs Rüthli gewohnt war.

Es hatte einige Zeit gebraucht, bis Rüthli auf die Idee gekommen war, die Vorkommnisse in der Nacht vom 26. auf den 27. September nicht nur begrenzt auf den Polizeiposten von Pontresina zu betrachten, sondern auch die Nachbarposten zum Gesamtbild hinzuzufügen. Auf diesen Geistesblitz brachte ihn der vom Polizeiposten Samedan aufgefundene Ski-Doo. Rüthli setzte seine Idee dem Kollegen Hürzeler wie folgt auseinander: „Die Leiche wurde in Pontresina geraubt. Der nächste Nachbarposten ist Samedan. Dort haben wir den Ski-Doo gefunden. Der gehört nach Deutschland, in den Schwarzwald. Von Samedan fährt man über Sankt Moritz Richtung Deutschland. Also ist Sankt Moritz der nächste Polizeiposten, der vielleicht etwas zur Aufklärung beitragen kann. Schauen wir also, was zur Tatzeit in Sankt Moritz los war."

So erfuhren sie vom Einbruch in den Coop von Sankt Moritz. Unbekannte hatten dort die Kühlregale ausgeräumt. Sie hätten eine Spur der Verwüstung angerichtet, klagte die Geschäftsführerin. „Hier, luget do nah", dirigierte sie Rüthlis Aufmerksamkeit Richtung Gefriertruhen. „Die Gfrieri isch uffgstande un schu halber ufftaut gsii. S'Wasser isch schu g'loffe!"

Inzwischen war längst alles wieder aufgeräumt und alle Spuren des Einbruchs waren beseitigt. „Die hän jo ä Tüür uffbroche, mit äm Hägel, des Schloss hämmer uustausche muesse!"

Rüthli nickte wissend. Das hatte sie ihm alles schon dreimal erzählt. „Was haben Sie eigentlich mit dem kaputten Schloss gemacht?"

„Dös höt de Schriiner mitgnumme!"

Rüthli besah sich die Tür. Rund um die Türklinge erkannte er Kratzer und abgeblätterten Lack. Er fuhr prüfend mit dem Finger darüber und dachte laut nach: „Könnte ein einfacher Dietrich gewesen sein, vielleicht auch ein Messer, odder."

„Hanni doch gsait! Mit äm Hägel!"

„Mit einem Taschenmesser? Wie kommen Sie darauf?"

„Des het de Schriiner gsait. Do müener den froge."

Rüthli seufzte. Den Besuch beim Schreiner hatte er eigentlich nicht eingeplant. Und er war immer noch nicht überzeugt, ob dieser Einbruch beim Coop in Sankt Moritz überhaupt mit seinem Fall zu tun hatte. Eigentlich hatte ihn nur das Stichwort „Tiefkühltruhe" hellhörig gemacht. Dieses Wort war Rüthlis brüchige gedankliche Verbindung zu Eis und Gletscher. Er sah sich um. Sie befanden sich jetzt in einem schmalen Flur, der vom Verkaufsraum unmittelbar zu jenem Hintereingang führte, durch den der oder die Diebe eingedrungen waren. Der Flur war vollgestellt mit überladenen Regalen. Eine flackernde Leuchtröhre unter der Decke sorgte für gespensterhafte Beleuchtung. „Kann ich mal die Liste sehen, was alles gestohlen wurde?"

Die Geschäftsführerin kramte ein Blatt Papier aus ihrer Coop-Schürze und schob es Rüthli unter die Nase. Er hielt es ins Flackerlicht und las: Pizza Salami, 7 Stück; Pizza Funghi, 4 Stück; Pizza Gorgonzola, 3 Stück ..., Fischstäbchen, Krabben, Scampi, Erbsen, Bohnen, Gelbe Rüben, Mövenpick-Eis, Brathähnchen ... 110 gefrorene Brathähnchen!

„Wer stiehlt 110 gefrorene Brathähnchen?"

Kopfschüttelnd ließ er sich Name und Adresse des Schreiners geben. Er zückte sein Notizbüchlein und suchte nach einem Platz, wo er schreiben konnte.

„Uffem Tablar", schlug die Geschäftsführerin vor.

Rüthli nickte. Das Regalbrett schien ihm geeignet. Er schob zwei verstaubte Ananasdosen zur Seite. „Was ist das?", fragte er, und hielt ein Messer ins Licht, das auf dem Regal gelegen hatte.

Die Geschäftsführerin winkte ab. „Des müen mer widder z'ruckbringe. Des g'hört ins Carlton." Sie zeigte auf die feine Gravur am Messergriff. Es handelte sich tatsächlich um ein Besteckmesser aus dem Luxushotel.

„Des isch do glääge", erläuterte die Geschäftsführerin, indem sie auf den Boden vor der Tür zeigte. „Justament an sellem Dag, wo se iibroche hän!"

Rüthli wog das Messer abschätzend in der Hand. Teurer Edelstahl oder Cromargan, jedenfalls Qualität. Versuchsweise setzte er die Messerklinge neben dem Schloss an der Tür an und fuhr schabend über den Lack. Er hinterließ die gleiche Schramme, wie die Spur des Einbruchs.

„Jessis, s'wird amend doch it ..."

„Doch!", unterbrach sie Rüthli. „Es spricht alles dafür, dass mit diesem Messer das Schloss geknackt wurde. Zumal, wenn Sie es direkt am Morgen nach dem Einbruch hier gefunden haben. Die Einbrecher haben es demnach zurück gelassen?"

„Jo, abber dass mer selli vum Carlton s'Gmies stähle, dös kann i fascht it glaube!"

„Es gibt genug Küchen auch von Luxushotels, die heimlich im Supermarkt ihr Gemüse einkaufen, odder? Warum sollten nicht auch welche darunter sein, die es klauen?" Zur Beruhigung der Coop-Chefin schränkte er aber ein: „Nur glaube ich nicht, dass sie dann so dämlich sind und direkt ihre eigenen Messer als Einbruchswerkzeug mitbringen. Ich glaube eher, das war jemand, der gerade kein passendes Werkzeug zur Hand hatte und deshalb das Nächstbeste benutzt hat, odder? In diesem Falle ein Tafelmesser aus dem Carlton."

Während die Geschäftsführerin noch immer zweifelnd den Kopf schüttelte und das Messer in Rüthlis Hand bestaunte, stach dieser damit Löcher in die Luft und kombinierte: „Dann waren die Einbrecher vielleicht kurz zuvor im Carlton? Vielleicht haben sie dort gegessen? Oder übernachtet, odder? Dann kriegen wir ihre Namen ..." Er beendete den Satz mit einem finalen Messerstich in den leeren Gang hinein. Das war zwar nicht die heiße Verbindung zu seinem Gletscherleichen-Fall, aber immerhin konnte er so im Vorübergehen einen Fall für die Kollegen vom Polizeiposten Sankt Moritz lösen. Das konnte er als Strafe Korporal Hürzeler aufdrücken, der musste noch sanktioniert werden wegen seiner Redseligkeit der Presse gegenüber. Rüthli ärgerte sich immer noch über den sensationslüsternen Artikel in der BLICK. Vor allem aber ärgerte er sich über das lose Mundwerk seines Untergebenen.

Nach dem Ortstermin im Coop rief er Hürzeler in der Zentrale in Chur an. „Korporal! Arbeit in Sankt Moritz! Alle Gäste vom Carlton-Hotel überprüfen, die dort in den Tagen bis zum 27. September Quartier hatten. Besorgen Sie sich von der Hotelleitung Namen und Daten. Und kriegen Sie raus, wer was in der Nacht zum 27. getrieben hat. Wir suchen die Einbrecher, die hier den Coop ausgeräumt haben."

„Het des öbbis mit isserem Gletscher-Fall zum due?", wollte Hürzeler wissen.

„Vom Gletscherfall führt leider keine Spur zu Tiefkühlkost. Fehlanzeige!"

Hürzeler widersprach: „Abber hönd Sie no nit die BLICK von hüt gläse?"

„Wieso, was steht da?"

„Mit dem Eiswagen zum Leichenraub ..." Als Hürzeler den Artikel zu Ende vorgelesen hatte, war Urs Rüthli sprachlos. Die Verbindung zum Tiefkühlgemüse aus dem Coop-Markt war evident. Das Bofrost Fahrzeug! Aber logisch war das alles nicht. Wenn die Diebe bereits einen Bofrost-Lieferwagen fuhren, wieso mussten sie dann noch extra im Coop-Markt einbrechen und Tiefkühlware stehlen?

*

108

Die neueste Entwicklung in diesem Fall war für Rüthli so aufregend, dass er mehrere Dinge gleichzeitig in Gang setzte. Am dringlichsten schien ihm das Amtshilfeersuchen an die deutschen Polizeibehörden, um den Fall in Freiburg und im Schwarzwald weiter verfolgen zu können. Dort führten nunmehr alle heißen Spuren hin. Korporal Hürzeler bekam Anweisung, die Carlton-Gästeliste ganz speziell nach Namen und Adressen aus Freiburg und Umgebung abzusuchen.

Als Nächstes fuhr Rüthli nach Silvaplana zum dortigen Polizeiposten, den er in seine Überlegungen einbezog, weil er nur vier Kilometer entfernt lag. Auf der Landkarte malte er eine rote Linie: Leichenraub am Gletscher in Pontresina, weiter nach Samedan, wo die Diebe den Ski-Doo in der Flaz entsorgt hatten, weiter nach Sankt Moritz, wo sie möglicherweise in den Supermarkt eingebrochen waren, hin nach Silvaplana, wo ... was passiert war? Rüthli hatte den Polizeibericht über jene Nacht schon einmal gelesen und wusste, die Kollegen hatten in jener Nacht einen Obdachlosen in einer Garage aufgegriffen und vor dem Erfrieren gerettet. Was war aus ihm geworden?

„Der isch üs stifte gange, am nächste Morge", räumte der gemütliche Polizeiwachtmeister Bogliani freimütig ein. „Do ischer g'hockt, uff dem Stuhl", sagte er und zeigte auf den Drehstuhl hinter seinem Schreibtisch. „Kurzi Hose hät er aacha! Kurzi Hose. Kein Chittäl! Kein Chäpper. Nünt nix!"

Rüthli notierte eifrig: Kurze Hose, kein Kittel, keine Mütze. Er ließ sich die Geschichte berichten. Demnach hatte in den frühen Morgenstunden die Zeugin Leni Toller die Polizei alarmiert, weil sie beim Zeitungsaustragen gesehen hatte, wie ein Mann in die solitär stehende Holzgarage im Anwesen des Seppi G. aus Silvaplana eingestiegen war. Die Zeitungsausträgerin hatte beobachtet, wie sich der Mann durch einen aufgestemmten Holzfensterladen ins Innere der Garage gezwängt hatte. Von dort war er nicht mehr herausgekommen. Als die

Polizisten wenig später mit zwei Streifenwagenbesatzungen die Garage stürmten, fanden sie den Einbrecher zwischen leeren Umzugskartons und unter einer Plastikplane schlafend vor. Er ließ sich widerstandslos festnehmen, sprach aber kein einziges Wort. Deshalb habe man auch kein Protokoll aufnehmen können. Der Mann sei außerdem so müde gewesen, man habe Mitleid gehabt und ihn erst einmal schlafen lassen.

„Der isch glii iigschloofe, der Chaib, hinte uffem Canapé", erklärte Wachtmeister Bogliani und zeigte Rüthli im Nebenzimmer das besagte Canapé. Es handelte sich um ein uraltes, abgesessenes Sofa, vermutlich aus der Zeit vor Wilhelm Tell, das die Gendarmen vom Polizeiposten Silvaplana in Anspruch nahmen, wenn die bleiernen Nachtschichten allzu ereignislos verstrichen.

„Und nach dem Aufwachen?", fragte Rüthli gespannt. Wachtmeister Bogliani hatte bisher viel erzählt, aber irgendwie steuerte er zielsicher um die Pointe herum. „Was war nach dem Aufwachen?"

„Do isch er furt gsii, der Schlawiner", gestand Bogliani unumwunden. „Er isch zum Fenschter ussi. Mir häns nüt g'hört!"

Rüthli runzelte die Stirn. „Wie lange habt ihr ihn da drin schlafen lassen? Da schaut man doch immer wieder mal rein, odder?"

Kleinlaut räumte Bogliani ein, dass das auch geschehen sei, ungefähr nach einer Stunde. Aber da war der Mann schon weg gewesen.

„Er hat euch ausgetrickst!", stellte Rüthli fest. „Er hat nur so getan, als schlafe er. In Wirklichkeit plante er da schon seine Flucht."

Bogliani zuckte mit den Schultern: „Uusgfresse hät er jo nüt cha."

„Hier steht, er war ein Türke", sagte Rüthli und wedelte dabei mit dem Ausdruck des Polizeiprotokolls. „Wie könnt ihr das wissen, wenn der Mann kein Wort gesprochen hat?"

„So het er halt uusgsähne. Finschter wie en Türk! En Schnauz het er cha. Er isch schüücht gsii, mit Schuderäuel schwarzi Hoor, ugschträält."

Für Urs Rüthli war die Spur etwas arg dünn. Dass jemand mit schwarzen, ungepflegten Haaren und einem Schnurrbart aussah wie ein Türke, das reichte ihm nicht. Besonders widersprüchlich fand er die kurzen Hosen. Er fragte noch mal nach: „Wirklich kurze Hosen?"

„I han doch die hoorige Scheichä gsähne", empörte sich Bogliani. „Der isch barbei in de Sandale gstande."

„Trotzdem", urteilte Rüthli. „Auch wenn einer haarige Beine hat und barfuss in Sandalen geht, und wenn er finster ausgesehen hat mit seinem Schnurrbart und seinen schwarzen Haaren, ist es für mich nicht zwingend ein Türke."

„Gwiss isch's einer gsii", beharrte Bogliani, und seine Pausbäckchen bliesen sich empört auf. „Des het mr au schmöckä chönne. Der Chaib hät doch gstunke wie ä Dönnerbudi!"

Rüthli ließ sich erläutern, wie eine Dönerbude riecht. Bogliani befand, nach Zwiebeln, Knoblauch, Fett und Hammelfleisch. Beim letzten Stichwort fiel bei Rüthli der Groschen. „Hammelfleisch", flüsterte er andächtig. Und dann: „Die Blechkiste!" Nach einer längeren Pause: „Das türkische Zigarettenpapier." Während Bogliani noch seine Kulleraugen verdrehte und damit anzeigte, dass er nicht folgen konnte, schnalzte Rüthli mit den Fingern und ploppte dazu synchron mit den Lippen: „Jetzt passt es zu meinem Fall!"

7

Plötzlich verspürte er Wärme. Es war, als ob ein Blitz in seinen Körper eingeschlagen hätte. Das war nicht die Wärme eines Lagerfeuers und schon gar nicht die bescheidene Wärme seines Fellmantels. Das war eine Wärme von innen, ein wohliges Bad, das alle Knochen und Muskeln umschwappte, das alle Nerven besänftigte, das milde seinen Verstand durchrieselte. Bowolf verstand nicht, was geschah. War er wach? Sollte die winterkalte Eisnacht unreal sein? Träumte er die Verfolgung der Rätiser und die Entführung von Seta nur? Lag er in Wirklichkeit vielleicht auf seinem warmen Strohlager, umhüllt von einer vielfachen Schicht aus Fellen und Pelzen? Er konnte nur neblig und verworren denken. Und er fühlte sich gelähmt. Weder gelang es ihm, die Augen aufzuschlagen, noch die Gliedmaßen zu bewegen. Er spürte nur einen Gedanken: Wärme!

Kleine Explosionen detonierten in seinem Gehirn und sprengten die Gedanken in alle Richtungen davon, so wie die Samenkörner einer Ranke, wenn man sie berührt. Ein helles Licht leuchtete von Ferne. Ihm war, als schwebe er aus einem tiefen Dunkel empor, behäbig wie ein dicker Fisch, der sich langsam vom Grunde des Sees an die Oberfläche tragen lässt. Dann kehrten Dunkelheit und Kälte zurück. Es war nur ein Moment gewesen, ein Lichthauch.

*

„Habt ihr das gesehen? Die Augenlieder haben gezuckt. Seine Nerven reagieren!" Professor Aschendorffer deutete begeistert auf einen Computerbildschirm, wo sich oszillierende Linien kreuzten als hätten sie soeben ein atlantisches Seebeben registriert.

Um Aschendorffer herum stand die ganze Mannschaft: Dr. Frederike Biesthal, kalt, schön, unnahbar, die Lippen zu einem skeptischen dünnen Strich zusammengepresst, das Haar glatt hinter den Ohren zu einem strengen Knoten zusammengerafft; direkt neben ihr der indische Molekularbiologe Dr. Murji Amresh, selbst in dieser Sensationsstunde der Wissenschaft auf möglichst große Nähe zur verehrten Kollegin erpicht. Er war eine Erscheinung von sanftem Olivenbraun. Seine schwarzen Haare, seine dunklen Augen, die Gesichtshaut, der Hals, die Hände, alles strahlte Milde, Geduld und innere Ruhe aus, auch das nach innen gekehrte Lächeln, das um seine vollen, weichen Lippen spielte.

Neben Amresh stand steif wie ein Brett Dr. Harald Schröder. Er hielt die magere Brust emporgereckt wie bei einer Militärparade und machte ein Gesicht, mit dem er beim Kinderspiel „Wer zuerst lacht, hat verloren" ernsthafte Chancen gehabt hätte.

Leicht versetzt hinter Schröder lümmelte sich Dr. Christopher Westphal, eine Hand lässig in der Hosentasche, die andere skeptisch unterm Kinn. Er versuchte gelassene Überheblichkeit auszustrahlen, aber es reichte nur zum Bild eitler Selbstverliebtheit. Westphal mochte ein glänzender junger Neurobiologe sein, seine eigene hormonelle Biologie befand sich jedoch noch im Stadium unreifer Gärung.

Neben Westphal stand Meslut Kaymal. Aschendorffer hatte ihn genötigt, auch einen weißen Kittel anzuziehen, was ihm ein groteskes Aussehen verlieh. Menschen in weißen Kitteln hatten gewöhnlich nicht solche Arbeiterpranken, solch breite Schultern, einen solchen schwarzen Schnauzbart und ein solches Piratengesicht. Schon gar nicht trugen sie genagelte Schuhe mit Stahlkappen. Der weiße Kittel war Kaymal viel zu klein, spannte am Rücken wie eine Zwangsjacke und reichte nur knapp über die Hüften, so dass er wirkte wie ein Minirock. „Hi, hi, hi, Doktor Kaymal, Sie sehen aber sehr gescheit aus", lästerte Mona Hohner kichernd. Kaymal zauberte daraufhin eine Spritze aus der Seitentasche seines Arztkittels, hielt sie drohend in die Höhe und warnte augenzwinkernd: „Isse Elefant-Betäubung. Mache du Scherze, ich steche dir in Poppo. Verstehsch?"

Alle zusammen erlebten sie, wie die oszillierenden Linien auf Aschendorffers Bildschirm sich wieder beruhigten.

„Was heißt das jetzt?", fragte Dr. Schröder nüchtern.

„Erste Phase!", erläuterte Aschendorffer. „Das ist die Aufweckphase. Sie haben alle gesehen, was die Elektroschocks bewirken. Wir können ihn jetzt wieder einige Stunden in der Nährlösung ruhen lassen. Die Wirkung wird weiter zunehmen. Die nächsten Elektroschocks können ihn vielleicht schon ins Leben zurückbringen. Kommen sie mit!"

Aschendorffer führte seine Mannschaft zur Seitenwand des Überwachungsraumes, wo eine breite Scheibe aus Sicherheitsglas eingelassen war. Sie bot Einblick in den Nachbarraum. Dort stand die Wanne mit dem Gletschermann. Der hermetisch und antiseptisch abgeriegelte Raum selbst war nahezu kahl, der Boden steril gefliest, die Wände blassgelb gekachelt, an der Decke grellweißes, künstliches Licht und eine Batterie von Videokameras, die ellipsenförmig über der großen Edelstahlwanne hingen, in der der Körper lag. Die Wanne stand auf einem ein Meter hohen, gefliesten Podest. Die menschliche Gestalt, verkabelt, an Schläuche angehängt, mit Elektroden bepflastert und mit Kanülen aller Art gespickt, war jetzt vollkommen aufgetaut. Aschendorffers Kollegen drückten die Nase gegen die Scheibe. „Was haben Sie mit ihm gemacht", fragte Dr. Amresh atemlos. „Das lässt Gott nicht zu!"

„Das verstehen Sie nicht!", erwiderte Aschendorffer brüsk. Er drückte Amresh einen zentimeterdicken Stapel von Computerausdrucken in die Hand, die alle übersät waren mit Formeln, Hieroglyphen, Zahlenreihen und Grafiken. „Hier steht alles! Können Sie ja mal in Ruhe nachlesen."

Aschendorffers Tonfall war noch eine Nuance herrischer als üblich. Das lag an der Lektüre der vergangenen Nacht. Er hatte „Bismarck – Gedanken und Erinnerungen" gelesen, 625 Seiten, und jeden Satz abgespeichert, insbesondere jenen: „Seine Ziele erreicht man nicht durch Reden, Vereine und Beschlüsse, sondern im entschlossenen Handeln, im Kampf, der nur durch Blut und Eisen erledigt werden kann." Und so war ihm an diesem Morgen zumute. Da brauchte er keinen theologischen Diskurs.

Frederike Biesthal schenkte Amresh einen mitfühlenden Blick. Sie ahnte, was den Kollegen bewegte. Wie kam er auf die Idee, der Professor würde einem aus seiner Sicht minder bemittelten Kollegen etwas erklären? Aschendorffer hatte zwei Methoden, über seine Arbeit zu kommunizieren. Die vermeintlich einfacheren Sachverhalte teilte er mit und unterstellte dabei, dass man ihm folgen konnte, was selten bis niemals der Fall war. Komplexe Themen, insbesondere Erkenntnisse auf wissenschaftlichem Neuland, behauptete er kategorisch und man konnte sich unterwerfen und alles akzeptieren, ohne es zu verstehen. Wehe, man begann zu hinterfragen. Das konnte zur wissenschaftlichen Vernichtung des Störenfrieds führen. Aschendorffer feuerte jeden, der ihm nicht bedingungslos folgte. Frederike Biesthal hatte im Institut BioGen schon viele ehrgeizige Kollegen untergehen sehen. Sie selbst hatte gelernt, dass Aschendorffer am Ende immer richtig lag. Deshalb akzeptierte sie bei ihm längst auch solche Dinge, die ihren wahrlich nicht beschränkten Horizont überstiegen. Sie war schon glücklich, dass er ihr im Hinblick auf seine geheimnisvolle Nährlösung anvertraut hatte: „Calcium! Das ist das ganze Geheimnis. Calcium!"

„Der Leichnam ist durch die Nährlösung bereits reanimiert. Allerdings haben wir es noch mit einem künstlichen Koma zu tun, und sie sehen ja an den Schläuchen, dass wir bereits künstlich beatmen. Ich möchte erst die Messreihen abschließen, mit denen ich die Funktionsfähigkeit aller Organe überprüfe: Lungen, Magen, Nieren, Herz, – ein Verdauungszyklus. Nerven und Reflexe sind in Ordnung, neurologisch keinerlei Negativbefund. Ein Prachtexemplar von Steinzeitmensch! Er misst 1,92 Meter, wiegt fast 100 Kilogramm. Nur Sehnen und Muskeln."

„Was ist mit seiner Kleidung geschehen? Und mit seiner Ausrüstung?", wollte Dr. Schröder wissen.

„Herr Kaymal!", bellte Aschendorffer.

„Isse alles eisgefrore. In de Kühlraume."

Die versammelten Koryphäen warteten auf weitere Erläuterungen des Hausmeisters. Keinem wäre es eingefallen, Kaymals Anwesenheit als unpassend zu empfinden. Meslut mochte zwar das Faktotum von BioGen sein, doch er war es auf eine Art, die keinen Zweifel an seiner Zuständigkeit zuließ. Aschendorffer sah sich genötigt, der kargen Auskunft Kaymals zwei Sätze hinzuzufügen: „Wir haben seine Fellkleidung komplett wieder eingefroren und alles, was er bei sich trug: eine Kupferaxt, ein Steinmesser, einen Köcher mit Pfeilen, einen Lederbeutel mit verschiedenen Utensilien."

„Warum das?", fragte Dr. Westphal.

„Weil die Nährlösung alles organische Material schnell angreifen würde. Und wenn es bei unseren normalen Raumtemperaturen dann gelagert wird, dauert es nicht lange, bis es zerfällt und sich in seine Einzelteile auflöst. Pilzbefall, Bakterien und so weiter ..." Aschendorffer winkte ab. „Ich kümmere mich später drum. Die Axt könnte man präparieren. Vorerst bleiben die Sachen tiefgefroren."

Frederike Biesthal tippte gegen die Scheibe: „Wann wird er aufwachen? Und was passiert, wenn er aufwacht, was wird er denken? Und fühlen?"

Aschendorffer sah sich triumphierend um: „Hat jemand eine Idee?" So wie er fragte, war klar, dass er selbst ganz genau zu wissen glaubte, wie es weitergehen würde.

„Er kommt vielleicht ganz allmählich zu Bewusstsein", schlug Dr. Westphal vor. „Er wird mehr schlafen und vor sich hin dämmern, als dass er wirklich wach wird. Fraglich, ob sein Gehirn überhaupt noch funktioniert."

„Das ist ein primitives Wesen. Wie sollte er realisieren ...? Er wird in Panik geraten!", mutmaßte Dr. Schröder.

„Der Arme", flüsterte Mona Hohner.

Dafür erntete sie einen missbilligenden Blick von Aschendorffer. Aber das Gleiche dachte auch Frederike Biesthal. Wie sollte ein Wesen aus der über 5000 Jahre alten Vergangenheit mit so einer Situation klarkommen?

Aschendorffer hatte sichtlich Spaß an all diesen Mutmaßungen. Er wartete auf Äußerungen von Dr. Amresh und Dr. Biesthal. Amresh räusperte sich unbehaglich: „Es ist ein ethisches Problem", formulierte er vorsichtig. „Ist das ein Mensch wie wir?"

„Eine seltsame Frage für einen Biologen", erwiderte Aschendorffer giftig.

„Ich habe ja nicht als Biologe gefragt", versuchte Amresh sich zu verteidigen. „Mehr als Moralist!"

„Sie sind aber als Biologe hier angestellt."

Amresh schlug die Augen nieder. Seine Lippen zogen sich zusammen wie Schnecken, die man in heißes Wasser geschmissen hat. Aschendorffer war der Chef. Aber solche Beleidigungen musste man eigentlich nicht schlucken.

Biesthal sah, wie der Kollege litt. Aber sie wusste auch, dass jedes Zeichen von Mitgefühl ihre mühsam erkämpfte Position in dieser Männerrunde geschwächt hätte. Sie gab deshalb eine betont nüchterne Einschätzung: „Dieser Mensch, das Wesen, dieser Organismus, wird den Betrieb aufnehmen. Aber wir wissen natürlich nicht, mit welchem Bewusstsein, oder ob überhaupt mit Bewusstsein, ob es Hirnfunktionen ..."

Aschendorffer unterbrach: „Ich habe Ihnen die Daten gezeigt. Die Hirnströme sind einwandfrei, die neurologischen Befunde könnten nicht besser sein. Wir wecken einen denkenden Menschen auf."

Niemand wagte zu widersprechen. Aschendorffer tippte Meslut Kaymal auf die Brust. „Was ist, Herr Kaymal. Sie haben doch genug gesunden Menschenverstand. Was wird unser Gletschermann nach dem Aufwachen tun. Was würden Sie in seiner Situation tun?"

Kaymal machte ein ernstes Gesicht. Die Frage schien ihn bereits beschäftigt zu haben. „Isse klare Sache, ey! De Mann wird seine Waffe suche. Un seine Kleider. Isse nackig, wenn aufwache."

Aschendorffer klopfte Kaymal begeistert auf die Schulter, wie er es immer tat, wenn der Hausmeister ihm zu verblüffend einfachen Erkenntnissen verhalf. „Wir müssen ihm ein paar Kleider in den Raum legen, dass er sich anziehen kann. Dass ich daran nicht gedacht habe. Kaymal, Sie kümmern sich drum!"

*

Später, drei Stockwerke höher, schlurfte Dr. Murji Amresh mit zwei dampfenden Tassen Tee ins Büro zu Frederike Biesthal und offerierte ihr eine der Tassen. Sie blickte nur kurz vom Schreibtisch auf. „Wir dürfen das nicht", sagte er.

„Was?", fragte sie absichtlich kurz angebunden.

„Sie wissen schon was. Dieser Steinzeitmensch. Es ist nicht richtig, wenn wir ihn wieder zum Leben erwecken."

Frederike Biesthal verkniff sich einen allzu sarkastischen Unterton, als sie aufsah und spitz fragte: „Wir?"

Amresh zog einen Bürostuhl zu sich her und ließ sich hineinfallen. Mit den Füßen schob er sich nahe an Frederike Biesthal heran. Sie nahm ihre Beine zur Seite, damit ihre Knie sich nicht berühren konnten. Mit kalter Stimme erinnerte sie ihn: „Von ‚wir' kann ja wohl keine Rede sein. Es ist der Professor, der diesen Steinzeitmenschen wieder zum Leben erweckt. Wir sind nur sein Premierenpublikum. Glauben Sie mir, es ist ihm vollkommen egal, was Sie oder ich davon halten."

„Wenn er mich einweiht und meine Hilfe braucht, dann bin ich auch legitimiert, die ethisch-moralische Dimension dieses Experiments anzusprechen."

„Es wird ihn nicht jucken."

„Es ist aber elementar. Ist alles erlaubt, was möglich ist? Dürfen wir Gott spielen? Darf die Wissenschaft alles?"

Er hatte ja so Recht. Aber jede Form von Zustimmung oder Sympathie hätte er falsch ausgelegt.

„Sagen Sie es mir, Frederike. Darf die Wissenschaft alles?"

„Aber klar!", platze die herrische Stimme Aschendorffers dazwischen. Biesthal und Amresh sprangen erschrocken auf. Sie hatten ihren Chef gar nicht hereinkommen gehört. Aschendorffer trat nahe an den Schreibtisch heran und erklärte kategorisch: „Gott gibt es nicht! Gott ist nur eine Vorstellung. Vergessen sie ihn. Was wir tun oder lassen, das ist ihm vollkommen egal."

„Wie kann es ihm egal sein, wenn es ihn gar nicht gibt?", begehrte Murji Amresh auf. Aschendorffer antwortete vergleichsweise milde: „Weil einer bloßen Vorstellung immer alles egal ist. Sie hat keinerlei Empathie. Sie hat weder Gefühle noch Vorlieben. Das ist ja geradezu das Hauptcharakteristikum alles Göttlichen. Dass es alles und nichts ist. Eine kollektive Illusion."

„Viele Menschen glauben an Gott", warf Frederike Biesthal in einem unbedachten Moment der Auflehnung ein und führte dann mit beiden Händen die heiße Teetasse zum Mund. Aschendorffer verfolgte die Bewegung mit den Augen. Biesthals Hände. Was waren das doch für unglaublich feine, edle, Hände.

„Die Menschen glauben nur solange an Gott, wie es ihn nicht gibt. Solange, wie sie ihn sich als ein Ideal vorstellen können. Gäbe es ihn wirklich und er machte sich auf der Erde bemerkbar, die Menschheit würde vom Glauben abfallen!"

Da mochte etwas dran sein. Frederike Biesthal ließ den Dampf aus der Teetasse, die sie immer noch mit beiden Händen vor den Lippen hielt, an ihrer Nase vorbei nach oben ziehen. Durch den Schleier nahm sie aus schmalen Augenschlitzen das Stirnrunzeln bei Murji Amresh wahr. Sie war gespannt auf seinen Einwand. Der indische Kollege sagte fest: „Atheismus liefert auch keine Erklärungen!" Biesthal bewunderte seine sanfte Hartnäckigkeit.

„Aber die Natur!", triumphierte Aschendorffer. „Physik, Biologie, Chemie, Mathematik, Astronomie, das sind die wahren Götter. Sie kennen alle Antworten. Sie haben die Spielregeln festgelegt." Er hielt kurz inne und schnupperte. Er hielt seine Nase in den Teedampf, der von Biesthals Tasse aufstieg. Ihrer beiden Nasen kamen sich dabei gefährlich nahe. Biesthal zog den eigenen Kopf zurück und reckte Aschendorffer ihre Teetasse entgegen. „Ist was?", fragte sie vorsichtig.

„Ah, ich war nur kurz abgelenkt", entschuldigte sich Aschendorffer. „Ich experimentiere gerade mit meinem Geruchssinn. Und dieser Teeduft, der war nun einfach zu stark."

„Sie experimentieren ...?" Aschendorffer lieferte doch immer wieder und täglich aufs Neue Anlass zur Verblüffung.

„Mit meinem Geruchssinn, ja! Ich perfektioniere ihn. Haben Sie schon mal etwas vom Jakobsonschen Organ gehört?"

„Aale! Sie riechen mit dem Rachen. So gut wie kein anderes Lebewesen!" Die Antwort kam von Dr. Amresh.

Aschendorffer schenkte ihm einen zustimmenden Blick. „Richtige Spur!", lobte er. Mehr verriet er nicht. Er schnupperte noch einmal in Biesthals Teeduft hinein, schloss die

Augen, um seine Erkenntnisse zu rekognoszieren, und wäre dann schon wieder bei einem anderen Thema gewesen, wenn Amresh ihn nicht zurückgehalten hätte: „Jetzt möchte ich es aber wissen. Ich habe den Tee aufgebrüht. Nach einem alten indischen Rezept. Keine Nase der Welt kann herausfinden, was alles darin enthalten ist. Auch Ihre nicht."

Aschendorffer grinste diabolisch. „Ihr Gott, der könnte es aber, oder?"

Irritiert rollten Amreshs Augen. „Das ist keine Aufgabe für Gott", wehrte Amresh wachsweich ab.

„Sie haben die gleiche Menge Milch auf die gleiche Menge Wasser gegeben", behauptete Aschendorffer und zählte dann unbeirrt und ohne auch nur einmal ins Stocken zu kommen auf: „Darin drei Teelöffel frisch geriebener Ingwer, vier Esslöffel Rohrzucker, zwei Stangen Zimt, drei Kardamom-Samen, fünf oder sechs Gewürznelken und vier Teelöffel schwarzer Tee."

Geschlagen verließ Amresh Biesthals Büro.

Frederike schenkte Aschendorffer ein kühles, gleichwohl bewunderndes Lächeln. Der Professor fühlte sich erröten und wusste nicht, wie er seine unprofessionelle Verlegenheit ablegen konnte. Normalerweise half nur die sofortige Flucht aus dem Raum. Aber Biesthal hielt ihn mit einer Frage zurück: „Professor, eines noch; wenn wir Morgen den zweiten Versuch machen, Ihren ... äh, unseren ... äh, also den Steinzeitmenschen wieder zum Leben zu erwecken, es will mir einfach nicht in den Kopf ..." Sie zögerte. Sie wusste, dass Aschendorffer allergisch auf überflüssige Fragen reagierte. Entweder man war in seiner Gegenwart kompetent, oder man hielt den Mund. Er hatte jetzt auch schon wieder seinen selbstgewissen, überlegenen, verletzenden Tonfall an sich, als er sie unwirsch unterbrach: „Was will nicht in Ihren Kopf?"

Beherzt sagte sie: „Dass jemand, der 5500 Jahre tiefgefroren war, wieder denken können soll. Klar, die Organe kriegen wir wieder zum Laufen. Aber das Gehirn ist doch tot."

Wie in Zeitlupe schüttelte Aschendorffer seinen knochigen Schädel mit der hohen Stirn. Seine farblosen Augen leuchteten: „Das Gehirn ist eine Festplatte", erwiderte er langsam, als erklärte er einer Neunjährigen etwas. „Alles ist drauf gespeichert. Es ist funktionsfähig. Es braucht nur Strom und Befehle, damit es wieder zu arbeiten beginnt."

Biesthal schwieg. Vielleicht verriet Aschendorffer ihr noch ein bisschen mehr. Sie nickte ganz leicht, um Zustimmung zu signalisieren.

„Als Neurobiologin und Biochemikerin wissen Sie doch ganz genau, was passiert: Die Synapsen müssen anspringen. Alle auf einmal. Zwei, fünf, sieben Billionen, egal. Stellen sie sich eine Stadt vor, in der alle Ampeln ausgeschaltet waren und plötzlich auf einen Schlag wieder funktionieren: rot, grün, gelb! Der Verkehr kann wieder fließen. Jede Nervenzelle bildet tausend und mehr Synapsen, Andockstationen und Verknüpfungen zu den anderen Nervenzellen. Ein paar Milliarden Nervenzellen. Da ist was los, im Gehirn. Die Billionen von Synapsen reagieren ganz simpel auf elektrische Signale, die sie in chemische Signale übersetzen, dann wieder zurück in elektrische, dann wieder in chemische. Wie beim Morsealphabet: drei lang, drei kurz, drei lang. Das Hirn funkt SOS, wenn es nach so langer Zeit plötzlich wieder arbeiten muss."

Biesthal fürchtete sich vor Aschendorffer, wenn der Mephisto in ihm sichtbar wurde.

*

Bowolf erwachte. Es war ein langsames Aufdämmern, ein Sinkflug in einem schönen Traum. Sonnenstrahlen wärmten seinen Leib und milde Sphären umschwebten und trugen ihn, wie riesige Schmetterlingsflügel aus Samt. Wohlbehagen durchströmte seinen Körper. Ameisenvölker krabbelten über seine Arme und Beine, auf die Brust, über die Schultern und am Hals entlang über das Gesicht. Überall kitzelte es angenehm, belebend. Wohlige, feuchte Wärme umfing ihn.

Plötzlich schlug der Blitz ein. Er schleuderte Schmerzen aus allen Richtungen durch Bowolfs Brust. Er erbebte, wurde von Erschütterungen hochgeworfen und wieder zu Boden geschmettert. Sengende Eisen stachen in sein Gehirn, glühende Speerspitzen, in der Hölle geschmiedet.

Ein heller Schein blendete von Ferne. Sonne im Totenreich? Bowolf hielt die Augen geschlossen. Er lag ganz ruhig. Um ihn herum war es warm und still. Etwas schwappte. Er lag in irgendetwas. Die Helligkeit brannte grell durch seine geschlossenen Lider hindurch. Farben und Licht explodierten. Er gierte nach Sauerstoff, öffnete den Mund, atmete ein und prustete halb erstickt. Panik! Er ertrank! Schmierige, lauwarme Flüssigkeit drang in Nase und Mund, Bowolf spuckte und richtete den Oberkörper auf. Luft! Sauerstoff! Er konnte atmen.

Lange verharrte er, unbeweglich in seiner Wanne sitzend, den nackten Oberkörper aufgerichtet, die Augen geschlossen. Seine klatschnassen Haare triefen und klebten an ihm wie vermoderte Algen. Die mächtigen Arme hatten nach Halt gesucht. Mit den Händen hielt Bowolf den Rand der Edelstahlwanne fest umfasst. Drähte, Schläuche und Kanülen wippten an seiner Brust und an seinen Schläfen. Bowolf pumpte Sauerstoff in sich hinein. Noch immer wagte er es nicht, die Augen zu öffnen. Lichtfetzen tanzten vorbei. Bis auf seinen eigenen Atem vernahm er keine Geräusche. Er atmete. Bowolfs erster Gedanke nach 5500 Jahren: „Ich lebe!"

*

„Er lebt!" Andächtig flüsterte Frederike Biesthal die Worte. Zusammen mit Aschendorffer und den anderen stand sie wieder auf der anderen Seite der Scheibe, unsichtbar für Bowolf.

Aschendorffer glühte vor Glück und Aufregung. Alle anderen wirkten wie gelähmt. Es war das Eine, Aschendorffers verrückte Theorien zu hören und ihm mehr oder weniger begeistert dabei zu folgen, etwas ganz Anderes, zu erleben, wie sie Realität wurden. Hier setzte sich ein nackter Mann in dieser glänzenden Chromstahlwanne auf, lauschte andächtig, wiegte den Kopf und hielt sich am Wannenrand fest, so dass seine starken Armmuskeln zum Vorschein traten. Vor zehn Tagen war er noch tief in einem Alpengletscher festgefroren gewesen, konserviert von Permafrost und meterdicken Eisschichten. Und nun saß er in Aschendorffers Zauberküche und lebte.

„Die Natur wird durch die Kunst des Menschen wie in vielen anderen Dingen auch darin nachgeahmt, dass sie ein künstliches Tier herstellen kann." Dieser Satz aus Thomas Hobbes „Leviathan", 580 Seiten, das Aschendorffer in der vergangenen Nacht durchgelesen hatte, manifestierte sich in diesem Anblick des Erwachens.

„Wunderbar", schwärmte Aschendorffer, der nicht merkte, wie sehr seine Mitarbeiter paralysiert waren. „Fantastisch!"

„Das ist schrecklich!", flüsterte Murji Amresh leise und zog dabei den Kopf ein. „Das werden wir noch bereuen."

„Still! Seien Sie still", ermahnte ihn Frederike Biesthal flüsternd und stieß ihm dabei den Ellbogen in die Seite.

Mona Hohner hingegen sprach aus, was offensichtlich war: „Das ist ja ein unglaublich gut aussehender Kerl."

Wenngleich bleich wie Ziegenkäse, vereinte Bowolfs Körper Harmonie und Kraft; zwischen breiten Schultern saß auf einem starken Hals ein imposanter Kopf. Bowolfs Gesicht strahlte grobe Stärke aus, das schwere Kinn, die kantige Stirn und die mächtigen Backenknochen, die Physiognomie eines Kriegers; aber gleichzeitig gaben die schlanke und sehr ebenmäßige Nase sowie ein weicher Mund mit sinnlichen Lippen dem Gesicht eine edle Prägung. Die feuchte Haarmatte, die herunterhing bis auf die Schultern, sowie ein stoppeliger, schwarzer Bart vermittelten Wildheit und Kühnheit.

Die Damen waren hingerissen. Mona gab sich keine Mühe, das zu verbergen, Frederike hingegen versteckte sich hinter ihrer kühlen Fassade. Doktor Westphal ließ ein als überlegen konzipiertes Lächeln in seinen Mundwinkeln spielen, brachte aber in Wahrheit nur ein säuerliches Grinsen zustande. Murji Amresh schüttelte immer noch erschüttert den Kopf, Doktor Schröder stand stramm wie immer.

Auch Meslut gehörte zu den Augenzeugen. Er sperrte den Mund weit auf und staunte sprachlos.

Aschendorffer blieb ganz der Wissenschaftler: „Was passiert, wenn er die Augen öffnet?"

*

Bowolf öffnete die Lider. Grelles Lichtgewitter fiel über ihn herein. Schnell schloss er die Augen wieder. Dann unternahm er einen zweiten Versuch, blinzelte vorsichtig und ließ kleine Portionen Helligkeit durch enge Sehschlitze eindringen. Es war überwältigend. Bowolf verharrte völlig regungslos. Plötzlich hob er die rechte Hand und tastete vorsichtig neben sich durch den Raum. Er gewöhnte sich an die Helligkeit, sah seinen Arm, kerzengerade ausgestreckt, weiß wie eine geschlüpfte Made. Er erkannte seine Hand, die er öffnete und schloss. Jetzt riss er die Augen auf.

Was war das? Wo war er? Warum war er nackt? Wo waren Gangam und Seta? Wo waren die Berge, der Schnee, das Eis? Um ihn herum leuchtete und glitzerte es. Er befand sich in einer weißen Höhle mit ungewöhnlich geraden Kanten und Wänden. Sie war aus vielen weißen Steinen zusammengesetzt. Eis? Eine Eishöhle? Aber es war warm. Er schnupperte. Es roch metallisch und verbrannt. Er sah an sich hinunter. Sein Oberkörper glänzte ölig. Es hingen viele lange, farbige Schnüre an seinem Körper, Kletten oder Ranken? Würmer vielleicht? Blutegel? Er wagte nicht, danach zu greifen. Sie hatten sich an seiner Brust und an seinem Hals festgesaugt wie Parasiten. Sie führten von seinem Körper weg in alle Richtungen. Manche verschwanden in dunklen Kisten, die geistervoll blinkten und von innen leuchteten. Andere endeten in der weißen Wand. Vorsichtig tastete Bowolf die Stellen ab, wo diese Parasitenwürmer sich festgesaugt hatten. Sie reagierten nicht auf die Berührung. Sie zappelten nicht, sie bissen nicht, sie stachen nicht. Entschlossen riss er einen der langen Fäden von seiner Brust. Er vernahm ein leises „Plopp". Bowolf grunzte zufrieden und gereizt zugleich. Er packte weitere Fäden und riss sie sich vom Körper. Außer kleinen rötlichen Flecken auf der Brust und an den Oberarmen hinterließen die entfernten Objekte keine Spuren auf der Haut. Es juckte leicht. Bowolf bemerkte weitere solche Fäden an seinen Schläfen. Auch diese riss er weg und schleuderte sie von sich, diesmal energischer. Einen der Fäden behielt er in der Hand um seine Beschaffenheit zu fühlen. Er war weich und biegsam, gleichzeitig kalt. Er fühlte sich tot an. Das Ende, mit dem er sich an seiner Brust festgesaugt hatte, trug einen kleinen, schlüpfrigen Knoten, aus dem wiederum glänzende Fäden herausschauten. Ihre Farbe erinnerte Bowolf an das Material, aus dem Schmiede aus dem fernen Südland seine Axt gemacht hatten. Die Axt? Wo war sie? Sein Messer? Der Bogen? Und warum saß er nackt hier in einer Art Becken? Misstrauisch äugte er umher. Bowolf zog an dem Faden den er in der Hand hielt. Er spannte. Sein anderes Ende steckte in der weißen Höhlenwand. Bowolf zerrte daran. Das tote Ding wehrte sich, ließ sich nicht heranziehen, ging aber auch nicht entzwei. Bowolf versuchte es mit den Zähnen. Der Faden war zäh wie eine Ochsensehne. Er ließ sich nicht durchbeißen. Aber Bowolf mahlte und sägte mit seinen starken Backenzähnen, bis er einen unangenehmen metallischen Geschmack verspürte. Er besah sich das Stück. Die farbige Haut des Fadenwurms war durchgescheuert. In seinem Inneren steckten viele der glänzenden Fäden, die ihn an seine Kupferaxt erinnerten. Wütend schleuderte Bowolf das Ding von sich.

Diese hektische Bewegung löste etwas aus. Über Bowolfs Kopf ertönte ein surrendes Geräusch. Bowolf blinzelte zur Decke, geblendet von einer strahlenden Röhre, die grell wie eine Sonne an der Höhlendecke stand und ihr gleißendes Licht in den Raum ergoss. Trotz der blendenden Helligkeit erkannte Bowolf einen Schwarm großer einäugiger schwarzer Käfer, die scheinbar über ihm schwebten. Einer davon surrte und klickte mit seinem einen glänzenden Auge. Über dem runden Auge dieses schnarrenden Käfers leuchtete ein kleines rotes Licht, als käme es von innen, direkt aus dem Kopf heraus. Bowolf schielte gespannt. Ein Häuptling der Mooka hatte keine Angst, aber er stand unter höchster Anspannung. Vielleicht musste er gegen diesen Käfer kämpfen. Das Tier machte jedoch keine Anstalten, ihn anzugreifen. Der Käfer kippte nur ein wenig nach einer Seite, veränderte den Winkel, aus dem heraus er auf Bowolf herunter starrte, ebenso wie die anderen Käfer, insgesamt eine Hand und zwei, die ebenfalls über ihm in der Luft verharrten.

Blitzschnell schoss Bowolfs rechte Hand nach oben und griff mit Schraubstockgewalt eines dieser Rieseninsekten, um es zu zerquetschen. Der Käfer hatte eine Schale hart wie Stein und scharfkantig. Bowolf schaffte es nicht, ihn zu zerbrechen, aber immerhin riss er ihn von der Decke. Er bemerkte, dass auch aus diesem Käfer tote Parasitenfäden heraushingen. Bowolf schüttelte seine Beute. Sie rasselte leise. Er hatte immerhin einige Knochen gebrochen. Zufrieden grunzend warf er den Käfer mitsamt seinem Fadenwurm gegen die Wand.

Nichts geschah. Die anderen Käfer surrten und wackelten. Bowolf griff nach dem nächsten. Auch dieser ließ sich widerstandslos einfangen und herunterreißen. Wie den Ersten, so schleuderte Bowolf, begleitet von einem wütenden Brüllen, auch diesen gegen die Wand. Er schnaubte wie ein gereizter Stier. Brüllen half! Und Käfer zerschmettern half ebenfalls. Er griff nach dem Nächsten.

*

„Er zerstört alle Videokameras!", entsetzte sich Frederike Biesthal. „Er reißt alle Messinstrumente heraus. Er macht alles kaputt!" Sie hielt sich erschrocken die Hand vor den Mund.

„Das sehe ich selbst!", blaffte Aschendorffer, der zusehends nervös wurde. Er tippelte hin und her und rang die Hände. Murji Amresh lächelte zufrieden.

„Wir müssen etwas unternehmen, ehe er das gesamte Labor demoliert." Diese Warnung von Frederike Biesthal war nur allzu berechtigt, denn jetzt erhob sich Bowolf aus seiner Edelstahlwanne und richtete sich zu voller Größe auf. „Wow!", flüsterte Mona Hohner entzückt. „Conan der Barbar!"

Conan packte mit beiden Händen die an der Decke befestigte Konstruktion aus Aluminiumschienen, an der die Kameras und die komplette Überwachungstechnik aufgehängt waren, und riss das ganze Gestell mitsamt Kabeln und Dübeln mit einem einzigen machtvollen Ruck aus der Verankerung. Gipsbrocken lösten sich aus der Decke und feiner Staub rieselte herunter. Bowolf knickte mit seinen Bärenkräften die Metallstreben entzwei, bog sie zu unförmigem Schrott zusammen und schleuderte alles gegen die Wand – Volltreffer auf die für ihn unsichtbare Scheibe, hinter der Aschendorffer mit seiner Riege stand. Die Scheibe hielt stand, aber bis auf Kaymal sprangen alle heimlichen Beobachter erschrocken rückwärts.

„Wo soll er auch sonst hin, mit seiner ohnmächtigen Wut", kommentierte Amresh. Normalerweise hätte der Professor ihn wegen einer solchen Bemerkung schroff zurechtgewiesen, aber das Geschehen beanspruchte Aschendorffers ganze Aufmerksamkeit. Hilflos mussten sie mit ansehen, wie Bowolf seiner

Wanne entstieg und berserkerhaft sein Zerstörungswerk fortsetzte. Er riss jedes Kabel und jede Kanüle aus der Verankerung, so wie er sie zu fassen bekam. Er erschlug mit einer Metallstange, die er sich aus der Kameraaufhängung herausgebrochen hatte, einen nach dem anderen alle Computerbildschirme, und war erst zufrieden, als alles Leuchten und Flackern erloschen war. Dann widmete er sich der großen Wanne mit der darin verbliebenen Nährlösung. Er wuchtete und zerrte an ihr, bis er sie aus der Verankerung gerissen hatte. Alle Zuleitungen, Stromkabel, Versorgungsschläuche, Dosierungskanülen, Detektoren und Messfühler hingen wie aufgeschlitzte Eingeweide am Wannenkörper, den Bowolf wütend aufrichtete, so dass die Nährlösung herausschwappte und sich über den Fliesenboden ergoss. Spezialchemikalien und biogene Rezepturen im Gegenwert von rund 200 000 Euro plätscherten grünbraun schimmernd wie altes Waschmaschinenwasser Richtung Abflussrinne und verschwanden in der Kanalisation. Bowolf stemmte die leere Wanne über sein Haupt und stürmte damit gegen die gekachelten Wände, offenbar in der Absicht, sie zum Einsturz zu bringen.

„Wenn Eisemanne Scheibe treffe, isse kaputt!", stellte Kaymal nüchtern fest.

„Er macht uns zu Kleinholz", stammelte Doktor Westphal.

Aschendorffer behielt seinen klaren Verstand: „Soweit lassen wir es nicht kommen. Wir gehen hinein!"

„Sind Sie verrückt", empörte sich Murji Amresh.

„Niemals!", bekräftigte Doktor Westphal.

Aschendorffer überhörte die panischen Einwände: „Kaymal, machen Sie sich fertig. Wir beide besänftigen ihn."

Meslut Kaymal schien kein wenig überrascht. Er nickte und zeigte die Betäubungsspritze vor, die er schon Frederike Biesthal unter die Nase gehalten hatte. „Isse Elefant-Betäubung." Er grinste ein siegesgewisses Grinsen.

„Seien Sie bloß vorsichtig, Herr Kaymal", warnte Biesthal und fasste ihn fürsorglich am Arm. „Sie müssen ihn mit dem ersten Stich erwischen. Am besten in den Gluteus Maximus!"

„Hä?" Kaymal schaute begriffsstutzig.

„Podex! In den Podex müssen Sie ihn treffen."

Kaymal ging ein Licht auf. Er griff Frederike Biesthal herzhaft an den Hintern, drückte kurz zu und versicherte sich: „Isse das Podex? Mir sage, isse Arsch!"

Das ging für Frederike Biesthal zu schnell, um sich zu empören. Schon eilte Kaymal hinter Aschendorffer her zur stählernen Labortür.

Als Aschendorffer die Tür entriegelte, hielt Bowolf in seinem Wüten inne. Seine Luchsohren vernahmen das Geräusch. Die Labortür öffnete sich einen Spalt. Bowolf wirbelte herum. Er realisierte jetzt, woher die Geräusche kamen. Die Wanne hielt er immer noch mit seinen stählernen Kranarmen über sich gestemmt wie ein olympischer Gewichtheber seine 150-Kilogramm-Eisen.

Aschendorffer zwängte sich zur Tür herein. Mit seiner schmalen Hühnerbrust, dem langen Hals und dem großen Gelehrtenkopf wirkte er grotesk in seinem weißen Kittel, vor allem jetzt, da ihm das nackte menschliche Prachtexemplar Bowolf gegenüberstand. Hinter Aschendorffer drückte sich auch Kaymal in den demolierten Laborraum hinein, schob sich aber sofort einige Schritte an der Wand entlang, um nicht mit Aschendorffer ein gemeinsames Ziel zu bilden.

Bowolf verharrte lauernd. Er musterte die zwei Eindringlinge mit dem kalten Blick eines Kriegers. Wer waren die beiden? Was trugen sie für seltsame Felle? Wie gefährlich waren sie? Jeder Fremde, das hatte Bowolf in seiner Welt gelernt, war ein Feind. Man musste ihn erst erschlagen. Dann konnte man immer noch fragen, ob er in friedlicher Absicht gekommen war.

Aber Feinde stürmten normalerweise aufeinander los. Diese hier machten überhaupt keine Anstalten. Außerdem trugen sie keine Waffen. Bowolf fühlte sich sofort überlegen. Das waren keine gleichwertigen Gegner. Der eine sah aus wie ein kranker Truthahn, den würde er mit einem einzigen Faustschlag zerschmettern. Der andere, der da so verstohlen an der Wand entlang schlich und versuchte, in Bowolfs Rücken zu kommen, der sah immerhin aus wie ein richtiger Krieger. Aber außer einem lächerlichen kleinen Stäbchen, das er fuchtelnd in der Hand hielte und gegen Bowolf streckte, besaß auch dieser Mann keine Waffen. Nun fing der Truthahn auch noch an zu sprechen.

„Brrrh! Ganz ruhig, ganz ruhig!" besänftigte Aschendorffer und breitete die Arme dazu aus wie ein Priester. „Wir tun dir nichts. Wir wollen dir helfen. Du musst keine Angst vor uns haben."

Zwar verstand Bowolf nicht, was dieser Kerl sagte, aber er lauschte interessiert den fremdartigen Lauten. Das waren keine Rätiser, soviel stand fest. Der dürre Kerl machte zwei Schritte auf ihn zu. Bowolf ließ einen Warnschrei erklingen, und schleuderte mit brachialem Brüllen die schon schwer zerbeulte leere Wanne gegen Aschendorffer. Er verfolgte den Flug, sah, wie Aschendorffer vor Angst freiwillig umfiel, ehe die Wanne gegen die Labortür krachte und lärmend über die Fliesen polterte. Das war der Moment, in dem Kaymal mit drei schnellen Schritten in Bowolfs Rücken gelangte, die Betäubungsspritze zückte und entschlossen in den nackten Hintern des Gletschermannes rammte.

Bowolf wirbelte herum, als er den Schatten im Rücken gewahrte, sah die lange Nadel in Kaymals Hand, spürte einen kurzen Stich, gab aber nichts darauf. Stattdessen wollte er Kaymal am Hals packen und erwürgen. Doch der Türke war flink und kugelte unter Bowolfs Armen hindurch davon. Bowolf folgte ihm ohne Hast, siegesgewiss. Er wollte zum Schlag ausholen, schnelle Bewegungen machen, nach dem Feigling greifen. Fassungslos spürte Bowolf, wie ihn die Kräfte verließen. Seine Muskeln gehorchten ihm nicht mehr. Die weißen Wände um ihn herum begannen zu flirren und sich zu drehen. Er taumelte, fiel auf die Knie. Oh ihr Ahnen, was geschah? Benommen sah er den Feind auf sich zukommen. Müde hob er die Faust. Vergebens, sie sank bleischwer zu Boden und Bowolf mit ihr.

8

Die Rätiser waren dumm wie Hühner. Bowolf lachte. Das Blatt hatte sich gewendet. Er war nicht mehr alleine. Unter der Führung von Stirnmann waren die anderen Krieger der Mooka zu Bowolf gestoßen. Sie waren ihm zu Fuß vom Lager über den See und dann den Berg hinauf gefolgt. Immer in der gut sichtbaren Spur, welche die Rätiser mit ihren Pferden hinterlassen hatten.

Das hatten sie nun davon. Ihre Pferde irrten inzwischen irgendwo talwärts durch den Schnee. Bowolf hatte ganze Arbeit geleistet, als er sie aus ihrem Gatter geraubt und davongejagt hatte. Als die einfältigen Rätiser dies am nächsten Morgen bemerkten, stimmten sie ein großes Geschrei an. Bowolf beobachtete von der kleinen Kuppe herunter aus seinem Schneeloch heraus die heillose Verwirrung, die dort herrschte. Mitten unter ihnen stach der strohblonde Gangam heraus, Bowolfs größter Feind. Die Rätiser schrieen Rache- und Vergeltungsflüche gegen den Himmel, als sie ihren toten Stammesgenossen entdeckten. Gangam brüllte Befehle. Dann hetzten seine Männer kopflos in den Spuren umher, suchten zu ergründen, was mit ihren Pferden geschehen war. Sie fanden den Kadaver des von Bowolf geschlachteten Tieres. Diesem hatten über Nacht bereits die Raben so heftig zugesetzt, dass nicht mehr viel übriggeblieben war. Jetzt war es ein hartgefrorenes Skelett mit ein paar unverdaulichen Fetzen von Eingeweiden und

Sehnen. Wie Bowolf vorausgesehen hatte, teilten die Rätiser sich in mehrere Gruppen, um ihre Pferde zu suchen. Gangam blieb alleine mit drei Männern zurück. Nicht einmal eine Hand. Die kleine Schar kroch wieder über die heruntergelassenen Baumstämme in die Felsenhöhle zurück, wo sie die Weiber der Mooka gefangen hielten. Wenn dort oben noch zwei oder drei weitere Rätiser geblieben waren, so kam Bowolf auf eine Hand und zwei, die er höchstens noch als Feinde vor sich hatte.

„Sie sitzen da oben in ihrer Höhle und damit in der Falle", setzte Bowolf seinen Stammesgefährten auseinander, nachdem er sie zu seinem Beobachtungsposten auf der Kuppe geführt hatte. Der Schnee glitzerte ringsum wie von Edelsteinen durchsetzt. Unter seiner Last krachten die morschen Knochen der alten Bäume.

„Wir klettern hinauf, erschlagen sie, holen uns unsere Weiber zurück und warten dann auf die übrigen Feiglinge." Bowolfs Worte klirrten in der frostigen Luft. Keiner antwortete. Alle Gesichter drückten grimmige Zustimmung aus. Stirnmann und die anderen Mooka-Krieger nickten. Bowolfs Plan war gut. Nur Blutkeule, ein gedrungener Kerl mit listigen Äuglein in einem vernarbten Faltengesicht, hegte Zweifel: „Wie können wir die anderen Rätiser bei ihrer Rückkehr in die Höhle locken? Wenn sie uns dort oben sehen, werden sie doch wissen, dass wir ihre Leute erschlagen haben."

„Sie werden uns nicht sehen, Blutkeule. Wir verstecken uns und warten, bis sie in die Höhle kommen. Keiner soll davonkommen."

Bowolfs Männer schlugen einen Bogen, um für die verbliebenen Rätiser oben in der Höhle möglichst lange unsichtbar zu bleiben. Hintereinander stapften sie durch den meterhohen Schnee. Sie verloren Zeit. Die trübe Wintersonne erreichte schon bald ihren höchsten Stand, als sie endlich im Schutze der Kuppe die Felspartie erreichten, in der sich das Höhlenversteck befand. Dann arbeiteten sie sich einer hinter dem anderen mühsam am Fuße der Felswand entlang. Die langen Speerstangen, mit denen sie im Schnee den Kletterweg erkundeten, in der einen Hand, die tödlichen Steinäxte in der anderen. Nur Bowolf besaß eine Kupferaxt. Die wertvollste Waffe des Stammes. Ein Statussymbol, das nur dem Häuptling zustand. Bowolf ging voran. Hinter ihm kletterte Stirnmann. Blutkeule machte den Schluss. Wie eine Kette eifriger Ameisen querten sie auf halber Höhe die Felspartie, mal aufsteigend, mal hinabkletternd, immer nach allen Seiten sichernd, spähend, jederzeit darauf gefasst, auf den Feind zu treffen. Doch sie blieben unentdeckt, bis sie die Höhle erreicht hatten.

Das schwarze Felsloch lag vier Mannshöhen über ihren Köpfen. Gangam und seine Leute waren noch dümmer als gedacht. Sie hatten sogar die Baumstämme angelehnt gelassen, wohl in der Erwartung, dass ihre Leute bald zurückkommen würden. Die Mooka verständigten sich nur noch durch Handzeichen. Bowolf signalisierte, wie er vorzugehen gedachte. Es lehnten drei Baumstämme am Fels. Die Rätiser hatten sie nur grob entastet und die Astenden wie Klettergriffe am Stamm gelassen. Je ein Mann musste je einen der Stämme besetzen und sich als Aufstiegshilfe unten am Baumstamm positionieren. Die anderen sollten an diesen Posten emporklettern, auf ihre Schultern steigen und sich dann an den Aststümpfen bis zur Höhle hochziehen. Dabei war es wichtig, dass zwei oder drei Mann jeweils gleichzeitig einen Stamm erklommen, so dass sie oben in der Höhle sofort eine Überzahl gegen die Rätiser hatten. Bowolf, Stirnmann und Blutkeule machten den Anfang. Lautlos wie die Katzen hangelten sie sich empor.

Kaum hatte Bowolf oben das Ende des angelehnten Baumstammes erreicht und sich über die letzte Kante in die Höhle geschwungen, da stürmte er auch schon mit hochgereckter Streitaxt ins Höhleninnere hinein. Sein greller, furchteinflößender Kampfschrei gellte gegen die Höhlenwände, und ihm folgte das vielfache Echo der nachstürmenden Mooka. Die

Überraschung war perfekt. Zwei Rätiser, die Posten am Höhleneingang, schafften es nicht einmal, von dem Feuer aufzuspringen, an dem sie sich zum Schutz gegen die beißende Kälte zusammengekauert hatten. Einer empfing kniend den tödlichen Keulenschlag von Stirnmann und kippte kopfüber in die Glut, dass die Funken in alle Richtungen empor spritzten. Der andere kam zwar auf die Beine, doch da spaltete schon Bowolfs Axt seinen Schädel. Die geräumig große Höhle stieg in ihrem Inneren deutlich an. Im Hintergrund glimmten Feuer, die den rasenden Mooka den Weg wiesen. Inzwischen hatten von Bowolfs Leuten bereits drei Hände die Höhle geentert und folgten ihrem Häuptling über Steinschutt, Abraumschotter und bizarre Felsklötze hinweg mit siegesgewissen Kriegsrufen ins Innere. Von einer emporenartigen Stufe prasselten ein paar hastig geschossene Pfeile wirkungslos über den Köpfen der Mooka gegen die Höhlendecke. Bowolf erreichte die kleine Empore. Inzwischen hatten sich seine Augen an das Halbdunkel gewöhnt. Er sah die Steinaxt herabsausen und wich aus. Mit seinem kraftvoll von unten gestoßenen Speer spießte er den Rätiser auf und riss den überwältigten Feind damit an sich vorbei in die Tiefe. Dann stürmte er weiter. Seine Männer hielten links und rechts von ihm weitere blutige Ernte.

Aus dem Inneren der Höhle riefen die gefangenen Frauen mit grellen Stimmen. Die Schreie kamen als gespenstisches Echo von den Höhlenwänden zurück und erfüllten furchteinflößend die Höhle. In wenigen Augenblicken waren die Rätiser niedergemetzelt, die Köpfe eingeschlagen, die Brustkörbe zerschmettert, die Leiber durchbohrt. Der ungleiche Kampf hatte nicht lange gedauert. Gnade gab es nicht in Bowolfs Welt. Es herrschte immer das Gesetz des Stärkeren.

Aber wo war Gangam?

Bowolf war sich sicher, dass er in die Höhle zurückgeklettert und nicht mit seinen Männern gegangen war, die hinter den

Pferden her hetzten. Bei den erschlagenen Rätisern war er nicht. Und auch die anderen Mooka hatten ihn nicht gesehen.

„Gangam? Nein", bedauerte Stirnmann, „wenn er mir begegnet wäre, dann lebte er jetzt nicht mehr. Er hat meine Tochter erschlagen."

„Bei den Weibern!" Der Gedanke durchzuckte Bowolf. Deren Schreie kamen von weiter oben. Die Höhle stieg weiter an.

„Gangam!" Bowolfs Ruf hallte in die Dunkelheit.

„Gangam!", versuchte er es erneut, so laut, so zornig, dass seine Männer erschrocken zurückwichen. „Komm heraus aus deinem Mauseloch. Verkrieche dich nicht länger. Kämpfe wie ein Mann!"

Keine Antwort. Nur das Gekreische der Frauen war aus der Höhle zu vernehmen. Bowolf gab Stirnmann einen Wink. Er solle die Gefangenen befreien und herunterbringen. Bowolf selbst wollte seinen Platz nicht verlassen, den Eingang nicht aus den Augen lassen. Er misstraute der Höhle. Vielleicht gab es ja ein Versteck direkt hier unten. Irgendein Loch, in das Gangam sich verkrochen hatte. Dort lauerte er jetzt und wartete darauf, in einem unbeobachteten Moment doch noch nach draußen entfliehen zu können. Wachsam äugte Bowolf umher. Er nahm Abschnitt für Abschnitt die Höhlenwände ins Visier. Das diffuse Licht spielte ihm Streiche. War dort ein Loch? Nein, nur ein Schatten. Führte da drüben ein Seitengang weiter in den Fels? Fehlanzeige. Das war nur ein kleiner Spalt.

Aus dem Höhleninneren erschallten die Wiedersehensrufe der Krieger und ihrer Frauen. Bowolf registrierte sie nur mit halbem Ohr. Ihm war wichtig, dass ihm rund um den Höhleneingang nichts entging. Im Höhleninneren konnte er später immer noch mit Fackeln nach Gangam suchen. Entscheidend war, dass man dem feigen Anführer der Rätiser keine Gelegenheit bot, zu entkommen. Deshalb brüllte Bowolf jene Männer, die draußen vor der Höhle bei den Baumstämmen geblieben waren, jetzt in die Höhle herein.

„Einen Stamm lassen wir stehen, die anderen Baumstämme zieht herauf. Wenn die anderen Rätiser kommen, sollen sie schön einer nach dem anderen hier hereinkriechen, so dass wir ihnen nacheinander die Köpfe einschlagen können. Und ihr bleibt hier und bewacht den Eingang", befahl er dreien seiner Leute. Dann wandte er sich Stirnmann zu, der inzwischen mit wirren Rufen aus dem Inneren der Höhle zurückkehrte.

„Gangam ist tiefer in die Höhle hinein geflohen. Die Weiber haben es erzählt.", erstattete Stirnmann Bericht. Er zeigte mit der ausgestreckten Hand ins Höhleninnere.

Bowolf wollte etwas erwidern, aber Stirnmann war noch nicht fertig: „Und er hat Seta mitgenommen."

Bowolf sagte nichts. Er starrte Stirnmann an.

Es gab keinen Grund für einen Mann auf der Flucht, sich auch noch mit einer lästigen Gefangenen zu beschweren.

„Warum macht er das?", fragte er tonlos.

Stirnmann antwortete mit einer Mischung aus Grunzen und Räuspern: „Die anderen Weiber sagen, Gangam hat Seta besprungen. Mehrmals. Und jetzt ist sie sein Weib. Deshalb hat er sie mitgenommen."

In diesem einen harmlosen Satz „Und jetzt ist sie sein Weib", steckte ein wahrer Keulenschlag. Dass Gangam Seta bespringen würde und die anderen Rätiser es ebenso mit den übrigen gefangenen Frauen tun würden, das war ja klar. Deshalb entführte man ja die Weiber seiner Feinde. Aber wenn Stirnmann sagte „Und jetzt ist sie sein Weib", dann bedeutete das etwas anderes. Dann hatte Seta sich nicht gewehrt. Dann hatte sie ihren neuen Herrn anerkannt und sich auf dessen Seite geschlagen. Bowolf knurrte wie ein gereizter Berglöwe.

„Sie ist sein Weib, hast du gesagt?"

„Das habe ich gesagt", bestätigte Stirnmann.

„Auch die anderen Frauen haben das gesagt. Mekla. Und Friene auch. Und Schiware. Auch Schiware hat es gesagt. Seta ist Gangams Weib!"

Bowolfs Gedanken schweiften in die Vergangenheit. Einst war er es gewesen, der Seta geraubt hatte. Damals war sie ein kleines Mädchen gewesen. Später hatte er sie zu einer seiner Frauen gemacht. Und stets hatte er geglaubt, sie könnte seine Lieblingsfrau werden. Aber nun brach das alles in sich zusammen. Seta hatte ihn nie geliebt. Sie hatte die erstbeste Gelegenheit genutzt, um sich von ihm abzuwenden. Und ausgerechnet in Gangams Arme war sie geflohen. Die Dunkelheit der Höhle verbarg Bowolfs glühende Wut. Er musste sich beherrschen, um den tobenden Aufruhr aus seiner Stimme zu nehmen, als er feststellte: „Dann werde ich auch Seta töten." Er deutete in die Richtung, in die zuvor schon Stirnmann gezeigt hatte. „Da drin sind sie? Das ist gut. Dann werde ich sie jagen und finden."

*

Die Wärme kehrte zurück. Die gleiche wohlige Wärme wie schon einmal. Sie umschmeichelte Bowolfs Körper, ergriff angenehm Besitz von seinem Blut und seinen Knochen. Lichtblitze durchzuckten sein Gehirn, aber keine grellen und bösartigen Blitze waren es. Vielmehr erschien das Licht wie ein Teppich, der sich über alles legt, wie ein leuchtender Vorhang, der die Dunkelheit öffnet. Friedliche Klänge mischten sich zu dem Licht. Klänge von einem unbekannten Instrument, nicht so leer und hohl, wie Schiwares Flötenspiel; auch nicht so dumpf wie Meklas Trommeln. Die Töne, die durch Bowolfs Bewusstsein schwebten, kamen schmeichelnd herbei, so wie zärtliche Schlaflieder der Frauen. Die Klänge umgarnten Bowolf und lockten ihn aus seinem dämmrigen Schweben heraus, so dass er nicht widerstehen konnte: Er musste unbedingt die Augen öffnen. Er musste wach werden. Wach werden! Wach werden! Wach werden!

9

Diesmal blendete ihn das weiße Licht nicht mehr so stark. Bowolf konnte sogar hinauf an die Decke dieser Höhle schauen, von wo es herunterstrahlte und den Raum erhellte. Diesmal wachte er in einer anderen Höhle auf. Sie wirkte nicht so kalt und glatt wie die erste. An den Wänden hingen Dinge, die Bowolf nicht verstand. Zu seiner Linken eine große, dunkel glänzende Platte mit einem schwarzen Rahmen. Bowolf ließ den Blick umherwandern, während er noch benommen um das Aufwachen rang. Er lag nicht mehr in der Wanne. Er lag auf einer Art Lederpritsche. Er wollte seine Arme und Hände bewegen. Sie waren an den Gelenken mit ledernen Manschetten und Gurten festgeschnallt. Die Beine ebenso. Er war ein Gefangener. Panisch versuchte er die Fesseln loszureissen. Aber die ledernen Schlaufen hielten ihn unerbittlich fest. Zu seiner Rechten nahm Bowolf eine Bewegung wahr, einen Schatten. Er warf den Kopf herum. Da saß sein Feind, der ihn erledigt hatte. Der schwarze Krieger mit dem struppigen Bart und den finsteren Augen. Wo hatte er seine gefährliche Dolchspitze? Bowolf hielt Ausschau nach der Spritze in Kaymals Hand. Aber Kaymal saß ganz brav mit übergeschlagenen Beinen neben der Pritsche und bewegte sich nicht. Seine dunklen Augen ruhten neugierig auf Bowolf. Er zeigte mit einem breiten Grinsen die mächtige Front seiner gelben Eberzähne, inklusive des goldenen Eckzahns.

Sie starrten sich gegenseitig an. Der Mann aus der Steinzeit und der Mann aus Anatolien. Fünfeinhalb Jahrtausende lagen zwischen ihrer beider Leben. Und dennoch waren sie nur einen Wimpernschlag auseinander. Meslut grinste und strahlte so viel wohlwollende Neugierde aus, dass Bowolfs Misstrauen zaghaft schwand. Er rang sich ein schwaches Lächeln ab.

„Ey, aufgewacht, Eise-Mann?"

Bowolf verstand natürlich nichts. Er bestaunte Kaymals Goldzahn und prägte sich die Einzelheiten seines Gegenüber genau ein: dunkle Hautfarbe, die große Höckernase, die seltsame Kleidung. Kaymal trug eine blaue Arbeiter-Latzhose mit Messingschnallen, darunter ein grob kariertes Baumwollhemd. Bowolf bemerkte auch die breiten Schultern und starken Oberarme des türkischen Hausmeisters und versuchte instinktiv, dessen Kampfkraft abzuschätzen. Im direkten Zweikampf würde es hart werden. Aber Bowolf fürchtete sich vor keinem Gegner. Nun bemerkte Bowolf, dass er nicht mehr nackt war. Jemand hatte ihn mit einem weichen bläulich schimmernden Stoff umhüllt, der sich angenehm kühl und samtig anfühlte.

Bowolf brummte etwas.

„Ah, verstehe", sagte Kaymal jovial: „Du esse wolle!"

Er nestelte einen Apfel aus seiner Latzhose. Bowolf bekam große Augen. Einen solch großen, runden und makellosen Apfel hatte er noch nie gesehen. Er kannte nur die verschrumpelten und verwurmten kleinen Früchte, die rund um den See wuchsen.

Kaymal hielt Bowolf den Apfel fragend vor das Gesicht. Bowolf nickte. Kaymal schob die Hand näher heran, bis sie dicht vor Bowolfs Mund schwebte. Der hob den Kopf, spielte mit dem Gedanken, in die Hand zu beißen. Entschlossen grub er seine Zähne in den Apfel.

Herrlich. Es schmeckte herrlich!

Mit drei großen Bissen hatte er den Apfel verschlungen. Während er den letzten Bissen noch wirken ließ, drängte sich wieder die mächtige Ungewissheit in sein Bewusstsein: Wo befand er sich? Wer waren diese Menschen? Was war passiert?

Er riss die Augen auf, als er ein Wasserplätschern hörte, das ihm bisher entgangen war. Er drehte den Kopf, um zu sehen, woher das Geräusch kam. Es hörte sich an wie eine kleine Quelle, die kräftig aus dem Fels sprudelte. Indem er den Kopf so weit als möglich nach hinten verrenkte, konnte er im äußersten Winkel seines Blickfeldes etwas erkennen: Tatsächlich sprudelte eine kleine Quelle aus der Höhlenwand. Das Wasser kam aus einem silbernen Rohr herausgesprudelt, das ebenmäßig und rund geschmiedet war. Vom Rohr fiel das Wasser in einen seltsamen weißen Trog, wo es sich offensichtlich sammelte und dann unsichtbar abfloss. Bowolf drehte sich wieder in seine ursprüngliche Lage. Nun kam der schwarze Krieger mit einem Behältnis, das aussah, wie aus durchsichtigem Eis. Das Behältnis war mit Wasser für Bowolf gefüllt. Das Geräusch war verschwunden. Die Quelle sprudelte nicht mehr.

Kaymal führte dem Gletschermann ein Glas an die Lippen. Bowolf trank in einem Zug aus. Kaymal bemerkte sehr wohl das Staunen Bowolfs über das einfache Trinkglas. Aber wie hätte er erklären sollen, um was es sich handelte?

Bowolf rüttelte wieder an seinen Fesseln. Hilfesuchend schaute er zu Kaymal und dann auf seine festgeschnürten Gelenke. Kaymal schüttelte den Kopf. „Musse erst Professor frage!", verkündete er und nestelte sein Mobiltelefon aus der Brusttasche.

Ungläubig verfolgte Bowolf, wie der schwarze Krieger diesen glänzenden schwarzen Stein an sein Ohr hielt und etwas hineinsprach. Dann lauschte er in den Stein hinein, etwa so, wie es Bowolf von den Muscheln kannte, welche die Händler aus dem Süden immer vom großen Meer mitbrachten. Nach einer Weile sprach der schwarze Krieger wieder, dann lauschte er, dann sprach er wieder. War das ein Talismann? Ein Geisterstein?

„Cheffe komme gleich!", verkündete Kaymal zufrieden.

Langsam fasste Bowolf Vertrauen zu dem Krieger. Er verstand zwar nicht, was dieser sprach und noch weniger konnte er sich einen Reim auf den schwarzen Stein, das silberne Quellrohr oder die unnatürlich blaue Farbe von Kaymals Hose machen, aber es schien im Augenblick keine Gefahr zu drohen. Jedenfalls wollte man ihn nicht gleich umbringen, soviel hatte Bowolf begriffen.

Kurz darauf stürmte Aschendorffer aufgeregt in die kleine Kammer, in der sie Bowolf untergebracht hatten. In seinem Gefolge befanden sich Frederike Biesthal, Murji Amresh und Mona Hohner. Unglaublich, wie schnell der Gletschermann aus der Betäubung erwacht war. Die Betäubungsdosis hätte normalerweise ausgereicht, einen erwachsenen Mann zwei Tage lang in Tiefschlaf zu versetzen. Bei Bowolf hatte die Wirkung schon nach einem Tag nachgelassen.

Nach dem kurzen Kampf im Labor war Aschendorffer klar geworden, dass sie Bowolf nicht alleine lassen durften, und dass sie ihn fesseln mussten. Außerdem brauchten sie einen geeigneten Raum, in dem keine wertvolle Technik stand. So räumten sie eines der Zimmer aus, die zu Mesluts Hausmeisterreich gehörten. Kaymal besaß im Institut BioGen im ersten Kellergeschoss eine eigene Wohnung. Sie bestand aus mehreren ineinander verschachtelten Räumen, niedrigen Fluren, durch die sich ein Gewirr von Rohren zog, und aus winkeligen Fluchttreppen in verstaubten, mit Stahltüren gesicherten Treppenhäusern.

Hier befand sich auch sein Lager für Putz- und Gartenutensilien. Bisweilen nächtigte er hier, obwohl er in der Innenstadt mit seinem Clan auch noch einen alten Jugendstilpalast bewohnte. Manchmal dröhnten geisterhafte Geräusche aus diesen Katakomben, manchmal roch es sehr seltsam, manchmal hörte man Männerstimmen und den laut aufgedrehten Ton aus mindestens drei Fernsehgeräten mit unterschiedlichen Programmen. Wie lautlose Elfen huschten Kaymals Töchter hier umher, so wie jetzt gerade Ayse, die mit der Zahnlücke. Sie wies dem heranstürmenden Professor pflichteifrig den Weg, denn beinahe wäre er in den falschen Raum gerannt und hätte sich vielleicht gewundert, dort eine komplett ausgestattete Schnapsbrennerei vorzufinden.

Als er eiligen Schrittes den kleinen Raum betrat, blickten ihm ein grinsender Kaymal und ein erschrockener Bowolf entgegen. Aschendorffer blieb vor der Pritsche stehen. Links und rechts von ihm platzierten sich Mona Hohner und Frederike Biestahl. Doktor Amresh stellte sich seitlich daneben. Bowolf ließ aus tiefer Brust ein warnendes Grollen vernehmen. Aschendorffer und seine Entourage umstanden den Gefesselten wie ein Ärzteteam bei der Visite.

Aschendorffer suchte Blickkontakt. So kümmerlich seine äußere Erscheinung war, so lächerlich seine Beinchen und Ärmchen, so zerbrechlich seine schmale Brust, mit den Augen war Aschendorffer ein Gladiator. Sie besaßen keine Farbe, nur eine lehmige, undurchschaubare Pupille, die ein Gegenüber fixieren konnte wie ein Schraubstock. Aschendorffers Blick war herrisch, gewalttätig, skrupellos und siegesgewiss.

Bowolf hielt dem Blick Aschendorffers zwar stand, trotzig und mutig, aber insgeheim furchtsam. Da war etwas in diesen trüben Krötenaugen, was ihn einschüchterte, was ihm unmissverständlich signalisierte: dieser krumme Kerl war ein mächtiger Anführer. Alle anderen im Raum folgten ihm. Und er besaß zwei Weibchen. Und was für welche!

„Herr Kaymal, ich habe Sie doch angewiesen, ihm etwas Vernünftiges anzuziehen."

„Isse doch vernünftig!"

„Nein, das ist es nicht. Das ist ein Schlafanzug."

„Isse echt Seide! Ganze wertvolle!"

Frederike Biesthal kicherte. Das gab es so selten wie eine Preissenkung an der Tankstelle. Mona Hohner hielt sich zurück. Sie starrte fasziniert auf Bowolfs Unterleib, wo sich, wenngleich von seidenem Tuch bedeckt, eindrucksvolle Männlichkeit abzeichnete.

„Und was ist das für eine komische Pritsche, auf der Sie den armen Kerl festgeschnallt haben? Das sieht ja aus wie, ... wie, ... wie ..." Aschendorffer fehlten die Worte.

„Wie eine Fixierliege aus der Psychiatrie", half Frederike Biesthal. Insgeheim rebellierte es in ihr. Geht man so mit einem hilflosen Wesen um?

„Isse ausgeliehen", beschwichtigte Kaymal.

„So, so, ausgeliehen. Wo haben Sie das Ding her?"

„Habbe ich Bruder in Krankehause Emmendingen. Isse Oberaufseher von die Statione!" Kaymal kugelte mit seinen großen Unschuldsaugen und ließ den Goldzahn blinken. Aschendorffer hatte genug gehört. Bisthal warf dem Hausmeister einen vorwurfsvollen Blick zu: „Aus der Psychiatrie im Landeskrankenhaus in Emmendingen gestohlen. Pfui! Schämen Sie sich!" Der Vorwurf bezog sich auf den Diebstahl, aber eigentlich fand sie es ungehörig, dass Kaymal den wehr- und ahnungslosen Menschen aus der Steinzeit so brachial fixiert hatte.

Bowolf beobachtete den kurzen Dialog aufmerksam. Mit dem feinen Gespür des wilden Tieres erahnte er aus Tonfall, Gestik und Mimik der Beteiligten die Hierarchien, die hier herrschten. Er fühlte sich in seiner ersten Einschätzung bestätigt: Der kümmerliche Dürre war der Häuptling. Der schwarze Krieger war sein Bewacher. Die Rolle der beiden Frauen war unklar. Gehörten sie dem krummen Häuptling? Sie machten nicht den Eindruck.

Aschendorffer trat an Bowolf heran. Ohne dass dieser sich wehren konnte, zog der Professor dem Gefesselten ein Augenlied nach oben und leuchtete mit einer kleinen Stablampe in die Pupillen. „Hm!" und „Tja" waren die Kommentare. „Interessant", ergänzte er, nachdem er auch in die Nasenlöcher und in die Ohren geleuchtet hatte. Mit einem Mundspiegel klopfte er gegen Bowolfs Backenzähne, nachdem er diesem mit sanfter Gewalt und mit Hilfe seines kalten Zahnarztbesteckes den Mund geöffnet hatte. Bowolf biss wütend auf die Edelstahlzahnsonde.

Dann legte Aschendorffer ein Stethoskop an, nachdem er die beiden oberen Pyjamaknöpfe geöffnet hatte. Er klopfte Bowolfs haarige Brust ab, lauschte dem Atem. Es folgten Blutdruckmessungen, eine Blutentnahme, sowie Untersuchungen von Fingern und Zehen.

„Die linke Hand hat etwas gelitten", diagnostizierte der Professor. „Ich fürchte, sie war zu lange aufgetaut."

„Wie wollen Sie das erkennen, Sie sind kein Arzt", wagte in leichtsinniger Renitenz Doktor Amresh einzuwerfen.

„Selbstverständlich bin ich Arzt. Ich habe nur nie praktiziert!"

„Und was erkennen Sie an dieser Hand", lenkte Frederike Biesthal ab. Sie mochte Amresh zwar gelegentlich nervig finden, dennoch galt ihm ihr Mitgefühl, wenn dieser sanfte, kluge und rücksichtsvolle Kollege von Aschendorffer heruntergeputzt wurde.

„Schlecht durchblutet!", befand Aschendorffer. Dann umrundete er die Psychiatriepritsche am Fußende und trat seitlich neben Bowolf: „Nun meine Damen, schauen Sie weg oder riskieren Sie einen Blick, ich werde seine Zeugungsorgane untersuchen!" Und schon hatte er mit einem raschen Griff Bowolf die Pyjamahose bis an die Knie heruntergezogen.

Frederike Biesthal versuchte sachlich zu wirken. Mona hielt den Atem an. Was für ein imponierendes Gemächt.

Bowolf fauchte, als er realisierte, was Aschendorffer vorhatte. Er wand sich in seinen Fesseln und brüllte fünftausend Jahre alte Flüche. Unbeeindruckt tastete Aschendorffer Skrotum, Penis und Prostata ab, stülpte ungeniert Bowolfs Vorhaut über die Eichel, rüttelte den prächtigen Schlegel hin und her und zog dann in aller Seelenruhe die Pyjamahose wieder an ihren

Platz. Kühl diagnostizierte er: „Nach dem ersten äußerlichen Anschein ist er auf jeden Fall zeugungsfähig. Das wäre eine wunderbare Sache, wenn wir eine Freiwillige ..." Er beendete den Satz nicht, als er die Gesichter von Frederike Biesthal und Mona sah. Beider Blicke hatten etwas Empörtes, das sich hinter entrüsteter Versteinerung verbarg.

Aschendorffer überspielte seine Verlegenheit so gut es ging. Meine Güte, was dachte nun Biesthal von ihm? Jetzt würde er ihr noch weniger in die Augen sehen können. Und Fräulein Mona? Ob sie ihm ansah, welche schlüpfrigen Fantasien ihm gerade durch den Kopf gingen? Er täuschte Geschäftigkeit vor, wühlte in der Tasche mit medizinischen Gerätschaften, die er bei sich trug und senkte den glühenden Kopf. Das war so einer jener Momente, die Aschendorffer hasste wie nichts sonst auf der Welt. Ein Moment der Demütigung und der Scham, gegen den er kein Mittel wusste.

Amresh murmelte: „Sie sind kein Mensch!" Aschendorffer überhörte die Bemerkung, die er normalerweise mit ätzendem Gift überschüttet hätte. In die Medizintasche hinein gewandt grummelte er: „Wir müssen uns etwas einfallen lassen, wie wir ihn künstlich ernähren können. Am Besten Infusionen. Ich fürchte, sein Magen wird nach fünftausend Jahren im Eis keine feste Nahrung verdauen."

„Isse kein Problem!", hörte er Meslut Kaymals Einwurf.

Aschendorffer schaute auf. Vergessen war der Anfall von erschrockener Schüchternheit. Jetzt war er wieder der kaltschnäuzige Professor: „Was soll das heißen? Was verstehen Sie davon, Herr Kaymal?"

„Habbe ich ihn schone mal gefüttert. Ay Mann, der hat ganze Apfel gefuttert. Isse gute Mage!"

„Wie? Du hast ihn mit einem Apfel gefüttert?"

Kaymal nickte. „Bossekopf. Isse von türkisch Speziallade in Stühlinger. Gehöre Bruder von mir."

Aschendorffer kannte den Laden. Er winkte ab. Ihn interessierte nur Bowolfs Reaktion: „Hat er gewürgt? Ausgespuckt? Brechreiz? Krämpfe?"

„Nix Krämpfe!" Kaymal schüttelte den Kopf und wiederholte eifrig: „Isse gute Apfel!"

„Wie geht es weiter? Was machen wir jetzt mit ihm?", wollte Mona wissen. Sie hielt ihr Klemmbrett vor der Brust, an das sie ihr Tagesprotokoll angeheftet hatte, und wartete auf Anweisungen.

„Experimente!", erwiderte Aschendorffer kalt.

„Wir müssen ihn sozialisieren", forderte Murji Amresh. „Wir müssen ihn in die Gegenwart geleiten. An unsere Zivilisation heranführen! Er muss erfahren und begreifen, in welcher Situation er sich befindet"

Frederike Biesthal nickte zustimmend, ohne dass es ihr bewusst gewesen wäre.

Aschendorffer widersprach: „Das ist unmöglich. Denken Sie daran. Er ist ein Steinzeitmensch! Sie haben doch gesehen, wie er die Videokameras demoliert hat."

„Ein Mensch ist ein Mensch!", dozierte Murji Amresh unerschrocken. „Und die Würde des Menschen ist unantastbar. Das steht in eurer deutschen Verfassung drin."

„Also geht es sie gar nichts an", blaffte Aschendorffer.

Amresh zeigte sein sanftes Ghandi-Lächeln: „Das ist ein Bekenntnis für die Menschheit. Vor dem Schöpfer sind alle gleich." Er war unerschütterlich. Er fürchtete sich nicht vor Aschendorffer. Frederike Biesthal bewunderte ihn dafür.

„Kommen Sie wieder mit Ihrem Glaubensschnickschnack? Schöpfer? Gott? Jesus Christus? Kirche? Papst?" Aschendorffer lachte abfällig. „Das Christentum ist ein großer Fluch, eine einzige innere Verdorbenheit, ein unsterblicher Schandfleck der Menschheitsgeschichte" Diese Aufzählung war ihm gerade wieder eingefallen. Sie stammte aus Karlheinz Deschners Buch

„Kriminalgeschichte des Christentums", Band 1, 536 Seiten, das Aschendorffer vergangene Nacht gelesen hatte.

„Allah ist mächtig!", kommentierte trotzig Kaymal. Irritiert sah Aschendorffer den Hausmeister an. „Herr Kaymal? Sie sind Moslem? Ich dachte, Sie seien Christ."

„Manchmal Christ, manchmal Moslem", bestätigte Kaymal. „Wechsele manchmal!" Er strahlte Murji Amresh voller ökumenischer Gesinnung an und fügte hinzu: „Auch Hindu isse gute Gott!"

Biesthal versuchte, dem Ganzen wieder einen kühlen, wissenschaftlichen Tonfall zu geben. Darin steckte das Bemühen, die eigene Unsicherheit zu überspielen, aber auch das Eingeständnis, dass Aschendorffers emotionslos-rationale Sicht sie faszinierte: „Wir sollten überlegen, wie Doktor Amresh schon sagt, wie wir dieses Geschöpf auf die Gegenwart vorbereiten können. Das ist ein nicht nachvollziehbarer Kulturschock für einen Menschen aus der Steinzeit. Er wird kaum realisieren können, was ihm widerfahren ist."

„Sie täuschen sich Frau Kollegin. Er wird es erfahren. Und zwar bald." Aschendorffer trug wieder die für ihn so typische Miene des Triumphs. „Schon heute. Spätestens Morgen!"

„Aber ... ? Wie .... ?"

Aschendorffers selbstgefällige Stimme bekam einen schwärmerischen Klang: „Interspeziale bilinguale Transmission! Sie erinnern sich?"

Biesthal erinnerte sich: Die Katze und die Ratte!

*

Johannes Emanuel Aschendorffer begann mit seinen Sprach- und Gedankenübermittlungsexperimenten noch am gleichen Nachmittag. Mit Kaymals Hilfe baute er seine Apparaturen in den geheimen Laborräumen ab, brachte sie in Kaymals Katakomben und installierte dort alles, rund um die Pritsche herum, auf der Bowolf festgeschnallt lag.

Bowolf beobachtete alles mit höchstem Interesse. Er schien seine Angst vor diesen seltsamen Menschen verloren zu haben. Bisweilen lächelte er sogar. Insbesondere dann, als Mona mit Rasierzeugs anrückte und begann, ihm den inzwischen kräftig gewachsenen Stoppelbart einzuseifen. Sie setzte sich zu diesem Zweck sittsam neben Bowolfs Pritsche, zeigte ihm zunächst die Dose, schüttelte sie, öffnete sie und sprühte sich den Rasierschaum auf die Finger. Bowolf verfolgte das Geschehen ungerührt. Krieger von Bowolfs Ruhm wissen alles, kennen alles, fürchten nichts und staunen niemals. Zärtlich wie eine treusorgende Ehefrau strich Mona Bowolfs Bart glatt. Dann rieb sie ihm den Rasierschaum auf die Wangen und aufs Kinn, langsam, mit massierenden Bewegungen der Fingerspitzen. Bowolf studierte sie genau. Mona ließ sich nichts anmerken. Lange ruhte sein Blick auf ihrem Hals, wanderte über das Dekolleté des Pullovers zu den vielversprechenden Rundungen darunter, um dann auf den Händen und Fingern zu verharren, die ihm so liebevoll um den Bart strichen.

Als sie den Einwegrasierer zückte, wich Bowolf instinktiv zurück, dann aber ließ er sich anstandslos rasieren, mit jenem zufriedenen Lächeln auf dem Gesicht, das er fortan nicht mehr ablegen sollte.

Während Aschendorffers erster, knapp vierzigminütiger Sitzung unter Anwendung der „Interspezialen bilingualen Transmission" wechselte Bowolfs Gesichtsausdruck mehrfach, von Lächeln in Erschrecken, Panik, Entsetzen, dann in Wut und Aggression, kippte schließlich in ungläubiges Staunen, in Neugierde und am Schluss in die undurchsichtige Maske finsteren Nachdenkens. Minutenlang rührte er sich nicht. Auch Aschendorffer saß sichtlich mitgenommen in seinem Stuhl. Er fasste sich aber schnell wieder. Für ihn mochte das Prozedere weniger einschneidend gewesen sein, hatte er doch auf diesem Wege bereits mit Katzen und Ratten kommuniziert, und wer weiß, mit welchen Wesen in aller Heimlichkeit auch sonst noch.

Nach kurzem Durchschnaufen nahm Aschendorffer zuerst bei sich selbst, dann bei Bowolf, die Elektroden von den Schläfen. Bowolf schloss die Augen und schnarchte sofort wie ein Höhlenbär.

Die anderen, die während des „Kontakts" von Aschendorffer aus dem Raum komplimentiert worden waren, durften nun wieder hereinkommen. Meslut Kaymal sah den schnarchenden Bowolf und kommentierte vorlaut: „War Kabele-Übertragung so langweilig, dass schlafe ein der Mann!"

Frederike Biesthal und Mona Hohner waren neugieriger. „Was hat er gesagt ..., äh, gedacht?", wollte Biesthal wissen.

„Er fühlt", korrigierte Aschendorffer. „Die interspeziale bilinguale Transmission übermittelt keine Sprache zwischen Individuen, sondern formuliert Gefühle und Gedanken. Es können auch gefühlte Wünsche und Fragen sein. Die Kaskade ist ungefähr die: Er übermittelt mir, was er fühlt und dabei denkt, und er denkt, was er vielleicht sagen würde, wenn wir uns unterhalten könnten."

„Isse logisch", stimmte Meslut Kaymal zu. Aschendorffer schenkte ihm einen misstrauischen Blick. „Isse wie Schneefitschel in die Märche! Komme Prinz an die Schneefitschel, gebe Kuss auf die Mund, Schneefitschel fühle Gedanke Liebe von die Prinz und ey, siehst du, Schneefitschel wache auf."

„Es heißt Schneewittchen", korrigierte Mona.

„Alle Achtung, Kaymal! Das wäre eine Erklärung", biss Aschendorffer an, um den Gedanken laut weiterzuspinnen: „Vielleicht geht das Märchen auf eine wahre Begebenheit zurück. Und es erzählt von früheren Versuchen einer interspezialen bilingualen Transmission." Er wandte sich an seine Sekretärin: „Fräulein Hohner, besorgen Sie mir die Gebrüder Grimm! Also das Märchen! Das Buch mit dem Märchen von Schneewittchen."

Mona machte sich eifrig eine Notiz. Demnächst würde Aschendorffer eine Nacht in die Gebrüder Grimm investieren.

„Jetzt haben Sie uns aber immer noch nicht gesagt, was unser Gletschermann fühlt", insistierte Frederike Biesthal. „Verraten Sie etwas?" Sie wählte den richtigen Tonfall, eine Mischung aus wissenschaftlichem Interesse und unterwürfiger Bitte. Damit brachte sie Aschendorffer dazu, wenigstens einen kleinen Einblick zu gewähren: „Er hat Hunger! Er rätselt, wo er ist und was mit ihm passiert ist. Er hasst einen Feind namens Gangam. Und außerdem will er seine Fesseln loswerden."

Eine weitere Regung Bowolfs verschwieg Aschendorffer freilich. Wie hätte er es auch in diesem Kreise formulieren sollen? Bowolf hatte sich brennend für Aschendorffers „Weibchen" interessiert. Er hatte selbst in Gedanken von einem ‚Weibchen' Seta gesprochen, das er töten müsse, weil es untreu geworden sei. Und von Aschendorffer wollte Bowolf im Gedankenaustausch wissen, welches sein Lieblingsweibchen sei. Aschendorffer hatte den Gedankenkontakt abgebrochen, ehe er hätte preisgeben müssen, wie es um ihn und sein Verhältnis zu den beiden Frauen stand.

„Das ist doch alles Humbug", winkte Doktor Murji Amresh ab. „Gedankenübertragung! Gefühlsübertragung! Sind wir jetzt bei den Scharlatanen oder in einem wissenschaftlichen Institut? Mir ist das zu einfältig, Professor Aschendorffer. Erzählen Sie Ihre Märchen jemandem anderen. Bei mir verfangen sie nicht."

Ungerührt fuhr der Professor mit seinem Bericht fort, während er nebenbei aus dem Handgelenk abwinkte und Amresh damit bedeutete, er möge sich verziehen: „Herr Kaymal, Sie sorgen mir dafür, dass der Proband etwas zu Essen bekommt, wenn er wieder aufwacht. Morgen früh mache ich die zweite Sitzung mit ihm. Vielleicht komme ich so weit, dass wir ihm seinen Zeitsprung deutlich machen können. Ich habe das Gefühl, dass er mental sehr robust ist. Wir werden noch sehr viel Freude mit ihm haben."

*

Bowolf blinzelte unter den Augenlidern hindurch. Er achtete darauf, dass sein Schnarchen weiterhin gleichmäßig klang. Sollten sie ruhig glauben, er schliefe. Er beherrschte diesen Trick, sich schlafend zu stellen, so wie ihn die Angehörigen aller Naturvölker beherrschten. Bowolf hatte sich die Menschen gut eingeprägt, mit denen er es hier zu tun hatte. Unglaublich, wie dieser schmächtige Häuptling und mächtige Zauberer in seine Gedanken eingedrungen war. Bowolf erschauderte. Es war, wie wenn eine fette schwarze Flüssigkeit in Milch gegossen wird und sich dort unerbittlich ausbreitet, bis vom Weiß nichts mehr übrig ist. Für Bowolf war dieser furchterregende Anführer mit seinen rätselhaften Künsten der „krumme Häuptling". Der andere war der „schwarze Krieger". Dann gab es noch einen weiteren Mann, den mit der braunen Haut und den samtigen, sanften Augen, das war der „braune Mann". Und schließlich waren da noch die zwei Weibchen, das Weich-Weibchen und das Hart-Weibchen. Beide gefielen Bowolf. Aber er war völlig irritiert hinsichtlich ihrer Rolle. Gehörten sie keinem Mann?

Bowolf beobachtete, wie der braune Mann den Raum verließ, offenbar vom krummen Häuptling davon gejagt. Die Übrigen diskutierten noch eine Weile, und es war klar, dass sie sich über ihn unterhielten, den Gefangenen. Auf der abgewandten Seite der Pritsche, nicht sichtbar für Aschendorffer und die anderen, pulte Bowolf mit den weit zurückgebogenen, verrenkten Fingern seiner rechten Hand, an der Lederschlaufe, die ihn fesselte. Er ertastete das Ende des Lederriemens und dessen Beschaffenheit. Irgendwie besaß der Riemen kleine Löcher, und in einem dieser Löcher steckte ein Stift. Instinktiv erfasste Bowolf, dass es sich hier um den Verschlussmechanismus handelte. Es erinnerte ihn an die Fibeln, die manche der höher gestellten Frauen bei den Mooka trugen, um ihre Gewandtücher zusammenzuhalten. Er musste die Hand wieder entspannen und ließ los. Er streckte die Finger, um sie zu durchbluten. Diese Hand funktionierte gut. Die linke Hand hingegen fühlte sich taub an, wie eingeschlafen. Jetzt verließen auch der krumme Häuptling und die zwei Weibchen den Raum. Nur der schwarze Krieger blieb noch zurück. Sein Wächter. Bowolf fürchtete sich nicht vor dem schwarzen Krieger. Aber er fürchtete sich sehr vor dem spitzen Stift, den dieser schwarze Krieger besaß. Das war der Stift, der ihn nur ganz leicht am Hintern verletzt hatte. Und trotzdem war er umgefallen wie ein Baum. Noch ein Zauber. Noch ein Rätsel. Bowolf schwirrte der Kopf. Er musste sich von seinen Fesseln befreien, alles Weitere konnte er danach überlegen.

Der schwarze Krieger schien zufrieden mit den auf- und abklingenden Schnarchtönen und mit den künstlichen Aussetzern, die Bowolf geschickt einbaute. Jetzt ging er hinüber zur Höhlenwand, wo die große, in Holz oder ein holzartiges Material eingerahmte schwarze Platte hing, die Bowolf gleich beim Aufwachen aufgefallen war. Der schwarze Krieger drückte auf einige bunte Flecken am Rahmen dieser Platte, und mit einem Schlag leuchtete die ganze Platte in den buntesten Farben auf. Vor Entsetzen riss Bowolf die Augen auf und vergaß, dass er sich eigentlich schlafend stellte. Auf der Platte, oder eigentlich mehr in ihr, tanzten Menschen herum. Sie sprachen und sangen. Sie waren so klein, dass sie genau in die Platte hineinpassten. Der schwarze Krieger drückte erneut auf einen Flecken und die tanzenden Menschen verschwanden ebenso schnell, wie sie aufgetaucht waren. An ihrer Stelle war jetzt aber ein anderer Mensch in der Platte, einer ganz alleine, und man sah auch nur seinen Oberkörper. Er sprach mit sonorer Stimme und ordnete vor sich auf einer hölzernen Ablage gleichmäßig große weiße Fetzen, vielleicht Stoffe oder Stücke von Baumrinde. Ein neues Bild: eine große grüne Wiese, auf der zahlreiche Männer durcheinander rannten und mit den Füßen gegen einen Balg traten. Sie schmetterten diesen runden Balg mit festen Tritten durch die Luft in alle Richtungen und rannten immer wieder hinter ihm her. Diese Platte war unfassbar. Als hätte sie zuvor ein großes Loch in der Höhlenwand abgedeckt, durch das man nun hinausschauen konnte in eine fremde Welt voller seltsamer Ereignisse. Als sich seine Gedanken mit jenen des „krummen Häuptlings" vermischt hatten, schon da hatte er gespürt, dass große, atemberaubende Geheimnisse und Offenbarungen lauerten. Sie schwebten drohend hinter all dem, was der krumme Häuptling ihn hatte fühlen und erahnen lassen. Vor der Größe dieser Dinge wären andere zusammengebrochen, hätten resigniert. Nicht Bowolf. Trotzig ermahnte er sich: Du lebst! Du bist noch nicht tot. Du wehrst dich. Es ist noch nicht zu Ende. Nein, es war erst der Anfang.

*

Nach dem Fußballspiel Besiktas gegen Galatasaray schaltete Meslut Kaymal den Fernseher wieder aus. Mit einem schnellen Blick vergewisserte er sich, dass der Gletschermann noch schlief. Es wurde Zeit, ihm etwas zum Essen zu besorgen, der Professor hatte das angeordnet. Kaymal erwog die Möglichkeiten: Er konnte eine seiner Töchter beauftragen. Aber er wollte nicht, dass sie Bowolf zu sehen bekamen. Er wusste, dass der Professor das nicht gerne gesehen hätte. Also rief er seinen Kumpel Ali Görycy an. Döner-Ali besaß einen Imbiss im Industriegebiet-Nord. Er lebte von den mittagshektischen Angestellten der vielen Unternehmen dort. Auch Fernfahrer steuerten das „Döner-Paradis" gezielt an. Da Ali keinerlei Parkplätze für seine Bude besaß, hielten die Trucks am Straßenrand an, setzten frech den Warnblinker und gingen dann auf einen Döner oder eine Curry-Wurst zu Ali. In der Zwischenzeit staute sich der

155

Verkehr in beide Richtungen bis zur Habsburgerstraße und zur Mooswaldallee. Selten nur griff die Polizei ein. Bisweilen wurde Döner-Ali auch zum Penner-Treff, wenn die Obdachlosen vom Aldi-Parkplatz vertrieben wurden oder mal wieder Hausverbot beim REWE bekommen hatten. Nach Feierabend, sobald die letzten hartnäckigen hängen- oder liegengebliebenen Gäste mit sanfter Gewalt entfernt worden waren, ging an Döner-Alis selbstgezimmerter Bude die Metalljalousie herunter. Nachts war das Industriegebiet-Nord nahezu menschenleer, und in dieser verwaisten Landschaft von Hallen, Bürohäusern, Werkstätten und umzäunten und zugeteerten Flächen gab es nichts mehr zu verdienen. Deshalb war Döner-Ali eigentlich nicht die richtige Adresse, um spät nachts um 23 Uhr, kurz nach der Liveübertragung des saisonentscheidenden Spiels der türkischen Süperlig, noch eine Döner-Lieferung zu bestellen. Um diese Uhrzeit saß Ali Görycy zu Hause auf dem Sofa und genoss den Fernsehabend. Es gab überhaupt nur einen einzigen Menschen in Freiburg und auf der ganzen Welt, der ihn bewegen konnte, noch einmal die Schuhe anzuziehen, in seinen Lieferwagen zu klettern, hinaus ins Industriegebiet zu fahren, den Dönerspieß in Betrieb zu setzen und bis um Mitternacht exklusiv fünf Portionen von „Alis Superdöner" herzustellen: Meslut Kaymal. Die Zusammenhänge zu erklären, würde mindestens eine Legislaturperiode beanspruchen, deswegen reicht es, zu erwähnen, dass die Wurzeln dieser bedingungslosen Hilfsbereitschaft weit zurück in der anatolischen Jugend der beiden Beteiligten zu suchen waren. Wenn Meslut Kaymal es verlangt hätte, hätte Ali auch ohne zu zögern seinen eigenen Wagen in Brand gesetzt.

Meslut Kaymal überlegte, ob Bowolf ein Döner reichen würde. Aber der Professor hatte gesagt, der Gletschermann habe Hunger. So wie er gebaut war, würde er kräftig zulangen können. Und schließlich hatte er seit mehr als fünftausend Jahren nichts Vernünftiges mehr gegessen. Kaymal dachte praktisch. Also lieber zwei Portionen für Bowolf kalkulieren. Während er nachdachte, erwachte der eigene Appetit. Für zwei Döner würde der Hunger reichen. Also vier Portionen. Sicher ist sicher. Also fünf.

Ali klingelte um Mitternacht. Seine abgestellte dreirädrige Ape tuckerte mit voll aufgeblendeten Scheinwerfern vor dem BioGen-Zaun, während Ali beladen mit fünf Döner-Paketen auf den Summer reagierte, das Tor mit einem Fuß aufstieß und das Institutsgelände betrat. Sofort blitzten von allen Seiten grelle Scheinwerfer auf. Derart illuminiert schritt Ali über den schmalen Pflasterweg zum Hintereingang des Gebäudes. Dort nahm Kaymal ihn in Empfang. Die beiden grüßten sich knapp. Kaymal fasste Ali zur Begrüßung zusätzlich kurz an beiden Unterarmen, ehe er ihm einen Teil der Ladung abnahm. Zwischen beiden schien ein sehr vertrautes und herzliches Verhältnis zu herrschen. Während sie durchs Treppenhaus in Kaymals Kellergemächer hinabstiegen, tauschten sie sich über das Match aus. Ali war Besiktas-Fan, Kaymal gehörte zu den glühenden Anhängern von Galatasaray. Ali war ungefähr gleich alt und ähnlich groß wie Kaymal. Vielleicht waren seine Schultern nicht ganz so breit und stattdessen der Bauch schon etwas runder. Aber ansonsten sahen sie sich mit ihren finsteren Gesichtern und den schwarzen Locken ziemlich ähnlich. Ali wollte den Fuß über Kaymals Schwelle setzen, wurde aber mit gespreizter Hand zurückgewiesen. „Hier kannst du heute leider nicht hereinkommen Ali. Verbot vom Professor. Wissenschaftliche Experimente."

Ali runzelte die Stirn. „Kein Raki heute?", fragte er enttäuscht.

Kaymal schüttelte bedauernd den Kopf. „Kein Raki!"

Ali versuchte einen Blick durch den Türspalt zu erhaschen, aber Kaymal verstellte die Sicht, während er Ali die restlichen Döner abnahm.

„Sehr geheimnisvoll!", kommentierte Ali. „Ist das wieder so eine Geschichte wie kürzlich die Sache mit Firat?"

Firat war Alis Hilfsarbeiter in der Döner-Bude.

„So ähnlich!", bestätigte Kaymal.

„Das war nicht gut. Firat war fünf Tage krank. Er friert heute noch. Und seine Sandalen sind kaputt. Ich musste ihm ein neues Paar kaufen."

„Man geht auch nicht in Sandalen auf einen Gletscher!", schalt Kaymal.

„Firat wusste es nicht", widersprach Ali und fügte hinzu: „Aber er wusste ja auch nicht, dass er auf einen Gletscher muss."

„Der Döner wird kalt, ich muss Schluss machen", entschuldigte sich Kaymal und schlug Ali die Tür vor der Nase zu. Er ließ seinen Landsmann ziemlich ratlos zurück. Aus dem Halbdunkel eines Seitenganges tauchte Aslihan auf, eine von Kaymals Töchtern, und führte Ali wieder nach draußen, um hinter ihm Tor und Türen zu verschließen. „Brauchst du einen Mann, Aslihan?", fragte Ali im Hinausgehen. „Ich hätte ein paar Kandidaten, die gerne nach Deutschland heiraten würden. Sag mir, wenn ich dich vermitteln soll."

Aslihan hörte nichts. Sie trug Ohrstöpsel. Sie summte einen Song von Pink.

Kaymal breitete unterdessen die Döner auf einem großen Tablett aus, das er auf einem Abstelltisch neben Bowolfs Pritsche deponiert hatte. Der intensive Geruch des gegrillten Fleisches erfüllte sofort den Raum. Bowolf schlug unvermittelt die Augen auf. Kaymal deutete auf die fein säuberlich nebeneinander aufgereihten Döner: „Hunger?"

„Hunga!", bestätigte Bowolf. Instinktiv hatte er die Bedeutung des Wortes oder zumindest die Frage erfasst. Kaymal deutete auf den ersten der Döner. Bowolf nickte. Kulinarisches Neuland für den Gletschermann. Nach dem ersten Biss, der ein faustgroßes Loch im Döner hinterließ, kaute Bowolf andächtig und schnaubte dabei zustimmend. Seine Augen signalisierten: Mehr! Kaymal schob nach. Der Kebab verschwand im Handumdrehen in Bowolfs Magen. So ähnlich erging es auch dem zweiten und dem dritten und dem vierten. Kaymal zögerte kurz. Aber Bowolfs Blick war eindeutig. Kaymal seufzte. In dieser Nacht würde er mit leerem Magen ins Bett gehen.

*

In der Höhle wurde es nie still. Und nie dunkel. Bowolf lauschte. Aus den Wänden, von der Decke und von überall her brummte es, als lieferten sich unsichtbare Bienenschwärme, ein entfernter Wasserfall und ein herannahendes Gewitter ein Konzert. Bowolfs scharfes Gehör nahm das Summen der Geräte, Computer und Leitungen wahr, mit denen der Raum vollgestopft war. Es hinderte ihn am Einschlafen, ebenso wie die vielen rätselhaften Lichtquellen, grüne, gelbe, rote und blaue Glühwürmchen. Sie saßen überall an den Kisten und Aufbauten im Raum, blinkten und funkelten. Obendrein rumorte sein Magen ohne Unterlass. Bowolf vertrug Unmengen von Fleisch, ebenso wie er mühelos mehrere Tage lang fasten konnte. Die Zutaten aber, die sein Steinzeitmagen nicht kannte, schon gar nicht in dieser geballten Häufung, machten ihm zu schaffen: Zwiebeln, Knoblauch, Salz, Pfeffer, Chili, Koriander, Cumin, Soja, Joghurt, Sauerrahm, Gurken. Es hatte wunderbar geschmeckt. Bowolf konnte gar nicht genug davon kriegen. Er hätte noch weiter gegessen. Das Wasser lief ihm noch immer im Munde zusammen, wenn er jetzt an dieses vortreffliche Gericht namens „Hunga" dachte. Aber der Magen rebellierte. Er erbebte unter mittleren tektonischen Erschütterungen, sonderte pneumatische Geräusche ab, drückte, blubberte, zwickte und zerrte und pumpte mit hohem Druck ammoniakgeschwängerte Duftblasen durchs Gedärm hinaus in den kleinen Raum. Bowolfs Zunge lag ihm schwer wie ein gebeiztes Stück Leder im Mund. Er hatte Durst. Der Gaumen brannte, als hätte man ihn in Salz eingelegt.

In seiner Not fiel Bowolf die Quelle ein. Da gab es doch dieses silbergeschmiedete Rohr, aus dem es immer sprudelte, wenn der schwarze Krieger davor trat. Bowolf schielte hinüber zum Feldbett, auf dem Kaymal sein Lager aufgeschlagen hatte. Er schlief endlich, davon zeugten seit geraumer Zeit seine tiefen und rhythmischen Atemzüge. Bowolf nestelte wieder mit den Fingern an der Lederschlaufe, die sein rechtes Handgelenk fesselte. Geduldig wie ein Käfer, der ein Gebirge erklettert, schabte und kratzte er mit den Fingerspitzen, bohrte an dem kleinen Löchlein, fieselte das Leder vorwärts und rückwärts, schuf Spiel für den Stift, der alles zusammenhielt, wiederholte alles wieder und wieder. Unversehens sprang der Stift aus dem Loch. Er gab den Lederriemen frei und schon lockerte sich die Schlaufe, die Bowolfs Gelenk umschloss. Er hatte so viel Spiel gewonnen, dass er mit den zurückgebogenen Fingern den nächsten Stift ertasten konnte. Jetzt wusste er, wie er die Fingernägel einsetzen musste, um auch diesen Stift Stück für Stück aus dem Loch zu schieben. Die Nacht war schon weit fortgeschritten, als nur noch zwei Stifte die Manschette zusammenhielten. Nunmehr reichten Bowolfs Körperkräfte, um die rechte Hand mit einem Ruck loszureissen. Bowolfs rechte Hand war frei.

Er lauschte. Hatte der schwarze Krieger etwas gehört? Nein! Er schlief ahnungslos weiter. Bowolf bewegte vorsichtig die Finger. Dann hob er den Arm. Er konnte ihn frei bewegen. Nunmehr war es ein Leichtes, den großen Riemen zu öffnen, der ihm quer über die Brust gespannt war und seinen Oberkörper an die Pritsche fesselte. Dann löste Bowolf den Riemen an seiner linken Hand, dann auch an den Fußmanschetten. Er war frei. Lautlos setzte er sich auf seiner Pritsche auf. Was tun mit dieser Freiheit? Er reckte die Glieder, streckte und dehnte sich. Befriedigt stellte er fest, dass er, von Kratzern und Schrammen abgesehen, keinerlei Verletzungen hatte. Seine Linke fühlte sich seltsam kraftlos an, das war die einzige Einschränkung.

Sollte er den schwarzen Krieger erschlagen? Dazu brauchte er eine Waffe. Er sah sich in der Höhle um. Obwohl tiefe Nacht herrschte, leuchteten so viele Lichtquellen, dass Bowolfs scharfe Augen schnell Orientierung fanden. Er sah die Quelle an der rückwärtigen Höhlenwand. Dort hing das gebogene silberne Rohr. Darunter befand sich ein weißes Becken, ein Trog, wie aus einem einzigen Stück Stein ebenmäßig herausgearbeitet. Bowolf schwenkte im Sitzen die Beine von der Pritsche. Vorsichtig tastete er mit den bloßen Zehen den Höhlenboden ab. Er war kühl und glatt wie ein geschliffener Fels. Die Welt, in der er aufgewacht war, war voller Geheimnisse. Der krumme Häuptling hatte ihm dazu einige rätselhafte Gedanken geschickt. Bowolf hatte nur so viel begriffen, dass er es hier mit einem Stamm zu tun hatte, der sehr viel gefährlichere, teilweise ungewöhnliche Waffen und bessere Kleidung besitzen musste als die Mooka oder die Rätiser, der über unglaubliches Wissen und über Essen im Überfluss verfügen musste. Bowolf stand auf. Die Pritsche knarrte leise, aber der schwarze Krieger rührte sich nicht. In diesem Moment entlud sich unfreiwillig ein dröhnender Dönerfurz aus Bowolfs Gedärm. Er erstarrte. Aber der schwarze Krieger knurrte nur, wendete sich unter seiner Decke im Schlaf einmal auf seinem Feldbett um die eigene Achse und antwortete mit einem ebensolchen Geräusch, etwas leiser, weil gedämpft durch die Decke.

Bowolf schlich auf Zehen zur Rückwand. Er stellte sich vor das silberne Rohr. Es passierte nichts. Er bewegte den Oberkörper hin und her. Nichts geschah. Er trat etwas fester auf, stampfte mit den Füßen auf den Boden. Immer noch blieb die Quelle versiegt. Dabei sah Bowolf an den Tropfen, die noch am Rohr hingen, dass hier erst kürzlich Wasser geflossen sein musste. Auch unten in der Steinwanne klebten noch einzelne Tropfen. Bowolf fasste nach dem Rohr. Es hing fest verankert an der Wand. Sein Mund brannte. Er musste diese Quelle unbedingt zum Sprudeln bringen. Von dem Rohr gingen seitliche kurze Äste ab, mit einem Knoten am Ende. Der eine Knoten leuchtete rot, der andere blau. Bowolf hieb erst mit der flachen Hand, dann mit der Faust auf das Rohr, auf die Steinwanne, auf die Wand, auf die Knoten. Nichts rührte sich. Misstrauisch stellte Bowolf sich erst auf die eine, dann auf die andere Seite der Steinwanne. Er drückte sein Ohr an die Wand und lauschte, ob vielleicht ein Wasserrauschen zu vernehmen wäre. Nichts. Ungeduldig zog er am Rohr. Es gab nach. Er nahm beide Hände zu Hilfe, auch die schwache Linke. Er rüttelte hin und her, bog das Rohr nach unten und nach oben. Es knackte, verbog sich mit einem scharfen, quietschenden Geräusch. Der schwarze Krieger wurde unruhig auf seinem Lager. Bowolf verlor die Geduld. Er setzte seine ganze archaische Kraft ein, stemmte sich mit dem schweren Oberkörper gegen die Wand und riss an dem Silberrohr, bis es mit einem lauten Knall zerbarst und aus der Fassung sprang. Ein breiter Wasserstrahl stürzte aus der Wand und übergoss im Schwall Bowolf, Steinbecken und Höhlenboden. Das Wasser schoss heraus wie aus einem Geysir. Bowolf hielt begeistert den Kopf unter den mächtigen Strahl. Gierig schluckte er, was er mit weit geöffnetem Mund erwischte und vergaß darüber für einen winzigen Moment die Vorsicht. Der schwarze Krieger war von dem Lärm aufgewacht, von seinem Lager aufgespritzt und in großen Sprüngen bei Bowolf. Im letzten Augenblick realisierte Bowolf seinen Fehler, drehte den Kopf, gewahrte den heranstürzenden Schatten und wollte in Abwehrhaltung gehen. Doch da blitzte bereits der kleine scharfe Stift auf und traf Bowolf durch die Pyjamahose hindurch in den optimal hinausgestreckten Hintern. Bowolf schaffte noch eine kurze Drehung zum schwarzen Krieger, brachte noch die Hand über den Kopf gehoben, dann sackte er zusammen. Die von Aschendorffer angerührte Spezialmischung in Kaymals Betäubungsspritze wirkte sofort. Der Krieger im Schlafanzug polterte zu Boden und blieb unter dem weiterhin sprudelnden Wasserstrahl liegen.

10

Charly Katz erhoffte sich keine großartigen neuen Erkenntnisse. Er stand vor dem großen Stahltor von BioGen und wartete brav, bis die Videokamera über dem Tor ihn erfasst hatte.
Irgendjemand würde sich jetzt diesen schlecht frisierten, lässig
gekleideten Typen durchs Kameraauge anschauen, sein vorge-
fasstes Bild vom Aussehen eines Journalisten bestätigt finden
und dann hoffentlich auf den Türöffner drücken. Charly wartete gelassen. Er hatte sich bei Jens-Merten Föllstiegel, dem Geschäftsführer von BioGen nur deshalb einen Interviewtermin
geben lassen, um einmal in dieses geheimnisvolle Institut hi-
neinschnuppern zu können. Dass er dort Antworten auf das
rätselhafte Verschwinden einer Gletscherleiche im Oberengadin bekommen würde, bezweifelte er. Andererseits: Wenn er
sich alle Indizien vergegenwärtigte und alles zusammenreimte,
was er wusste, so führten die Spuren doch nach Freiburg und
damit auch in dieses Forschungsinstitut. Sein Kumpel Armin
Röller erzählte schließlich keinen Stuss. Für Charly stand fest:
Mona hatte den Fund der Gletscherleiche per Handy ihrem
Chef gemeldet, dem geheimnisvollen, schwer greifbaren Professor Aschendorffer, der keine Interviews gab. Kurz darauf hatten Unbekannte die Gletscherleiche gestohlen und mit einem
Bofrost-Lieferwagen aus Freiburg, der nach der Tat wieder aufgetaucht war, an einen unbekannten Ort verbracht. Und wie
er zuverlässig wusste, stammten auch ein Ski-Doo der Berg-

wacht, zwei Kettensägen und weitere Utensilien, die von der Schweizer Polizei in Zusammenhang mit dem Verschwinden der Gletscherleiche gebracht wurden, aus der Umgebung. Rechnete man das abwehrende Verhalten von Mona hinzu, dann sprach einiges dafür, dieses Institut genauer unter die Lupe zu nehmen. Durch einen metallisch röhrenden Torlautsprecher forderte ihn eine Stimme auf: „Melden Sie sich an der Pforte. Fotografieren ist auf dem Institutsgelände nicht erlaubt."

Das hatte Charly sich bereits gedacht. Schnell schoss er aus der Hüfte ein paar Aufnahmen von der Frontseite des Instituts, ehe er gemächlich zum Eingang schlappte. Tatsächlich besaß BioGen so etwas wie eine Empfangspforte. Es handelte sich um eine durch Glasscheiben abgeschirmte Pförtnerloge, hinter der ein brummiger Teilzeitrentner saß und irgendwelche Kärtchen stanzte. Fürs Erste ignorierte er den Besucher. Charly sah sich um. Er stand in einem engen, unmöblierten Foyer, das lieblos mit einigen Zimmerpalmen dekoriert war, die erkennbar ums Überleben kämpften. Eine verschlossene Glastür führte zum Treppenhaus, daneben befand sich ein Lift. An der blanken Wand gegenüber der Pförtnernische hing ein Schwarzes Brett, voll mit Dienstplänen, Veranstaltungshinweisen und Hinweisen zu den Arbeitszeiten an den bevorstehenden Feiertagen. Eine weitere Tür ging ins Erdgeschoss ab. Durch das Milchglas erkannte Charly Katz vage einen langen Flur. Diese Tür öffnete sich, eine Putzfrau erschien, Türkin, wie Charly wegen des Kopftuchs mutmaßte. Sie schob wie eine Flugbegleiterin ein Wägelchen vor sich her, senkte den Kopf und den Blick vor Charly und verschwand im Aufzug. Es war Aylin, eine von Kaymals Töchtern. Hätte er ihr folgen sollen? Der verschnarchte Pförtner war immer noch in seine Stanzarbeiten vertieft. Charly klopfte gegen die Scheibe. Demonstrativ wandte sich der Pförtner ab.

„Ich habe einen Termin bei Herrn Föllstiegel. Katz ist mein Name", schrie Charly Katz gegen die Glasscheibe.

Der Name des Geschäftsführers wirkte Wunder. Der Pförtner spritzte nicht gerade von seinem Schreibtisch auf, aber immerhin bewegte er sich. „Moment!", sagte er und tippte auf die Telefontastatur. „Hier ist ein Herr Katz für den Herrn Föllstiegel", flüsterte er in den Hörer. Irgend jemand antwortete, der Pförtner brummte „Ist gut!" und warf, ohne zu ihm herüber zu sehen, Charly Katz die Bemerkung zu: „Sie werden gleich abgeholt.

Die kurze Wartezeit nutzte Charly Katz, um sich anhand der wenigen Eindrücke ein Bild zu machen, mit was für einem Laden er es zu tun hatte: Das Institut war öffentlichkeitsscheu, es gab kaum Publikumsverkehr. BioGen konnte es sich leisten, Besucher noch übler zu behandeln als eine Behörde, es verschanzte sich hinter Schutzzäunen und Überwachungsanlagen, wirkte kühl, nüchtern, unpersönlich, intransparent. Katz hatte gegoogelt und recherchiert. Über BioGen wusste das Netz noch weniger als über den Staatshaushalt von Nordkorea. Bis auf die Firmenadresse, eine Telefonnummer und den Namen des Geschäftsführers war kaum etwas zu erfahren. Zwar gab es eine Homepage, die ein paar Forschungsgebiete vorstellte, aber keinerlei weiterführende Informationen. Charly wusste lediglich, dass hier Arznei- und Lebensmittelforschung sowie Zell- und Genforschung betrieben wurden, hatte aber keine Vorstellung für wen, für was, warum und mit welchen Geldgebern. Die Nachfrage bei der Freiburger FWT, der städtischen Gesellschaft für Wirtschaftsförderung und Tourismus, hatte ergeben, dass man auch dort nicht viel wusste. BioGen wünsche keine Öffentlichkeit, hieß es. Man wolle die Konkurrenz nicht auf die Forschungsinhalte und Ergebnisse aufmerksam machen.

Wenn etwas nach Geheimnistuerei roch, dann wurde Charly Katz erst richtig warm. Das Institut interessierte ihn. Einen Zugang erhoffte er sich von Geschäftsführer Jens-Merten Föllstiegel. Er hatte seinen Interviewwunsch angemeldet, mit der Behauptung, er schreibe an einer Serie über namhafte Freiburger

Forschungsinstitute wie Fraunhofer, Max-Planck, Steinbeis, STZ, Bergstraesser und dergleichen. Und da dürfe doch Bio-Gen nicht fehlen. Föllstiegel schien ebenso dieser Ansicht zu sein und hatte Katz freudig zum Interviewtermin eingeladen.

Eine belanglose Vorzimmerdame, ähnlich kundenorientiert wie der Pförtner, holte Katz nach einigen Warteminuten ab und fuhr mit ihm im Aufzug in den obersten, den fünften Stock. An den Liftarmaturen sah Charly Katz, dass das Gebäude zwei Kellergeschosse, das Erdgeschoss und fünf Stockwerke darüber besaß. Nicht wenig für ein Institut, von dem man nichts wusste.

Jens-Merten Föllstiegel saß in einem Chefbüro von den Ausmaßen eines Ballsaales an einem quadratkilometergroßen Designerschreibtisch. Von hier aus eröffnete sich auf drei Seiten des Raumes durch die wandhohen Fensterfluchten ein kupferbraun getönter Blick auf die Dachlandschaft des Freiburger Industriegebietes Nord. Der Ballsaal war mit einem aufreizend roten Teppich ausgelegt. Auf dem alles beherrschenden, blankgeputzten Schreibtisch, auf dem ein aufgeklapptes Laptop stand, sich ansonsten aber keine Arbeitsutensilien befanden, leuchtete eine abenteuerlich geschmiedete Lampe, die akrobatisch das Gleichgewicht hielt. Als einziges weiteres Möbel gehörte eine kleine Besuchercouch zur Ausstattung des Büros. Es gab keine Schränke, keine Regale, keine Aktenablage. An der einzigen Wandseite ohne Fenster, da wo Charly Katz durch die Tür hereingekommen war, hingen links und rechts neben der Tür zwei große Gemälde, breite Farbstriche, mit Lamettafäden durchwirkt und von weißen Farbspritzern übersät.

Föllstiegel war groß aber nicht riesig. Er trug einen maßgeschneiderten grauen Anzug, elegant aber nicht protzig. Sein braunes Haar war eine Idee zu lang um völlig seriös zu sein. Sein Kinn war kantig, hervortretend und breit, als hätte der Bildhauer geschlampt, das übrige Gesicht banal. Lediglich die leuchtend blauen Augen stachen heraus, der irisierende Blick eines eitlen Beau. Charly streckte ihm seine Hand entgegen und empfing einen läpperigen Putzlumpen, der so gar nicht zu der sonstigen Erscheinung des Geschäftsführers passen mochte. Föllstiegel zeigte sein 50 000 Euro teures Geschäftsführergebiss und führte Katz zur kleinen Couchecke. „Nehmen Sie doch P ... P ... Platz! Kaffee? Tee? W ... W ... Wasser?" Für Föllstiegels Verhältnisse war das glimpflich abgegangen. Sein Stottern bekam er zwar nicht völlig beseitigt, aber die vielen Therapiestunden bei Logopäden und Sprechtrainern hatten jedenfalls erreicht, dass er fließend stotterte. Es klang bei ihm immer so, als zögere er absichtsvoll. Das redete er sich jedenfalls ein. Die Vorzimmerdame, die unsichtbar im Türrahmen wartete, erhielt ihre Anweisungen. Föllstiegel ließ sich in einen weißen Ledersessel fallen und wies Katz den Platz auf der Couch zu.

Ein Journalist! Endlich! Schon immer hatte Föllstiegel sich gefragt, was er denn tun müsste, um eine ähnliche mediale Aufmerksamkeit zu erzielen, wie es den Geschäftsführer-Kollegen bei den Fraunhofer-Instituten oder beim benachbarten Solaren Info-Center gelang. Er hätte sich gerne gesonnt, wäre gerne für die Leistungen des Instituts gewürdigt und öffentlich gefeiert worden, selbst wenn er nichts für sie konnte. Aber die von ihm meistens selbst formulierten Pressemitteilungen, in denen er regelmäßig Erfolge von BioGen verkündete und in die Welt hinaus versandte, stießen selten auf Resonanz. Und jetzt interessierte sich endlich ein Journalist für ihn. Diese Gelegenheit, sich ins rechte Licht zu rücken, wollte er sich nicht entgehen lassen.

Man muss Föllstiegel verstehen. Das Institut war einst von seinem Vater, einem angesehenen Wissenschaftler, gegründet und groß gemacht worden. Föllstiegel selbst, verzogen, schwer erziehbar, vom übermächtigen Vater erdrückt, schrammte knapp am schulischen und psychischen Scheitern vorbei und mogelte sich mit Ach und Krach an die Universität. Aber er wurde kein Wissenschaftler, dazu reichte es hinten und vorne nicht. Er hatte nichts Brauchbares gelernt und lediglich mit Rückendeckung durch Vaters reichlich fließendes Geld etliche Semester Betriebswirtschaft abgesessen, freilich ohne Abschluss. Das war das ganze Fundament, auf dem Föllstiegel seinerzeit nach dem frühen Tod des Vaters die größenwahnsinnige Entscheidung traf, selbst Geschäftsführer dieses Instituts zu werden, von dessen Forschungen und Geschäften er so wenig verstand wie ein Ferkel von der Mondlandung.

Zu seiner eigenen Überraschung war immer alles gut gegangen. Bis heute. Die Wissenschaftler schleppten Forschungsaufträge an, lieferten Ergebnisse, sicherten Lizenzen und Patente und hielten das Institut prächtig am Laufen. Seit vor einigen Jahren der junge Aschendorffer eingestiegen war, damals ein unbeschriebenes Blatt, frisch von der Uni, explodierten die Zahlen gar. BioGen flog von einem Rekordjahr zum nächsten. Nach nur zwei Jahren machte Föllstiegel Aschendorffer, dessen immenses Wissen auch ihm nicht entgangen war, zu seinem wissenschaftlichen Leiter. Und dies, obwohl er ihn auf den Tod nicht ausstehen konnte. Er litt schier körperlich unter Aschendorffers Überheblichkeit. Aber es war die klügste Entscheidung in Föllstiegels Leben gewesen. Die zweitklügste Entscheidung war, Aschendorffer machen zu lassen, ihm nicht in die Arbeit hineinzureden. Auch bei der Zusammenstellung des Teams hatte er ihm freie Hand gelassen. Die Laborleiter Biesthal, Amresh, Schröder und Westphal waren alle von Aschendorffer eingestellt worden. Die Zurückhaltung fiel Föllstiegel zwar schwer, was er sich auch bei jeder Begegnung mit seinem wissenschaftlichen Leiter anmerken ließ, aber es sicherte den weiteren Erfolg seiner Einrichtung.

Aschendorffer war öffentlichkeitsscheu und hätte niemals freiwillig mit Journalisten geredet. Aber er, Jens-Merten Föllstiegel, er gierte nach Öffentlichkeit und deshalb hatte er sofort zugestimmt, als Charly Katz um einen Interviewtermin gebeten hatte.

Nun saßen sie sich am Glastisch gegenüber. Föllstiegel überlegte sich, wie er all die klugen Sätze, die er sich seit Tagen zurechtgelegt hatte, elegant platzieren würde.

„Könnten Sie mir das Institut zeigen?"

Föllstiegel stotterte: „D ... d ... das I ... I ... Institut?"

„Gewiss. Ich muss doch halbwegs eine Vorstellung von dem haben, worüber ich schreibe."

Normalerweise gab es keine Führungen bei BioGen. Schon gar nicht für Journalisten. Aschendorffer würde toben, wenn er davon erfuhr. Aber was soll's. „Ich bin der Geschäftsführer", dachte sich Föllstiegel.

„Aber fotografieren ist n ... n ... n ... nicht, n ... n ..."

„Nicht erlaubt!", ergänzte Charly Katz. „Das hat man mir bereits gesagt."

Föllstiegel nickte. Nichts ärgerte ihn mehr, als wenn man seine angebrochenen Sätze vervollständigte. Aber er schluckte seine Verstimmung hinunter.

Sie fuhren hinunter in den ersten Stock, wo sich die Labors von Dr. Westphal und von Dr. Schröder befanden. „Wir haben fünf Laborleiter", erklärte Föllstiegel, während der Aufzug surrend durch das Gebäude nach unten sank. „Die beiden Herren Doktor Schröder und Doktor Westpahl mit ihren T ... T ... Teams b ... b ... beschäftigen sich mit der Arzneimittelforschung. U ... u ... uuu" Föllstiegel holte konzentriert Luft und nahm einen neuen Anlauf: „Uuuunsere Auftraggeber sind Pharmaunternehmen, aber auch M ... M ... Ministerien und Klinikkonzerne, manchmal auch Krankenkassen."

Durch mehrere Sicherheitsschleusen, die Charly aufmerksam registrierte, betraten sie schließlich Räume, die exakt so aussahen, wie Katz sich Forschungslabore vorgestellt hatte. An langen Arbeitstheken hinter milchverglasten Türen mixten weißgekleidete Wissenschaftler Rezepturen, nahmen Proben unter die Lupe, ratterten Drucker und leuchteten Computer, und irgendwelche Ursuppen köchelten in gläsernen Kolben.

Sie schritten eine lange Reihe solcher Tische ab. Föllstiegel schwafelte auf Charly Katz ein, doch der hörte nur mit einem Ohr zu. Er registrierte die türkische Putzhilfe, die die Papierkörbe leerte. War das nicht die gleiche Frau, die er im Erdgeschoss gesehen hatte? Föllstiegel stellte Doktor Schröder vor: „Er leitet dieses Labor. Doktor Sch ... Schröder, wollen Sie selbst etwas erzählen, w ... w... w... was Sie hier m ... m ... machen?"

Harald Schröder schaute irritiert und – falls das überhaupt noch möglich war – versteifte sich: „Nein! Eigentlich nicht."

„A ... a .... aber, e ... e ... e ... ein Ei ... Ei ... ein Einblick!" Schröders kalte Weigerung brachte Föllstiegels Zunge in höchste Not.

Schröder schüttelte den Kopf. „Sie wissen doch, wir haben strengste Anweisung von Professor Aschendorffer, Nichtinstitutsangehörigen keinerlei Auskünfte über unsere Arbeit und die Forschungsgegenstände zu erteilen. Das mussten wir sogar bei unserer Einstellung unterschreiben. Es tut mir leid!"

Wieder einmal erlebte Föllstiegel seine faktische Machtlosigkeit im eigenen Haus. Doktor Schröder stand stramm wie ein Zinnsoldat und blieb stumm. Föllstiegel machte aus der Not eine Tugend: „Da sehen Sie mal, wie streng wir sind. Und wie strikt die Regeln eingehalten werden. Das wollte ich Ihnen hiermit bloß d ... d ... demonstrieren." Er zog Katz am Ärmel ein paar Meter weiter. „Wir gehen einmal durch, Sie schauen sich alles an, dann sprechen wir in meinem Büro über das Institut. M ... m ... mich können Sie alles fr ... fr ... fragen."

Charly Katz schlurfte hinterher. Er hielt eifrig Ausschau nach Hinweisen auf Dinge, die vielleicht seinen Verdacht nähren könnten, aber da er nicht wusste, nach was er eigentlich suchen sollte, erschien ihm das Labor als eine eintönige und unspektakuläre Einrichtung.

„Arbeiten Sie hier im Institut auch mit Leichen?", fragte er betont beiläufig, während Föllstiegel ihn wieder zum Aufzug führte.

Föllstiegel zuckte zusammen. Solche Fragen mochte er nicht. „M ... m ... manchmal!"

Sie betraten den Aufzug.

„Und was genau machen Sie da? Oder Ihre Wissenschaftler?"

Föllstiegel stierte stur auf die digitale Stockwerksanzeige, während er antwortete: „Medizinische Forschung. Details müssen Sie Professor Aschendorffer fragen."

Vorerst bekam Charly diesen rätselhaften Professor noch nicht zu Gesicht. Sie betraten auf der nächsten Etage ein anderes Labor, das Reich von Dr. Murji Amresh. Penetranter Gestank lag in der Luft. Hinter resopalweißen Arbeitsplatten hantierten behandschuhte wissenschaftliche Assistenten. Charly rümpfte angewidert die Nase: „Hier stinkts nach Katzenpisse!"

„Kosmetika!", erläuterte Föllstiegel. „Das ist unsere Cash Cow. Hier verdienen wir das meiste Geld. Forschungsaufträge der Kosmetikindustrie, Salben, Öle, Parfüms, Hautcremes und dergleichen."

Murji Amresh kam herbeigesegelt. Der weiße Laborkittel flatterte hinter ihm her. Wie es seine Art war, setzte Charly Katz eine überraschende Volte: „Kann man aus Leichen auch Creme und Parfüm machen? Das kann man, oder? Haben das nicht die Nazis schon gemacht?"

Föllstiegel zuckte zusammen. Doktor Amresh hingegen schenkte dem Besucher ein zuvorkommendes Lächeln und nahm die Frage rein wissenschaftlich: „Selbstverständlich. Das geht! Es ist natürlich immer die Frage, welche Teile Sie verwenden. Knochen, Knochenmark, Fett – da können Sie etwas damit anfangen. Man kann da viel von den Naturvölkern lernen" Er machte eine einladende Handbewegung: „Wollen Sie mehr darüber erfahren?"

Der Journalist schüttelte sich, wobei er gleichzeitig erwiderte: „Da Sie hier doch auch mit Leichen arbeiten, warum nicht."

„Wir arbeiten hier mit Leichen?", zeigte sich Amresh überrascht. Offensichtlich galt die Sprachregelung, über diesen Sachverhalt Stillschweigen zu bewahren. Föllstiegel sprang sofort ein: „Ich habe unserem Besucher davon erzählt. Also erwähnt, ich habe es e ... er ... erw ... erwähnt. Dass er sieht, dass es bei uns nichts zu verh ... verh ... verheimlichen gibt." Wenn Föllstiegel bei seinem Stottern ein schwieriges Wort endlich im dritten Anlauf doch über die Lippen brachte, geriet er immer ins Galoppieren. Den Rest des Satzes verschluckte er dann fast.

„So, so", Amresh verzog seinen weichen Mund zu einem ironischen Grinsen, „bei uns gibt es also nichts zu verheimlichen? Das ist doch eine gute Nachricht, nicht wahr? Fragen Sie einfach, was Sie interessiert, ich werde Ihnen alles beantworten."

Charly bemerkte natürlich die Ironie in Amreshs Stimme und beschloss, den Stier bei den Hörnern zu packen: „Was wissen Sie über die Gletscherleiche aus Sankt Moritz?"

Amresh erbleichte. Föllstiegel schaute vom einen zum anderen. Der Geschäftsführer hatte keine Ahnung von Aschendorffers Umtrieben und wusste deshalb auch nichts von Bowolf. Amresh machte nur große Augen und verfiel in eine taktische Absence. Nach einigen Sekunden der Besinnung quetschte er ein widerspenstiges „Nichts!" hervor. Für Charly Katz hörte es sich aber an wie ein „Wenn Sie wüssten!" Er schaute Amresh forschend an. Der indische Wissenschaftler wusste nicht, wohin mit den Augen. „Was soll damit sein, mit dieser Gletscherleiche?", flüsterte er, leiser als die Mönche in einem indischen Schweigekloster.

„Ja, was soll damit sein? Was soll überhaupt diese Fr ... Fr ... Frage?", mischte sich Föllstiegel ein.

„Vergessen Sie's", winkte Charly ab. Dabei behielt er den Inder scharf im Blick. „Es war nur so eine Frage. Hat nichts mit ihnen zu tun!"

Doktor Amresh blinzelte den Journalisten an. Er hatte die Beherrschung zurückgewonnen und das liebenswürdige Lächeln kehrte auf sein Gesicht zurück. Auch Amreshs dunkle Augen lächelten. Es wirkte auf Katz wie eine versteckte Einladung, weitere Fragen zu stellen, oder auf jeden Fall das Interesse nicht zu verlieren. Im Rahmen seiner Möglichkeiten erwiderte Katz dieses Lächeln und nestelte eine Visitenkarte aus seiner Jackentasche. Er reichte sie Amresh. „Falls Sie mal Zeit haben und mehr über Ihre Versuche erzählen wollen", bot er an. „Interessiert mich sehr, wie man aus Knochen Handcreme macht. Und warum es bei der Parfümherstellung so stinkt."

Amresh steckte die Visitenkarte kommentarlos ein. Föllstiegel ahnte zwar, dass an ihm vorbei gerade eine Art Kommunikation stattgefunden hatte, war aber nicht in der Lage, zu identifizieren, um was es ging. Unbeholfen warf er ein: „Das Stinken hat nichts zu b ... b ... bedeuten. Es sind die Pr ... Pr ... Produktionspr ... pr ... pr ... prozesse!"

Während er dies zäh wie Leim herauswürgte, eilte erneut die türkische Putzfrau vorbei, wie zuvor unter einem Kopftuch verborgen, und schob ihr Wägelchen mit Putzutensilien vor sich her. Gab es noch einen zweiten Aufzug? Charly konnte sich nicht erinnern, dass sie ihn überholt hatte. Wieso war sie jetzt hier oben? Kopfschüttelnd folgte er Föllstiegel, der ihn nun wieder aus Amreshs Reich hinausführte. „Wir besuchen jetzt das Labor von Frau Doktor Biesthal", verkündete er. „Oben im nächsten Stockwerk. Sie ist unsere Expertin für Lebensmittel- und Genforschung."

„Aha, die immersaftigen Tomaten", kommentierte Katz, während sie erneut den Aufzug bestiegen.

„Die Frau Doktor Biesthal wird nicht viel erzählen", warnte Föllstiegel. „Sie steht mit ihren Forschungen im W ... W ... W ... im Wettbewerb. Sie gibt n ... n ... n ... nicht gerne etwas pr ... preis."

„Versuchen können wir es", konterte Charly.

Frederike Biesthal saß in einem kleinen verglasten Büro, von dem aus sie in ihr, beinahe das komplette Stockwerk beanspruchende Labor blicken konnte. Charly, der brav hinter Föllstiegel auf diesen Glaskasten zusteuerte, registrierte links und rechts Aufbauten, die ihn an Gewächshäuser erinnerten. In stählernen Wannen wucherten Kräuter, Gräser, Knollen und Früchte aller Art. Überall steckten kleine Papierschildchen mit lateinischen Aufschriften, ultraviolettes Licht versetzte die Pflanzen in gesteigerte Wachstumsbereitschaft und aus diversen Armaturen ragten Sensoren, Fühler, Messgeräte und technische Tentakel aller Art in die Pflanzenbeete. Die Laborleiterin machte keine Anstalten, zu ihnen herauszukommen, so dass Föllstiegel sich genötigt sah, förmlich an ihrer Tür anzuklopfen. Als sie eintraten, huschte die türkische Putzfrau hinaus. Wie war das möglich? Völlig konsterniert blieb Charly im Türrahmen stehen und stierte der Frau hinterher. Er hätte einen Eid geschworen, dass es genau die gleiche war, der er heute bereits mehrfach begegnet war.

„Was denn, noch nie eine Putzhilfe gesehen?", fragte Frederike Biesthal gewohnt schroff. „Stören Sie mich deshalb bei der Arbeit?"

Föllstiegel beeilte sich, den Grund des Besuches zu erklären. Noch weniger als bei den anderen Laborleitern hatte Katz den Eindruck, dass Föllstiegel hier irgendetwas zu sagen hatte. Biesthal machte Eindruck auf ihn. Klar, kühl, schön wie eine Marmorstatue. Selbst eine kalte Hundeschnauze wie Charly kam nicht umhin, sich unbehaglich zu fühlen. Frederike Biesthal musterte den Besucher ungeniert, während Föllstiegel stotternd Erklärungen absonderte. Es fiel Charly Katz auf, dass die Anwesenheit der sehr streng aber dennoch ungemein attraktiv wirkenden Wissenschaftlerin das Stottern des Institutschefs offensichtlich forcierte. Ebenso fiel ihm auf, dass die Laborleiterin ihn selbst mit ihren Blicken sezierte. Ihrer verächtlichen Miene nach zu urteilen, war ihr Befund nicht erfreulich ausgefallen. Das störte Charly aber nicht. Er war es gewohnt, dass

Gesprächspartner an seiner äußeren Erscheinung Anstoß nahmen und es darüber versäumten, die nötige Vorsicht walten zu lassen, wie sie gegenüber einem solch gewieften journalistischen Profi geboten gewesen wäre.

Er deutete hinter der Putzfrau her: „Ich begegne ihr in allen Räumen, auf jedem Stockwerk. Das ist eigentlich unmöglich."

Frederike Biesthal stand auf, um die Tür zu schließen, weil sowohl Föllstiegel als auch Katz keine Anstalten dazu machten. Während sie an Katz vorbeiging, erklärte sie nebenbei: „Das ist nicht immer dieselbe Putzfrau. Es sind insgesamt sieben Schwestern. Aber sie sehen sich sehr ähnlich." Sie schloss die Tür und blieb dort stehen: „Womit kann ich dienen?" Ihre Körpersprache signalisierte: Wenn es keinen vernünftigen Grund gibt, mich zu belästigen, dann schmeiße ich euch hinaus. Durch diesen Positionswechsel wurde jedoch Charly Katz in der Enge des Büros näher an Biesthals Schreibtisch gedrückt. So nahe, dass er sogar dahinter bis auf den Fußboden sehen konnte. Was lugte denn da hervor?

„Darf ich ein paar Fragen stellen?", begann er, während er nebenbei angestrengt nach der Stelle hinter dem Schreibtisch schielte.

„Nein!", sagte Biesthal kalt.

Eine kleine Axt? Charly bemühte sich, nicht allzu offen hinter den Schreibtisch zu stieren. Er musste Ablenkungsbewegungen machen, damit sein Interesse an diesem Objekt nicht zu offensichtlich wurde. Er zog seine Kamera aus der Tasche: „Eigentlich wollte ich auch ein oder zwei Aufnahmen machen!" Er hielt die Kamera über den Kopf.

„Auf keinen Fall!", zischte Biesthal.

„Das ist bei uns v ... v ... v ... verboten!", sprang ihr Föllstiegel bei. „H ... h ... h ... habe ich das nicht schon g ... g ... gesagt?"

Selbstverständlich hatte Föllstiegel das schon gesagt. Aber Charly nutzte den kurzen Moment, um aus der Warte über seinem Kopf ein Foto von der Axt zu schießen. Niemand bemerkte das, weil er den Blitz deaktiviert und die Kameraeinstellung gezielt auf solche Situationen hin optimiert hatte.

„Na dann nicht", gab er sich enttäuscht und packte seine Kamera wieder ein.

Irgendwie schöpfte Frederike Biesthal aber doch Verdacht. Jedenfalls entging ihr Charly Katz' Interesse nicht. Sie eilte wieder hinter ihren Schreibtisch, bemerkte selbst die verräterische Trouvaille auf dem Boden und ließ in einer fließenden Bewegung einen Stoffpullover, der über der Lehne ihres Bürostuhls hing, von dort zu Boden gleiten, der das Fundstück unter sich verbarg. Biesthals Gesicht war nichts anzumerken. Kalt wie eine Grabplatte sagte sie: „Wenn die Herren mich jetzt entschuldigen würden. Ich habe zu tun."

Föllstiegel war schon beflissen zum Gehen bereit, als Charly im Wegdrehen eine Schrift auf Biesthals Schreibtisch bemerkte. Er griff unverfroren danach. Darunter lag ein Buch: „Ötzi, der Mann aus dem Eis." Den Umschlag zierte das Bild eines bärtigen Mannes mit nacktem Oberkörper. Katz bemerkte es aus dem Augenwinkel, während er die Schrift schwenkte und ausrief: „Oh, das ist aber interessant?" Er zitierte: „Raumentwicklungskonzept Oberengadin: Die Ursprünge der Besiedlung."

„Lassen Sie das bitte liegen", zischte Biesthal. „Und verlassen Sie bitte mein Büro! Sofort!" Selbst Charly ahnte, dass er sich jetzt auf gefährlichem Terrain befand. Die Wissenschaftlerin wirkte einladend wie ein Klotz Trockeneis. Freundlich grinsend, immer noch den Tolpatsch spielend, deutete er eine Verbeugung an. Jens-Merten Föllstiegel seufzte erleichtert. Schleunigst verließen sie den Raum.

„Ihre Wissenschaftler sind nicht gerade gesprächsfreudig", konstatierte Katz. Er blieb an einer flachen, quadratischen Edelstahlwanne stehen, in der auf schwarzem Humus kurzes, weiches Gras wuchs, dicht wie ein Bärenfell. Ein junger Mann in weißem Laborantenkittel schnitt mit einer Nagelschere kleine Probebüschel ab.

„Was machen Sie da, wenn man fragen darf?", sprach Katz ihn von der Seite an. Unsicher schaute der junge Laborant erst zu Katz, dann zu Föllstiegel. Da er den Institutschef gönnerhaft grinsen sah, wagte er eine Antwort: „Wir züchten wetterresistentes Gras für Fußballstadien. Bei zwei Zentimetern hört es auf in die Höhe zu wachsen und wird stattdessen immer dichter und weicher. Ideal für Fußballspieler .."

Er kam nicht dazu, weitere Erklärungen abzugeben, denn von ihrem Glaskasten aus rief Frederike Biesthal schrill quer durch den Raum: „Edgar!" Der Name alleine und der Tonfall genügten. Edgar verstummte.

Föllstiegel und Katz ergriffen endgültig die Flucht.

„Kann ich noch Professor Aschendorffer kennenlernen?"

An Föllstiegels gequältem Blick erkannte Charly Katz, dass sein Ansinnen eine Herausforderung darstellte. „Wollen Sie sich das wirklich antun? Er ist sehr eigen. Noch mehr als alle anderen."

„Das schreckt mich nicht ab. Im Gegenteil. Ich bin schon zufrieden, wenn ich erleben kann, wie er mir keine Antworten gibt. Vielleicht ist er darin ja etwas origineller als Ihre Frau Doktor Biesthal."

Föllstiegel nickte ergeben: „Wahrscheinlich ist er das." Vor lauter Verdruss vergas er das Stottern.

*

Mona Hohner warnte Professor Aschendorffer vor. Sie hatte von ihrem Vorzimmer aus Föllstiegel mit Charly Katz den Aufzug betreten sehen und dann bei Föllstiegels Sekretärin schnell nachgefragt, was es mit diesem Besuch auf sich hatte. Alarm! Charly Katz war als Journalist unterwegs. Er war es, der die wilden Geschichten in der BILD-Zeitung verfasst hatte. Er recherchierte den Fall der verschwundenen Gletscherleiche. Es konnte nur einen Grund geben, warum Katz jetzt hier im Institut herumschnüffelte.

Aschendorffers Labor im Untergeschoss konnte selbst Föllstiegel nur betreten, wenn er sich über die Sicherheitsschleuse identifizierte und vom System akzeptiert wurde. Als Mona von der obersten Büroetage anrief und ihre Warnung aussprach, spielte Aschendorffer kurz mit dem Gedanken, die Software schnell umzuprogrammieren, damit Föllstiegel vor verschlossenen Türen stand. Aber früher oder später musste er den Institutschef ja doch herein lassen. Immerhin war Föllstiegel sein Arbeitgeber und Vorgesetzter und einer der Haupteigner des Instituts. So wusste Aschendorffer jedenfalls sofort Bescheid, als die roten Lämpchen ansprangen. Mit einem Blick auf den Monitor verschaffte er sich einen Eindruck von dem Journalisten, der Föllstiegel begleitete. Ein Hanswurst. So ein langhaariger Typ in Turnschuhen und Jeans. Einer von denen, die nach Woodstock den Zeitpunkt verpasst hatten, sich von ihren Langhaarfrisuren zu trennen. Er erwartete den Besucher im spartanisch eingerichteten Umkleideraum, am Eingang zu den unterirdischen Büroräumen. Für ihn war klar, dass er keinen Fremden den Fuß über die Schwelle zu den Laboren setzen lassen würde.

Charly stürmte auf Aschendorffer zu und packte dessen Hand zur Begrüßung, noch ehe sich der Professor wehren konnte. Föllstiegel stellte die beiden einander vor.

„Angenehm", brummte Aschendorffer gegen seinen Willen.

Katz sagte sein Sprüchlein auf, von der Artikelserie und den Porträts über Freiburger Forschungsinstitute, die er zu schreiben beabsichtige. Aschendorffer hörte ungerührt zu. Dabei stand er wie ein Wachtposten vor jener Tür, die hinein in sein Reich führte.

„Wir gehen nur einmal durch den Hauptgang und werfen nur einen kurzen Bl ... Bl ... Blick in die Räume, dann sind wir wieder dr ... dr ... draußen!", verkündete Föllstiegel, der sich nicht schon wieder als Papiertiger vorführen lassen wollte. Schließlich war er der Chef von diesem Laden.

„Es ist jetzt ganz ungünstig", wehrte Aschendorffer ab.

Föllstiegel überhörte den Einwand und ging voraus. Sie standen in dem langen Gang, von dem seitlich die Zellen abgingen, in denen Aschendorffer seinen Experimenten nachging. Notgedrungen musste der Professor den Besuchern folgen.

„Was ist den hier l ... l ... los?", empörte sich Föllstiegel, als er in das knöcheltief stehende Wasser tappte und dabei seine rahmengenähten, handgefertigten Slipper ruinierte.

„Wir hatten einen kleinen Wasserschaden heute Nacht", klärte Aschendorffer auf. „Kaymal kümmert sich darum. Das Wasser fließt hier nur langsam ab, weil die Fußböden versiegelt sind." Jetzt erst fiel Charly auf, dass Aschendorffer Gummistiefel trug. Charly bekam nasse Füsse. Das Wasser war kalt. Aschendorffer erklärte beiläufig: „Sie sollten nicht zu lange hier stehen. Das Wasser ist leicht kontaminiert, ein paar Behälter sind ausgelaufen. Wir kriegen das aber in den Griff." Er sagte dies mehr an die Adresse Föllstiegels als zum Journalisten.

Katz wollte diesen Todesschlund so schnell wie möglich wieder verlassen. Mehr aus Höflichkeit als aus Interesse deutete er auf das erstbeste Objekt, das ihm ins Auge stach. Es handelte sich um ein mit feinem Sägemehl ausgelegtes gläsernes Terrarium in der ersten Labornische: „Da ist nichts drin, oder?"

„Täuschen Sie sich nicht", widersprach Aschendorffer mit eitlem Forscherstolz. „Schauen Sie genau hin!"

Charly Katz beugte sich vor. Angestrengt stierte er auf die faustgroßen Steine und dürren Äste, die den Terrariumboden zierten. „Da bewegt sich etwas!"

„Aschendorffer griff nach einem Gestell, einem Gelenkarm, an dessen Ende ein großer runder Rasierspiegel befestigt war. „Eigenkonstruktion", erklärte er geschäftig. Er justierte den Spiegel so, dass er direkt im Terrarium die Stellen erfasste, wo Katz Bewegungen wahrgenommen hatte. „Schauen Sie hinein!"

Charly folgte der Aufforderung.

Aschendorffer konnte sich lange vornehmen, nichts von seinen Forschungen preiszugeben. Sobald er die Gelegenheit bekam, etwas zu zeigen oder zu erklären, vergaß er diese Vorsätze. Gespannt wartete er auf Reaktionen von Katz.

Der Journalist richtete sich nachdenklich auf: „Wenn ich es nicht besser wüsste, würde ich sagen, das sind Miniaturmäuse, die da herumwieseln. So klein wie Ameisen ...“

Aschendorffer grinste: „Ganz richtig! Sensationell, nicht wahr. Sie haben alle Lebensfunktionen. Sie fressen, saufen und vermehren sich.“

„Aber das ist, das ist unmöglich“, staunte Katz. „So kleine Mäuse gibt es doch gar nicht.“

Aschendorffer winkte ab. „Es gibt alles. So wie man ein Digitalbild verkleinern kann, kann man auch Lebewesen verkleinern. Sogar Säugetiere. Hier haben Sie den Beweis.“

„Sie wollen doch nicht etwa behaupten ...?“ Charly Katz ließ die Frage offen.

Föllstiegel stand daneben und glotzte in den Rasierspiegel.

Aschendorffer beendete das Thema: „Glauben Sie, was Sie wollen! Denken Sie, was Sie wollen!“ Und dann, für seine Verhältnisse ungewöhnlich verschmitzt, fügte er hinzu: „Vielleicht träumen Sie das Ganze ja nur!“

„Sie nehmen mich auf den Arm?“

„Keineswegs. Kennen Sie Stanislaw Lem, die Sterntagebücher?“ Katz schüttelte den Kopf. Er las so gut wie keine Bücher.

„Habe ich vergangene Nacht verschlungen“, erläuterte Aschendorffer. „Da geht es um eine interessante Theorie, dass nämlich nichts existiert. Die Tatsache, dass dieses und jenes scheinbar da ist, so wie diese Mäuse oder Sie oder ich, hat nicht die geringste Bedeutung. Die Überlegung verläuft folgendermaßen: Scheinbar existieren das Wachsein oder die Realität und der Traum. Aber die Hypothese des Wachseins ist nicht unbedingt notwendig. Es existiert also der Traum. Aber der

Traum erfordert den Träumenden. Auch dieses Postulat ist nicht zwingend. Denn manchmal pflegt es so zu sein, dass einer im Traum einen anderen, einen zweiten Traum träumt. So ist alles ein Traum, der im nächsten Traum geträumt wird und so geht es weiter bis ins Unendliche. Verstanden bis dahin?"

Charly Katz schwirrte der Kopf. Er nickte.

„Der Traum grenzt unmittelbar an die Realität, aber der Traum im Traum ist davon bereits um eine Dimension entfernt. Der nächste Traum noch weiter und so weiter. Weil also jeder nachfolgende Traum weniger real ist als der vorhergehende, ist die Grenze dieser Reihe irgendwann einmal Null. Also träumt niemand in der letzten Instanz, die Null ist. Ergo existiert nur nichts, das heißt: Es gibt nichts ..." Aschendorffer rieb sich erfreut die Hände. Solche Theorien liebte er. Er fügte hinzu: „Ich überlege noch, wie man das beweisen kann."

Charly hatte genug erfahren. Er wollte Föllstiegel gerade den Rückzug vorschlagen, als ein unmenschlich lauter Schrei aus den Tiefen der Katakomben drang. Ein Schrei aus der Hölle, schmerzvoll, klagend, unheimlich. Föllstiegel und Katz schauten sich an. „Was war das?", fragten sie wie aus einem Munde.

„Kaymal!", antwortete Aschendorffer gelassen. Im faden Neonlicht des Kellerganges wirkte er diabolisch. „Er probiert neue Lautsprecher aus. Wir bereiten ein Tonexperiment vor. Für Fledermäuse. Soll ich es erklären?"

Föllstiegel winkte ab und versuchte durch Wassertreten irgendwie seine Slipper zu retten: „Mein Bedarf ist gedeckt."

Auch Charly Katz hatte es jetzt eilig, aus Aschendorffers Nähe zu entkommen. Der Mann war ihm nicht geheuer. „Vielleicht ein andermal. Vielen Dank für die beeindruckende ... für die beeindruckende ..." Katz wusste gar nicht, was er eigentlich beeindruckend fand. „Für Ihre interessante Theorie!"

*

Das Telefon klingelte, als Charly am Abend an seinem flachen Wohnzimmertisch saß und ratlos die ausgedruckte Aufnahme studierte, die er von der Axt im Büro der Wissenschaftlerin Biesthal gemacht hatte. Was war das für ein Fundobjekt, das Biesthal zu verstecken suchte? Dieser seltsame Holzgriff, eigentlich nur ein geschwungener Ast, und dann die über Kreuz geflochtenen Lederschnüre, die spitze, kupferne Klinge... so stellte Charly Katz sich Winnetous Thomahawk vor. Und dann das Ötzi-Buch auf Biesthals Schreibtisch. Katz besaß genug Spürsinn und ausreichend Fantasie, um diese Gegenstände in einen Zusammenhang mit der vermissten Gletscherleiche zu bringen. Waren das vielleicht schon eindeutige Beweise, nach denen er Ausschau gehalten hatte? Und war vielleicht gar nicht Professor Aschendorffer der richtige Verdächtige? Musste man nicht viel mehr ein Auge auf diese kühle Wissenschaftlerin haben?

Auf dem Heimweg vom Institut in seine Wohnung hatte Charly in der Unibibliothek vorbeigeschaut, und sich im Lesesaal ein Exemplar „Raumentwicklungskonzept Oberengadin: Die Ursprünge der Besiedlung" aushändigen lassen. Es handelte sich dabei um die Diplomarbeit eines „M. Rüdisühli", die vom Kreisamt Oberengadin herausgegeben wurde. Er erfuhr, dass schon in der frühen Bronzezeit dort Siedlungen und Handelsaustausch mit Fremden von jenseits der Alpenpässe belegt sind, und dass hier der Ursprung der rätischen, alpinen Kultur vermutet wird. Zusammen mit der Axt und mit dem Buch über Ötzi ergab diese Diplomarbeit einen Sinn. Die schroffe Dr. Biesthal recherchierte offensichtlich gerade ein Spezialthema.

In diesem Moment läutete das Telefon. Es meldete sich die cremige Stimme von Doktor Murji Amresh. Er klang äußerst verschwörerisch: „Können Sie sprechen?"

Charly lachte: „Ich schon", erwiderte er. „Und ich muss auch nicht flüstern wie ein Eunuch. Tschuldigung! Was kann ich für Sie tun?"

Murji Amresh flüsterte weiter: „Ich rufe wegen Ihres Besuches an, heute Nachmittag bei uns im Institut. Sie wissen ja gar nicht, was Sie ausgelöst haben. Meine Kollegin Frau Doktor Biesthal ist in heller Aufregung, weil Sie bestimmte Dinge in ihrem Büro gesehen haben ..."

„Sie meinen die Steinzeitreliquie?"

Am anderen Ende der Leitung herrschte kurzes Schweigen.

„Sie ... Sie wissen also ...?"

Charly Katz setzte sich auf. Volltreffer! Anscheinend lag er richtig. „Dass es sich um ein Artefakt aus der Steinzeit handelt? Aber selbstverständlich weiß ich das."

„Dann wissen Sie auch, woher es stammt?"

„Sie werden es mir gleich erzählen."

„Nein, nicht hier, nicht jetzt," beschwor Murji Amresh. Er flüsterte noch immer. „Wir müssen uns treffen. Ich kann Ihnen die ganze Geschichte erzählen. Es geht um mehr ..."

Katz wartete.

„Morgen. Wir könnten uns Morgen treffen."

„Wo?"

„Über Mittag mache ich immer einen Spaziergang. Gleich bei uns, beim Institut. Da liegt nicht weit entfernt das Flugplatzgelände. Daneben ist eine große Wiese. Sie wissen schon, da wo damals der Papst aufgetreten ist. Dort treffen wir uns am Waldrand, um halb eins."

„Eines verstehe ich nicht", antwortete Katz, während er sich eifrig Notizen machte. „Wieso wollen Sie mir etwas erzählen? Sie verraten Ihre Kollegin?"

„Nein, nein, nein!", wehrte Amresh fast beschwörend ab. „Das sehen Sie ganz falsch. Ich verrate sie nicht. Im Gegenteil. Ich rette sie. Ich rette meine Kollegin. Ich rette sie vor einem Wahnsinnigen, der die Gesetze der Natur missbraucht und der den Schöpfer nicht anerkennt."

11

Für Meslut Kaymal war es ein Stresstag. Zuerst musste er den
wieder betäubten Bowolf erneut auf seiner Pritsche festzurren.
Er lag wie ein erlegter Hirsch in der Wasserpfütze, die sich dra-
matisch schnell ausbreitete. Der abgerissene Wasserhahn baumelte aus der Wand und tanzte Pirouetten im Wasserstrahl.
Bowolfs teurer Seidenschlafanzug triefte. Während der Hausmeister den schweren Körper zurück auf die Pritsche wuchtete,
suchte sich das Wasser seinen Weg unter dem Türspalt hindurch in die Nachbarräume. Kaymal fluchte wie ein Sklave
beim Bau der Pyramiden. Bowolf hatte die Lederriemen an der
Psychiatriepritsche zwar fein säuberlich zuerst geöffnet, aber
dann mit roher Gewalt aus der Fassung gerissen. Also konnte
Kaymal sie nicht mehr verwenden. Er musste Bowolf auf andere Art fixieren. Solange das nicht geschehen war, konnte er
sich nicht um das Wasser kümmern. Wie lange mochte die Betäubungsspritze wohl halten? Es war nur eine halbe Füllung gewesen. Und schon beim ersten Mal, bei der vollen Ladung, war
Bowolf nach wenigen Stunden wieder wach geworden.

Kaymal hastete nach draußen. Die Springflut verfolgte ihn
bereits bis ins Treppenhaus. Bald würde sie Aschendorffers La-
borflucht erreicht haben. In seinem kleinen Renault-Kangoo,
den er hinter dem Institut stehen hatte, bewahrte er mehrere
Spanngurte auf. Die holte er sich jetzt, um Bowolf erneut aus-
bruchsicher festzuzurren. Als der Hausmeister in das Gäste-

zimmer im Keller zurückkehrte, rauschte das Wasser bereits knöcheltief durch die Gänge. Aus der Wand hatten sich Kacheln und Mörtelbrocken gelöst. Heftig keuchend zurrte Kaymal die Spanngurte fest. Einen um Bowolfs Fußfesseln, einen über seine Oberschenkel, einen über den Bauch und einen über die Brust. Bowolfs Arme legte er eng an den Oberkörper und verpackte sie gleich mit. Im Übereifer, diesen renitenten Steinzeitmenschen nun an jeder weiteren Flucht zu hindern, zog Kaymal die Spanngurte so scharf an, dass sie das Wasser aus dem Seidenpyjama quetschten.

Wertvolle Minuten verstrichen. Kaymal hetzte durch die unterirdischen Katakomben, um im Institutskeller die Hauptwasserzufuhr abzudrehen. Er musste unverzüglich alle seine Brüder, Onkel und sonstigen Verwandten zusammentrommeln, damit an diesem Morgen, noch vor Beginn des Institutsbetriebes, der Schaden repariert, die zerstörte Wasserleitung stillgelegt und das restliche Institut wieder versorgt war. Nicht auszudenken, wenn die einzelnen Labors mit ihren hochsensiblen Pflanzenkulturen, ihren dauerblubbernden Bakteriensuppen und ihren tierischen Wohngemeinschaften noch länger ohne Frischwasserzufuhr geblieben wären.

Die sieben Kaymal-Mädchen, Aygil, Aliye, Arzu, Aslihan, Azize, Ayse und Aylin mussten alle an diesem Tag eine Stunde früher antreten als üblich, um in den Labors zu gießen, zu tränken und zu bewässern. Die wichtigste Aufgabe lautete aber, das überall in den zwei Kellergeschossen bereits eingedrungene Wasser wieder zurückzudrängen. In Labor 4b hatte es bereits eine Versuchsanordnung zum Einsturz gebracht, so dass eine grünbraune Lauge auslief, die laut Aschendorffer eigentlich gerade auf dem besten Wege gewesen war, zu einem neuen Zusatzfarbstoff für die Gummibärchenindustrie zu werden.

„Das war ein genialer Stoff", klagte Aschendorffer, „man kann ihn mit nahezu allen organischen Abfallstoffen verdünnen und beliebig strecken, ohne dass der typische Gummibärchengeschmack verloren geht. Und auch die Konsistenz ändert sich nicht. Stellen Sie sich vor Kaymal, es ist völlig egal, welchen Biomüll man da hineinkippt, es werden jedes Mal Gummibärchen draus."

„Isse wie türkisch Schnaps aus Antalya", kommentierte Kaymal.

„Ja, aber nur mit dem Unterschied, dass eure Schwarzbrenner binnen weniger Tage Nachschub besorgen können, während ich fast sieben Monate brauche, um meinen Wirkstoff neu anzusetzen."

Mit vereinten Kräften versuchten Kaymal und seine sieben Töchter das über die Flure und Laborräume verteilte Wasser aufzuwischen. Aber alle Putzlappen des Instituts hätten nicht ausgereicht. So machte sich Kaymal auf und organisierte beim nahegelegenen Energie- und Wasserversorger Badenova eine Pumpe, mit der er der Überschwemmung Herr zu werden hoffte. „Habbe ich Bruder bei Badennoffa, der wo isse Chef von de Wasserpumpen!"

Die Beseitigung der allergröbsten Hochwasserschäden dauerte bis in den Nachmittag hinein. Dann erwachte Bowolf. Kaymal und das übrige Institut bemerkten es am infernalisch lauten Schrei, den der Gefangene ausstieß, als er seiner neuen Lage gewahr wurde. Bowolf schrie aus Wut und Verzweiflung. Wo war er da hineingeraten? Welche Welt war das? Was für Menschen waren das?

Wenn er wenigstens hätte kämpfen können. Wenn man ihn zehn schwerbewaffneten Kriegern gegenübergestellt hätte. Gerne. Alles besser, als so eine schmachvolle, demütigende Gefangenschaft. Und diese Ungewissheit, dieses Nichtwissen.

Bowolf beruhigte sich, als Kaymal auftauchte. Mit Blicken gab er zu verstehen, dass die Spanngurte zu fest gezurrt waren und ihm die Luft abschnitten. Vorsichtig lockerte Kaymal den Gurt, den er quer über Bowolfs Brust und unter der Pritsche hindurch gezogen hatte. Mit einem schweren Seufzer begrüßte

Bowolf die Erleichterung. Immerhin konnte er jetzt wieder vernünftig atmen. Arme und Beine konnte er weiterhin nicht bewegen.

Einige Zeit später erschien der krumme Häuptling mit seinen Zaubersachen. Das waren die Gedankenstricke, wie Bowolf für sich die Elektroden und Verbindungskabel getauft hatte, die ihm nun an den Schädel drapiert wurden. Aschendorffer setzte sich wieder an das andere Ende der interspezialen bilingualen Transmissionsinstallation, um erneut Gedankenkontakt mit Bowolf aufzunehmen.

Das gab Meslut Zeit, einem Hilferuf aus dem dritten Stockwerk nachzukommen. Von dort hatte Frederike Biesthal angerufen: „Herr Kaymal, schnell! Bitte. Sie müssen mir helfen, ich habe ein Problem."

Es geschah nicht oft, dass Frederike Biesthal Kaymal um etwas bitten musste. Normalerweise behandelte sie ihn kühl und herablassend. Daran, dass sie überhaupt bitte sagte, erkannte der Hausmeister, wie dringlich die Angelegenheit war.

„Hier, Bowolfs Axt", sagte sie, als Kaymal ihr Büro betrat. Sie deutete auf das corpus delicti. Kaymal zeigte Erstaunen. Eigentlich hatte er die Axt ebenso wie alle anderen Besitztümer Bowolfs wohlverwahrt in der Kühlkammer vermutet.

„Der Journalist hat diese Axt gesehen", erklärte Biesthal schroff. „Er hat eine Ahnung. Er ist hinter uns her. Vielleicht bringt er beim nächsten Mal die Polizei mit. Wir haben ja alle gelesen, was er geschrieben hat. Wenn er wiederkommt, dann brauche ich eine Erklärung für die Axt."

Kaymals Gesicht zeigte keine Regung, nur die kleinen Ackerfurchen, die sich auf seiner Stirn bildeten, verrieten, dass er heftig nachdachte. „Is gut! Wird gemacht."

„Dann nehmen Sie das Ding mit. Verstecken Sie es meinetwegen unter Ihrem Bett oder sonstwo. Aber hier muss es verschwinden."

Sie ging in die Hocke und wickelte die Axt in einen Stofflappen. Dann reichte sie das Bündel Kaymal, der es wie eine Opfergabe andächtig in Empfang nahm.

*

Aschendorffers Sitzungen mit Bowolf verlängerten sich. Er begann mit maximal 30 bis 40 Minuten Gedankenkontakt, dann streckte er die Dauer auf eine Stunde. Am Ende der Woche verkabelten sich der Wissenschaftler des 21. Jahrhunderts und der Clanchef aus der Steinzeit bereits für mehr als zwei Stunden.

Während der Sitzungen durfte niemand sonst zugegen sein. Selbst Kaymal musste sich zurückziehen und im Nebenraum mit der geladenen Spritze ausharren. Professor Aschendorffer gab nur dürftige Zwischenstände an seine Kollegen weiter. Weder Frederike Biesthal, noch die Doktoren Amresh, Westphal und Schröder bekamen Gelegenheit, sich alleine mit Bowolf zu beschäftigen. Außerhalb von Aschendorffers Transmissionen war Kaymal für Bowolf verantwortlich. Er fütterte ihn, wusch ihn, versorgte die Bettpfanne, wechselte ihm den Pyjama, schaute mit ihm das Fernsehprogramm an. Bowolf gefielen alle Sendungen, in denen Frauen sangen. Ganz besonders hatte es ihm deutsche Volksmusik angetan.

„Er hat jetzt begriffen und akzeptiert, dass er in der Zukunft gelandet ist. Ich habe ihm auch eine Vorstellung davon gegeben, wie das geschehen ist", erläuterte Aschendorffer am zweiten Tag.

„Jetzt versteht er, warum wir ihn festgebunden haben. Ich habe ihm in Aussicht gestellt, dass er sich hier im Kellergeschoss frei bewegen kann, wenn er verspricht, nichts zu zerstören", kündigte Aschendorffer am dritten Tag an. Und am vierten Tag lautete die wichtigste Nachricht: „Er möchte wieder mal Döner essen!"

„Was erzählt ... äh denkt er über seine eigene Zeit? Wo kommt er her? Wie hat er gelebt?", wollte Frederike Biesthal wissen. Sie wunderte sich über sich selbst. Aber dieser Steinzeitmensch faszinierte sie stärker, als sie sich eingestand. Seine Wildheit und Körperlichkeit, gepaart mit dem klugen, sehnsuchtsvollen Blick, lösten längst verschüttet geglaubte Empfindungen bei ihr aus. Da er ein Mann aus einer völlig anderen Welt war, galten auch die Schutzregeln nicht, die sie gegenüber allen Männern der Gegenwart aufgestellt hatte. Sie wehrte sich noch dagegen. Aber sie empfand eine Art frauliches Muttergefühl.

„Er war ein Stammeshäuptling, irgendwo oben im Engadin", erläuterte Aschendorffer. „Am Sankt Moritzersee. Der See muss damals viel größer gewesen sein als heute. Vielleicht hing ja die ganze Engadiner Seenplatte einst zusammen. Eines Tages wurde sein Dorf überfallen und irgend so ein Strolch aus dem Süden hat ihm die Frau geraubt."

Biesthal war begeistert und berührt: „Was muss er alles durchgemacht haben? Das ist ja eine Fundgrube für die Historiker. Was wird in der Geschichtswissenschaft los sein, wenn wir mal seinen ganzen Lebensalltag kennen und seine Entwicklungsstufe?"

Aschendorffer warf ihr einen warnenden Blick zu: „Denken Sie nicht daran. Bowolf muss ein Geheimnis bleiben. Das Institut ist erledigt, wenn wir seine Herkunft preisgeben."

Biesthal war anderer Meinung. Aschendorffer war vielleicht erledigt, das war gut möglich. Aber nicht das Institut. Der Zufall ließ sie in diesem Moment einen Blick mit Amresh wechseln. Sie sah dem nachdenklichen Gesicht des Inders an, dass ihn ähnliche Gedanken bewegten. Kollegen wie Amresh und sie würden vielleicht sogar profitieren, wenn sie das Geheimnis um Bowolf lüfteten. Letztlich ging es hier auch um Karrieren. Dennoch nickte sie billigend. Aschendorffer musste ja nicht wissen, welche Gedanken ihr im Kopf herumspuckten.

Am fünften Tage verkündete Aschendorffer im Kreise von Hausmeister Kaymal, der Sekretärin Fräulein Hohner und der Doktoren Biesthal, Amresh, Schröder und Westphal, als sei es eine Selbstverständlichkeit: „Jetzt habe ich seine Sprache gelernt. Wir können uns unterhalten."

„Sie scherzen?", zweifelte Dr. Westphal.

„Ich vermute, er spricht eine Frühform des Rätoromanischen. Einfache Syntax und ziemlich eingeschränkte Semantik. Für die meisten Dinge seines Alltages kennt er immer nur ein Wort."

Meslut Kaymal nickte: „Isse genau so!"

Alle schauten den Hausmeister an. „Was wissen denn Sie davon?", fragte Dr. Westphal mit mühsam unterdrückter Herablassung.

Ungerührt erwiderte Kaymal: „Habbe ich mit Bowolfe gesproche. Isse einfach."

„Wie, Sie haben mit Bowolf gesprochen?" Frederike Biesthal vergaß für einen Moment völlig ihre antiseptische Kälte. Aus ihrer Stimme sprach pure Verblüffung. Westphal lachte gekünstelt, Schröder erlaubte einer Stirnfalte, sich für wenige Sekundenbruchteile zu zeigen, Mona sperrte Mund und Augen auf. Nur Amresh rührte sich nicht. Er stand abseits und demonstrierte mit seiner ganzen Körpersprache Opposition. Alles was mit dem Steinzeitmenschen zu tun hatte, genoss seine Missbilligung.

Aschendorffer schien von Kaymals Behauptung überhaupt nicht überrascht. Was für ihn selbst ein Leichtes war, das rief bei ihm auch keine Verblüffung hervor, wenn andere es beherrschten. Ihn interessierte schon nicht mehr das „Wie", sondern das „Was": „Was haben Sie mit ihm gesprochen, Herr Kaymal? Das sollten Sie mit mir abstimmen."

Kaymal deutete auf den großen Flachbildschirm, der an der Wand neben Bowolfs Pritsche hing: „Habbe Fernseh erklärt. Da, schau!" Er zeigte auf Bowolfs rechte Hand, in der die anderen erst jetzt die Fernseh-Fernbedienung entdeckten. Bowolf selbst schlief. Aber seine Hand hielt die Fernbedienung fest umklammert.

„Aber wie, wie ... wie verständigen Sie sich?" Frederike Biesthal wollte es immer noch nicht glauben. „Ich meine, nichts gegen Sie, Herr Kaymal, aber wie wollen Sie eine für Sie völlig fremde, eine mehr oder weniger untergegangene Sprache so schnell gelernt haben? Völlig ohne ... ohne ... irgendwas?" Sie wusste selbst nicht, worin dieses „ohne" bestand. Aber so bereitwillig, wie sie Aschendorffer sofort glaubte, wenn dieser behauptete, Bowolf zu verstehen, so skeptisch blieb sie bei jedem anderen.

„Du wolle wisse?", fragte Kaymal und ließ dabei stolz seinen goldenen Eckzahn blitzen. Biesthal nickte und auch alle anderen warteten gespannt auf eine Erklärung.

„Habbe ich gemacht wie Tarzan!"

Acht ratlose Augenpaare schauten den Hausmeister an und warteten auf mehr. Kaymal trat vor Frederike Biesthal, so nahe, dass er ihr hätte in die Nase beißen können. Dann tippte er ihr mit dem Zeigefinger auf die Brust und sagte filmreif: „Ich Tarzan, du Jane!" Er ließ die Worte kurz wirken und fügte dann hinzu: „So ich mache! Wie Tarzan!" Um ein noch überzeugenderes Beispiel nachzuliefern, griff er einen Apfel aus der bereitstehenden Obstschale und hob ihn demonstrativ vor den staunenden Gesichtern hoch: „Apf – fell", deklamierte er und wiederholte gleich noch mal: „Apf – fell!" Er grinste die Runde mit seinem Kühlergrill aus gelben Zähnen fröhlich an. „Ich sagge Apf – fell, Bowolfe sagge Nig – gäl. So ich wisse: Apfel isse Niggäl in Bowolfe-Sprach." Und wie zur finalen Bekräftigung wiederholte er noch einmal: „Isse einfach!"

*

Am sechsten Tag, nach fast zweistündiger Transmission, wies Aschendorffer Kaymal an, Bowolf von den Gurten zu befreien.

191

„Er versteht mich so gut, dass ich jetzt den nächsten Schritt machen möchte", erläuterte der Professor. „Seine Auffassungsgabe ist erstaunlich. Er kann sich mittlerweile mühelos mit mir unterhalten."

Kaymal fasste Bowolfs Handgelenke.

„Wir machen dich jetzt los, Bowolf", erklärte der Professor in Bowolfs Sprache. „Aber denk daran, du hast mir versprochen, nichts zu zertrümmern und keinen Fluchtversuch zu unternehmen."

„So ist es", bestätigte Bowolf. Er warf einen argwöhnischen Blick auf Kaymal, der mit gezückter Spritze bereitstand. „Schwarzer Krieger Kay Mal hat versprochen, nicht mit seinem Giftmesser zu stechen."

Kaymal nickte zustimmend. Aschendorffer bestätigte: „Solange du tust, was wir dir sagen, passiert dir nichts. Folge meinen Anweisungen oder jenen von Herrn Kaymal, dann kannst du dich hier in allen Räumen frei bewegen. Du weißt, was ich dir gesagt habe: Solange du hier im Inneren dieser Höhle bleibst, ist es für dich ungefährlich. Wir beschützen dich. Aber wenn du die Höhle verlässt, dann lauern draußen viele Gefahren."

Bowolf rieb sich die tauben Arme und Beine, nachdem Kaymal die Spanngurte gelöst hatte. Seine Gelenke knackten, als Bowolf die Gliedmaßen reckte. Die linke Hand fühlte sich immer noch taub an. Ansonsten schien alles intakt. Er schwang die muskulösen Beine über den Rand der Pritsche und richtete sich auf. Kaymal überragte er um einen halben Kopf. Aschendorffer sah neben ihm gar aus wie ein Zwerg aus einem schlechten Fantasy-Film. Endlich von allen Fesseln befreit streckte Bowolf die Arme aus und zeigte sich in seiner ganzen Spannweite. Fast erschien er Aschendorffer wie ein Boxchampion, der die Huldigungen der Fans entgegennahm. Beängstigend. Bowolf war ein imposanter Krieger, ein Muskelpaket von atemberaubender Wildheit. Konnte man ein solches Raubtier überhaupt zähmen?

Bowolf schüttelte sich. Dann schritt er in seiner seidenen Pyjamahose zielsicher zu jenem inzwischen wieder reparierten Waschbecken, welches ihn schon bei seinem Befreiungsversuch so fasziniert hatte, und griff nach dem Wasserhahn.

„Nein, nicht!", schrieen Aschendorffer und Kaymal fast gleichzeitig, und Kaymal brachte vorsorglich die Betäubungsspritze in Stellung. Bowolf hielt inne. „Wo ist die Quelle?"

Kaymal drehte den Wasserhahn auf. Bowolf staunte. Kaymal drehte wieder zu. Bowolf staunte noch mehr. Gemeinsam erklärten der Professor und der Hausmeister dem Steinzeitmenschen die Funktion des Wasserhahnes. Freudig probierte Bowolf alle Armaturen selber aus: Viel Wasser, wenig Wasser, kein Wasser, warm, kalt, lauwarm. „Wunderquelle", flüsterte Bowolf ergriffen.

Anschließend stellte er sich vor das Waschbecken, packte seinen Schwengel aus und strullerte einen mächtigen Strahl, der selbst einem Auerochsen noch Ehre gemacht hätte, in das Waschbecken hinein. Aschendorffer rümpfte die Nase: „Das bringen Sie ihm als Erstes bei, Herr Kaymal", ordnete er an. „Wie man aufs Klo geht!"

Bowolf lernte schnell. Er erwies sich als höchst gelehriger Schüler. Meslut zeigte ihm seine komplette Wohnung, erklärte den Kühlschrank, die Mikrowelle und die Dusche. Er zeigte Bowolf auch die Eingangstür, die hinaus auf den Kellerflur führte, über den man wiederum einige der Laborräume erreichte. „Große Höhle", warnte Kaymal. „Kein Ausgang. Schon viele Menschen darin verirrt." Das beeindruckte Bowolf. Vor verzweigten Höhlensystemen besaß er hohen Respekt. Alleine sollte man niemals in unbekannte unterirdische Gänge vordringen, das wusste jeder Mooka.

Da in diese Untertagewohnung so gut wie kein natürliches Licht einfiel, musste Kaymal auch die Deckenlampen erklären. Ergriffen betätigte Bowolf mit seiner mächtigen haarigen Pranke einen Lichtschalter und freute sich mit dem Gesichtsausdruck eines staunenden Kindes über das Ergebnis. „Dunkel", kommentierte er, wenn er das Licht ausknipste, und „hell", wenn er es wieder anknipste. Er wiederholte den Vorgang mehrere Male. „Zauberei!", war er überzeugt. Kaymal ließ ihn in diesem Glauben: „Viel Zauberei. Technik-Wunder! Wir mächtige Zauberer. Du verstehe?"

Bowolf verstand sehr wohl. Alle diese Menschen um ihn herum standen mit geheimen Kräften im Bunde. Sie ließen Licht und Dunkel kommen, wie es ihnen gefiel, sie zähmten die Quellen in den Wänden ihrer Höhlen, sie hatten ein aufklappbares Eisloch, in dem sie Lebensmittel aufbewahrten, und heiße Feuer ohne Flammen, in denen sie ihre Mahlzeiten garten. Manchmal sprachen sie in flache schwarze Steine hinein, auf denen farbige Lichtchen flackerten. Bowolf fühlte sich im Wunderland. Er hatte keine Angst. Ein Mooka-Krieger fürchtet nichts und niemanden. Aber sein Respekt vor all diesen Zaubereien und Geheimnissen war enorm.

Am größten war sein Respekt vor dem Häuptling, dessen seltsamen Namen er nun kannte: „Bo Esser!" In Bowolfs Welt bezeichneten die Namen von großen Kriegern stets ihre Taten oder ihre herausragenden Eigenschaften. So wie Bowolf für „Erster Wolf" oder „Leitwolf" stand, so verstand er die Bezeichnung „Professor" als „Bo Esser". Bo Esser, das war der „erste Esser", also der Anführer, der Häuptling, derjenige, der das Recht hatte, sich als erster über die Beute herzumachen. Kaymal akzeptierte Bowolfs Namensgebung und korrigierte ihn nicht. „Bo Esser komme gleich", sagte er, wenn der Besuch Aschendorffers bevorstand. Oder: „Bo Esser befehle: Nix pinkle auf Bode. Nur in Klo!" Diese Quelle mit Namen „Klo" faszinierte Bowolf ganz besonders. Es sträubte sich aber sein ganzer Instinkt, all seine Erfahrung sprach dagegen, dass man in diese Quelle hinein seine Notdurft verrichtete. Nie, niemals hätte ein Mensch seiner Zeit eine klare Quelle auf diese Weise verunreinigt. Man konnte das Wasser danach nicht mehr trinken.

All die Wunder betäubten Bowolfs Heimweh, seinen Kummer, seine Verwirrung. Zuviel Neues und Fantastisches stürmte auf ihn ein. Nur nachts, wenn er alleine auf seiner Pritsche lag und in die unruhige Dunkelheit starrte, dann griff die Verzweiflung nach ihm, wie eine Schlingpflanze. Dann marschierten die Gesichter seiner Vergangenheit auf und tanzten klagend vorbei: Stiermann, Blutkeule, Gangam – Freunde und Feinde – Seta, Friella, Nuvella, Bowolfs Frauen. Er hatte auch Kinder. Zwei mit Nuvella, zwei mit Friella. Sie waren noch klein, noch ohne Namen. Keine Wesen, um die sich der Stammeshäuptling zu kümmern hatte. Das taten die Frauen und die Alten des Stammes. Er erinnerte sich an die kleinen Menschen, mit ihren warmen Ärmchen, die sie um seinen Hals schlangen, wenn er sie hochhob. Was war aus ihnen geworden? Vermissten sie ihren Häuptling? Auch Mor fiel ihm ein, sein treues Pony. Schwer lastete die Ungewissheit auf Bowolf.

Kaymals Kellerwohnung besaß nur ein einziges Fenster in Kaymals Küche, das in einen engen Lichtschacht mündete. Durch diesen fiel spärlich herbstliches Sonnenlicht herein. Bowolf stand oft davor und schaute andächtig hinauf, um jenen kümmerlichen Zipfel eines trüben Himmels zu erhaschen, wie er um diese Jahreszeit über Freiburg liegt und die Zahl der Depressiven in die Höhe trieb. Beide Hände flach auf die Scheibe gepresst, die Nase am Glas zusammengestaucht, starrte Bowolf mit offenem Mund durch den schmalen Schacht hinauf. Der Lichtschacht war oben mit einem Metallgitter abgedeckt, das den Himmelsfetzen nochmals in zahlreiche kleine quadratische Portionen unterteilte. Außerdem lag der Smog der benachbarten Rhombia Acetec in der Luft und auch noch eine gute Portion des Wasserdampfes aus der nahegelegenen Biovergärungsanlage, so dass von einem eindrucksvollen Himmel keine Rede sein konnte. Dennoch war der Anblick eine Offenbarung für Bowolf, und er konnte sich nicht davon losreißen.

Kaymal war ein Mensch mit Herz. Er spürte und sah, wie Bowolf litt, welche Sehnsucht nach Luft, Licht und Freiheit in ihm glühte. Trotzdem musste er eine Warnung aussprechen: „Draußen Gefahr. Viele fremde Krieger. Viele Feinde."

Bowolf riss sich von dem Anblick des diesigen Industriehimmels los. „Gib mir meine Waffen! Bowolf fürchtet keine Feinde." Er schüttelte drohend die Faust gegen imaginäre Gegner jenseits des Lichtschachts. Kaymal drückte Bowolfs Arm nach unten. Die zwei Männer sahen sich in die Augen, sie standen ganz dicht beieinander. In diesem Moment verspürte Kaymal warme Gefühle der Freundschaft und des Verständnisses. Wie sehr konnte er mit Bowolf mitfühlen. Auch ihn, Kaymal, hätte man niemals einsperren dürfen. Er verspürte das starke Bedürfnis, Bowolf etwas Gutes zu tun, ihm eine Freude zu machen. So entschied er: „Ich rufen Döner-Ali. Wir essen Döner!"

Bowolfs Gesicht hellte sich auf. Das war etwas, worauf er sich freuen konnte. Kaymal setzte noch einen drauf: „Und dann wir gucke Porno-Video! Habe ich besorgt."

Bowolf wusste zwar nicht, was das war, aber so wie der schwarze Krieger Kay Mal es ankündigte, musste es etwas ganz Besonderes sein.

*

Bald kannte Bowolf sich in Kaymals Wohnung aus. Er fand sich zurecht, auch wenn der Hausmeister nicht anwesend war. Er lernte den Kühlschrank als nie versiegendes Depot von Nahrung schätzen, er verbrachte in andächtigem Staunen Stunden vor dem Lichtschacht-Fenster, er liebte es, sich mitsamt seiner seidenen Pyjamahose, die er niemals ablegte, unter die Dusche zu stellen wo er den warmen Wasserstrahl genoß, er saß völlig paralysiert vor dem Flachbildschirm und bestaunte dort das bunte Weltgeschehen, ohne es zu verstehen. Seine Versuche, nach den kleinen Weibchen zu greifen, die er dort sah, hatte er inzwischen aufgegeben. Es knisterte nur rätselhaft, wenn er das unergründliche Geheimnis „Fern Sehen" berührte. In der Akzeptanz all dieser unbegreiflichen Wunder besaß Bowolf eine pragmatische Unerschütterlichkeit. Wunder hatte es schon immer gegeben und Zauberei selbstverständlich auch. Was ihn hier umgab, das war mächtiger Zauber. Viel mächtiger, als ihn je all die weisen Männer und Frauen seines Stammes beherrscht hatten, die verehrten Geistersprecher und Seelenwanderer. Bowolf bedurfte keiner rationalen Erklärungen. Schon gar nicht hätte man ihm physikalische und mathematische Gesetze und ihre Wirkungen vermitteln können. Für ihn war es das Natürlichste der Welt, dass hier Zauber wirkte, dem er selbst nichts entgegenzusetzen hatte.

Umso unermesslicher wuchs seine Bewunderung für den krummen Häuptling, den mächtigsten und stärksten dieser Zauberer, in deren Hand er war. Die Sitzungen mit Bo Esser, die nach wie vor täglich stattfanden, empfand Bowolf inzwischen als ausgesprochen angenehm, im Gegensatz zu den medizinischen Untersuchungen, die Aschendorffer ebenfalls täglich vornahm. Inzwischen hatte Bowolf sehr wohl verstanden, dass man ihn aus seiner Zeit in eine weit entfernte Welt in der Zukunft gebracht hatte. Auf Hilfe von seinen Leuten durfte er also nicht rechnen. Auf Rückkehr vielleicht?

Immer dann, wenn Bowolf versuchte, beim Gedankenaustausch Informationen dazu von Aschendorffer zu gewinnen, baute dieser Barrieren auf. Doch obwohl der Professor stets darauf achtete, seinerseits Bowolfs Erinnerungen anzuzapfen und möglichst viele Informationen aus Bowolfs eigener Zeit einzusammeln, blieb es nicht aus, dass im Zuge seiner Transmission Gedanken und Wissen auch den umgekehrten Weg einschlugen. Auf diese Weise flossen auch ohne Aschendorffers aktives Wollen manche Erkenntnisse und Einsichten zu Bowolf. Sogar Geheimnisse, die Aschendorffer niemals offen ausgesprochen hätte. Eines davon war Aschendorffers Hingabe für das Hartweibchen „Biss Tal". Bowolf entnahm den scheuen Gedanken, die irgendwie den Weg zu ihm gefunden hatten, dass Bo Esser dieses Weibchen zwar begehrte, aber Biss Tal keineswegs Bo Esser gehörte, sondern dass es frei war. Die Gedanken hingegen, die Bowolf von Aschendorffer anzapfte und die das Weichweibchen Mona betrafen, waren eindeutig: Der krumme Häuptling besprang das Weichweibchen. Bowolf erkannte es deutlich in den Gedanken von Bo Esser. Wie sollte er wissen, dass es sich dabei lediglich um Aschendorffers verwegene Fantasien handelte?

*

Am nächsten Tag erschien Aschendorffer in Begleitung von Frederike Biesthal und Murji Amresh, um an Bowolf einige neurologische Tests vorzunehmen. Zuvor hatte der Professor den beiden Kollegen erläutert, dass Bowolfs Neurostatus Anlass zum Staunen gebe. „Sie können das überhaupt nicht mit einem Menschen der Gegenwart vergleichen. Salopp ausgedrückt würde ich sagen, unser Proband hat ein unerschütterliches Nervenkostüm. Den wirft so schnell nichts um. Überlegen Sie nur, wie Ihnen zumute wäre, wären Sie in seiner Situation. Das scheint ihn aber alles nicht zu beeindrucken. Er ist robust wie ein Nilpferd. Überhaupt ist sein körperlicher und geistiger Zustand sensationell."

Während er dozierte, nahm er verschiedene motorische Funktionstests an Bowolf vor, der dabei geduldig auf seiner Pritsche ausharrte. „Kniesehnen-Reflexe normal", protokollierte er, „Trizepssehnenreflex normal", „Fußsohlen-Reflex-Test ..." Bowolf kicherte, als Aschendorffer mit dem metallischen Arztbesteck an seinen Fußsohlen entlang fuhr. Bowolfs großer Zeh beugte sich nach unten. „Normal!", verkündete Aschendorffer.

Lediglich an Bowolfs linker Hand stellte der Professor Dysfunktionen fest.

„Aha", kommentierte er, und nochmals „Aha", als sich bei der Wiederholung des Tests die gleiche unbefriedigende Reaktion einstellte. „Was vermuten Sie, Frau Doktor Biesthal?"

Die Wissenschaftlerin, die mit verschränkten Armen daneben stand und Aschendorffers Tests kühl verfolgte, zuckte beiläufig mit den Schultern, ohne ihre Haltung zu verändern: „Klarer Fall von Karpaltunnelsyndrom. Der Nervus medianus ist geschädigt." Offensichtlich empfand sie es als unter ihrer Würde, eine solche naheliegende Selbstverständlichkeit überhaupt erläutern zu müssen. Sie klang genervt. Bowolf betrachtete sie aus seiner liegenden Position heraus. Sie stand so nahe bei ihm, dass er sie mit seiner rechten Hand hätte packen und zu sich herunterziehen können. Sie trug ihren weißen, knielangen Laborkittel. Bowolf hatte die Knopfreihe, die den Kittel vorne mittig verschloss, direkt vor der Nase. Er schnupperte, ob er das Hartweibchen riechen konnte. Aber seltsamerweise verströmte sie keinen Geruch. Das kannte er anders. Weibchen verströmten normalerweise immer einen spezifischen Geruch.

„Der Nervus medianus, der, wie wir wissen, die Bewegungen der Finger steuert, ist beim Karpaltunnelsyndrom im Bereich der Handwurzel eingeengt", dozierte Aschendorffer als Antwort auf Biesthals Feststellungen. „Die Folge sind Schmerzen, die besonders nachts sehr stark sind. Im fortgeschrittenen Stadium entsteht ein taubes Gefühl, das speziell Daumen, Zeige- und Mittelfinger betrifft. Aber hier haben wir es mit etwas anderem zu tun."

„Ah, ja?", bemerkte Doktor Amresh spitz. Er schlug sich instinktiv auf die Seite von Frederike Biesthal, nicht nur, weil er ihre fachliche Ansicht teilte, sondern weil er das Gefühl hatte, sie gegen den überheblichen Aschendoffer verteidigen zu müssen. Soweit es sein sanftes Wesen zuließ, handelte es sich dabei um männlichen Beschützerinstinkt. Professor Aschendorffer schenkte dem Inder einen vorwurfsvollen Blick aus seinen undefinierbaren, trüben Augen. Ein Blick wie ein Sumpf. Wer ihn zu lange erwiderte, drohte darin zu versinken. Amresh wehrte sich schwach: „Ich sehe nichts anderes ...“

Aschendorffer erhob sich genervt. „Kommen Sie mit!“, forderte er den Inder auf.

„Wohin? Wieso?“

„Ich zeige Ihnen die Röntgenbilder. Vielleicht kommen Sie dann drauf. Und denken Sie daran: Diese linke Hand war vom Eis befreit, als wir den Leichnam bargen. Sie war fast aufgetaut. Vielleicht geht Ihnen dann ein Zusammenhang auf.“

In seinem Eifer, dem ungläubigen Amresh einen nagelfesten Beweis zu liefern, schnappte er diesen beim Ärmel und zog ihn hinter sich her Richtung Kellerlabor. Frederike Biesthal blieb alleine bei Bowolf zurück. Sie stand neben Bowolfs Pritsche, in einer intimen Nähe zu dem Steinzeitmann, der, so wie er da vor ihr lag, eine ungeheure körperliche Präsenz ausstrahlte.

„Hmm.“ Biesthal räusperte sich. Sie hatte das Gefühl, etwas tun oder sagen zu müssen. Aber anders als Aschendorffer und Kaymal konnte sie noch nicht mit Bowolf kommunizieren. Jedenfalls nicht durch Sprache. Sie verließ sich auf die einschüchternde Kraft ihres Blickes. Normalerweise schrumpften Männer unter diesem Blick zu Würmern zusammen. Bowolf erwiderte diesen Blick ungerührt und knurrte wie ein erwachendes Raubtier. Biesthal wurde es zunehmend unwohl in ihrer Haut. Aber jedes Rückweichen wäre gegen ihr Selbstbild gewesen. Außerdem hätte es das falsche Signal ausgesendet. Mit aller Strenge, die sie in ihre Stimme legen konnte, sagte sie: „Bleiben Sie so liegen, Bowolf! Rühren Sie sich nicht von der Stelle!“ Es war ein Befehl, so scharf wie ein Schwert.

Bowolf hörte seinen Namen. Hartweibchen hatte seinen Namen ausgesprochen! Sie sprach unwirsch, kalt, abweisend. Irgendetwas an ihrem Blick und in ihrem Ton fesselte ihn weiter auf die Pritsche. Er hätte aufspringen können. Er hätte sie schlagen können. Er hätte sie niederwerfen können. All seine Instinkte drängten ihn dazu. Aber er tat es nicht. Stattdessen blieb er liegen und erwiderte Biesthals befehlenden Blick. Bowolf wurde weich. Eine Frau sah ihn an. Das war vollkommen ungewöhnlich. Normalerweise fürchteten sich die Frauen vor ihm und mieden den Blickkontakt. Aber so sehr ihr Blick ihn auf seine Pritsche bannte, so sehr empfand er doch ein warmes Verständnis, das ihm durch diesen Blick entgegenschlug. Biss Tal musterte ihn intensiv, drang in sein Inneres ein und erreichte den tiefsten Kern seines Wesens. Sie streichelte Bowolfs verwundete Seele, brachte mit ihrem Blick Sonne in die eisige Wüste seines Unterbewusstseins. Es war, als flüsterte sie ihm zärtlich zu: Du bist nicht allein. Das war eine so ungewohnte, nie erlebte Beglückung, eine so tiefempfundene Berührung seines Ichs, dass ihm gegen seinen Willen Tränen in die Augen stiegen. Tränen des Kummers, der Sehnsucht, des Heimwehs. Tränen der Verzweiflung und der Hoffnungslosigkeit. Alles floß aus Bowolf heraus, was niemals aus einem Felsen hätte herausfließen dürfen. Es brach unter Frederike Biesthals ernstem, mitfühlendem Blick aus den versiegelten Geheimkammern seines Bewusstseins hervor und bahnte sich seinen Weg. Bowolf weinte. Er richtete seinen Oberkörper auf und befand sich auf Augenhöhe mit der Wissenschaftlerin. Hilfesuchend streckte er, der große, mächtige, unbesiegte Krieger, ihr die Hand entgegen.

Frederike atmete heftig. Emotionen von ungeahnter Kraft fielen über sie her: Rührung, Mitgefühl. Sie griff Bowolfs Hand und streichelte sie zärtlich. Mit der anderen fasste sie ihn am Hinterkopf und zog ihn sanft zu sich her, bis sein Kopf auf ihrer Brust lag. Sie strich ihm über den Kopf. „Alles wird gut! Alles wird gut!", tröstete sie ihn flüsternd.

Bowolf ließ es geschehen. Mit dem linken Arm fasste er Biesthal an der Schulter, sein mächtiger Oberkörper bebte und seine rechte Hand krallte sich an Biesthals Unterarm fest, ein verzweifeltes Festhalten, ein Hilferuf: Lass mich nicht alleine. Hilf mir!

In dieser Situation kehrten Kaymal und Aschendorffer mit Amresh im Schlepptau in den Raum zurück und interpretierten die Lage vollkommen falsch. Kaymal sah Bowolfs Arm auf Biesthals Schultern, er sah, wie er sich an ihr festkrallte und er hörte die völlig enthemmten Schluchzgeräusche, die unmenschlich klangen, animalisch fast. Er wähnte Frederike Biesthal in Gefahr, glaubte, Bowolf sei über die Wissenschaftlerin hergefallen. Er fragte nicht, er handelte. Die Betäubungsspritze blitzte auf, schon lag sie schussbereit gezückt in Kaymals Hand. Der Hausmeister zögerte keinen Augenblick, die Spritze in Bowolfs Hintern zu wuchten. Zack! Schon war es passiert. Bowolf wandte knurrend den Kopf, realisierte, was geschehen war, wollte mit der Hand gegen Kaymal schlagen, doch da wirkte die Spritze bereits. Ächzend wie ein gefällter Baum sank der Steinzeithäuptling auf die Pritsche zurück.

12

Die Mühlen der Justiz mahlen langsam, aber sie mahlen. Besonders kompliziert wird es, wenn schweizerische und deutsche Mühlen mahlen. Die Amtshilfeersuchen, die Kriminalfeldweibel Urs Rüthli gestellt hatte, um im Falle der gestohlenen Gletscherleiche auch über die deutsch-schweizerische Grenze bis nach Süddeutschland ermitteln zu können, mussten eine geheimnisvolle Odyssee durch Schweizer Behörden bis hinauf zu den höchsten Stellen, und dann auf deutscher Seite von der Spitze der dortigen Behörden wieder bis nach ganz unten hinter sich bringen, ehe endlich der lang ersehnte Bescheid auf Rüthlis Schreibtisch flatterte.

„Hürzeler!", schrie er, weil der Kollege Korporal gerade auf den Gang hinaus verschwunden war. „Es ist soweit. Wir fahren nach Freiburg im Breisgau."

„Gömmer halt gi Düttschland", kommentierte Hürzeler. Warum sein Chef so scharf darauf war, das Verschwinden eines Toten aufzuklären, dessen Identität niemand kannte und den niemand vermisste, begriff er zwar nicht, aber Befehl war Befehl. Und immerhin, man kam ein paar Tage aus dem Alltagstrott in Chur heraus.

Es war nicht viel, was sie in der Hand hatten. Sie wussten aufgrund der Fingerabdrücke, dass die gleichen Personen, die mit dem gestohlenen Ski-Doo unterwegs gewesen waren, auch mit den Kettensägen und den übrigen Gegenständen aus dem

Gletscher in Berührung gekommen waren. Aufgrund der Zeitungsberichte, die von diesem Journalisten stammten, dem Hürzeler auf den Leim gegangen war, wussten sie, dass die Gletscherleiche vermutlich mit einem Bofrost-Lieferwagen über die Grenze nach Freiburg im Breisgau gebracht worden war. Der Bofrost-Lieferwagen war das mögliche Verbindungsglied zum Einbruch in den Coop in Sankt Moritz. Das Messer aus dem Carlton hing mit diesem Einbruch zusammen. Die Namensliste aller Übernachtungsgäste aus dem Hotel lag vor. Darin gab es nur zwei Namen aus Freiburg im Breisgau, und die hatten gemeinsam eingecheckt: Professor Dr. Johannes Emanuel Aschendorffer und Meslut Kaymal. Jetzt kam Rüthlis großer Trumpf: Kaymal war laut Hotelgästebuch türkischer Staatsbürger. Und der in Silvaplana aufgegriffene herrenlose Obdachlose aus der Tatnacht war ebenfalls Türke. Hinzu kam das türkische Zigarettenpapier vom Tatort. Urs Rüthli hatte keinen blassen Schimmer, wie all diese Dinge zusammenhingen, aber er hatte eine unumstößliche Witterung, dass sie etwas miteinander zu tun hatten. „Hürzeler, ich schwöre dir, dass ich diese Leichenfledderer drankriege. Niemand pult ohne Erlaubnis in unseren Gletschern herum und stiehlt daraus einen Leichnam. Ich finde heraus, was da passiert ist. Das verspreche ich dir."

„Mir?" Hürzeler glotzte wie ein Kalb. „Mir ist das egal!"

Sie hatten sich in Freiburg ins Panorama Mercure einquartiert, das war gerade noch die Preisklasse, die Rüthli vor der Besoldungs- und Reisekostenabrechnungsstelle rechtfertigen konnte. Bei der Buchung hatten weder Rüthli noch Hürzeler eine Ahnung gehabt, dass es sich bei diesem Haus um ein Hotel auf halber Höhe am Schlossberg handelte, hoch über den Dächern von Freiburg, mit grandiosem Blick über die Stadt und bis hinüber zum Kaiserstuhl. Beim Frühstück saßen sie vor einer Panoramascheibe, so groß wie die Hauptschaufensterfront vom Manor-Warenhaus in Chur, und staunten in den

Breisgau hinaus. Der Himmel war grau wie ein Wolfspelz. Rüthli zerlegte mit Schweizer Gründlichkeit ein weichgekochtes Ei, während Hürzeler seinen Kaffee schwindlig rührte. Sie schwiegen einander an wie ein altes Ehepaar.

Eine adrette junge Hotelbedienstete schob ein Wägelchen vorbei und flötete: „Möchten die Herren eine Zeitung zum Frühstück? Badische, Stuttgarter, Welt, BILD?"

„Ja, BILD bitte", meldete Hürzeler militärisch-korrekt.

Während er das Blatt umständlich entfaltete, sortierte Rüthli konzentriert und mit verkniffenem Gesicht kleine Splitter von Eierschalen aus seinem Eigelb. Irgendwie war ihm das Öffnen des Frühstückseis misslungen.

Hürzeler ließ einen Schrei los, der wie eine Rakete durch die Flüsterstille des Frühstückssaales fuhr. Jemand kicherte.

Rüthli kleckerte sich Eigelb auf die Hose. „Mein Gott Korporal, benehmen Sie sich", zischte er. „Was sollen die Leute denken."

„Es isch bigoscht wägge dem Artikel in de Zittig", entschuldigte er seinen Ausbruch. „I muens vorläse."

„Na dann. Lesen Sie mal vor", forderte Rüthli auf. „Aber leise. Es drehen sich schon alle nach uns um."

„Gletscherleiche ist zweiter Ötzi", las Hürzeler. „Untersuchung im Institut BioGen in Freiburg. Von unserem Korrespondenten Charly Katz."

Korporal Hürzeler hielt es für erforderlich, hier zu erklären: „Dös isch der sieche Chaib, wo mich uusgfrooget het."

„Weiter!", verlangte Feldweibel Rüthli atemlos.

„Bahnt sich in Freiburg eine wissenschaftliche Sensation an?", las Hürzeler weiter. „Wissenschaftler des Freiburger Forschungsinstituts BioGen untersuchen einen Leichnam, der auf 3000 Metern Meereshöhe im Eis des Morteratschgletschers bei Sankt Moritz gefunden wurde. Unter bisher nicht geklärten Umständen ist die Gletscherleiche aus der Schweiz gestohlen und nach Freiburg gebracht worden (BILD berichtete). Wie unsere Zeitung aus informierten Kreisen erfuhr, ist unter den Wissenschaftlern des Instituts BioGen ein Streit über die ethische Vertretbarkeit der Untersuchungen ausgebrochen, die an dem jahrtausendealten Leichnam wohl vorgenommen werden. Beim Institut BioGen handelt es sich ....."

Hürzeler las weiter, während bei Rüthli alle Rädchen in Bewegung gerieten. Er musste unbedingt diesen Charly Katz sprechen. So wie es aussah, wusste dieser Journalist mehr als die Polizei.

Unterdessen schob der Korporal die aufgeklappte Zeitung auf Rüthlis Tischseite hinüber: „Do lueg emol!" Er deutete mit seinen Griffelfingern auf das Foto, das dem Artikel beigefügt war. Rüthli strich das Blatt glatt. Das Foto zeigte etwas verschwommen eine Art einfaches Beil. „Die Kupferaxt des Gletschermannes", stand als Bildtext darunter. Und als weitere Information: „Von der Leiterin des Archäologischen Landesamtes im Regierungspräsidium Freiburg aufgrund der Aufnahme zweifelsfrei als eine Steinzeitaxt aus dem dritten oder vierten vorchristlichen Jahrtausend identifiziert."

„Das ist ja wirklich ein Ding!", kommentierte Rüthli, nachdem er den ganzen Artikel noch einmal gelesen hatte. „Da haben uns diese Wissenschaftler vielleicht eine Sensationsleiche direkt aus dem Gletscher herausgeklaut. Was ist das eigentlich für ein Straftatbestand?"

Hürzeler leierte auswendig herunter: „Artikel 262, Ziffer zwei, Strafgesetzbuch, Leichenraub, unbefugte Wegnahme einer Leiche, von Leichenteilen oder der Asche eines Verstorbenen aus dem Verfügungsbereich der berechtigten Personen."

„Aha! Und wer sollen in diesem Falle diese berechtigten Personen gewesen sein? Da an einer Leiche kein Eigentum besteht, kann sie auch nicht Gegenstand eines Raubes oder eines Diebstahles sein. – Vielleicht ist es nur Artikel 168, Störung der Totenruhe?"

Nach dem Frühstück begaben sich die beiden Schweizer Kriminalbeamten zu Fuß hinunter in die Stadt. Sie hatten einen Termin bei der Kripo Freiburg, wo man ihnen einen im Zuge der Amtshilfe vereinbarten Polizeibeamten zur Seite stellen würde. Es handelte sich dabei um einen jungen Kommissar, frisch aus der Villinger Akademie, der seine Pubertätspickel noch nicht alle zu Ende ausgedrückt hatte, aber schon eitel ein Silbersternchen auf der Schulterklappe ausführte, als wäre er der Einsatzleiter der GSG-9.

Rüthli mochte ihn vom ersten Augenblick an nicht. Wie konnte ein Polizeikommissar Ricky heißen? Ricky Faller! Ein linkischer junger Kerl mit roten Bäckchen und blonder Scheitelfrisur, wie sie zuletzt in den 1970er-Jahren in Mode gewesen war. Kommissar Ricky Faller trug eine knitterfreie und akkurat gebügelte Uniform, die nach Kleiderkammer roch und so neu war, dass er die zugenähten Seitentaschen noch öffnen musste. Damit war er gerade beschäftigt, als die Kollegen aus der Schweiz sein Büro betraten.

Die Betreuung der beiden Schweizer Ermittler war Jungkommissar Fallers erster Fall, denn der heutige Tag war sein erster Arbeitstag. Nachdem er am frühen Morgen die BILD gelesen hatte und jetzt diese beiden Kriminalbeamten aus der Schweiz bei ihm erschienen, war sich Ricky sicher: Es würde ein großartiger, ein denkwürdiger Tag werden, einer an dem er seinen Einstand in den Freiburger Polizeiapparat mit einem Paukenschlag feiern würde.

„Haben Sie das gelesen?", fragte er deshalb sogleich, nachdem sie sich oberflächlich begrüßt und vorgestellt hatten. Er legte den beiden Besuchern aus der Schweiz den Auszug aus der Zeitung vor.

Rüthli und Hürzeler nickten.

„Was halten Sie davon?", wollte der Jungkommissar wissen. Während eine Polizeiangestellte Kaffee hereintrug und umständlich servierte, breitete Feldweibel Rüthli seine Theorie aus. Er glaube an ein Wissenschaftsdelikt, so erklärte er dem deutschen Kollegen, der sich ihm in der gönnerhaften Pose eines überlegenen Oberermittlers gegenübergesetzt hatte. „Wenn die Leiche wirklich so alt ist, wie es in der Zeitung steht, dann ergibt das ein logisches Motiv für ein solches Forschungsinstitut. Und wir wissen zweifelsfrei, dass der wissenschaftliche Leiter dieses Instituts, ein gewisser Professor Johannes Aschendorffer, zur fraglichen Zeit in Sankt Moritz gewesen ist." Rüthli forderte seinen Adjudanten Hürzeler mit einer Kopfbewegung auf, dem deutschen Kommissar die entsprechenden Unterlagen auszuhändigen.

„Dann statten wir dem Institut mal einen Besuch ab", fasste der Kommissar zusammen, nachdem er die Akte überflogen hatte. „Wir sollten auf jeden Fall diese Steinaxt sicherstellen, die Alibis überprüfen, uns ein Bild von den Leuten machen und sie dann zur Zeugenvernehmung ins Präsidium einladen. Außerdem werde ich eine Hausdurchsuchung beantragen."

Das klang für Urs Rüthli sehr entgegenkommend. Er hatte eigentlich befürchtet, er müsse gegen erhebliche Widerstände ankämpfen.

Wenig später fuhren sie bereits mit dem Dienstfahrzeug von Kommissar Faller bei BioGen vor. Institutsleiter Jens-Merten Föllstiegel nahm sie im Foyer in Empfang.

„Polizei? Meine Herren, was kann ich für Sie tun? Kommen Sie w … w … wegen des Zeitungsartikels von heute M … M … Morgen?"

„So ist es. Dann wissen Sie ja Bescheid", übernahm Kommissar Faller das Wort, dem es nicht gefiel, dass der Institutsleiter ihn übersehen hatte. Da alle drei Polizisten in Zivil vor Föllstiegel standen, war das aber nicht verwunderlich. Rüthli sah aus wie ein ausgewachsener Polizist, Hürzeler immerhin noch wie ein ausgewachsener Assistent, Faller hingegen wäre auch noch als Praktikant durchgegangen. Jedenfalls sah man ihm den Kommissar nicht an.

„Wir gehen in mein Büro", entschied Föllstiegel und führte die Besucher in den Aufzug.

Kommissar Faller forderte betont hart: „Ich würde lieber gleich mit Herrn Professor Aschendorffer sprechen."

„Das ist unmöglich", wehrte Föllstiegel sofort ab. „Der Herr Professor befindet sich in einem 24-Stunden Experiment. Dabei darf ihn niemand stören. Sie würden die Arbeit mehrerer Monate zunichte machen. Wenn Sie mit dem Professor sprechen wollen, müssen Sie sich vorher anmelden."

Faller kräuselte säuerlich die Lippen. „Das werden wir schon noch sehen, wie wir mit dem Professor sprechen. Das klären wir später. Dann möchte ich eben mit dieser Wissenschaftlerin sprechen, wie heißt sie gleich, Biesthal, nicht wahr? In deren Büro diese Axt fotografiert wurde."

„G ... g ... gerne!", Föllstiegel hatte noch nie mit der Kriminalpolizei zu tun gehabt. Er fürchtete, wenn er nicht willfährig war, könnte sich dies negativ auswirken. Außerdem wollte er Gelassenheit und ein reines Gewissen ausstrahlen. Hürzeler flüsterte Rüthli zu, während sie im dritten Obergeschoss den Aufzug verließen: „Er stottert. Ich glaube, er hat ein schlechtes Gewissen, odder!"

Föllstiegel führte die Besuchergruppe durch das Biesthal-Labor. Die wissenschaftlichen Assistenten und Doktoranden, die hier arbeiteten, ließen sich nicht ablenken. Rüthli fühlte sich an eine Gärtnerei erinnert. Es roch nach stickiger Gewächshausluft.

Frederike Biesthal musterte die Besucher kühl, Rüthli mit Interesse, Hürzeler eher beiläufig, Faller übersah sie komplett. Schon wieder. Sofort räusperte er sich wichtigtuerisch: „Kommissar Faller, guten Tag. Sind Sie Frederike Biesthal?"

Sie schoss mit scharfem Blick einen Blitz auf Faller ab. „Hat Ihnen Herr Föllstiegel das nicht gesagt? Selbstverständlich bin ich es."

„Wir kommen wegen der Steinaxt, die heute in der BILD-Zeitung abgebildet war. Das Foto wurde in ihrem Büro aufgenommen."

Biesthal versteifte sich: „Fotografieren ist bei uns im gesamten Institut verboten", sagte sie scharf. „Wie kommen Sie darauf, dass ich einem Journalisten erlaubt haben könnte, in meinem Büro ein Foto zu machen?"

„Es sieht so aus, als habe er es ohne Ihre Erlaubnis getan", mischte Rüthli sich ein. „Erlauben Sie?" Er blätterte die Zeitung auf, die er mitgebracht hatte und hielt die Seite mit dem Foto vor sich in die Höhe. „Ungefähr hier muss der Fotograf gestanden haben, sehen Sie?" Er deutete hinter Biesthals Schreibtisch: „Man kann hier die Schreibtischkante erkennen, hier, das ist Ihr Stuhl, da ist die Bodenleiste, und hier am Bildrand erkennt man auch noch die Schale, in der der Blumentopf dort hinten steht. Alles exakt identisch. Nur die Axt ist nicht mehr da."

„Er hat Recht!", assistierte Föllstiegel. Biesthal warf ihm einen bösen Blick zu. Sie zuckte die Schulter. „Ich weiß nichts von einer Axt. Das ist eine simple Fotomontage für eine plumpe, reisserische Story."

„Durchaus möglich", räumte Rüthli ein. „Aber was sollte der Journalist für einen Grund haben? Er schreibt ja auch, dass er auf Ihrem Schreibtisch ein Buch über die Ötzi-Mumie gesehen hat. Und eine Studie über die Besiedlung des Oberengadin. Dürfte ich die mal sehen?"

„Ich bekomme täglich Bücher und Aufsätze auf den Schreibtisch. Mag sein, dass so etwas dabei war. Aber ich kann mich nicht erinnern." Frederike Biesthal log überzeugend.

Während sie antwortete, sah Korporal Hürzeler sich um. Das Bücherregal, das eine Wandseite in Biesthals Büro fast komplett einnahm, war vollgestopft mit Titeln.

Frederike Biesthal schwankte, wie sie reagieren sollte. Die Axt würde sie leugnen, jedenfalls so lange es ging. Das Ötzi-

Buch hatte sie vergessen zu entsorgen. Es lag irgendwo im Regal obendrauf. Sie wagte nicht, hinzuschauen, um den Polizisten keinen Hinweis zu geben. Aber wenn sie gründlich suchten, würden sie es natürlich entdecken. Was sollte sie dann sagen?

Föllstiegel der Dummkopf nahm ihr die Entscheidung ab, und brachte sie weiter in Schwierigkeiten: „Aber Frau Biesthal, erinnern Sie sich nicht? Die Axt lag wirklich da hinten. Ich habe sie auch gesehen, als ich mit diesem Journalisten hier bei Ihnen war. Sie war ja n ... n ... nicht zu übersehen."

Was nun? Dieser Bubikommissar grinste frech. Der Schweizer schaute sie neugierig an. Der lange Lulatsch, der zum Eidgenossen gehörte, ging akribisch das Bücherregal durch und identifizierte jeden einzelnen Titel. Zum Glück hatte er ganz oben links begonnen. Es würde eine Weile dauern, bis er sich zu Ötzi durchgearbeitet hatte.

„Auf was Sie nicht alles achten", wunderte Biesthal sich trocken über Föllstiegel. „Schauen Sie immer hinter die Schreibtische, wenn Sie in fremden Büros sind?" Der versteckte Tadel in Biesthals Stimme entging selbst Rüthli nicht. Wer war hier eigentlich der Chef?

Kommissar Ricky Faller plusterte sich auf, sein käsiges Mozzarella-Gesicht glänzte vor Wichtigkeit: „Nun bitte! Wo ist also diese Axt geblieben?"

Frederike Biesthal drehte ihm demonstrativ den Rücken zu und beugte sich über den Schreibtisch, um dahinter zu schauen. „Hier ist sie jedenfalls nicht mehr", sagte sie süffisant, als wäre dies eine überraschende Neuigkeit. „Wir sollten Hausmeister Kaymal fragen. Ich glaube, das Ding gehörte ihm."

Rüthli horchte auf. „Hausmeister Kaymal? Ist das ein türkischer Name?", fragte er sofort.

„Ja, unser Hausmeister ist Türke", bestätigte Föllstiegel."

Rüthli und Hürzeler warfen sich vielsagende Blicke zu. Damit war auch das geklärt. Kaymal und Aschendorffer waren die Namen aus dem Gästebuch im Carlton-Hotel von Sankt Moritz. Der Hausmeister und der wissenschaftliche Leiter des Instituts. Die Spur war heiß.

„Lassen Sie diesen Herrn Kaymal bitte rufen. Wir wollen ihn selbst nach der Axt fragen", schob sich Kommissar Faller wieder in den Vordergrund. „Wir warten hier auf ihn."

Meslut Kaymal erschien in Gummistiefeln, Latzhose und grünem Anorak. Offensichtlich war er gerade in den Außenanlagen zugange gewesen. Er grinste sein devotestes Grinsen, bei dem er die ganze Batterie seiner gelben Zahnfront bleckte. Jedermann, der ihn sich so gegenübersah, musste ihn für einen debilen Hilfsknecht halten. Frederike Biesthal atmete erleichtert auf, als er endlich erschien, denn Hürzeler war nur noch eine Buchreihe von Ötzi entfernt. Vielleicht wurde er nun abgelenkt. Außerdem kannte sie dieses Kaymal-Gesicht. Es flößte ihr Zuversicht ein. So sah der Türke nur dann aus, wenn er etwas aussheckte.

Kommissar Faller setzte Kaymal auseinander, um was es ging. Er bediente sich dabei einer seltsamen Stümmelsprache, als hätte er es mit einem Analphabeten zu tun: „Wir Polizei. Du antworten! Wo diese Axt sein!" Er tippte mit Nachdruck auf das Bild in der Zeitung. „Diese Axt hier gewesen, auf Fußboden. Da!" Jetzt zeigte er auf die Stelle hinter dem Schreibtisch. Kaymal folgte brav mit den Blicken der ausgestreckten Hand des Kommissars. „Du verstehe?"

Kaymal schüttelte den Kopf: „Nix verstehen!"

„Oh heilige Einfalt", klagte der Kommissar. „Axt! Hier, diese Axt! Wo ist sie geblieben?" Er malträtierte die Bildzeitung mit seinem Zeigefinger, bis sie ihm entkam und seitlich von Biesthals Schreibtisch rutschte und zu Boden flatterte. Korporal Hürzeler ging in die Knie, um das Blatt wieder einzusammeln. Diesen günstigen Moment nutzte Frederike Biesthal, um unbeobachtet das Ötzi-Buch aus dem Bücherregal zu ziehen und schnell auf die oberste Buchreihe im Regal zu schieben. Dort hatte Hürzeler bereits kontrolliert.

Inzwischen spielte Kaymal eine Erleuchtung vor: „Ah, Axt! Isse in Garage! Bei andere Axte!"

„Welche Garage? Welche andere Axte? Führen Sie uns hin!" Kommissar Faller war nun in seinem Element. Er schenkte Biesthal einen triumphierenden Blick. Sie erwiderte ihn ihrerseits mit einer grimmigen Schrapnellsalve, die den Jüngling bis auf die Unterhosen einschüchterte.

„Dann brauchen Sie mich ja jetzt nicht mehr. Sie entschuldigen bitte!" Biesthal eilte zur Tür ihres gläsernen Büros hinaus und verschwand zwischen den Gestellreihen, wo die Mitarbeiter ihres Labors Versuche anrührten.

Kaymal führte die Polizisten brav zu seiner Dienstgarage, die hinter dem Institutsgebäude auf dem Betriebsgelände stand. Geschäftsführer Föllstiegel trottete ahnungslos hinterher.

Kaymal schob das Garagentor auf. Es handelte sich eher um eine kleine Abstellhalle. Hier verbrachten der Aufsitzrasenmäher, die Kehrmaschine, die Schneefräse, ein kleiner Unimog und diverse Kleingeräte ihre Freizeit. An der Rückwand befand sich Kaymals überladene Werkbank, in einer Ecke lagerten Heizkörper, Dachziegel und Fragmente des Stahlgitterzaunes, der das Institut umgab. In einer anderen türmte sich ein Bretterstapel bis unter die Decke. Ein Blechregal bog sich unter Eimern und Dosen aller Größen, von der Decke hingen an stählernen Haken ein Herrenfahrrad und ein Einer-Kajak und schließlich stand da noch ein aufgebockter Kleinwagen, der gerade von Sommer- auf Winterbereifung umgerüstet wurde.

Kaymal betätigte den Lichtschalter, obwohl das trübe Tageslicht die Halle bereits einigermaßen ausleuchtete. Neonröhren sprangen flackernd an. Urs Rüthli wies seinen Assistenten Hürzeler im Flüsterton an, Ausschau nach Gerätschaften zu halten, die in Verbindung zu den am Morteratsch-Gletscher aufgefundenen Gegenständen stehen könnten. „Sie wissen schon, Motorsäge, Blechkiste, Plastikkanister."

„Und nun?", fragte Kommissar Faller ungeduldig. „Wo ist sie, unsere Steinzeitaxt?"

Kaymal deutete auf eine große Holzkiste von den Ausmaßen einer Gefriertruhe. Ein Vorhängeschloss mit Kette sicherte ihren Deckel.

An seinem überladenen Schlüsselbund, den er am Hosengürtel hängen hatte, fingerte er den Richtigen heraus und öffnete das Vorhängeschloss.

Faller und Rüthli steckten ihre Köpfe in die Kiste. „Was ist denn das?", fragte Kommissar Faller überrumpelt und griff in die Kiste hinein. Sie war voll mit exakt identischen Äxten, einfache Attrappen; an einem dicken Holzstiel aus Haselnuss war mit billigen Lederstreifen an einem Ende kreuzweise ein keilförmiges Kupferstück festgebunden. Kommissar Ricky Faller hielt in jeder Hand eine solche Axt und glotzte sie an. Urs Rüthli griff sich ebenfalls ein Exemplar. „Spielzeug!", kommentierte er. „Das ist Spielzeug." Fragende Blicke richteten sich auf Kaymal.

„Was soll das, Herr Kaymal? K ... k ... können Sie das erkl ... kl ... klären?" Föllstiegel war ungehalten.

Unschuldig wie der Glöckner von Notre Dame beteuerte Kaymal: „Isse Geheimnis für Weihnachten." Seine Miene bekam einen verschwörerischen Ausdruck, die buschigen Augenbrauen stellten sich auf: „Solle eigentlich nix verraten. Axte isse Weihnachtsgeschenke von Professor. Für alle Mitarbeiter. Wolle gebe bei Weihnachtsfeier. Isse Gag! Lustige Gag! Für Wissenschaftler wo mache Zukunft."

Rüthli dämmerte es: „Das Weihnachtsgeschenk soll wohl Steinzeit und die Anfänge der Menscheit symbolisieren, während die Mitarbeiter des Instituts sich mit unserer Menschheit und der Zukunft beschäftigen."

Kaymals Goldzahn glänzte: „Genau! Isse Gag! Du verstehe!"

Misstrauisch hielt Kommissar Faller nochmals die BILD-Zeitung ins schäbige Deckenlicht. Er verglich eine der Spielzeugäxte, die er in der Hand hielt, mit dem Exemplar auf dem Bild. Das Foto war leicht unscharf. Dennoch stimmten die Details halbwegs überein. Einfacher Stockgriff, Lederbindung, Kupferklinge. Trotzdem beschlich den Kommissar das Gefühl, dass er übers Ohr gehauen wurde. „Da sind wir dann wohl einem üblen Scherz aufgesessen. Darf ich Sie trotzdem bitten, Herr Föllstiegel, morgen zusammen mit Herrn Aschendorffer und mit Herrn Kaymal aufs Polizeipräsidium zu kommen, damit wir von Ihnen allen Fingerabdrücke nehmen können. Und von Herrn Aschendorffer möchten wir dann wissen, was er in der Nacht vom 26. auf den 27. September in Sankt Moritz gemacht hat. Oder können Sie das beantworten, Herr Kaymal? Sie waren doch auch dabei?"

Kaymal blickte noch dämlicher aus der Wäsche als bisher schon: „Ich nix wisse!"

„Habe ich mir gedacht. Der Kerl ist dumm wie Bohnenstroh", kommentierte Kommissar Faller Richtung Urs Rüthli und zuckte dabei resignierend die Schultern. „Wir werden wohl seinen Professor offiziell vernehmen müssen. Die Vorladung habe ich schon vorbereitet." Er zog einen Briefumschlag aus der Brusttasche und überreichte ihn Föllstiegel. „Hier, das ist für Sie. Sagen Sie Ihrem Herrn Professor, dass er sich gerne auch anwaltliche Hilfe nehmen darf. Dies ist eine offizielle Vorladung."

Sie wandten sich zum Gehen. Im letzten Moment machte Rüthli noch einmal kehrt und griff sich eine der Spielzeugäxte aus der Kiste. „Das kann ich doch mitnehmen, nicht wahr?"

Kaymal tat, als habe er nichts gehört. Föllstiegel nickte beflissen. Hürzeler schaute ratlos aus der Wäsche. Was wollte der Chef mit diesem lächerlichen Imitat?

„Packen Sie es ein", forderte Rüthli seinen Korporal auf und reichte ihm die Axt. Hürzeler stopfte sie in seine Aktentasche. Sie war zu lang. Der hölzerne Griff schaute heraus.

Den Rest des Tages verbrachten Rüthli und Hürzeler damit, die türkischen Spezialitätenläden Freiburgs abzuklappern. Aus den Gelben Seiten, dem Branchenbuch und diversen Touristenführern hatten sie zwei Dutzend Adressen herausgeschrieben, die sie systematisch ansteuerten.

„Nach was luege mir eigentlich?", fragte Korporal Hürzeler, nachdem sie den dritten türkischen Delikatessenladen ergebnislos wieder verlassen hatten. Etwas ratlos standen sie an der Straßenkreuzung. Hürzeler hielt noch das kleine Gewürzdöschen mit 20 Gramm gemahlenen Chilischoten „Tüm kuru aci Biber" in der Hand, das er soeben für 1,40 Euro erworben hatte.

„Nie im Läbe bruuch ich so än Huefe türkische Gwürz." Er stopfte das Döschen zu den beiden anderen in seine Aktentasche, die er in den ersten beiden Geschäften gekauft hatte.

„Niemand hat gesagt, dass Sie in jedem Laden etwas kaufen müssen."

„Abber wie sieht des uus, odder?"

Rüthli zog den Mantelkragen hoch. Es lag Schnee in der Luft. Der bleigraue Himmel hing schwer bis auf die Dächer herunter. Kälte kroch durch die Straßen. Rüthli fror an die Finger, während er die Straßenkarte auseinanderfaltete. Die Ampel sprang auf Grün.

„Nübber?", fragte Hürzeler.

Rüthli nickte. „Wir müssen in die Eschholzstraße. Dort gibt es noch einen türkischen Laden. Hier, schau!" Er blieb mitten auf der Straße stehen und zeigte Hürzeler auf der Karte, welchen Weg sie zu gehen hatten. Er fuhr die Strecke mit dem Finger ab. Autos hupten empört. Sie standen immer noch auf der Straße, obwohl die Ampel längst umgesprungen war. Schnell retteten sie sich auf den Gehweg. „De Verkehr isch mordsmäßig in derre Großstadt", schimpfte Hürzeler.

Es dämmerte bereits, als sie den Orient-Basar erreichten. Es handelte sich um einen Hinterhofladen. Man musste durch einen hohen Torbogen hindurch und landete dann in einem mit Fahrrädern zugestellten Innenhof. Ein ehemaliger Schuppenanbau war zum Laden umgebaut worden. Ein mannshohes Plakat klebte auf der Eingangstür und zeigte in verblichenen Knallfarben Obst und Gemüse. Auf der Türschwelle stießen sie mit Frederike Biesthal zusammen. Hürzelers Knie knallte gegen die prall gefüllte Plastikeinkaufstüte, die Biesthal trug. Es schepperte unheilvoll. „Passen Sie doch auf!", schimpfte Biesthal, noch ehe sie realisierte, mit wem sie zusammengestoßen war.

„Exgüsi!", stammelte Hürzeler unbeholfen.

„Guten Abend Frau Doktor Biesthal", grüßte hinter ihm höflich Urs Rüthli.

„Sie haben mir gerade noch gefehlt", blaffte sie und kontrollierte den Inhalt ihrer Plastiktüte. Unbeholfen versuchte Hürzeler, ihr die Tüte abzunehmen. „Lassen Sie das!", zischte Biesthal.

Während sie zu dritt den Ladeneingang blockierten, bemerkte Rüthli einen Mann um die 50, der soeben um die letzte Regalecke bog, aber sofort auf dem Turnschuh kehrt machte und wieder hinter den Regalen verschwand, als er die Dreiergruppe bemerkte. Das erschrockene Gesicht, das er dabei machte, ließ Rüthli stutzen. Der Mann trug Jeans und einen abgewetzten Anorak. Er sah alles andere als türkisch aus, hatte halblanges, blondes Haar, einen stoppeligen Dreitagebart und Rüthli war, als hätte er eine kleine Kamera in seiner Hand gesehen.

Korporal Hürzeler hatte sich inzwischen beim Versuch, Frederike Biesthal die überquellende Einkaufstüte abzunehmen, so dämlich angestellt, dass nun die Tomaten und Äpfel davonkullerten.

„Jetzt nehmen Sie bloß Ihre Finger weg!", giftete sie. Rüthli nutzte die Gelegenheit, um an den beiden vorbei in den Laden hinein zu gehen, und zwar entgegen der Richtung, aus der der Mann um die Regale gebogen war. Rüthli hoffte, ihn von hinten zu überraschen. Freundlich grüßend ging er an der Kasse vorbei, wo ein älterer Türke mit polierter Glatze saß und zurücklächelte. Hinter der Kasse stand ein schmales Regal mit Zigaretten. Neben Lucky Strike, Camel, Marlboro und anderen westlichen Marken war eine Regalreihe mit exotischen Marken vom Balkan gefüllt: Sultan, Lark, Murad, Unggul, Anadolu. Bei Letzteren handelte es sich um eine knallrote Schachtel mit weißer Schrift und gelb-blauer Bandarole. Das war die Marke, die zu dem Zigarettenpapierchen vom Morteratschgletscher gehörte. Urs Rüthli kaufte eine Packung.

„Haben Sie viele Kunden, die diese Marke kaufen?", fragte er am Tresen. Der Mann schüttelte den Kopf: „Ganz wenige. Nur Türken."

„Kennen Sie Meslut Kaymal?"

Der Mann lächelte immer noch freundlich, aber die Kugeläuglein des Mannes musterten Rüthli genau. „Der Name kommt mir bekannt vor", sagte er lauernd. „Was ist mit ihm?"

Urs Rüthli probierte es ins Blaue: „Für ihn sind die Zigaretten. Wir sind befreundet. Er hat mich gebeten, ihm eine Packung Zigaretten mitzubringen."

„Ach so!" Die Miene des Mannes erhellte sich wieder. „Warum sagen Sie das nicht gleich. Ja natürlich kenne ich ihn. Er kauft seine Zigaretten immer bei uns."

Rüthli bedankte sich höflich und stopfte die Schachtel in seine Jackentasche. Dann umschritt er das große Querregal, das den Laden in zwei Hälften trennte und sah gerade noch, wie der blonde Typ, der ihm zuvor aufgefallen war, jetzt eilig dem Ausgang zustrebte. Korporal Hürzeler hielt ihm dienstbeflissen die Tür auf. Von Frederike Biesthal war nichts mehr zu sehen. Der Blonde hastete an Hürzeler vorbei ins Freie hinaus. Rüthli trat neben Hürzeler und spähte hinterher. „Rühren Sie sich Hürzeler!", befahl er seinem Korporal. „Ist Ihnen etwas aufgefallen?"

„Nein Chef!"

„Der Mann da, der da so schnell an Ihnen vorbei ist?"

Hürzeler runzelte begriffsstutzig die Stirn. Blinzelnd sah er hinter dem Davoneilenden nach. „Der Ma? Hönnt se den gmeint?"

„Den habe ich gemeint, jawohl. Er verfolgt die Frau Doktor Biesthal. Er beschattet sie und will nicht, dass sie ihn bemerkt." Urs Rüthli freute sich, dass er seinem Gehilfen mal wieder eine Lektion erteilen konnte. „Wir gehen hinterher."

Es waren nur wenige Passanten unterwegs. Dafür wimmelte es auf der Straße von Fahrradfahrern, die sich unbekümmert zwischen den Autos schlängelten, vor und hinter ihnen, überholend, die Fahrbahnen wechselnd und die Ampeln ignorierend. Für ordnungsliebende Schweizer Polizisten ein Graus. Der Blonde war schon weit weg. Rüthli und Hürzeler fielen in eine Art Laufschritt, bis sie wieder aufgeschlossen hatten. „Und da vorne, vor ihm, da läuft die Frau Doktor", zeigte Rüthli.

Sie hielten einen nicht allzu großen Abstand. Hätte der Mann sich umgedreht, er hätte seine beiden Verfolger wohl sofort bemerkt. Aber er tat es nicht. Er bog Richtung Innenstadt ab. Hürzeler notierte eifrig die Straßennamen: Egonstraße, Guntramstraße, Klarastraße. Dann kamen sie in die Nähe des Freiburger Hauptbahnhofes. Wentzingerstraße. Frederike Biesthal verschwand in einem Hauseingang.

Rüthli und Hürzeler drückten sich an eine Hausfassade. Der Blonde stand unschlüssig vor der Tür, hinter der Biesthal verschwunden war. Ein paar verirrte Schneeflocken tanzten durch die Häuserflucht. Die Dämmerung schob sich vom Schwarzwald kommend über Freiburg. An ihrem zugigen Platz fröstelten Rüthli und Hürzeler. Das war kein angenehmer Aufenthalt. Rüthli fasste sich ein Herz. Er löste sich aus dem Schatten der Hauswand und schritt schnurstracks auf den Mann zu, der Frederike Biesthal verfolgt hatte. Er war einige Schritte vom Hauseingang zurückgetreten und blickte an der Hauswand empor, wohl um zu sehen, wo als nächstes ein Licht angehen würde. Rüthli stellte sich neben ihn und folgte dem Blick.

„Wohnt hier die Frau Biesthal?", fragte Rüthli lässig, als sei er ein alter Bekannter des Blonden.

„Das ist meine Story", erwiderte der Blonde gereizt. „Mischen Sie sich nicht ein. Für wen schreiben Sie?"

Aha, ein Journalist. Rüthli zückte seinen Polizeiausweis. „Hier", sagte er trocken. „Ich schreibe für die Kantonspolizei Graubünden. Gestatten, Rüthli, Feldweibel Urs Rüthli!"

Der Journalist studierte zuerst Rüthlis Ausweis, dann Rüthlis Gesicht. Beides erschien ihm vertrauenerweckend. „Charly Katz", stellte er sich vor. „Wollen wir nicht irgendwo rein gehen und uns unterhalten?"

*

Sie wärmten sich in einem nahegelegenen Café auf und machten sich miteinander bekannt, soweit das überhaupt erforderlich war. Charly Katz und Korporal Hürzeler hatten ja bereits ausführlich miteinander telefoniert ... Sie vermieden es allerdings beide, darauf näher einzugehen. Für Hürzeler wäre es peinlich gewesen und Charly hatte nicht das reinste Gewissen. Rüthli fand, dass Charly ziemlich genau seinem Bild von einem journalistischen Schnüffler entsprach: Der Mann war so neugierig wie geschwätzig, irgendwie lässig aber gleichzeitig auch immer lauernd. Außerdem strahlte er mit seiner blonden Wischmähne und den gerupften Bartstoppeln eine kreative Ungepflegtheit aus, wie Rüthli sie dem gesamten Berufsstand der Journalisten unterstellte. Rüthli fand ihn dennoch nicht unsympathisch.

Charly seinerseits fand, dass Feldweibel Rüthli genau so aussah, wie er sich einen Schweizer Kantonspolizisten vorgestellt hatte: akkurat und korrekt bis in die Bügelfalte, aber dennoch nicht so beamtenhaft wie deutsche Polizisten. Rüthli hatte ein freundliches Gesicht, offene Augen, eine praktische Kurzhaarfrisur und keinerlei obrigkeitliche Allüren. Sie kamen sehr gut miteinander ins Gespräch, während Korporal Hürzeler lediglich stumm dabei saß und in mehreren Versuchsreihen erkundete, wie sich Zuckerwürfel in heißem Tee auflösen.

Bald hatten sie sich gegenseitig jeweils auf den aktuellen Wissensstand gebracht. Charly interessierte sich vor allem für die Geschichte mit den 52 Äxten. Hürzeler musste sein Exemplar aus der Aktentasche ziehen und vor sich auf den Tisch legen. Katz fotografierte.

„Da ist etwas faul. Das rieche ich zwei Kilometer gegen den Wind", fasste Charly Katz schließlich seine Einschätzung zusammen. „Jedes Kind kann sehen, dass diese Axt auf die Schnelle amateurhaft zusammengeschustert wurde. Eine Ähnlichkeit mit dem Exemplar, das ich fotografiert habe, ist zwar gegeben, aber nur auf den ersten Blick. Oder glauben Sie im Ernst, dass die Leiterin der archäologischen Denkmalpflege auf so ein Fake hereinfallen würde? Immerhin ist die Frau anerkannte Wissenschaftlerin. Und die hat mein Foto genau studiert. Die Axt, die ich fotografiert habe, stammt aus der Steinzeit, da war sie sich ganz sicher. Diese Axt hier", er schob Hürzelers Exemplar quer über den Tisch, „die ist für den Müll. Da will uns jemand verarschen."

„Das sehe ich genauso", bestätigte Urs Rüthli. „Aber beweisen kann ich es nicht."

Katz erläuterte, warum er Frederike Biesthal beschattete: „Ich habe einen guten Informanten direkt aus dem Kreis der Wissenschaftler im Institut BioGen. Der hat mir einiges gesteckt, von dem, was da abgeht. Dieser Aschendorffer, der führt anscheinend skrupellose Experimente am Rande der Legalität durch. Alles hat mir mein Informant nicht erzählt, aber er hat mehr oder weniger bestätigt, dass die Gletscherleiche dort im Institut untersucht wird. Und mein Mann hat mir auch den Tipp gegeben, mal Frederike Biesthal auf den Zahn zu fühlen. Sie sei wohl wankend und unsicher, wie viel von Aschendorffers Experimenten sie vertreten könne. Er meinte, aus ihr könne ich vielleicht ein paar Informationen herausholen, während Aschendorffer wohl ein hoffnungsloser Fall sei. Mit dem könne man nicht reden."

„Und was ist mit dem Türken? Dem Hausmeister?", wollte Rüthli wissen.

„Ich weiß nicht viel von ihm, außer, dass er etliche Töchter hat, die für mich alle gleich aussehen", brachte Charly Katz seine Kenntnisse auf den Tisch. „Was soll sonst mit ihm sein?"

Jetzt war es an Urs Rüthli, ein paar Informationen einzuspeisen, die Charly Katz noch nicht kannte. Er berichtete von den Ermittlungen in der Schweiz, vom türkischen Obdachlosen in Pontresina, von dem türkischen Zigarettenpapierchen und zuletzt von der Hotelübernachtung im Carlton in Sankt Moritz. „Aschendorffer zusammen mit dem Türken. Sie waren beide da. Das haben wir schwarz auf weiß."

Es lohnte sich für Urs Rüthli, dass er Katz einigermaßen vollständig in seinen Stand der Ermittlungen einweihte, denn als er von den Laboruntersuchungen an der im Gletscher gefundenen Blechkiste berichtete, da war es Charly, der die Ergebnisse sofort richtig interpretierte: „Döner! Da war Dönerfleisch in der Blechkiste. Döner, Türken, Kaymal, BioGen. Das ist doch eine eindeutige Spur."

„Aber was hat dieser Hausmeister mit Döner zu tun?" Rüthli suchte noch nach dem roten Faden.

„Das kriegen wir raus. Wir klappern einfach die Dönerbuden rund ums Institut ab. Ich habe da so eine Idee."

Korporal Hürzeler erwachte beim Stichwort Döner aus seiner Abwesenheit: „Ich auch. Ich habe mächtig Hunger!"

*

Die dem Institut BioGen nächstgelegene Dönerbude war die von Döner-Ali. Dort trafen Rüthli, Katz und Hürzeler wenig später ein. Charly Katz hatte es übernommen, die Gruppe durch den Freiburger ÖPNV zu lotsen. Sie fuhren Bus, denn zu dem Imbiss kam man leider nicht mit der Straßenbahn.

Döner-Ali hielt mit seiner Bude, die einem kleinen Hüttendorf glich, einen strategisch bedeutsamen Platz an einer zentralen Kreuzung besetzt. Von hier aus gingen die wichtigsten Straßen des Industriegebietes Nord ab, eine zur Messe und zum Flughafen, eine andere zu den Monstermöbelhäusern, eine Richtung Baumärkte und noch eine zu den großen Industriekomplexen der größten Freiburger Traditionsfirmen. Die Bushaltestelle befand sich direkt am Eingang zu Döner-Alis Favela. Man hatte von hier aus zwei Möglichkeiten: entweder man trat direkt bei Ali ein oder man überquerte die Straße zu einem Supermarktparkplatz, der sich fest in der Hand eines Punker-Rudels befand. Die Vorderfront von Döner-Ali kündete auf zahlreichen nebeneinander befestigten, großen schwarzen Tafeln von den unanständig niedrigen Preisen und den verschiedenen Würzvariationen, die es zu jedem Gericht gab. Katz, Rüthli und Hürzeler blieben in der Kälte stehen und studierten den umfangreichen Katalog: Von Kebap, Pide, Köfte, Gözleme und Lahmacun gab es so viele Varianten und Größen, dass man schon alleine damit eine Autobahnraststätte an der Strecke Ankara-Istanbul hätte betreiben können. Aber das war längst nicht alles: Von der Curry-, über die Rostbrat- bis zur bayrischen Weißwurst fehlte auch keine namhafte Wurstvariante, sogar die berühmte „Lange Rote vom Minsterplatz" war im Angebot. Links und rechts der Eingangstüre hingen zwei orientalisch anmutende schmiedeeiserne Lampen, auf denen die Leuchtreklame der heimischen Ganter-Brauerei gegen die Novembernacht anstrahlte.

Nach einem aufmunternden Nicken von Charly Katz betraten sie hintereinander die Lokalität. Döner-Ali bestand im Kern aus einem großen Imbisswagen, der mit allerlei Vordächern, Auslegern und Anbauten nach einer Seite wie ein Gewächshaus, nach der anderen Seite wie ein Baustellencontainer erweitert worden war. Hinter der Theke, die sie vom restlichen Innenraum abtrennte, war die Küchenzeile einsehbar. Hier hantierten drei Männer und eine Frau. Zwiebelgeruch hing in der Luft. Ein paar selbst gezimmerte Stützbalken bewahrten die Deckenkonstruktion aus Brettern und Plexiglas vor dem Zusammenbruch. Durch eine milchglasige Schiebetür, die einstmals ihre Karriere als Sauna- oder Duschtür begonnen haben mochte, erreichte man einen mit Bierbänken vollgestellten Außenbereich. Dabei musste es sich um den „gemitlichen Biergarten" handeln, der draußen annonciert war. „Illegal! Dös isch doch alles illegal", mutmaßte Korporal Hürzeler sofort.

„Selbst der WKD ist empfänglich für ein paar Hunderter, die man ihm in die Brusttasche stopft", lästerte Katz. „Die Türken wissen halt, wie man einem deutschen Beamten anatolisches Geschäftsleben näher bringt." Er machte eine umfassende Handbewegung in den Raum hinein: „Und mal ehrlich. Hier ist es doch gemütlich, den Leuten schmeckts, niemand beschwert sich. Also, was soll's?"

„Die hättemer bi iis schu lang uusgwiese", gab sich Hürzeler unbestechlich. „In de Schwyz gitts so ebbis nüt."

Das hinderte den Korporal nicht daran, sich für das unschlagbar günstige halbe Brathähnchen für zwei Euro zu entscheiden. Katz wählte Döner, Rüthli ebenso. Sie mussten an der Theke anstehen und dort ihre Bestellung aufgeben. „Wird Nummer aufgerufen!", erklärte ihnen die Frau an der Kasse und drückte jedem ein gelbes Zettelchen mit fortlaufenden Nummern in die Hand. „Nummer 621!", las Rüthli seine Nummer vor. „Da scheint ja ganz schön was zu gehen."

Ali beobachtete die Gäste aus den Augenwinkeln, während er hinter der Theke Cacik anrührte, ein Yogurt mit Gurkenstückchen und Gewürzen. „Firat! Kennst du die Leute?", fragte er seinen schnauzbärtigen Landsmann und Gehilfen.

„Es sind Schweizer!", mutmaßte Ali.

Firat wischte sich die Hände an der fettigen Kittelschürze ab und riskierte einen Blick zu dem groben Holztisch hinüber, an dem Katz, Rüthli und Hürzeler warteten.

„Hör mir auf mit denen", knurrte Firat und strich sich durch den Schnauzbart. „Von dem Land habe ich genug!"

„Nummer 621, Nummer 622 und Nummer 623", plärrte der Lautsprecher. Das war die Stimme von Ömer, Alis zweitem Gehilfen. Charly erhob sich und holte die Speisen an der Theke ab. Ali musterte den Journalisten. Kein Stammkunde.

„Blödes Wetter heute?"

Katz schaute nur kurz auf und bestätigte: „Ja, saukalt. Im Hochschwarzwald schneit's schon." Dann trug er das Essen zu den beiden Schweizern an den Tisch. Ali Görycy widmete sich wieder seinem Cacik.

Die weiße Knoblauchsoße troff zwischen Katz' Brotteiglappen hervor und hinterließ auf dem Tisch einen Flecken wie Taubenschiss. „Ich sag's euch, die reden über uns. Der große Dunkle, der hat uns beobachtet. Dann hat er mit seinem Kollegen geflüstert."

„Verfolgungswahn!", kommentierte Urs Rüthli, während er seine Serviette nahm und damit den weißen Fleck entfernte, um den Katz sich nicht kümmerte.

Katz schüttelte den Kopf. „Ich habe Antennen für sowas. Überlegt mal: Warum sind wir hier? Wir suchen eine Döner-Bude, die wir in Verbindung mit dem BioGen und mit dem Leichendiebstahl aus eurem Gletscher bringen können. Das hier ist die Döner-Bude, die am nächsten beim Institut liegt. Und hinter der Theke stehen drei bärtige Kerle, finster wie Strauchdiebe und werden nervös, kaum dass drei Fremde hereinkommen, von denen zwei auch noch Schweizer sind."

„Ihre Fantasie geht mit Ihnen durch", mutmaßte Rüthli. „Natürlich interessiert man sich, wenn neue Gäste kommen, die man nicht kennt. Das ist doch normal. Oder Hürzeler?"

Der war nicht bei der Sache. Er schaute erschrocken auf, den Hähnchenschlegel noch im Mund. Er fasste den Knochen und zog ihn durch die Lippen: „Hbfffsch ... was isch ..?" Er fuhr sich mit der Zunge über den Mund. „ I han grad it zueglooset."

Rüthli knirschte beherrscht mit den Zähnen. Manchmal hätte er den Korporal im Genfer See ertränken können. Sein Licht brannte halt einfach nicht allzu hell. „Hürzeler", kommandierte er deshalb eine Spur zu dienstlich. „Gehen Sie mal raus und einmal um die Hütte herum. Vielleicht fällt Ihnen ja etwas auf. Aber seien Sie vorsichtig. Man muss Sie ja nicht gleich bemerken."

Seufzend erhob sich Hürzeler. Den letzten Knochen warf er in die Plastikschale. „S'isch abber kalt drusse."

„Wenn Sie wiederkommen steht ein Schnaps auf dem Tisch, versprochen."

Hürzeler blieb nicht lange weg – jedenfalls zu kurz, als dass Rüthli bis dahin schon den versprochenen Schnaps hätte bieten können. Mit aufgeregt geröteten Bäckchen ließ er sich wieder auf die Bierbank fallen. Sein Gesicht strahlte große Wichtigkeit aus. Er stellte seine schwarze Aktentasche auf die Oberschenkel. „Luege emol, wa isch do drinne han!", forderte er Katz und Rüthli auf, während er die Lasche umschlug. Er zog die Tasche einen Spalt breit auseinander und eine zerknüllte Plastikverpackung heraus. Beutestolz klatschte er den feuchten Plastikfetzen auf den Tisch. „Des isch im Güselchübel gläge. Do isch no meh!", informierte Hürzeler, während er die Plastikverpackung glatt strich. „Da ganz Chübel isch voll." Rüthli fasste den Plastikfetzen mit spitzen Fingern an und hob ihn eine Handbreit in die Höhe. Charly Katz las den Aufdruck vor, der orangene Schriftzug war nicht zu übersehen: „Coop Genossenschaft, 4002 Basel, Saftiges Brathähnchen, 500 Gramm, Freilandhaltung".

„Jessis!", entfuhr Rüthli ein zischender Ausruf. Und während er eilig die Plastikverpackung wieder in Hürzelers Aktentasche stopfte, gewahrte er die finsteren Blicke, mit denen von seinem Platz hinter der Theke aus Ali Görycy ihren Tisch beobachtete.

„Brathähnchen?", grübelte Charly Katz. „Das sagt mir irgendwas ..."

„Ich weiß es ganz genau", ging Rüthli dazwischen. „Brathähnchen vom Schweizer Coop. Ha! Das ist das nächste Puzzlestück." Hürzeler glotzte zufrieden. Er wartete auf den Schnaps.

„Wir gehen!", entschied Rüthli. „Nichts wie raus hier!"

Jetzt fiel es Charly Katz wieder ein: „Natürlich! Die Brathähnchen im Schubkarren. Im BioGen!" Er klatschte zufrieden in die Hände.

*

Ali Görycy war nervös, als am nächsten Morgen Meslut Kaymal mit dem Renault vom Institut bei ihm vorfuhr.

„Warum hast du angerufen?"

„Komm, steig ein!"

Hilflos hob Ali beide Arme. Er band sich die Schürze ab und reichte sie Firat, der neben ihm stand. „Bin gleich wieder da!" Dann stieg er bei Meslut ein. Er musste auf den Rücksitz. Auf dem Beifahrersitz saß schon jemand.

„Das ist Professor Aschendorffer", stellte Kaymal vor, während er hochschaltete und sich in den Verkehr einfädelte. „Mein Chef!"

„Was ist los?"

„Mach einfach nur, was mein Chef sagt. Du stellst dich doof und kannst kein Deutsch. Savvy?"

Auch Aschendorffer schien leicht irritiert. „Herr Kaymal, ist das mal wieder einer ihrer Brüder?"

„Manchmal. Heute nicht!"

Der Professor wandte sich auf seinem Sitz um und versuchte, Ali auf dem Rücksitz zu mustern. Der zuckte mit den Schultern und gab damit zu verstehen, dass er genauso ahnungslos war wie Aschendorffer.

Kaymal steuerte den Wagen quer durch den Stadtteil Stühlinger Richtung Heinrich-von-Stephan Straße. „Wo mir fahre hin?", fragte er. Es war eine rhetorische Frage.

„Das wissen Sie ganz genau, Herr Kaymal. Wir fahren zur Polizei, weil man uns dort vernehmen will und weil wir dazu eine Vorladung haben."

„Isse richtig. Un isse gefährlich, weil Polizei wolle Finger-Abgedrucke."

„Fingerabdrücke", korrigierte Aschendorffer.

„Und meine Finger-Abgedrucke isse auf Schnee-Doo un auf Kiste und auf Motorsäge", erläuterte Kaymal, während er am Lenkrad kurbelte.

Aschendorffer begriff sofort: „Sie fürchten also, dass man auf diesem Wege nachweisen könnte, dass Sie die Leiche aus dem Gletscher gestohlen haben? Wie gut dass ich Handschuhe getragen habe."

„Isse gut für Professor-Finger-Abgedrucke! Nix Gefahr!" Kaymal seufzte: „Nur Gefahr für mich. Abber ich war gar nicht dabei." Jetzt klang er mit einem Male fröhlich. „Ich habbe ganz andere Finger-Abgedrucke als an Blechkiste."

„Aber Sie waren doch dabei", widersprach Aschendorffer, der immer noch nicht durchschaute, auf was Kaymals Erklärungen hinausliefen. „Sie und Ihr Bruder!"

Sie blieben an einer roten Ampel stehen. Kaymal drehte den Kopf über die Schulter nach hinten zu Döner-Ali: „Alles verstanden?"

Ali nickte und bestätigte jämmerlich: „Ich weiß, warum du mich brauchst. Wieso immer ich, Meslut?"

„Weil du mir am ähnlichsten siehst!"

Aschendorffer stand immer noch auf dem Schlauch und fragte gereizt: „Nun will ich wissen, was hier vorgeht, Herr Kaymal?"

„Da vorne isse Polizeipräsidium. Emniyet müdürlü ü", übersetzte er gleich noch für Ali. „Ich warte in Auto! Ali, du bist dummer Türke Kaymal und sprichst nix deutsch. Hier mein Ausweis."

Jetzt begriff auch Aschendorffer, auf was das Ganze hinauslief. Döner-Ali sollte sich bei der Polizeivernehmung als Meslut Kaymal ausgeben, für ihn die Fingerabdrücke abgeben und ansonsten zu allem schweigen. Er, Aschendorffer, hatte die Aufgabe, zu erklären, warum er mit diesem tumben, sprachunfähigen Türken eine Nacht im Carlton zugebracht hatte. Aber auch da hatte Kaymal bereits vorgesorgt: Man habe sich dort mit einem türkischen Hamsterzüchter getroffen, um über eine Lieferung von Labor- und Versuchstieren zu verhandeln. Dazu habe es eines Dolmetschers bedurft. Den türkischen Hamsterzüchter gab es natürlich. Es handelte sich um einen Bruder von Kaymal, der in Liechtenstein eine Tierhandlung betrieb.

Bevor er mit Kaymals Personalausweis in der Hand ausstieg, hielt Ali noch einmal kurz inne und warnte: „Meslut, da waren gestern drei so Kerle bei mir im Imbiss. Ich glaube, die haben herumgeschnüffelt."

Meslut Kaymal winkte ab: „Erzähl mir nachher. Jetzt geh mit Professor. Und sag nix!"

13

Als Frederike Biesthal Feierabend machte, achtete sie darauf, zur gleichen Zeit wie Kaymals Tochter Azize das Gebäude zu verlassen. Azize, die mit dem Piercing, hatte die Angewohnheit, sich nach Ende ihres Dienstes noch im Institut umzuziehen. Sie benutzte dazu die Umkleideräume in Biesthals Labor, die ihr dort einen Spind zur Verfügung gestellt hatte. Seither wusste Frederike Biesthal auch, dass Kaymals Tochter Azize eine Doppelidentität pflegte. Solange sie unter dem Regime ihres Vaters im Institut putzte, trug sie schlichte Kopftücher wie ihre sechs anderen Schwestern auch, und sie verbarg sich selbst hinter Putzschürzen und unter türkischen Pumphosen und Pullovern. Nach Feierabend legte sie dezentes Make-up auf, zog sich um und tauschte ihre Arbeitsklamotten gegen Minirock und top moderne Blusen. Die ausgeschlurften Turnschuhe verschwanden im Spind, Azize trug plötzlich knallfarbene, hochhackige Pumps. So stand sie auch jetzt im Lift, einen Mantel über dem Arm, als Frederike Biesthal sich in letzter Sekunde dazuquetschte, kurz bevor die Aufzugstür sich wieder schloss.

Beide Frauen lächelten und grüßten sich. Biesthal signalisierte mit anerkennenden Blicken, dass ihr Azizes Verwandlung gefiel. Da niemand sonst in der Kabine mitfuhr, begann Frederike Biesthal die während des ganzen Tages geplante Kontaktaufnahme: „Sie sehen bezaubernd aus, Azize. Ich weiß gar nicht, warum Sie Ihre Figur und Ihre weibliche Ausstrahlung tagsüber so verstecken."

Azize lächelte milde. Wie ihre sechs anderen Schwestern auch war sie irgendwo zwischen 16 und 26 Jahre alt und besaß das vom Vater geerbte klassisch-schöne Gesicht osmanischer Menschen. Ihr pechschwarzes Haar trug sie offen bis auf die Schultern, ihre großen Augen schauten unter schweren Hängelidern klug und überlegen, und mit ihrer ebenmäßigen Nase konnte sie Modell für Kleopatra-Büsten stehen.

„Warum tragen Sie tagsüber bei uns im Institut ein Kopftuch?", forschte Biesthal weiter.

Der Aufzug hielt im zweiten Obergeschoss, die Tür öffnete sich, Doktor Amresh stand davor. Etwas strenger als beabsichtigt schaute Biesthal an ihrem indischen Kollegen herab: „Doktor Amresh, würden Sie uns bitte alleine im Aufzug fahren lassen!" Es war keine Frage, es war eine Aufforderung. Murji, der von seiner Kollegin einiges gewohnt war, zuckte zusammen wie ein Schuljunge. Beflissen schnell und viel zu höflich, gemessen an dem Tonfall, den Biesthal angeschlagen hatte, wich er um zwei Schritte zurück. „Aber natürlich. Selbstverständlich. Ich wollte nicht stören." Er besaß einfach vollendete Manieren. In Wahrheit hatte er ganz gezielt den Aufzug gedrückt und darauf gelauert, dass er darin Frederike Biesthal treffen würde. Er hatte sich endlich ein Herz gefasst und wollte sie zum Abendessen einladen. Immerhin gab es einen triftigen Grund, sich mit ihr zu besprechen. Schon seit Langem plante er diese Annäherung. Nun räumte er widerstandslos das Feld.

Die Aufzugstür schloss sich wieder. „Das Kopftuch hält mir die Männer vom Leib!"

„Wie bitte?"

„Mit Kopftuch belästigt mich niemand. Jeder Kerl denkt, dass ich eine brave, traditionelle türkische Frau bin, mit drei gewaltbereiten Brüdern, die sofort das Messer zücken, wenn sich jemand an ihre Kopftuchschwester ranmacht. Also lässt man mich in Ruhe. Ich wurde noch nie belästigt."

Biesthal lächelte. „Aber das macht auch Spaß, das gefällt doch einer Frau, wenn Männer sie umschwärmen. Ich habe Vergnügen daran. Ich kann sie dann ja immer noch abblitzen lassen."

„Nicht wenn Sie Putzfrau sind. Das ist ein kleiner Unterschied."

Biesthal schwieg, während der Aufzug federnd im Erdgeschoss ankam. „Warum wollten sie Doktor Amresh nicht in den Aufzug lassen?", fragte Azize. „Ich finde ihn sympathisch. Er ist der einzige Mann im ganzen Institut, der immer höflich und wertschätzend zu mir ist."

Mit einem Nicken gab Frederike Biesthal Azize Recht. „Das stimmt. Aber ich wollte etwas mit Ihnen besprechen, wo ich niemanden dabei haben will." Gemeinsam verließen die beiden Frauen das Gebäude. Draußen blies ihnen ein freudloser Novemberwind ins Gesicht.

„Sind Sie mit Ihrem Motorroller da?" Azize nickte.

„Würden Sie mich ein Stück mitnehmen. Sie fahren doch Richtung Innenstadt?"

„Ja, Richtung Uni", bestätigte Azize. „Nebenher studiere ich ein bisschen."

Das wusste Biesthal schon alles. Die Kaymal-Mädchen waren gescheit. Drei gingen noch aufs Gymnasium, die anderen hatten alle bereits ihr Abitur und organisierten Studium und Putzdienst im Institut nebeneinander her.

„Azize, darf ich Sie vorher auf einen Tee oder Kaffee einladen?", fragte Frederike Biesthal höflich. „Ich möchte Sie um einen Gefallen bitten."

Azize Kaymal war so erzogen, dass sie eine solche Einladung und Bitte niemals abgeschlagen hätte. Schon gar nicht, wenn sie von einer hochrangigen Person am Institut kam. Wenig später fanden sich die beiden Frauen an einem kleinen Tischchen gegenüber sitzend im Café Kaktus in der Elsässerstraße.

Sie warteten, bis ihre Getränke kamen, Capuccino für Frederike Biesthal, Espresso für Azize Kaymal, wärmten sich die Finger an den Tassen und schwiegen ziemlich lange.

„Sie wollten mich um einen Gefallen bitten", brach Azize das Schweigen.

Verschwörerisch hob Biesthal einen Finger an die Lippen und flüsterte: „Es geht um einen Mann."

Azizes große Augen wuchsen zu Riesenrädern.

„Und er ist in der Wohnung Ihres Vaters im Institut eingeschlossen."

„Bowolf? Der fremde Wissenschaftler aus Usbekistan, der dort vorübergehend wohnt?"

„Ich weiß nicht, was Ihnen Ihr Vater erzählt hat. Aber wir meinen den gleichen Mann. Bowolf."

Aus Azizes neugierigem Lächeln wurde ein verschwörerisches Grinsen: „Der sieht interessant aus, nicht wahr?"

„Oh ja!" Die Wissenschaftlerin nickte und hoffte, dass sie dabei nicht allzu sehr errötete. „Sehr interessant!"

„Unser Vater lässt uns nicht zu ihm. Er versteckt ihn. Aber ich habe ihn schon ein paar Mal heimlich gesehen."

„Sie wissen aber, wo Ihr Vater die Schlüssel für seine Wohnung aufbewahrt?" Jetzt endlich kam Biesthal zur Sache.

Azize kicherte: „Ich habe selbst einen. Meine Schwestern auch. Mein Vater weiß genau, dass wir ohne seine Erlaubnis die Räume nie betreten würden." Sie nahm einen zierlichen Schluck aus der Espresso-Tasse. Biesthal beobachtete sie dabei. Ihr fielen die grellrot lackierten Fingernägel auf. Was war das doch für eine hübsche, gepflegte junge Frau. Und taff war sie auch. Man musste ihr nicht lange erklären, um was es ging.

„Sie wollen da rein? Zu ihm?", fragte Azize, nachdem sie genüsslich ihren Schluck genommen hatte. „Ist das nicht gefährlich?"

Jetzt amüsierte sich Frederike Biesthal. „Was sollte an einem Wissenschaftler aus Usbekistan gefährlich sein?"

„Immerhin ist er eingeschlossen. Und ich bin nur eine kleine, unwichtige, türkische Putzfrau, die nichts weiß und nichts sieht."

Biesthal seufzte: „Oh Azize, wenn Sie wüssten. Vertrauen Sie mir. Sagen Sie mir nur, ob Sie mir den Schlüssel ausleihen würden. Jetzt? Für heute Nacht?"

„Passen Sie auf sich auf", riet Azize, während sie bereitwillig die Schlüssel aushändigte.

*

Gegen 23 Uhr, das Industriegebiet war längst ausgestorben, betrat Frederike Biesthal durch die Hintertür das Institut. Es war die Stahltür, die in die Kellerräume zu Meslut Kaymals Hausmeisterwohnung führte. Sie war aufgeregt, zitterte vor ihrer eigenen Kühnheit. Was war bloß in sie gefahren? Nach dem Vorfall vor einigen Tagen, als Bowolf in ihren Armen lag und weinte wie ein kleines Kind, da hatte sie so viel Wärme und Zuneigung durchflutet, dass seither ein Sturm der Gefühle in ihr tobte, wie sie es noch nicht erlebt hatte. Ein überwältigendes Gefühl von Mütterlichkeit hatte sie überflutet, eine Woge von beglückenden Schutzinstinkten. Wie war es möglich, dass jemand, indem er an ihrer Brust weinte, die stählerne Kapsel sprengen konnte, die sie um ihr Herz geschmiedet hatte? Niemals hätte sie gedacht, dass sie je solche Gefühle überkommen könnten. Die hatte sie eigentlich aus ihrem Leben verbannt, und mit ihnen all jene Ereignisse, die vor vielen Jahren zu dieser Verhärtung geführt hatten. Ein Mann hatte sie einst gekränkt, verletzt, aufs Innerste gedemütigt, erniedrigt und verraten. Und alle übrigen Männer sprachen die gleiche Sprache, das erfuhr sie immer und immer wieder. So schloss sie sich ein, versiegelte ihr Innerstes und ihre Träume. Frederike liebte ihre Wissenschaft, sie begeisterte sich an Themen und an Forschungsergebnissen, kanalisierte fortan all ihren Ehrgeiz in die Karriere. Ansonsten gestattete sie sich keinerlei Emotionen, außer ihrer Verachtung dem männlichen Geschlecht gegenüber. Nun gut. Amresh, der war eine Ausnahme. Amresh war ein Spezialfall von Mann. Ausgerechnet ein Mann aus dem 3. Jahrtausend vor Christus drohte nun, all ihre Gewissheiten in Frage zu stellen. Es war die Hilflosigkeit gewesen, die untröstliche Not, die sie bei Bowolf gespürt hatte. Er war ein Verlorener. Und er wusste es. Und er litt. Frederike Biesthal war die einzige, die es bis ins Mark spürte.

Nach dem irrtümlichen Eingreifen in der Hausmeisterwohnung, an jenem Tag, als Bowolf an Biesthals Brust gelegen und sich ausgeweint hatte, hatte Kaymal Bowolf zwar zunächst wieder auf die Pritsche gefesselt, doch Aschendorffer hatte ihn bald wieder losgemacht. Biesthal hatte die Situation erklärt. Kaymal entschuldigte sich anderntags vielmals. „Habbe gedacht, isse Angriffe!", jammerte er. Aschendorffer verzichtete darauf, ihn zu tadeln. Bowolf tat so, als habe es den Vorfall vom Vortag überhaupt nicht gegeben. Hin und wieder suchte er verstohlen den Blickkontakt zu Frederike Biesthal. Aber jedes Mal, wenn sie seine Blicke erwiderte, schlug er verlegen die Augen nieder. Er durfte sich wieder frei in Kaymals Wohnung bewegen.

„Wir müssen ihn an unsere Zivilisation heranführen", beschwor Aschendorffer seine Kollegen.

„An der Kollegin Biesthal war er schon ganz nah dran", erwiderte Doktor Westphal schnippisch und fügte vieldeutig hinzu: „Scheint Ihnen ja durchaus nicht als traumatisches Erlebnis in Erinnerung geblieben zu sein."

Sie gab spitz zurück: „Das hätte mit Ihrer Beteiligung sicher anders ausgesehen."

Aus Dr. Schröders Kehle war dumpf ein belustigtes Gurgeln zu vernehmen, für seine Verhältnisse ein Gefühlsausbruch. Aschendorffer tat, als bekäme er nichts mit und Murji Amresh stand abseits und war sichtlich gekränkt. Er hätte sich ähnliche Zuneigung von Frederike Biesthal gewünscht. Was musste ein Mann tun, um Frederike Biesthals Herz zu öffnen? Ein grober Klotz von Steinzeitmensch, und schon ließ sie alle Schutzhüllen fallen? Wo blieben ihre Emanzipation, die er so bewunderte, ihre Kultiviertheit, die er so schätzte, und ihr Intellekt, den er so verehrte? Nein, Amresh verstand nicht, was in dieser Frau vor sich ging. Und so ging seine Kränkung einher mit brodelnder Eifersucht. Niedrige Rachegedanken, für die er sich selbst hasste, suchten ihn heim. Mit umschleiertem Blick tarnte er seine innere Aufruhr.

Aschendorffer unterbreitete seinen Plan: „Früher oder später müssen wir ihm die Welt zeigen. Er kann nicht ewig hier eingeschlossen bleiben. Wir werden ihm nach und nach" – er legte eine kurze Pause ein – „... Manieren beibringen. Nicht wahr?" Dabei schaute er Mona Hohner an, die fleißig Protokoll führte. „Essen mit Messer und Gabel, der Umgang mit Geld, Körperpflege, die kleinen Dinge des Alltages, all das wird er lernen müssen. Eines Tages wird er wie selbstverständlich telefonieren können."

„Kann er schon, telefoniere", meldete sich die Stimme Kaymals. „Isse schon erledigt!"

Alle Köpfe fuhren herum. Kaymal stand unschuldig in der Tür, den Goldzahn zu einem entschuldigenden Grinsen gebleckt, und hielt sein Handy in die Höhe. „Habbe ich ihm erklärt, isse ganz einfach. Bowolfgang telefoniere Döner-Ali zum bringe drei Döner jeden Abend!"

„Er heißt Bowolf!", korrigierte Aschendorffer, den das Telefonieren weniger zu interessieren schien, als die neue Namensgebung.

Kaymal hatte in der Zeit, die er mit Bowolf verbrachte, ganze Arbeit geleistet. Mit dem Flachbildfernseher und der Fernbedienung war Bowolf längst vertraut – er telefonierte, er kochte Suppe und briet sich Fleisch auf Kaymals Herd, er bewunderte die Mikrowelle, die er als „Schnellfeuer" bezeichnete, er liebte das Bett, die Decken und die Matratze und er stolzierte in Kaymals Seidenpyjama herum wie ein Salonlöwe auf dem Freiburger Presseball. Nur mit den Wasserhähnen und der Klospülung stand er noch auf Kriegsfuß.

„Wie alt ist er eigentlich genau?", wollte Mona wissen.

„Fünftausendfünfhundert Jahre, mit einer Ungenauigkeit von ein paar Jahrzehnten", erläuterte Aschendorffer ungerührt.

„Ich meine sein richtiges Alter. Wie oft hat er schon Geburtstag gehabt?"

„Sie meint sein biologisches Alter", half Doktor Westphal nach. Aschendorffer schaute ratlos aus dem Laborkittel. Damit hatte er sich noch nicht beschäftigt. Aber Kaymal: „Ich wisse!" Alle Blicke richteten sich wieder auf den Hausmeister. „Isse drei Mal zwei Hände und zwei!" Jetzt grinste Kaymal wie ein Maharadscha bei der Eröffnung eines Festbanketts. Die fragenden Blicke ließ er einen Moment lang an sich abprallen, dann demonstrierte er, was er meinte. Er hob beide Hände, die Finger auseinandergespreizt und machte dreimal hintereinander eine Geste, als wolle er jemanden abklatschen. Dazu zählte er: „Einmal zwei Hände, zweimal zwei Hände, dreimal zwei Hände. Isse dreißig. Und dann noch zwei!" Dazu hob er zwei abgespreizte Finger in die Höhe. „Isse zweiunddreißig."

„Wie? ... Woher?", fragte Frederike Biesthal vorsichtig.

Kaymal erklärte, dass er bei der abendlichen Frage nach der Zahl der zu bestellenden Döner hinter Bowolfs Zählmethode gekommen war. „Kann er nixe zähle über drei. Zähle immer mit Finger. Eins, zwei, drei. Isse mehr als drei, Beispiele vier, er sage ‚eine Hand weniger eins'. Das isse vier." Als müsse er sich für dieses Beispiel rechtfertigen, fügte Kaymal hinzu: „Eine Hand weniger eins bei Bowolfgang isse Döner-Zahl jeden Abend."

„Es ist irrelevant, wie alt er ist", kommentierte Aschendorffer mit einer abfälligen Geste. „Ob er heute lebt oder vor fünftausend Jahren gelebt hat, er existiert mehr oder weniger dauernd. So wie wir auch."

Sie waren es alle gewohnt, dass Aschendorffer manchmal kryptische Thesen in den Raum warf. Deshalb hielt sich jetzt das Staunen in Grenzen. Dennoch musste man eine Frage stellen, wenn man mehr wissen wollte. „Was meinen Sie damit?", versuchte es Doktor Westphal ganz vorsichtig.

Armseliger! Das etwa drückte Aschendorffers Blick aus, als er gereizt erklärte: „Lesen Sie mal Harry Mulisch, die Entdeckung des Himmels. Habe ich letzte Nacht gelesen. Da lernen sie was."

„Über unser Alter?", lockte Westphal.

„Über die Zeit und den Zusammenhang zwischen Gegenwart, Vergangenheit und Zukunft." Wenn er nun schon zu einer Antwort provoziert worden war, konnte er auch ausholen: „Der Gedanke ist der: Wenn Sie auf einem Stern, der vierzig Lichtjahre von hier entfernt ist, mit einem sehr starken Fernrohr zu uns herüberschauen, dann sehen sie jetzt dort, was hier vor vierzig Jahren passiert ist. Befinden Sie sich aber auf einem Stern in einer Entfernung von fünftausendfünfhundert Lichtjahren, dann sehen Sie, wie Bowolf im Gletscher eingefroren wird. Dann passiert es für Sie gerade jetzt."

Alle dachten darüber nach. So wie sie Aschendorffer kannten, brütete er wahrscheinlich schon über einer Idee, wie er diesen Effekt technisch inszenieren konnte.

*

Frederike Biesthal drückte sich vorsichtig durch den schmalen Türspalt und schloss die Stahltür schnell wieder hinter sich. Dann stieg sie die Treppen hinunter, öffnete mit Azizes Schlüssel die Kellertür, schlich durch den dunklen Gang, indem sie sich die Wand entlang tastete bis vor Kaymals Wohnunsgtür. Sie lauschte. Das Institutsgebäude brummte, rauschte, zischte und knirschte, Wasserleitungen blubberten, Heizungen pochten. Es roch muffig. Hinter den Wänden vermeinte Biesthal den Klagegesang einer Versuchskatze zu hören. Hinter der Wohnungstür aber schien alles still. Schlief Bowolf?

Biesthals Hände waren feucht. Sie spürte, wie sich die Härchen an ihren Armen aufstellten. Tat sie das Richtige? Entschlossen drehte sie den Schlüssel im Schloss um. Vorsichtig drückte sie die Tür nach innen auf. Kein Laut. Sie trat ein, lauschte. Sie schob die Tür hinter sich wieder zu. Im Vorfeld hatte sie sich nicht ausgemalt, was sie tun würde, was alles passieren könnte. Sie wusste nur, dass Bowolf Hilfe brauchte. Sie drückte den Lichtschalter und rief mit leicht belegter Stimme: „Bowolf!" Und nach einigen Sekunden nochmals: „Bowolf!"

Dann betrat sie das Schlafzimmer. Dort stand Bowolfs Bett. Sie knipste auch hier das Licht an. Das Bett war leer.

Im selben Augenblick wurde sie von hinten gepackt. Bowolf hatte hinter der Tür gelauert. Er schnappte Biesthal mit dem linken Arm um Taille und Bauch und fasste sie mit der starken rechten Hand um den Hals, wie um sie zu würgen. Im gleichen Moment bemerkte er, wen er überrascht hatte. Erschrocken ließ er Biesthal sofort los und schob sie von sich. Frederike schnappte nach Luft. Sie griff sich an den Hals, während sie sich zu Bowolf umdrehte. Meine Güte, welche Kraft hatte dieser Kerl in nur einer Hand? Er hätte sie mühelos erwürgen können. Bowolfs Blicke flackerten, bittend, fast bettelnd. Entschuldigend breitete er die Arme aus, als wollte er zeigen: Ich tue dir nichts. Geh nicht weg! Bleib hier!

Frederike Biesthal hatte nicht die Absicht, wieder zu gehen. Sie öffnete ihre große Tasche und zog das monströse Buch heraus, das sie am Nachmittag extra für Bowolf gekauft hatte. „Setz dich hin, Bowolf", sagte sie und deutete zu dem kleinen Tischchen, an dem zwei schäbige Sessel standen. „Ich habe dir etwas mitgebracht". Sie versuchte freundlich zu klingen, nicht kalt. Sie erschrak über sich selbst, wie schwer es ihr fiel. Aber

Bowolf verstand sie. Er folgte brav wie ein Kind und setzte sich an den Tisch. Biesthal zog den zweiten Sessel heran, dann legte sie sorgfältig das Buch vor Bowolf hin. „Das große Buch vom Engadin" Es war nicht nur das außergewöhnliche Format, das diesem Bildband den Titel gab. Vor allem waren es die grandiosen doppelseitigen Panoramafotografien von knapp einem Meter Länge. Die Aufnahmen zeigten die unglaublichsten Alpenlandschaften, schroffe Gipfel, grüne Täler, Seen, Bergketten bei Sonnenuntergang und Sonnenaufgang, Schneehänge, Felsen, Wälder, das ganze Engadin in seiner atemberaubenden Pracht. Biesthal schob Bowolf das Buch hin und schwieg.

Der Mann aus der Steinzeit starrte minutenlang andächtig auf das Titelblatt. Dann berührte er es mit den Fingern und fuhr an den Konturen der Berggipfel entlang. Voller ungläubigem Staunen stierte er auf das Bild, bewegungslos saß er in seinem Sessel. Frederike zeigte ihm, wie man umblättert. Er widmete jeder Seite eine lange, stumme Andacht.

Dann blätterte Bowolf die Doppelseite auf, die das St. Moritzer Tal zeigte, mit dem ganzen Panorama der Graubündner Alpen und der Berninakette, dem Corvatschgipfel im Süden, Julier und Piz Nair im Norden. Und unten im Tal Sankt Moritzer See, Silvaplana See, Champferersee und Silsersee. Bowolf sah das Bild, sprang von seinem Sessel auf und stieß einen unkontrollierten Schrei aus. Der Sessel kippte nach hinten um. Bowolf tanzte vor der Tischplatte wie ein Tollwütiger. Frederike Biesthal wagte nicht, sich zu rühren. Bowolf kniete vor dem Buch nieder. Er bebte. Er ging mit dem Gesicht so nahe an das Bild heran, dass er es fast berührte. Sein ganzer Körper zitterte, als er Zentimeter für Zentimeter das Bild absuchte. Der gelbe Berg, der See, das Tal. Alles war da. Oh ihr Ahnen, ihr Mächtigen, ihr Götter. Bringt mich hin! Bringt mich hin! Erst jetzt, nachdem diese eine Doppelseite ihn minutenlang in entsetztes Schweigen versetzt hatte, hob er den Kopf und schaute Frederike an. Was hatte sie getan? Bowolfs Blick war der Blick eines waidwunden, verlorenen Wesens. Der Blick eines ratlosen und völlig verwirrten Kindes. Bring mich hin! Und dann brach Bowolf erneut in hemmungsloses Weinen aus. Biesthal kniete neben ihm nieder und nahm ihn in die Arme, wiegte ihn zärtlich wie ein Baby.

*

Frederike Biesthal kam auch in der nächsten Nacht zu Bowolf. Sie blieb zwei Stunden bei ihm, sah mit ihm das Engadin-Buch an und erklärte ihm die Namen von Bergen und Seen. Er gab den Dingen die Bezeichnungen aus seiner Zeit und erzählte dazu in einfachen Worten Geschichten von Raubzügen, von glücklichen oder von unglücklichen Ereignissen, vom Leben im Dorf der Mooka. Manchmal fasste er hilfesuchend nach Biesthals Hand. Er ließ es zu, dass sie ihm über den Kopf strich. Er lieferte sich ihr aus, ließ sie tief in sein Innerstes blicken. „Ich danke!", sagte er oft, oder „Ich freue", wenn sie erschien. Denn Biesthal tauchte auch in der übernächsten und in mancher folgenden Nacht bei ihm auf. Jedesmal taute er mehr auf. Er ließ sich auf die Bilder in seinem Buch ein. Er zeigte Frederike den gelben Berg. Sie sagte ihm, dass die heutigen Bewohner ihn Piz Bernina nennen. Er zeigte ihr, wo das Dorf der Mooka am Seeufer gestanden hatte. Millimetergenau konnte er den Platz benennen. Nur die Tatsache irritierte ihn, dass aus dem einen großen See, den er gekannt hatte, inzwischen vier kleinere Seen geworden waren. Sie schauten sich die Bilder immer und immer wieder an. Sie sprachen viel miteinander. Bowolf lernte schnell. Viele Brocken beherrschte er bereits. Der tägliche Kontakt mit Kaymal sowie die Sprachexperimente, die Professor Aschendorffer an ihm vornahm, trugen ihr Übriges dazu bei.

Biesthals oft stundenlange nächtliche Besuche bei Bowolf blieben kein Geheimnis. Meslut Kaymal wusste spätestens nach der zweiten Nacht Bescheid. Weil ihm generell nichts entging, was im Institut geschah. Wie er Wind von ihren Besuchen bekommen hatte, das konnte Frederike Biesthal nicht sagen. Am dritten Tag kam er ihr entgegen, als sie sich frühmorgens in ihr Labor schlich, und verstellte ihr mit fröhlicher Miene den Weg. „Du wolle Schlüssel habe?" Biesthal fand gar nicht die Zeit, empört oder überrascht zu reagieren, schon drückte Kaymal ihr den Schlüssel in die Hand. „Herr Kaymal ...", so hob sie zu einer Erklärung an. Aber er winkte ab. „Isse Geheimnis!", versprach er. Biesthal schlich mit einem Findlingsbrocken von schlechtem Gewissen im Leib nach Hause. Was mochte Herr Kaymal von ihr denken? Sicher zog er völlig falsche Schlüsse, so impertinent, wie er gegrinst hatte? Aber konnte sie ihm sagen, was in der Nacht in dieser Wohnung geschah? Dass sie Bowolf Trost spendete und mit Hilfe eines Buches mit ihm in seine Welt zurückkehrte? Konnte sie ihm sagen, dass Bowolf oft weinte, dass er die Hoffnunsglosigkeit seiner Situation kannte, dass er Hilfe brauchte? Nein, das ging Kaymal überhaupt nichts an, – und alle anderen im Institut dreimal nicht. Wie stünde sie, Frederike Biesthal, die Unberührbare, die Unnahbare, plötzlich da, wenn herauskäme, dass sie sich nachts zu Bowolf schlich?

Immerhin erspürten die anderen, dass zwischen Bowolf und Biesthal ein spezielles, vertrautes Verhältnis bestand. Bei den täglichen Kolloquien, die Aschendorffer mit seiner Crew im Beisein Bowolfs abhielt, blieb nicht unbemerkt, wie die beiden sich Blicke zuwarfen und wie Bowolf sich von Biesthal anfassen ließ. Das durfte sonst niemand außer Aschendorffer. Dr. Westphal, der es einmal versucht hatte, landete mit blutender Nase sofort auf dem Fußboden. Es fiel auch auf, wie Biesthal über Bowolf sprach. Anders als die übrigen Wissenschaftler behandelte sie ihn auch sprachlich nicht ausschließlich wie ein Versuchskaninchen.

„Dafür, dass er uns alle am liebsten umbringen würde, bringen Sie dem Neandertaler aber ganz schön viel Verständnis entgegen", wunderte sich einmal Dr. Schröder. „Er frisst Ihnen aus der Hand", erkannte gehässig Dr. Westphal. Dr. Murji Amresh gab keine Kommentare ab, aber seine neidvolle Miene sprach Bände.

Bowolf verwandte auf Zweifel und Selbstanalysen nicht viel Zeit. Er ließ sich von seinen Gefühlen leiten. Und die sagten ihm, alles ist gut, wenn Biss Tal in der Nähe war. Wie hatte er sich getäuscht: Nein, sie war kein Hartweibchen. Sie war ein Weichweibchen. Ein Herzweibchen. Eine Mutter. Und noch etwas war sie, was Bowolf ehrfürchtig erkannte: unberührbar! Nicht wie andere Weibchen, die man nur zum Begatten brauchte. Bowolf ließ solche Überlegungen nur selten zu, außerhalb der Biesthal-Besuche gar nicht. Dann grollte in ihm der alte kampfbereite Hass, dann wappnete er sich fürs Kämpfen und fürs Sterben. Er war immer noch der unbesiegte Krieger, der bereit war zu töten. Noch war er Bowolf, Häuptling der Mooka. Und er strebte nach Freiheit.

Es waren vor allem Fluchtgedanken, die Bowolf mehr und mehr quälten. Da er das Prinzip von Türschlössern nicht durchschaute und deshalb keine Vorstellung davon hatte, wie alle anderen zur Wohnungstür herein- und wieder hinausgehen konnten, begann er sich mit alternativen Möglichkeiten zu beschäftigen. Zwangsläufig blieb er am Küchenfenster und dem Lichtschacht hängen. Das musste ein natürlicher Ausgang aus der Höhle sein. Wenn er aus dem Fenster sah, erkannte er lediglich den akkurat eingerahmten Himmelsausschnitt, der in diesen Tagen mal schiefer-, mal mehlgrau, mal grau wie Hasenfell oder wie Baumrinde war. Bowolf bekam anhand dieses kleinen Ausschnittes eine ziemlich präzise Ahnung, in welcher Jahreszeit er sich befand. Die wenigen nächtlichen Himmelsausschnitte, die er anhand der Sternbilder identifizieren konnte, zeigten ihm, wie weit er sich von seiner Bergheimat entfernt befand. Aber von der Außenwelt gab dieser kleine Lichtfleck keine Einzelheiten preis. Der Schacht war schmal und führte mindestens drei oder gar vier Mannslängen nach oben. Keiner wäre auf die Idee gekommen, dass hier ein Mann von den Maßen Bowolfs sich hätte hinaufzwängen können. Deshalb trafen weder Aschendorffer noch Kaymal irgendwelche Vorsichtsmaßnahmen. Das Küchenfenster ließ sich öffnen und das Metallgitter, das den Lichtschacht abdeckte, lag oben nur lose auf. Bo Esser musste akzeptieren, dass ein Häuptling der Mooka sich nicht einsperren ließ.

Eines frühen Morgens, draußen war es noch dunkel, zwängte Bowolf sich in den Lichtschacht. Er arbeitete sich nach oben, er drückte die Metallabdeckung weg, und stand im Freien. Barfuß, mit nacktem Oberkörper und in einer Pyjamahose, die gemustert war wie ein japanischer Kimono. Raureif lag wie Schimmelpilz auf dem Rasen. Bowolf war abgehärtet. Er fror nicht, obwohl die Novembernacht selbst im milden Freiburg nahe an die Minustemperaturen herankam. Er schnupperte in die Morgendämmerung. Die Luft roch nicht gut, sie schmeckte schwer und steckte voller fremder, unangenehmer Gerüche. Kein Vergleich zur klaren Bergluft, die er aus seiner Heimat gewohnt war. Schmerzlich wurde ihm bewusst, wie weit entfernt er davon war. Zeitlich wie räumlich. Er hatte sehr wohl verstanden, dass Bo Esser ihn mit Hilfe seiner mächtigen Zauberkräfte in die Zukunft geholt hatte. Und er hatte auch bereits vieles von dieser Zukunft begriffen, wenn auch weniger aufgrund der Lektionen, die Bo Esser oder Biss Tal ihm erteilten, als mehr durch die praktischen Anwendungen, die der schwarze Krieger Kay Mal ihm beibrachte. Dennoch, trotz all dieser Vorbereitungen traf es ihn wie ein Schock, als er plötzlich im Freien in dieser Zukunft stand und in die Welt des 21. Jahrhunderts blickte. Überall ragten bizarre, kantige Felstürme in den Himmel, alle glatt, kerzengerade und voller größerer und kleinerer Öffnungen. Bowolf selbst war soeben aus einem solchen Felskasten herausgeklettert. Er sah hinter sich hoch. Das Institut BioGen ragte schwarz und bedrohlich in den Nachthimmel. Hinter den dunklen Fensterfronten in den einzelnen Stockwerken blinkte hier und da ein Lämpchen oder ein schwacher Widerschein. An den anderen Felstürmen, von denen Bowolf sich umstellt sah, leuchteten viele dieser Öffnungen hell, als brennten heftige Feuer in ihrem Inneren. Bowolf staunte. Waren das Höhlen? Alle diese Öffnungen hatten gerade Kanten, sie waren rechtwinklig oder quadratisch. Und die Felstürme standen dicht an dicht, hinter- und nebeneinander geschichtet, bis zum Horizont. Erst weit dahinter dämmerte im diffusen Morgendunst eine Hügelkette herauf. Die Welt war voller Lärm. Es brummte, summte und dröhnte. Lichter hingen an dürren Stangen hoch in der Luft, die Stangen aufgereiht nebeneinander entlang eines dunklen Streifens, der sich wie eine Lavaschlange an Bowolfs Standort vorbei durch die Felskästen schlängelte. Bowolf warf sich auf den Boden. Ein riesiges Ungeheuer raste mit furchterregendem Schnauben und atemberaubender Geschwindigkeit jenseits des hohen Gitterzaunes vorbei. Zwei glühende Augen warfen Lichtstrahlen auf die schwarze Lavaschlange. Und schon folgte das nächste Untier. Und dann noch eines.

Aber diese Ungeheur hatten Bowolf nicht bemerkt. Sie rasten einfach nur vorbei. Auch aus der entgegengesetzten Richtung kamen jetzt welche. Sie alle bewegten sich wie in Panik geratene Tiere auf der schwarzen Lavaspur. Echsen mit glatten, glänzenden Panzern. Bowolf erhob sich. Vorsichtig wagte er einen längeren Blick. Die Schrecken nahmen kein Ende. Jetzt erkannte er, dass diese Echsen Menschen verschlungen hatten. Man konnte den Tieren beim Vorbeirasen in die Schlünder hineinsehen. Dort saßen Menschen drin. Lebendige Menschen. Bowolf stand lange Zeit regungslos auf der Stelle und starrte durch den Zaun hindurch auf die Straße hinaus, wo die Autos an ihm vorbeirasten. Mit der Zeit gewann er Gewissheit, dass diese rasenden Echsen nichts von ihm wollten, selbst wenn sie ihn sehen sollten. Er trat näher an den Zaun heran. Waren es überhaupt Echsen? Sie hatten keine Beine, keine Gliedmaßen, keine Krallen, keine Hörner, nichts. Stattdessen bewegten sie sich auf schwarzen Rollen. Plötzlich verlangsamte eines dieser Monster sein Tempo. Ganz langsam bog es von der schwarzen Lavaspur ab und rollte auf Bowolf zu. Seine gelben Leuchtaugen tasteten über den Pfad, der zum Zaun führte. Mit einem Heulen sprang oben auf dem Zaun ein gelbes Licht an und blinkte hektisch. Erneut warf Bowolf sich erschrocken ins feuchte Gras. Angstvoll schielte er auf den Zaun und auf das davor lauernde Ungetüm. Wie von Zauberhand bewegte sich ein Tor am Zaun und schob sich surrend auf. Das Reitmonster rollte langsam herein wie ein schnüffelndes Raubtier, das sich in ein fremdes Revier schleicht. Es schnurrte und zog eine kleine Rauchfahne hinter sich her. Jetzt bewegte es sich auf einen großen Platz vor dem Felskasten, aus dem Bowolf herausgekrochen war. Dort hielt es an. Es öffnete an der Seite seinen Schlund. Ein Mensch kam heraus. Gesund und munter. Bowolf staunte: Ein gezähmtes Reittier, in das man hineinschlüpfen konnte!

Es war vier Uhr Morgens und Bowolf beobachtete gerade den ersten frühen Mitarbeiter von BioGen, der am Arbeitsplatz erschien. Es handelte sich um den pflichtbewussten Laboranten Martin Vollmann, der so früh erschien, weil er einen chemisch-biologischen Versuch in der Abteilung von Dr. Westphal in Gang halten musste. Dort musste alle sechs Stunden eine Bakterienkultur händisch mit Plastikabfällen gefüttert werden, die zu den größten Hoffnungen auf dem Felde der Biogasproduktion berechtigte. Man stand vor dem Durchbruch. Bald würde es mit Hilfe dieser Bakterien Gärprozesse geben, bei denen man Biogasanlagen statt mit nachwachsenden Rohstoffen wie Mais und Rüben mit alten Plastiktüten und Joghurtbechern füttern konnte. Recycling und Energiegewinnung in einem. Eine technologische Revolution. Vollmann, der mit seiner Versuchsreihe auch die eigene Dissertation verbunden hatte, war in seiner Begeisterung für dieses Projekt so versunken, dass er nicht bemerkte, wie hinter ihm ein großer, halbnackter Mann durch das sich soeben wieder automatisch schließende Fabriktor nach draußen schlüpfte.

*

Die ersten Anrufe beim Freiburger Polizeirevier Nord gingen gegen 4.30 Uhr ein. „Hier läuft ein Betrunkener durch die Straße. Er ist nackt und hat Haare wie ein Hippie", meldete ein Autofahrer aus der Berliner Allee.

„Da ist jemand aus der Uni-Klinik geflohen. Er rennt in einer Schlafanzughose durch die Gärten", lautete die nächste Version.

„Ich bin gerade an der Ecke Berliner Allee, Elsässer-Straße einem vollkommen bekifften Drogensüchtigen begegnet. Der Mann redete wirr und fuchtelte mit den Armen herum. Er war halbnackt." Dies teilte der Bäckereiausfahrer Hans Weber mit.

„Was meinen Sie damit, Sie sind ihm begegnet?", fragte der Schichtführer im Polizeirevier Nord durchs Telefon. „Beschreiben Sie mal!"

„Ich lade gerade die Körbe mit den Brötchen aus dem Wagen, für unsere Filiale im Lidl-Markt, da kommt dieser Kerl daher. Ein Typ wie Arnold Schwarzenegger. Riesengroß und halbnackt. Bei dieser Arschkälte! Er guckte wirr und stammelte unverständliches Zeugs. Mann, dachte ich, der steht unter Drogen."

„Und was geschah dann?"

„Dann klaut der Kerl mir doch einfach ein Brötchen aus dem Korb und beißt hinein. Ich sag noch ‚He, was soll das?' Das interessiert den aber nicht. Er rannte weiter Richtung Flugplatz. Was soll ich sagen, irre halt?"

„Hat er Sie bedroht?"

„Wie, bedroht?"

247

„Wurde er handgreiflich? Trug er eine Waffe bei sich?"

„Eigentlich nicht!"

„Dann wollen Sie den Diebstahl eines Brötchens anzeigen?"

„He, nein, so ist das nicht. Das Brötchen ist mir egal. Der Kerl sah einfach gemeingefährlich aus. Ich dachte mir, vielleicht ist irgendwo ein Wahnsinniger aus dem Irrenhaus ausgebüchst. Was weiß ich denn? Oder finden Sie es normal, wenn einer barfuß im Winter durch die Stadt läuft und die Leute angrunzt?"

„Wir werden uns darum kümmern", versprach der Diensthabende. Insgeheim dachte er während er auflegte: „Wer ist da wohl der Irre?" Noch nahm er die vereinzelten Anrufer nicht weiter ernst. Da war irgendein Spinner unterwegs. Vielleicht wirklich bekifft oder besoffen. Bei dieser Kälte würde er es nicht lange draußen aushalten. Der Schichtführer sah noch keinen Anlass, größere Maßnahmen zu ergreifen. Über Funk gab er immerhin den im Einsatz befindlichen Streifenwagenbesatzungen die Anweisung, nach einer „verdächtigen Person, männlich, nackter Oberkörper, barfuß" Ausschau zu halten. „Vermutlich angetrunken oder unter Drogen. Vielleicht auch krank und orientierungslos."

Doch die Streifen, die im Industriegebiet Nord unterwegs waren, sichteten niemanden. Es gingen während der nächsten Stunden auch keine weiteren Anrufe beim Polizeirevier Nord ein.

Das waren die Stunden, während derer Bowolf sich in einem dichten Hagebuttengestrüpp auf dem Freiburger Flugplatzgelände flach auf dem Boden hingekauert vor den lärmenden Riesenvögeln versteckte, die wenige Meter über seinem Kopf mit grausigem Gekreische hinwegflogen. Als er in der Frühe das offene Flugplatzgelände entdeckt hatte, endlich einmal Wiesen, Bäume, Sträucher und keine Felsklötze mehr, da jagte ihm das erste Kleinflugzeug, das im eleganten Bogen über die Dächer des Stadtteils Zähringen hereingeflogen kam, den Schreck seines Lebens ein. Bis dahin war ihm alles, was ihm begegnete, eher wundersam als bedrohlich erschienen. An die seltsamen Reittiere gewöhnte er sich schnell, sobald er merkte, dass diese Dinger nichts von ihm wollten. Sie rauschten vorbei und ignorierten, was neben ihrer Spur geschah. Erst als Bowolf mitten auf die Spur trat, nahmen sie Notiz, machten einen Bogen um ihn und blökten dabei seltsam schrill, während die Menschen darin die Fäuste schüttelten oder andere Angriffs-Gesten machten.

Die ersten Menschen, denen Bowolf draußen direkt begegnete, waren Schichtarbeiter der umliegenden Firmen oder einzelne Frühaufsteher, die zur nächsten Bus- oder Straßenbahnhaltestelle strebten. Die meisten sahen ihm kopfschüttelnd nach, manche lachten ihn aus, oder riefen ihm etwas zu. Wenn er sich näherte, wichen sie alle aus und machten einen großen Bogen um ihn. Feindselig war niemand. Zu welchem Stamm auch immer diese seltsam gekleideten Menschen gehörten, sie machten keine Anstalten, ihn zu ergreifen. So etwas hätte es bei seinen Leuten nie gegeben.

Dann kamen die Flugzeuge. Die Riesenvögel. Bowolf verkroch sich im Gebüsch. So brach der Tag an. Er erhob sich nicht mit majestätischer Morgenröte, wie Bowolf sie aus seinen Bergen kannte, schlich eher daher wie ausgelaufene Milchsuppe. Die von den vielen Lichtern ausgebleichte Nacht verzog sich übergangslos und machte einem diesigen Morgen Platz. Bowolf fror immer noch nicht. Er war solche Temperaturen gewohnt. Mit bloßen Füßen hatte er in seinem früheren Leben ganze Tagesmärsche zurückgelegt. Die Hornhaut seiner Fußsohlen war so undurchdringlich wie die Gummisohle auf Kaymals Arbeitsstiefeln. Die Kälte war es nicht, die Bowolf zittern ließ; es waren die Raubvögel. Er hatte gehofft, dass sie verschwinden würden, wenn er sich im Gebüsch versteckte und lange genug unsichtbar blieb. Aber immer wieder, in regelmäßigen Abständen, hörte er ihr dumpfes Kreischen und sah, wie sie vom Himmel herunterstürzten und direkt über ihn hinweg flogen, dicht über dem Erdboden. Sie segelten noch elegant ein ganzes Stück weiter und landeten außerhalb von seinem Sichtfeld. Oder sie erhoben sich wieder in die Lüfte. Manche, denen er mit den Blicken folgte, stiegen hoch hinauf und verschwanden dann im grauen Himmelsbrei. Es wurden nicht weniger Vögel. Im Gegenteil. Bei Tageslicht flogen sie in noch kürzeren Abständen über Bowolf hinweg. Aber nie im Schwarm. Sie kamen immer einzeln, einer nach dem anderen.

Bowolf musste sich stellen. War er der Häuptling der Mooka oder nicht? Ein Häuptling fürchtete sich nicht. Auch nicht vor Riesenvögeln. Vorsichtig rappelte er sich auf. Er verließ das schützende Gestrüpp und sah sich um. Er brauchte eine Waffe. Es lagen viele faustgroße Steine herum. Kaum hatte er sich zwei besonders geeignete Exemplare gegriffen, da dröhnte es wieder am Himmel und der nächste Riesenvogel kündigte sich an. Bowolf sah ihn schon von weitem. Er war weiß wie eine Möwe, an seiner Seite blitzten leuchtende Nüstern. Laut brummend kam er aus den Nebelschlieren herabgesunken und beschrieb einen sanften Bogen über den Felstürmen. Seine Flügel flatterten nicht, sondern blieben starr ausgebreitet, als er direkt auf Bowolf zusegelte. Entschlossen zückte dieser den ersten Stein. Ein präzise und mit Kraft geworfener Stein, wenn er den Gegner an der richtigen Stelle traf, konnte töten. Der Vogel sank herab und nahm direkt Kurs auf Bowolf, als wollte er ihm im Flug den Kopf abreißen. Der Krieger blieb breitbeinig stehen, fixierte das Ziel, holte aus und warf mit aller Kraft den ersten Stein und gleich darauf auch noch den zweiten. Wohlberechnet knallte der erste Stein mit Wucht gegen die Front der kleinen einmotorigen Piper Malibu, zerschmetterte ihren Propeller und brachte die Maschine zum Jaulen, während der zweite Stein auf die Cockpitscheibe schlug, auf der sich sofort ein Netz von Rissen ausbreitete. Bowolf hechtete zur Seite, die Piper sackte ab, geschredderte Propellerblätter sausten als heulende Schrapnelle durch die Luft und die Insassen des einmotorigen Geschäftsflugzeuges erlebten einen Aufsetzer, der sich mit einem unfreiwilligen Bauchplatscher vom Zehnmeter-Turm messen konnte. Dem Piloten gelang es zwar, die hüpfende Maschine am Boden zu halten, doch sie torkelte über die Landebahn wie ein betrunkener Albatross und verendete schließlich rauchend jenseits der Piste zwischen Kraut und Rüben.

Bowolf spürte instinktiv, dass es sein Stein gewesen war, der den Raubvogel so ins Trudeln gebracht hatte. Und erst das Geheul, als der Schnabel des Monsters in Fetzen durch die Luft flog. Hatte er das Tier erlegt? Er wagte nicht, hinterher zu laufen und nachzusehen. Er sah nur aus dem Schlund des abgestürzten Monsters schwarzen Rauch aufsteigen.

Es blieb Bowolf keine Zeit, zu beobachten, was weiter geschah, denn schon näherte sich der nächste Vogel. Diesmal zielte und warf Bowolf noch kaltblütiger und erlegte eine Cessna 172 Skyhawk. Die Maschine kreischte zwar noch über seinen Kopf hinweg, doch schon wenige Sekunden danach bohrte sie sich mit der Nase in die Graslandepiste und pflügte sie auf einer Strecke von hundert Metern gebrauchsfertig für die nächste Kartoffelernte.

Der nächste Angreifer war eine tschechische Zlin, die nach Bowolfs Treffer noch einmal erschrocken Höhe machte, dann aber in gefährliche Schieflage geriet und sich nur mühsam mit einer Notlandung auf die Papstwiese rettete, auf jenes Nachbararreal neben dem Freiburger Flugplatz, auf dem der damalige Papst Benedikt vor einigen Jahren seine Messe zelebriert hatte.

Von nun an erhielten alle anfliegenden Piloten eine Warnung aus dem Flughafenhangar und wurden umgeleitet nach Lahr, Donaueschingen und Basel. Bowolf wunderte sich, warum plötzlich die Vögel ausblieben, gerade jetzt, wo er herausgefunden hatte, wie er sie besiegen konnte.

Den neuerlichen Notruf, den das Polizeirevier Nord gegen 9.15 Uhr von der Freiburger Flughafenverwaltung erhielt, konnten die Beamten freilich nicht mehr ignorieren: „Hier rennt ein Wahnsinniger herum und wirft mit Steinen auf landende Flugzeuge. Mehrere Maschinen mussten notlanden. Zwei Maschinen sind stark beschädigt. Wie durch ein Wunder hat es noch keine Verletzten gegeben."

*

Als keine Vögel mehr auftauchten, querte Bowolf das Flugplatzgelände, ohne zu ahnen, dass ein halbes Dutzend Feldstecher aus dem Tower am Flugplatzgebäude auf ihn gerichtet war. Das Bodenpersonal beobachtete ihn und telefonierte nebenbei hektisch mit der Polizei, den noch in der Luft befindlichen Piloten und den Flughafenbetreibern. War das ein Lebensmüder oder ein Wahnsinniger? Jedenfalls musste man ihn sofort aus dem Verkehr ziehen.

Sie verloren Bowolf jedoch bald aus den Augen, als dieser den Saum eines struppigen Wäldchens erreichte, das an die Landebahn grenzte. Zwischen den Bäumen fühlte er sich wohl, auch wenn der Wald nicht sehr tief war. Er stieß auf einen hohen Zaun, der das Flugplatzgelände von der dahinterliegenden Straße abriegelte. Er schwang sich mit der Leichtigkeit eines Geräteturners am erstbesten Ast auf den dem Zaun am nächsten stehenden Baum, kletterte am Stamm empor, bis er die Kammhöhe des Hindernisses erreicht hatte, und hangelte sich dann hinüber auf die andere Seite.

Vor einigen Jahren machte ein „Nacktläufer" Freiburg unsicher, ein überzeugter Nudist, der bei den unterschiedlichsten Anlässen im Adamskostüm auftauchte. Um nicht für „Erregung öffentlichen Ärgernisses" juristisch belangt werden zu können, zog er sich stets einen Bändel zwischen die Pobacken und um seine Herrlichkeit. Mit der Zeit nahmen die Freiburger es mit Gelassenheit, und der Typ verlor die Lust an seinen Auftritten. Die Freiburger Bevölkerung war also manches gewohnt.

Gleichwohl kann man sich den maßlosen Schrecken vorstellen, der die Studentinnen Susi S. und Gabi B. auf ihrem Waldlauf lähmte, als Bowolf sich vom Ast fallen ließ. Geschickt rollte er sich ab und stand sofort und unversehrt wieder auf den Beinen. Er betrachtete die beiden. Zwei Weibchen! Seltsam sahen sie aus. Sie trugen bunte, hautenge Stoffe. Beide hatten Tentakel in den Ohren, ähnlich jenen, wie Bo Esser sie verwendete. Eine griff in eine Seitentasche und holte ein kleines Fläschchen heraus, das sie mit zittriger Hand gegen Bowolf richtete: „Rühr mich bloß nicht an", sagte sie mit brüchiger Stimme.

Bowolf verstand sie nicht. Da er nichts von diesen Weibchen wollte, schlug er ihr kurzerhand mit einer schnellen Bewegung das Fläschchen aus der Hand. Es flog in hohem Bogen auf die benachbarte Straße. Die beiden Weibchen kreischten wie auf Kommando. Er schenkte ihnen keine Beachtung mehr, sondern überquerte die Straße. Wie erwartet stoppten die Reitgefährte und sonderten dabei ihre empörten Geräusche ab. Die Menschen, die Bowolf im Inneren erkennen konnte, schimpften heftig und schüttelten ihre Fäuste gegen ihn. Sie machten sich nicht einmal die Mühe, herauszukommen und sich mit Bowolf anzulegen. Feiglinge! Rätiser!

Bowolf erklomm behände einen weiteren Zaun und sprang auf ein Grundstück auf dem inneinander verschachtelt und aufeinander getürmt zahlreiche Bauwerke in unterschiedlichen Größen standen, aus denen es dampfte und qualmte. Er hatte das weitläufige Gelände von Freiburgs größtem Industriebetrieb erreicht, ein Konglomerat aus Werks-, Produktions- und Lagerhallen, Verwaltungsgebäuden, Turbinenräumen, Heizkraftwerken und Bürotürmen, unter- und oberirdisch, Flachdachbauten,

Türme, Betonkästen und Containerburgen. Ein Labyrinth, in dem sich selbst der Werkmeister nach 40-jähriger Betriebszugehörigkeit noch verirren konnte. Das Unternehmen war so groß und so alt, dass sogar der Fußballclub SV Rhombia Freiburg nach ihm benannt war. Bowolf sah nur Wände und Schluchten vor sich sich. Er entschied sich für das erstbeste Loch, um hineinzuschlüpfen und sich unsichtbar zu machen. Er war es gewohnt, sich in Höhlen zu verstecken. Eine war so gut wie die andere.

Bowolf verschlief den ganzen Tag. Erst bei Anbruch der Dunkelheit wagte er sich wieder heraus. Er war in einen alten Kohlenkeller, in den sich kaum jemand verirrte, geraten. Bowolf war schwarz vor Kohlenstaub und hungrig. Die Abenddämmerung verschluckte ihn. Er schlich an den Wänden entlang, nahm Witterung auf. Die Luft roch rußig und nach Aas und Abfällen. Überall brannten wieder Lichter. In dieser Welt gab es keine echte Nacht, keine wirkliche Dunkelheit. Es gab auch keine Stille. Aus dem Inneren der Gebäude, an denen Bowolf entlangschlich, dröhnte es permanent, ein stetes Summen lag in der Luft, ein unnatürliches Brausen, wie von einem fernen Wasserfall.

Bowolfs feine Sinne registrierten noch etwas anderes. Er hob die Nase in die Nacht und schnupperte mit zitternden Nasenflügeln. Es gab keinen Zweifel: Döner war in der Nähe. Bowolf setzte sich in Bewegung.

*

Inzwischen herrschte im BioGen Alarmstufe Rot. Kaymal war der Erste gewesen, der am frühen Morgen Bowolfs Verschwinden bemerkt hatte. Er alarmierte sofort Aschendorffer und dann Biesthal, Westphal, Amresh, Schröder und Mona Hohner. Wenig später standen sie alle vor dem Lichtschacht, der zu Kaymals Kellerwohnung führte, und ergingen sich in Spekulationen darüber, wie unmöglich es sei, dass ein Mensch sich hier hindurchzwängen könnte. Kaymal folgte Bowolfs Spuren auf dem Rasen und dann durch das Zauntor hinaus.

„Wo will er hin? In welche Richtung könnte er gegangen sein?" Noch nie hatten seine Leute Aschendorffer so ratlos gesehen.

Westphal deutete ostwärts über die Silhouette der Stadt hinweg: „Vielleicht zieht es ihn zu den Bergen. Richtung Schwarzwald."

Frederike Biesthal, ebenso wie Aschendorffer nur mühsam am Rande der Contenance, schüttelte den Kopf: „Das glaube ich nicht. Er hat kein Ziel. Er will einfach nur frei sein." Sie wandte sich ab. Niemand sollte sehen, wie ihr zumute war.

„Schröder, was glauben Sie?", fragte Aschendorffer mutlos.

„Jawoll", schnarrte Schröder. Das war keine hilfreiche Antwort.

Murji Amresh sprach aus, was die anderen dachten: „Er wird vermutlich Unsinn anstellen. Er wird auffallen. Er ist gewalttätig. Vielleicht greift er Menschen an."

Biesthal warf ihm böse Blicke zu: „Klingt fast so, als freuten Sie sich darüber, Doktor Amresh."

„Oh nein, nein!", wehrte Amresh betroffen ab. „Ich fürchte nur, er könnte anderen Menschen etwas antun. Oder sich selbst verletzen. Oder er zerstört etwas. Dann wird man die Polizei rufen und ihn jagen. Stellen Sie sich vor, wie das enden wird."

Alles in Biesthals Inneren krampfte sich zusammen. Aschendorffer schimpfte mit sich selbst: „Ich wollte ihm noch einen Sender hinters Ohr pflanzen ..., dann wüssten wir jetzt, wo er sich aufhält."

Doktor Westphal stichelte: „Schade, dass Sie dazu vergangene Nacht nichts gelesen haben."

„Da haben Sie allerdings Recht", seufzte Aschendorffer, ohne die Ironie bemerkt zu haben. Er war gegen subtile Untertöne in zwischenmenschlichen Beziehungen ebenso immun wie gegen andere körperliche Empfindungen.

„Was haben Sie denn gelesen?", wollte Mona Hohner wissen, die eine Liste der von Aschendorffer bereits abgearbeiteten Literatur führte, damit sie ihm bei der Versorgung mit Nachschub nicht versehentlich ein Buch beschaffte, das er schon gelesen hatte. Darauf reagierte er nämlich sehr allergisch.

„Kinderbuch!", erwiderte Aschendorffer mürrisch: „Erich Kästner, das fliegende Klassenzimmer."

„Da wüsste ich wirklich nicht, was daraus für unser derzeitiges Problem hilfreich wäre", gab sich Dr. Westphal belesen. „Da geht's doch um irgendwelche Schülerstreiche!"

„Irrtum", widersprach Aschendorffer. „Da geht es darum, dass sich die ihm anvertrauten Schüler gegen den Studienrat Bökh stellen, obwohl er ihr Idol und die oberste Autorität ist. Und so einen Fall haben wir hier auch."

Er meinte damit erkennbar sein eigenes Verhältnis zu Bowolf, in dem er sich selbst als Autorität sah, Bowolf als den Anvertrauten, der sich durch seine Flucht gegen ihn stellte. Außerhalb ihrer Labore erwiesen sich Aschendorffer und seine Wissenschaftler als ziemlich hilf- und ratlos. Praktische Lösungen fielen Meslut Kaymal zu: „Bowolfgang isse zu Fuß. Also nitte weit komme. Wir müsse suche!"

„Er hat Recht", unterstützte Mona. „Wir fahren die Gegend ab. Systematisch, Straße für Straße." Sie fasste Kaymal an der Schulter: „Sie haben doch viele Freunde, können die uns nicht beim Suchen helfen? Das Gelände durchstreifen, das ganze Industriegebiet?"

Kaymal nickte und zückte sein Handy: „Mache meine Brüder!"

„Es gibt unendlich viele Verstecke im Industriegebiet", zweifelte Dr. Westphal.

„Bowolf wird sich nicht verstecken", gab sich Biesthal überzeugt. „Ein Mooka-Häuptling versteckt sich nicht."

Die anderen sahen sie erstaunt an.

„Aha?", bemerkte Doktor Westphal spitz und betonte den Ausruf wie eine Frage.

„Er läuft unerschrocken in sein Unheil. Ich bin überzeugt, dass er bald mächtig für Aufsehen sorgen wird", sagte Biesthal.

Sie sollte Recht behalten.

Wenig später wimmelte es im Industriegebiet von Streifenwagen und Rettungsfahrzeugen, die mit Blaulicht dem Flugplatzgelände zustrebten. Kaymal zog sofort die richtigen Schlüsse: „Isse Bowolfgang-Alarm. Irgendwo bei die Flugplatze."

Der Hausmeister sprang in seinen Renault. Frederike Biesthal wollte zusteigen, aber Kaymal hinderte sie daran.

„Mache Kaymal alleine", erklärte er kategorisch. „Du hier bleibe, wenn Bowolfgang zurück komme. Du verstehe?"

Er sprach mit Biesthal wie mit einer begriffsstutzigen Aushilfe. Aber Biesthal verstand. Einen Moment lang hielt sie die Beifahrertür noch geöffnet und streckte den Kopf zu Kaymal ins Fahrzeuginnere. „Herr Kaymal", sagte sie mit ungewohnt milder Stimme, „bringen Sie ihn bitte heil zurück!"

Kaymal grinste sein Melonengrinsen und zückte die Betäubungsspritze, die er in der Jackentasche bei sich trug: „Ich verspreche!"

„Danke!"

Kaymal mobilisierte von unterwegs die halbe türkische Gemeinde Freiburgs. Sein weitverzweigtes Netz aus Beziehungen, Abhängigkeiten, offenen Gefälligkeiten und sanften Verpflichtungen begann zu glühen. Bald trafen ein paar junge Männer auf einem verabredeten Parkplatz mit Kaymal zusammen. Er teilte sie ein, die diversen Großmärkte, Baumärkte und Schnellimbiss-Restaurants im Industriegebiet im Auge zu behalten: „Du Adnan gehe Ikea! Dogan Möbel Braun! Du Erdem zu OBI! Fadil zu Mäck Donalls, Halil zu Bürger King! Latif, du gucke Extrol-Tankstelle. Nuri, du aufpasse Baden-Auto! Özdemir, gehe

Badenova-Kantine, Selim auf die Schlachthofe. Und du Tarkan mache Aldi und REWE. Alles klar?"

Kaymal übermittelte jedem Mitglied seines Suchtrupps noch per Handy ein Foto von Bowolf, so dass die Männer wussten, nach wem sie Ausschau halten sollten: „Großer nackter Mann mit lange Haare. Isse stark wie Halil Mutlu! Habbe meine Schlafanzug an." Um zu zeigen, wie die Pyjamahose aussah, die Bowolf trug, reichte Kaymal das Oberteil seines Seidenschlafanzuges herum. „Das isse Muster!"

Kaymals Mannen machten sich auf den Weg zu ihren Posten. Er mischte sich unter die Schaulustigen beim Freiburger Flugplatz, spitzte dort die Ohren, fragte herum, quetschte auch einen der betroffenen Piloten aus, der noch immer mit den Nerven völlig am Ende war, und bekam auf diese Weise schnell ein präzises Bild: Das konnte nur Bowolf gewesen sein.

Es war klar, dass sie sich einen Wettlauf mit der Polizei lieferten. Bowolf würde noch mehr Leute erschrecken und für weiteres Aufsehen sorgen. Bald würde die Polizei gezielt nach ihm suchen. Dank seines Onkels Cemal, der als Streifenpolizist die eingehenden Funkmeldungen weitergab, blieb Kaymal nahezu auf dem Laufenden: Zwei Joggerinnen berichteten von einem Überfall. Ein nackter Mann habe sie aus einem Gebüsch heraus angesprungen, vermutlich sexuell motiviert. Hinzu kamen empörte Anrufe zahlreicher Autofahrer, die Behinderungen und gefährliche Eingriffe meldeten, von einem Mann, der unkontrolliert mitten auf der Hermann-Mitsch-Straße herumhüpfe.

Längst hatten die Medien Wind von der Sache bekommen. Ein Fernsehteam von BadenTV filmte die demolierten Flugzeuge auf dem Flugplatzgelände, Radioreporter sammelten O-Töne, Fotografen lungerten durch das Industriegebiet und suchten nach einem tollwütigen Irren mit langen, zotteligen Haaren. Selbstverständlich war auch Charly Katz auf dem

Flugplatzgelände unterwegs und versuchte, sich einen Reim auf die Ereignisse zu machen.

Soweit blieb Kaymal im Bilde. Doch plötzlich brachen die Meldungen ab. Keine Sichtungen mehr. Keine Beschwerden. Die Flugzeuge durften wieder in Freiburg landen. Den ganzen Tag über blieb es still. Bowolf musste ein Versteck gefunden haben und blieb dort in Deckung. Angesichts des Weges, den er vom BioGen durch das Industriegebiet genommen hatte, ahnte Kaymal, dass Bowolf sich höchstwahrscheinlich irgendwo auf dem weitläufigen Betriebsgelände von Rhombia Acetec aufhalten müsse. Konsequenterweise behielt er dieses Areal im Auge. Keine ganz einfache Sache, er musste dazu stundenlang um den immer gleichen Straßenblock fahren: Engesserstraße, Tullastraße, Mooswaldallee, Hermann-Mitsch-Straße, immer im Kreis herum, Runde für Runde.

*

Zur gleichen Zeit saß Kommissar Ricky Faller wie ein begossener Pudel am mittlerweile mit stylischen Accessoires dekorierten Schreibtisch seines Büros und ließ sich von seinem Vorgesetzten, dem Leitenden Polizeidirektor Uschfeld, den Kopf waschen. „Uschi", wie die Kollegen im Polizeipräsidium ihren Chef hinter dessen Rücken nannten, war aufgebracht: „So eine Blamage", schimpfte er und donnerte mit der Faust auf die aufgeschlagenen Lokalseiten der Badischen Zeitung. „Wir sind die Deppen der Nation!"

Faller machte sich ganz klein. Sein Käsegesicht, bisher schon bleich wie eine Made, wechselte zur Leichenblässe. Betreten blickte er auf seine gut gewienerten Schuhspitzen und verbarg die nervösen Hände hinter dem Schreibtisch.

Polizeidirektor Uschfeld holte Luft und schnaubte: „Wie konnte es dazu kommen?"

Der Artikel in der Badischen Zeitung setzte sich süffisant mit der jüngsten Fahndungspleite von Kommissar Faller auseinander. „50 Steinzeitäxte für die Asservatenkammer", lautete die Schlagzeile des Artikels, in dem der Reporter Charly Katz genüsslich ausbreitete, wie die Polizei einen läppischen Spielzeugartikel für eine heiße Spur im Falle der verschwundenen Gletscherleiche gehalten hatte. Auch die Wissenschaftlerin vom Archäologischen Landesamt bekam ihr Fett weg, die aufgrund eines unscharfen Fotos eine solche Axt in die Steinzeit datiert hatte. Charly Katz verschwieg allerdings in dem Artikel seine eigene Rolle, insbesondere sein Doppelspiel als Anheizer für die BILD-Zeitung und gleichzeitig als sachlicher Aufklärer der Badischen Zeitung.

Wütend setzte „Uschi" seine Gardinenpredigt fort: „Woher weiß dieser Schreiberling eigentlich, dass die Fingerabdrücke, die wir vom Hausmeister und vom wissenschaftlichen Leiter des Instituts genommen haben, nicht identisch sind mit den Fingerabdrücken an den Motorsägen und am Ski-Doo? Können Sie mir das mal erklären, Kommissar Faller?" Er wartete keine Antwort ab: „Nein! Das können Sie natürlich nicht erklären. Sie sind noch nicht einmal einen Monat hier bei uns im Dienst und haben schon eine undichte Stelle. So sieht es aus!"

Ricky Faller wehrte sich kleinlaut: „Die Schweizer ... Die beiden Kollegen aus der Schweiz ..."

Uschfeld richtete sich zur vollen Größe auf, was den Polizeidirektor durchaus zur imposanten Gestalt machte, und fixierte das Häufchen Elend: „So, so! Nun wollen Sie die Schuld also auf diese zwei Kollegen aus der Schweiz schieben. Zwei Kollegen, die seit Wochen recherchieren, die den Weg von Chur nach Freiburg auf sich genommen, den Papierkrieg mit ihren und unseren Dienststellen durchgefochten haben, diese zwei Kollegen beschuldigen Sie also, hier in Freiburg sofort den berüchtigsten aller Reporter aufgesucht und ihm heimlich Informationen zugesteckt zu haben? Noch dazu solche, die die Polizei ins Lächerliche stellen. Sie haben Nerven, Faller. Das muss ich schon sagen."

Ricky Faller winselte: „So habe ich es nicht gemeint ..."

„Es ist mir egal, wie Sie es gemeint haben. Auf jeden Fall haben Sie es versemmelt. Wo sind die beiden Schweizer überhaupt?"

„Keine Ahnung", beteuerte der Kommissar wahrheitsgemäß. „Sie wollten auf eigene Faust los. Angeblich gibt es einen Informanten in diesem Institut BioGen, der bereit ist, ein paar Hinweise zu geben. Aber wer das ist und wie sie an den rankommen wollen, haben sie mir nicht gesagt."

Polizeidirektor Uschfeld dachte nach. Dabei strich er die in Unordnung geratene Uniformjacke glatt. „Fahren Sie dorthin, Faller! Da draußen ist heute Morgen sowieso der Teufel los. Irgendein Wahnsinniger wirft beim Flugplatz mit Steinen nach landenden Flugzeugen. Das ist doch da ganz in der Nähe von diesem Institut. Ich halte es zwar für unwahrscheinlich, dass ein Zusammenhang besteht, aber Sie können das BioGen ja mal im Auge behalten. Nehmen Sie sich einen Kollegen vom Streifendienst mit!" Und ehe Kommissar Faller entlassen war, ermahnte Uschi ihn noch: „Keine voreiligen Geschichten! Sie haben genug Staub aufgewirbelt."

Ricky Faller nickte beflissen. Insgeheim biss er sich trotzig auf die Lippen. Er würde diesen Fall nun erst Recht aufklären.

*

Da Urs Rüthli und Pirmin Hürzeler sich in Freiburg nicht auskannten, zogen sie es vor, sich nicht allzu weit vom BioGen zu entfernen. Nach allem, was ihnen der Journalist Charly Katz an Informationen zugesteckt hatte, ging in diesem Institut tatsächlich etwas vor, was mit ihrer verschwundenen Gletscherleiche zu tun hatte. Leider wollte Katz seinen Informanten nicht preisgeben. „Ein hochrangiger Wissenschaftler, der ganz nah dran ist", unkte er nebulös. „Aber er redet nur mit mir. Er will anonym bleiben."

In den folgenden Tagen hatten Rüthli und Hürzeler das Institutsgelände mehrfach umrundet und fotografiert, hatten das Kommen und Gehen der Mitarbeiter beobachtet, hatten die Zeiten notiert, zu denen Aschendorffer, Biestahl und Föllstiegel am Morgen eintrafen, hatten beobachtet, welche Hintereingänge der Hausmeister benutzte und hatten die Putzfrauen gezählt; Hürzeler kam auf neun, Rüthli meinte, es seien nur sechs. Jedenfalls sahen sie alle gleich aus.

Langsam wurde Rüthli nervös und ungeduldig: „Wir haben 14 Tage für diesen Aufenthalt genehmigt bekommen. Wenn wir jetzt nicht weiterkommen, kehren wir ohne Ergebnisse nach Chur zurück und der Fall wird ungeklärt bleiben."

Korporal Hürzeler fand nicht, dass die Recherchen bisher ohne Ergebnis geblieben wären. Er warf sich in die hagere Brust und reklamierte für sich: „Un die Gickel? Die Coop-Gickel?"

Ja, die Plastikverpackungen, die sie bei Döner-Ali gefunden hatten, das war eine Spur. Überhaupt, die ganze Türken-Connection rund um den Hausmeister Kaymal und diesen Döner-Ali schien Rüthli höchts verdächtig. Er konnte sich nur keinen Reim darauf machen.

Am Tag von Bowolfs Ausbruch wollten die beiden pflichteifrigen Schweizer Beamten eigentlich erneut das Institut beschatten, wie immer in der Hoffnung, herauszufinden, welches der geschwätzige Informant sein könnte. Aber es herrschte dort unübliche Hektik und Aufregung, wie überhaupt das ganze Industriegebiet Nord schon am frühen Morgen einem aufgescheuchten Wespenschwarm glich. Überall fuhren Polizei und Krankenwagen. Sie bemerkten ein Kamerateam vom Südwestrundfunk. Am Flugplatz war die Berliner Allee gesperrt. Da Rüthli und Hürzeler mit zivilem Dienstfahrzeug unterwegs waren, gerieten sie prompt in diese Absperrung. Von einem der

Streifenpolizisten, die den Verkehr regelten, erfuhren sie, nachdem sie sich als Kollegen aus der Schweiz ausgewiesen hatten, was am Morgen hier vorgefallen war.

„Dös isch ä Komödi!", befand Hürzeler, als sie endlich weiterfahren durften. „Den Chaib wärre se schu verwütschä, odder?"

Rüthli steuerte den Wagen auf eine Parkbucht in Sichtweite des BioGen. „Schauen Sie mal, Korporal, da ist auch ziemlich was los!"

Sie beobachteten die aufgeregte Versammlung der führenden Wissenschaftler des Instituts, die herumliefen, als suchten sie nach Spuren im Gras. „Alle sind sie da", stellte Rüthli fest. „Der Professor, die biestige Frau, der Inder und die zwei anderen Laborleiter. Und natürlich auch dieser Türke wieder ..."

Kaymal bestieg gerade seinen Kangoo. Die Frau beugte sich zu ihm ins Auto und sprach mit ihm. Die anderen Institutsangehörigen standen etwas abseits oder kehrten ins Gebäude zurück. Rüthli fasste einen Entschluss: „Wir fahren hinter dem Türken her!"

„Des isch ring!", befand Hürzeler. „Ä bützeli Autofahre!"

Kaymal fuhr zuerst nur zwei Straßenzüge weiter auf den Parkplatz des OBI-Baumarktes. Dort nahm er türkische junge Männer in Empfang, die er ganz offenkundig mit Instruktionen versorgte. Rüthli und Hürzeler beobachteten das Ganze eine Parkreihe entfernt durch die Frontscheibe.

Die jungen Männer, mit denen Kaymal in Befehlsmanier sprach, schwärmten aus. Kaymal hantierte mit einem Handy und diskutierte offensichtlich minutenlang.

Endlich bewegte sich der Hausmeister wieder zu seinem Auto. Jetzt nur den Anschluss nicht verlieren. Rüthli und Hürzeler übersahen einen Mann im Anzug, der vor ihnen einen Einkaufswagen, beladen mit langen Metallschienen, navigierte. Prompt streifte der Seitenspiegel des Dienstwagens die aus dem Einkaufswagen herausragenden Metallschienen und versetzte den Einkaufswagen in eine Rotationsbewegung. Der Anzugträger hechtete hinterher und rettete seine Habseligkeiten mit einem beherzten Sprung.

„Fahrerflucht!", konstatierte Korporal Hürzeler, als Rüthli ohne anzuhalten weiterfuhr. „Paragraf 92 SVG."

„Verkehrsvergehen im Dienst. Sie sind mein Zeuge", korrigierte Rüthli und bog in die Tullastraße ein. Kaymals blauen Renault behielt er im Blick. Meslut fuhr drei Fahrzeuge vor ihnen. Aber warum so langsam?

Kaymal schlich die Tullastraße nordwärts Richtung Mooswaldallee, vorbei am Prachtgebäude der Badenova-Zentrale, vorbei an McDonalds, Burger King und Sauna-Paradies. Dann bog er in die Mooswaldallee Richtung Süden ab, immer noch wie ein unschlüssiger Tourist, aber immerhin so streng rechts, dass der fließende Verkehr auf der mehrspurigen Straße an ihm vorbeirauschen konnte. Das Problem für Rüthli und Hürzeler bestand darin, dass sie mit Abstand ebenso langsam fahren mussten. Kaymal fuhr bis zum großen blauen Kasten des Ikea-Möbelhauses und bog dort in die Herman-Mitsch-Straße Richtung Flugplatz ab. Weiterhin nur im Schritttempo schlich er diese Straße entlang, ignorierte das Hupen und schob sich langsam wie ein Patrouillenboot über die Kreuzung hinein in die Engesserstraße. Nach etwa fünfzehn Minuten hatte Kaymal den Block einmal umrundet und befand sich wieder in der Tullastraße in Höhe des OBI-Baumarktes.

Die Runde begann von Neuem. Rüthli stöhnte. Hürzeler empfahl einen kurzen Abstecher zu McDonalds. „Mir vobasset nünt. Den hole mir widder i!" Aber darauf ließ sich Rüthli nicht ein. Er blieb dran, immer im gleichen Abstand von etwa fünfzig Metern, und immer im gleichen nervtötenden Schleichtempo. Hinter ihnen bildete sich eine ungeduldige Schlange, und jedes Mal, wenn ein Fahrzeug vorbeihüpfte, um sich hinter Kaymals Kangoo erneut in einer Schlange wiederzufinden, prasselte ein italienisch anmutendes Hupkonzert auf Rüthli und Hürzeler nieder.

Natürlich wusste der türkische Hausmeister schon längst, dass er die zwei Schnüffler aus der Schweiz hinter sich hatte.

*

Döner-Ali stand im weißen T-Shirt hinter seiner Verkaufstheke und bearbeitete mit einem 60 Zentimeter langen Messer den aufrechten Fleischspieß. Ali hantierte beim Abschälen der dünnen Dönerstreifen so virtuos wie ein Kosake beim Schwerttanz. Dampfende Hitze stand in der Grillbude, die jetzt, zur Feierabendzeit, gut besucht war. Ein halbes Dutzend Kunden stand Schlange, um Bestellungen aufzugeben. An zwei Stehtischen waren ein paar Arbeiter im Blaumann bei Bier und Currywurst versammelt, die wackligen Sitzgarnituren waren ebenfalls zur Hälfte mit Gästen besetzt. Vorwiegend bevölkerten Männer die Döner-Bude. Die einzigen weiblichen Gäste waren eine ziemlich genervte Ehefrau, die ihrem Gemahl den Aufenthalt am Biertisch zu vergällen trachtete, eine von ihrem Patriarchen zum Ausharren abgestellte und in wallende Gewänder gehüllte Frau, die vier prall gefüllte Plastiktüten und drei auffallend laute Kinder hütete, die verfrorene Punkerin vom REWE-Parkplatz, die eigentlich nur zum Aufwärmen hier saß, und Titten-Susi, die auf den ersten Freier des Abends wartete und sich zu diesem Zweck zentimeterdick mit Kajal und Lippenstift renovierte. Schulter an Schulter mit Ali hantierte Firat beidhändig mit den Frittierkörben. Die Pommes flogen durch die Luft wie fette gelbe Hummeln und landeten portionengerecht in kleinen Pappschälchen.

Die beiden Männer schwitzten rechtschaffen. Feine Schweißperlen standen ihnen auf der Stirn und in den krausen, schwarzen Locken. An der Kasse stand Alis Frau und behielt meisterhaft den Überblick über Bestellungen, wartende Gäste, fertige Gerichte und Wechselgeld.

In diesem Moment flog die Tür auf und ein halbnacktes schwarzes Etwas in dreckverschmierter Seidenhose stürmte herein. Bowolf sah aus wie ein Indianer auf dem Kriegspfad. Riesengroß wie er war, mit seinen breiten Schultern und den muskelbepackten Armen, füllte er den Türrahmen aus. Jemand stieß einen Schrei aus. Die Kinder begannen zu weinen. Die Männer wichen zur Seite. Titten-Susi fiel vor Schreck der Lippenstift zu Boden. Die Punkerin glotzte aus müden Augen. Stummes Entsetzen stand im Raum.

„Döner!", sagte Bowolf mit rauer Stimme. Es klang wie das Knurren eines Raubtieres. Er machte zwei Schritte in den Raum hinein. Die Männer an den Stehtischen machten Platz.

„Hey Süßer ...", unternahm Susi einen Versuch, ins Geschäft zu kommen.

„Döner!", wiederholte Bowolf. Mit dem Unterarm schob er einen Gast zur Seite, Bierflaschen kippten um.

Heinrich Kasnewski erhob sich von diesem Tisch: Bauarbeiter, Ringkämpfer beim Ringerverein Freiburg-Haslach. Ein Kasten mit Stiernacken. 105 Kilo, Schwergewicht. Er erhob sich langsam, ohne jegliche Hektik. Kein Haudrauf. Er war ein gemächlicher Typ. Schwer aus der Ruhe zu bringen. Ein Fan von Bud-Spencer-Filmen. Breitbeinig stellte er sich Bowolf in den Weg: „Jetzt mal langsam ..."

Bowolf schob den Kerl zur Seite, als wäre es eine leere Pappschachtel. Kasnewski fand sich sitzend auf dem Tisch wieder. Jetzt war er allerdings gereizt. Er sprang Bowolf von der Seite an, legte ihm die Arme im olympischen Würgegriff um den Hals und versuchte, Bowolf zu Boden zu reißen.

Den Steinzeitmann anzugreifen hieß, all seine Urtriebe zu wecken. Kampf, Verteidigen, Töten. Bowolf wirbelte um die eigene Achse, umfasste Kasnewski mit der linken Hand im Nacken, mit der anderen griff er ihm mitten ins Gesicht und drückte seinen Kopf nach hinten, in der Absicht, ihm das Genick zu brechen. Das wäre auch gelungen, wenn Kasnewski nicht unverzüglich den eigenen Griff gelockert hätte. Inzwischen warfen sich etliche seiner Kollegen auf Bowolf. Er schüttelte sie ab, als wären es lästige Sofapinscher, die sich über die Hosenbeine eines Besuchers hermachten. Einer flog über zwei Tische und landete bei Susi auf dem Schoß. Der andere segelte quer durch die Sammlung leerer Bierflaschen auf dem nächsten Tisch. Ein Dritter donnerte gegen den ersten Stehtisch und fällte ihn mitsamt den Leuten, die drumherumstanden. Beim Vierten knackten die Knochen, der Fünfte wälzte sich mit blutender Nase auf dem Boden und tastete nach fehlenden Zähnen. Das Ganze dauerte nur wenige Sekunden. Bowolf griff sich eine Bierbank und schmetterte sie quer durch den Raum. Sie schlug in den Getränkekühlschrank ein und ließ Cola- und Fanta-Büchsen durch die Gegend zischen wie losgelassene Luftballons.

Frauen und Männer brüllten durcheinander. Wer günstig zur Tür stand, ergriff die Flucht. Einige warfen sich unter den Tischen in Deckung. Kasnewski wälzte sich am Boden. Er würgte und röchelte. Niemand mehr wagte es, sich Bowolf entgegenzustellen.

Ganz hinten im Raum, atemlos an die Wand gepresst, stand Tarkan, einer von Kaymals türkischen Jungs, die er ausgeschickt hatte, alle strategisch wichtigen Punkte im Industriegebiet Nord im Auge zu behalten. Der gab Alarm. Durch sein Handy flüsterte er: „Hier ist er. Bei Döner-Ali. Er schlägt alles kurz und klein. Schnell, kommt alle her!"

Die Wirkung, die er mit der geschleuderten Bierbank erzielte, gefiel Bowolf. Er ließ eine zweite folgen. Diesmal schleuderte er sie hinter die Theke, wo sie krachend ein Hängeregal zerlegte; Pfannen, Töpfe, Schöpfkellen, Riesengabeln und Hackmesser wurden in alle Richtungen katapultiert. Alis Frau kauerte unter der Theke und verbarg die Kasse unter ihren weiten Röcken. Firat gab die Idee auf, einen Korb heißen Frittierfettes in Bowolfs Richtung zu schleudern, und verkroch sich hinter den

Salatkisten. Döner-Ali stand starr vor Schreck neben dem Dö-
ner-Spieß und hielt warnend sein Samureischwert vor der Brust.

„Döner!" forderte Bowolf erneut. Er deutete auf den fetttrie-
fenden Spieß, der sich ungerührt weiterdrehte.

In Bowolfs Rücken suchten die ramponierten Gäste das
Weite. Einer nach dem anderen schlüpfte hastig durch die Tür
ins Freie, manche krochen oder krabbelten auf allen Vieren.
Am Ende blieben neben Bowolf und dem Imbiss-Personal nur
noch der zitternde Tarkan im Raum und zwei Frauen, Susi, die
unter einer Bank begraben lag und zappelte wie ein Käfer, und
die Punkerin, die so zugekifft war, dass sie nicht wirklich begriff, was geschah. „Voll krass!", staunte sie nur.

Ali tat das einzig Richtige: Während er aus den Augenwinkeln sah, dass Firat im Schutz der Salatkisten mit seinem Handy
hantierte und hoffentlich Hilfe herbeirief, bereitete er Bowolf
einen Döner zu. Er schälte mit zitternden Schnitten vorsichtig
große Fleischfladen vom Bratenspieß, schnippelte sie in vorbe-
reitetes Fladen-Brot und schaufelte hinein: Zwiebeln, Salatblät-
ter, Knoblauch, Gewürze, Soße. Bei jedem Handgriff vergewisserte er sich durch einen Blick zu Bowolf, dass der zufrieden
war. Bowolf lächelte und bestätigte: „Döner, vier Portionen."

Als sei alles in bester Ordnung, als stünde er jeden Abend
barfuß mit nacktem Oberkörper hier im Imbiss und vertilgte
vier Döner-Portionen, so stand der kohlegeschwärzte Bowolf
vor der Theke und kaute zufrieden.

In diesem Moment stürzte Kommissar Ricky Faller mit gezückter Dienstpistole in den Raum. „Hände hoch! Waffen fallen lassen!", brüllte er.

„Krass!", kommentierte die Punkerin. Titten-Susi kreischte.
Döner-Ali ließ sein Samureischwert fallen. Bowolf drehte sich
um und gewahrte einen hampelnden Mann, der mit einem
kleinen, glänzend-schwarzen Gegenstand herumfuchtelte. Er
kannte keine Schusswaffen und fürchtete sich demgemäß nicht

vor ihnen. Wahrscheinlich hätte er sich vor Faller auch dann nicht gefürchtet, wenn er gewusst hätte, was so ein Schießeisen anrichten kann. Jedenfalls hechtete er aus dem Stand heraus auf den breitbeinig im Raum stehenden Kommissar zu und begrub ihn im Fallen unter sich, so dass Fallers hektisch abgefeuerter Schuss folgenlos durch die Decke schlug. Immerhin irritierte der Knall Bowolf für Sekundenbruchteile. Er riss Faller die Pistole aus den Fingern und roch daran, während er alleine durch sein Körpergewicht den Kommissar weiterhin zu Boden drückte. Hinter Faller erschien ein Polizist in Uniform in der Tür. Als er Bowolf mit der Waffe hantieren und seinen Kommissar am Boden liegen sah, sprang er schnell wieder zurück und schlug die Tür zu. Von draußen dröhnten bereits die Polizeisirenen. Es würde nicht mehr lange dauern, bis die Imbissbude von zwei Hundertschaften Bereitschaftspolizei umzingelt und abgeriegelt sein würde.

„Nicht, nicht, nicht. Nein! Nicht abdrücken", flehte Faller, während Bowolf mit der Pistole herumexperimentierte. Er hatte den Abzugshahn entdeckt. Natürlich drückte er ab. Der Schuss fuhr in die Getränkekühltheke und gab einer Flasche Eistee den Rest. Verblüfft starrte Bowolf auf die Waffe. Er begriff nicht, was da geschah. Er schüttelte die Pistole und schielte in den Lauf hinein. Den Finger hielt er immer noch am Abzug. Er ahnte nicht, dass er nahe daran war, sich ein Auge auszuschießen.

Ali hatte unterdessen vorsichtig sein Kebab-Messer wieder aufgehoben und nahm die Arbeit am zweiten Döner wieder auf. „Döner gleich fertig", sagte er. Das Codewort genügte, um Bowolf von der Waffe und Faller abzulenken. Er erhob sich. Die Pistole warf er zu Boden. Sie landete im Schoß der Punkerin. „Voll krass!"

Neben Tarkan, der noch immer an die Wand gepresst am anderen Ende des Raumes stand, schlich sich durch die dortige Hintertür eine Gestalt in den Raum: Kaymal! Er gab Tarkan ein Zeichen, keinen Laut zu geben, und duckte sich selbst sofort hinter die Theke. Dort war er außerhalb von Bowolfs Blickfeld. Vorsichtig krabbelte er im Schutz der Theke auf allen Vieren zu Alis Frau hinüber, die ebenfalls noch in dieser Deckung saß. Mit dem Finger an den Lippen signalisierte er, dass sie sein Erscheinen auf keinen Fall verraten dürfe.

Ali reichte Bowolf den zweiten Döner. Von draußen schaltete sich eine schnarrende Lautsprecherstimme ins Geschehen ein: „Hier spricht die Polizei! Das Gebäude ist umstellt! Kommen Sie nacheinander mit erhobenen Händen heraus. Ich wiederhole ....“

Bowolf lauschte interessiert, weil er die laute Stimme aus der Luft so ungewöhnlich fand. Da er nicht alles verstand, was gesprochen wurde, kümmerte ihn der Aufruf nicht weiter. Dennoch reichte die Ablenkung für Kaymal, um aus seinem Versteck heraus zu schnellen, über die Theke zu hechten und Bowolf die Betäubungsspritze zielgenau in den Oberarm zu stechen. Bowolf wirbelte herum, brüllte wie ein in die Enge getriebener Gorilla und erkannte, dass er wieder einmal überlistet worden war. Die Spritze entfaltete ihre Wirkung binnen weniger Sekunden. Bowolf knickte vorneüber. Kaymal fing ihn schwer schnaufend auf.

Kommissar Ricky Faller rührte sich. Kaymal reagierte schnell. In der Betäubungsspritze befand sich noch ein Rest. „Ey Kommissare. Nixe aufrege! Isse für Nerve-Kreislaufe!“ Mit diesen Worten pikste er dem Kommissar seine Spritze ins Hinterteil, noch ehe dieser sich richtig erhoben hatte. Prompt sank Faller wieder auf den Boden zurück.

Jetzt galt es, schnell zu handeln. Bald würde die Polizei den Imbiss stürmen. Kaymal warf Ali, Firat und Tarkan ein paar Anweisungen zu. Firat opferte seine Hose, Ali sein T-Shirt, Kaymal seinen Pullover. Schnell zogen sie dem bewusstlosen Bowolf diese Sachen über. Dann schleppten sie ihn zur Hintertür. „Wir müssen ihn an der Polizei vorbeikriegen“, beschrieb

Kaymal auf türkisch die Aufgabe. „Ali, du und Firat, ihr lenkt die Polizei ab. Macht vorne die Tür auf und tragt den Kommissar hinaus. Steckt ihm vorher seine Pistole wieder ins Halfter. Wir schleichen uns über den Hinterhof. Schnell jetzt!"

*

Feldweibel Urs Rüthli und Korporal Pirmin Hürzeler hatten Kaymal aus den Augen verloren, sobald der Trubel losgegangen war. Auf Höhe des Ikea-Möbelmarktes hatte der Türke plötzlich Gas gegeben und war davongerast wie ein Wahnsinniger. Noch ehe Rüthli am Steuer seines Dienstwagens reagieren konnte, war Kaymal auf und davon. „Das kann nur bedeuten, dass er jetzt gefunden hat, wonach er die ganze Zeit Ausschau gehalten hat", kombinierte Rüthli zutreffend. „Wir fahren die Runde zu Ende!"

So kamen sie mitten in den Auflauf bei der großen Kreuzung vor Döner-Alis Imbiss. Dort riegelten bereits Polizisten die Straße ab. Rüthli und Hürzeler wiesen sich aus. Dennoch hielten die Beamten sie auf Distanz. Man wies ihnen einen Standplatz auf dem REWE-Parkplatz zu. Dort stellten sie ihren Wagen ab und verfolgten aus der Ferne das Geschehen. Sie hörten die Schüsse, die Polizeisirenen, die Lautsprecheransagen. Sie hörten zwei Punker mit farbigen Irokesenfrisuren, Springerstiefeln und Schottenröcken über den Jeans darüber jammern, dass „die Janni" noch da drinnen sei.

Dann sahen sie aus der Dunkelheit eine seltsame Prozession den Parkplatz überqueren. Zwei Männer schoben einen großen grünen Plastik-Müllcontainer vor sich her. Die beiden Männer kamen näher. Der Deckel des Müllcontainers war geschlossen. Rüthli und Hürzeler verbargen sich im Schatten. Die beiden Punker, die ihre Sorgen um Janni mit Fusel begossen, lästerten: „Hey, Müllabfuhr! Wohin so spät?"

Kaymal antwortete: „Mache sauber aufräume. Isse bald Feierabend!"

„Ja, ja Kumpel. Habt ihr vielleicht ein paar leere Pfandflaschen da drin? Darf ich mal reinschauen?"

„Nixe Flasche", sagte Kaymal barsch. „Nur faule Obst und Gemüse. Viel stinke!" Schnell schob er den Container an den beiden vorbei und verschwand mit dem Abfallcontainer in der Dunkelheit Richtung REWE-Hinterhof.

„War das nicht der Hausmeister vom BioGen?", fragte Rüthli seinen Korporal, nachdem die Nacht Kaymal und Tarkan verschluckt hatte.

„Mir isches au so vorkumme", bestätigte Hürzeler. „Hättemer hintenooch sotte?"

„Ja, wahrscheinlich hätten wir hinten nach sollen. Irgendwas ist da faul."

Es war zu spät.

14

Bowolf drang immer tiefer in die Höhle vor. Mit federnden Katzenschritten erklomm er die steilen Wände. Er tastete sich vorwärts. Immer aufwärts. Es herrschten barbarische Kälte und absolute Finsternis. Der Höhleneingang, durch den noch schwaches Winterlicht hereingefallen war, lag längst weit hinter ihm. Die Höhle führte stetig aufwärts. Gangam konnte mit Seta nur diesen Weg genommen haben. Bowolf verließ sich auf Gehör und Tastsinn. Zwischendrin witterte er. Ein läufiger Hund hinterließ Gerüche. Bowolf war sich sicher, dass er auf der richtigen Spur war. Er roch die Angst von Gangam und Seta.

Plötzlich schlug ihm ein eisiger Windhauch entgegen, als hätte der große Sturmvater in die Höhle hinein geblasen. Der Eishauch kam von oben. Es musste einen Ausgang geben. Irgendwo drang Wind ein. Konturen schälten sich aus der Dunkelheit. Von irgendwo fiel schwaches Licht in die Höhle. Keuchend schob er sich weiter empor. Der blanke Fels war kalt wie der Tod. Bowolfs Hände, normalerweise unempfindlich gegen Schmerz und Kälte, wurden taub. Die Vorstufe zu einer Erfrierung. Er hielt inne, hauchte sich warmen Atem gegen die Hände und lauschte in die Dunkelheit hinein. War da nicht ein Geräusch? Ein klackernder Stein? Bald hatte er sie eingeholt. Bowolf nahm den nächsten Absatz, erklomm die nächsten schroffen Felsen, eine schwierige Kletterpassage. Plötzlich sah er den Himmel über sich. Das letzte Stück Höhle, eng wie ein Fuchsbau, stieg senkrecht zum Himmel empor. Trübes Winterlicht brach herein. Der Ausgang.

Obwohl ihm bewusst war, wie wehrlos, wie ausgeliefert er in dieser schmalen Röhre war, die er sich nun hinaufzwängte, zögerte Bowolf keinen Moment. Sein Hass auf Gangam und seine Wut auf Seta waren größer als alle Vorsicht. So schob er sich in den Kamin, keilte die Schultern zwischen die Felsen, schob sich mit den Füßen aufwärts, und arbeitete sich Stück für Stück empor. Bevor er den letzten, entscheidenden Klimmzug wagte, hielt er nochmals inne. Absolute Stille. Nur das Schweigen der Felsen.

Bowolf hievte sich nach draußen. Der Höhlenausgang befand sich zwischen monströs übereinander gestapelten Felsbrocken, die irgendwann einmal oben vom Gipfel des gelben Berges heruntergestürzt sein mussten. Rund um die unscheinbare Öffnung war der Schnee niedergedrückt. Seta und Gangam mussten genauso erschöpft hier oben angekommen sein wie er. Aus den Spuren las Bowolf, dass beide zuerst einmal auf dem Rücken im Schnee liegengeblieben waren, um Kräfte zu sammeln. Dann waren sie bergwärts gegangen. Ihre Spuren verrieten heillose Flucht.

Bowolf warf einen letzten Blick zurück ins Höhlenloch. Wenn Gangam und Seta schlau gewesen wären, hätten sie hier oben gewartet, bis ihr Verfolger den Kopf aus diesem Loch streckt, um ihm dann den Schädel zu zerschmettern. Er lachte grimmig in sich hinein.

Er wog prüfend die Axt in der Hand. Ob Gangam noch bewaffnet war? An den Spuren im Schnee meinte Bowolf zu erkennen, dass er noch seinen Speer besaß, mit dem er sich im tiefen Schnee abstützte. Aber Seta war eine Last. Sie würde Gangam auf der Flucht aufhalten. Kein Weib war so schnell wie ein Krieger. Schon gar nicht am Berg und im Tiefschnee.

Die Spuren führten strikt bergauf. Wo wollte Gangam hin? Der Schnee lag hier mehr als mannshoch. Je höher man hinaufkam, desto, lebensfeindlicher wurde der gelbe Berg. Um diese Jahreszeit gab es niemanden, der es gewagt hätte, dort hinauf zu klettern. Wollte Gangam etwa den Pass erreichen? Wollte er auf die andere Seite hinüber? Zu den Seinen?

Dieser Plan konnte nicht gelingen. Bald wurde es Nacht. Die Dunkelheit kroch bereits über die Gipfel. Die Felsen stiegen schroff empor. Der Schnee lag tief über Spalten und tödlichen Abgründen. Niemand kam im Winter über den Berg.

In Gangams und Setas Spuren watete Bowolf weiter. Bowolf verfluchte sich, dass er kaum Vorräte mitgenommen hatte. In seiner blinden Wut war er einfach losgestürmt. Jetzt knurrte sein Magen. Bald musste er sich eine Höhle in den Schnee graben, wenn er bei diesen Temperaturen die Nacht überstehen wollte. Er blieb stehen, schöpfte Atem.

Da sah er sie: zwei kleine, schwarze Punkte, die sich ein gutes Stück vor und über ihm an der Bergflanke entlang bewegten. Sie waren schon weit oben. Aber nicht weit genug. Jetzt entkam ihm der Rätiser nicht mehr. Bowolf befand sich klar im Vorteil. Gangam und Seta arbeiteten sich durch hüfthohen Tiefschnee. Sie erklommen unbekannte Gefilde. Der Untergrund musste vor jedem Schritt mit dem Speer erkundet werden. Das war anstrengend und kostete Zeit. Bowolf hingegen konnte sich in den tiefen Spuren der beiden bewegen. Er kam viel schneller vorwärts. Der Wind pfiff jetzt wütend vom Gipfel herunter und schleuderte Bowolf scharfe Eiskristalle entgegen. Er wirbelte Schneefahnen auf und trieb sie die Hänge hinunter. Längst hatte Bowolf die Baumgrenze hinter sich gelassen. Hier lebte nichts. Hier gedieh nur der Tod.

Bowolf folgte der Spur. Bisweilen verlor er die beiden Fliehenden aus den Augen. Manchmal verschwanden sie hinter einer Felswand oder in einem steilen Kar. Manchmal verstellten hohe Schneeverwehungen die Sicht. Aber immer dann, wenn Bowolf sich um die nächste Biegung herum gekämpft hatte, war der Abstand wieder geschmolzen. Bald erkannte er mehr als nur Konturen. Bald konnte er Gangam und Seta unterscheiden. Aber die Nacht bereitete schon ihren Überfall vor. Sie würde vom Berg herabstürzen wie eine Lawine.

Es wurde zu einem Wettlauf gegen die Dämmerung. Das machte Bowolf unvorsichtig. Er arbeitete sich durch eine hohe Schneewächte, die ihm die Sicht auf die nächste Kletteretappe verstellte, und stand plötzlich vor einer weißen, ebenen Fläche, ungefähr so groß wie Bowolfs Dorf. Die Spuren von Gangam und Seta führten quer über diese glitzernde Ebene. Bowolf stocherte durch den Schnee, schob mit den Füßen eine Stelle frei. Kein Zweifel, hier befand sich ein zugefrorener, zugeschneiter See. Der Winter mit seinen eisigen Krallen währte schon lange genug. Ganz sicher war das Eis stabil. Wenn es Gangam und Seta getragen hatte, dann trug es auch Bowolf. Selbst der große See unten im Tal war so stark zugefroren, dass man Ochsenrennen auf ihm hätte veranstalten können. Bowolf witterte keine Gefahr. Ohne Hast folgte er den Spuren.

Unmittelbar am anderen Ufer des Sees stiegen die Felsen steil auf. Dem siebten Sinn des Raubtieres folgend, blieb er stehen und blickte nach oben. Auf der Spitze einer Felsnase, die zum See überkragte, sah er Gangams verzerrte Fratze. Er schaute hinter einem mächtigen Findlingsbrocken hervor, mehr als doppelt mannshoch, der bedenklich wackelte. Für den Moment des Erkennens blieb Bowolf stehen. Er besaß vorzügliche Reflexe, Reaktionen wie eine Eidechse, aber diesen einen grässlichen Moment lang war er gelähmt: Gangam brachte den Felsklotz gezielt zum Absturz. Der Findling kippte vornüber, schien einen Moment lang in der Luft stillzustehen, und polterte dann in die Tiefe. Bowolf rettete sich vor dem direkten Treffer, indem er heftig rudernd durch den Schnee kraulte. Doch als unmittelbar neben ihm der Felsklotz niederging hörte Bowolf das krachende Bersten des Eises. Der Einschlag des Felsklotzes hatte auf die Eisfläche die Wirkung eines aus dem Himmel geschmetterten Hammers. Ein schwarzes Loch tat sich auf, riesige Eisschollen bäumten sich auf, mannsgroße Splitter flogen davon, der Schnee färbte sich schwarz, saugte sich voll Wasser und sank gurgelnd in den offenen Schlund des Sees. Bowolf wurde durch die Kräfte des berstenden Eises in die Höhe geschleudert, landete kopfüber im abrutschenden Schnee, wurde vom Sog gepackt und rücklings mit in die Tiefe gezogen.

Sein letzter Blick ging hinauf auf den Felsgrat zu Gangam, der sich siegreich auf der vordersten Kante aufrichtete, die Arme weit ausbreitete und in die Tiefe spottete: „Bowolf, du stinkender Mooka! Das ist dein Ende. Ha, ha, ha!"

15

Der November ging ins Land, regnerisch und kalt brach der Dezember an. Rüthli und Hürzeler schlossen ihre Ermittlungen ab und kehrten nach Chur zurück. Die Fäden des Falles ließen sich einfach nicht zu Ende verfolgen: Die Fingerabdrücke stimmten nicht mit denen der Verdächtigen überein. Die Steinäxte hatten sich als Fake erwiesen. Der geheimnisvolle, anonyme Informant des Journalisten Charly Katz war nicht bereit, mit der Polizei zu sprechen, schon gar nicht mit der Schweizer. Kommissar Ricky Faller war ein Totalausfall. Eine Hausdurchsuchung beim Institut BioGen kam unter diesen Umständen nicht in Frage, die Beweise waren einfach zu dünn. Die Imbiss-Bude von Döner-Ali war zwar eine verdächtige Räuberhöhle, aber Handfestes war nicht nachzuweisen. Die Coop-Brathähnchen bildeten noch die heißeste Spur. Rüthli hatte diesen Verdacht zusammen mit dem Beweisstück Plastikverpackung zwar an Kommissar Faller weitergegeben, aber der war vorübergehend krank geschrieben und wollte vom Fall der gestohlenen Gletscherleiche generell nichts mehr wissen. Seit er wegen der Spielzeugäxte zum Gespött der Medien geworden war und außerdem die Ergreifung des Amokläufers im „Döner-Ali" versemmelt hatte, nagten in ihm Zweifel, ob er die richtige Berufswahl getroffen hatte.

Rüthli und Hürzeler trafen sich ein letztes Mal mit Charly Katz. Der versprach zwar, weiter am Fall dran zu bleiben, aber die Realität sah so aus, dass am nächsten Tag im heimischen „BLICK" zu lesen war: „Schweizer Polizei gibt auf – Der Leichendiebstahl vom Morteratsch-Gletscher bis auf Weiteres eingefroren". Ein schöner Verbündeter, dieser Charly Katz. „Dös isch doch bloß än Lööli, än Schwafli, än Tschumpl, än liedrige", schimpfte Hürzeler: „Än Seckel!"

In Rüthli nagte die Niederlage. Insgeheim war er noch nicht bereit, sie einzugestehen. Nur: Die Pflicht rief. Der Dienst in Chur ging vor. Er hatte schon zu viel Zeit in Freiburg vergeudet. So schön es gewesen wäre, das Institut BioGen unter Beobachtung zu stellen. Es ging nicht. Dabei war Rüthli sich sicher, dass er früher oder später die entscheidende Spur gefunden hätte.

Im BioGen gab es in diesen Tagen Vorkommnisse und Veränderungen, die jeden Beobachter hätten misstrauisch werden lassen. Und all diese Ereignisse drehten sich um Bowolf. Nachdem Meslut Kaymal mit Tarkans Hilfe den Ausgebüchsten wieder ins Institut zurückgebracht hatte, hielt Aschendorffer Kriegsrat mit seinen Laborleitern Biesthal, Amresh, Schröder und Westphal ab. Auch Kaymal und Mona Hohner gehörten zu der Runde. „Wir können ihn nicht ewig einsperren", lautete die Grunderkenntnis Aschendorffers. „Ich habe deshalb beschlossen, dass wir mit ihm gezielt Ausflüge in die Freiheit machen werden."

Er hinterlegte diese Entscheidung mit einer philosophischen Erkenntnis, die er mit fuchtelnden Armen vortrug: „Jeder Mensch strebt nach Freiheit. Immer und jederzeit, bis zu seinem Tod. Das ist sein höchster Antrieb."

„Er hat gestern Nacht Papillon von Henri Charrière gelesen", reichte Mona Hohner die Erklärung für diesen seltsamen Ausbruch nach.

„Das ist absurd. Das ist Wahnsinn", widersprach Dr. Westphal. „Der Kerl ist ein Tier. Er hat animalische Instinkte und

279

steht auf der Kulturstufe eines Steinzeitmenschen. Das gibt Mord und Totschlag."

„Was wissen Sie von der Kulturstufe eines Steinzeitmenschen?", fauchte Biesthal. „Sie brauchen noch eine Weile, bis Sie dort angelangt sind!"

Westphal konterte: „Ich rede nicht von seinem Nachtleben!"

Frederike Biesthals nächtliche Besuche bei Bowolf hatten sich zum meistherumerzählten Geheimnis im Institut entwickelt.

Biesthal errötete, kurz. Wieso musste sie Rechenschaft ablegen? Mit der ihr eigenen Kälte belächelte sie den Kollegen: „Gehen die Fantasien mit Ihnen durch? Die moderne Medizin kennt Gegenmittel, lassen Sie sich beraten." Vom rotzigen Christopher Westphal ließ sie sich gewiss nichts einschenken. Diese eitle Sorte von männlichen Aufschneidern hatte sie gefressen: „Sie reduzieren Ihre Überlegungen allzu sehr auf ausgerechnet jenen Aspekt, unter dem Sie Ihre massivsten Komplexe kompensieren müssen. Das macht Ihr Urteil nicht gerade brauchbar."

Dr. Schröder gluckste fröhlich. Murji Amresh machte ein Gesicht wie saure Sahne, spendete innerlich aber Beifall. Wie er Frederike Biesthal doch bewunderte. Diese Frau wusste sich zu wehren. Kaymals Goldzahn grinste. Aschendorffer war gelähmt. Gesprächen, die sich auch nur andeutungsweise um menschliche Beziehungen, gar vielleicht um Sexualität drehten, war er nicht gewachsen, da versagte ihm die Stimme. Sein wissenschaftlicher Verstand setzte bei diesen Themen aus und stattdessen schlugen die Synapsen Purzelbäume und gaukelten ihm wilde Kopulationsbilder vor. Zu allem Unglück auch noch mit den Hauptdarstellerinnen Mona Hohner und Frederike Biesthal, so dass er schamesrot zusammenschrumpfte, den Blick unentwegt auf den Fußboden gerichtet.

Mona war die einzige, die die Angelegenheit mit praktischem Verstand wieder ins richtige Gleis brachte: „Wieso machen wir nicht einen Plan, wie wir Bowolf nach und nach an das Leben in der Gegenwart gewöhnen? Wir könnten ihm doch kleine Ausflüge organisieren, bei denen wir ihn begleiten und ihm zeigen, wie die Welt tatsächlich funktioniert. Schließlich können wir uns inzwischen alle mit ihm verständigen."

Aschendorffer fand seine Sprache wieder: „Alle Theorie hilft nichts. Ich kann Bowolf viel erzählen, aber er muss es selbst erleben, wie sich das Leben heute anfühlt."

Dr. Westphal musste noch einmal bissig nachtreten: „Bei manchen Dingen der Gegenwart weiß er ja inzwischen schon, wie sie sich anfühlen!"

„Ein Wort von mir, und Bowolf schlägt Ihnen den Schädel ein", konterte Biesthal trocken. „Dann wissen Sie, wie sich das anfühlt."

Trotz der bissigen Stimmung kam die Runde zu einem Ergebnis. Bowolf brauchte einen Schnellkurs in Sachen Zivilisation. Wer anders als Meslut Kaymal kam in Frage, diesen Schnellkurs zu organisieren?

Bevor die Besprechung sich auflöste, zupfte Murji Amresh noch zaghaft am Ärmel von Biesthals Laborkittel: „Kann ich Sie ..., haben Sie einen Moment Zeit für mich?"

Frederike Biesthal schien irritiert. Ihr frostiger Blick signalisierte eindeutig: „Nein!" Aber dennoch ließ sie sich von Amresh etwas auf die Seite führen. „Frau Kollegin, Frau Doktor Biesthal", flüsterte Amresh, „Ich weiß, es steht mir nicht zu, Ihnen Ratschläge zu erteilen. Aber diese Sache, diese ganze Angelegenheit mit Bowolf, das nimmt langsam Dimensionen an. Ich bin in großer Sorge."

„Um mich?", fragte Biesthal kalt. „Um mich müssen Sie sich keine Sorgen machen."

„Nein. Missverstehen Sie mich nicht. Ich mache mir Sorgen um das Institut. Professor Aschendorffer ist unberechenbar. Er ist ... wie, ... irgendwie ..."

„Sprechen Sie es ruhig aus. Sie halten ihn für wahnsinnig."

„Ja! Er ist wahnsinnig. Was er mit Bowolf tut, das sprengt alle ethischen und moralischen Grenzen. Und es kümmert ihn überhaupt nicht."

„Ethik existiert für Professor Aschendorffer nicht. Das müssten Sie doch inzwischen wissen. Und Moral sowieso nicht. Das hält er für Heuchelei. Damit kann er nichts anfangen."

„Genau darum flehe ich Sie an: Es ist unsere Pflicht, einzuschreiten. Wir können das nicht zulassen."

„Was?"

„Dass ein Mensch, ein Toter, ein Steinzeitmann aus der Vergangenheit, dass der so einfach wiederbelebt wird. Gegen seinen Willen. Er weiß doch gar nicht, was mit ihm geschieht."

„Darf ich Sie daran erinnern Kollege Amresh, dass es schon passiert ist. Der Tote ist bereits wiederbelebt. Er ist real. Er ist hier, unter uns. Und er ist ein Mensch mit Ängsten und Gefühlen. Darum müssen wir uns kümmern."

„Was geschieht, das geschieht gegen seinen Willen", beklagte Amresh. „Mein Gewissen sagt, dass wir einschreiten müssen."

„Machen Sie sich nicht lächerlich, Kollege Amresh. Hätte Aschendorffer ihn vorher fragen sollen? Das ist zwangsläufig eine einseitige Angelegenheit. Fragen Sie Bowolf doch, ob er gerne wieder ins Reich der Toten zurückkehren will. Ich bezweifle das. Ich kann Ihnen versichern, er lebt gerne und er weiß ziemlich genau, was ihm widerfahren ist."

Amresh verzog schmerzlich das Gesicht. Er wollte Biesthal noch einmal vertraulich am Unterarm fassen, noch einmal eindringlich auf sie einwirken, aber sie entzog sich.

„Wir entscheiden das nicht", fügte sie hinzu. Dann ließ sie Amresh stehen.

*

Meslut Kaymal und Bowolf fuhren Straßenbahn. Zuerst fuhren Sie mit dem Auto. In Meslut Kaymals Kangoo ging es zum Park- and -Ride-Platz im Behördenzentrum an der Bissierstraße.

Schon das war für Bowolf eine Offenbarung. Er trug eine blaue Bauarbeiter-Latzhose und ein kariertes Flanellhemd aus Kaymals Fundus, darüber einen alten Parka. Er sah damit aus wie ein strammer Bauarbeiter, der sich vielleicht mal eine modernere Frisur zulegen könnte. Nur unter Protest hatte er darauf verzichtet, mit seiner seidenen Pyjamahose loszuziehen.

„Bowolf, das tragen die modernen Menschen nur beim Schlafen", versuchte Frederike zu erläutern.

„Es ist klüger, in den Sachen zu schlafen, die man auch am Tage trägt", widersprach Bowolf in Sachen Pyjamahose. „Wenn Feinde kommen, oder wenn man fliehen muss, bleibt keine Zeit, sich auszuziehen." Bowolf verdankte sein Können dem geheimnisvollen Superlearning-Programm Aschendorffers. Als hätte ihm jemand einen Nürnberger Trichter aufgesetzt und ihm dadurch Vokabeln, Grammatik, Aussprache und Satzbau eingetrichtert, so verfügte er mittlerweile über ein Sprach- und Ausdrucksvermögen, das jeden Pisa-Test bestanden hätte.

Bestürzt nahm Frederike Biesthal zur Kenntnis, dass zu diesem Sprachschatz auch Worte wie „bumsen" und „vögeln" gehörten, von denen Bowolf ungeniert Gebrauch machte. Der Einfluss von Kaymals heimlich eingeschmuggelten „Lehrvideos" hatte Spuren hinterlassen. „Bowolf, so spricht man nicht. Das ist hässlich. Frauen mögen das überhaupt nicht."

Er nahm das interessiert zur Kenntnis. „Wie sagt man dann?"

Frederike Biesthal musste nachdenken. Wie kindisch. Was sollte sie antworten? Schließlich entschied sie sich: „Du kannst meinetwegen „Geschlechtsverkehr" sagen."

Bowolf fügte sich und sprach nun bei jeder passenden und nichtpassenden Gelegenheit von Geschlechtsverkehr.

Vor Kaymals Auto hatte Bowolf Angst. In gebührlichem Abstand blieb er zunächst vor der geöffneten Beifahrerschiebetür stehen und schnupperte. „Was ist das für ein Tier?"

„Isse Technik-Wunder. Heiße Auto." Kaymal stieg ein und klemmte sich hinter das Lenkrad. Er startete den Motor, hielt mit beiden Händen das Lenkrad umfasst und schaute erwartungsvoll auf Bowolf, der immer noch nicht einsteigen wollte. Hinter ihm standen Biesthal und Aschendorffer. Frederike schob Bowolf mit sanfter Gewalt auf den Beifahrersitz: „Du musst dich nicht fürchten. Das Auto folgt gehorsam Kaymals Befehlen. Es ist ungefährlich."

Misstrauisch verfolgte Bowolf, wie die Beifahrertür geschlossen wurde. Größerer Tumult entstand, als Kaymal versuchte, Bowolf den Sicherheitsgurt anzulegen. Bowolf wehrte sich mit Händen und Füßen. Es fehlte nicht viel, und er hätte die Flucht ergriffen. Kaymal akzeptierte schnell. „Du gut festhalte!", ermahnte er und ließ seinen Beifahrer notgedrungen unangeschnallt. Dann fuhren sie los.

Bowolf geriet in Panik, als Kaymal auf die Berliner Allee einbog und beschleunigte. Aus Bowolfs Sicht raste die Welt in apokalyptischem Tempo an ihnen vorbei. Mit weit aufgerissenen Augen stierte er durch die Scheiben und krallte sich an allem fest, was er zu fassen bekam. Für die linke Hand war dies der Schaltknüppel. Der Renault jaulte auf, als er auf diese Weise vom vierten in den ersten Gang gequält wurde, und irgendwo in seinem Inneren verschluckte das Schaltgetriebe mit dem Geräusch eines Nussknackers ein paar massakrierte Zahnrädchen. Das Fahrzeug würgte und machte einen brachialen Satz. Bowolf, dessen schwache linke Hand nicht fest genug krallen konnte, flog gegen die Windschutzscheibe, Kaymal schnürte der Sicherheitsgurt die Luft ab. Draußen hupte der Rest des Verkehrs und war sich einig: Idiot am Steuer! Kaymal hupte natürlich sofort zurück, was Bowolf erneut voller Schrecken zusammenzucken ließ. Er riss an der Beifahrertür.

Wohlweislich hatte Kaymal die Zentralverriegelung aktiviert. Kaymal ließ seine gelben Zähne zu einem breiten Grinsen aufmarschieren. Dann nahm er Bowolfs linke Hand und führte sie zum Lenkrad. Hand in Hand drückten sie erneut die Hupe. Zwar erschrak Bowolf immer noch, aber nun verstand er. Das

Auto-Tier machte diese Geräusche nicht selbst, Der Mensch brachte es zum Jaulen. Begeistert hämmerte er selbst auf die Hupe. Einmal, zweimal, ... Bowolf strahlte.

„Was du sage, Bowolfgang? Isse wie Kampfschrei! Musse du andere Autofahrer Angst mache."

„Hirjeka", bestätigte Bowolf und hieb erneut mit der Faust auf die Hupe.

An der Bissierstraße stiegen sie in die Straßenbahn um. Kaymal erklärte Bowolf die Funktion dieses Technik-Wunders: „Isse große Autowurm. Fahre durch ganze Stadt. Viele Menschen hineinpasse!"

Bowolf genoss es. Sie platzierten sich einander gegenüber in einem Viererabteil gleich hinter dem Führerstand. Neugierig studierte Bowolf die Menschen, die ein- und ausstiegen. Bo Esser und Biss Tal hatten ihm zwar eingebläut, auf keinen Fall mit fremden Menschen zu sprechen. Das hinderte Bowolf aber nicht daran, seine Kommentare abzugeben. Sie bezogen sich bei Männern vorzugsweise auf deren äußere Erscheinung: „Ein Schwächling!" – „Ein Dickbauch. Hat er Luft gegessen?" – „Der ist alt. Wieso hat er keine Haare?" – „Der stinkt!" – „Der hat Angst". So ging es in einem fort. Wenn Frauen an ihrem Abteil vorbeigingen, schnupperte Bowolf neugierig und belohnte attraktive Gerüche ebenso wie attraktives Äußeres mit einem gönnerhaften: „Geschlechtsverkehr!" Zum Glück leise genug.

Unterdessen querte die Straßenbahn über die Stadtbahnbrücke den gesamten Bahnhofskomplex und nahm Kurs auf die Freiburger Fußgängerzone. Bowolf bestaunte das Gewimmel auf der Straße. Irgendwie kam ihm dabei eine arglistige Idee. Mit einem Male interessierte er sich für den Fahrer und die Fahrerkabine: „Wo ist die Hupe?", fragte er höflich, nachdem er sich gegen Kaymals ausdrückliche Anweisung seitlich hinter dem Fahrer postiert hatte. Kaymal versuchte vegeblich, Bowolf am Arm zurück auf seinen Platz zu ziehen. Der Straßenbahnfahrer deutete arglos auf ein Knöpfchen. Schon hämmerte Bowolf seine Faust auf die Armaturen. Die Straßenbahn gab Alarm! Der Fahrer fiel beinahe aus seinem Schalensitz. Draußen spritzen erschrocken die Fußgänger auseinander als sie das Signalhorn blöken hörten. Bowolf hatte seine helle Freude. Er wiederholte das Ganze.

„Hey, lassen Sie das!", protestierte der konsternierte Straßenbahnfahrer, der langsam die Fassung wieder erlangte. Er wehrte einen weiteren Versuch Bowolfs mit fuchtelnden Armen ab. Gleichzeitig versuchte er über Funk einen Notruf abzusetzen. „Hier Müller, Linie sieben! Renitenter Fahrgast. Wiederhole: renitenter Fahrgast. Erbitte Kontrolleure." Das war der Moment, in dem Kaymal energisch eingreifen musste. Er zerrte Bowolf mit grober Gewalt auf den Sitz zurück. „Aufhöre Bowolfgang! Sonst komme Polizei!" warnte er mit so eindringlicher Stimme, dass Bowolf sich ablenken ließ. „Bo Lizei? Ein Häuptling?"

„Ganz viele Häuptlinge. Die komme mit Spritze und dann uns einsperre."

Das war Drohung genug. Brav folgte er, als Kaymal ihn beim nächsten Stop der Straßenbahn eilig hinten aus dem Wagen bugsierte. Keinen Augenblick zu spät, denn an dieser Haltestelle wartete vorne bereits das Sicherheitspersonal, das der Straßenbahnfahrer zu Hilfe gerufen hatte. Kaymal und Bowolf tauchten in der Menge unter. Zwei Arbeiter im Feierabendgetümmel. Zum Glück waren sie soeben am zentralen Punkt in Freiburgs Straßenbahnnetz gelandet, an der Haltestelle „Bertoldsbrunnen" mitten in der Fußgängerzone. Hier kreuzten jede Menge Straßenbahnlinien. Und noch ehe Bowolf den weihnachtlichen Trubel der Innenstadt so richtig wahrnehmen konnte, hatte Kaymal ihn auch schon quer über die Straße in die nächste Straßenbahn hineinbugsiert. Die Türen schlossen sich mit pneumatischem Seufzen und schon waren sie in die gleiche Richtung zurück unterwegs, aus der sie gerade erst gekommen waren.

An Bowolfs Benehmen musste man noch feilen, aber Kaymals Expeditionsbericht ermunterte Aschendorffer und Biesthal, es mit weiteren Exkursionen zu versuchen.

*

Einkaufen. Kaymal, Aschendorffer und Bowolf fuhren zuerst zum OBI-Baumarkt. Inzwischen fürchtete Bowolf sich längst nicht mehr vorm Autofahren. Er studierte alle Handgriffe Kaymals. Der Hausmeister hegte inzwischen den Verdacht, dass Bowolf insgeheim von ihm lernte. Es schien, als suchte Bowolf zu ergründen, wie ein Auto funktionierte, welchen Befehlen es wie gehorchte. Kaymal hütete sich, mehr als nötig zu erklären. Der Türke besaß ein klares Bild von Bowolf. Der Steinzeitmann war alles andere als begriffsstutzig. So wie er inzwischen mit dem Fernsehapparat, dem Telefon, dem Herd, dem Kühlschrank und der Mikrowelle und neuerdings auch mit der Play-Station-Spielekonsole, die Kaymal ihm installiert und erklärt hatte, umzugehen wusste, war ihm auch das Autofahren zuzutrauen. An der Playstation spielte Bowolf am liebsten „Willkommen in der Steinzeit – Überleben ist alles", und brachte es bereits zur Meisterschaft darin, virtuellen Steinzeitgegnern die Schädel einzuschlagen – und ihnen die Frauen zu rauben. Ansonsten liebte er „Super Mario" und „Pac Mac-Man", ein Spiel, bei dem sich ein niedliches gelbes Männchen durch die unmöglichsten Labyrinthe voller kampfeslustiger Ungeheuer hindurchfinden musste. Hingegen mit dem Bestseller FIFA-Champions-League oder diversen Weltraumspielchen konnte Bowolf überhaupt nichts anfangen.

Als sie an einer Kreuzung langsam machen mussten, registrierte Bowolf sofort, dass Kaymal im vierten Gang geblieben war. „Runterschalten! Kupplung, zweiter Gang!", empfahl er, während der Kangoo unterturig um den Kreisverkehr ruckelte.

Kaymal warf ihm einen ahnungsvollen Blick zu: „Was du sage?"

„Runterschalten Kay Mal! Du musst in den zweiten Gang. Erst Kupplung drücken, dann zweiter Gang!"

„Habbe das gehört?", fragte Kaymal über die Schulter nach hinten zum Rücksitz, wo Professor Aschendorffer saß. Der war für diese Frage der falsche Sachverständige, denn er besaß keinen Führerschein.

Fortan achtete Kaymal misstrauisch auf jede Frage. „Was bedeutet dieser Knopf? Wofür ist dieser Hebel? Warum muss jetzt das Licht blinken?" Es war offensichtlich, dass Bowolf ein Lernprogramm durchlief. Besonders interessant fand er den Stopp an der Tankstelle. „Das Auto-Tier hat Durst?", erkannte er. Er schnupperte angewidert am Tankrüssel und spuckte die Benzinprobe schnell wieder aus, die er versuchsweise von seinen Fingern geleckt hatte. „Das schmeckt dem Auto-Tier?", staunte er fassungslos. „Das ist ganz schlechtes Wasser!"

„Isse nix Wasser. Isse Benzin. Viel Kraft in Benzin", versuchte Kaymal eine Erklärung. Bowolf schüttelte den Kopf, untersuchte den Tankrüssel, die Tankklappe und Tanköffnung am Kangoo und schließlich auch die ratternde Zapfsäule. „Brunnen mit schlechtem Wasser!", lautete sein abschließendes Urteil. Kaymal und dem Professor erklärte er anschließend im Auto, dass er das auch aus seiner alten Welt kenne, dass Tiere noch schmutziges Wasser mochten, an dem Menschen längst eingegangen wären. Ausführlich beschrieb er die Hunde seines Dorfes, die gerne aus Regenpfützen tranken. Aschendorffer machte sich Notizen. „Das Benzinauto ist ein Auslaufmodell", murmelte er. In Gedanken war er natürlich mal wieder irgendwo ganz anders. Er hatte in der Nacht von John Brandenburg und Monica Paxson gelesen „Wie der Erde die Luft ausgeht – Das Ende unseres blauen Planeten", 400 Seiten, und grübelte jetzt darüber nach, wie er die Welt retten konnte. Es würde ihm sicher demnächst etwas einfallen. Kaymal zündete sich eine Zigarette an.

Den Qualm mochte Bowolf überhaupt nicht. Wie konnte man Rauch trinken? Kaymals Tabak stank wie eine indonesische Müllkippe.

Dann marschierten sie zu dritt in den OBI-Baumarkt. Mit dem Gartencenter, das sie zuerst betraten, konnte Bowolf allerdings wenig anfangen. „Wieso sperrt ihr die Pflanzen ein?"

„Wir sperren sie nicht ein, wir züchten sie", erklärte Aschendorffer. Sie umstanden ein Feld mit eingetopften Yuccapalmen, Kakteen und Gummibäumen. Wüstenoase im Kleinformat. „Aber sie sind in einem Krug eingesperrt", widersprach Bowolf.

„Das ist ein Blumentopf."

Bowolf griff sich einen solchen und stülpte ihn um, noch ehe Kaymal oder Aschendorffer eingreifen konnten. Blumenerde und Yuccapflanze kamen Bowolf entgegen. Er packte die Pflanze am Stamm und rettete sie mitsamt dem kompakten Torfballen, in dem ihre Wurzeln steckten, vor dem Absturz. Dann hielt er die Pflanze in Augenhöhe und begutachtete den in der zylindrischen Topfform zusammengebackenen Wurzelballen. Wie feine Äderchen zogen sich die Wurzeln kreisförmig an ihrem glatten Rand entlang. „Diese Wurzeln sind eingesperrt", beharrte Bowolf. „Schaut wie sie im Kreis herumlaufen und keinen Ausgang finden."

Zum Glück war vom Personal weit und breit nichts zu sehen, denn Bowolf begann, weitere Pflanzen zu enttopfen. „Man muss sie alle befreien, damit sie richtig wachsen können", erklärte er. Aschendorffers Neugierde hatte er bereits geweckt. Der Professor untersuchte die freigelegten Wurzelballen und stellte fest: „Alle Wurzeln wachsen rechts herum, wenn sie an die Topfwand anstoßen. Ein interessantes Phänomen." Inzwischen wuchs die von Bowolf ausgeschüttete Blumenerde zu einem ansehnlichen Beet heran. Zwei mit ihren Einkaufswagen vorüberkommende Hausfrauen registrierten es entzückt: „Schau nur Lisa, eine neue Aktionsfläche!" Diese jauchzte: „Oh Peggy, wie originell."

Da Bowolf in seiner blauen Latzhose und mit dem karierten Flanellhemd aussah wie ein fachkundiger Gärtner, wurde er von den beiden Hausfrauen auch für einen solchen gehalten. Ein OBI-Gärtner, und was für ein strammer Kerl!

„Gibt es die Yuccapalmen vergünstigt?", fragte Hausfrau Lisa.

„Geschlechtsverkehr?", sagte Bowolf.

Die beiden Hausfrauen sahen sich an und kicherten. „Wie bitte?", fragte Hausfrau Peggy und beugte sich dabei vor, als habe sie nicht richtig gehört.

Energisch zog Kaymal Bowolf von den beiden Frauen weg. „Du solle still bleibe. Sonst Spritze!"

Professor Aschendorffer verhinderte unterdessen den Eklat, indem er den beiden Hausfrauen erklärte, wie man Yuccapflanzen vermehrt: „Das geht natürlich ohne Geschlechtsverkehr", erklärte er im Dozententon. „Es sind schließlich nur Pflanzen. Man schneidet Stecklinge von der Pflanze ab, am besten dünne Triebe. Die stellt man in ein Wasserglas, und schon treiben sie neue Wurzeln aus."

Lisa und Peggy kicherten sich einen ab. „Wie originell", fand Lisa. „Und wie süß der eine Gärtner aussieht. Meine Güte Peggy, hast du seine Muckis gesehen?"

Die Holz-Abteilung fand Bowolf langweilig. Auch mit Tapeten und Teppichen hielt er sich nicht lange auf. Hingegen geriet er in fiebrige Erregung, sobald sie die Werkzeugabteilung betraten.

„Leg das wieder hin! Das ist ein Vorschlaghammer!"

Bowolf ließ das zwölf Kilo schwere Utensil über seinem Kopf kreisen. Seine Augen funkelten und er verwandelte sich in den mystischen Gott Thor. Bowolfs eben noch friedlich-neugieriger Gesichtsausdruck wechselte zu einer bösen Fratze. „Hirjeka", brüllte er, und der Vorschlaghammer segelte quer durch den Gang zwischen den Hochregalen, um zehn Meter weiter eine dort aufgebaute Wand mit unterschiedlichen Modellen von Badezimmerspiegeln zu zerschmettern. Klirrend fielen sie in sich zusammen, die Stellwand wankte einen Moment, dann brach auch sie in zwei Einzelteile auseinander und kippte um. Der Hammer, der sie vollständig durchschlagen hatte, steckte dahinter in einem Stapel von Zementsäcken, aus denen Staub aufstieg.

„Abteilung vier, Herr Metzger bitte, Herr Metzger. Abteilung vier, bitte. Dringend!", schnarrte eine Lautsprecheransage, die eindeutig von einem schmalbrüstigen Herrn ausging, der einige Meter weiter am Infoschalter stand.

Meslut wirkte unsicher. „Solle Kaymal Spritze vorbereite?", fragte er Professor Aschendorffer, während Bowolf bereits den nächsten Vorschlaghammer prüfend in der Hand wog. Aschendorffer schüttelte den Kopf: „Lassen Sie mich das machen, Herr Kaymal!"

„Lass den Hammer liegen, Bowolf. Wir zeigen dir die Äxte", rief er. Das wirkte. Bowolf warf den Hammer achtlos zu Boden.

Inzwischen war das Personal auf das ungewöhnliche Trio aufmerksam geworden. Ein Geschäftsführer erschien mit hochrotem Kopf. Während Kaymal Bowolf zu den Äxten führte, gab Aschendorffer seine Personalien an und versicherte glaubhaft, für alle entstandenen Schäden aufkommen zu wollen. Es sei ein Unfall gewesen, ein Missgeschick. Der Hammer sei seinem Begleiter einfach aus der Hand geglitten.

Kaymal hätte Bowolf niemals eine Axt gezeigt. Wenn der Hammer schon zu einer zerstörerischen Waffe wurde, was musste dann erst eine schwere Holzfälleraxt auslösen? Mit sicherem Blick fand Bowolf auch sofort das größte und wuchtigste Exemplar, ein Spaltbeil von Wikingerformat. Breitbeinig wog er das schwere Stück in der rechten Hand und übte zaghaft ein paar halbhohe Schwünge. Kaymal ging in Deckung. „Bowolfgang, aufpasse!", schrie er, aber da splitterte schon das erste Wandschränkchen unter einem mörderischen Axthieb in alle Himmelsrichtung. Bowolf knurrte zufrieden. Sein zweiter Hieb zerschmetterte einen Werkzeugschrank. Dann fuhr die Axt krachend in eine dekorative Tischplatte aus Pressspan, die sich ächzend in zwei Hälften auflöste.

„Sehr gut!", kommentierte Bowolf und suchte nach einer Möglichkeit, den langen Axtstiel irgendwie an seinem Hosenbund zu befestigen.

„Wir müssen hier verschwinden", erkannte Aschendorffer. Durch den Mittelgang näherte sich bereits wieder der Geschäftsführer, diesmal mit Verstärkung. Kaymal nickte. „Du abhaue mit Bowolf. Kaymal regele alles!"

Irgendwie schaffte es der Professor unbehelligt mit Bowolf bis zur Kasse, bezahlte dort die Streitaxt, die dieser nicht mehr aus der Hand geben wollte, und entkam ins Freie auf den Parkplatz. Im Auto warteten sie eine geschlagene Stunde auf Meslut Kaymal. In dieser Zeit erhielt Bowolf eine belehrende Unterweisung darüber, wie man sich in einem Baumarkt zu verhalten habe. „Verstanden, Bo Esser", versprach der Steinzeitmann. Aber die Axt, so fügte er hinzu, „gebe ich nicht mehr her."

Kaymal legte Aschendorffer die Rechnung vor, die er notgedrungen im Bau-Markt entgegengenommen hatte. Der Einkaufsbummel kam das Institut BioGen teuer zu stehen: 12.185 Euro und 40 Cent.

„Bowolf, können wir mit dir jetzt noch einen zweiten Versuch starten, ohne dass du alles kurz und klein schlägst?", fragte Aschendorffer, den die Schadenssumme überhaupt nicht rührte. Sein Projekt war größer. Es hieß Bowolf. Und diesen Menschen aus der Frühgeschichte der Menschheit mit dem 21. Jahrhundert vertraut zu machen, kostete eben einiges. Kaymal riet dringend ab, auch wenn Bowolf treuherzig versicherte, er werde nichts mehr anfassen. Aber Aschendorffer war wie immer ebenso todesmutig wie naiv: „Dann gehen wir noch in den Media-Markt", verkündete er.

Dort angelangt, war Bowolf nicht dazu zu bewegen, die Axt herzugeben. Mit einem der Spanngurte aus Kaymals Kofferraum hatte er sie sich griffbereit umgeschnallt. Jetzt, da er endlich wieder eine Waffe besaß, sah er nicht ein, dass er sie sogleich wieder ablegen sollte. Ohne Waffe würde er nirgendwo mehr hingehen.

„Es ist leichter, einem Steinzeitmenschen die Funktion einer Fernsehfernbedienung beizubringen, als ihm archaische Ursitten abzugewöhnen", konstatierte Aschendorffer fasziniert. „Ich glaube Herr Kaymal, unser Freund hier lernt eher Autofahren als sich wie ein gesitteter Zeitgenosse zu benehmen."

„Bowolfgang benehme sich wie alle Mensche, nur mehr originell", bemerkte Meslut.

„Mehr originell?" Aschendorffer kniff die Lehmaugen zusammen. Dann begriff er: „Ah, original meinen Sie. Oder originär. Ursprünglich. Jetzt verstehe ich."

„Unverfälscht!", schlug Bowolf vor, der der Diskussion ohne Mühe folgen konnte.

„Ja, isse wie ursprungliche Mensche. Ganz von Anfang. Naturmensche!"

Kaymal hatte recht: In allen Menschen steckt noch der Steinzeitvorfahre. Das Verhalten des modernen Menschen war nur unwesentlich von dem Bowolfs unterschieden. In der Hauptsache handelte es sich bei Zivilisation und Kultivierung um Tarnung. In Wahrheit galten die gleichen archaischen Regeln, die gleichen Urinstinkte wie zu Bowolfs Zeiten. Es ging um Weibchen und um die größte Axt.

Im Augenblick besaß Bowolf die größte Axt. Aschendorffer ließ sich schließlich breitschlagen und erlaubte ihm, diese in den Elektro-Markt mitzunehmen. Kaymal achtete darauf, dass er ganz eng an Bowolfs Seite ging, so dass möglichst niemand die Axt erblickte. So kamen sie ungehindert bis zur Abteilung der Backöfen, Kochherde und Mikrowellengeräte. „Schnellfeuer!", freute sich Bowolf. Er klappte jedes Gerät auf. Akribisch genau untersuchte er die verschiedenen Fabrikate und ärgerte sich, dass sie sich nicht einschalten ließen. „Kaputt?", fragte er Kaymal, der nervös daneben stand, die Hände alarmbereit angehoben, um jederzeit eingreifen zu können.

Kaymal ahnte Unheil. Er wusste nur noch nicht, von welcher Seite es kommen würde. Professor Aschendorffer fand Vergnügen daran, einige Meter entfernt Stellung zu beziehen und Bowolf aus der Distanz zu beobachten. „Verhaltensstudien", nannte er es. „Wenn ich immer neben ihm stehe und dazwischenrede, benimmt er sich nicht mehr natürlich und unbefangen", belehrte er Kaymal.

Sie hatten Bowolf eindringlich aufgefordert, mit niemandem zu sprechen. Das funktionierte. Sobald andere Kunden oder Personal in die Nähe kamen, schwieg Bowolf eisern. Sie hatten ihm ebenso eingebläut, auf keinen Fall die Axt herauszuholen und schon gar nicht irgendwelche Dinge kurz und klein zu schlagen. Auch das funktionierte zunächst. Sie hatten ihn überdies nachdrücklich ermahnt, keinem Weibchen Geschlechtsverkehr anzubieten. Auch daran hielt sich Bowolf. Aber niemand hatte ihm gesagt, dass er nicht auf die Front der in drei Etagen aufeinandergestapelten Küchenherde hinaufklettern sollte. Aus Bowolfs Sicht war dies jedoch eine dringliche Angelegenheit, denn die unten stehenden Öfen funktionierten nicht. Also musste er nachschauen, ob zumindest die oben gestapelten, sich in Gang bringen ließen. Ehe Kaymal eingreifen konnte, schwang sich Bowolf bereits behände wie ein Katze auf die untere Reihe der Küchengeräte, hangelte sich auf die nächste Etage empor, dann noch ein Stockwerk höher, und schon stand er ganz oben. Als er oben angekommen damit begann, die stramm festgezurrten Plastikschutzfolien auseinanderzureißen, geriet der Turm ins Wanken. Weil die Plastikfolien zumeist noch von schier unzerstörbaren Kunststoffriemen zusammengehalten wurden, griff Bowolf notgedrungen doch zur Axt. Kaymals Warnschrei war nicht zu überhören. Bowolf schwang seine Waffe. Drei übereinander gestapelte AEG Elektrolux der Energieeffizienzklasse A im Wert von jeweils 1099 Euro schwankten wie die Spitze des Stuttgarter Fernsehturmes und neigten sich unerbittlich abwärts. Bowolf rettete sich durch einen kühnen Sprung auf die gegenüberliegende Wand aus Kühlschränken. Die drei Herde donnerten ungebremst zu Boden und zerschellten vor Kaymals Füßen.

Das Spektakel lockte unweigerlich eine Traube Schaulustiger an, zwischen denen Professor Aschendorffer erst einmal untertauchte, während der Geschäftsführer mit sieben Fachberatern auftauchte.

„Kommen Sie sofort herunter, oder wir rufen die Polizei!", brüllte der Geschäftsführer mit einem Selbstbewusstsein, das davon kündete, dass er Bowolf noch nicht kennengelernt hatte. Zur Überraschung des Mannes folgte Bowolf aufs Wort, sprang von seiner hohen Warte ohne Federlesens herunter und landete sicher direkt vor seiner Nase. Zwischen den beiden Männern war jetzt nur noch die Axt, die Bowolf beidhändig vor seinem Gesicht hielt. Bowolf überragte den Geschäftsführer um einen Kopf und in der Breite um zwei Schulterblätter. Er schaute auf ihn hinunter, als wollte er ihn auf der Stelle verschlingen. Kaymal versuchte sich dazwischenzuzwängen: „Isse mein Freund. Er nix verstehe. Komme aus Usbekistan."

Zu Kaymals Überraschung besänftigte dies den Geschäftsführer. „Ah, Usbekistan! Hey Eugen, komm mal, ein Landsmann von dir."

Einer der sieben Fachberater drängte nach vorne, ein rundliches Mondgesicht. „Qaerdan?", fragte er.

Bowolf hob die Axt. Durch die Menge der umstehenden Schaulustigen ging ein entsetztes Stöhnen. Der Usbeke duckte sich erschrocken. „Ulfat!", stammelte er, und schickte sicherheitshalber auch noch hinterher: „Ich Freund!"

Jetzt erst, da er sah, dass die Dinge wieder zu eskalieren drohten, mischte sich auch Professor Aschendorffer ein.

„Ich bitte um Verzeihung. Ich bin Professor Johannes Aschendorffer. Das hier ist ein Patient von mir. Er ist gemeingefährlich. Er hört nur auf mich. Reizen Sie ihn nicht. Sprechen Sie ihn nicht an. Wir bringen ihn hier raus. Sorgen Sie nur dafür, dass die Menge sich auflöst und dass uns niemand aufhält."

Bowolf untermauerte durch sein wildes Äußeres diese Ausführungen. Bereitwillig wies der Geschäftsführer sein Personal an, die Leute auseinanderzuschieben und für Aschendorffer, Bowolf und Kaymal eine Gasse zu bilden, durch welche die drei den Ort des Geschehens verlassen konnten. So kamen sie ungeschoren wieder ins Freie; freilich nicht, ohne dass Meslut erneut eine vierstellige Rechnung auf den Namen von BioGen quittieren musste

*

Beim Besuch auf dem Freiburger Weihnachtsmarkt begleiteten Bowolf neben Kaymal und Aschendorffer auch Moni Hohner und Frederike Biesthal. Absichtsvoll stellte Aschendorffer die Gruppe so zusammen, dass sie wie eine ganz normale Clique auftreten konnten, die sich zum Glühweintrinken verabredet hatte. Das erste Hindernis auf dem Weg dahin bestand erneut darin, Bowolf die Axt auszureden.

„Axte bleibe hier!", bestimmte Kaymal, als Bowolf mit seinem Geschirr aus Spanngurten erschien, die Axt an der Hüfte.

„Nein!", bestimmte Bowolf.

„Spritze!", sagte Kaymal.

Frederike vermittelte: „Bowolf, du musst verstehen: Bei uns tragen die Menschen keine Waffen. Niemand schlägt dem anderen den Schädel ein. Niemand greift einen anderen an. Die Menschen leben friedlich miteinander."

„Niemand hat Feinde?", fragte Bowolf ungläubig.

„Nein, so ist es nun auch wieder nicht. Aber Feindschaft bedeutet in unserer Welt nicht, dass man gleich mit einer Waffe aufeinander losgeht und sich gegenseitig umbringt. Man kämpft mit Worten. Manchmal auch mit Geld oder mit anderen Hilfsmitteln. Aber man bringt sich nicht um."

Bowolf dachte darüber einen Moment nach. „Das ist dumm!", urteilte er.

„Nein, das ist Zivilisation", entgegenete Biesthal. Inzwischen liebte sie die Diskussionen mit Bowolf, weil der Mann aus der Steinzeit so unverfälscht, so ursprünglich argumentierte, bar jeglicher Gesprächstaktik und frei von Rücksichtsnahmen und Konventionen.

„Es ist dumm", beharrte Bowolf. „Ein Feind, den man nur mit Worten bekämpft, kommt immer wieder. Er kann dir immer von Neuem schaden. Wenn du ihn gleich tötest, hast du Ruhe."

Auch wenn Frederike Bowolf mit ihren Argumenten nicht überzeugen konnte, befolgte er alles, was sie sagte. Biesthal war die Autorität, der er sich unterwarf. Er ließ die Axt in der Hausmeisterwohnung im Institut.

Der Freiburger Weihnachtsmarkt zieht sich als festlich illuminierte Hütten- und Budenstadt vom Rathausplatz durch die angrenzenden Gässchen und Winkel bis zur Kaiser-Joseph-Straße und zu den malerischen Plätzen Kartoffelmarkt und Unterlinden. Hölzerne Buden, schindelverkleidet und mit reichlich Tannengrün, Lametta und Kunstschnee dekoriert, reihen sich dicht an dicht und verbreiten weihnachtliche Gerüche und Stimmung. Über allem steht eine schwere Wolke von Bratwurst- und Glühweinduft. Glöckchen klingeln, Kinderkarusselle bimmeln und hupen, ein Grundrauschen von Stimmen, Gelächter und Gläserklirren schwebt zwischen den Buden.

Bowolf bestaunte dies alles wie ein kleines Kind. Ergriffen blickte er in die Lichterketten, probierte Zuckerwatte und gebrannte Mandeln, ungläubig bewunderte er glitzernde Christbaumkugeln, farbige Duftkerzen und filigrane Glasbläsereien. Lange verharrte er an einem Stand mit Holzschnitzereien und äußerte schließlich, nachdem er viele Einzelstücke fachmännisch begutachtet hatte, seine Hochachtung für die Kunst des Handwerkers. Kaymal musste ihn immer wieder durch die Menge weiterschieben, denn es gab nichts, was Bowolf nicht fasziniert hätte. Häufig drehten sich die Menschen nach dem hochgewachsenen und gut gebauten Mann um. Mit seinen breiten Schultern und dem klaren, edlen Gesicht durchschritt er die Menge wie ein Wesen aus einer anderen Welt. Schließlich war er das auch. Ihm selbst wurde das am schmerzlichsten bewusst in Momenten, die wie Überfälle auf ihn niederstürzten und ihn erschrocken innehalten ließen. Die vielen Lichter. Die vielen Menschen. Die unglaublichen Gerüche. Diese wundersame Welt. Hilfesuchend tastete seine Hand dann heimlich nach der von Frederike Biesthal, die nicht von seiner Seite weichen durfte. Wenn sie in der Nähe war, fühlte er sich einigermaßen sicher. Sie gab ihm Halt. Sie erwiderte den fragenden Druck seiner Hand und signalisierte ihm damit: Alles ist gut. Fürchte dich nicht.

Wer sich fürchtete, das war Aschendorffer. Der Professor fühlte sich in Menschenansammlungen unwohl. Und mit der lichterglänzenden Inszenierung von Konsum, Kommerz und Stimmungskitsch konnte er überhaupt nichts anfangen.

„Was ist mit Ihnen los, Professor?", fragte Mona, als Aschendorffer sich weigerte, von dem Magenbrot zu probieren, das sie ihm anbot.

„Ich hatte eine schlimme Nacht", schimpfte er. „Ich bin eingeschlafen. Mitten im Buch. Das ist mir noch nie passiert."

„Du meine Güte", zeigte sich Mona Hohner ernsthaft bestürzt. „So schlimm? Was war es denn für ein Buch?"

„Günter Grass! Der Butt. Schrecklich langweilig. Und alles falsch! Es handelt von Mann und Frau in der Steinzeit – weiter bin ich nicht gekommen. Der Mann hat keine Ahnung."

„Vielleicht sollten Sie jede Nacht Günter Grass lesen. Dann könnten Sie endlich mal schlafen wie ein normaler Mensch", erwiderte mit leicht ironischem Unterton Frederike Biesthal.

Mona dirigierte die kleine Gruppe auf einen Glühweinstand zu, um den herum Weinfässer platziert waren. An einem dieser Stehtische erwartete sie Armin Röller, Mona Hohners Lebensgefährte, der aufstrebende Karrierebeamte aus dem Landratsamt. Er trug eine sündhaft teure Lederjacke im Trapperdesign. Ansonsten sah er gelangweilt aus. Als Bowolf sich neben ihn stellte, reckte er instinktiv die Schultern und suchte sich breiter und höher zu machen, als er es ohnedies schon war. Es half nichts. An Bowolfs Maße kam er nicht heran.

„Bo Wolf, ein Austauschwissenschaftler aus Usbekistan", stellte Mona vor. „Er hat ein Stipendium und verbringt ein paar Monate bei uns im Institut."

Armin Röller sah misstrauisch schräg zu Bowolf auf. „Von dem hast du mir gar nichts erzählt." Es klang wie ein Vorwurf.

Bowolf zeigte keine Regung. Frederike Biesthal hatte ihn beschworen, sich nicht auf Gespräche einzulassen. Er hielt sich eisern daran. Aber dieser Armin gefiel ihm nicht. Er roch nach Rivale. Es reichte schon, wie er Biesthal musterte. Wie ein Typ mit Besitzansprüchen.

Kaymal schleppte Glühwein herbei. Heiß und dampfend standen die mit Nikolausmotiven und Sternchen verzierten blauen Tassen auf dem Weinfass. Aschendorffer verzog das Gesicht. „Chemie!", sagte er und zählte sogleich eine Reihe von künstlichen Aromastoffen auf, die er herausschnüffelte. Die anderen prosteten sich zu. Bowolf beobachtete Biesthal und machte nach, was sie tat. Das heiße Getränk schlug ein wie eine Bombe. Niemand hatte bedacht, dass Bowolf noch nie Alkohol getrunken hatte. Schon nach wenigen Schlucken stieg ihm ein wohliger Nebel in den Kopf. Er ließ es sogar zu, dass Armin ihm kumpelhaft den Arm um die Schulter legte und mit ihm anstieß. „Darf ich Bo zu dir sagen? Ich bin der Armin!"

Bowolf stürzte den Rest aus seiner Glühweintasse hinunter.

„Wow, Mann, Muckis hast du ja, ich muss schon sagen", staunte Röller, nachdem er durch Bowolfs Jacke hindurch die massiven Muskeln gespürt hatte. „Wie kommt man denn zu solch einem Body? Das musst du mir verraten, Bo."

Bowolf verstand die Frage nicht. Frederike wusste in diesem Moment nicht, was sie soufflieren sollte. Aschendorffer war abgelenkt, weil er noch immer die einzelnen Bestandteile des Glühweins herauszufinden bemüht war, und Mona stand hilflos daneben. Meslut hingegen besaß die nötige Geistesgegenwart: „Das isse Muckibude! Bo Wolf gehe in Muckibude. Stemme Gewichte!" Er imitierte die Bewegungen eines Gewichthebers.

Während Bowolf ein heftiger Schwindel erfasste, ausgelöst durch den auf Ex hinuntergeschütteten Glühwein, griff Armin Röller das Stichwort auf: „Das ist ja super. Ich bin jeden Dienstag und Donnerstag im Fitness-Gym. Komm Bo, lass uns da mal zusammen hingehen." Er klopfte Bowolf gönnerhaft auf den Rücken und ahnte nicht, wie er damit kurz vor einer blutigen Nase stand. Denn Bowolf wollte schon zum Gegenschlag ausholen, wurde aber daran gehindert, weil Frederike ihn reaktionsschnell bei der Hand fasste. „Nicht Bowolf. Kein Feind!" Die Lichter tanzten um Bowolf herum, die Gedanken verschwammen. Krampfhaft hielt er sich an Frederike Biesthal fest. Unterdessen sponn Armin Röller seine Idee weiter aus: „Da freue ich mich schon drauf. Bin wirklich gespannt, Junge, wie du dich auf der Hantelbank machst."

„Ich organisiere das für euch", versprach naiv Mona. „Nicht wahr, Herr Professor, das darf er doch, der Bowolf? Das schadet doch nicht, wenn er mal ins Fitnesscenter geht?"

„Was sollte daran schaden?", fragte Armin überrascht. Professor Aschendorffer hatte gar nicht richtig zugehört und bestätigte beiläufig: „Ja, ja, ja, das machen Sie!" Kaymals Gesichtsausdruck war ein einziges Fragezeichen. Frederike Biesthal hob hilflos die Schultern.

Bowolf kippte um. Der Alkohol hatte ihn besiegt. Er sackte am Weinfass hinunter und blieb ausgestreckt auf den Pflastersteinen liegen. Frederike entfuhr ein spitzer Schrei. Aschendorffer wurde endlich wach. Kaymal stürzte herbei. Armin machte ein verblüfftes Gesicht. Frederike kniete neben Bowolf und tätschelte ihm die Wange. Aschendorffer schob ihm die Augenlieder auseinander. Kaymal hielt Schaulustige ab.

„Besoffen!", konstatierte Aschendorffer nüchtern. „Der Kerl ist einfach nur besoffen." Der Professor maß Bowolfs Puls und prüfte die Pupillen. „Sensationell!", kommentierte er. „Es hat ihm komplett den Stecker gezogen. Phänomenal."

„Tun Sie was, Professor", flehte Biesthal. Ihr Tonfall war so mitfühlend, dass sogar Aschendorffer kurz stutzte. Das kannte er nicht bei der Kollegin.

Zum Glück hatten sie Kaymal dabei. Er und Armin Röller stellten Bowolf mit vereinten Kräften wieder auf die Beine. Sie legten seine Arme über ihre Schultern und schleppten ihn aus dem Getümmel hinaus. Bowolf kam wieder zu sich, aber er war vollkommen orientierungslos. Er brabbelte etwas in seiner Mooka-Sprache und sonderte Speichelbläschen ab.

„Da hat sich euer usbekischer Muskelmann wohl heimlich schon ein paar Tassen vorneweg gegönnt", bemerkte Armin Röller leutselig. „Mann, den hat's aber ganz schön umgehauen. Möchte nicht wissen, wie viel der intus hat."

„Halten Sie den Mund", zischte Frederike Biesthal.

Mehr zu sich als zu den anderen, fügte Röller hinzu: „Und da sagt man immer, die Osteuropäer vertrügen so viel. Na, ich weiß nicht ..."

16

Das „Fitness-Gym" mit seiner elegant geschwungenen Emp-
fangstheke begrüßt die Besucher mit der warmen Herzlichkeit
einer Versicherungsagentur. Ehe man in jene Welt aus Schweiß
und Eisen entlassen wird, die sich in den nachgelagerten Räum-
lichkeiten verbirgt, gilt es zunächst einen kleinen Formular-
krieg zu bestehen. Bei den Trainingsplätzen handelt es sich im
Wesentlichen um chromblitzende Folterinstrumente, die in
Reih und Glied in einem turnhallenartigen großen Raum stehen. Armin hatte diese Stätte des Körperkults empfohlen, weil
er selbst hier seit Jahren im Dauerabo an seinem Astralkörper
feilte. Röller war hier einer der Platzhirsche. Einer von denen,
die erst einmal eine Runde zwischen all den Maschinen und
Bänken herumstolzierten, ihre Muskeln zeigten und den Ge-
langweilten mimten, eher er sich herabließ, an einer Hantelbank oder Rudermaschine seine lässige Fitness zu demonstrieren. Röller gefiel sich selbst ausnehmend gut. Die überall im
Raum angebrachten mannsgroßen Spiegel waren wie für ihn
gemacht. Hier konnte er sich und heimlich auch die Rivalen
auf der Nachbarstreckbank ungeniert begutachten – und natürlich minütlich die Fortschritte bei der Muskelbildung.

Nach der Einladung, die Armin auf dem Weihnachtsmarkt
ausgesprochen hatte, bereitete Kaymal Bowolf darauf vor, was
ihn in der Muckibude erwarten würde. „Isse wie Kampfübung.
Nur für starke Männer." Diese Ankündigung machte Bowolf

neugierig. Er ließ sich deshalb den Besuch im Fitnessstudio auch nicht mehr ausreden. Aschendorffer hätte es lieber gesehen, wenn er darauf verzichtet hätte. „Das bringt uns keinerlei wissenschaftliche Erkenntnis", bemängelte er. „Wir wissen, dass Bowolf stark ist. Er hat Muskeln wie ein Bär. Ich mache lieber noch einmal einen Rorschach-Test mit ihm.

„Professor, das bringt Sie doch nicht weiter", redete Frederike Biesthal auf ihn ein. „Wie oft haben Sie den Rorschach jetzt schon mit ihm gemacht? Sie finden nichts heraus. Bowolf eignet sich nicht für Ihre psychodiagnostischen Testverfahren. Alles, was er in Ihren Tintenklecksbildern erkennt, widerspricht komplett den Erkenntnissen moderner Psychoanalytik."

„Wenn er denn überhaupt etwas darin erkennen würde. Wissen Sie, Frau Kollegin, das ist ja das Beängstigende, er weigert sich, in einem Bild, von dem neunzig Prozent aller Probanten sagen würden, es ähnle einer Fledermaus, irgendetwas Konkretes zu erkennen. Für ihn ist alles nur ein Fleck. Eine Fledermaus sieht anders aus, behauptet er." Aschendorffer zuckte resigniert die Schultern. „Ähnlichkeiten lässt er nicht gelten." Er seufzte kurz. „Er hat mich gefragt, ob die Fledermäuse sich seit seiner Zeit so schlimm verändert hätten, dass sie jetzt so aussehen, wie auf dem Rorschach-Klecks. Da musste ich ihm die Fotografie einer Fledermaus zeigen. Und er hat sie natürlich sofort erkannt."

Aschendorffer suchte Biesthals wissenschaftlichen Rat in Sachen Bowolf, seit er bemerkt hatte, dass sie einen besonderen Zugang zu Bowolf besaß. Freilich erkannte Aschendorffer darin keine zwischenmenschliche Dimension, weil ihm Zwischenmenschlichkeit generell unbekannt war. Er interpretierte die Nähe zwischen Bowolf und Biesthal lediglich als wissenschaftliches Interesse der Kollegin. Und entsprechend zog er sie auch ins Vertrauen: „Ich habe seine mitochondriale DNA untersucht", bekannte er nach Bowolfs unglaublicher Reaktion auf den Alkohol im Glühwein. „Seine Erbgut-Signatur ist eine

Rarität. Sie weist so gut wie keine Übereinstimmung zu den genetischen Linien auf, die wir sonst aus dem Spätneolithikum kennen. Ich habe in die Datenbank der University of Boston recherchiert. Und wissen Sie was: Es gibt weltweit nur zwölf Personen, die eine DNA-Verwandtschaft zu Bowolf aufweisen. Sie leben alle im Engadin."

Biesthals stummes Staunen ermunterte Aschendorffer zu einer weiterführenden Erklärung: „Es ist ein Zufallsfund. Forscher vom Institut für Gerichtliche Medizin an der Universität in Innsbruck haben in einem interdisziplinären Projekt Blutspenden aus Österreich, der Schweiz und Norditalien untersucht und jeweils das Y-Chromosom so eingekreist, dass sie die Tandem repeats und die nukleotiden Polymorphismen zurückverfolgen konnten bis in die Jungsteinzeit. Der komplette Datensatz ist in Boston gespeichert. Wir haben es mit identischen Erbgutabschnitten zu tun. Bowolfs Haplogruppe ist bis heute im Alpenraum nachweisbar."

Biesthal verstand das Fachchinesisch. Sie verschränkte die Arme: „Dann leben heute noch Menschen, die mit Bowolf zusammen gemeinsame Vorfahren haben?"

„Genau! Und jetzt kommt's: Sie vertragen alle keinen Alkohol! Null Toleranz."

„Mehr oder weniger vertragen alle Menschen keinen Alkohol. Besonders die Männer. Aber das ist eine andere Geschichte", stichelte Biesthal süffisant. Aschendorffer verstand die Spitze natürlich nicht. Im Bemühen, Frederike Biesthal zu gefallen und das Gespräch irgendwie am Laufen zu halten, kramte er sein Leseerlebnis der vergangenen Nacht hervor: „König Alkohol von Jack London. Ganz tragisch. Da gebe ich Ihnen Recht. Der Mann besaß keine Disziplin. Er hat sich ruiniert."

„Und was sind nun im Hinblick auf Bowolf die wissenschaftlichen Schlussfolgerungen aus all Ihren Erkenntnissen?", wollte Biesthal wissen. Sie war dabei, Aschendorffer die Erlaubnis für

Bowolfs Fitnessstudio-Besuch abzuringen. Obwohl sie selbst niemals einen Fuß über die Schwelle einer solchen vor männlichen Hormonen überquellenden Einrichtung gesetzt hätte, akzeptierte sie doch Bowolfs Wunsch, diesen Ort kennenzulernen.

„Bowolfs genetische Linie ist deswegen so ausgedünnt, weil im Zuge der Evolution Menschen mit einer derartigen Alkoholunverträglichkeit ganz sicher benachteiligt waren. Sie konnten sich in bestimmten Lebenssituationen nicht durchsetzen. Das gilt für alle Jahrhunderte, in denen Alkoholkonsum mit Geselligkeit, Kontaktbildung, Rang- und Reviermarkierungen einherging."

Biesthal zog eine ihrer strichdünnen Augenbrauen nach oben, so wie sie es immer tat, wenn Aschendorffers Theorien ihr allzu kühn erschienen. Er bemerkte die Mimik und legte nach: „Alkoholresistenz ist ein positiver Auslesefaktor. Ich selbst kann beliebige Mengen Alkohol folgenlos konsumieren. Ich werde nicht mehr betrunken, seit ich meine DNA entsprechend manipuliert habe."

„Sie haben was?"

„Meine DNA ... Ach so, das habe ich Ihnen noch gar nicht erzählt. Das ist eine längere Geschichte. Lassen Sie uns ein andermal darüber ..." Er zögerte, als sei ihm mitten im Satz etwas eingefallen: „Oder möchten Sie etwa auch ...? Soll ich Ihnen auch ...?"

Frederike Biesthal wehrte entschieden ab. „Unterstehen Sie sich. Ich habe keinerlei Bedarf. Ich kann gerne auf Alkohol verzichten, wenn dies meine evolutionären Perspektiven verbessert."

„Aber es ist bei mir nachhaltiger. Meine Nachkommen werden die gleiche Resistenz haben."

„Ihre Nachkommen?" Biesthal fragte es vielleicht eine Spur zu süffisant. Sofort ereilte Aschendorffer ein scharlachroter Anfall vom Scheitel bis in den Hemdkragen. Sie hatte seinen wunden Punkt erwischt. Fortpflanzung war bei ihm ein Krisenthema. Er wurde dabei so kleinlaut, dass er am Ende dieses Gesprächs einwilligte, dass Bowolf zusammen mit Kaymal und Röller das Fitnessstudio besuchen durfte.

Es wurde ein denkwürdiger Besuch, zumindest für das Fitnessstudio und für Armin Röller. Bowolf brach sämtliche High-Scores an den Muskelmaschinen. Mit Armins fachkundiger Beratung hatte Mona eingekauft und Bowolf mit der nötigen Sportkleidung ausgerüstet. Er sah aus wie ein Europameister im Zehnkampf. Kaymal hingegen wirkte etwas aus der Zeit gefallen. Er erschien in einem grünen Trainingsanzug aus alten VoPo-Beständen und in Turnschuhen, die vermutlich bereits die Olympiade 1936 erlebt hatten.

Armin führte Bowolf ein paar Kraftmaschinen vor, nicht ohne pseudowissenschaftlichen Schwall dazu abzusondern und dem Eisenstemmen eine Bedeutung in philosophisch-sportmedizinischen Dimensionen zuzuschreiben. Eher desinteressiert ahmte Bowolf die Übungen nach. Dabei wuchtete er die Kiloscheiben mit der Leichtigkeit eines Jongleurs aus allen Lagen mühelos in die Höhe, auch die Gewichte, die an Seilzügen, hydraulischen Kraftverstärkern und raffinierten Zahnradkonstruktionen aufgehängt waren. Gelangweilt fragte er Kaymal: „Wo ist die Kampfübung? Wann kämpfen wir?"

Inzwischen hatten sich ein paar Sportskanonen um Bowolf und seine Begleiter versammelt. „Was nimmt er?", fragte einer. Ein anderer meinte zu wissen: „Das geht nur mit Testosteron-Boostern." Ein Dritter tippte: „Scitec Jumbo oder Mega Amino. Vielleicht schluckt er jeden Tag zehn Kapseln Iso Stak."

Wieso starrten ihn die Menschen so an? Wieso redeten sie über ihn? Bowolf wurde unruhig. Kaymal legte ihm beruhigend eine Hand auf den Unterarm. Am liebsten hätte Bowolf eines der Eisengewichte genommen und in die Umstehenden geschleudert.

„Er kommt aus Usbekistan", mühte sich Armin um eine Erläuterung. „Keine Ahnung, was die dort alles treiben. Aber das weiß man ja, dass speziell im Osten immer neue Kraftmittel ausprobiert werden."

Es kam jedenfalls keinem der Gaffer in den Sinn, dass es sich einfach nur um einen bestens trainierten Menschen mit den Muskeln eines Raubtieres handeln könnte.

Bowolf verlor die Lust. „Warum machen wir das? Was nützt es?" Kaymal versuchte das Training zu retten, indem er Bowolf zu einem Rudergerät lotste. „Isse Boot, Bowolfgang", erklärte er, indem er sich selbst auf die Streckbank setzte und demonstrierte, wie man die Griffe bewegen musste. Bowolf schüttelte den Kopf. „Wo ist das Wasser?" Er weigerte sich, auf die Ruderbank zu sitzen. „Schlechtes Boot!", befand er. „Es geht unter, wenn man es ins Wasser bringt."

Das Fitnessstudio war, gemessen an dem, was Kaymal und Armin Röller sich davon versprochen hatten, ein Fehlgriff. Bowolf konnte keinerlei Nutzen darin sehen, Gewichte zu stemmen und Kraftübungen zu machen. Dennoch probierten sie als Letztes ein Ergometer aus und ließen Bowolf im zehnten Gang den simulierten Schauinsland hinauf treten, was ihm in Rekordzeit und ohne den geringsten Schweißtropfen gelang. Für Armin war dies endgültig der Punkt, wo er es aufgab, weiterhin mühsam den Anschein von anerkennender Bewunderung aufrechtzuerhalten. Stattdessen zerfiel diese Kulisse und offenbarte dahinter seine wahre Befindlichkeit: ein Gebirge voll ungläubigen Neides.

„Auf dem Simulator mag das ja angehen Bo", räumte er zerknirscht ein. „Aber ich möchte dich gerne mal sehen, wenn wir den echten Schauinsland hinauffahren, mit einem richtigen Mountainbike."

Bowolf schaute fragend. „Maun Tain Baik?", wiederholte er. „Was ist das?"

Ehe Armin seine Verblüffung über diese Unwissenheit in Worte fassen konnte, ging Kaymal dazwischen: „Isse Technik-Wunder. Technik-Pferd."

Damit hatte er Bowolfs Interesse geweckt. Mit einem Pferd konnte er etwas anfangen. Er löcherte Kaymal. Wie dieses Pferd aussehe, wie groß es sei, wie es sich bewege, wie weit man damit reiten könne, was es fresse, wo man ein solches Pferd einfangen könne. Armin Röller stand daneben und verstand nur Bahnhof. Nur mit Mühe brachte Kaymal ihn von heiklen Fragen ab: „Isse Ussebekistan. Bowolfgang nix wisse. Mountain-Bike andere Name in Usbekistan."

Der Besuch im Fitnessstudio endete damit, dass Kaymal nicht nur Bowolf versprechen musste, ihm ein solches Mountain-Bike-Pferd zu zeigen, sondern gleichzeitig auch Armin Röller nur noch mit der Versicherung hinzuhalten vermochte, dass Bowolf selbstverständlich bereit sei, an einer kleinen Trainingsfahrt auf den Schauinsland teilzunehmen. Röller kündigte prahlerisch an, dass er es diesem Bo Wolf aus Usbekistan auf dem Fahrrad schon noch zeigen werde, und dass er sich auf das Kräftemessen am Berg freue.

Bowolfs erste Fahrübungen fanden auf dem Institutsgelände statt. Kaymal besaß ein Herrenfahrrad, das ungefähr so alt war wie seine Turnschuhe. Er holte es aus der Institutsgarage, wo es unter der Decke aufgehängt war und einer seit 1972 als ausgestorben geltenden Spinnenart als letztes Rückzugshabitat gedient hatte. Professor Aschendorffer fand das Experiment reizvoll, weil er sich davon Erkenntnisse über die motorische Intelligenz und Lernfähigkeit des Eiszeitmannes erhoffte. Das Ergebnis übertraf alle Erwartungen. Schon nach den ersten wackligen Versuchen hatte Bowolf das Prinzip begriffen, und bald drehte er immer furiosere Runden. Dabei überwand er locker Bodenwellen, kleines Gesträuch, eine Treppe, die kiesbestreute Garagenzufahrt, die Blumenrabatten und alle Rasenflächen, die das Institutsgebäude umgaben. Bald zeichnete sich ein von Reifenrillen gemusterter Parcours auf dem Institutsgelände ab. Keine dieser Rundfahrten fand ohne Aufsicht statt. Bowolf war verdrahtet und mit Messinstrumenten bestückt, vom Blutdruckmesser bis zum Elektroenzephalograf. Kaymal protokollierte die Rundenzeiten und den Puls, Mona machte Videoaufnahmen und Aschendorffer wechselte sich mit Frederike Biesthal und Amresh darin ab, Bowolf nach jeder Etappe neu zu vermessen und medizinisch zu untersuchen.

„Er hat fantastische Werte", schwärmte Frederike gegenüber ihrem Kollegen Dr. Murji Amresh, als sie über der Auswertung saßen. „Herzfrequenz, Laktatwert, Sauerstoffaufnahme, Puls, Fettverbrennung, Energieverbrauch – egal, was ich messe und vergleiche, er erreicht überall absolute Topwerte. Ich denke, mit etwas Training könnte man aus ihm einen Spitzensportler machen."

„In welcher Disziplin?", fragte Amresh eine Spur zu griesgrämig. Das Interesse Biesthals an Bowolf machte ihn immer noch eifersüchtig. Er war aber zu höflich, es sich dauerhaft anmerken zu lassen. Stattdessen mühte er sich nach Kräften, der Kollegin loyal zur Seite zu stehen und ihr bei ihren Untersuchungen zu helfen.

„Das ist es ja gerade." Frederike lächelte stolz wie eine Mutter. „Er könnte in einem Dutzend Sportarten bestehen. Alle Kraft- und Ausdauersportarten, würde ich sagen."

„Was sagen Sie sonst zu seiner Entwicklung?", wollte Amresh wissen.

Biesthal zögerte einen Moment. „Das Erstaunlichste ist, dass ein Mensch aus einer solch fernen Vergangenheit sich binnen kurzer Zeit so gut in unserer Gegenwart zurechtfindet. Es bereitet ihm überhaupt keine Mühe, technologische Sprünge zu akzeptieren. Auch das Ungeheuerliche eines mehr als 5000 Jahre umfassenden Zeitsprunges scheint er wegzustecken wie unsereiner einen Umzug von Hamburg nach München."

„Aber …?“, fragte Murji Amresh gedehnt. Er sah es Biesthal an, dass deren Antwort noch ein solches „Aber" barg. Sie blieb stumm. Er griff nach ihrer Hand. „Es beschäftigt Sie doch etwas? Sagen Sie es mir, Frederike." Aus seinen warmen Augen sprachen ehrliche Zuneigung und warmes Vertrauen.

Sie entließ ihre Hand in seine. Das war ungewöhnlich. Normalerweise hätte sie sofort zurückgezogen. Jetzt saß sie nur da, ließ es zu, dass er ihre Hand tätschelte und blickte versonnen vor sich auf den Stapel Papiere, auf denen Bowolfs komplexe Leistungsdiagnostik in langen Zahlenreihen und Kurvendiagrammen ausgedruckt war. Nach längerem Zögern, sagte sie seufzend: „Er ist unglücklich. Er hat Heimweh!"

Amresh wartete. Dann sagte er leise: „Er tut Ihnen leid."

Frederike nickte. Sie entzog Amresh die Hand und erhob sich. „Er hat so wenig Hoffnung. Und niemand kann ihm welche geben." Entschlossen fügte sie hinzu: „Es ist gut jetzt, Murji. Sie sind ein guter Mensch. Ich mag Sie. Aber Sie können auch nicht helfen. Aschendorffer wird Bowolf demnächst auf die versammelte Wissenschaft loslassen. Er plant einen großen Kongress. Hier in Freiburg. Dort will er mit ihm angeben. Vor der gesamten Weltpresse. Als spekuliere er auf den Nobelpreis."

Auch Amresh erhob sich. Er blickte Biesthal mit seinen ernsten, schwarzen Augen an: „Das dürfen wir nicht zulassen!"

„Ich weiß", flüsterte sie leise.

Es klang resigniert. Sie wandte sich ab. Sie konnte Amresh nicht in alles einweihen, was sie wusste. Sie verbrachte immer noch viele Abende mit Bowolf in Kaymals Kellerwohnung. Schon lange geschah dies nicht mehr heimlich. Sie hatte Aschendorffers Billigung, wenngleich sie ahnte, dass der Professor sich völlig falsche Vorstellungen davon machte, was sie und Bowolf in diesen gemeinsamen Stunden dort unten trieben. Aschendorffer besaß eine vollkommen überzogene und absolut verquere, fast schon paranoide Fantasie. Je weniger er in der Lage war, darüber zu sprechen, desto mehr steigerte er sich in verklemmte Ausgeburten seiner Gedankenwelt hinein.

Nur gar zu gerne hätte Aschendorffer mit Hilfe der interspezialen bilingualen Transmission erkundet, was sich tatsächlich zwischen Bowolf und Biesthal abspielte, doch wagte er es schon seit geraumer Zeit nicht mehr, diese Methode anzuwenden. Sie hatte nämlich den Nachteil, dass sie keine Einbahnstraße war. So voyeuristisch er selbst in Bowolfs geheimste Gedanken hineintauchen konnte, so leicht war es umgekehrt auch Bowolf möglich, Aschendorffers Innerstes zu erkunden.

„Du willst Biss Tal besteigen?", fragte Bowolf einmal nach einer Transmission.

Aschendorffer erschrak zu Tode. Stundenlang beschäftigte ihn die Überlegung, wie er Bowolf dieses Wissen wieder austreiben könnte. Er fand keine Lösung. Schließlich kam er zu dem Schluss, dass diese Sitzungen eingestellt werden müssten. Zumal Bowolf sich inzwischen gut selbst verständlich machen konnte.

Mit den Fahrradübungen auf dem Institutsgelände ging in Bowolf eine Veränderung vor. Frederike Biesthal bemerkte es an der eisernen Zielstrebigkeit, mit der Bowolf Kaymals Herrenfahrrad unermüdlich um den Gebäudeblock steuerte. Bisher hatte er alle Errungenschaften des 21. Jahrhunderts eher spielerisch ausprobiert, mit der Neugierde eines Mannes, der in einem wundersamen Märchen gelandet ist. Aber seit Kaymal ihm Fahrradfahren beigebracht hatte, bekam Bowolf einen harten Glanz in den Augen, eine verbissene Entschlossenheit. Biesthal erkannte wieder das Raubtier in ihm, das er so gut zu tarnen gelernt hatte.

An einem der Abende, als sie wieder einmal auf Kaymals zerschlissenem Sofa bei Bowolf saß und mit ihm das Engadin-Buch durchblätterte, zeigte er erstmals Interesse an einer doppelseitigen topografischen Karte, die den kompletten Alpenraum aus der Vogelperspektive präsentierte. Frederike deutete auf einen kleinen blauen Punkt, der den Sankt Moritzer See markierte. Sie erklärte, dass es sich hier um Bowolfs Heimatsee handelte. Bowolf begriff unglaublich schnell, was auf dieser Karte Berge, Täler, Flüsse und Seen waren. Er entdeckte die blaue Linie des Rheins, die sich von Chur bis zum Bodensee schlängelte. Mit seinem haarigen Zeigefinger fuhr er die Linie entlang und verharrte dann an der Stelle, wo der Rhein in den See mündete. „Gemerka!", sagte er ergriffen.

„Gemerka?" Biesthal saß ihm gegenüber, trank lauwarmen Tee und studierte Bowolfs verklärten Gesichtsausdruck. „Was meinst du damit, Gemerka?"

„Das heißt Gemerka", sagte Bowolf und deute dabei auf den Bodensee auf der Landkarte.

„Dieser See?"

Bowolf nickte.

„Und den kennst du?"

Wieder nickte Bowolf. „Wir sind einmal dort hin gekommen. Wir haben Pferde getauscht. Da leben die Gemerzer. Sie haben die besten Pferde."

„Die Gemerzer?"

„Ja, rund um den See, überall an seinen Ufern. Sie bauen ihre Häuser auf hohe Stämme, die direkt im Wasser stehen. So sind sie unangreifbar. Es ist das stärkste und mächtigste Volk, das ich kenne."

Die Pfahlbauten! Bowolf sprach von den Pfahlbauten und ihren Bewohnern. Um ihm eine weitere Orientierung zu geben, zeigte Frederike auf den roten Punkt nordwestlich des Bodensees, der Freiburg markierte. „Und hier leben wir."

Bowolf blieb stumm. Konzentriert schaute er auf die Karte.

„Jetzt?", fragte er nach einer Weile. „Leben wir jetzt hier?"

Nachdem Frederike Biesthal bejahte, schwieg Bowolf lange nachdenklich. Immer wieder fuhr er mit dem Finger die Linie vom Sankt Moritzer See zum Rhein und zum Bodensee entlang, und dann auf der anderen Seite des Sees wiederum am

Rhein entlang bis um den Knick bei Basel und hinauf nach Freiburg.

Frederike schöpfte einige Tage später Verdacht, als sie Bowolfs Puls und Blutdruck maß. Wie immer waren seine Werte trotz der unmittelbar zurückliegenden körperlichen Anstrengung sensationell. Bowolf saß mit der Ruhe eines Yogalehrers auf dem Untersuchungsstuhl. Die verschiedenen Messungen und medizinischen Untersuchungen waren ihm inzwischen vertraut. „Wie lange kann ein Mensch Fahrradfahren?"

Biesthal schaute auf: „Wie meinst du das?"

„Am Stück? Wie lange?"

„Na so lange, wie er eben kann. Wie lange kann er am Stück Gehen? Das ist das Gleiche."

„Das Rad-Pferd muss nie trinken", warf Bowolf einen anderen Gedanken ein. Jetzt stutzte Biesthal. Sie richtete sich auf und strich sich eine Haarsträhne aus der Stirn. „Du meinst, es muss nicht tanken, so wie ein Auto?"

Bowolf nickte und fügte hinzu: „Das stinkende Wasser!"

„Aber das Auto ist viel schneller und überwindet auch größere Entfernungen." Bowolf nahm den Faden nicht auf.

Biesthal schielte verstohlen zu Bowolf. Der saß auf seinem Stuhl und blickte verklärt in eine weite Ferne jenseits der Zimmerwände. Schließlich schüttelte er sich. Sein Blick wurde wieder klar: „Das Auto Technik-Wunder ist gefangen. Es muss immer auf der schwarzen Straße bleiben. Das Rad-Pferd kann aber überall sein, wohin sein Reiter will."

Frederike Biesthal hatte das sichere Empfinden, dass Bowolfs Abwägung zwischen Auto und Fahrrad nicht nur theoretischer Natur war. Bowolf schmiedete reale Pläne. So lag es in seinem Wesen. Und Biesthal ahnte auch, um was es dabei ging. Bowolf plante die Rückkehr in sein Heimattal in den Alpen. Mit dem Fahrrad. Sie behielt ihre Ahnung für sich.

Unterdessen rückte der kalte Dezembertag näher, an dem sich Armin Röller mit Bowolf an der Schauinslandstrecke messen wollte. Zu diesem Zweck hatte Kaymal in der nahegelegenen „Fahrradwelt" ein hochwertiges Mountainbike ausgeliehen. Schließlich wünschte er, wie jeder aus Bowolfs Umfeld im Institut, dass ihr Mann aus dem Eis es dem selbstgefälligen Narziss Röller mal so richtig zeigte.

Den ersten Dämpfer erfuhr dieser Ehrgeiz, als Bowolf sich weigerte, das neue Mountainbike zu benutzen. Er bestand auf sein „Rad-Pferd", Kaymals altes Herrenfahrrad. Die zweite unerwünschte Wendung bestand darin, dass Röller nicht alleine erschien. Auf dem Parkplatz an der Talstation der Schauinslandbahn tauchten auch Röllers hochgerüstete Freizeitkumpels auf: Franz, der drahtige Ingenieur, Egon, der eifrige Grafiker – und Charly Katz, der Schnüffeljournalist. Alle drei waren sie natürlich neugierig auf das „Wundertier", das ihnen Armin versprochen hatte. Der Besuch im Fitnessstudio hatte bei Röller soviel Eindruck hinterlassen, dass er seinen Kumpels von einer staunenerregenden Sportskanone vorgeschwärmt hatte. „Dieser Typ ist ein Ingenieur aus Usbekistan. Er spricht aber ganz gut Deutsch. Er ist fit wie ein Turnschuh und verträgt keinen Alkohol."

Aschendorffer hatte Bowolfs Ausfahrt auf den Schauinsland überraschend freimütig bewilligt. Er freute sich darauf, zu sehen, wie sein Schützling sich gegen den austrainierten Angeber Röller schlagen würde. Er bestand darauf, dass er zusammen mit Frederike Biesthal und Mona Hohner im Auto hinter den Fahrradfahrern her fuhr. Er wollte Bowolf im Auge behalten. Kaymal fiel die ganz besondere Aufgabe zu, da er nun einmal ein nagelneues Mountainbike organisiert hatte, damit hinter der Gruppe herzufahren.

„Sicher ist sicher", befahl Aschendorffer.

Kaymal jammerte: „Isse unemenschlich!" Es half nichts, dass er beteuerte, er habe seit über zehn Jahren nicht mehr auf einem Fahrrad gesessen. Er rauchte eine letzte Zigarette, dann schwang er sich in seinen grünen Volkspolizei-Trainingsanzug, auf den Sattel und kurbelte hinter der Gruppe her, die soeben in die Bohrerstraße Richtung Schauinsland-Aufstieg einbog. Auf dem ersten Kilometer der zunächst sanft ansteigenden Straße nahm sich das Ganze wie eine Gruppe fröhlicher Freizeitradler aus. Bis zum Gipfel des Freiburger Hausberges führte die geteerte Kreisstraße nun rund zehn Kilometer in teils engen Kurven stetig bergan und überwand dabei nahezu 800 Höhenmeter. Im Sommer gehörte die Strecke zu den beliebtesten für Hobby- und Freizeitfahrer. Auch Profis trimmten sich hier gerne. Jedes Jahr fand hier der „Schauinslandkönig" statt, ein Amateurrennen, bei dem die Radfahrer wie beim Einzelzeitfahren auf die Strecke geschickt wurden. Der Rekord lag bei knapp unter 30 Minuten. Armin rühmte sich, es selbst schon unter 33 Minuten geschafft zu haben. So strotzte er auch jetzt vor Kampfeslust und Siegeszuversicht.

Die erste Kraftprobe, die er mit einem schnellen Antritt schon an der ersten 180-Grad-Kehre suchte, verschaffte ihm sofort einen Vorsprung von mehreren hundert Metern. Bowolf machte überhaupt keine Anstalten, dem Sprint zu folgen. Stattdessen kurbelte er in stetem Rhythmus und im dritten Gang – mehr bot Kaymals altes Fahrrad nicht. Bowolfs Fahrtechnik hatte etwas Beängstigendes. Er trat scheinbar gleichmäßig in die Pedale, doch schnell merkte Charly Katz, dass in diesem kontinuierlichen Rhythmus eine unmerkliche Forcierung steckte. Als sorgte ein unsichtbarer Taktgeber für stetige Temposteigerung, so bewältigte Bowolf den zweiten Kilometer schneller als den ersten, den dritten schneller als den zweiten, den vierten schneller als den dritten. Auf halber Strecke hatte Bowolf auf diese Weise bereits Franz, Egon und Charly abgehängt. Er hatte Armin, der sich längst auf der Siegerstraße wähnte, nun wieder im Blickfeld. In der großen Kehre, bei der die von Obermünstertal kommende Kreisstraße K9854 in die Schauinslandstraße einmündet, holte Bowolf den schon mächtig pumpenden Röller ein. Verdutzt sah er Bowolf an sich vorbeiziehen. Das Auto mit Aschendorffer, Biesthal und Mona Hohner folgte. Mona kurbelte das Fenster herunter und rief ihrem Freund nicht ohne Schadenfreude zu: „Armin, du lässt dich doch nicht abhängen?"

Armin war kein Leichtgewicht. Ein paar Körner hatte er noch in Reserve. Er konterte mit einem Zwischensprint. Bowolf reagierte überhaupt nicht. Röller zog bis zur letzten großen Kehre vor dem Gipfel erneut um mehrere Radlängen davon, fuhr aber bereits auf der letzten Rille. Seine hektischen Blicke über die Schulter verrieten, dass er den Atem seines Verfolgers im Nacken fürchtete. 500 Meter waren es noch bis zur Gipfelstation. Unbeirrt trat Bowolf in die Pedale. Er sah nicht aus wie jemand, der verbissen um die letzten Meter kämpfte. Er spulte einfach nur fast stoisch seinen Rhythmus ab. Scheinbar federleicht zog er an Armin Röller vorbei. Der ging aus dem Sattel, holte mit hängender Zunge das Letzte aus sich heraus, blieb zäh an Bowolfs Hinterrad kleben, um dann doch – auf den letzten zweihundert Metern vor dem Gipfel – abreißen zu lassen. Schwankend wie ein betrunkener Fuhrknecht brachte er sich schließlich ins Ziel. Bowolf saß längst auf einem Baumstumpf neben dem Straßenrand, Kaymals Dreigangrad am Ständer aufgestellt, und genoß den Fernblick ins Rheintal. Während Mona ihren Lebensgefährten in eine Wolldecke wickelte, mit heißem Tee versorgte und den völlig Entkräfteten auf den Autorücksitz bettete, schlossen Biesthal und Aschendorffer Bowolf an ihre Messgeräte an und nahmen diverse medizinische Sensationen zu Protokoll. So unter anderem einen Ruhepuls von unter 60, nur wenige Minuten nach der Zielankunft. „Er hat eine Lungenkapazität von mehr als acht Litern und ein Herzminutenvolumen von 50 Litern je Minute. So etwas habe ich in der Fachliteratur noch nirgendwo gefunden", staunte Aschendorffer über Erkenntnisse, die er nun schon mehrfach überprüft und immer wieder bestätigt gefunden hatte. „Wenn dies die Ausstattung unserer Vorfahren war, so haben wir uns im Zuge der Evolution nicht wirklich verbessert", konstatierte er nüchtern. Biesthals anzügliches Grinsen entging ihm, nicht jedoch ihre spitze Bemerkung: „Soweit es die Männer und ihren Männlichkeitswahn betrifft."

Nach und nach trafen Franz, Charly und Egon ein. Nur Kaymal fehlte. Er rasselte mit gehörigem Zeitabstand den Berg herauf wie eine alte Zahnradbahn. Immerhin kam er gerade noch rechtzeitig für ein Gruppenfoto, das Mona auf Geheiß von Charly Katz mit dessen Kamera zu schießen hatte. Alle fassten sich wie alte Bergkameraden um die Schultern und strahlten in den Winterhimmel – bis auf Röller, der etwas verbittert dreinschaute. Mona brachte warme Jacken aus dem Auto. Dann erzwang Egon mit kumpelhafter Selbstverständlichkeit die gemeinsame Einkehr im Berggasthaus der Schauinslandbahn. Ehe Aschendorffer protestieren konnte, war das beschlossene Sache. Bowolfs erster Gaststättenbesuch.

Im Berggasthaus der Schauinslandbahn dominierte modernes Styling. Die Wände waren in sterilem Weiß gehalten, die Tische standen in langen Reihen wie bei einer SPD-Kreisdelegiertenkonferenz. Nur der Holzfußboden gab dem ansonsten kühlen Gastraum etwas Wärme. Sie waren die einzigen Gäste, was an einem winterlichen Spätnachmittag im Dezember keine Überraschung war. Aschendorffer arrangierte es so, dass an der langen Tischreihe er rechts und Kaymal links neben Bowolf zu sitzen kam. So hoffte er, alles irgendwie unter Kontrolle zu behalten. Er hatte nicht bedacht, dass sich direkt Bowolf gegenüber die neugierige Schnüffelnase Charly Katz platzieren würde. Neben dem sportlichen Interesse an Bowolf trieb Katz immer noch die Suche nach dem Geheimnis der verschwundenen Gletscherleiche um. Der Journalist hegte den Verdacht, dass Aschendorffer diese Gletscherleiche im BioGen verbarg und an ihr Experimente vornahm. Das zumindest war sein Wissensstand aufgrund der Bruchstücke und Andeutungen, die sein Informant aus dem Institut ihm zugetragen hatte. Leider war diese Quelle versiegt. Der Informant wollte keine Auskünfte mehr geben. Die Sache sei „zu heiß". Ein Spürhund wie Charly ließ sich davon keineswegs abschrecken, im Gegenteil, das machte ihn erst recht neugierig. Und so sah er jetzt die Gelegenheit, Aschendorffer zu löchern, ohne dass dieser ausweichen konnte.

Wie es seine Art war, sprang er mitten hinein ins Thema: „Machen Sie immer noch Experimente mit tiefgekühlten Leichen?", fragte er unvermittelt, während alle am Tisch die Vesperkarten studierten.

Aschendorffer schrak auf, war aber keineswegs wehrlos: „Sind Sie nicht der Halunke, der diese üblen Berichte in der Zeitung geschrieben hat?"

Charly grinste sein Lausbubengrinsen. „Es hat bisher kein Dementi gegeben!"

„Es könnte aber Prügel geben!", konterte Aschendorffer kühn. Frederike Biesthal, die links neben ihm saß, legte ihm beschwichtigend die Hand auf den Unterarm: „Nicht doch, Professor."

Katz ließ nicht locker. Er richtete die Vesperkarte mit einer fuchtelnden Geste auf Bowolf: „Und der? Haben Sie den Wissenschaftler aus Usbekistan geholt, damit er Ihnen bei diesen Experimenten hilft? Was ist sein Fachgebiet?"

Katz klang keineswegs unfreundlich, eher harmlos interessiert. Es gab also keinen Grund, ihm aggressiv oder ablehnend zu begegnen.

Bowolf nahm an der Unterhaltung nicht teil. Er ließ den Blick durch den Raum wandern, bestaunte die Aluminium-Schienen an der Decke, an denen die Halogenlampen aufgereiht waren, studierte eine große Flipchart-Tafel in der Ecke des Raumes, betatstete interessiert das Imitatleder der Stuhlrückenlehnen und warf immer wieder sehnsuchtsvolle Blicke zu dem Fenster in Charly Katz' Rücken hinaus, dem er direkt gegenübersaß.

„Es gibt keine Gletscherleiche und demnach auch keine Experimente mit einer solchen", entgegnete Aschendorffer kühl. Nebenbei gab er an die Adresse der wartenden Bedienung gerichtet seine Bestellung auf: „Eine Portion Bibbeleskäs bitte."

Biesthal schloss sich an und übernahm es ungefragt, gleich auch für Bowolf zu entscheiden: „Für mich auch. Und einen Wurstsalat für den Herrn." Sie kannte inzwischen Bowolfs Vorlieben: „Doppelte Portion!"

Charly wandte sich direkt an Bowolf: „Auf dem Rad sind Sie ja ein Ass, Bo, das muss ich neidlos anerkennen. Sind Sie auch Biologe? Oder Mediziner?"

Ehe Aschendorffer eingreifen konnte, antwortete Bowolf lakonisch: „Ich bin der oberste Mooka."

Biesthal kicherte.

Aschendorffer verschluckte sich.

Charly Katz zog skeptisch fragend eine Augenbraue hoch: „Mooka?"

Kaymal reagierte am schnellsten: „Isse usbekistanisch Wort."

„Ja", nahm Biesthal geschickt den Ball auf. „Das ist eine Abkürzung. Steht für Molekulare Kardiologie. Unser Kollege ist der führende Wissenschaftler auf diesem Gebiet in ganz Osteuropa."

Charly Katz verstand nur Bahnhof. „Was machte ein ... ein Mooka?"

„Erfassung von Herzfunktion und Ventrikelgeometrie bei Säugetieren, Magnetresonanz-Verfahren, Erforschung von Ektonukleotidkaskaden, Endothel- und Immunzellenreflexe bei Entzündungen, Adenosin-Forschung, Wirkungsforschung von phosphorylierten Andosin A-Zwei-Agonisten, antilipolytische Wirkungen ..."

Charly Katz winkte genervt ab: „Danke, das reicht."

Das Essen wurde serviert und sorgte für Ablenkung. Bowolf fiel über seinen Wurstsalat her. Da Biesthal ihm den Umgang mit Messer und Gabel beigebracht hatte, ging es einigermaßen gesittet zu. Dennoch fiel Charly Katz die Grobschlächtigkeit auf, mit welcher der Usbeke seine Gabel umfasste und sich die Portionen in den Mund schaufelte. Es dauerte keine zwei Minuten, da hatte er seine Portion verschlungen.

„Mannomann", staunte Charly. Hans, der neben ihm saß und an einem Speckvesper herumsäbelte, zeigte fassungslos auf sein noch voll beladenes Vesperbrett: „Ich habe gerade mal eine halbe Scheibe Speck gegessen, da hat der Kerl schon eine doppelte Ration Wurstsalat verschlungen."

„Bowolfgang esse wie Rad fahre", erläuterte Kaymal, „Immer mächtig Hunger."

„Sind Sie satt geworden?", interessierte sich Charly. Bowolf schüttelte den Kopf. „Wie schmeckt das?", fragte er und deutete dabei in die Richtung des Speckvespers, das vor Ingenieur Hans ausgebreitet auf dem Vesperbrett lag.

Aschendorffer gab Kaymal Anweisung, für Bowolf noch einen Speckteller zu bestellen.

„Jetzt haben Sie aber immer noch nicht gesagt, was Sie mit den eingefrorenen Leichen machen, die bei Ihnen im Institut untersucht werden?", nahm Charly Katz unverdrossen den Faden wieder auf. Manchmal warf er unerwünschte Fragen auch nur deshalb in den Raum, um zu sehen, wie die Angesprochenen sich darüber ärgerten. Eine echte Antwort erwartete er eigentlich nicht. Aber Gegenangriffe, wie Frederike Biesthal nun einen startete, eigentlich auch nicht. „Sie sollten bei Ihren Behauptungen und Unterstellungen vorsichtiger sein", sagte Biesthal mit jener Kälte, für die sie berüchtigt war. „Habe ich Ihnen schon mitgeteilt, dass wir Strafanzeige erstattet haben? Wegen unerlaubten Fotografierens in den Institutsräumen. Wir lassen gerade von unserem Anwalt einen Streitwert ermitteln. Wie Sie sich denken können, hat die Veröffentlichung von Bildern, die auch noch gefälscht und verfälscht wurden, unserem Institut erheblich geschadet." Ohne Katz anzusehen schob sie sich zufrieden eine Portion Bibbeleskäs in den Mund.

„Die Bilder waren echt", erwiderte Charly gelassen. „Das wissen Sie so gut wie ich. Und wir beide wissen, dass Sie und Ihr Institut irgendetwas zu verbergen haben."

Biesthal aß gelassen weiter. Aschendorffer erwiderte: „Es gibt nichts zu verbergen. Wir werden zu einem großen Fachkongress nach Freiburg einladen, und dann sollen Sie alles erfahren. Es wird eine wissenschaftliche Sens ..."

„Wollen Sie wohl still sein!", fauchte Frederike Biesthal und fiel Aschendorffer grob ins Wort. Ihr Tonfall erlaubte keine Widerrede. Aschendorffer verstummte.

Bowolfs Vesper wurde gebracht. Kaymal demonstrierte ihm, wie man die Speckscheiben von der Schwarte befreite. Charly zückte seine Kamera. „Hier drin ist Fotografieren ja wohl erlaubt", feixte er.

Biesthal schäumte: „Lassen Sie das! Wenn Sie auch nur eines dieser Bilder veröffentlichen werden Sie Ihres Lebens nicht mehr froh. Ich überziehe Sie mit Klagen."

Aschendorffer spielte mit der Weihnachtsdekoration auf dem Tisch. Er flocht silberne und goldene Bändchen in einen Fichtenzweig und dekorierte das Ganze mit getrockneten Hagebutten. Es war ihm peinlich, wie Biesthal ihm das Wort abgeschnitten hatte. Wie es ihm immer peinlich war, wenn sie mit ihm umsprang wie mit einem Schuljungen. Er zauberte eine girlandenartige Krone aus den Resten seiner roten Papierserviette und flocht sie kunstvoll in den Fichtenzweig hinein.

„Unglaublich, Chef. Wo haben Sie das gelernt?", staunte Mona, die einen Platz weiter neben Frederike Biesthal saß.

„Fachbuch für Blumenbinden, Gärtner und Pflanzenfreunde. Von Christa Gallus", nuschelte Aschendorffer zerknirscht. „Habe ich vergangene Nacht gelesen. Deutscher Landwirtschaftsverlag, Berlin 1988, 352 Seiten."

Charly Katz knipste weiter: „Ich kann gar nicht so schnell fotografieren, wie der da sein Speckvesper hinunterschlingt. Unglaublich."

„Gut!", kommentierte Bowolf. „Aber wenig!"

Er deutete auf den erst zur Hälfte bewältigten Berg von Bibbeleskäs und Brägele auf Kaymals Teller: „Wie schmeckt das?"

„Ich bestelle dir, Bowolfgang", versprach Kaymal und ging zur Theke.

„Was wollten Sie sagen Herr Professor? Was ist eine wissenschaftliche Sensation?", nahm Charly ungerührt den Faden auf. Er lächelte so verbindlich wie ein Sparkassensachbearbeiter, der den Kredit verweigert.

„Nichts!", zischte Biesthal dazwischen. „Der Professor wollte nichts sagen. Und das geht sie auch nichts an."

„Ein Nichts, das mich auch nichts angeht. Das ist ja interessant", kommentierte Katz süffisant. „Haben Sie etwas zu verbergen?"

„Wissenschaft ist immer ein Geheimnis", sagte Aschendorffer, der seine Sprache wiedergefunden hatte. „Sie müssen bedenken, dass jedes erforschte Wissen bares Geld wert ist. Wenn Sie da zu früh etwas verlauten ..."

Es sollte beschwichtigend klingen. Biesthal schaute böse aus eng zusammengekniffenen Augen. Sie ahnte schon, dass der Schnüffeljournalist andere Schlüsse zog. Und so war es: „Also doch eine wissenschaftliche Sensation? Sie wollen sie nur nicht zu früh preisgeben ...?"

Der Bibbeleskäse wurde serviert. Bowolf schnüffelte neugierig an dem weißen Glibberberg auf seinem Teller. Dann fuhr er mit einem Finger hinein und nahm eine Probe. Zufrieden leckte er sich die Lippen. Behaglich stopfte er einen Löffel nach dem anderen in sich hinein. Der Berg Bibbeleskäs und die dazugehörigen Brägele verschwanden ebenso schnell wie zuvor der Wurstsalat und der Speck.

Armin, Hans und Egon applaudierten. Charly grinste. Frederike Biesthal fand, dass die Angelegenheit langsam peinlich und auch gefährlich wurde. Sie sah nervös auf die Uhr und gab Mona ein Zeichen.

Katz lies nicht locker: „Kann es sein, dass unser hungriger Freund hier etwas mit Ihrer wissenschaftlichen Sensation zu tun hat?", fragte Charly rundheraus. „Oder geht es um die sportliche Leistung? Haben Sie etwa ein neues Dopingmittel getestet?"

„Es ist Zeit. Wir brechen auf!", bestimmte Frederike Biesthal kategorisch und erhob sich. „Kaymal, Sie bringen die Fahrräder zurück. Wir fahren mit dem Wagen. Mona, bezahlen Sie bitte die Rechnung? Quittung fürs Institut." Schroff und militärisch gab sie ihre Anweisungen. Sie erzeugte undiplomatisch Aufbruchstimmung und unterband damit jedes weitere Gespräch und alle weiteren Fragen.

Charly schöpfte Verdacht, verkniff sich aber weitere Sticheleien. An Bowolf gewandt fragte er lässig: „Na Bo, nun endlich satt geworden?"

Bowolf verneinte: „War gut, aber nicht viel."

Kaymal zog ihn vom Tisch weg Richtung Ausgang: „Isse kein Problem, Bowolfgang. Bestelle mir nachher bei Döner-Ali!"

17

Eine eiskalte Woge schwappte über Bowolf hinweg. Die Kälte packte ihn mit eisernem Griff. Seine Lunge schmerzte wie von tausend Pfeilen durchsiebt und drohte zu platzen. Er zappelte, ruderte, schlug um sich. Noch einmal bekam er den Kopf über das Wasser. Prustend rang er nach Luft. Am Himmel stand ein Halbmond. Das nahm er noch wahr. Die Konturen der Felsnase, auf der Gangam stand und triumphierte, ragten wie ein schwarzer Scherenschnitt in die milchige Dämmerung hinein.

Dann geschah das Unfassbare. Bowolf sah, wie durch die schwarze Kontur plötzlich ein Riss sprang, als habe ein Blitz eingeschlagen. Die Felsnase bröckelte. Einzelne Gesteinsbrocken lösten sich und schlugen im Fallen andere Brocken mit in die Tiefe. Schon ging ein Hagel nieder. Gangam stand noch immer oben auf der sich neigenden Felsnase. Aus seinem Triumphgeschrei wurde ein Schreckensruf. Er verlagerte wie ein unschlüssiger Tänzer sein Gewicht von einem Bein auf das andere und ruderte mit den Armen. Bowolf in seinem eisigen Gefängnis, schon erlahmend und unerbittlich vom Gewicht seiner nassen Fellkleider in die Tiefe gezogen, nahm letzte Bilder wahr. Die letzten seines Lebens. Die Felsnase, auf der Gangam stand, zerfiel. Es musste ihre gesamte innere Stabilität aus dem Gleichgewicht gebracht haben, als Gangam den Riesenfindling zum Absturz brachte. Ganze Schneebretter und Eiszapfen, mächtig wie Baumstämme, lösten sich und stürzten ab. Bowolf sah den Schatten einer zweiten Person. Seta! Auch sie rutschte auf den in Bewegung geratenen Schneebrettern hilflos abwärts. Gangam brüllte und klammerte sich an einem aufragenden Felszacken fest.

Der eisige Tod am Grunde des Sees zerrte an Bowolf. Die Geister flohen aus seinem Leib, ließen ihn im Stich. Er vernahm den wilden, angsterfüllten Schrei von Seta, als sie an Gangam vorbei in die Tiefe gerissen wurde. Kopfüber stürzte sie in den See, nur wenige Armlängen von Bowolf entfernt. Bowolf wehrte sich nicht mehr, ruderte nicht mehr mit den Armen. Die Kälte lähmte ihn. Sein Verstand fror ein. Der aufgeblähte Fellmantel schaffte einen letzten Auftrieb und Bowolf kam noch einmal mit dem Kopf über das Wasser. Das war der Moment, als auch Gangam endlich stürzte. Gangam der Feind. Ein letzter Triumph für Bowolf. Auch der verhasste Rätiser war zum Tode verurteilt. Ertrinken, Erfrieren – ein schwarzer, gnädiger Tod für sie alle auf dem Grunde des eisigen Sees.

Bowolf spürte den schweren Körper des Feindes unmittelbar neben sich in die Tiefe sinken. Er riss noch einmal die Augen auf. Das Wasser war finster, schwarz. Er sah das bleiche Gesicht von Seta vor sich auftauchen. Ein rundes, zartes Gesicht, umweht von wallenden Haaren, die es umschwebten wie Algenbüschel. Inmitten dieses unwirklich bleichen Antlitzes leuchteten zwei weit aufgerissene Augen. Sie starrten Bowolf an, als wollten sie ihm noch eine Botschaft übermitteln. Augen voller Angst, voller Kummer, voller Resignation. Bowolf war gelähmt. Er wollte etwas rufen. Lautlos bewegten sich seine Lippen im Wasser. Dann streckte er den Arm aus. Den linken; versuchte nach Seta zu greifen. Nur langsam schaffte er es, die Finger nach ihr auszustrecken. Doch Seta ließ sich nicht mehr fassen. Stumm zog sie an ihm vorbei und verschwand in der Tiefe des Sees.

Dann starb Bowolf. Die weit ausgestreckte linke Hand verharrte für Jahrtausende in dieser Position.

*

„Und das ist alles, woran ich mich erinnere!" Bowolf sprach sehr sachlich.

Frederike Biesthal saß ihm gegenüber. Sie hatte im stummen Entsetzen beide Hände vor ihr Gesicht geschlagen, bedeckte damit ihren Mund. Ihre großen Augen, sonst von kühlem Diamantblau, schauten warm und voller Mitgefühl. „Das ist entsetzlich", entfuhr es ihr nach längerem Schweigen.

Bowolf schüttelte den mächtigen Kopf. Seine klugen Augen verrieten keine Emotionen. „Das ist nicht entsetzlich", widersprach er. „Das ist die Natur! Das ist der Wille der Götter."

Bowolfs imposante Gestalt stand vor ihr, seine klare, durch nichts verstellte Vernunft, seine erhabene Gelassenheit den Dingen des Alltags gegenüber, und seine Herkunft aus der Frühzeit der Menschheit, machten ihn zu einem Wesen außerhalb weltlicher Kategorien. Bowolf war unverfälscht männlich, völlig ohne Blasiertheit, ohne Affektiertheit, ohne künstliche Aufgeblasenheit. Er war für Frederike klar wie ein Bergsee. Sie konnte bei ihm auf den Grund sehen, bis in sein Innerstes. Dort wohnte eine verstörte, verletzte Seele, eine heimatlose, aus der Welt gerissene Identität. Ein Mensch, dem sein innerster Halt verloren gegangen war, sein Daseinsgrund.

„Ich gehöre nicht in deine Welt, Biss Tal", sagte er. „Ich sehne mich nach meinen Leuten, nach meinem Dorf. Ich habe zwei Frauen. Ich will noch viele Nachkommen zeugen. Ich will Bären jagen und Hirsche. Ich will auf meinem Pferd reiten. Ich will bei den Mooka am Lagerfeuer sitzen und Geschichten erzählen. Das ist es, was ich will. Was mache ich hier?"

„Du kannst die Zeit nicht zurück drehen, Bowolf. Dein Dorf gibt es nicht mehr. Deine Leute auch nicht."

Bowolf schlug das große Buch vom Engadin auf, blätterte bis zur doppelseitigen Panoramakarte. „Den gelben Berg gibt es noch", sagte er und deutete dabei auf das Gebirgsrelief des Bernina. „Gemerka gibt es noch, den See der Gemerzer. Schau hier!" Er zeigte ihr auf der Landkarte den Bodensee. „Mein Tal ist noch da. Und hier der See der Mooka."

„Du würdest deine Heimat nicht wiedererkennen."

„Ein Berg verändert sich nicht. Und ein See auch nicht."

„Oh Bowolf, wenn du wüsstest. Alles verändert sich." Frederike klappte das Buch energisch wieder zu. „Du musst es vergessen!"

Er fasste sie mit beiden Händen links und rechts an der Schulter. Die Berührung ließ sie zittern. Sie musste sich beherrschen, um Bowolf fest in die Augen zu schauen. Er sagte: „Kannst du deine Mutter vergessen, Biss Tal? Kannst du deinen Vater vergessen?"

Sie machte sich sanft frei. Bowolfs Berührungen verunsicherten sie. Sie ertrug diese Berührungen nicht, weil sich dann Unvorstellbares in ihre Gefühlswelt einschlich.

„Du möchtest dorthin zurückkehren?", fragte sie vorsichtig.

Bowolf nickte ernst. „Ich werde dorthin zurückkehren", korrigierte er. „Ich habe es beschlossen."

18

Der Bildzeitungsartikel „Gletscherleiche – Freiburger Wissenschaftler versprechen Sensation", war nicht dazu angetan, Aschendorffers Stimmung zu heben. Grimmig versprach er, dem Journalisten demnächst das Handwerk zu legen. Nicht, dass er sich nicht geschmeichelt gefühlt hätte. Geschickt inszenierte Charly Katz in seinem Artikel Aschendorffer als einen wissenschaftlichen Genius, dem ein wie auch immer gearteter „Durchbruch" bei der Erforschung einer allerdings „widerrechtlich geborgenen" Gletscherleiche gelungen sei. Dafür, dass Charly nur Bruchstücke der Geschichte kannte, kombinierte er raffiniert. Immerhin erfuhr man aus seinem aus Zitaten, Vermutungen und Halbwahrheiten zusammengestückelten Artikel, dass im Institut BioGen nach wie vor an der unter dubiosen Umständen aus der Schweiz nach Freiburg verbrachten Gletscherleiche geforscht werde, und dass es sich bei ihr vermutlich um einen zweiten „Ötzi" handele. Zum Glück fehlte Katz noch jede Vorstellung von der Art der „Sensation", von der er selbst ausgiebigst schrieb. Er spekulierte zwar in alle Richtungen, es könne gelungen sein, die DNA der Gletschermumie zu identifizieren, man habe vielleicht frühe Krankheiten und Erreger identifiziert, bei der Leiche sei auch ein Schatz gefunden worden, es gebe sogar ein Schriftzeugnis, und vieles mehr, aber auf die Idee, dass die Gletscherleiche wieder zum Leben erweckt worden sein könnte, kam er bislang noch nicht. Zur

Illustration des Artikels hatte Katz ein Foto beigefügt, das Aschendorffer, Biesthal und Bowolf beim Vesper im Bergrestaurant auf dem Schauinsland zeigte. Die Bildunterschrift lautete: „Professor Johannes Aschendorffer, seine wissenschaftliche Stellvertreterin Dr. Frederike Biesthal und der weltweit führende Spezialist Dr. Bo Wolf aus Usbekistan entspannen bei einem Ausflug auf den Schauinsland von ihren Forschungsarbeiten im Institut BioGen."

Erwartungsgemäß rief dieser Artikel auch den Institutsleiter Jens-Merten Föllstiegel auf den Plan. Er platzte empört mitten in Mona Hohners Vorbereitungen zur institutsinternen Weihnachtsfeier in den großen Besprechungsraum und fuchtelte mit der aufgeblätterten Bild-Zeitung. „Was ist denn das w ... w .... wieder für ein Sk ... Sk ... Skandal?", fragte er erregt. „Wer ist dieser B ... B ... B...?

„Bowolf", ergänzte Mona Hohner.

„Genau! B ... B ....B ..."

„Er ist Gast von Professor Aschendorffer. Ein Experte aus Usbekistan. Das ist alles, was an dem Artikel stimmt", sagte Mona frech und legte die Dekorationsgirlanden beiseite, mit denen sie gerade die bereits eingedeckten Tischreihen schmückte. Sie befand sich mitten in den Vorbereitungen für die Weihnachtsfeier der BioGen-Belegschaft, die am Abend im großen Sitzungssaal stattfinden sollte. Eine Catering-Firma war beauftragt, das Essen zu liefern. Jeder Mitarbeiter bekam eine Geschenktüte, in diesem Jahr neben Wein und Süßigkeiten auch gefüllt mit dem Imitat einer Steinzeitaxt, gebastelt aus einem Haselnussstecken und einem Kupferblech, über Kreuz zusammengeschnürt mit einem Lederstreifen. Kaymals Töchter Aliye, Arzu und Ayse waren soeben dabei, die Tüten an den Plätzen zu verteilen. Der Inhalt der Geschenktüte würde sicher für Diskussionen sorgen. Mona rief Arzu zu sich und übergab ihr die Girlandenkette. „Leg das einfach immer in die Tischmitte", gab sie Anweisung, um sich dann endlich dem aufgebracht schnaubenden Föllstiegel zuzuwenden.

„Wo ist Aschendorffer?", wollte er wissen.

Ganz sicher befand er sich unten in den Kellerlaborräumen, aber Mona hütete sich, diese Auskunft zu geben. „Keine Ahnung", behauptete sie. „Er ist genauso aufgebracht wie Sie. Der ganze Artikel ist erstunken und erlogen."

„Ah, Doktor Westphal, kommen Sie doch mal h ... h ... her!", rief Föllstiegel über die Tischreihen hinweg dem unglücklichen Christopher Westphal zu, der das Pech hatte, soeben den Raum zu betreten. Er war nicht der Mann, der solche Aufforderungen ignorierte. Er wollte schließlich noch etwas werden. Brav näherte er sich. „Was gibt es, Herr Direktor?"

„Wieso weiß ich nichts von diesem Doktor Bo Wolf?"

Westphal zuckte zusammen. „Doktor Bowolf?", fragte er verdutzt?

„Er meint den Austauschwissenschaftler aus Usbekistan", sprang Mona gedankenschnell bei. „Der Molekularkardiologe, Sie wissen doch!"

Christopher Westphal ahnte die Zusammenhänge und blieb vorsichtig. Schließlich war er ebenso wie die anderen Kollegen von Aschendorffer vergattert worden, kein Sterbenswörtchen über die Untersuchungen an Bowolf zu verraten: „Ich habe nur wenig mit ihm zu tun. Es ist ein Studienfreund vom Professor. Sie stehen seit langem im wissenschaftlichen Austausch. Fragen Sie mich aber bitte nicht, um welche Themen es dabei geht."

„Vielleicht um G ... G ... Gletscher ... l ... l ... leichen!", stammelte Föllstiegel. Je aufgebrachter er war, desto schwerer fiel es ihm, die Worte zu Ende zu bringen.

Westphal sah hilfesuchend nach Mona. Was durfte er sagen? Aschendorffers Assistentin versuchte durch Lippen- und nachdrückliche Kopfbewegungen klarzumachen, dass Westphal bloß nichts ausplaudern sollte. Dieser deutete Gesten und Mimik richtig. „Tut mir leid, Herr Direktor. Von einer Gletscherleiche weiß ich nichts. Da müssen Sie Professor Aschendorffer fragen. Sie wissen doch: Ich mache Lebensmittel."

Föllstiegel wedelte mit der Bildzeitung. Fast hätte er dabei Azize erwischt und ihr das Kopftuch vom Schopf geschrubbt. Sie konnte soeben noch den Kopf einziehen und – dabei ihre zur Aufstellung auf den Tischen bestimmten Kerzenständer balancierend – unter der rauschenden Bildzeitung hindurchtauchen.

„In meinem Haus geht etwas vor. Hinter meinem R ... R ... Rücken", resümierte Föllstiegel: „Das werde ich nicht d ... d ... dulden!"

*

Hätte er gewusst, was sich sonst noch in genau diesem Moment dort abspielte, er hätte seine Sprache komplett verloren.

Eigentlich war es Frederike Biesthals Idee. Aber sie bereute sogleich, sie Aschendorffer unterbreitet zu haben, denn mit dessen kurzentschlossener Rücksichtslosigkeit hatte sie nicht gerechnet. Nach der letzten Unterhaltung mit Bowolf war sie sehr bedrückt und nachdenklich gestimmt. Wie konnte sie Bowolf helfen? Sie wusste, dass er Pläne schmiedete. Er würde alles daran setzen, in seine Heimat zurückzukehren. Ebenso klar war aber, dass Aschendorffer alles unternehmen würde, dies zu verhindern. Der Professor betrachtete Bowolf als sein persönliches Eigentum. Er würde es niemals zulassen, dass er nach eigenem Willen handelte. Und genau hier sah Frederike sich in der Pflicht. Auch sie hegte ein hohes wissenschaftliches Interesse, auch sie war von Ehrgeiz und Forscherstolz beseelt. Auch sie erkannte die unglaublichen Perspektiven, die sich aus ihren Experimenten ergaben. Aber sie war nicht bereit, dafür den Menschen Bowolf zu opfern. Dafür war sie ihm zu nahe gekommen. Und so ließ sie sich in ihrer Gewissensnot dazu verleiten, Aschendorffer in Anwesenheit von Murji Amresh und Kaymal von Bowolfs letzten Erinnerungen zu berichten. Sie erzählte die ganze Geschichte vom Überfall der Rätiser auf Bowolfs Dorf, von der Verfolgungsjagd und vom dramatischen Ende: „Direkt neben ihm und in der gleichen Sekunde sind zwei weitere Menschen damals im See ertrunken: Bowolfs Rivale Gangam und seine geraubte Frau Seta. Im ewigen Eis gefroren, an genau der gleichen Stelle."

Aschendorffers lehmbraune Augen verengten sich zu heimtückischen Schlitzen. Schon arbeitete sein Verstand: „Im gleichen Gletscher?"

„So ist es!"

„Das ist ja wie ein Weihnachtsgeschenk! Dann sind sie vielleicht noch immer dort. An genau dieser Stelle."

Biesthal nickte.

„Das heißt, mit etwas Glück müsste man auch diese beiden finden und bergen können."

Meslut, der daneben stand und Kanülen putzte, konnte sich nicht mehr beherrschen: „Isse unmöglich!"

Aschendorffer schenkte ihm einen indignierten Blick. „Unmöglich? Das aus Ihrem Munde, Herr Kaymal. Was ist los?"

„Brauche du Eisewage. Brauche du Motorsäge. Brauche du viel Platz. Auf Schlitte isse Platz nicht genug. Brauche du Ratrac."

„Ratrac? Was soll das sein?"

„Isse Pisteraup-Fahrzeug. Mit Schneekette! Und brauche du viele Männer für Arbeit. Drei oder vier. Isse unmöglich."

Es war ein scheuer Blick ohne echte Hoffnung, den Kaymal seinem Chef zuwarf.

Aschendorffer erwiderte den Blick kalt und stumm. Kaymal wurde immer kleiner. Innerlich resignierte er bereits.

„Isse eilig?", fragte er schließlich. „Nach Weihnachtfeiertag?"

„Sofort!", sagte Aschendorffer.

„Das ist nicht Ihr Ernst?", brach es aus Frederike Biesthal hervor.

Die Intervention kümmerte Aschendorffer nicht. „Herr Kaymal, sorgen Sie dafür, dass wir noch heute Abend losfahren können. Besorgen Sie ein paar Ihrer Brüder. Das Ganze muss schnell und lautlos über die Bühne gehen. Wir suchen die beiden anderen Leichen mit Sonar und Echolot, horizontal und vertikal. Die Geräte dazu haben wir. Ich kümmere mich darum."

Es bestand kein Zweifel, dass Aschendorffer Mittel und Wege finden würde, Gangam und Seta zu lokalisieren und zu bergen, falls sie wirklich dort waren.

Kaymal nestelte bereits an seinem Handy, um seine gesammelte Bruderschaft in Bereitschaft zu versetzen.

Murji Amresh, der die ganze Zeit fassungslos geschwiegen hatte, mahnte: „Und die Weihnachtsfeier heute Abend. Da können Sie doch nicht fehlen."

Unwirsch winkte Aschendorffer ab. „Was kümmert mich die Weihnachtsfeier? Gehen Sie beide hin", befahl er Amresh und Biesthal. „Halten Sie eine Ansprache und entschuldigen Sie mich. Das werden Sie ja wohl hinkriegen. Sagen Sie Föllstiegel irgendwas. Sagen Sie ihm, ich sei erkältet."

„Sie sind nie erkältet!", widersprach Biesthal.

„Dann habe ich Kopfschmerzen."

„Sie haben nie Kopfschmerzen."

„Irgendwas werde ich doch haben. Lassen Sie sich etwas einfallen."

„Demenz", schlug Frederike Biesthal zynisch vor. „Sie haben die Weihnachtsfeier schlicht vergessen."

Der Vorschlag war eigentlich ironisch gemeint, aber Aschendorffer fand ihn prima. „Genau! Das sagen Sie Föllstiegel. Sehr gute Idee."

Damit war die Diskussion beendet. Kaymal war bereits verschwunden. Die Maschinerie lief.

*

Frederike und Murji standen im kleinen Aufenthaltsraum an der Kaffeemaschine und versuchten zu erfassen, was gerade passierte.

„Wieso haben Sie ihm bloß erzählt, dass es zwei weitere Leichen gibt?", seufzte Amresh. „Es hätte Ihnen doch klar sein müssen, wie Aschendorffer reagiert."

„Irgendwie fühlte ich mich in der Pflicht, Bowolfs Geschichte zu erzählen. Ich hätte mir gewünscht, dass Aschendorffer vielleicht eines Tages mit Bowolf zum Morteratschgletscher zurückkehrt. Er hätte ihm das Tal zeigen können. Und die Berge. Das hätte Bowolf ganz sicher geholfen, sein Schicksal leichter zu tragen."

„Da haben Sie sich aber in Aschendorffer getäuscht."

„Ich weiß", räumte Biesthal zerknirscht ein. „Ach Murji, was sollen wir nur tun? Es ist alles so kompliziert."

Dass sie ihn beim Vornamen nannte, erfüllte Amresh sofort mit warmer Zuneigung. Dadurch ermutigt wagte er den Vorschlag, den er schon seit Wochen mit sich herumtrug: „Wir sollten Aschendorffer nicht länger decken. Ich denke, es ist kriminell, was er tut. Wir sollten die ganze Sache den Behörden melden. Der Polizei." Er sprach sanft, um Zustimmung heischend, lockend, vertrauenserweckend.

Aber Frederike Biesthal erlag seinen fast geflüsterten Bitten nicht. „Nein! Niemals. Was denken Sie, Murji, was dann geschehen wird? Bowolf in den Fängen der Behörden. Er würde zugrunde gehen. Es wäre zwar Aschendorffer das Handwerk gelegt, aber dann kämen andere. Mediziner, Psychologen, Gutachter, die ganze Meute der Stümper und Wichtigtuer. Wissenschaftlich ist nur Aschendorffer dieser Herausforderung gewachsen. Das wissen Sie so gut wie ich. Und Bowolf hat zu uns Vertrauen gefasst. Wollen Sie ihn der Weltpresse und dem ganzen Wissenschaftsbetrieb zum Fraß vorwerfen? – Ich bitte Sie inständig, sagen Sie niemandem etwas."

Bei den letzten Worten fasste Frederike ihren Kollegen vertrauensvoll am Arm. Die Geste war so zutraulich, dass Murji nicht widerstehen konnte. Er tätschelte Biesthals Hand. Sie ließ es einige Sekunden geschehen.

„Was können wir tun?", fragte er schließlich, irgendwie beseelt, dass Frederike ihn so nahe an sich heranließ.

„Wir müssen Bowolf helfen."

„Bowolf helfen?"

„Er hat Wünsche, Pläne und Ziele. Wir müssen ihn dabei unterstützen, sie in die Tat umzusetzen. Das ist alles, was wir für ihn tun können." Frederike sah Amresh voller Ernst in die tiefschwarzen Augen. „Murji, ich bin überzeugt, dass Sie verstehen, was ich meine. Sie sind überhaupt der einzige Mensch auf der Welt, den ich kenne, der das verstehen kann."

Sie zögerte. Er wartete. Er ermunterte sie durch seinen Blick, weiter zu sprechen.

„Bowolf ist ein entwurzeltes Individuum. Er hat keine Zukunft und eine schreckliche, nicht umkehrbare Vergangenheit. Er hat nur eine einzige Möglichkeit, seinen Frieden zu finden." Sie wartete, ob Amresh etwas fragen würde. Aber er schwieg. Er war ein guter Zuhörer.

„Bowolf muss etwas tun. Er muss sich selbst bestimmen. Er muss eigene Entscheidungen treffen und handeln. Das ist sein Wesen. Er leidet Qualen, wenn er nicht für sich selbst denken und handeln kann. Er fühlt sich als unser Gefangener. Und das ist er im Prinzip auch. Wir rauben ihm seine Würde, indem wir über sein Schicksal bestimmen."

„Wie könnte er selbst handeln? Was könnte er wollen?", fragte Amresh leise. „Sie wissen es schon, Frederike, nicht wahr? Sie wissen genau, was er will." Sie nickte stumm.

„Sagen Sie es mir."

Biesthal zögerte. „Ich werde ihm dabei helfen, Murji. Versuchen Sie nicht, es mir auszureden. Bowolf möchte seine Heimat wiedersehen. Die Berge, sein Tal, den See."

„Werden Sie mit ihm hinfahren?"

„Nein! Das ist es nicht, was Bowolf braucht. Ein betreuter und überwachter Ausflug wäre falsch. Bowolf ist ein großer, stolzer Häuptling. Er wird sich alleine auf den Weg machen. Er findet den Weg."

Jetzt machte Murji große Augen. „Bowolf alleine?"

„Mit dem Fahrrad. Und ich werde ihm dabei helfen."

„Das wird Aschendorffer niemals zulassen!", wehrte Amresh ab. „Er bewacht Bowolf Tag und Nacht. Kaymal steht immer mit der Spritze bereit. Sie wissen, was los war nach Bowolfs erstem Ausbruch."

Frederike Biesthal lächelte siegesgewiss. „Sie haben vollkommen Recht, Murji. Aschendorffer hat Bowolf in Kaymals Kellerwohnung eingesperrt und würde niemals zulassen, dass er ohne sein Wissen das Institutsgelände verlässt. Schon gar nicht alleine. Aber auch unser Professor macht Fehler."

„Das habe ich noch nicht erlebt", widersprach Amresh.

„Oh doch!" Frederike griff in die Tasche ihres Laborkittels und hielt einen Schlüsselbund empor. „Ich habe die Schlüssel zu Kaymals Wohnung." Dann fuhr sie fort: „Bowolf hat das Fahrrad." Sie lächelte. „Und Aschendorffer fährt heute Nacht in die Schweiz. Er ist fort." Jetzt wurde Biesthals Gesichtsausdruck sardonisch. Mit grimmigem Hohn vollendete sie ihre Überlegungen: „Und Aschendorffer fährt nicht alleine. Er nimmt Kaymal mit. Der Wächter vor den Toren des Palastes. Ohne Kaymal ist der Professor hilflos. Aber ohne Kaymal ist das Institut kein Gefängnis mehr. Verstehen Sie Murji. Nie wieder wird die Gelegenheit so günstig sein wie heute Nacht."

Die Weihnachtsfeier im Institut BioGen begann, und Direktor Föllstiegel wunderte sich sehr, dass sein wissenschaftlicher Leiter verschwunden war.

„Wissen Sie, wo Aschendorffer st ... st ... steckt?", fragte er Mona Hohner, die tapfer an alle Eintretenden kleine, als Engelchen ausgeführte, Namensschildchen verteilte. Föllstiegel zupfte an seiner schlecht gebundenen Krawatte und wurde immer unruhiger. Die rund 50 Mitarbeiterinnen und Mitarbeiter standen in kleinen Grüppchen um die Stehtische, die vor dem Eingang zum großen Besprechungsraum aufgebaut waren. Dienstbeflissen wie fleißige Bienchen surrten die sieben Kaymal-Töchter durch die Reihen und füllten die Gläser mit Sekt und Orangensaft nach. Inzwischen war es eine halbe Stunde über der Zeit und Föllstiegel wurde nervös. „Und wo ist K ... K ... Kaymal?"

Aygül lächelte ihr türkisches Sphinxlächeln, als sie diese Frage abbekam, und flüchtete sich ganz in die Art ihres weisen Vaters: „Ich nix wisse."

Frederike musste innerlich bewundernd anerkennen, dass die Kaymal-Mädchen grandiose Meisterschaft darin besaßen, sich aus allem herauszuhalten. Aygül, um nur dieses Beispiel herauszugreifen, studierte Germanistik und Literaturwissenschaft und war Föllstiegel im Umgang mit der deutschen Sprache etwa so überlegen wie der Adler einer Mastgans beim Fliegen. Dennoch verstand sie es, Föllstiegel mit einem schlichten „Ich nix wisse" elegant auf Distanz zu halten und ihn dabei in dem eitlen Glauben zu belassen, er befände sich auf der höheren Kulturstufe. Milde lächelnd verscheuchte Föllstiegel die Kaymal-Tochter mit einer unwilligen Handbewegung.

„Sie müssen wohl die Begrüßung alleine vornehmen", sagte Biesthal ihm, dem angesichts dieser Perspektive der Schweiß ausbrach. „Die Leute werden ungeduldig. Es muss losgehen. Der Caterer wartet auch schon."

Sie konnte schlecht hinzufügen, dass sie selbst ebenfalls bereits ungeduldig auf den Beginn der Veranstaltung wartete. Sie wollte so schnell wie möglich die Weihnachtsfeier verlassen. Am besten wenn alle am Buffet in der Schlange standen. Dann würde es niemandem auffallen, wenn sie plötzlich verschwand. Sie zog es hinunter in die Wohnung zu Bowolf, um ihm bei den letzten Vorbereitungen zur Flucht zu helfen. Sie hatte ihm am Nachmittag letzte Tipps gegeben, sobald Kaymal und Aschendorffer mit einem großen Lieferwagen des Tiefkühllieferanten „Eismann" abgefahren waren. Woher dieser Wagen stammte, war wieder einmal Kaymals Geheimnis. Am Steuer saß Firat, der Gehilfe aus Alis Döner-Bude. Er war dick eingemummt in einen Anorak und trug mehrere Hosen übereinander. Außerdem steckten seine Füße in Outdoor-Schneestiefeln. Auf der Amaturenleiste lagen lammfellgefütterte Handschuhe und eine dicke Wollmütze. Offensichtlich hatte dieser Bruder von Kaymal die Lektion aus der ersten Gletschertour gelernt. Es waren noch zwei weitere türkische Brüder mit von der Partie, Ömer, einer der Gehilfen von Döner-Ali, sowie Tarkan, Kaymals Helfer beim ersten Ausbruchversuch von Bowolf. Biesthal sah sie alle nur kurz, als sie Aschendorffers hastig umgebautes digitales Sonargerät verluden. Sie stellte keine weiteren Fragen.

„Möchte mal wissen, wie sie sich auf die Schnelle in Morteratsch einen Pistenbully organisieren, ohne dass jemand etwas bemerkt." Biesthal sprach mit Murji, der neben ihr am Fenster stand und drunten im Hof den Aufbruch Aschendorffers mitverfolgte. „Ich fürchte, Kaymal hat das schon in die Wege geleitet. Ihm fällt immer etwas ein. Die Motorsägen haben sie diesmal ganz offiziell im Baumarkt gekauft."

Firat schimpfte mit Ömer, weil er Sandalen trug. Aschendorffer erschien und trieb seine Leute zur Eile an. Dr. Westphal und Dr. Schröder hatten den Auftrag, drunten im Kellerlabor bereits die Installationsbecken vorzubereiten, um auch Gangam und Seta ins Leben zurückzuholen, sollten ihre Leichname ähnlich gut erhalten sein, wie jener von Bowolf.

Murji seufzte: „Es wird dieses Unrecht, das hier geschieht, doch nicht dadurch besser, dass es noch an zwei weiteren Menschen verübt wird."

*

338

Jens-Merten Föllstiegel stammelte sich durch eine wirre Begrüßungsansprache. Dicke Schweißperlen standen auf seiner Stirn. Sein Stottern trug nur anfänglich zur Belustigung der Belegschaft bei. Nach einigen Minuten litten alle Zuhörer mit ihm mit. Man hätte ihm am liebsten jedes einzelne Wort mit einer Zange aus dem Mund gezogen. An einem „b ... b ... b ... besinn l ... l ... lichen Abend" blieb er eine unendlich lange Minute hängen, und als er ihn endlich ausgesprochen hatte, prasselte soviel erleichterter Beifall aus den Reihen seiner Mitarbeiterinnen und Mitarbeiter über ihn herein, dass er davon genötigt wurde, seine Ansprache an einer Stelle zu beenden, an der eigentlich noch nichts gesagt war. Die BioGen-Belegschaft klatschte so laut und unaufhörlich, bis Föllstiegel einsah, dass dies das Ende seiner Rede war. Er deutete eine Verbeugung an und warf Frederike Biesthal neben sich einen erleichterten Blick zu, als diese energisch ansagte: „Das Buffet ist eröffnet!"

Die Gäste strömten zu der langen Theke, auf der die Cateringfirma ihre Leckereien aufgebaut hatte. Es bildete sich eine lange Schlange, in die sich auch Föllstiegel einreihte.

„Alleine? Haben Sie schon einen Sitzplatz, verehrte Kollegin. Es wäre mir eine Ehre, wenn ich ihr Tischnachbar sein dürfte." Dr. Westphals säuselnde Stimme an ihrer Seite ließ Frederike Biesthal herumfahren. Der hatte ihr gerade noch gefehlt. Westphal balancierte einen Teller mit Feldsalat und grinste ungehobelt. Offenbar hatte er sich einiges vorgenommen.

„Danke, kein Bedarf!", wehrte Biesthal schneidend ab.

„Ach seien Sie doch nicht immer so herzlos. Können Sie nicht auch mal entspannt mit einem Mann umgehen?"

„Nein!" Diesmal fuhr Biesthals knappe Antwort bereits wie ein scharfes Schwert in Westphals Unterhaltungsversuch hinein.

„Ich liebe Zicken", versuchte er sportlich die drohende Abfuhr abzufedern. Er grinste noch immer. Es sah aber sehr danach aus, als sperrte er die Zähne mit einem Schraubstock in ihre Position.

Frederike Biesthal würdigte ihn keines weiteren Blickes. „Dann suchen Sie sich eine", warf sie ihm hin und drehte ihm demonstrativ den Rücken zu. Sie drängelte sich durch die Wartenden und schlüpfte im allgemeinen Getümmel durch die Tür ins Treppenhaus.

Nachdenklich stand Dr. Murji Amresh im Schutz einer deckenhohen Zimmerpalme jenseits des Ausgangs und sah auf die Tür, durch die Frederike verschwunden war. Murji war fest entschlossen, diesen Wahnsinn nicht zuzulassen.

*

Frederike Biesthal würde Bowolf auf seinem Weg in die Heimat nicht alleine lassen. Am Nachmittag hatte sie ihm ein Handy gebracht. Bowolf wusste inzwischen, wie man telefoniert. Er hatte oft genug bei Döner-Ali seine Portionen bestellt. Dessen Nummer war in Kaymals Handy gespeichert und so musste Bowolf immer nur einen Knopf drücken. Ebenso hatte Biesthal nun ihre eigene Nummer in das nagelneue Handy eingespeichert: „Drück den Knopf, wenn du meine Hilfe brauchst. Ich komme dann sofort. Mit dem Auto kann ich dich immer in wenigen Stunden erreichen."

Bowolf steckte das Handy zu den übrigen Sachen, die er mitnehmen wollte. In einen großen Wanderrucksack, den Frederike ihm ebenfalls besorgt hatte, packten sie Lebensmittel und Ersatzkleidung ein. Das war Bowolf aber nicht wirklich wichtig. Er vertraute auf sich selbst und seine Künste, in der freien Natur zu überleben. Wichtig war ihm nur das Fahrrad. Schon den ganzen Nachmittag bastelte er mit Hilfe von Kaymals Spanngurten an einer Vorrichtung, mittels derer er seine große Holzfälleraxt seitlich am Rahmen befestigen konnte, gerade so, dass er sie auch während der Fahrt herausziehen konnte. Er hatte diese Arbeit gerade beendet, als Frederike Biesthal von der Weihnachtsfeier kommend die Wohnung betrat. Kopfschüttelnd betrachtete sie Bowolfs Werk: „Willst du wirklich die Axt mitnehmen?"

„Biss Tal!", empörte sich Bowolf. „Soll ich unbewaffnet gehen?" Er dachte in anderen Kategorien. Er rüstete sich gegen noch unbekannte Feinde. Er kam nicht auf die Idee, dass die Natur sein Feind sein könnte. Kälte, Schneefall, Hunger, Durst, all das, wovor Frederike ihren Schützling gerne bewahren wollte, kümmerten Bowolf überhaupt nicht. Er hatte sich erkundigt: „Gibt es Tiere? Die kann man essen. Gibt es Wasser? Das kann man trinken." Mehr brauchte er nicht zu wissen. Er war ein Jäger. Selbstverständlich würde er in Hühner- und Hasenställe einbrechen, würde sich an einer Schafherde bedienen. Er konnte Vögel fangen und Fische angeln. Seine einzige Sorge galt den Menschen. „Lassen sie mich in Ruhe? Wollen sie mich aufhalten? Wird Bo Esser nach mir suchen?"

Sorgfältig trennte Frederike mit einer Schere die Doppelseite mit der Landkarte aus dem Engadin-Buch. Dieses Blatt sollte Bowolf mitnehmen. Sie hatte ihm ganz genau gezeigt, wie er es anstellen musste, um anhand der Karte sein Ziel zu finden. Sie hatte mit gelbem Stift die Route markiert, die er mit dem Fahrrad nehmen sollte. Er wusste, wie auf dieser Karte eine Straße aussah, konnte die Symbole für Flüsse, Städte, Gebirge und Täler unterscheiden. Sein Plan war ebenso schlicht wie naheliegend: Er wollte von Freiburg aus hinaus ins Rheintal, dort das Rheinufer suchen, um sich dann immer in Sichtweite des Flusses bis zum Bodensee durchzuschlagen. Dort, so behauptete er, kenne er sich aus. Wenn er erst einmal den Gemerka erreicht habe, den Bodensee, dann sei es für ihn ein Leichtes, von dort bis in sein Heimattal in den Alpen zu finden. „Berge sehen immer gleich aus. Flüsse sehen immer gleich aus. Ich finde den Weg."

Dann waren die Vorbereitungen abgeschlossen: „Ich bin bereit“, sagte Bowolf.

Biesthal warf einen Blick auf ihre Armbanduhr. „Es ist noch zu früh, erst halb elf. Warte bis Mitternacht.“ Irgendwie wollte sie nicht, dass er jetzt einfach so sang- und klanglos verschwand.

Er schüttelte den Kopf. Mitternacht war für Bowolf kein Begriff. Es war Nacht. Das reichte ihm.

„Ach Bowolf ...!“ Biesthal fehlten die Worte.

Er stand vor ihr. Seine Arme hingen herab. Biesthal fasste ihn bei den Händen, drückte sie fest. Er erwiderte den Druck. „Pass auf dich auf, Bowolf. Pass auf dich auf.“

Ihre Blicke begegneten sich. Bowolfs klare, klugen Augen blickten stark und stolz und strahlten doch auch etwas vom zerbrechlichen Mut eines tapferen Jungen aus. Ein kleines Tränchen stahl sich aus Biesthals Augenwinkel und suchte den Weg über ihre zarte Wange. Bowolf strich sie zärtlich mit einem Finger weg.

„Biss Tal, du weinst?“, staunte er.

Da konnte sie nicht mehr anders, sie ließ es zu, dass er sie in seine starken Arme nahm und ganz eng an sich drückte. Lange standen sie so da. Frederikes Kopf ruhte auf seiner Brust.

Sie blickte auf, fasste Bowolf im Nacken und zog seinen Kopf zu sich herunter. Sie suchte mit ihren Lippen seinen Mund, drängte nach dem Kuss, den er wehrlos erwiderte.

„Biss Tal, Biss Tal“, flüsterte er.

Es war noch weit vor Mitternacht. Die Nacht war lang. Aschendorffer und Kaymal waren fern. Sie würden noch lange nicht zurückkehren. Keine Gefahr. Und es gab nur diese eine Nacht. Nur diese Nacht.

„Du willst es?“

„Ja, ich will es.“

*

Bei Charly Katz klingelte das Telefon. Der Journalist saß noch in seiner Wohnung am Lorettoberg am Computer und haute irgendwelche Räuberpistolen in die Tasten. „Ja, Katz?"

„Hören Sie, ich muss Sie sprechen. Dringend. Sofort!"

„Wer ist da? Ich kenne Ihre Stimme."

„Ich bin es, Doktor Amresh. Murji Amresh vom Institut BioGen. Wir haben uns schon einmal getroffen. Sie haben mir Ihre Nummer gegeben. Sie haben gesagt, ich soll mich melden, wenn es etwas Neues von der Gletscherleiche gibt."

„Ah ... ja." Charly wurde vorsichtig und ganz still. Dr. Murji Amresh war sein Informant aus dem Institut BioGen. Aber er hatte nur ein einziges Mal geplaudert. Seither war die Quelle versiegt. Was steckte hinter dem Anruf?

„Sind Sie noch dran?"

„Ja, ich höre", lockte Katz. Amresh zögerte.

„Es gibt etwas Neues?", ermunterte ihn Charly Katz.

„Sozusagen, ja."

„Sprechen Sie!"

„Die Gletscherleiche, – nun, wie soll ich es sagen ...? Sie ..., sie ist immer noch im Institut. Aber ...." Murji Amresh zögerte. Er konnte sich nicht entschließen, dem Journalisten die ganze Wahrheit zu sagen. Aber er wollte ihn neugierig machen: „Der Professor glaubt, dass er sie wieder zum Leben erwecken kann."

„Wie bitte? Soll das ein Scherz sein?" Jetzt war Charly hellwach. Er roch es, wenn sich Sensationen anbahnten.

„Professor Aschendorffer hat eine Methode entwickelt, eingefrorene Leichen wieder zu reanimieren. Er wird es versuchen." Amresh ließ diese Auskunft wirken. Katz antwortete nicht gleich. Sie schnauften gegenseitig ins Telefon.

„Weiter?"

„Das Experiment könnte gelingen, jedenfalls aus medizinischer Sicht."

„Und warum sagen Sie mir das jetzt? Können wir uns treffen? Wo ist der Mensch?"

„Langsam", bremste Murji Amresh. „Ich rufe Sie an, um Schlimmeres zu verhüten. Sie müssen wissen, es gibt noch zwei weitere Leichen."

„Zwei weitere Leichen?" Durch die Leitung hindurch meinte Amresh, Charly Katz' atemlose Spannung zu spüren.

„Sie sind noch im Gletscher. In Morteratsch. Da, wo auch die erste Gletscherleiche lag. Aschendorffer ist gerade unterwegs, um sie zu bergen. Heute Nacht. Und er will auch diese beiden Steinzeitmenschen wieder ins Leben zurückholen."

„Ein Kracher!", begeisterte sich Katz. „Das ist ja die Hammerstory!"

„Ich fürchte ja", bestätigte Amresh. „Sie werden sie auch exklusiv haben. Aber deswegen habe ich Sie nicht angerufen. Ich will, dass Sie mir helfen?"

„Ich soll Ihnen helfen? Bei was?"

„Sie müssen das verhindern. Ein menschliches Drama ist genug. Sie müssen verhindern, dass Aschendorffer auch noch zwei weitere eingefrorene Gletscherleichen stiehlt und mit ihnen experimentiert."

„Wie stellen Sie sich das vor?"

„Sie haben doch Kontakt zu diesen Polizisten aus der Schweiz. Diesem Rüssli, oder wie er heißt."

„Rüthli", korrigierte Katz.

„Ja, den meine ich. Nur dieser Rüthli kann die Katastrophe jetzt noch verhindern. Er befindet sich in der Nähe des Gletschers, er kennt die Stelle, an der Aschendorffer nach den Leichen sucht, er hat die Mittel, sofort einzuschreiten."

Charly überlegte. Es blieb sekundenlang still in der Leitung.

„Und ich habe die Story exklusiv? Ich kriege den wiederauferstandenen Gletschermann zu sehen?"

„Ja. Aber nur, wenn Sie mir helfen!"

*

Urs Rüthli benötigte 17 Minuten, um Korporal Hürzeler wach zu klingeln, die Kollegen in Sankt Moritz, Samedan und Pontresina zu alarmieren, per Telefon die ARS-Mannschaft von der Alpinen Bergrettung unter dem Kommando von Thommy in Marsch zu setzen, sich selbst in Dienstkleidung zu werfen und Hürzeler vor dessen Haustür in Chur abzuholen. Dann fuhren sie mit Blaulicht durch die Nacht nach Morteratsch, wo sie eine Stunde und 28 Minuten später ankamen. Es war 0:45 Uhr. Morteratsch lag eingeschneit unter einem weißen Teppich. Die letzten Tage hatte ein nordisches Tief für heftige Schneefälle gesorgt. Die Wintersaison war gerettet. Bis hinauf zum Gletscher lagen 50 Zentimeter Neuschnee.

Ein Hubschrauber kreiste über dem schlafenden Morteratsch. Der dichte Schneefall verschluckte den Lärm, den er verursachte. Die Sichtweite betrug keine 50 Meter. Die starken Suchscheinwerfer irrten über das Weiß und brachten den Piloten wiederholt zu der hilflosen Funkmeldung: „Cha nünnt sähne, es chuutät!" Aber selbst wenn es stürmte. Diesmal wollte Rüthli nichts dem Zufall überlassen. Der Hubschrauber musste dabei sein. Seit er Alarm geschlagen hatte, hatten die Kollegen bereits ganze Arbeit geleistet und prompt ermittelt: An der Talstation Bernina-Diavolezza, ausgerechnet beim „Piz Bernina Alpine Safety Center" wurde ein Pistenbully vermisst. Also kombinierte Rüthli zielgenau: „Das waren die Leichenräuber, odder?" Per Funk verhandelte er mit dem Piloten, ob dieser sich zutraue, seinem Suchtrupp aus der Luft Geleitschutz zu geben. Der Rettungshubschrauber besaß starke Suchscheinwerfer. Der Pilot und sein Co-Pilot versprachen, ihr Bestes zu tun.

Rüthli selbst wollte sich von Thommy und dem Team der Bergrettung mit Ski-Doos hinauf zum Gletscher fahren lassen. Verstärkung erhielten sie durch die Wachtmeister Luchsinger und Bogliani von den Polizeiposten in Pontresina und Silvaplana.

„Die können uns nicht mehr entwischen. Wenn sie oben auf dem Gletscher sind und nach ihren gefrorenen Leichen suchen, schnappen wir sie", war sich Rüthli sicher. „Ihr Fluchtweg nach Morteratsch ist versperrt. Wenn sie hier herunterkommen, laufen sie uns direkt in die Hände. Und wenn sie mit der Pistenwalze bis nach Diavolezza wollen, dann entdeckt sie der Heli."

„Und wir hören sie von Weitem", fügte Bergretter Thommy hinzu. „Es ist Nacht. Alles ist still. Sie können den Berg nicht unbemerkt verlassen."

Wachtmeister Luchsinger meldete sich zaghaft. „Därf i ebbis sage?"

Rüthli nickte ungeduldig. Er wollte losziehen.

„Mir hän do so än Göpell gfunde, unte bi de Stroß. Us Dütschland. Es isch än Iiswage."

„Ein Eiswagen?"

„S'stoht Iisma druff. E i s m a n n." Luchsinger betonte jeden Buchstaben akrobatisch genau.

„Hürzeler! Das ist die Spur", frohlockte Rüthli. „Er wies seinen Korporal an. „Sie gehen runter zur Berninastraße und bewachen den Transporter. Wenn die Kerle uns je durch die Lappen gehen sollten, müssen sie irgendwann zu ihrem Fahrzeug zurück. Und dann halten Sie sie auf."

Hürzeler wischte sich ein paar Eisflocken von der Nase. „Sehr wohl Chef!" Er war heilfroh, nicht durch den Schnee hinauf zum Gletscher zu müssen. Lieber stand er sich drunten an der Straße die Beine in den Leib.

Dann startete Feldweibel Urs Rüthlis zusammengewürfelte Expedition. Vorneweg fuhr auf dem Ski-Doo Bergretter Thommy mit Rüthli auf dem Schlitten. Es folgten zwei weitere, jeweils von einem Mitglied der ARS gesteuert, mit Luchsinger und Bogliani an Bord. Über dem surrealen Zug, der sich durch hüfthohen Tiefschnee die Bergflanke empor arbeitete, schwebte knatternd der Helikopter und ließ seine Scheinwerfer kreisen.

Sie fingen lediglich tanzendes Schneegestöber ein. Der Nachthimmel über dem Engadin war fleißig dabei, das Seine für eine weiße Weihnacht beizusteuern.

Sie fuhren zielstrebig bergan. Die Stelle, an der vor über drei Monaten der erste Leichenraub geschehen war, war allen noch bestens im Gedächtnis. Rüthli drängte zur Eile. Aber der Neuschnee und die Nacht erlaubten ein Vorwärtskommen nur im Schritttempo. Die Stunden rannten davon. Immer wieder mussten die ARS-Retter anhalten und ihre festgefahrenen Schlitten aus dem Schnee wühlen.

In der aufkeimenden Morgendämmerung, als sie endlich oben auf dem Morteratschgletscher ankamen und sich jener Spalte näherten, in der seinerzeit Mona Hohner die steifgefrorene Hand von Bowolf entdeckt hatte, gab der Hubschrauberpilot plötzlich über Funk Alarm. „Pistenraupe in Sicht. Da sind sie. Sie fahren gerade los."

„Wir haben Sie auf frischer Tat ertappt!", freute sich Rüthli und spornte Thommy an: „Los, geben Sie Gas. Wir müssen die verdammten Leichenfledderer einholen."

„Schneller gohts nüt!", klagte Thommy und ließ seinen Ski-Doo wie zur Bekräftigung aufheulen. „Der Ratrac isch schneller als mir!"

„Sie fahren bergwärts", gab der Hubschrauberpilot bekannt. Er stieg jetzt etwas höher in den Himmel auf, um die ganze Situation überblicken zu können. Der Morgen dämmerte über die höchsten Alpenzacken und gab endlich den Blick auf das ganze weiße Panorama des Morteratsch frei.

„Wir schauen uns mal die Stelle an, wo sie nach den Leichen gesucht haben", befahl Rüthli. Da er einsah, dass er die Pistenraupe nicht einholen konnte, wollte er wenigstens gründlich am Tatort ermitteln. Vorsichtig Meter um Meter durch den Tiefschnee tastend, fanden sie schließlich das von Stiefeln niedergetrampelte Areal, an dem sich Aschendorffer und seine Leute in der Nacht aufgehalten haben mussten. An zwei Stellen war der Schnee weggeräumt und tiefe Gruben klafften im Eis.

„Da! Hier haben sie etwas gefunden." Rüthli schwitzte vor Aufregung, obwohl die Temperaturen kräftig im Minus waren.

„Drei Meter tief. Unglaublich!", staunte Thommy.

„Soll i emol abichräsle?", fragte Wachtmeister Luchsinger.

„Da hinunter? Nein. Lassen Sie's! Es sieht ganz so aus, als hätten diese Frevler zwei weitere Gletscherleichen geborgen."

Wachtmeister Bogliani machte Fotos. Die Bergretter warteten auf Befehle von Rüthli. Der schaute zum verschneiten Himmel, dann den langgestreckten Gletscher hinauf, wo irgendwo im Morgennebel die mächtigen Viertausender auftauchten: Piz Palü, Piz Bernina und Piz Morteratsch.

„Wieso fahren sie bergwärts?", wunderte sich Rüthli.

„Vielleicht haben sie uns entdeckt und fliehen vor uns?", mutmaßte Thommy.

„Solche Dummköpfe! Was wollen sie da oben?"

Es war für die kleinen Ski-Doos der ARS unmöglich, die Pistenraupe einzuholen. Nur der Hubschrauberpilot, der in sicherer Höhe den Flüchtigen folgte, bemühte sich, den Überblick zu behalten. „Sie fahren tatsächlich hoch auf den Munt Pers. Vermutlich wollen sie zur Bergstation Diavolezza," gab er durch.

Rüthli faltete mit steifen Fingern seine Bergkarte auf. Zusammen mit Thommy beugte er sich über das Diavolezza-Panorama.

„Schau her, wenn sie hier bis zur Bergstation Diavolezza fahren, dann können sie nur entweder mit der Seilbahn wieder herunter zur Talstation kommen, oder sie fahren die ganze Diavolezza mit dem Ratrac herunter. Dann kommen sie auch bei der Talstation Bernina-Diavolezza heraus. Dort müssen wir hin, um sie in Empfang zu nehmen."

Thommy besah sich den Plan. Rüthli hatte Recht. Selbst wenn die Flüchtenden unterwegs die Route über die Alp Bondo nahmen, mussten sie dennoch früher oder später am Berninabach entlang ins Tal herunter kommen, entweder auf der Straße, oder mit der Berninabahn.

„Sie können uns eigentlich nicht durch die Lappen gehen", stellte Rüthli fest, nachdem er alle Alternativen abgewogen hatte. Er zog seine Handschuhe wieder an und klopfte die kalten Hände gegeneinander. „Dann auf! Wir fahren zur Station Bernina-Diavolezza. Dann haben wir sie."

*

Korporal Hürzeler wunderte sich. Da schlich ein einzelner Mann daher. Ein dunkler Typ. Aha, einer der Türken! Aber fest eingemummt im Anorak, eine Mütze tief in die Stirn gezogen, so dass Hürzeler wenig von seinem Gesicht erkennen konnte. Der Mann ging tief gebeugt und näherte sich lauernd dem Eismann-Lieferwagen aus Deutschland, den Hürzeler nun schon seit Stunden im Auge behielt. Hürzeler saß in einem hölzernen Buswartehäuschen, wo er inzwischen schier festgefroren war. Von hier aus hatte er einen direkten Blick auf den kleinen Parkplatz. Der Fremde schaute sich sichernd um. Aha! Ein schlechtes Gewissen. Hürzeler erhob sich. Das war doch ganz verdächtig.

Der Unbekannte fingerte an der Fahrertür herum. Er öffnete sie. Also war es der Fahrer. Hürzeler wurde nervös. Was sollte er nun tun? Er hatte nicht mit einem einzelnen Mann gerechnet. Wieso hatte der Feldweibel für diesen Fall nichts gesagt? Sollte er einen Einzelnen festhalten? Wo waren die anderen? Wo war dieser gerissene Professor? Und wo waren die Gletscherleichen, die er stehlen wollte? Da stimmte etwas nicht.

Der Unbekannte stieg wieder aus und begann damit, die Windschutzscheibe von dem in der Nacht gefallenen Schnee zu säubern.

Hürzeler nestelte sein Funkgerät hervor. Er musste unbedingt Feldweibel Rüthli informieren.

„Hier Hürzeler. Jo, melde Person am Fahrzeug! So än finschtre Chaib. Er fahrt devuu!"

„Nicht abhauen lassen. Fahren Sie ihm nach!", befahl Rüthli per Funk. „Nehmen Sie unseren Wagen!"

Also eilte Hürzeler mehrere hundert Meter zurück ins Dorf Morteratsch, wo sie ihren Streifenwagen abgestellt hatten, um dann, als er hinterm Steuer wieder an dem kleinen Parkplatz angelangt war, feststellen zu müssen, dass der Eismann-Lieferwagen verschwunden war. Es gab nur eine Möglichkeit. Er musste wohl zurück Richtung Sankt Moritz gefahren sein, sonst wäre er Hürzeler entgegengekommen. Also hinterher. Endlich mal ein Einsatz, wie Hürzeler ihn aus dem Fernsehen kannte. Auf der schneebedeckten Via Bernina würde er diesen Flachlandtürken mit Leichtigkeit einholen. Wie jeder Schweizer, so war auch Hürzeler davon überzeugt, es auf einer eisbedeckten Fahrbahn mit den Bewohnern eines jeden anderen europäischen Landes dreimal aufnehmen zu können. Wenn er nur daran dachte, wie die Touristen immer durch Chur eierten, sobald auch nur die ersten Millimeter Schnee gefallen waren. Und hier hatte er es mit einem Südländer zu tun. Wusste ein Türke überhaupt, was Schnee ist? Nein, natürlich nicht!

Kurz hinter Pontresina hatte Hürzeler den Eismann-Wagen tatsächlich auch schon eingeholt. Er verfolgte ihn auf der Bernina bis zur Abzweigung nach Samedan und dann weiter auf der Engadinstraße Richtung Sankt Moritz. Danach brach die Funkverbindung zu Rüthli ab, weil nun das ganze Massiv von Piz Surlej und Piz Rosatsch zwischen ihren beiden Standorten lag. Die letzte Anweisung Rüthlis lautete: „Dranbleiben!" Von nun an musste Hürzeler alleine entscheiden. Er beschloss, den Eismann-Wagen zu stoppen. Wozu war er Polizist? Wieso noch ewig hinterherfahren? Was erhoffte sich Rüthli davon? Nein, Hürzeler brauchte keine Befehle. Endlich konnte er es seinem Vorgesetzten mal zeigen. Er überholte und stoppte den Wagen. Das war im gleichen Moment, in dem von Silvaplana her kom mend mit überhöhter Geschwindigkeit ein klappriger VW-Golf mit Freiburger Kennzeichen entgegenkam. Darin saß ein blutgieriger Charly Katz, fiebrig heiß auf die Story seines Lebens. Er wollte nach Morteratsch, um life den großen Showdown am Gletscher mitzuerleben. Er ahnte nicht, dass er schon zu spät dran war.

Denn unterdessen verhaftete Korporal Pirmin Hürzeler auf der Landstraße zwischen Sankt Moritz und Silvaplana den türkischen Fahrer eines Eismann-Wagens mit Freiburger Kennzeichen. Die Wagenpapiere waren in Ordnung, Führerschein und Ausweis des Türken waren in Ordnung und der Laderaum des Lieferwagens war bis auf ein paar tiefgekühlte Spinat- und Bohnenschachteln leer. Der Türke hieß Firat. Es lag nichts gegen ihn vor.

*

Zwei Stunden später und einige Kilometer entfernt im Nachbartal nahmen Rüthli, Wachtmeister Luchsinger und Wachtmeister Bogliani gemeinsam zwei weitere Türken fest. Es waren die beiden Männer, die die gestohlene Pistenwalze den Morteratsch- und Persgletscher hinauf bis zur Diavolezza-Bergstation gefahren hatten, dort in die Gletscherseilbahn umgestiegen und mit der ersten Gondel des Morgens unten im Tal Bernina-Diavolezza wieder angekommen waren. Auch die Papiere dieser beiden Türken waren in Ordnung. Der eine hieß Tarkan und der andere Ömer. Ömer steckte barfuß in Sandalen und hatte ziemlich blaugefrorene Zehen. Tarkan erzählte radebrechend die Geschichte von zwei Türken, die unbedingt einmal mit einer Pistenraupe im Schnee fahren wollten und deshalb gewettet hatten, es in einer verschneiten Nacht in den Alpen heimlich zu schaffen. Immerhin war ihnen der vorübergehende Diebstahl einer Pistenraupe nachzuweisen.

Von Aschendorffer, Kaymal und den Gletscherleichen gab es nicht die geringste Spur. Urs Rüthli musste sich eingestehen, dass man ihn an der Nase herumgeführt hatte. „Schöne Bescherung!", lautete sein grimmiger Kommentar. Aber er gab sich noch nicht geschlagen. „Dann fahren wir halt noch einmal nach Freiburg, odder?"

„Aber Chef", protestierte Hürzeler. „S'isch Wihnächte! Des goht nit."

Rüthli wusste selbst, dass er über die Weihnachtsfeiertage nicht zu einem Großeinsatz über die Grenze nach Freiburg fahren konnte. Es war bereits der 23. Dezember, ein Tag vor Heiligabend. „Die laufen uns nicht weg", gab er sich überzeugt. „Wir holen sie aus ihrem Bau, wenn die Feiertage vorüber sind."

Droben am Berg stand unterdessen nach mühsamem Aufstieg ein frierender und durchnässter Charly Katz und fotografierte drei Meter tiefe Löcher im Eis. Der große Showdown war es noch nicht, aber für eine Aufmacherstory reichte es allemal.

20

Ein großer Schöller-Möwenpick-Lastwagen fuhr beim Institut BioGen vor. Die mächtigen Reifen knirschten, das Zugfahrzeug ruckelte, der Aufleger schrammte ums Haar die Toreinfahrt. Der Sattelschlepper bog im Schritttempo in die Einfahrt ein. Er querte den großen Mitarbeiterparkplatz und wühlte dann den Kiesweg auf, der zur Rückseite des Gebäudes führte. Mit einem Ruck und zischend wie eine Dampfturbine hielt der Truck exakt vor der Rampe beim Kellereingang an.

Kaymal grinste breit, als er ausstieg. Ha! Sein Meisterstück. Diese Schlaumeierpolizisten würden niemals herausfinden, wie er es geschafft hatte, die zwei tiefgefrorenen Leichen vom Gletscher mit dem Möwenpick-Laster nach Freiburg zu bringen. Selbst Professor Aschendorffer, der jetzt auf der Beifahrerseite aus dem Führerhaus kletterte, zollte seine Hochachtung. Das wollte etwas heißen. Normalerweise nahm er Kaymals Künste als Selbstverständlichkeiten zur Kenntnis, aber diesmal räumte er anerkennend ein: „Sie sind ein Teufelskerl, Kaymal. Ein Teufelskerl."

„Müsse trotzdem beeile", mahnte Meslut. „Lastwage isse ausegeliehe. Musse zurückbringe."

Der Möwenpick-Truck führte praktischerweise gleich einen eigenen kleinen Gabelstapler mit. So konnte man die Paletten und Kisten mit Eiscreme, Wein, Räucherfisch und Edelsuppen, die er normalerweise beförderte, direkt von der Ladefläche hieven und in Supermärkte und Restaurants transportieren. Diesmal jedoch musste der Gabelstapler zwei rechteckige Eisklötze von der Größe eines Sarges umladen. Aschendorffers frische Gletscherleichen.

Bevor sie die zwei Eisklötze ins Labor brachten, wollte Aschendorffer nach Bowolf sehen. Dass er nicht ein zweites Mal durch den Lichtschacht entfliehen konnte, dafür sorgte der Renault-Kangoo, den Kaymal seither stets mit einem Reifen auf dem Abdeckgitter parkte. Selbst Bowolf brachte dieses Gewicht nicht gestemmt.

Die Kellerwohnung war zudem mehrfach verriegelt, die äußere Stahltür ebenso wie der innere Zugang aus dem Treppenhaus. Außer Kaymals Töchtern und Frederike Biesthal besaß niemand einen Schlüssel. Aschendorffer vertraute Biesthal.

Nun aber stutzte er, als er im schummrig beleuchteten Kellergang, der zu Kaymals Wohnung führte, das vollbeladene Herrenfahrrad entdeckte. Ein prall gefüllter Wanderrucksack war auf dem Gepäckträger festgeklemmt, seitlich hingen zwei große Seitentaschen am Hinterrad. Am Rahmen hing ein kunstvolles Geflecht aus Spanngurten, in denen Bowolfs Holzfälleraxt steckte.

„Was ist das?"

Kaymal war nicht so begriffsstutzig wie Aschendorffer: „Isse Fluchtfahrzeug", ahnte er sofort. Ihm war schon lange aufgegangen, dass Bowolf Pläne schmiedete. „Bowolfgang wolle abhaue." Er wühlte im Rucksack: „Pullover, Schuhe, große Messer, Wurst in Dose, Feldestecher, Erste Hilfe Kaste", kommentierte er, während er ein Stück nach dem anderen auspackte und säuberlich neben dem Vorderreifen des Fahrrades aufstapelte. „Isse Auserüstung für Expedition", erklärte er. Vorsichtshalber zog er die Betäubungsspritze, die er stets mit sich führte, aus dem Overall, und überprüfte ihre Funktionstüchtigkeit.

Aschendorffer stand konsterniert daneben und ließ Kaymal gewähren. Der türkische Hausmeister durchsuchte die Seitentaschen. Er fand das Handy, das Frederike Biesthal für Bowolf beschafft hatte. Kaymal sichtete die Anrufliste und die eingespeicherte Nummer. Ohne Aschendorffer von seinem sofort aufkeimenden Verdacht etwas zu sagen, steckte er das Handy ein. „Musse in Ruhe kontrolliere", erklärte er.

Aschendorffer stieß Kaymal an und führte einen Finger an den Mund: „Psst! Da, hinter der Tür."

Flüsternde Stimmen. Der Türgriff bewegte sich. Die Wohnungstür öffnete sich. Bowolf in voller Montur erschien. Er trug eine wasserabweisende Outdoorhose, den gefütterten Anorak, dicke Winterstiefel. „Bo Esser!", rief er erschrocken aus. Hinter ihm im Türrahmen erschien die bleiche Gestalt von Frederike Biesthal. Die Sekundenbruchteile, in denen sich alle wie gelähmt gegenüberstanden, nutzte einzig Meslut Kaymal. Er machte einen Ausfallschritt auf Bowolf zu, sein Arm mit der gezückten Betäubungsspritze schnellte vor, die Spritze stach durch die Hose hindurch in dessen Oberschenkel.

„Kay Mal, du hast ..." Bowolf taumelte rückwärts, stützte sich am Türrahmen ab. Biesthal hinter ihm versuchte ihn aufzufangen. Doch der schwere Körper riss sie fast mit um. Bowolf knallte wie ein Mehlsack auf den Fußboden.

Frederike schrie auf. Kaymal ging auf Nummer sicher. Er verpasste auch der Wissenschaftlerin eine Dosis. Rücksichtslos packte er sie am Oberarm und stach ihr durch die Kleidung in den Armmuskel.

„Was machen Sie?", entsetzte sich Aschendorffer. Aber da lag Biesthal schon lang hingestreckt neben Bowolf. Meslut schritt ungerührt über die beiden hinweg und nahm die Wohnung in Augenschein. Offensichtlich hatten sie in letzter Sekunde Bowolfs Flucht verhindert. Warum hatte Bowolf so lange gewartet? Warum war er nicht schon in der Nacht verschwunden? Warum hatte er das Risiko ihrer baldigen Rückkehr in Kauf genommen? Und welche Rolle spielte Frederike Biesthal dabei?

Kaymal wusste es. Aber er wagte noch nicht, es Aschendorffer zu sagen. Vielleicht kam der Professor selbst darauf. Er durchwühlte Biesthals Handtasche und barg den Wohnungsschlüssel.

*

Charly Katz' Sensationsartikel erschien am Heiligabend in der BILD-Zeitung und dem Schweizer BLICK: „Unter den Augen der Kantonspolizei: Freiburger Wissenschaftler stehlen erneut Steinzeitleichen aus dem Morteratschgletscher." Das war natürlich eine Bombe, zumal die Details nicht sehr schmeichelhaft für Urs Rüthli und seine Mannschaft waren. Das beigefügte Foto von zwei halb zugeschneiten Vertiefungen im Eis des Morteratschgletschers lieferte hingegen wenig Erkenntniswert. Die Weihnachtsfeiertage, die folgten, spielten Aschendorffer in die Karten. Behörden, Ämter, Polizeistationen und auch Zeitungsredaktionen liefen allesamt mit minimalem personellen Aufwand auf Notbetrieb. Aschendorffer hatte genügend Zeit, unbehelligt durch Dritte seine Mission zu Ende zu bringen: Die Wiedererweckung von Gangam und Seta.

Dr. Westphal und Dr. Schröder hatten die notwendigen Vorbereitungen getroffen und in Aschendorffers Laborkeller die entsprechenden Nährlösungen angesetzt, so dass Kaymal die beiden im Eis gefangenen Leichen in die vorbereiteten Wannen umbetten konnte. Dann waren Schröder und Westphal ebenso wie Murji Amresh in die Weihnachtsferien entschwunden. Auch von Föllstiegel keine Spur. Selbst die Kaymal-Töchter gönnten sich eine Feiertagspause.

Aschendorffer hatte das Institut BioGen nahezu für sich alleine. Er alarmierte Mona Hohner und beorderte sie zu sich ins Institut. Schließlich brauchte er eine Assistenz bei der Reanimation der beiden neuen Gletscherleichen. Kaymal war inzwischen dabei, den Lastwagen zurückzubringen. Zuvor hatte er

gemeinsam mit Aschendorffer Frederike Biesthal ins Labor getragen. Biesthal war dort aus ihrer Narkose aufgewacht. Sie war
völlig aufgebracht darüber, dass Kaymal sie mit einer Betäubungsspritze außer Gefecht gesetzt hatte. Bleich und unsicher
setzte sie sich auf. Wo war Kaymal? Ob er sie verraten hatte?
Sie war sich aber darüber im Klaren, dass Meslut komplett im
Bilde war. Schließlich hatte er den Wohnungsschlüssel wieder
an sich genommen. Bowolf war vermutlich bereits wieder in
Kaymals Wohnung eingeschlossen. Vorsichtig stand Biesthal
auf und ging in den Flur hinaus. Das Fahrrad war verschwunden, mitsamt der sorgfältig zusammengestellten Ausrüstung.
Hatte Kaymal sie auffliegen lassen? Biesthal graute davor. Andererseits hatte sie in Meslut stets einen Verbündeten gesehen.
Vielleicht gelang es ihr ja, ihn auf ihre Seite zu ziehen. Sie
durfte Bowolfs Flucht noch nicht aufgeben. Das war sie ihm
schuldig. Warum nur hatte sie sich gehen lassen? So wunderbar das ebenso zärtliche wie raue Liebesspiel mit Bowolf auch
gewesen war, sie hätte nicht schwach werden dürfen. Noch immer spürte sie die unbändige Kraft dieses archaischen Mannes,
dem sie sich immer wieder hingegeben hatte. Eine kurze Nacht
lang.

Warum war sie so egoistisch gewesen? Bowolf könnte schon
längst über alle Berge sein. Jetzt war es zu spät. Umso mehr sah
sie sich in der Pflicht, jetzt im Institut auszuharren. Noch war
nicht alles verloren. Und sie hatte inzwischen im Labor gesehen, dass Aschendorffer zwei weitere Gletscherleichen mitgebracht hatte und ihre Reanimation vorbereitete. Man konnte
Aschendorffer auf keinen Fall mit ihnen alleine lassen.

Aschendorffer behandelte Biesthal wie immer, als sei nichts
vorgefallen. Offenbar hegte er keinerlei Verdacht. Das Antizi-
pieren von zwischenmenschlichen Verstrickungen gehörte eben
nicht zu seinen Stärken. Dass Biesthal für Bowolf mehr hegen
könnte, als lediglich wissenschaftliches Interesse, stand für ihn
außerhalb jeder Erwägung. Er war immun gegen alles Zwischen-

menschliche. Wenngleich er sich an diesem Morgen des ersten Weihnachtstages rühmte, in der Nacht einen unterhaltsamen Liebesroman gelesen zu haben. „Margret Mitchell, vom Winde verweht! Riesenschinken."

„Oh Professor!" Mona Hohner war ergriffen. „Das ist mein Lieblingsfilm. Wie fanden Sie Scarlett O'Hara?"

„Die Frau ist richtig. Aber ihre Kerle taugen nichts. Gut, dass sie alle zum Teufel gejagt hat."

Frederike fand es bemerkenswert, wie ungerührt Aschendorffer in diesen atemberaubenden Tagen sein nächtliches Leseritual weiterpflegte. Es schien ihn nicht zu beeindrucken, dass die Medien Schlagzeilen über ihn veröffentlichten. Es schien ihn nicht nervös zu machen, dass die Schweizer Kantonspolizei ihm auf den Fersen war. Vielleicht stand bald auch schon die Kripo Freiburg vor der Tür. Es schien ihn nicht aus der Ruhe zu bringen, dass Bowolf Fluchtpläne schmiedete. Es belastete ihn auch nicht, dass ihm wenig Zeit blieb. Er sorgte sich auch nicht um das Gelingen seiner Experimente. Er war sich seiner Sache so gewiss wie ein Sterne-Koch, der weiß, dass seine Suppe grandios werden würde.

„Zieren Sie sich nicht Doktor Biesthal", putzte er sie herunter, als sie vorschlug, die beiden Gletscherleichen nicht gleichzeitig, sondern hintereinander aufzuwecken. „Wir sollten erst sehen, ob es erneut funktioniert", hatte sie gewarnt.

„Zweifeln Sie daran?" Er wirkte gekränkt. „Irgendetwas stimmt mit Ihnen nicht. Sie sollten mehr Vertrauen haben."

Unterdessen tauten Gangam und Seta auf. Sie lagerten in zwei verschiedenen Laborräumen. Dazwischen befand sich der Überwachungsraum, in dem Aschendorffer, Biesthal und Mona sich in der Kontrolle abwechselten. Die Bildschirme signalisierten: Alles im grünen Bereich. Die Drucker spuckten Tabellen und Grafiken aus. Aschendorffer schritt siegesgewiss auf und ab. Die Dinge nahmen wie geplant ihren Lauf.

Mona organisierte Verpflegung. Döner-Ali lieferte. Sie versorgten auch Bowolf, der ganz zahm blieb. Biesthal vermied den Kontakt mit ihm. Nicht dass er sich versehentlich in Gegenwart Aschendorffers verriet. Frederike nutzte stattdessen die Gelegenheit, um sich in ihr Büro im dritten Stockwerk einzuschließen. Fieberhaft versuchte sie von dort aus, Murji Amresh zu erreichen. Sein Anrufbeantworter sprang an: „Hier ist der Anschluss von Doktor Murji Amresh. Ich bin derzeit nicht zu Hause. Hinterlassen Sie eine Nachricht nach dem Piepton."

Biesthal wartete den Piepton ab. „Murji", sprach sie dann atemlos, so als stünde Aschendorffer bereits auf der Schwelle, um ihr den Telefonhörer zu entreißen. „Murji, hören Sie. Hier im Institut geht es drunter und drüber. Aschendorffer ist dabei, zwei weitere Gletscherleichen freizutauen. Es wird ihm gelingen. Bowolfs Flucht ist gescheitert. Ich brauche Ihre Hilfe. Murji, ich bitte Sie: Wenn Sie diese Nachricht abhören, dann alarmieren Sie bitte sofort die Polizei. Sie hatten Recht. Wir müssen Aschendorffer Einhalt gebieten. Ich ..." Sie wollte noch etwas hinzufügen, ein persönliches Wort, eine Art Entschuldigung, weil sie nicht schon früher Amreshs Bedenken zugestimmt hatte, doch sie unterließ es. Warme Worte waren nicht ihre Sache. Entschuldigungen schon gar nicht. Sie legte auf.

*

Kaymal kehrte zurück. Unversehrt. Grinsend wie immer. „Isse alles erledigt", verkündete er.

Er kam gerade rechtzeitig, um das Aufwachen von Gangam und Seta mitzuerleben. Aufgrund der Erfahrungen mit Bowolf hatte Aschendorffer beide so in ihren Wannen fixiert, dass sie sich lediglich aufrichten, nicht aber die Wannen verlassen konnten.

Bei Gangam handelte es sich um einen prachtvollen Krieger von beinahe noch imponierenderer Gestalt als Bowolf. Er besaß ähnlich breite Schultern, ebenso wohlgeformte Muskeln, und er war deutlich über 1,80 Meter groß. Der wesentliche Unterschied zu Bowolf bestand darin, dass Gangam blaue Augen und langes, hellblondes Haupthaar besaß. Ein gelblicher Stoppelbart spross auf Kinn und Wangen. Er setzte sich nach einigen ersten dämmrigen Minuten in der Wanne mit der Nährlösung auf, rüttelte an seinen metallenen Hand- und Fussfesseln, und bestaunte mit großen Augen den Raum, in dem er sich befand.

Seta war klein, fast zierlich, wirkte dabei aber sehnig und zäh wie eine äthiopische Marathonläuferin. Sie hatte einen flachen Busen und war nach den Kriterien des 21. Jahrhunderts alles andere als eine Schönheit. Sie besaß dunkle, schmale Augen, eine stumpfe, kleine Nase und einen spröden, harten Mund. Ihr schönes schwarzes Haar, dicht und fest, nass von der Nährlösung, in der sie gelegen hatte, klebte ihr wie Tang auf dem Rücken; es reichte fast bis hinab zur Hüfte. Seta wirkte nach dem Erwachen wie in Trance. Verschleierten Blickes erfasste sie ihre Umgebung. Ihr Oberkörper wankte sanft hin und her, als befände sie sich in einem litaneiartigen Gebet.

„Ich werde mich zuerst um die Frau kümmern", kündigte Aschendorffer an. „Wir geben ihr noch etwas Zeit, dann bereite ich die Transmission vor. Ich muss so schnell wie möglich Kontakt aufnehmen."

„Und was mache mit Gangmann?", fragte Kaymal.

„Er heißt Gangam. Beobachten Sie ihn. Aber zeigen Sie sich nicht. Um ihn kümmere ich mich nach der Frau."

„Er sieht fantastisch aus. Wie Bowolf", schwärmte Mona.

„Er sieht furchtbar aus", widersprach Frederike Biesthal. „Wie ein Mensch voller Todesangst. Er weiß nicht, wie ihm geschieht."

Sie schauten alle durch die Scheibe, durch die sie Gangam beobachten konnten, ohne dass er sie sah. In der Tat wirkte er panisch, er zerrte und rüttelte an seinen Fesseln. Sein Blick irrte umher, die Augen waren weit aufgerissen, die Pupillen voller Angst geweitet.

„Bei Bowolf hat es auch so angefangen", besänftigte Aschendorffer. „Er wird sich beruhigen. Dass mir ja niemand hineingeht. Verstanden?"

Kaymal und Mona nickten. Biesthal schwieg. Wie Recht hatte doch Murji Amresh. Dies alles durfte nicht geschehen. Es war ein Verbrechen. Sie beobachtete Aschendorffer. Der Professor schien von keinerlei Skrupel befangen. Euphorisch traf er seine Vorbereitung für die Interspeziale bilinguale Transmission. Dann betrat er unbekümmert den Laborraum mit der Wanne, in der Seta saß. Die anderen verfolgten es vom Nachbarraum aus durch die Glasscheibe.

Aschendorffer trat ein, grüßte, als wäre er der Stationsarzt auf Visite und vor ihm säße eine Blinddarmpatientin. An Setas entsetztem Aufbäumen war zu erkennen, dass sein Auftauchen für die Frau ein Schock sein musste. Frei von jeglichem Feingefühl umrundete Aschendorffer die Wanne, in der die sich panisch windende Seta gefangen saß, kontrollierte mit einem Thermometer die Temperatur der Nährlösung, prüfte kurz mit einem Griff den Sitz von ihren Handfesseln, sprach auf sie ein und ignorierte ihr Entsetzen. Dann machte er sich daran, ihr die Elektroden aufzupflanzen, über die er mit ihr in Gedankenaustausch zu treten gedachte.

„Er behandelt sie wie ein Versuchstier", empörte sich Frederike Biesthal. „Nicht anders geht er mit Katzen und Meerschweinchen um."

„Aber das muss er doch tun", verteidigte Mona ihren Professor.

„Nein! Muss er nicht!", fauchte Biesthal. „Niemand muss einen anderen Menschen so behandeln. Es ist unwürdig. Es ist schrecklich. Ich kann es nicht mit ansehen." Sie verließ den Raum.

Kaymal schlich ihr nach. „Du bleibe hier und passe auf Gangmann auf", befahl er Mona, die nichts lieber tat als das. Dann eilte er hinter Frederike her. Die Wissenschaftlerin stand unentschlossen im dunklen Flur. Wollte sie in die Wohnung zu Bowolf?

„Ich habbe Schlüssel", verkündete Kaymal.

„Ich weiß. Sie haben mir den Schlüssel wieder weggenommen."

„Isse wege Sicherheit", entschuldigte sich Kaymal.

„Bowolfs Sicherheit. Ha!" Biesthal lachte zynisch. „Die ist durch mich ganz gewiss nicht in Gefahr." Sie drehte sich von Kaymal weg und suchte den Weg zum Treppenhaus. „Ich gehe in mein Büro."

Kaymal folgte ihr. „Du wolle Schlüssel zurück?", fragte er im Gehen. Er hielt sich einen halben Meter hinter Biesthal.

„Was soll ich mit dem Schlüssel?", erwiderte sie barsch, ohne stehen zu bleiben. „Das Fahrrad ist weg. Und die ganze Ausrüstung auch."

„Fahrrad isse nix gut für Bowolfgang. Fahrrad isse für Sommer." Kaymal sprach voller Ernst: „Überall liege Schnee. Ganzes Tal von Sanktmoritz isse voll. Isse Meter hohe."

Frederike seufzte. Ganz gegen seine Art stellte Meslut eine Frage, deren Antwort er längst kannte: „Bisch du Liebespaar mit Bowolfgang?"

Im ersten Impuls wollte Biesthal den Hausmeister patzig zurechtweisen. Was erlaubte er sich? Kaymal stand da und wartete. Irgendwie war seine Gegenwart tröstlich. Er bedeutete so überhaupt keine Gefahr. Er war vielleicht der ausgemachteste Macho im Umkreis von hundert Kilometern, patriarchalischer und unbelehrbarer als jeder andere, aber er war es auf eine so einfühlsame, beschützende und rücksichtsvolle Art, dass Frederike all ihre Wehrhaftigkeit verlor.

„Ich weiß es nicht", räumte sie schließlich ein. „Ich weiß überhaupt nichts mehr."

Und dann erlaubte sie sich eine Schwäche, einen Blick in ihr Innerstes: „Ach, Herr Kaymal. Was soll ich bloß tun? Bowolf braucht mich. Er ist in dieser Gegenwart verloren. Und in seine Welt kann er nicht zurück. Er träumt von seiner Heimat und er klammert sich mit seinen Hoffnungen an mich."

„Dann müsse zusamme bleibe", zog Kaymal ein nüchternes Fazit. „Du und Bowolfgang!" Der Hausmeister bleckte die Zähne: „Isse Natur. Kammer nix mache!"

Biesthal blieb auf dem Treppenabsatz stehen. Sie lehnte mit dem Rücken an der Wand des Treppenhauses. Betont forsch sagte sie: „Willst du damit sagen, du hast eine verdammte Idee?"

Kaymal nickte andächtig. Er stand eine Treppe unter ihr. So war er auf Augenhöhe. Selbstverständlich hatte er eine Idee.

*

Auch für Charly Katz gab es Weihnachtsfeiertage. Aber nicht, um Weihnachten zu feiern. Das lag dem Junggesellen fern. Diese Zeit war für Charly Katz in erster Linie ein Ärgernis, weil das ganze Land sich an diesen Tagen ausschaltete, im Ruhemodus verharrte. Man erreichte niemanden. Alle wichtigen Ämter und Behörden waren unbesetzt. Informanten weilten im Skiurlaub. Die Kumpel zogen sich in den Kreis ihrer Familien zurück. Die Zeitungsredaktionen schnarchten sich durch die Festtage. Niemand zu erreichen. Schon gar nicht dieser blöde Inder, Doktor Amresh von BioGen. Warum meldete er sich nicht mehr? Irgendetwas braute sich in diesem Institut zusammen. Das letzte Indiz war das Telefonat mit Armin Röller gewesen. Charly hatte ihn eigentlich nur angerufen, um mit ihm den ersten Weihnachtsfeiertag totzuschlagen. Doch Röller hatte abgesagt. „Habe die Flucht ergriffen. Ich bin zum Skifahren nach Zermatt! Tut mir leid." Ja, wie das? Ob er nicht Weihnachten zusammen mit seiner Lebensgefährtin feiere. „Deine

Schnecke aus dem Institut, wieso nimmst du die nicht mit?", fragte Katz.

„Mona kann nicht. Ihr Chef hat sie zur Arbeit beordert. Irgendwas ganz Wichtiges, wie immer", klagte Röller. „Die hat einen Narren an diesem verrückten Professor gefressen. Jetzt führen sie über die Feiertage irgendwelche Experimente durch, und da muss sie unbedingt dabei sein."

Und ausgerechnet jetzt war Charlys einzige verlässliche Informationsquelle aus dem Institut BioGen nicht erreichbar. Wie vom Erdboden verschluckt. Anrufen war zwecklos. Der Anrufbeantworter von Dr. Murji Amresh war voll, nahm keine Ansagen mehr auf.

Charly Katz drehte das Visitenkärtchen des Wissenschaftlers in den Händen und grübelte. Die dienstliche Nummer half nicht weiter. Dort nahm niemand ab. Auf dem privaten Anschluss hatte er es mehrfach versucht, keine Antwort. Auf die Mailadresse hatte er es nicht gewagt, irgendwelche Botschaften oder Fragen zu senden. Schließlich wollte er seinen Informanten schützen. Wer weiß, ob Amreshs Mails wirklich sicher waren. Also blieb eigentlich nur noch, ihn persönlich zu erwischen. Auf der Rückseite des Visitenkärtchens stand die Privatadresse. Ob er es einfach mal versuchen sollte? Der Inder wohnte nicht weit entfernt in der Innenstadt. Charly hatte ja sowieso sonst nichts zu tun. Also warum nicht Murji Amresh einen Besuch abstatten?

Das Treppenhaus war so groß und geräumig wie der Lichthof einer Kurklinik. Charly bestaunte die Stuckverzierungen an der Decke, den eleganten gusseisernen Handlauf und die marmorgefliesten Treppenabsätze, während er sich vorsichtig nach oben schlich. Ausweislich der Klingelschilder wohnte Murji Amresh im dritten Obergeschoss. Die Haustür unten war angelehnt gewesen. So war Katz mühelos ins Gebäude gelangt. Aber bei Murji Amresh öffnete niemand. Charly klingelte einmal, zweimal, dreimal – und nach längerem Warten noch ein viertes Mal. Es rührte sich nichts. Er lauschte an der Wohnungstür. Stumm. Der Inder war wohl ausgeflogen.

Der Jugendstil-Altbau war um 1900 errichtet worden. Aus jener Zeit stammten auch die garagentorgroßen, geflügelten Wohnungstüren, die vom Treppenhaus abgingen, wie große Portale zu einem venezianischen Palazzo, übermannshohe Schreinerkunstwerke aus Glas, Intarsien und verschlungenen Schnitzereien. Deutliche Indizien ihres Alters waren die Türschlösser. Sie stammten ebenfalls noch aus der Gründerzeit. Und damit waren sie leichte Beute für den Draht-Dietrich, den Charly sich einst unter fachmännischer Anleitung eines Knackis aus dem Drahtkleiderbügel einer Wäscherei zurechtgebogen hatte.

Katz lauschte nach links und rechts, ob aus den Nachbarwohnungen vielleicht irgendwelche Störungen zu befürchten wären. Nichts! Mit wenigen geübten Griffen und Drehungen öffnete er die Tür zu Amreshs Wohnung. Er schlüpfte hinein und zog den Türflügel hinter sich zu.

Katz schob den Stapel übereinandergeworfener Zeitungen und Werbeprospekte beiseite, die in den vergangenen Tagen durch die Briefkastenluke in die Wohnung gestopft worden waren. Am Datum der Zeitungen las er ab, dass Murji Amresh seit mindestens dem 22. Dezember nicht mehr in seiner Wohnung gewesen war. Katz schlich durch die Räume. Alles war sauber und akkurat aufgeräumt. Dr. Amresh schien ein sehr häuslicher, gepflegter, kultivierter Mensch zu sein. Die hohen Bücherregale waren säuberlich bestückt mit bibliophilen Raritäten, Werken der Weltliteratur, Fachbüchern aus dem Bereich der Medizin, Biologie und Genforschung, englischsprachigen Werken, einigen Bildbänden und reihenweise mit edlen Schobern kompletter Werksausgaben berühmter Schriftsteller. An den freien Wänden hing abstrakte Kunst.

Charly Katz registrierte alles mit Argusaugen. Die Küche war aufgeräumt. Kein schmutziges Geschirr, die Spülmaschine leer. Der Kühlschrank stand auf Minimalbetrieb, keine ange-fangenen Yoghurts, kein gammelnder Käse, keine ranzige Wurst, keine geöffneten Milchpackungen, – alles war so, wie es jemand arrangiert, der die Wohnung geplant für mehrere Tage verlässt.

Im Flur blinkte das Telefon. Charly nahm den Hörer ab, tippte die Tasten, um den Anrufbeantworter abzuhören. „Klick ... hier Charly Katz ...“ Das war er selbst gewesen. „Hallo Murji, ich bins, Dany, bist du schon weg ... schade. Melde mich nach Weihnachten wieder ...“ „Hi Murji, wir sind jetzt wieder da. Samnet und Gihza. Ruf uns doch mal an ...“ Nach einer Reihe weiterer Alltagsanrufer erkannte Katz plötzlich die Stimme von Frederike Biesthal: „Murji, hören Sie. Hier im Institut geht es drunter und drüber. Aschendorffer ist dabei, zwei weitere Men-schen aus Bowolfs Zeit aus dem Eis freizutauen. Bowolfs Flucht ist gescheitert. Ich brauche Ihre Hilfe. Murji, ich bitte Sie: Wenn Sie diese Nachricht abhören, dann alarmieren Sie bitte sofort die Polizei. Sie hatten Recht. Wir müssen Aschendorffer Ein-halt gebieten. Ich ...“

Charly hielt den Hörer fassungslos gegen sein Ohr gepresst. Was hatte sie gesagt? Er tippte die Wiederholungstaste und hörte sich den Anruf ein zweites Mal an. Zwei weitere Men-schen aus Bo Wolfs Zeit? Flucht? Wollte dieser Austauschwis-senschaftler aus Usbekistan etwa die Gletscherleichen rauben? Stritten sich die BioGen-Leute um den wissenschaftlichen Ruhm? Welche Rolle spielte Aschendorffer, welche diese kalte Frau Doktor? Charly spielte die Aufnahmen ein drittes Mal ab und nahm Biesthals Anruf mit seinem eigenen Handy auf. Er brauchte Beweise. Indizien. Originalzitate für den nächsten Artikel, der in seinem Kopf bereits Gestalt annahm: „Zoff bei BioGen: Wissenschaftler streiten um Gletscherleichen.“ Er brauchte weitere Einzelheiten. Wieso sollte Amresh die Polizei alarmieren?

In seiner Erregung achtete Katz nicht mehr auf die Geräu-sche der Umgebung. Plötzlich stand eine aufgebrachte Oma im

Hausflur. „Wer sind Sie? Was machen Sie hier in der Wohnung von Doktor Amresh?", schimpfte die Frau entrüstet. „Ich rufe die Polizei!"

„Sachte, sachte!" Charly Katz versuchte die Frau zu beruhigen. „Sind Sie die Nachbarin? Ich bin ein guter Freund von Herrn Amresh. Ich habe mir Sorgen gemacht, weil er das Telefon nicht abnimmt. Und der Anrufbeantworter ist voll." Wie zum Beweis hielt Charly Katz der Nachbarsoma den Telefonhörer hin. Sie starrte misstrauisch darauf. „Er ist zu seinen Eltern geflogen", sagte sie schließlich zögernd. „Nach Indien. Weihnachtsurlaub!" Und nach kurzem Nachdenken: „Und wie war Ihr Name gleich noch mal?"

Charly Katz antwortete nicht mehr. Er drängte sich an der überrumpelten Frau vorbei ins Treppenhaus. Hier gab es nichts mehr zu tun. Vielleicht war es doch an der Zeit, mal beim Polizeipräsidium anzurufen.

*

Professor Aschendorffer hielt an diesem Nachmittag des ersten Weihnachtsfeiertages insgesamt zwei Sitzungen bilingualer Transmission mit Seta ab. Der Gedankenaustausch, soweit Mona Hohner, Kaymal und Frederike Biesthal ihn durch ihre Überwachungsscheibe verfolgen konnten, schien beruhigend auf Seta zu wirken. Nach anfänglich zunächst heftigen Abwehrreaktionen ließ sie sich nach und nach auf Aschendorffer ein. Er saß nur wenige Armlängen von ihr entfernt und behielt sie bei der Gedankenübertragung stets im Auge. Auch sie fixierte Aschendorffer unaufhörlich. Erst ängstlich, dann interessiert. Am Ende der ersten, knapp vierzigminütigen Sitzung stand Aschendorffer umständlich und steif wie immer auf, ging zu Seta und strich ihr besänftigend übers Haar. Eine ungewöhnliche Geste für den völlig verklemmten Professor. „Wow, er hat eine Frau berührt", staunte Mona, als sie die Szene beobachtete. Seta ließ sich die Berührung gefallen. Ihre Augen waren wie die eines aufmerksamen Hundes erwartungsvoll auf Aschendorffer gerichtet. Was immer bei dem vorangegangenen Gedankenaustausch zwischen ihm und ihr kommuniziert worden war, es musste bei Seta zu einem gewissen Vertrauen geführt haben.

Als er zu den anderen in den Kontrollraum kam, berichtete er beschwingt: „Sie denkt ganz anders als Bowolf. Ich glaube, ich kann sie schon bald losbinden. Sie hegt keinerlei Aggressionen. Sie ist nur neugierig."

„Sie ist eine Frau. Wahrscheinlich geht sie das Ganze etwas schlauer an als Bowolf", kommentierte Biesthal lakonisch. Ihr war nicht nach Diskussionen mit Aschendorffer zumute. Mit ihm hatte sie abgeschlossen. Vielmehr beschäftigte sie das Schicksal Bowolfs. Würde Kaymal ihm helfen?

Kaymal war während des Nachmittags mehrfach verschwunden, hatte herumtelefoniert, trieb sich irgendwo im Gebäude herum, erschien wieder, nur um sich in der nächsten Minute erneut in Luft aufzulösen. Zwischendurch kümmerte er sich um Bowolf, der nach wie vor in der Kellerwohnung eingeschlossen war. Nach Kaymals Eindruck, den er zwischendurch an Biesthal wiedergab, war Bowolf sehr niedergeschlagen. „Isse Katastrof! Bowolfgang habbe Verzweiflung."

Biesthal wagte sich nicht in die Hausmeisterwohnung hinein. Sie genierte sich. Sie kam sich schuldig vor, gleichzeitig bereute sie, bereute sie nicht, bereute sie doch.

„Was ist mit Gangmann?", wollte Kaymal wissen, nachdem Aschendorffer euphorisch von seiner Kontaktaufnahme mit Seta berichtet hatte.

„Um den kümmern wir uns Morgen", entschied der Professor. „Sie betten ihn um auf die Pritsche, Herr Kaymal. In der Wanne kann er schließlich nicht bleiben. Aber achten Sie darauf, dass er sicher angeschnallt bleibt. Geben Sie ihm noch einmal eine Betäubung."

Am Abend schickte Aschendorffer Mona nach Hause. Er selbst bereitete seine zweite Sitzung mit Seta vor. Biesthal konnte sich nicht entscheiden. Zu Bowolf in die Wohnung wollte sie aus verschiedenen Gründen nicht. Zu sich nach Hause aber auch nicht. Ihr war, als dürfe sie jetzt, in diesen entscheidenden Stunden, das Institut nicht verlassen. Jederzeit konnte etwas passieren. Sie musste dabei sein. Sie musste eingreifen können. Sie durfte Aschendorffer nicht alleine lassen. So entschied sie sich, auf einer provisorischen Liege oben in ihrem Büro zu übernachten. „Sie rufen mich sofort, Kaymal, wenn etwas ... wenn sich etwas Wichtiges tut", flehte sie den Hausmeister an. Und nachdem sie sich versichert hatte, dass Mona Hohner verschwunden und Aschendorffer erneut an seine Gedankenübertragungsapparate angeschlossen war, also niemand mehr mithörte, fragte sie: „Und bitte, Herr Kaymal. Wenn Sie Bowolf helfen können ..."

„Ich Bowolfgang beschütze", versprach Meslut pathetisch. Er sah Biesthal in die Augen, tief und ernst, wie es ein Psychotherapeut nicht besser gekonnt hätte, griff ihre beiden zarten Hände mit seinen wuchtigen Pranken, drückte sie beruhigend und sagte: „Bowolfgang isse gute Häuptling. Aber isse unglücklich. Müsse lebe in Gebirge, wo herkomme." Und nach kurzer Pause: „Und brauche Frau, wo ihn begleite!"

Sie nickte. „Da haben Sie ja so Recht. Bowolf muss zurück in seine Berge. Danke, dass Sie sich um ihn kümmern. Ich vertraue Ihnen." Auf den zweiten Teil von Kaymals Antwort nahm sie bewusst keinen Bezug.

Meslut wartete, nachdem Biesthal ihn verlassen hatte und hinauf in ihr Büro gegangen war, bis Aschendorffer seinen Austausch mit Seta beendet hatte. Diesmal dauerte die Sitzung eine Stunde. Die beiden kommunizierten entspannt miteinander. Einmal lächelte Seta sogar. Aschendorffer war fest entschlossen, Seta nun loszubinden.

„Sie weiß Bescheid und vertraut mir. Bleiben Sie bloß weg mit Ihrer Spritze, Herr Kaymal."

Meslut trat ein paar Schritte zurück. Auf einem Stuhl lag Kleidung, die er für Seta beschafft hatte. Seine Tochter Arzu hatte ihm die Sachen besorgt.

Aschendorffer löste die Hand- und Fußmanschetten, die Seta an ihre Wanne gefesselt hielten. Die kontinuierlich auf Körpertemperatur gehaltene Nährlösung hatte für Wohlbefinden gesorgt, und dafür, dass Seta nicht fror. Langsam erhob sie sich aus diesem Bad. Sie reckte ihren kleinen, sehnigen Körper, schwang die Beine über den Beckenrand und stand sogleich nackt im Laborraum. Sie hielt sich an Aschendorffer fest. Der Professor war völlig irritiert, angesichts der Nacktheit Setas. Er drehte verlegen den Kopf zur Seite und kommandierte schrill Richtung Kaymal: „Herr Kaymal, ziehen Sie sie an. Geben Sie ihr Kleider."

„Seta habe Angst vor Kaymal", erwiderte er. Sie zitterte am ganzen Leib, als sie ihn plötzlich erblickte, klammerte sich panisch an Aschendorffer, umkrallte mit beiden Händen seinen Oberarm und versteckte sich hinter seinem Rücken.

„Musse selber mache", folgerte Kaymal. Er warf Aschendorffer Unterwäsche, eine schwarze Wollstrumpfhose, einen Rock, eine Bluse und einen dunklen Pulli zu. Es war Meslut selbstverständlich sofort klar, dass Aschendorffer niemals in der Lage gewesen wäre, eine nackte Frau anzuziehen. Aber Kaymal wäre nicht Kaymal, wenn er nicht darauf vorbereitet gewesen wäre. „Arzu, Aslihan, Azize", rief er laut. „Komme ihr. Acele, acele!"

Als hätten sie hinter den Kulissen nur auf diesen Ruf gewartet, tauchten nun nacheinander Arzu, Aslihan und Azize auf. Alle drei Töchter fragten nicht lange warum und weshalb, sondern folgten ohne Murren, als ihr Vater sie anwies: „Zieht die Frau an. Hier die Kleider."

Seta klammerte sich zwar immer noch an Aschendorffer und wollte ihn nicht loslassen, aber immerhin fürchtete sie sich vor den drei jungen Frauen nicht so sehr, wie vor deren Vater. Als Kaymal sah, dass alles seine Ordnung hatte, verließ er eiligst den Raum.

Mit ihrer ruhigen und bestimmten Art schafften es die drei, Seta zu beruhigen. Arzu demonstrierte, wie man sich anzieht, Aslihan hielt Seta die einzelnen Kleidungsstücke hin, und Azize war behilflich, weil Seta immer nur eine Hand benutzte. Mit der anderen krallte sie sich nach wie vor am Professor fest, als wäre er ihr einziger Halt in dieser neuen, fremden Welt. Aschendorffer selbst stand wie das manifestierte Elend zwischen all den Frauen, behielt die Augen krampfhaft geschlossen und biss die Zähne zusammen. „Wie weit seid ihr?", fragte er vorsichtig.

„Noch nicht!", antwortete Aslihan streng. „Wir ziehen ihr gerade den Rock an."

An Aschendorffers hektischem Atem und seiner fleckigen Gesichtsröte erkannte man den neurotischen Stress, unter dem er stand. Es war für ihn eine absolute emotionale Ausnahmesituation. Man musste fürchten, dass er hyperventilierte ...

Schließlich gelang es den Frauen mit vereinten Kräften, beruhigendem Zureden und mit sanften Händen, Seta in die mitgebrachte Kleidung zu stecken. Sie unterschied sich darin gar nicht mehr allzu sehr von den drei türkischen Frauen, fast hätte sie eine weitere Schwester abgeben können. Lediglich ihr angstvolles Gesicht mit den etwas herben Zügen und den schmalen Augenschlitzen passte nicht zu den edlen Gesichtern von Kaymals Töchtern, mit ihren riesigen Augen und den gebogenen Nasen mesopotamischer Prinzessinnen.

„Was mache ich jetzt?", fragte Aschendorffer völlig hilflos. „Sie kann sich doch nicht die ganze Zeit an mich klammern?"

Die Frage war an Kaymals Töchter gerichtet. Das hatte es noch nie gegeben, dass Aschendorffer eine von ihnen direkt angesprochen hätte. In der Regel nahm er nicht einmal ihre Gegenwart wahr. Ob die drei Mädchen wussten, was es mit Seta auf sich hatte? Normalerweise wussten sie alles, was im

Institut geschah. Gleichzeitig verhielten sie sich immer so, dass man sie für vollkommen unwissend halten musste. Niemals hätten sie gezeigt, dass sie ein Geheimnis kannten. Aber sie kannten sie alle.

„Sie müssen diese Nacht bei ihr bleiben", erklärte Arzu ganz ruhig und nüchtern. „Sie dürfen die Frau auf keinen Fall alleine lassen. Sehen Sie nicht, wie sehr die auf Sie fixiert ist?"

Das sah Aschendorffer sehr wohl. Und er spürte es auch. Seta klammerte sich an ihn wie eine Ertrinkende. Wenn er einen Schritt nach links tat, folgte sie ihm. Trat er nach rechts, folgte sie ihm auch. Sie hielt sich so krampfhaft an ihm fest, dass sie ihm auf diese Weise fast den Laborkittel von den mageren Schultern gerissen hätte.

„Ich werde meinen Vater bitten, dass er hier unten ein Matratzenlager richtet", kündete Aslihan an. „Sie können dann hier unten schlafen und Seta kann bei Ihnen liegen."

„Seta .... bei mir ..." Das Entsetzen stand Aschendorffer ins Gesicht geschrieben. In einem Moment kurzer Auflehnung wehrte er sich: „Können Sie nicht Ihrem Vater ... Herr Kaymal soll kommen und der Frau eine Spritze geben. So geht das doch nicht."

Azize schwebte hinaus. Als sie mit Kaymal zurückkam, schleppte dieser bereits eine breite Matratze hinter sich her. Aschendorffer stand unverändert an Ort und Stelle, so wie Azize ihn verlassen hatte. Seta hing noch immer fest an ihm.

„Herr Kaymal! Die Spritze bitte!", forderte Aschendorffer mit brüchiger Stimme. „Nein! Das erlaube ich ihm nicht", widersprach Arzu fest und selbstbewusst. Arzize und Aslihan nickten. Meslut präparierte ungerührt die Matratze und überhörte Aschendorffers flehentliche Anweisungen. Aslihan drappierte derweil das mitgebrachte Leintuch über die Matratze.

Kaymal stand lächelnd vor der ausgebreiteten Schlafstätte und präsentierte sie wie ein orientalischer Teppichhändler seine Perserteppiche: „Isse Nachtlager. Gut Matratz!"

„Wir holen Kissen und Decken", versprachen Arzu und Azize. Aslihan bot unterdessen Seta ein Glas Wasser an, das sie am Waschbecken gefüllt hatte. Fasziniert starrte Seta den Wasserhahn an. Gierig trank sie alles in einem Zuge. Aslihan füllte nach.

„Wie soll ich hier die ganze Nacht verbringen?", jammerte Aschendorffer. „Herr Kaymal, das geht doch nicht. Sagen Sie das Ihren Töchtern. Sie sollen sich etwas anderes überlegen."

Offensichtlich hatte er akzeptiert, dass nicht mehr Kaymal bestimmte, sondern dessen Töchter. Seta starrte Aschendorffer aus großen Augen an. Er bemerkte den Blick. Versuchsweise probierte er, ihren Griff an seinem Oberarm zu lockern. Sie reagierte mit einem panischen Schrei und krallte sich noch heftiger fest.

Aslihan führte Aschendorffer und Seta zu der Matratze. „Setzen Sie sich hierhin, Herr Professor." Sie klopfte die Stelle glatt, wo Aschendorffer sich seufzend niederließ, Seta dicht an seiner Seite.

„Herr Kaymal", unternahm Aschendorffer einen letzten Versuch. „Sie wissen doch, dass ich nachts nicht schlafe. Ich kann nicht schlafen. Soll ich die ganze Nacht hier sitzen?"

An Kaymals Stelle antwortete Arzu, die inzwischen auch Kissen und Decken gebracht hatte: „Die Frau ist todmüde. Schauen Sie nur, wie sie neben Ihnen zusammensinkt. Seta wird auf jeden Fall schlafen. Bleiben Sie einfach hier sitzen, dann ist alles gut. Morgen früh kommen wir und bringen Frühstück. Und dann lässt Seta Sie vielleicht auch mal wieder los."

„Ich brauche etwas zum Lesen!"

„Keine Sorge, Herr Professor. Ich bringe Ihnen etwas." Azize verließ den Raum und kehrte wenig später mit einem abgegriffenen blauen Taschenbuch zurück: Die Brücke vom goldenen Horn. Von Emine Sevgi Özdamar. „Schönes Buch, Herr Professor", versprach die junge Türkin: „Es passt genau. Es handelt vom Erwachen einer jungen Frau. Lesen Sie es aufmerksam."

„Danke", sagte Aschendorffer einigermaßen hilflos. Kaymal und seine Töchter verabschiedeten sich rückwärts aus dem Raum. „Mache Licht klein", verkündete er und dimmte die Laborbeleuchtung auf Dämmerlicht. Für Aschendorffer ließ er noch eine flackernde Wandlampe leuchten.

Aschendorffer blieb alleine mit Seta zurück. Sie saßen eng aneinander geschmiegt. Seta rutschte ganz tief hinunter, die Müdigkeit ergriff Besitz von ihr. Ihre beiden Konturen verwischten sich zu einer einzigen. Das Licht warf als Schatten des ungleichen Paares nur ein verschwommenes Dreieck an die Wand, das leicht auf und ab hüpfte, je nach Flackern der Wandlampe. Vage Schatten erfüllten den Raum, die an das irrlichternde Flackern eines Lagerfeuers erinnerten, das an den kalten Felswänden einer steinzeitlichen Höhle tanzende Konturen hinterlässt. Aschendorffer vernahm Setas feste und gleichmäßige Atemzüge. Umständlich hielt er sich mit gestreckten Armen „Die Brücke vom goldenen Horn" vors Gesicht. Er begann zu lesen, während sich die Nacht über das Institut BioGen senkte.

21

Zum Glück besaß Charly Katz Beziehungen bis in die Spitze des Freiburger Polizeipräsidiums. So kannte er selbstverständlich auch die private Telefonnummer des Leitenden Polizeidirektors Uschfeld. Er gehörte sogar zu den Wenigen, die Uschfeld ungestraft „Uschi" nennen durften. Dieser pflegte die Weihnachtsfeiertage im Kreise seiner Familie irgendwo droben im heimatlichen Hochschwarzwald zu verbringen, wo nichts und niemand störte, und der zweite Weihnachtsfeiertag traditionell dem Besuch der Laientheatervorführung des Musikvereins von Löffingen-Bachheim gewidmet war. Das Stück handelte in diesem Jahr von Jungbauer Max und seiner vergeblichen Suche nach einer feschen Frau aus der Großstadt – wo doch das brave Nachbarmädel Gerdi ihn ehrlich und sympathisch vergötterte. Der zweite Akt von „Bauer sucht Frau" war soeben angeläutet worden, da klingelte Uschfelds Handy, der mit Frau und Kindern in zweiter Reihe direkt hinter dem Ortsvorsteher saß. Böse Blicke von den Nachbarplätzen ebenso ignorierend wie das unduldsame „Sssschht" des Ortsvorstehers, erhob er sich mit der Entschuldigung „Dienstlich!" und verließ auf leisen Sohlen den Theatersaal der „Drei-Schluchten-Halle". Draußen vor der Tür erst meldete er sich: „Hier Uschfeld".

„Hey Uschi! Gott sei Dank erreiche ich dich. Hier ist Charly! Charly Katz!"

„Katz? Charly? Bild-Zeitung? Wo brennts?"

Polizeidirektor Uschfeld war es gewohnt, von lästigen Journalisten zu jeder Tages- und Nachtzeit angerufen zu werden. Er konnte seine Telefonnummer wechseln, so oft er wollte, diese Hyänen hatten spätetsens nach zwei Tagen die neue herausgefunden und gespeichert. Charly Katz war ein Sonderfall. Den kannte Uschfeld noch aus gemeinsamen Tagen am Wirtschaftsgymnasium, sozusagen ein Klassenkamerad. Den konnte er nicht so leicht abwimmeln. Außerdem war Uschfeld sofort klar: Wenn Katz am zweiten Weihnachtsfeiertag auf dieser Nummer anrief, dann musste wirklich etwas Wichtiges geschehen sein.

„Uschi, du wirst es nicht glauben. Es geht um die Sache mit den Gletscherleichen …"

„Lass mich bloß in Ruhe", unterbrach Uschfeld ungehalten. „Wegen diesem Mist rufst du mich an. Hey, ich sitze hier mit meiner Familie in einer Theateraufführung. Das ist das kulturelle Ereignis des Jahres in Bachheim. Und du klingelst mich wegen dieser lächerlichen Boulevardgeschichte da raus?"

„Hör zu, da braut sich eine echte Sensation zusammen …"

„Jetzt hör du mir mal zu: Ich schätze ja wirklich deine journalistische Spürnase. Aber diesmal bist du auf der falschen Fährte. Einer meiner Kommissare ist der Sache nachgegangen. Das Ganze ist ein großer Schmu. Da ist überhaupt nichts dran. Es gibt keine Gletscherleiche. Es gibt keinen Leichendiebstahl. Deine angebliche Steinzeitaxt war ein Werbegag. Ich sag dir, was da los ist: Das Institut BioGen ist einfach nur heiß auf Publicity. Die haben das Ganze angezettelt, um ein bisschen in die Medien zu kommen. Diesem Direktor Föllstiegel haben wir auf den Zahn gefühlt. Das ist ein Trottel, der seinen Namen gerne in der Zeitung ließt. Das ist alles. Dass du darauf überhaupt hereinfällst …"

„Es gibt die Gletscherleiche. Es gibt sogar drei Gletscherleichen", widersprach Charly. „Er sprach so leise und ruhig, dass Uschfeld ihn jetzt aussprechen ließ. „Die eigentliche Sensation ist aber nicht der Leichendiebstahl. Der Knaller ist, dass dieser Professor Aschendorffer die Gletscherleichen wieder zum Leben erweckt. Er taut sie auf. Er experimentiert mit ihnen."

Uschfeld schwieg.

„Ich war schon einmal unten drin in seinem Labor. Dieser Professor ist ein Wahnsinniger. Irgendwo da unten im Keller von BioGen gehen unheimliche Dinge vor sich. Und jetzt habe ich auch den Beweis dafür."

„Welchen Beweis?", fragte Uschfeld, immer noch höchsten Zweifel in der Stimme.

„Ein Anrufbeantworter. Einige von Aschendorffers Wissenschaftlern haben sich gegen ihn verschworen. Sie wollen ihn anzeigen, auffliegen lassen. Ich habe die Bandansage."

Jetzt erzählte Katz ausführlich, wie er in der Wohnung von Dr. Murji Amresh den automatischen Anrufbeantworter abgehört und das Telefonat von Frederike Biesthal aufgenommen hatte. Dann ließ er den Mitschnitt laufen. Geflissentlich verschwieg er, wie er in Amreshs Wohnung gelangt war.

„Was weißt du noch?", fragte Uschfeld, nachdem er sich zweimal die Bandansage mit Biesthals Hilferuf hatte vorspielen lassen.

Charly bereitete seine gesamte Recherche aus. Er erzählte auch von der jüngsten Tour nach Morteratsch, wo sich erneut rätselhafte Vorfälle abgespielt hatten. „Die drei Türken, die deine Kollegen dort vorübergehend festgenommen haben, stammten alle drei aus Freiburg. Einer von denen war schon im September in die Sache verwickelt. Ich sage dir, Uschi, das Ganze stinkt ganz gewaltig. Wir sollten unbedingt auch Kommissar Rüthli alarmieren. Und dann müsst ihr diesen Bio-Gen-Laden ausräuchern. So schnell wie möglich."

Der zweite Weihnachtsfeiertag war für Polizeidirektor Uschfeld gelaufen. Er informierte flüsternd seine Familie, verließ das Laientheaterspiel und setzte sich ins Auto, um nach Freiburg zu fahren.

Auf der Fahrt versuchte er den Freiburger Leitenden Oberstaatsanwalt zu erreichen. Er brauchte Haftbefehle für Föllstiegel und Aschendorffer und einen Hausdurchsuchungsbefehl für das Institut. Und das schnell. Kein leichtes Unterfangen an Weihnachten.

Außerdem musste dieser Inspektor Rüthli her. Und die eigene Mannschaft musste er auch alarmieren. Da gab es doch diesen Jungkommissar, diesen Faller. Der hatte den Fall doch seinerzeit so erfolglos bearbeitet. Der war der Richtige. Jetzt konnte er sich rehabilitieren. Uschis Drähte begannen zu glühen.

*

Professor Johannes Emanuel Aschendorffer hatte die Nacht an der Seite von Seta überraschend gut überstanden. Frederike Biesthal fand den Professor bester Laune und voller Tatendrang vor, als sie am Morgen aus ihrem Büro herunterkam. Sie selbst war übernächtigt, niedergeschlagen und ratlos. Sie hatte auf ihrer Campingliege schlecht geschlafen und fühlte sich gerädert. Flüstergeister hatten sich ihres Schlafes bemächtigt und sie in einer trostlosen Endlosschleife mit den immer gleichen Fragen malträtiert. Was sollte mit Bowolf geschehen? Wie konnte man ihn erlösen? Wie war es um ihre Gefühle bestellt? Was war Aschendorffer, Genie oder Monster? Warum meldete sich Murji Amresh nicht? Sollte sie die Polizei einschalten? Was geschah mit Seta und Gangam?

Meslut Kaymal hatte im Überwachungsraum einen provisorischen Frühstückstisch aufgebaut und brachte Seta soeben bei, wie man Cornflakes anrührt, während Aschendorffer bereits Vorbereitungen für seine interspeziale bilinguale Transmission mit Gangam traf. Seta klammerte nicht mehr. Das war ein Fortschritt. Aber sie ließ Aschendorffer keine Sekunde aus den Augen, während sie ihre Cerealien löffelte. Es schien ihr ausnehmend gut zu schmecken. Sie schmatzte.

„Du frühstücke?", fragte Kaymal mit sorgenvollem Blick, als Frederike den Raum betrat. Seta verschwand bei Biesthals Erscheinen augenblicklich unter dem Tisch. Sie fürchtete sich vor der fremden Frau. Aschendorffer kümmerte das nicht, er war in seine Apparaturen versunken.

Biesthal stand mit verschränkten Armen hinter Aschendorffer und beobachtete missbilligend dessen Vorbereitungen. „Wollen Sie noch einen Menschen ins Unglück stürzen?", fragte sie bitter.

„Drei Tote, die wieder ins Leben zurückkehren dürfen. Mehr Glück kann kein Mensch haben", befand Aschendoffer kühl. „Stellen Sie sich nicht so an, Biesthal", schnauzte er ungehalten. „Sie nehmen am größten Abenteuer der Wissenschaft teil, sie erleben einen Quantensprung der Genforschung, und was tun sie? Sie nörgeln. Was ist mit Ihnen los?"

Frederike Biesthal drehte sich zu Kaymal: „Ich möchte zu Bowolf. Können Sie mir die Wohnung aufschließen?"

Mit einem fragenden Blick zu Aschendorffer vergewisserte er sich, ob der Professor Einwände hatte. Dieser nickte.

„Komme mit!"

Biesthal folgte Kaymal. Er schloss seine Kellerwohnung auf und blieb in der Tür stehen. „Solle mitkomme?"

„Nein, Kaymal. Das ist lieb von Ihnen." Sie legte Meslut eine Hand auf die Schulter, fast so, als wollte sie ihm gleich die Wange tätscheln. Dieser türkische Hausmeister wusste ganz genau, was in ihr vorging. Er besaß mehr Einfühlungsvermögen und mehr Rücksicht, als alle Psychiater dieser Welt. Frederike wurde in dieser Sekunde bewusst, wie sehr sie Kaymal vertraute. Er gehörte zu den wenigen Männern in ihrer Umgebung, die sie nicht ausschließlich als hormonplatzende Machos wahrnahm, obwohl in Kaymal wahrscheinlich mehr Macho steckte als in all den aufgeblasenen Kollegen und Verehrern, mit denen sie es sonst zu tun hatte. Der Macho in Kaymal war aber ein sanfter Held. Sein oberstes Credo war es, kein schwächeres Wesen zu verletzen. Und für Kaymal waren alle Frauen schwächere Wesen. Ausgenommen vielleicht seine Töchter. Die hatten ihn im Griff.

„Ich danke Ihnen", sagte sie nur. „Ich werde nicht versuchen mit Bowolf abzuhauen. Machen Sie sich keine Sorgen."

Kaymal nickte, ließ Biesthal alleine und schob die Wohnungstür zu. Er schloss nicht ab.

Bowolf saß an seinem wackligen Wohnzimmertisch und studierte mit konzentrierter Miene die ausgeklappte Landkarte, als Frederike das Zimmer betrat. Er tat so, als nähme er sie gar nicht wahr. Sie trat neben ihn und beobachtete ihn eine Weile.

„Du hast es noch nicht aufgegeben, nicht wahr? Du willst immer noch fliehen?"

Bowolf antwortete nicht gleich. Biesthal setzte nach: „Und du schmiedest Pläne?"

Bowolf zeigte mit einem Finger auf die Landkarte, tippte ungefähr auf den Punkt, der Freiburg markierte, und fuhr dann an den roten und gelben Linien entlang, die das Straßennetz anzeigten. Biesthal folgte mit den Augen dem Weg des Fingers. Bowolf fuhr auf die A5 Richtung Basel, dann dort auf die Autobahn A3 Richtung Chur, dann über die A13 und die Route 417 nach Sankt Moritz. Er hatte den kürzesten Weg gefunden – für jemanden, der mit dem Auto nach dorthin wollte.

„Und was hast du vor?"

„Das weißt du Biss Tal? Warum fragst du mich?" Bowolf blickte nicht auf, als er antwortete. Sein Finger verharrte auf dem Sankt-Moritz-Pünktchen.

„Du willst zurück in deine Heimat, das weiß ich. Und wie gerne würde ich dir helfen. Aber du bist hier eingesperrt. Der Professor lässt dich niemals alleine hinaus."

„Bo Esser?" Jetzt hob Bowolf das Gesicht, seine Augen funkelten kampflustig. „Er ist ein mächtiger Häuptling. Das stimmt. Kay Mal ist ein mächtiger Krieger. Das ist gut. Aber Bowolf ist klüger. Und stärker."

Bowolf betrachtete seine Flucht als Kampf, als Herausforderung, als Kräftemessen unter großen Kriegern. Das war seine Welt. Er fieberte einem wie auch immer gearteten Kampf entgegen. Er hatte seinen Daseinssinn wiedergefunden.

Während diese Erkenntnis in Biesthal aufging wie eine karibische Sonne über den Bahamas und sie mit einem wohligen, beglückenden Schauder erfüllte, erhob sich Bowolf von seinem Platz. „Ich kann Auto fahren", sagte er beiläufig.

„Mit dem Auto ...?" Biesthal sperrte den Mund auf. Anders als Kaymal war es ihr selbst bei den gemeinsamen Ausfahrten der letzten Wochen nie aufgefallen, dass Bowolf wie ein gelehriger Fahrschüler jede Bewegung und jeden Handgriff im Auto studierte.

Sie wollte soeben ihre ernsten Zweifel formulieren, hob an, diesen Gedanken Bowolf auszureden, da vernahmen sie beide gleichzeitig einen markerschütternden Schrei, gefolgt von einer Kaskade von Flüchen, Stimmengewirr, Gepolter, Scheppern, ein Knall, das Krachen von Metall. Ein Durcheinander von Schreien und Stimmen, Kaymal hektisch, Aschendorffer panisch, eine Frauenstimme entsetzt und eine aggressive Männerstimme.

Bowolf stutzte. „Das ist ..." Plötzlich wurde er ganz aufgeregt. „Das ist die Stimme von Gangam."

Bowolf schob Biesthal unsanft zur Seite, packte den kleinen Wohnzimmertisch, stemmte ihn über den Kopf und schmetterte ihn rücksichtslos gegen die Wand. Die Einzelteile splitterten davon. Er schnappte sich eines der Tischbeine und schwang es durch die Luft wie einen Knüppel. „Gangam ist hier", fauchte er. „Gangam der Verräter. Ich töte ihn."

Biesthal hatte nicht den Hauch einer Chance, Bowolf zurückzuhalten. Er stürmte zur Wohnungstür hinaus. Jetzt war er wieder der Krieger, der Mooka-Häuptling aus dem Jahr 3500 vor Christus. Und sie war nur noch ein Weibchen, das sich nicht einzumischen hatte.

Weder Kaymal noch Aschendorffer hatten damit gerechnet, dass Gangam so auf die Transmission reagieren würde. Bowolf hatte durch diese Form des Gedankenaustauschs Vertrauen gefasst und Aschendorffer als Häuptling akzeptiert. Seta war gar anhänglich und unterwürfig geworden. Aber Gangam begann sich mehr und mehr aufzulehnen, je stärker der Professsor versuchte, in seine Gedanken einzudringen. Vielleicht war Aschendorffer auch zu ungeduldig, wollte zu schnell zu viel.

Niemand hatte voraussehen können, dass es Gangam gelingen würde, die Fesseln abzuschütteln, sich loszureißen und die Transmission mit einem Urschrei gewaltsam abzubrechen. Ehe Aschendorffer und Kaymal sich versahen, hatte er die gesamte Installation von Elektroden, Kanülen, Monitoren und Rechnern gegen die Wände geschmettert und in alle Einzelteile zerlegt. Dann zertrümmerte er die Laboreinrichtung mit der gleichen Urgewalt, mit der schon Bowolf Angst und Schrecken verbreitet hatte. Diesmal krachte auch die Scheibe, durch die Kaymal und Seta das Geschehen beobachteten. Seta kreischte, Kaymal zückte die Spritze, musste aber in Deckung gehen, weil Computerschrott durch die Luft flog. Aschendorffer schrie um Hilfe und krabbelte auf allen Vieren in Deckung. Gangam tobte. Als Waffe hatte er sich das metallene Rohr eines Bettgalgens geschnappt, an dem zuvor die Infusionsbeutel zu seiner Ruhigstellung hingen. Er hielt ihn wie einen Speer über sich, bereit, jeden zu attackieren, der sich ihm in den Weg stellen würde.

Nur mit Bowolf hatte er nicht gerechnet. Die Tür schlug auf und der Rivale stürmte herein. Ohne Vorwarnung gingen die beiden aufeinander los, der eine mit einer verbogenen Metallstange, der andere mit einem kantigen Holzknüppel, der einst Bestandteil von Kaymals Wohnzimmertisch gewesen war. Sie verfolgten sich über Tische und Schränke hinweg, warfen mit allem, was sie in die Finger bekamen, Rechner und Drucker, Wannen, Metallgeschirr, Intubationsschläuche, Mikroskope, Zentrifugen, Glasflaschen jeder Größe. Sie schleuderten die

Scherben der Spiegelscheibe gegeneinander, schlugen mit prall gefüllten Aktenordnern aufeinander ein, die sich aus einem umgestürzten Schrank über den Laborboden ergossen hatten, und sie donnerten die schweren Edelstahlschränkchen gegen die Wände, als wären es Basketbälle.

Niemals zuvor hatte Kaymal einen vergleichbaren Kampf gesehen. Er hatte Mühe, sich auf allen Vieren bis zu Aschendorffer vorzuarbeiten, der in der Deckung seines zum Glück fest in der Wand verankerten Experimentiertisches die Schlacht hilflos über sich ergehen ließ. Kaymal richtete seine Betäubungsspritzen. Sicherheitshalber machte er gleich ein halbes Dutzend davon schussbereit. Er wartete auf eine günstige Gelegenheit. Die beiden Kampfhähne hetzten sich durch den Raum, mal hatte der eine, dann der andere leichte Vorteile. Sie umtänzelten sich, sprangen sich an, hieben aufeinander ein, lösten sich wieder, nahmen neue Anläufe, und plötzlich, mitten in diesem wilden Tanz, stand Gangam mit dem Rücken zu Kaymal und Aschendorffer, direkt vor dem Versteck der beiden. Kaymal zögerte keine Sekunde. Er stach die Betäubungsspritze in Gangams nacktes Hinterteil. Der zuckte, wandte sich verdutzt um, wankte leicht und stolperte dann unkontrolliert gegen die Laborwand, an der er langsam herabsank.

Bowolf hätte keine Sekunde gezögert, den hilflosen Gegner zu erschlagen, wenn nicht in diesem Moment Frederike Biesthal schreiend durch die Labortür in den Raum gestürmt wäre.

„Hört auf, hört auf!"

„Was ...?" Bowolf drehte sich zu ihr um. Das war der Moment, in dem Kaymal aus dem Schutz des Experimentiertisches hervorsprang, erneut eine Spritze gezückt, und sich auf Bowolf werfen wollte. Doch dieser war noch im Kampfmodus. Er ließ sich diesmal nicht überrumpeln, sprang mit einem siegesgewissen „Hirjeka" in letzter Sekunde zur Seite. Kaymal flog an ihm vorbei, die Spritze im Anschlag. Sie traf die überraschte Frederike, die ebenfalls nicht mehr abbremsen konnte, in den

Oberschenkel. Sie überschlug sich, realisierte noch mit verwundertem Blick, was ihr wiederfahren war, und wurde dann vom Betahammer der Betäubungsdosis ins Dämmerreich entführt.

Bowolf stand heftig atmend daneben. Eben noch hatte er triumphiert, weil er Kaymals Attacke entkommen war, jetzt weiteten sich seine Augen entsetzt: Er sprang zu der gestürzten Wissenschaftlerin hin. „Biss Tal!", rief er verzweifelt. Dem betäubt in der Ecke liegenden Gangam widmete er keinen Blick. Auch auf Kaymal achtete er nicht. Er beugte sich über Frederike, warf seinen Knüppel weg und nahm ihren Kopf in beide Hände. „Biss Tal, wach auf!" Seine Stimme war voller Sorge. Zärtlich legte er Frederikes Kopf gegen seine noch immer heftig bebende Brust und streichelte ihr übers Haar.

Das waren seine letzten bewussten Bewegungen. Dann erwischte ihn Kaymals schwerkalibrige Betäubungsspritze und er sank mit Biesthal im Schoß ebenfalls zu Boden.

*

Aschendorffer war bedient. Aber er blieb kaltschnäuzig. Die drei betäubten Körper lagen in den Trümmern des Labors. „Hier ist alles zerstört", resümierte er nüchtern. „Kaymal, hier kann man auf Wochen hinaus nicht mehr arbeiten. Die Transmission, die Nährlösung, die Reanimation, die Messgeräte, die Aufzeichnungen ..., das alles gibt es nicht mehr. Ich brauche Monate, bis ich alles wieder aufgebaut habe. Das ist eine wissenschaftliche Katastrophe ..."

Kaymal nickte. Aber er dachte praktisch. „Was mache jetzt?"

Aschendoffers Augen kniffen sich diabolisch zusammen. „Ich weiß schon, was wir machen, Kaymal." Er kicherte. „Wir legen die Arbeiten vorerst auf Eis. Das ist wörtlich gemeint."

Der Professor deutete auf die leblosen Körper: „Wir stecken Bowolf und Gangam in die Gefrierkammer. Ich sehe keinen anderen Weg. Wir müssen beide schockgefrieren. Wir können sie ja jederzeit wieder zum Leben erwecken. Dann können sie uns auch nicht davonlaufen und richten keinen Schaden an." Er schob mit dem Schuh ein paar Scherben auseinander: „Und sie können sich nicht gegenseitig umbringen."

„Schockgefriere?" Kaymal sah Aschendorffer fragend an.

„Ich zeige dir, wie man das macht. Es ist ganz einfach. Alles Nötige dazu habe ich bereits vorbereitet." Der Professor war bereits wieder voller Tatendrang. Nachdem er seine Entscheidung gefällt hatte, gefielen ihm die Perspektiven immer besser: „Es ist eine Sache von wenigen Minuten. Wir bringen die beiden in die Gefrierkammer, packen sie ins Eisfach und initiieren die automatische Frostung. Keine Sorge, ich habe es schon mit deinem Landsmann ausprobiert. Du warst selbst dabei. Es funktioniert."

Das musste Kaymal zugeben. Damals hatte er Aschendorffer bei dem Experiment geholfen. Sie hatten einen Freiwilligen tiefgefroren, einen von Kaymals zahlreichen Brüdern – und nach einigen Tagen wieder ins Leben zurückgeholt.

Aschendorffer dachte noch weiter: „Außerdem habe ich ja noch Seta. Solange ich hier im Labor nicht arbeiten kann, kümmere ich mich um die Steinzeitfrau."

Seta kauerte immer noch zitternd in ihrem Versteck unter dem Tisch im Kontrollraum, hielt den Kopf in beiden Händen verborgen und wagte nicht aufzuschauen.

„Ich nehme sie mit zu mir nach Hause. Hier kann sie nicht bleiben", bestimmte Aschendorffer.

„Und Biesthal?", fragte Kaymal vorsichtig. Hinter seiner Stirn arbeitete es, als hecke er bereits einen Plan aus. Der zusammengesunkene Körper von Frederike lag entspannt auf dem Laborboden.

„Bring sie nach oben in ihr Büro", wies Aschendorffer ihn an. Er war wieder vollkommen Herr der Lage. „Sie wird die

Betäubung überstehen, auch wenn sie ziemlich hochdosiert war. Sie wird verstehen, dass wir keine andere Wahl hatten."

Kaymal nickte. Aschendorffer war der Chef.

Gemeinsam brachten sie Gangam und Bowolf in den Gefrierraum. Aschendorffer begann den Vereisungsprozess: Binnen weniger Minuten verwandelten sich die warmen Leiber in starre Eisklötze. Durch die Kameraüberwachung beobachteten sie, wie sich kleine weiße Kristalle auf den zwei markanten Gesichtern bildeten. Aschendorffer hatte als Zieltemperatur minus zwölf Grad eingegeben. Nach seinen Berechnungen erhielten sich die eingefrorenen Körper bei diesem Wert am besten. „Es reichen aber auch schon minus 1,5 Grad", erläuterte er, während er Kaymal die erforderlichen Handgriffe und Computereingaben zeigte. „In den meisten Gletschern herrschen Werte zwischen minus zwei bis minus zehn Grad. Manche können aber auch kalt bis minus 30 Grad werden." Der Professor geriet ins Dozieren.

Nach Abschluss der Arbeiten fuhr Kaymal den Professor und Seta zu Aschendorffer nach Hause. Es war nur ein kurzer Weg. Trotzdem musste sich Aschendorffer im Auto nach hinten zu Seta setzen. Die aus der Welt gerissene Frau fürchtete sich ohne Aschendorffer zu Tode. Nur weil sie sich an ihn klammern konnte, war sie bereit gewesen, das Institut zu verlassen und ins Auto zu steigen. Ängstlich ließ sie sich von Aschendorffer treppauf zu dessen Wohnung führen.

Kaymal räumte dort einen Winkel frei, baute ein Matratzenlager auf, indem er Aschendorffers Bett zerlegte, und sorgte so dafür, dass Seta für die erste Nacht in Aschendoffers Junggesellenbude zumindest einigermaßen gut untergebracht war. Er organisierte sogar noch eine Lieferung von Döner-Ali und wartete ab, bis dieser an der Haustür klingelte und die bestellten Portionen ablieferte. Erst dann ließ er den Professor mit seinem

Schützling alleine. Schnurstracks kehrte er zurück ins Institut BioGen. Dort gab es viel zum Aufräumen.

*

Früh am nächsten Morgen wurde Professor Johannes Emanuel Aschendorffer direkt vom Frühstückstisch aufgeschreckt. Seta aß Cornflakes und machte einen ruhigen Eindruck. Aschendorffer trank Mineralwasser, aß ein Knäckebrot und las die letzten Seiten von „Der letzte Mohikaner" von James Fenimore Cooper, als es klingelte. Die Kriminalpolizei stand vor der Tür. Aschendoffer wurde auf der Stelle festgenommen. Handschellen klickten. Polizeikommissar Ricky Faller hielt ihm den Haftbefehl unter die Nase. Offensichtlich war es dem Leitenden Polizeidirektor Uschfeld doch noch irgendwie gelungen, am zweiten Weihnachtsfeiertag die Staatsanwaltschaft in Gang zu setzen.

„Wer ist das da?", fragte Faller und deutete auf die regungslos am Küchentisch sitzende Seta, während Aschendorffer eilig seine Siebensachen einsammelte.

Geistesgegenwärtig log er: „Das ..., das ist meine neue Haushaltshilfe. Sie versorgt meine Wohnung."

Ricky Faller sah sich naserümpfend um. „Das hat die Wohnung auch bitter nötig. Hier sieht es ja aus wie im Schweinestall."

Direkt an die zusammenzuckende Seta gewandt sagte er: „Der Professor kommt in Untersuchungshaft. Solange darf nichts aus der Wohnung entfernt werden. Ist das hoffentlich klar?"

Ricky Faller sprach laut und forsch. Er fühlte sich diesmal sehr siegesgewiss. Der Chef hatte ihn ausdrücklich für seinen Spürsinn gelobt. Es konnte nichts mehr schiefgehen. Er stand im Begriff, einen spektakulären Fall zu lösen.

Seta zitterte vor Angst.

„Sie versteht kein Deutsch", erklärte Aschendorffer. „Sie kommt aus Tadschikistan."

„Aha, soso!", lästerte Ricky Faller süffisant. „Das kennen wir. Tadschikistan, na klar. Ihre Personalien überprüfen wir später. Das kann warten. Jetzt fahren wir erst einmal zusammen zu Ihrem zwielichtigen Institut und nehmen den Laden ein bisschen auseinander." Er grinste und wedelte mit einem weiteren Wisch: „Der Hausdurchsuchungsbefehl. Diesmal gibt es keine Ausflüchte, Herr Professor."

Aschendorffer versteifte sich. Die Polizei würde alles auf den Kopf stellen. Hatte sich die Welt gegen ihn verschworen? Was, wenn sie die Gefrierkammer entdeckten?

Faller verkündete großzügig: „Sie können selbstverständlich Ihren Anwalt anrufen."

Aschendorffer rief Meslut Kaymal an. Wie konnte er ihn warnen? Ohne Kaymal zu Wort kommen zu lassen, denn Ricky Faller stand direkt neben ihm und konnte mithören, sagte er hektisch: „Hier Aschendorffer. Die Polizei hat mich verhaftet. Sie plant eine Hausdurchsuchung im Institut. Jetzt gleich. Ich wiederhole: Jetzt gleich im Institut. Ich brauche Ihren rechtlichen Beistand."

Sofort legte er wieder auf.

Ricky wunderte sich über dieses Telefonat: „Äh ... so knapp? Das ist ja ein eigenartiger Rechtsanwalt ... hat gar nichts gesagt. Aber gut, das müssen Sie ja wissen ..."

Unten vor der Haustür standen vier Streifenwagen. Im vordersten saßen der Leitende Polizeidirektor Uschfeld sowie zwei Beamte der schweizerischen Kantonspolizei, Rüthli und Hürzeler. Im zweiten Wagen lauerte Charly Katz und schoss Exklusivbilder von Aschendorffer, wie er in Handschellen am dritten Streifenwagen vorbei in den vierten Wagen verbracht wurde. Im dritten wartete die nächste Überraschung: drin saß

Direktor Jens-Merten Föllstiegel, ebenfalls in Handschellen. Die Polizei ging auf Nummer sicher.

Mit Blaulicht und Martinshorn ging es zum Institut. Oben in Aschendorffers Wohnung blieb ein völlig eingeschüchtertes Wesen zurück und kauerte sich auf seine Matratze. Seta aus Tadschikistan.

Die Polizei brach wie ein Moskitoschwarm über das BioGen herein, das sich an diesem ersten Arbeitstag nach den Weihnachtsfeiertagen noch im Stand-by-Modus befand. Die Mitarbeiter hatten einen Brückentag, niemand arbeitete. Aschendorffer und Föllstiegel, voneinander getrennt, damit sie sich keine konspirativen Botschaften zuflüstern konnten, mussten die Horde der Polizisten ins Kellerlabor führen. Föllstiegel beteuerte lauthals und fortwährend stotternd seine Unschuld, Aschendorffer schwieg. Er dachte nach. Welche Möglichkeiten hatte er noch? Konnte er das Sicherheitssystem blockieren, so dass die Polizei nicht ins Kellerlabor kam? Sie würden es mit Gewalt erzwingen. Gab es Hoffnung, dass sie die Gefrierkammer übersahen? Hatte Kaymal es in der Nacht geschafft, das demolierte Labor einigermaßen aufzuräumen? Er war aufgeschmissen. Zuviele Spuren verrieten, was geschehen war.

Am Eingang zum Kellerlabor nahm Hausmeister Meslut Kaymal die gesamte Schar der Ermittler in Empfang. Er grinste zuvorkommend wie ein Schuhputzer auf Kundenfang und öffnete servil die Sicherheitsschleuse. „Isse Hochesicherheit", radebrechte er. „Ganze wenige Leute dürfe eintritte."

„Der Kerl ist ein wenig minder bemittelt", erläuterte Kommissar Ricky Faller seinem Chef Uschfeld, während sie nacheinander den Laborbereich betraten.

„Der kapiert nur die Hälfte!"

Raum für Raum wurde untersucht, Zelle für Zelle, auch Kaymals Hausmeisterwohnung, die Sanitärräume, das Lager, die Abstellkammer. Immer ging Kaymal voraus. Aschendorffer gab

Erläuterungen, wenn die Polizisten bestimmte Versuchsanordnungen oder den Sinn einzelner Installationen nicht verstanden. Er verbarg seine Überraschung, als er feststellte, dass alles, was auf Tierversuche hindeutet, verschwunden war. Keine Katzen, keine Hamster, keine Meerschweinchen. Wo hatte Kaymal in der Schnelle die Tiere hingebracht? Aber gut so. Die Polizisten mussten nicht alles sehen. Sie hätten es sowieso nicht verstanden.

Das Versuchslabor, in dem am Vortag der Kampf zwischen Gangam und Bowolf stattgefunden hatte, war leergeräumt und sauber ausgefegt.

„Was passiert hier?", wollte Uschfeld wissen.

„Wir bereiten ein neues Langzeitexperiment vor. Das ist kompliziert, schwer zu erklären", freute sich Aschendoffer, der überraschend kaltblütig log. Kaymal machte ein leeres Gesicht.

Da entdeckten die Ermittler die Gefrierkammer. „Was ist das?"

„Die G ... G ... Gefrierkammer", gab eifrig Direktor Föllstiegel Auskunft. Er war froh, konstruktiv behilflich sein zu können, denn er verstand überhaupt nicht, was hier vorging.

„Öffnen!", befahl Uschfeld.

„Öffnen!", wiederholte Kommissar Faller.

„Du wolle öffnen?", fragte Kaymal schwer von Begriff.

„Nein!", wehrte sich Aschendorffer. Er unternahm einen letzten Rettungsversuch: „Da sind seltene Proben eingefroren. Wertvolle Forschungsergebnisse. Wissenschaftliche Geheimnisse. Sie dürfen nicht ..."

„Wir nehmen Ihnen nichts weg", beschwichtigte Uschfeld. „Wir werfen nur einen Blick hinein."

Kaymal tippte den Sicherheitscode ein. Die Dioden blinkten. Die schwere Tür schwang auf. Erwartungsvolle Köpfe schoben sich neugierig durch die Türöffnung.

„Leer!", sagte Ricky Faller enttäuscht.

„Leer!", bestätigte Uschfeld.

„Nünnt drin", befand auch Korporal Hürzeler, der sich dazwischengequetscht hatte.

„Leer?", fragte Aschendorffer leise.

„Das ist unmöglich. Das kann nicht sein", widersetzte sich Charly Katz dem Augenschein. „Unmöglich! Unmöglich!" Trotzig wiederholte er das Wort, als könne er damit eine Wendung erzwingen, ein anderes Ergebnis.

Aber es blieb dabei: Diese Gefrierkammer des Instituts Bio-Gen war leer.

*

Es lag nichts gegen Professor Aschendorffer und das Institut vor. Es gab keine Gletscherleichen. Auch keine Spuren davon. Es gab auch keine Hinweise auf illegale Experimente. Es gab überhaupt nichts, was gegen Aschendorffer hätte verwendet werden können. Die Niederlage der Polizei war vollständig. Aschendorffer und Föllstiegel wurden auf der Stelle wieder auf freien Fuß gesetzt. Polizeidirektor Uschfeld entschuldigte sich kniefälligst für alle entstandenen Unannehmlichkeiten und verfluchte Charly Katz und dessen Räubergeschichten. Feldweibel Urs Rüthli und sein Korporal Pirmin Hürzeler kehrten in die Schweiz zurück, Kommissar Ricky Faller meldete sich krank, Direktor Föllstiegel drohte Charly Katz schwerste juristische Geschütze an, falls er es wagen sollte, auch nur eine Zeile über die Vorfälle zu veröffentlichen. Charly zweifelte an seinem Verstand und schloss sich mehrere Tage in seiner Wohnung ein. Dort grübelte er darüber nach, was schief gelaufen war und er fand eine Antwort beim Betrachten der vielen Fotos, die er in diesem Fall geschossen hatte. Dort, auf dem einen Bild vom Speckvesper auf dem Schauinsland, dort saß der Schuldige. Dieser Dr. Bo Wolf aus Usbekistan. Mit ihm hatte das alles zu tun. Und jetzt war er natürlich verschwunden, vermutlich zurück nach Usbekistan. Das Geheimnis hatte er mitgenommen.

Und Professor Johannes Emanuel Aschendorffer fragte seinen Hausmeister Meslut Kaymal, nachdem er endlich mit ihm alleine war: „Herr Kaymal, jetzt verraten Sie aber, wie Sie das gemacht haben. Heraus mit der Sprache!"

Meslut ließ seinen Goldzahn blitzen: „Habbe nicht ich gemacht. Habbe alle meine Töchter gemacht. Sie habbe Labor aufgeräumt. Und habbe schnell alle Tiere weggebracht. Zu meinem Bruder. Hat der Tierhandlung. Kann er gut verkaufe."

„Halt Stopp!", unterbrach Aschendorffer. „Das meine ich nicht. Das will ich nicht wissen. Mich interessiert, wie Sie das mit den tiefgefrorenen Leichen gemacht haben. Wo sind sie?"

Kaymal räusperte sich unbehaglich: „Wolle wirklich wisse?"

„Raus mit der Sprache!"

„Habbe ich rausgeholt aus Gefriere Kammer. Mein Bruder Firat geholfe. Zusamme mit meine Bruder Ömer und mit meine Bruder Tarkan."

„Das war mir schon klar, dass Sie die Körper herausgeholt haben", schimpfte Aschendorffer. „Sonst wären sie ja noch da drin. Aber was haben Sie dann mit ihnen gemacht? Wo sind sie geblieben?"

Mit einer umständlichen Handbewegung, als wolle er einen Sack umstülpen, presste Kaymal zaghaft die Antwort hervor: „Habbe ich Firat und Ömer und Tarkan Auftrag gegebe: Bringe zurück zum Gletscher. Bringe zurück in die Eisloch. Große Loch isse immer noch da. Grabe wieder ein, mache alles zu. Komme Schnee drauf und isse wieder in Ordnung."

„Du hast was?", staunte Aschendorffer. „Das darf doch nicht wahr sein. Du hast sie von deinen Kumpanen zurück in den Gletscher bringen lassen?"

Kaymal nickte: „Ja, alle drei!" Er sagte es mit zufriedenem Lächeln. Schließlich wusste er, dass er recht gehandelt hatte.

Er wusste, dass er den richtigen Weg für alle Beteiligten gefunden hatte. Er wusste, dass alles gut war.

Aschendorffer brauchte einen Sekundenbruchteil, um Kaymals Antwort zu realisieren, sie in ihrer ganzen Tragweite zu erfassen.

„Alle drei? Wie? Wieso alle drei?"

„Alle drei", bekräftigte Kaymal, und aus seinen Augen blitzte stolze Zufriedenheit: „Bowolfgang, Gangmann und Biesthal!"

* * *

176 Seiten
Paperback
7 Abbildungen
Lindemanns Bibliothek
Band 265
ISBN 978-3-88190-910-5
12,95 Euro

Der etwas aus dem Rahmen fallende Karlsruher Strafrichter Maximilian Knall logiert seit einiger Zeit zwischen eigenartigen Dauergästen im Dachgeschoss eines Hotels. Nur einen Tag nach dem Einbruch in sein Mansardenzimmer wird er Opfer eines Hinterhalts. Hat der Überfall etwas mit einem laufenden Rotlichtprozess zu tun? Die Untersuchungen der Polizei bleiben erfolglos. Knall entschließt sich, zum Entsetzen eines befreundeten Privatdetektivs, die Hintergründe der mysteriösen Vorfälle selbst aufzuklären und nimmt die Spur der Täter auf. Seine gefährlichen Recherchen führen ihn zu einer attraktiven deutsch-spanischen Juristin und zu Ermittlungen in die Region Valencia nach Spanien.

LINDEMANNS BIBLIOTHEK

www.infoverlag.de

416 Seiten
Paperback
Lindemanns Bibliothek
Band 272
ISBN 978-3-88190-927-3
14,95 Euro

Wahrsagerin Blanche will reich werden, sehr reich. Noch haust sie im Kölner Severinsviertel, wo die Häuser bröckeln. Bald wird sie sich ein exklusiveres Domizil gönnen, denn sie treibt ihr Spiel mit der ebenso naiven wie wohlhabenden Sybille. Aber die Geister der Vergangenheit hetzen sie Tag und Nacht. Als das Stadtarchiv einstürzt, wendet sich das Blatt. Ob zum Guten oder Schlechten, weiß nur Cleo, die mysteriöse Katze. Aber wer fragt schon ein Tier? Ulrike Blatter sammelte die Themen für ihre Krimis als Ärztin in der Rechtsmedizin, in der Sozialpsychiatrie lernte sie Menschen mit ziemlich originellen Biographien nicht nur kennen, sondern auch lieben.

LINDEMANNS BIBLIOTHEK

www.infoverlag.de

Wir danken Nino Malfatti, Berlin,
für sein Gemälde „Herausragende Figur",
2009, Öl auf Leinwand, 202 x 154 cm,
© VG Bild-Kunst, Bonn 2017,
welches wir, im Auschnitt, für den Titel
dieses Buches verwenden durften.
www.malfatti.de

Lindemanns Bibliothek, Band 313
herausgegeben von Thomas Lindemann

Danke für die Durchsicht an Brigitte Stocker.